U0437621

本书系山东大学基本科研业务费资助项目

山东大学文史哲研究专刊

20世纪50年代山东大学民间文学采风资料汇编

关德栋 等 搜集
关家铮 车振华 整理

上

上海古籍出版社

图书在版编目(CIP)数据

20世纪50年代山东大学民间文学采风资料汇编／关德栋等搜集；关家铮，车振华整理.—上海：上海古籍出版社，2020.12
（山东大学文史哲研究专刊）
ISBN 978－7－5325－9836－6

Ⅰ.①2… Ⅱ.①关…②关…③车… Ⅲ.①民间文学—文学史—史料—汇编—山东 Ⅳ.①I207.709

中国版本图书馆CIP数据核字(2020)第246962号

山东大学文史哲研究专刊
20世纪50年代山东大学民间文学采风资料汇编
（全二册）
关德栋等 搜集
关家铮 车振华 整理
上海古籍出版社出版发行
（上海瑞金二路272号 邮政编码200020）
（1）网址：www.guji.com.cn
（2）E-mail: guji1@guji.com.cn
（3）易文网网址：www.ewen.co
江阴市机关印刷服务有限公司印刷
开本890×1240 1/32 印张31.875 插页10 字数797,000
2020年12月第1版 2020年12月第1次印刷
ISBN 978－7－5325－9836－6
I·3536 定价：158.00元
如有质量问题，请与承印公司联系

出 版 说 明

山东大学素以文史见长。二十世纪三十年代，以闻一多、梁实秋、杨振声、老舍、沈从文、洪深等为代表的著名作家、学者，在这里曾谱写过辉煌的篇章。二十世纪五十年代以来，以冯沅君、陆侃如、高亨、萧涤非、殷孟伦、殷焕先为代表的中国古典文学、汉语言文字学研究，以丁山、郑鹤声、黄云眉、张维华、杨向奎、童书业、王仲荦、赵俪生为代表的中国古代史研究，将山东大学的人文学术地位推向巅峰。但是，随着时代的深刻变迁，和国内其他重点高校一样，山东大学的文史研究也面临着挑战。如何重振昔日的辉煌，是山东大学领导和师生的共同课题。"周虽旧邦，其命维新"。山东大学文史哲研究院正是在这一特殊历史背景下成立的，肩负着不可推卸的历史责任，将形成山东大学文史学科一个新的增长点。

文史哲研究院是一个专门从事基础研究的学术机构，所含专业有中国古典文献学、中国古代文学、汉语言文字学、史学理论与史学史、中国古代史、科技哲学、文艺学、民俗学、中国民间文学等。主要从事科研工作，同时培养硕士、博士研究生。著名学者蒋维崧、王绍曾、吉常宏、董治安等在本院工作，成为各领域的学科带头人。

"兴灭业，继绝学，铸新知"，是本院基本的科研方针；重点扶持高精尖科研项目，优先资助相关成果的出版，是本院工作的重中之重。《山东大学文史哲研究院专刊》正是为实现上述目标而编辑的研究丛书。感谢上海古籍出版社对本丛书的支持，欢迎海内外学友对我们进行批评和指导。

山东大学文史哲研究院
2003 年 10 月

【附记】

《山东大学文史哲研究院专刊》已陆续编辑出版多种，在海内外引起广泛关注和好评。2012 年 1 月，山东大学文史哲研究院与山东大学儒学高等研究院、山东大学儒学研究中心和《文史哲》编辑部的研究力量整合组建为新的山东大学儒学高等研究院，许嘉璐先生任院长，庞朴先生任学术委员会主任（庞朴先生于 2015 年病故）。本院一如既往，以中国古典学术为主要研究范围，其中尤以儒学研究为重点。鉴于新的格局，专刊名称改为《山东大学文史哲研究专刊》，继续编辑出版。欢迎海内外朋友提出宝贵意见。

2019 年 3 月

【说明】

《山东大学文史哲研究院专刊》（第八辑）中《中国语言学论文选》一书因故延期出版，特此说明。

2020 年 12 月

目 录

出版说明 …………………………………………… 1
前言 ………………………………………………… 1

上篇　沂水部分(1955年)

I　歌谣类

野战军 ……………………… 3
七十四师完蛋了 …………… 3
打下沂水城 ………………… 3
六月里(打沂水) …………… 4
我军齐冲锋 ………………… 5
文南店子据点一扫平 ……… 5
打赣榆城 …………………… 5
打济南 ……………………… 6
何万祥 ……………………… 6
高志叶 ……………………… 7
刘利新真勇敢 ……………… 8
十二个月【孟姜女调】 …… 8
我们砍断了锁链 …………… 9
共产党来了有了明 ………… 9
国民党真是孬 ……………… 9
五更劝夫 …………………… 10
太阳出来暖烘烘 …………… 10
送郎歌 ……………………… 11
她方俊才十八 ……………… 12
妇女抗战 …………………… 12
抗日人家真光荣 …………… 12
前方歌【秧歌调】 ………… 13
抬担架 ……………………… 13
孙大娘主意多 ……………… 13
光荣歌【秧歌调】 ………… 14
放足歌 ……………………… 14
放脚歌 ……………………… 15
放足歌 ……………………… 16

五更调	16	解放区的白棉布	25
秧歌调	17	骂汪小调	25
路条	17	谁是乌龟大王八	26
生产歌	18	民国二六年	26
开荒歌	18	苦菜子花	26
开展大生产	18	小放牛	27
鬼子叫他翻白眼	19	一九四七年	27
鸡叫一声不明天	19	打台湾	27
斗地主	19	捉老蒋	28
还乡团	20	五更小调	29
还乡团	20	一根扁担挑上肩	30
打王家庄【锯缸调】	21	万恶的法西斯	30
烈火燃烧	21	打倒侵略的强盗	30
刘胜江【孟姜女调】	21	小白菜	30
打下了飞机	22	提灯棒	31
鬼子伸了腿	22	菠菜根	31
赶走鬼子享太平	22	五更	31
好铁要打钉	22	五更调	33
快去把兵当	22	张佩英	34
中国妇女抗战歌	23	孟姜女送寒衣	34
参军小唱	23	爱国增产解放台湾	36
欢迎新战友	23	小寡妇上坟	36
迎主力	24	寡妇上坟	38
抗日军人家属最光荣	24	上级颁下了婚姻法	38
送军粮	25	男的女的搞对象	39

婚姻歌 …………… 39	大辫子 …………… 58
结婚歌【秧歌调】…… 39	小洋板（一）………… 58
情歌 ……………… 40	小洋板（二）………… 59
小机匠 …………… 40	小洋板（三）………… 59
女婵娟 …………… 41	小洋钱 …………… 59
十二个月 ………… 42	谜 ………………… 59
搞对象【秧歌调】…… 43	过北京 …………… 60
姊妹二人纺棉花 …… 44	别看我是小娃娃 …… 60
送郎【孟姜女调】…… 44	搞对象 …………… 60
纺织歌 …………… 45	小家雀 …………… 61
绣兜肚 …………… 45	小白鸡 …………… 61
绣针札 …………… 46	小老鼠 …………… 61
绣荷包 …………… 47	小老鼠 …………… 61
高塔山 …………… 48	小老鼠上案板 …… 61
懒老婆（一）……… 48	老鼠抬轿 ………… 61
懒老婆（二）……… 49	香椿芽 …………… 62
懒老婆 …………… 49	老猫 ……………… 62
闺女走娘家 ……… 50	小叭狗 …………… 62
妇女识字班【秧歌调】… 51	小叭狗 …………… 62
问嫦娥 …………… 52	叭狗请客 ………… 63
怀惴九月【小调】…… 52	小白鸡 …………… 63
卖饺子 …………… 53	小歌 ……………… 64
送新亲 …………… 55	小丫鬟 …………… 64
十八岁大姐长得好【小调】	薄薄板 …………… 64
………………… 57	面汤子菜 ………… 65

小菠菜 …………… 65	杜娟姐姐到我家 ………… 79
小木梳 …………… 66	四喜四恨 …………… 79
辣疙瘩 …………… 66	秧歌队 …………… 80
小白鸡 …………… 67	鬼子歌 …………… 80
小两口 …………… 67	村政小调 …………… 81
小辗板 …………… 67	四季词 …………… 82
鸡咯咯 …………… 68	小粘人 …………… 83
买竹篙 …………… 68	小锔缸 …………… 83
又说又道 …………… 69	
窗户台上种了二亩瓜 …… 69	**附：曲谱** ………… 84
小孩语 …………… 69	一、罗成算卦 ………… 84
小孩语 …………… 70	二、梁山伯与祝英台 …… 84
杨家蜜 …………… 70	三、纳花灯 …………… 85
小油匠 …………… 70	四、大四川 …………… 85
扁毛子秸吹唔唔 …… 70	五、打沂水 …………… 85
小板凳 …………… 71	六、夜战军 …………… 86
发兵 …………… 71	七、小放牛 …………… 86
苦菜叶尖又尖 …… 71	八、谭香女哭瓜 ………… 86
十二个月小唱 …… 71	九、姐在房中 …………… 86
对花 …………… 72	十 …………… 87
绣花灯 …………… 73	十一、懒老婆 …………… 87
洋大囡 …………… 76	十二、迎主力 …………… 88
小白菜 …………… 77	十三、歌 …………… 88
当年忙 …………… 78	十四、失题曲 …………… 89
卖包子 …………… 78	十五、十二月纺花 ……… 89

十六、失题曲 …… 89
十七、失题曲 …… 89
十八、抗日军人家属真光荣

（片段）…… 90
十九、五更调 …… 90

Ⅱ 快板类

打鬼子抓汉奸 …… 91
同心协力保江山 …… 94
打孟良崮 …… 102
随军转移 …… 104
歌唱解放战争 …… 108
中国抗战二十年 …… 111
打垮蒋匪实行土改 …… 112
坚决镇压反革命 …… 114
歌颂毛主席 …… 115
姜老汉 …… 115
刘大妈 …… 115
金盆地 …… 116
汇报 …… 116
生产节约 …… 119
新式结婚 …… 122
自由结婚 …… 125
共产主义社会万万岁 …… 125
爱国增产解放台湾 …… 127
十二月生产快板 …… 127
生产快板 …… 130

宽垄密植 …… 132
模范生产合作社 …… 132
多种"斯字棉" …… 133
新东西 …… 133
推广优良品种 …… 133
消灭腥乌麦 …… 134
凡事起保证 …… 135
正月十五闹元宵 …… 135
统计表 …… 136
赵禄仲的武老二 …… 136
西北旋天起狂风 …… 137
刮大风——拍口令 …… 137
绕口令 …… 138
黑妮黑小 …… 138
昨夜五时到家西 …… 139
花子拾金 …… 140
奇巧事 …… 141
昨夜五时去放马 …… 142
扯圆 …… 142
闲来无事到家东 …… 143

Ⅲ 谚语类

一、关于事理的 …………………………………… 144
二、有关农作的 …………………………………… 144
三、关于自然现象的 ……………………………… 145
四、其他 …………………………………………… 146

Ⅳ 谜语类

一、工具及日用品类 ……………………………… 148
二、农作物、植物与食物类 ……………………… 151
三、动物 …………………………………………… 154
四、人身上的东西 ………………………………… 156
五、自然现象 ……………………………………… 157
六、字谜类 ………………………………………… 158
七、其他类 ………………………………………… 159
八、附录 …………………………………………… 162

Ⅴ 歇后语类

一、借音的 ………………………………………… 166
二、喻意的 ………………………………………… 167

Ⅵ 故事类

孟姜女 ……………………… 170　　喜鹊和兔子 ……………… 174
杨二郎担山赶太阳 ………… 172　　鲤鱼换兔子 ……………… 175
十兄弟 ……………………… 173　　兄弟俩捉狼 ……………… 175

蝉的故事 …… 176	三十六郎庄 …… 211
"地主与长工"的故事 …… 177	海哥和锦妞 …… 213
推磨 …… 179	附：关于《海哥和锦妞》
穷八辈盗宝 …… 180	的几点说明 …… 224
割草 …… 182	春旺和九仙姑 …… 225
抹了一身的泥 …… 183	附：《春旺和九仙姑》
兴隆寺 …… 184	整理说明 …… 234
三女婿 …… 186	小草鞋 …… 235
三女婿拜寿 …… 187	小伙子和二姐 …… 237
三女婿拜寿 …… 189	红孩儿的故事 …… 238
三女婿对诗 …… 190	猴儿庙 …… 238
兄弟四个对诗 …… 191	开灰窑 …… 239
呆子 …… 192	石头人招亲 …… 240
兄弟俩教学 …… 193	四举人争父 …… 242
读别字老先生 …… 195	破毡帽 …… 242
路不平 …… 196	老蛇精的故事 …… 242
打了春怎么会比冬天冷 …… 199	几个条件 …… 243
贪心的老大 …… 200	兄弟俩称娘 …… 244
人心无足 …… 202	龙山的故事 …… 245
草包 …… 204	把鞋给我 …… 247
"草包"送布 …… 205	三猫开会 …… 248
喝骗酒 …… 206	赵知县巧使完案 …… 249
一个老汉和四个儿子 …… 208	卖我 …… 250

VII 曲艺类

小归队 ······ 251

慰问抗属 ······ 258

抗美记 ······ 261

艾森豪的失败 ······ 262

百姓骂蒋 ······ 264

下四川 ······ 267

连玉莲打水 ······ 269

下篇　淄博部分（1956年）

I 故事类

（一）关于洪山的故事

打开洪山，没有穷汉 ······ 273

金蛙的故事 ······ 274

洪山探宝的故事 ······ 275

金马驹（一） ······ 276

金马驹（二） ······ 277

流钱洞 ······ 278

打开洪山头，白银向外流 ······ 279

卖油郎挑银子 ······ 280

洪山里的珍珠 ······ 280

辘轳挑 ······ 281

银泉 ······ 282

打开洪山，没了穷汉 ······ 282

洪山取宝 ······ 283

洪山的故事 ······ 284

（二）民间传变

路姑的故事 ······ 285

甘露（一） ······ 287

甘露（二） ······ 288

一渔翁 ······ 289

李半仙的故事（一）（二）（三）（四） ······ 290

两个和尚 ······ 294

瞎子东方朔 …………… 296
算命先生 ……………… 298
聪明的老渔翁 ………… 299
结婚的麻烦 …………… 299
聚金窝 ………………… 300
孝妇河 ………………… 301
一个讲义气的乞丐 …… 302
包龙图陈州放粮 ……… 303
吕洞宾 ………………… 306
金蛤蟆 ………………… 306
养老女婿 ……………… 308

(三)一般故事

五十两银子 …………… 311
双善桥 ………………… 313
勺巴的甜酱和勺巴当了
　大都督(一)(二) …… 315
兄弟俩当长工 ………… 317
那一定 ………………… 319
张生和李生 …………… 320
长工与地主 …………… 323
聪明的媳妇 …………… 324
奇妙的亲事 …………… 325
油锅里摸钱 …………… 325
作诗 …………………… 327
两兄弟 ………………… 328

巧对哑谜诗 …………… 330
地主与觅汉 …………… 332
贪财害人者必受罚 …… 333
不讲理的瞎子 ………… 338
饥寒和饱暖的故事 …… 339
地里的财宝 …………… 341
财主和穷人 …………… 342
糊涂二大爷 …………… 343
贪财的地主 …………… 345
孟家压不过李家 ……… 346
穷女婿 ………………… 348
两兄弟分家 …………… 351
聚宝盆 ………………… 352
落宝石和眼镜 ………… 354
宝长虫 ………………… 355
杀人的人 ……………… 357
聪明的闺女 …………… 358
爬墙溜 ………………… 359
三个大人 ……………… 363
四个吹牛的人 ………… 364
兄弟三人喜相逢 ……… 365
行行出状元 …………… 368
曹氏三弟兄 …………… 371
乾隆皇帝中榜眼 ……… 373
有神没有?有鬼没有? …… 374

石匠 …… 376	狼头店 …… 423
寒天绣 …… 377	白浪河 …… 423
教书先生 …… 378	城东王老大 …… 424
三件宝 …… 380	火龙单 …… 426
害人如害己 …… 384	白面书生 …… 429
节孝坊 …… 389	刘大人的管家 …… 430
张老汉拾儿子 …… 391	刻薄的地主 …… 431
长工与鲤鱼 …… 395	丑兄弟 …… 432
张二鬼 …… 397	兄弟俩分家的故事 …… 433
长工赶集 …… 398	好心的弟弟 …… 435
宝扁担 …… 400	坏哥哥 …… 437
老鼠精 …… 402	**(四)笑话**
门联 …… 404	毛虫不可夸也 …… 438
康百万和刘二苏老婆	理发师与县官 …… 440
（一）（二）（三）…… 405	老羊装狗 …… 441
大槐树 …… 409	七个聋子 …… 442
死人搬家 …… 410	发音的故事 …… 443
对对子 …… 412	你叫,我就说是你教的 …… 444
草包头难倒文武举 …… 414	对诗 …… 445
看风水 …… 418	两兄弟 …… 446
奇怪的神仙 …… 419	**(五)动物的故事**
吹大气的人 …… 419	猫和狗 …… 448
捣蛋鬼 …… 420	逢集还能吃点烟,不逢集
梦 …… 421	仅能吃点烟灰 …… 449
老实哥哥庙 …… 422	赶考 …… 450

猴子与鱼 ……………… 452
城里人没有人味啊 ……… 454
蚊子精 ………………… 455
胡诌 …………………… 456

（六）神灵与鬼怪

赌客 …………………… 458
放生 …………………… 460
就怕王永暇 …………… 463
狼 ……………………… 464
皮子的故事 …………… 466
医眼树 ………………… 467
皇姑和李小子 ………… 469
小净和龙女 …………… 472
卖豆腐的人 …………… 474
花母鸡 ………………… 477
穷老汉和妖精 ………… 481
穷人 …………………… 483

画上的姑娘 …………… 485
洪山后洞 ……………… 487
三件宝贝 ……………… 488
木鱼与仙草 …………… 492

（七）关于蒲松龄的传说

打败狐仙 ……………… 494
狗骨头 ………………… 495
不出头的老牛 ………… 496
考禀生的故事 ………… 497
考秀才的故事 ………… 497
关于刘氏的传说 ……… 497
下马台和下驴台 ……… 498
鲤鱼大闹滚水滩 ……… 498
红绣鞋大闹滚汤锅 …… 499
不祭土地 ……………… 499
蒲松龄与尚书和侍郎 … 500
"往上竖""必是狼" …… 501

II　歌　谣　类

长尾巴狼 ……………… 503
来了客 ………………… 503
山老哥 ………………… 504
小叭狗 ………………… 504
小白鸡 ………………… 504
小板凳 ………………… 505

小瞎眼 ………………… 505
小花盆 ………………… 505
小叭狗 ………………… 505
你姥娘家 ……………… 506
小老呱 ………………… 506
小麻雀 ………………… 506

龙生龙	506	淄博煤矿堆成山	514
一粒米	507	老牛角	514
鸡蛋皮	507	童谣(一)(二)	514
下雨下雪	507	小白菜	515
小蛤蟆	507	卖豆腐	515
拉呱	507	打竹板	516
勺子有头没有眼	508	呱哒板	516
扁豆花	508	急口令(一)(二)(三)(四)	516
瞎话瞎	508	急口令(一)(二)(三)	517
小狗小狗你看家	508	绕口令(一)(二)	518
矬老婆	509	下淄川	519
大汽灯	510	四块石头	519
过腰子	510	大宽道	519
扁扁叶	511	单打不长眼的	519
扁豆花	511	干不干	520
小白鸡	511	光着腚	520
小白鸡	511	一个獾	520
小白鸡	512	十二月里	520
小白菜	512	十二月里	522
熬子山	512	机匠歌	524
小狗	513	小五更	526
小汽车	513	绣花灯"十二个月"	527
呱哒板	513	十八岁的大姐九岁郎	527
一口馍馍两口肉	513	十年抗战	527
洪山区	514		

恨赌博	528	踏青	535
恨日本鬼子	528	五更	536
修工歌	528	送情郎	537
德国鬼子"十二个月"	528	姐儿生来才十八	538
打兔子	529	打茶壶	538
嘲笑媚外者的"洋相"	529	劝夫上学	539
逼退	530	十二月翻花	539
十等人	530	十二月	540
散花	530	孟姜女哭长城	542
地无堰	531	打花鼓	543
三十亩地一群羊	532	打花盆	543
火车头	532	打戒指	544
大伙想一想	532	大闺女织手巾	544
一九四七年	532	编蒲扇	545
农村生活	533	老母夸孙孙	546
人多心要齐	533	一心无二抗战去	546
家雀子飞到碾台上	534	小大姐赶集	547
十二个月	534	大姑娘	547

Ⅲ 谜语、谚语、歇后语类

甲、谜语

一、描写日常事物 ………………………………… 549
   （一）生产工具 ………………………………… 549
   （二）农作物 ………………………………… 550
   （三）自然界物 ………………………………… 553

（四）日常用物 …………………………… 559
二、物象的谜 ………………………………… 564
三、字谜 ……………………………………… 564

乙、谚语

一、自然现象 ………………………………… 568
二、生产技术 ………………………………… 570
三、说明事理 ………………………………… 573

丙、歇后语

……………………………………………… 575

IV 曲艺类

一、小演唱 …………………………………… 588
二、曲艺 ……………………………………… 591
三、快板 ……………………………………… 597

解放淄川城,俘虏蒋匪军 …………… 597	变成金 …………………… 600
五二年元旦节大会献礼 …………… 597	合作化——幸福的路 …… 600
抗日战争时期作的 …… 598	种地的走了运 …………… 601
抗战胜利时作 ………… 598	歌颂 1956 年 …………… 602
动员大家卖余粮 ……… 599	新面貌 …………………… 603
一步登天 ……………… 599	选队长 …………………… 603
大家一条心,就是黄土	劳动有饭吃 ……………… 604
	学文化 …………………… 604
	积肥 ……………………… 604

积极参加扫盲学习,加速
　　社会主义建设 ……… 605
春节文娱活动秧歌舞 …… 606
积肥 …………………… 607
植树造林告大家书 ……… 607
一片荒凉废墟变成文化

圣地(一)(二)(三)(四)
　　(五)………………… 609
积极参加除四害运动 …… 611
工农联欢会上的话 ……… 611
大增援 …………………… 612
抓紧雨后时机 …………… 613

V　附录——蒲松龄俗曲及杂著

聊斋补编·幸云曲正德嫖院 ……………………………… 614
聊斋外编·学究自嘲 ……………………………………… 727
聊斋外编·禳妒咒曲 ……………………………………… 733
聊斋外编·富贵神仙曲 …………………………………… 817
聊斋外编·蓬莱宴 ………………………………………… 896
农经 ………………………………………………………… 922
蚕经 ………………………………………………………… 938
蚕经补 ……………………………………………………… 944

附录

中国语文系专业介绍 ……………………………………… 954
1955年沂水《人民口头创作实习资料汇编(原始材料)》
　　编辑说明 …………………………………………… 956
1956年淄博《人民口头创作实习资料汇编(原始材料)》
　　前记 ………………………………………………… 957
1956年度中文系人民口头创作生产实习队队员名单 …… 958
编辑名单 …………………………………………………… 959

赵景深致关德栋信札三封 …………………………………… 959
　　附:"中国人民口头创作"教学大纲 …………………… 960
我和农民建立了友情 ……………………………………… 966
在蒲松龄的故居 …………………………………………… 968
在蒲松龄故乡搞社会实习——谨以此文悼念关德栋先生
　………………………………………………………… 969
关先生教学的回忆片段——悼念关德栋先生 …………… 973

后记 ………………………………………………………… 979

前 言

20世纪50年代,受苏联民间文学理论的影响,"人民口头创作"取代"民间文学",成为中国民间文学界的专用学术名词。它尤为强调"人民性"和"口头性",对当时中国民间文学的研究和教学产生了重大影响。1954年,关德栋在山东大学开设"人民口头创作"课程,并且围绕这门课程,分别于1955年和1956年带领学生前往沂水县和淄博市进行民间文学采风活动。这两次采风以科学的民间文学田野作业方法为指导,搜集到大量珍贵的民间文学资料,后编印为三册《人民口头创作实习资料汇编》,在当时的民间文学界产生了积极影响。

一、从"民间文学"到"人民口头创作"

学术界普遍认为,现代意义上的中国民间文学研究是从1918年2月1日《北京大学日刊》刊登《北京大学征集全国近世歌谣简章》和蔡元培的《校长启事》正式开始的。在新中国成立前,民间文学研究大多是研究者的自发行为,由个人的学术兴趣所驱动,虽然也有社团,但组织性并不强,更不强调整齐划一。这一段时间,因为参照系和着眼点的不同,仅"民间文学"的名称就有"民间文学""俗文学""白话文学"等多种叫法。在新中国成立后的十七年间,伴随着意识形态的调整和体制机制的变革,"本应属于国学研究或人文科学研究的民间文学研究工作,却纳入了文艺工作体制,在文艺界成立了一个群团组织——中国民间文艺研究会,从而进入了一个群团主导的时代"①。

中国民间文艺研究会于1950年3月29日在北京成立。其《章程》规定,中国民间文艺研究会的宗旨是"搜集、整理和研究中国民间的文学、艺术,增进对人民的文学艺术遗产的尊重和了解,并吸收和发扬它的优秀部分,批判和抛弃它的落后部分,使有助于新民主主义文化的建设"。在成立大会上,周扬的讲话给新中国的民间文艺工作定了调。他说:"民间文艺是一个广阔的富藏,它需要我们有系统的、有计划的来发掘。……但我们觉得最出色的民间艺术还没有发掘出来。今后通过对中国民间文艺的采集、整理、分析、批判、研究,为新中国新文艺创作出更优秀的、更丰富的民间文艺作品来。"②郭沫若在成立大会上作了《我们研究民间文艺的目的》的讲话,对民间文学"人民性"的意识形态属性进行了明确界定。郭沫若高度重视民间文学的田野采风,他在讲话中提出了民间文学研究的五点目的,其中第一点就是"保存珍贵的文学遗产并加以传播"。他提出,"我们现在就要组织一批捕风的人,把正在刮着的风捕来保存,加以研究和传播"③。

中国民间文艺研究会的成立,标志着在民间文学研究的指导思想上由百家争鸣、众声喧哗,转向了马克思主义经典作家和苏联民间文学理论。这一指导方针,贯穿了整个20世纪50年代的民间文学研究。

新中国成立初期,将苏联视为社会主义的样板而多有学习和模仿。"苏联民间文艺学理论的基本观点,被认为是代表了马克思

---

① 刘锡诚:《二十世纪中国民间文学学术史》,中国文联出版社,2014年,第621页。

② 周扬:《中国民间文艺研究会成立大会开幕词》,《周扬文集》(第2卷),人民文学出版社,1985年,第10页。

③ 郭沫若:《我们研究民间文艺的目的》,《人民日报》1950年4月9日。

主义的社会主义民间文艺学的理论取向。对它的吸收、借鉴,影响了中国社会主义新民间文艺学理论的基本风貌。"①这种民间文艺学理论转变的一个关键词是"人民"。对当时占主导地位的民间文学理论家来说,"'人民'的共和国,当然要确立'人民'的文化,作为历史创造者的'人民',其创造力需要得到充分的认识和肯定。但对人民创造力的认识和肯定,需要科学的、先进的马克思列宁主义理论的印证,而被视为马克思列宁主义理论体现的苏联民间文艺学理论就起到了指导和检验我们认识的重要作用"②。

1950年9月,在新创刊的《民间文艺集刊》第1辑上,主持中国民间文艺研究会工作的钟敬文发表了《口头文学:一宗重大的民族文化遗产》。这篇文章首次提出了"人民口头文学"和"人民口头创作"的概念,以此替代了此前通用的"民间文学"和"口头文学"等概念。"人民口头文学"和"人民口头创作"两个概念体现出浓重的苏联口头文学理论的色彩。钟敬文认为,按照苏联学者"所谓口头文学,一般是指劳动人民自己创作和传播的语言艺术"的定义,"我们就无需再象过去那样,把许多虽然流传在民间而本质上却不属于广大人民的东西算作口头文学或人民创作了。今后为着使大家对它的观念更清晰起见,干脆地废去那些界限广泛而意义模糊的'民间文艺'一类的旧名称,采取'人民口头创作'或'人民创作'的新术语是有好处的"③。

"人民口头创作"的名称很适合1949年后中国人民当家作主、全面学习苏联的时代背景,又凸显出了"人民性""口头性"等特

---

① 黎敏:《中国社会主义新民间文艺学理论初创时期的苏联影响》,《民俗研究》2007年第1期。
② 黎敏:《中国社会主义新民间文艺学理论初创时期的苏联影响》,《民俗研究》2007年第1期。
③ 钟敬文:《〈苏联口头文学概论〉序》,《民间文艺谈薮》,湖南人民出版社,1981年,第66页。

征,这正是当时对"民间文学"概念的认识。钟敬文将民间文学的作者"定位为'人民'或'劳动人民',从而赞美民间文学在思想上、艺术上的优越之处"①,它所谓的"人民",已经不再是指"民族全体",而是"过于狭窄化、过于意识形态化了"②。虽然在1959年后,因为中苏两国关系发生了变化,"人民口头创作"的名称又恢复为"民间文学",但在整个20世纪50年代,"人民口头创作"这一概念彻底取代了"民间文学",成为民间文学研究领域的正宗。

二、山东大学"人民口头创作"课程设置

新中国成立后,许多高校开设了民间文学课程。赵景深、钟敬文、罗永麟最早在复旦大学、北京师范大学、震旦大学进行民间文学教学。在"人民口头创作"的概念取代"民间文学"之后,虽然有所争议③,高校还是纷纷开设了"人民口头创作"课程,以作为中国文学史的补充。当时钟敬文在北京师范大学、北京大学、辅仁大学三校开设了"人民口头创作"课程。据陈子艾《从"人民口头创作"课的课堂教学说开去——怀念钟老20世纪50年代的教学实践之一》一文回忆,当时北师大的"人民口头创作"课程是为高年级学生开设的。"上课一年,上学期每周二节,下学期每周三节。钟先生讲新课共十讲。"④其课程大纲如下:

---

① 刘锡诚:《二十世纪中国民间文学学术史》,中国文联出版社,2014年,第631页。
② 刘锡诚:《二十世纪中国民间文学学术史》,中国文联出版社,2014年,第631页。
③ 参见钟敬文:《高等学校应该设置"人民口头创作"课》,《民间文艺谈薮》,湖南人民出版社,1981年,第66页。
④ 陈子艾:《从"人民口头创作"课的课堂教学说开去——怀念钟老20世纪50年代的教学实践之一》,中国民协编《民间文化的忠诚守望者——钟敬文先生诞辰110周年纪念文集》,中国文史出版社,2013年,第48页。

第一章：绪论；第二章：人民口头创作的人民性及特征；第三章：人民口头创作在群众生活中的位置与作用；第四章：人民口头创作和作家书面文学关系；第五章：神话和传说；第六章：民间故事；第七章：民间诗歌；第八章：民间戏剧；第九章：谚语和谜语；第十章：新的人民创作①。

由课程大纲可知，"人民性"和"口头性"在这门课程中得到了充分的强调。

山东大学是继上述高校之后较早开展民间文学教学与科研的高校。1953年，受冯沅君邀请，关德栋调任山东大学中文系教授。他此时的身份是敦煌学家、俗文学专家和满学专家。20世纪40年代，关德栋通过敦煌俗文学研究而扬名，其后他又成为以郑振铎和赵景深为代表的"俗文学学派"的重要成员，未及而立，就已经发表了大量关于小说、戏曲、说唱等的研究论文，受到郭沫若、郑振铎、向达、王重民等著名学者的赞许。

到山东大学工作后，关德栋继续从事"俗文学"研究，并和冯沅君教授一起承担了"中国文学史"课程的教学工作。因为专业相近，又有民间文学工作的经验，开设"人民口头创作"课程的重任就落到了他的肩上。通过查询当时山东大学教务处的课程表可知，从1953年关德栋到任，到1956年夏天他带领学生赴淄博进行民间文学采风，这期间山东大学中文系共四次开设"人民口头创作"课程，授课教师都是关德栋，授课时长为一学期。分别为：

1. 1953—1954学年第二学期，即1954年上半年，授课对象是大一年级，每周3课时，周三、周六上课。

2. 1954—1955学年第一学期，即1954年下半年，授课对象为

---

① 陈子艾：《从"人民口头创作"课的课堂教学说开去——怀念钟老20世纪50年代的教学实践之一》，中国民协编《民间文化的忠诚守望者——钟敬文先生诞辰110周年纪念文集》，中国文史出版社，2013年，第48—49页。

大一、大二两个年级,每周3课时,周三、周六上课。

3. 1955—1956学年第一学期,即1955年下半年,授课对象为大一年级,每周的课时安排为讲课2.2,讨论0.8,答疑0.55,周二、周六上课。

4. 1955—1956学年第二学期,即1956年上半年,授课对象为大一年级,每周3课时,周二、周五上课。

《新山大报》1955年6月10日第二版刊登了山东大学各专业的介绍,其中,中国语文系汉语言文学专业"旨在广博的系统的基础知识之上,特别是根据语言文学本身的系统性与基础课程的广阔性,进行专业训练,来培养比较全面发展的人才。……这个专业的培养目标是:汉语言文学研究人才和高等学校及中等学校师资,而以汉语言文学研究人才为主要培养目标。"汉语言文学专业的课程有十五种,第十三种为"人民口头创作",其课程要求为"运用马克思列宁主义的观点,讲授人民口头创作的基本问题兼及优秀作品"。与之并列的课程还有"文艺学引论""中国文学史""外国文学"等。

1955级学生、后任山东大学教授的郭延礼在《关先生教学的回忆片段——悼念关德栋先生》一文中回忆①,当时关德栋教授的"人民口头创作"课程没有现成的教材和讲义,所以授课的方式很灵活,他"不是一字一字地念讲稿,而是像平常谈话一样与学生进行交流,加之他渊博的知识,纯熟的北京话,讲起课来内容充实、新鲜,表达生动,语言动听悦耳"。在讲课中,他还"插入民间文学中一些富有情趣的歌谣、传说,乃至奇闻、轶事,这对于刚刚步入大学、求知欲很强的青年学子来说,听起来很有趣,像听故事一样。五十分钟很快过去了,下课钟声响了,往往是讲者觉得言犹未尽,

---

① 郭延礼:《关先生教学的回忆片段——悼念关德栋先生》,中国俗文学学会和山东大学文学院合编《关德栋教授纪念文集》,2006年。

听者感到兴趣无穷。所以当时同学们都喜欢'人民口头创作'这门课"。

据1955年关德栋与同样教授这门课程的复旦大学教授赵景深的通信可知,关德栋当时曾着手编写讲义①。1955年10月25日,赵景深将自己编写的"中国人民口头创作"教学大纲寄给关德栋,询问他"人民口头创作概论"的讲义是否着手编写。关德栋对大纲提了一些意见和建议,并与赵景深交换了自己对这门课程的看法以及编写讲义的心得。可惜的是,关德栋所编民间文学讲义的具体内容已不可知了。

三、20世纪50年代的两次"生产实习"

20世纪50年代,全国高等学校除了课堂教学外,还要进行"生产实习"。作为教学法的"生产实习"借鉴自苏联,本来是培养工业、农业等熟练技术工人的一种方法,后来成为各个专业课堂教学的补充,各专业进行"生产实习"的方式也各不相同。山东大学"人民口头创作"课程"生产实习"的形式是田野采风,进行民间文学资料的搜集、整理。这既是课堂教学的延伸,也是1950年中国民间文艺研究会成立之初所提出的"发掘"民间文学遗产和"捕风"的要求。山东大学成为新中国成立后较早进行民间文学田野调查的高校之一。

在执教山东大学之前,关德栋已有丰富的民间文学调查经验。1950年,他搜集、整理了维吾尔、哈萨克、锡伯、蒙古四个民族的民歌,和维吾尔、哈萨克、塔塔尔、柯尔克孜、乌兹别克、蒙古六个民族的民间故事,结集为《新疆民歌民谭集》,由上海北新书局出版。

---

① 1955年,关德栋与赵景深有过数封通信,讨论"人民口头创作"教学大纲和讲义的编写,可惜关信已不可见。参见车振华、王鲁娅:《赵景深论"人民口头创作"信札考略》,《民俗研究》2011年第2期。

1950年春,他随西北军政委员会教育部派往兰州大学的军代表,到该校工作,任教于"少数民族语文系"。除讲授一些"民族史"和"民族政策"的知识外,在赵景深先生的鼓励和指导下,他还从事当地民歌的搜集、整理工作,编成了《甘肃青海民歌集》。《甘肃青海民歌集》分为"甘肃民歌""青海民歌""西藏民歌"和"兰州鼓子"四部分,基本涵盖了当地最有特色的民歌形式。其中"甘肃民歌""青海民歌"除了歌词外,还附有曲调。《甘肃青海民歌集》请郑振铎先生题写了书名,赵景深先生为之作序,本拟由北新书局出版,后由于出版社调整和关先生工作的调动而搁置至今①。

1955年暑假,关德栋带领山东大学中文系1953和1954两个年级的二十多名同学,深入沂蒙山区的沂水县进行民间文学采风。沂水地处沂蒙山区腹地,是著名的革命老区,民间文学资料丰富,俚歌俗曲和抗战民谣众多。据参加此次采风活动的1953级学生、后任青岛大学教授的郭同文回忆,此次采风活动采用自愿报名的方式,历时二十多天,深入沂水县民间文学资源蕴藏丰富的四个点进行调查,取得了丰硕的成果②。郭同文在1956年2月9日《新山大报》上发表《我和农民建立了友情》一文,回忆了沂水当地的纯朴民风,以及他在沂水实习期间和当地农民打成一片、建立起深厚感情的故事。

1956年7月暑假,关德栋又带领33名学生到淄博市进行"人民口头创作"的生产实习,搜集当地的民间文学作品,实习时间为半个月。之所以选择淄博市作为实习点,主要有两点原因:一、淄博市是煤矿区,有著名的洪山煤矿,可以搜集过去少为人注意的、反映矿工生活的歌谣和故事;二、淄博市为清代著名文学家蒲松

---

① 参见关家铮:《赵景深遗稿〈甘肃青海民歌集·序〉》,《民俗研究》2002年第4期。

② 参见2011年笔者对郭同文教授的电话采访。

龄的故乡，可以去那里搜集有关蒲松龄和《聊斋志异》的资料，以及蒲松龄的俚曲、民间传说等。

1953级学生孙庭华在《在蒲松龄故乡搞社会实习》一文中回忆："全队由4个年级学生组成，共有队员33人，分成4个小组，分别在洪山镇、寨里乡和蒲家庄等6处，进行材料搜集。"①关德栋指导孙庭华所在的第六小组（共有7人，张杰为组长），进驻蒲松龄的故乡——蒲家庄。孙庭华回忆："进村后，由于村干部鼎力相助，我们很快深入民间，和农民兄弟成为知心朋友。白天，头顶烈日，我们卷起裤脚，脱去衬衫，和他们并肩下地劳动，真正体验到'谁知盘中餐，粒粒皆辛苦'的劳动艰辛。田头休息，他们主动地给我们说笑话，猜谜语，讲故事。这时，我们也像当年聊斋先生搜集故事边听边记。晚上，在住处，点上蜡烛，埋头整理当天搜到的资料，直到深夜才能上床睡觉。"当年三十多岁的关德栋，"身着白短衫灰布裤，脚穿便鞋，头戴大草帽，手提黑布包。他这身装束，根本不像学者、教授，颇像县府机关干部"。关德栋平时与队员们同吃、同住、同劳动、同工作，毫无学者和教授架子。

在蒲家庄，实习小组取得了一项重要的成果，那就是收集到了几种蒲松龄的俚曲手抄本。孙庭华在文中生动地描述了蒲氏著作的发现过程：

> 一天，令人兴奋的事情发生了，那是早饭后，村长陪同一位慈眉善目、两鬓苍苍的老人来找我们，说明来意后，他小心翼翼地解开一个黄布包，拿出数本深蓝书皮的线装书微笑问："你们看这书中不中？"张杰连忙接过书来翻阅，原来竟是蒲松龄著作手抄本，全组如获至宝。顿时兴奋不已，异口同声说："中！中！谢谢！谢谢！"据村长介绍，老人名叫蒲英棠，

---

① 孙庭华：《在蒲松龄故乡搞社会实习》，《山东大学报》2009年3月25日。以下所引孙庭华的回忆皆出自此文。

年逾八旬,系聊斋先生八世孙。这些线装书,均出自他手。他于民国二十八年(1939年),用蝇头小楷抄写而成,为当时流传民间颇为珍贵的手抄本。征得老人同意暂借给我们用来手抄。关老师闻讯,从洪山镇小组赶来,对全组说:"材料异常珍贵。机会难得,全文照抄,一页也不能漏掉!"于是同学们开始了紧张地抄书工作。为了加快抄书进度,每晚不得不挑灯夜战到夜阑时分。由于全组齐心协力,昼夜奋战,我们终于如期抄完了聊斋外编。计有:《幸云曲正德嫖院》《禳妒咒曲》《磨难曲下部富贵神仙曲》《学究自嘲》《蓬莱宴》和《农经》,全部的手抄本。这些抄本为研究蒲松龄提供了殷实资料。

在蒲家庄,实习队在搜集民间文学作品之余,还在住处的大院里办了夜校,帮助农民提高觉悟和扫除文盲。他们克服诸多困难,自己编写、刻板、油印了《识字课本》,年轻人人手一册,在村里掀起了读书识字的热潮。

四、"生产实习"的成果——《人民口头创作实习资料汇编》

这两次"生产实习"结束后,实习小组将采风所得编印为《人民口头创作实习资料汇编》三册,分为"沂水卷""淄博和洪山卷"。"沂水卷"所搜集的材料分为"歌谣类"(附部分"曲谱")、"快板类""谚语类""谜语类""歇后语类""故事类""曲艺类"七类,共计十一万余字,其中"歌谣类"所占篇幅最大。所收歌谣题材多样,其中有传统歌谣,如《五更调》《小白菜》《绣花灯》等。这些歌谣在坚持小调常见母题的基础上,体现出鲜明的地方特色,无论是方言土语的运用还是对地方特有景物、器具的描摹,都呈现出浓浓的乡土气息,全面反映了当时沂蒙人民的日常生活和精神风貌。其中一首《十二月》云:

正月里,正元宵,俺想妹妹谁知道,清晨拉着大车去,盼俺妹妹来看热闹。二月里,龙抬头,俺想妹妹泪交流,清晨拉着大车去,伴着妹妹来吃糖豆。三月里来,三月三,家家门口扎秋千,人家秋千一丈二,俺家秋千一丈三。四月里,四月八,快快地里按黄瓜,人家的黄瓜才开花,俺家的黄瓜一大扎,清晨拉着大车去,伴了妹妹来吃黄瓜。妹妹吃肚俺吃巴,妹妹不来俺不开家。

歌谣中亦多有赞美沂蒙人民积极支前、英勇抗日的,如《打下沂水城》《抗日人家真光荣》《赶走鬼子享太平》《送军粮》《抬担架》等,表现了沂蒙人民同仇敌忾,与侵略者斗争到底的勇气和决心。如《抬担架》:"一条扁担嗨呀呼嗨啊,两头弯弯嗨呀呼嗨啊。扇扇如飞嗨呀呼嗨啊,俺去送给养嗨呀呼嗨啊。俺去送鞋袜嗨呀呼嗨啊,俺去送子弹嗨呀呼嗨啊。我要上前线嗨呀呼嗨啊,帮助同志们嗨呀呼嗨啊。打倒鬼子回家嗨呀呼嗨啊,打倒鬼子回家才光荣嗨呀呼嗨啊。"又如《开展大生产》:"开展大生产,就在今一年,毛主席号召咱组织起来干,互助变工多生产,开荒造林把井钻,保证每亩多打十斤粮,每人保证一分棉。合作社要普遍,互助变工多生产,开荒造林把井钻,和平永远实现,这样每人有吃穿。军队有吃穿,经济不困难。咱们要改造二流子,贪吃的那懒汉。大家齐生产,你帮我,我帮你,努力干,完成号召帮助抗战,和平永远实现。"

歌谣中还描写了沂水作为解放区的种种新气象,赞扬了勤劳奋发的劳动者,对女性勇敢追求婚姻自由和努力学习文化知识作了热烈地歌颂。"识字班",这一沂蒙山区特有的名词被沂蒙人民在歌谣中反复歌咏传唱:

识字班来真模范,拿上书本儿去上班,一上上了下二点,快到家里快纺线。各人识字各人好,现在的妇女提高了,能看书来能看报,还能看看北海票。有的妇女不识字,瞪着二眼干着急,人家识字懂道理,大瞪二眼干生气……(《妇女识字班》)

歌谣中多有作于1950年代之后者,这些作品,大多是赞颂党的好政策和吟咏当时工农业生产的新气象。正如《人民口头创作实习资料汇编》"沂水卷"的"编辑说明"所说:"其中某些看来似乎属于文人或工作队的作品。"例如,《打倒侵略的强盗》:"打倒侵略的强盗,建立和平的阵营,为了民族的解放,为了世界的和平,团结起来高举我们的拳头,英勇向前,消灭我们的敌人,争取民族解放,争取世界和平。"就类似宣传队的标语口号。其他如《坚决镇压反革命》《自由结婚》《共产主义社会万万岁》《爱国增产解放台湾》等也是如此。如《共产主义社会万万岁》:"今年一九五五年,新的形势大转变,上级颁布了总路线,一切的工作要实现,咱就在抗美援朝条件下,大规模经济建设订计划,又建设,又生产,工业农业大开展。文化学习大翻身,速成学校搞重点……买上猪,买上羊,积肥工作做得强,上在田里才能打粮,三大统购卖余粮。……老百姓说是政策强,高高兴兴卖余粮。很高兴,很自然,为了三大来支援,支持国家的工业化,各个工厂都发达……"

"快板类"以歌颂人民军队和描写乡村日常生活为主,例如《黑妮黑小》:

> 八月十五是中秋,小两口子打黑豆,一场黑豆没打完,生了一个黑丫头。一岁、两岁娘怀里抱,三岁、四岁会爬行,五岁、六岁遥街走,黑了个头长到了十八、九。爹又愁,娘又愁,黑妮那里说黑话:"一不用烦,二不用愁,早晚找到个黑对头。"左手挎着个黑提篮,右手拿着个黑镰头,迈动黑步朝前走。前次出了黑庄头,到了黑石头沟里,挖了一棵黑老婆菜。来了个黑小放牛,头上戴着个黑苇笠,身上穿着件黑蓑衣,乌木鞭杆黑穗头,猪毛绳牵着个黑舐牛。黑小那里溜溜眼,黑妮那头点点头,咱二人天生就是黑对头。定上了八个黑轿夫,定上了六个黑吹夫,半夜三更把门过,点灯就使黑豆油。

语言诙谐,朗朗上口,充满了浓浓的沂蒙山区的生活气息。

"谚语类"分为"关于事理的""有关农作的""关于自然现象的"和"其他"。"谜语类"分为"工具及日用品类""农作物、植物与食物类""动物(鸟、兽、鱼、虫)""动物的附件(人身上的东西)""自然现象""字谜类""其他类"和"附录"。"歇后语类"分为"借音的""喻意的"。所收"谚语""谜语""歇后语"都体现出朴素的农家智慧。

"淄博和洪山卷"分为"故事类""歌谣类""谜语类""谚语类""歇后语类""曲艺类",共计十八万余字。附录为"蒲松龄俗曲及杂著",包括《幸云曲正德嫖院》《学究自嘲》《禳妒咒曲》《富贵神仙曲》《蓬莱宴》《农经》《蚕经》《蚕经补》八种,共计二十余万字。其中,"故事类"包括"关于洪山的故事""民间传说""一般故事""笑话""动物的故事""神灵与鬼怪""关于蒲松龄的传说"七类。其中"关于洪山的故事"和"关于蒲松龄的传说"具有鲜明的地方特色。

在有关洪山的故事中,洪山被描述为一座聚宝的宝山,吸引着芸芸众生前往寻宝。"谁能打开洪山头,管保白银向外流",每次获宝的幸运儿总是那些在现实生活中不如意的误打误撞者。这种对金钱和财富的向往,以及对摆脱现实困境的强烈渴望,正是传统民间故事的一个重要主题。

蒲松龄的家乡蒲家庄隶属于洪山镇,距离洪山煤矿不远,庄内蒲姓占大多数,他们十分敬重蒲松龄,称之为"蒲老祖"。关于蒲松龄的故事和传说,也在当地代代相传。这些故事一部分带有神话色彩。因为《聊斋志异》有较大篇幅写鬼写妖的关系,在蒲松龄乡亲的眼中,蒲松龄本人也与花妖狐魅产生了直接的联系。如《打败狐仙》便描述蒲松龄因为在书中骂鬼神而得罪了狐仙,狐仙要谋害他,结果他机智地打败了狐仙,并经历了一次张鸿渐式的骑物飞行。另一类赞美了蒲松龄机智风趣的性格和反抗压迫的斗争精神,如《狗骨头》《鲤鱼大闹滚水滩》等。这些故事将蒲松龄刻画为

一位身穿老蓝布褂子、骑着小毛驴的智者,他聪明机智、自立自尊、不惧权贵。如《狗骨头》:

　　蒲松龄的一个朋友在京里做很大的官。一天,朋友的生日到了,京里来了很多贵官大人、王子皇孙给他祝寿,穿的都是绫罗绸缎,摇摇摆摆,大有昂然自得之感。蒲松龄也去了,穿的是老蓝布褂子,坐在席上简直是黄豆锅里按上个黑豆,只好一句话不说,呆呆地坐在那里。

　　席间,一个年轻的王子皇孙见他不说话便逗趣地说:"聊斋先生(因聊斋一书而得名),你不是会讲故事吗?讲个故事俺听吧!"蒲松龄赶紧推辞说:"岂敢!岂敢!乡下佬还会讲故事?""快讲吧!快讲吧!"接着乱嚷了起来。蒲松龄见推辞不过便讲了。他说:"那一年我去南方游玩,走进一家铺子,想买双象牙筷子,掌柜的拿出很多来,一封一封的都用绫罗绸缎包着,我打开一看,都是些狗骨头,我说:'掌柜的你还有没有?'掌柜的就又拿了一双来,是用老蓝布包着的,我急忙打开一看,啊!这真是象牙筷子!"

蒲松龄曾在《述刘氏行实》中赞美妻子刘氏为人温婉贤德,刘氏"入门最温谨,朴讷寡言,不及诸宛若慧黠,亦不似他者与姑悖謑也。姑董谓其有赤子之心,颇加怜爱,到处逢人称道之"①。但当地流传的民间故事《关于刘氏的传说》却颠覆了蒲松龄的这一评价:"蒲松龄的妻子刘氏,很厉害,人们都很怕她,她的园子里种了许多桃李,谁若偷去她的桃李,她就咒骂,偷的人就会手疼。"同一位刘氏,在蒲松龄和他的乡人眼中却是如此不同的形象,让人读来不禁莞尔。

　　因为是蒲松龄故乡的缘故,"淄博和洪山卷"搜集到很多神灵

---

　　① (清)蒲松龄《聊斋文集》卷七,盛伟编《蒲松龄全集》(第二册),学林出版社,1998年,总第1308页。

鬼怪的故事,其中多篇与《聊斋志异》有着相同的故事情节。例如,在《李半仙》的故事中,凡人为仙女破解天灾、骑上马鞭御风而行返家乡的情节,明显可以看到《娇娜》《张鸿渐》的影子。

山东大学"人民口头创作"课程的设置和两次"生产实习"虽然是特定学术生态中的产物,但是它开启了山东大学民间文学教学、研究和田野调查的先声,也成为新中国成立后高校中文系进行民间文学田野调查活动的一个重要组成部分。这两次"生产实习"虽然以缺乏田野工作经验的在校学生为主体,但因为有严格的专业培训和高效的组织指导,使得整个采风活动科学、有序又富有成果。据郭延礼回忆,关德栋对参加实习的同学作了反复强调,有两点让他印象深刻:"第一,搜集民间文学,首先要尊重被搜集者,要抱着一种虚心向他们学习的态度。……要有一种尊敬老师和甘当小学生的精神。第二,要忠实记录,这是搜集民间文学一条重要的原则。在记录歌谣、民间故事时,一定要注意保存原作的本来面目,不能根据自己的爱好和想法随便更改增删、加工润色,即使作品中的糟粕也要忠实记录,并做必要的说明。民间文学从搜集整理到进行学术研究都必须建立在绝对的第一手资料的基础上,倘记录不忠实就失去它的价值和意义。"①

因为早于1958年"新民歌运动"轰轰烈烈搜集民歌的热潮,所以这两次"生产实习"较少受到浮夸风的影响,所收民间文学作品较为鲜活和真实,其覆盖的民间文学形式和作者群体也较为广泛。这部油印的《人民口头创作实习资料汇编》当时曾寄赠很多同行学者,得到了学界的好评。2005年关德栋去世后,很多与他熟识的朋友和学生所作的回忆文章中都提到了这两次民间文学调查和

---

① 郭延礼:《关先生教学的回忆片段——悼念关德栋先生》,中国俗文学学会和山东大学文学院合编《关德栋教授纪念文集》,2006年。

《资料汇编》①,对以关德栋为代表的山东大学民间文学团队所取得的采风成果,给予了充分肯定。

值得一提的是,在20世纪80年代初山东大学恢复民间文学教学不久,就进行了一次田野调查,课堂教学和田野作业的紧密结合成为日后山东大学民间文学(民俗学)专业的优良传统。1981年4月,借山东省民间文艺家协会在临沂召开学术年会的机会,关德栋带领学生在沂蒙山区进行了为期半个月的民间文学采风,他们"分头走访了近百个偏远的山村,接触了当地许多有名的'故事篓子'和民间讲唱艺人"②。所搜集到的资料汇编为《山东民间文学资料汇编》(临沂地区专集)。这可算作20世纪50年代的两次"生产实习"在二十多年后的余音吧。

---

① 刘锡诚先生在《贤者之风——悼念关德栋先生》中回忆,在20世纪50年代,他就曾得到过一部,"可惜'文革'中把这本珍贵的资料丢失了"。参见中国俗文学学会和山东大学文学院合编:《关德栋教授纪念文集》,2006年。

② 张登文《名师益友——深切怀念一代俗文学大师关德栋先生》,中国俗文学学会和山东大学文学院合编《关德栋教授纪念文集》,2006年。

上　篇
沂水部分(1955年)

歌谣类

野战军

野战军,好威风,
浩浩荡荡打运动,
爬过山,越过岭,
南征北战在华中,
英雄善战人民兵,
东到西,北到南,
百战百胜抵挡干,
歼一千,灭一万,
到处歼灭战,
人人对它全称赞。

野战军,好威风,
任务艰巨担子重,
准备好,打冲锋,
扭转战局大反攻,
一起攻到高山顶,
一起攻到高山顶。

七十四师完蛋了

孟良崮,大山顶,
七十四师它占领,
八路军,掏心战,
七十四师完了蛋。

打下沂水城

六月呀里来满坡草儿青,
八路要打沂水城,
调来了主力军,
哎呀呀来呀嗨唷,
调来了主力军。
头一次冲锋冲到城东岭,
二次冲锋冲进了城,
没等到天明。

哎呀呀来呀嗨唷,
没等到天明。
顷时间打开天明了,
连胜制胜南营房。
鬼子着了忙,
哎呀来呀嗨唷,
鬼子着了忙。
鬼子大路修得好,
同志们拿着炸药包,
把路炸掉了,
哎呀呀来呀嗨唷,
把路炸掉了。
城里的大官有二名,
城里大官有二名,
听我表表明,
头一个县长牛先元,
第二个队副朱士元,
全都俘虏来,
哎呀呀来呀嗨唷,
全都俘虏来。
八路军来真是好,
同志扛来大(呀)炮,
大垒砸倒了,
哎呀呀来呀嗨唷,
大垒砸倒了。
八路军来真是猛,
二天占领了沂水城,
真正有功称,

哎呀呀来呀嗨唷,
真正有功称。

六月里(打沂水)

六月来满坡草儿青,
八路要打沂水城,
调动了主力兵,
唉哟,唉哟哟,唉哟!
调动了主力兵。

头一个冲锋城东岭,
第二个冲锋进了城,
没有到天明,
唉哟,唉哟哟,唉哟!
没等到天明。

十点钟来全吃了,
城里剩下南营房,
小鬼差了忙,
唉哟,唉哟哟,唉哟!
小鬼差了忙。

八路军来真是好,
八路带来炸药包,

大楼炸倒了,
唉哟,唉哟哟,唉哟!
大楼炸倒了。

抓住汉奸五百多,
俘虏汉奸八百名,
汉奸多苦情,
唉哟,唉哟哟,唉哟!
汉奸多苦情。

头一个县官牛先元,
第二个县官朱士元,
都被俘虏来,
唉哟,唉哟哟,唉哟!
都被俘虏来。

我军齐冲锋

血战两夜,
收复了蒙阴城,
俘虏汤义三,
消灭了鬼子兵,
俘虏了汉奸队七八百名,
俘虏了汉奸队七八百名。

文南店子据点一扫平

吓得撤了兵,
新泰县,增援兵
全部送了命。
八路军打仗为的老百姓,
依靠八路军,反攻有保证;
多战斗,多生产,准备大反攻,
多战斗,多生产,准备大反攻。

打赣榆城

十月十九天上无有星,
咱们的主力军去打赣榆城。
炮枪噗轰啦,
气势真正凶,
过沟爬墙一股劲儿往里冲。
机关枪哒哒哒,
手榴弹轰轰轰,
吓坏了汉奸,
欢喜了老百姓。
攻进城去更是凶,
夺取碉堡一点不放松。
到处杀声起,

满城都飞腾,
谁不投降,
就叫他送命。
激战一昼夜,
全部都肃清,
李叶凡、黄木头捉在咱手中。
赣榆城里值四方,
引庄海关也要占领,
清□的鬼子来了增援兵,
一次一次都被打回营。
老乡们来破城,
斗得热烘烘,
民兵和自卫团忙得不消停。
廿一号清算胜利品,
每一个同志都笑盈盈,
机枪和手炮缴得十几挺。
还有人,
枪两杆还有□□。
打了大胜仗,
不要太骄傲,
准备好武器,
准备敌出洞。

打济南

秋天来了天气渐渐寒,
八路军打济南。
天天要动员,
东西路主力军,
一齐上前线。

何万祥①

我们记得在西北高原上,
你离别了你的牛羊。
走进毛泽东队伍,
从此一生在战场。
革命是你的家,
党把你养成了英雄榜样,
你百战百胜钢铁强,
我们的连长啊何万祥,
我们的连长啊何万祥。
还记得黄河急流里,

---

① 沂水文化馆武馆长唱。

你射击在小船上,
穿过千军万马般搏斗,
虎一样冲到吕梁山岗。
战斗是你的生活,
十三年天天不分昼夜,
你时刻进攻杀敌人,
我们的连长啊何万祥,
我们的连长啊何万祥。

高志叶①

高志叶一心要当兵,
媳妇不应承,
媳妇不应承。
家中搬下女娃容,
女娃容。
你是我的贤妻,
你在家中过,
我去当兵去。
你可别想我,
打走了鬼子再回过,再回过。
高志叶一心就要走,
媳妇在后头,
媳妇在后头。
两眼不止泪交流,
泪交流。
我郎回头看,
小娘不喜欢,
手拭汗巾儿擦眼泪,擦眼泪。
出去大门上正东,
碰上个亲兄弟,
心里多光荣,
一并送到八路营、八路营。
头戴苇笠身穿黄,
腰系武装带,
两手托着枪,
子弹披了两肩膀、两肩膀。
叫一声同志赶快上战场,
前方大炮响,
后方飞机响,
打的那鬼子遭了殃。
三千六百人把他消灭了,
八路同志真勇敢,真勇敢。

---

① 高志叶,记者。

刘利新真勇敢①

二九年,三阳春,
沙地、汉玉驻我军②。
汉奸真可恨,哎咳哟,
汉奸真可恨!

刘利新,真勇敢,
大雨中里来作战,
死得真可怜,哎咳哟,
死得真可怜。

汉奸队,好狠心,
将近就要刨你的根。
将近就要杀你个净,哎咳哟,
将近就要杀你个净③。

十二个月【孟姜女调】

正月里来迎春花香,

开言尊了声诸位老乡,
听我来把十二月来唱,
一年的大事说说短长。

二月里来水仙花儿黄,
新四军在江南打胜仗,
江南的民众齐欢呼,
粉碎了投降派造成重伤。

三月里来桃花红,
欧洲大陆打得凶,
灭亡了国家七八个,
希特勒真是个吃人精。

四月里,李花放,
八路军转移了板城庄,
拔掉了据点七八个,
四五个汉奸把命亡。

五月里来李花黄,
汪精卫东京去见天皇,
叩罢头来汪汪叫,
和平反共一定灭亡。

---

① 牛庆兰唱。
② 沙地、汉玉:地名。
③ 将近:不久之意。

六月里来荷花满池塘,
希特勒疯狗真猖狂,
背信弃义咬苏联,
红军举起打狗棒。

我们砍断了锁链

我们砍断了锁链,
我们推翻了万重高山。
打败了日本鬼,
消灭了贼老蒋。
美国强盗来侵犯,
五万万拳头,
一起打,
打得弃甲泄军,
滚出鸭绿江。
支援朝鲜邻邦,
保卫祖国边疆,
要把那美国强盗,
消灭在太平洋。
保证我们胜利的,
是中国共产党,
保重我们胜利的,
是世界人民力量。

共产党来了有了明①

旧社会,太封建,
造成文盲千千万,
共产党来了有了明,
照得文盲睁了眼。

国民党真是孬

国民党,真是孬,
出门捎着麻袋包,
摘茄子,摘辣椒,
葱蒜油盐都捎着。

---

① 牛庆新、李文忠唱。

五更劝夫①

一更里来月亮照正东,
现在的妇救会与往大不同。
行动起来把日抗,
夜晚劝夫到鸡鸣,
哎哎哟,
动员丈夫去当兵。

二更里来月亮照满园,
出了个青年是模范。
叫贤妻,听我言,
我去参加新兵团,
哎哎哟,
只怕你在家中少吃又缺穿。

三更里来月亮照正南,
叫声丈夫细听我来言,
你坚决出去打老蒋,
保护咱们的好家乡。
哎哎哟,
打走反动派美名四海扬。

四更里来月亮照西墙,
叫声贤妻细听端详,

咱二老年纪大,
耳又聋,眼又盲,
哎哎哟,
指望你在家孝敬爹和娘。

五更里来月亮往西挪,
叫声丈夫细听我来说,
你对抗战要坚决,
我在家中孝公婆,
哎哎哟,
高堂上送饭不嫌我啰嗦。

太阳出来暖烘烘

太阳出来暖烘烘,
俺娘就要把饭盛,
刷好锅子刷好碗,
叫俺闺女把饭用。

今年闺女十九岁,
从此这就两分离,
不久就要去门庭,
去到人家去为人,

---

① 韩秀芳唱。

去到人家去为人。

庄上念给信一封,
不由这里喜心中,
他要一定去参军,
我也一定去送行,
我也一定去送行。

今天走到陈家门,
劝好亲家老娘亲,
嘴里说是不封建,
心里还是怪为难。
难不难的我要去,
才把婆婆劝一番,
要是国家保不住,
要想翻身是枉然。

送郎歌①

奴家二十三,
劝郎去抗战,
参加民兵子弟团。
今天缝军装,

明天去送郎,
笙琴细乐一起响,
咿呀嗨呼嗨。
头里是明火,
腚后两乘轿,
来到大会好热闹;
来到一轿前,
乒乓拍手好个青年,
我郎上了轿轰通三声炮,
参加子弟兵团好不好?
我郎上了台,
披红把花戴,
穿上电光袜,
登上五眼鞋,
一对袜套巴巴得来,
来吧咿呀嗨呼嗨。

照得明光镜,
牙粉两三封,
一对牙刷白生生,
使得花手巾,
搓得洋胰子,
布袋里装的是钢笔,
来吧咿呀嗨呼嗨。

手上带的表,

---

① 岳庄王大娘唱。

使着匣子枪，
一瓶钢笔水蓝澄澄。
我郎上战场，
心中别思想，
打倒鬼子多荣光；
我郎上战场，
捡着硬的抗，
打倒鬼子还家乡。

她方俊才十八

她方俊，才十八，
从小没有离开家。
她丈夫上坡下午晚，
心里放不下。

她方俊，才十八，
从小没有离开家。
她要一日去参军，
同志们对待比爹娘还亲，
同志们对待比爹娘还亲。

妇女抗战①

小奴家今年才十七，
一心要去抗战去。
爹娘经劝不愿意，
小奴家坐绣房生了气，
叫声爹妈不让去，
不是呀跳井上河去。
爹妈听着真害怕，
快快呀把女儿送出去，
一送送到十字街，
俺问问女儿几时能回来，
叫声妈妈回去吧，
不赶走日本鬼我不回家，
赶快把日本鬼赶出去，
我再回家看看老人家。

抗日人家真光荣

抗日军人家真光荣，

---

① 牛庆兰唱。

丈夫、兄弟、儿子上战场，
杀得鬼子无路跑，
打了胜仗好威风,好威风。
政府优待法令多颁布，
全国人民齐拥护，
帮助抗属解决困难，
前方战士安心打胜仗。

前方歌【秧歌调】

正月里来是新春，
咱们拥护八路军，
它是人民的军队，
保护人民和鬼子拼。
大娘、大嫂、大姐妹，
咱们拥护八路军。
千针万线做好鞋，
打起仗来有精神。
一家人来一条心，
军爱民来民爱军，
打倒主力千万万，
赶走鬼子享太平。

抬担架

一条扁担嗨呀呼嗨啊，
两头弯弯嗨呀呼嗨啊。
扇扇如飞嗨呀呼嗨啊，
俺去送给养嗨呀呼嗨啊。
俺去送鞋袜嗨呀呼嗨啊，
俺去送子弹嗨呀呼嗨啊。
我要上前线嗨呀呼嗨啊，
帮助同志们嗨呀呼嗨啊。
打倒鬼子回家嗨呀呼嗨啊，
打倒鬼子回家才光荣嗨呀呼嗨啊。

孙大娘主意多

春季里，北风残，
家家户户把棉花干。
我的娘真健康，
怀抱孙儿做针线，
怀抱孙儿做针线。

忽听着闹洋洋，
好似汉奸进了庄，
急忙忙把棉袄放，

前来探信到了你的庄,
前来探信到了你的庄。

孙大娘,你听真,
后面汉奸追得紧,
俺本是八路军,
前来探信到了你村。

孙大娘,主意多,
汉奸来了有话讲。
汉奸队,进了庄,
尊一声老太婆快快把话来讲,
床上是谁照细讲,
不说实话把你房子烧。
婊子儿看人不有样,
您媳妇去压粮,
不担水,干了缸,
老爷来了还不下炕。

俺上家南迎姐姐。
姐姐上下一身红,
看看姐姐多光荣。
我问姐姐几口人?
也有公,也有婆,
也有妹妹、小弟兄。
妹妹参加识字班,
兄弟参加儿童团,
我的老娘纺棉花,
我的老爹搞生产。
城南来了个花姑娘,
花姑娘来辫子长,
拿起剪子就要铰,
铰了辫子爹娘吵。
爹娘吵得不吃饭,
婶子大娘都去看,
叫俺说来俺就说,
先铰辫子后放足。

光荣歌①【秧歌调】

豌豆花,红朵朵,

放足歌②

叫一声娘你别糊涂了,

---

① 郭凤兰唱。
② 韩秀芳唱。

闺女孩丑俊哪在乎脚大小,
文明世界实行大脚板,
辣椒的小金莲已经不时兴了。
叫一声我的孩,你听分明,
自古来女孩儿都行把脚包,
牌芳大脚像什么①,
不男不女谁家不耻笑。
叫一声我的娘你别顽固了,
三寸的小金莲不如残废了,
请看八路军多少女同志,
千行万里大脚足多么好。

放脚歌

叫声我的姊呀,
听我把话谈,
几千年传下了缠足的恶习惯,
把我们天生的脚趾来裹断,
受的那痛苦实在难言。
妹妹说的对,
缠足苦难当,
走路干活多使我力量。

前走走,后倒倒,
行走站不稳,
你看那大脚的,
走路多排场。
女人受的罪,
提起来真冤枉,
为什么亲爹娘,
不痛女儿郎。
明知是缠脚受痛,
为什么叫女儿来把滋味尝。
人心心不平,
轻视女儿郎,
不许俺出大门外,
天天在厨房。
丈夫打,婆婆骂,
一天哭几场,
过的那生活不如马牛羊。
姊妹联合起,
齐心把脚放,
参加了妇女会,
帮助把日抗,
读书呀,识字呀,
男女同抗战呀,
打走了鬼子,
彻底求解放。

---

① 牌芳:人名。

放足歌①

叫声我的姐呀,
听我把话谈,
几千年传下了缠足恶习惯,
把我们天生的足趾来裹断。
受的那痛苦实在难言。
妹妹说的对呀,
缠足苦难当,
走道儿做活都是无力量呀。
前走走后倒倒,
行走站不稳呀。
你看那大足,
走路多排场。
女人受的罪呀,
提起来真冤枉。
为什么爹娘不疼女儿郎呀,
明知道缠足受痛苦呀,
为什么叫女儿又把滋味儿尝。
人心心不平呀,
轻视了女儿郎,
不叫出大门外,
天天在厨房呀,
丈夫打,婆婆骂,
一天哭几场呀,
做的那生活不如马牛样。
姐妹联合起,
齐心把足放,
参加妇救会,
帮助把日抗,
读书呀,识字呀,
男女同抗战呀,
打走了鬼子,
彻底求解放。
打倒了反动派,
重新把福享。

五更调

一更里来,雾昏昏,
小奴家在家中两泪纷纷。
别家丈夫在家生产,
我家丈夫丧良心,
把脚一跺投敌人呀嗨,
撇下了为奴无脸见人呀嗨。

二更里来,月正东,
小奴家在家中冷冷清清,

---

① 杨蓉莲唱。

丈夫受了谣言欺骗，
大瞪二眼跳了火坑，
受了坏蛋的拉拢呀嗨，
留下了臭名传了万冬呀嗨。

三更里来，月正南，
小奴家恨丈夫当了还乡团。
父母想儿难见面，
我想你见面呀，
家中生活无人管呀嗨，
吃一担凉水无人担呀嗨。

四更里来，月正西，
小奴家恨丈夫你去投敌。
看看人家，看看咱，
抗属是光荣的家中生活有人管
　　呀嗨，
你不去革命你去投敌呀嗨。

五更里来，大天明，
小奴家恨丈夫跳了火坑。
劝你早早回头吧呀，
咱庄上有保证政府宽大你知情
　　呀嗨，
早早地跑回家多么光荣。

秧歌调

我劝丈夫瞎胡来，
千万别当汉奸差，
当了汉奸差骂名多，
人民背后胡乱说。

路　条

大姐喜，二姐笑，
三姐就把路条要，
没有路条不叫你走，
没有路条办不到。
叫得同志笑嘻嘻，
我把路条交给你。
三姐就把路条看，
上有区，下有县，
字又大，面不宽，
这个路条不简单。

生产歌①

八路军官叫生产,
一片荒场生了颜,
沟都成了八级产,
九级、十级在"三山"。
淮河战役那一年,
八百斤的公粮才纳完,
出公粮还有一百二,
差八十不够一千。
我这生产的老模范,
应该登报留下声名万古传。

紧走慢走来得快,
荒场不远在面前,
打着火来吃袋烟,
扒了小袄一齐干,
一齐干,
扒了小袄一齐干。

一干干到十二点,
伙夫同志去送饭。
每人吃了一两碗,
永远继续往下干,
往下干,
永远继续往下干。

开荒歌

鸡叫三遍明了天,
吃完早饭爬北山,
老乡问我干什么,
我去开荒到北山,
到北山,
我去开荒到北山。

开展大生产

开展大生产,
就在今一年,
毛主席号召咱组织起来干,
互助变工多生产,
开荒造林把井钻,

---

① 杨树勋,七十八岁。

保证每亩多打十斤粮,
每人保证一分棉。
合作社要普遍,
互助变工多生产,
开荒造林把井钻,
和平永远实现,
这样每人有吃穿。
军队有吃穿,
经济不困难。
咱们要改造二流子,
贪吃的那懒汉。
大家齐生产,
你帮我,
我帮你,
努力干,
完成号召帮助抗战,
和平永远实现。

鬼子叫他翻白眼

出了城,向东看,
七里铺子桃花间,
识字班,儿童团,
真是那真能干,
卷了裤脚下了田,
每天锄它二亩三,
鬼子叫他翻白眼。

鸡叫一声不明天

鸡叫一声不明天,
点起灯来去纺线,
天明纺了二斤半,
你看模范不模范。

斗地主

一更里来月儿照正东呀,
要反攻哎!唉!
根据地大地主欺压老百姓呀,
组织起农救会,
开会斗争他,
组织起农救会,
开会斗争他。

二更里来月儿渐渐高,
好心焦啊哎!唉!

根据地大地主他把土匪包啊！
你要包土匪呀！
人人都不要呀，
走亲戚做买卖。
不给你打路条，
走亲戚做买卖，
不给你打路条。

三更里来月儿照正南，
好心酸！哎！唉！
根据地大地主欺压压迫咱呀，
抢去咱的地剥削咱的钱呀。
组织起农救会，
该咱的还咱，
组织起农救会，
该咱的还咱。

四更里来月儿正西，
要讲理！哎！唉！
根据地斗恶霸不兴他说话，
别看穿的好呀。
南面到作揖呀，
民兵绑他牵送在政府里，
民兵绑他牵送在政府里。

五更里来天大明，
要实行啊！哎！唉！
根据地二流子不必你装能，
大家上意见呐，
不给通行证，
根据地二流子寸步也难行，
根据地二流子寸步也难行。

还乡团

还乡团真是孬，
下乡背着麻袋包，
摘茄子,摘辣椒，
葱花、油、盐都捎着。

还乡团①

还乡团,真糟糕，
下乡背着麻袋包，
茄子、荚子都扭着，
葱花、油、盐都捎着。

---

① 抗日战争时流传在沂蒙山区一带。

打王家庄【锯缸调】

月儿弯弯影儿长,
流浪人儿想家乡。
我问你家厢住哪里?
"长城外,大道旁,
门口正对松花江。"
我问你为何不回去?
"提起来,话儿长,
日本鬼子动刀枪。"
日本鬼子怎么样?
"怎么样,赛虎狼,
奸淫,烧杀,又抢粮。"

奸淫又抢粮。
山川震惊,
林木动荡,
烈火燃烧在沂蒙山上。
兄牵弟,
儿别娘,
前拥后护上战场,
齐心协力打东洋。
展开游击战,
打到敌后方,
拆桥,破路,攻城又夺粮。
展开游击战,
打到敌后方,
拆桥,破路,攻城又夺粮,
向鬼子们来一个反扫荡。

烈火燃烧①

烈火燃烧在沂蒙山上,
愤怒充满了每个胸膛。
鬼子们,
各路进攻来扫荡,
杀人放火,

刘胜江②【孟姜女调】

斜屋的鬼子实在惨,
到处下乡抢洋钱。
刘胜江同志得了个信,
将队伍埋伏在沿山前。

① 反扫荡,作于1941年以后。
② 未完,后节略。

单等着鬼子回身转,
长短枪发响连天,
在这个短短的时间内,
将鬼子打得个仰面翻天。

打下了飞机

稀奇稀奇真稀奇,
稀奇的事儿出在山西,
赤手空拳的老百姓呀,
哎呀打下了飞机,
哎呀打下了飞机。

鬼子伸了腿

鬼子喝凉水,
一颗子弹伸了腿。

赶走鬼子享太平

太阳出来么嘿,
天不早那么嘿,
大家来开会,
到庄前那么嘿,
到庄前那么嘿,
杀敌人那么嘿,
赶走鬼子享太平,
享太平那么嘿。

好铁要打钉

好铁要打钉,
好男要当兵,
保家乡,杀敌人,
展开游击战争。

快去把兵当

叫老乡你赶快去把战场上,

快去把兵当,
别叫日本鬼子来到咱家乡,
老婆孩子遭了殃,
快去把兵当。

中国妇女抗战歌

有个花木兰,
她能替父去参军,
一去十二年,
同志们哟,
她能替父去参军,
一去十二年。
木兰不怕艰苦,
也不怕困难,
女扮男装不顾一切上了前线。
同志哟,
女扮男装不顾一切上了前线。
中国妇女姊妹,
请你们想一想,
木兰同志是咱们的好榜样。

参军小唱

月亮一出照四方,
大家参军保卫家乡。
抓汉奸打走中央,
哎哟,哎哟,
抓汉奸打走中央。

抗日军人志气高,
听说参军勇往里跑。
去参军才是好汉,
哎哟,哎哟,
去参军才是好汉。

英雄参军上前线,
家中事情不要挂念。
代耕队帮你耕田,
哎哟,哎哟,
代耕队帮你耕田。

欢迎新战友

我们伸出热情的双手,
欢迎欢迎我们的新战友。

新战友,是好样,
放下锄头拿起枪,
走出田园上战场,
参加主力,
保卫家乡,
我们增加了新的力量。

我们伸出热情的双手,
欢迎欢迎我们的新战友。
新战友,是好汉,
父母妻子不挂念,
家乡田园不留恋,
这里就是革命大家园。
我们又来了新伙伴。

我们永远亲密得像兄弟,
我们永远团结像铁一般,
一齐战斗,
一齐学习,
奋勇向前,
迎接胜利的明天。

迎主力

春天来了万物都发青呀,

咱们庄户人呀,
家家忙春耕,
有主力,有民兵,
保护那大春耕。

主力民兵保护大春耕呀,
咱们庄户人呀,
快把主力迎,
谁参加,谁光荣,
快把那主力迎。

八路军打仗为了老百姓呀,
依靠那八路军,
翻身有保证,
多战斗,多生产,
准备大翻身。

抗日军人家属最光荣①

抗日军人家属最光荣,
丈夫、兄弟、儿子上战场呀,
杀得鬼子无路跑,
打了胜仗好威风呀,好威风呀。

---

① 苗永英唱。

前线战士每天打胜仗呀,
为的抗战最后胜利,
家家团圆乐洋洋,
家家团圆乐洋洋呀,乐洋洋呀。

政府优待法令都颁布,
全国民族拥护起①。
帮助抗属耕田地,
帮助抗属解决困难呀,解决
　困难。

打呀嘛打呀打胜仗。

解放区的白棉布

解放区的那白棉布八寸宽,
它做的那慰问袋真好看。
千层底万层绑纳几趟,
人民的小□子不短不长。
哪咿呀嗨,
有了功劳别骄傲,
功劳上加功劳嗨。

送军粮②

手推车吱嘎吱嘎响,
大家忙着送军粮。
鸡还没有叫,
天还没有亮,
起早摸黑赶着上前方,
不怕军粮重又重,
不怕路儿长又长,
解放军吃饭有力量,

骂汪小调③

抗战已到了新阶段,
出了个大汉奸,
汪精卫卖国贼,
该死的王八蛋,

---

① 一作"全国人民永服从"。
② 牛纪川唱。
③ 不全,应有四段。

哎嗨呓,
该死的王八蛋。

谁是乌龟大王八

谁是乌龟大王八,
汪精卫和他的爪牙。
趴在鬼子裤裆下,
签了字,画了押,
认贼作父出卖我中华,
哎哎哟。
诡计真毒辣,
打倒他,打倒他,
打倒汉奸汪精卫,
打倒这个乌龟王八蛋。

民国二六年

民国二六年,
鬼子进中原,
先打的上海,
后打的山海关。
顺着胶济线,
去把据点安,
一溜子安下特务大机关,
老百姓听了不大耐烦。
小鬼子要出发去打西南山,
这边楔两炮,
那边拉大栓,
一个头上冒了烟。
太太知道了,
叭狗哭了天,
那么些八路军都不做,
谁叫你去当了汉奸。

苦菜子花

苦菜子花,根里苦,
穷人少地又少土,
穷人辈辈穷,
富人世世富,
穷人天天做牛马,
一肚子痛苦不敢吐。
太阳照在俺的家,
穷人俺也敢说话,
打垮大地主,
斗了大恶霸。

小放牛

什么人领导咱们翻了身?
共产党领导咱们翻了身。
什么人保卫咱们的家乡?
解放军保卫咱们的家乡。

什么人打仗为咱老百姓?
解放军打仗为咱老百姓。
什么人应当来帮助?
后方的人民应当来帮助。

一九四七年

一九四七年,复查大开展,
咱后方广大农民组织起,
咱们要清算恶霸大地主,
咱不留情面,
不管它土地家具和财产,
应当来还咱。
恩人共产党,
号召真不差,
实行了民主敢说话,
咱们有办法,

自己的事自己来办,
咱穷人能坐天下掌大权,
把国家大事办。
广大人民一齐总动员,
锄蒋根,
要把封建势力消灭完,
日子过得安。

打台湾

月儿尖尖勾,
风吹杨柳梢,
蒋介石在台湾一定好心焦。
再瞧我的兵,
打仗不发猛,
不是被消灭,
就是把枪扔,
有心咱不打,
舍不得干爸爸。
弄得我蒋介石,
上也上不来,
下也下不去,
有心碰头死,
舍不得宋美龄,
撇下了她一个人,

冷呀冷清清。
提起我将来，
苦恼在心怀，
单等着共产党，
将我来打垮台。

捉老蒋①

咱说的是日头出来朝西墙，
西墙那边有阴凉，
西墙底下一眼井，
挑水大嫂排成行。
这个说俺这个公爹实在好，
那个道俺这个婆婆好像活阎王；
这个说，俺的男人长得俊，
那个说，俺这个男人长得强。
还有一个大嫂说：
你们的丈夫都不孬，
俺这个丈夫好尿床。
一更里尿了红绫被，
二更里尿了一满床，
三更、四更不住的尿，
腊月天床底下琉璃尺把长②。
哟哟哟恁都看，
蛤蟆青蛙碰床桄。
俺小叔在床底下打乒乓，
俺小姑子到门前洗衣裳。
俺公爹生来会打鱼，
在床底下撒旋网，
打了个鲶鱼呱嗒嘴，
打了个鲤鱼尺半长；
辈辈生来会叉鳖，
叉鳖躲在枕头上，
叉了个大的二十四斤半，
叉了个小的二十四斤零四两，
还有一个没拿着，
门前地下逃得慌。
头一跑跑到四川地，
第二跑跑到重庆为了王。
四七年他大反攻，
他要和咱毛主席动刀枪，
四年把他来打垮，
他又跑到台湾为了王。
若问他叫什么名，
外号叫做蒋匪帮，
大家伙齐努力，

---

① 李文忠唱。
② 琉璃：指冻成的冰棒。

抓住老蒋喝鳖汤。

五更小调

一呀一更里呀,
月儿刚上山。
兄妹家中心里打算盘,
克正他也为了难,
唉哎哟。
有心去参战,
爹妈要阻拦,
顽固的人儿羞煞男子汉,
爹妈他也真可怜,
唉哎哟。

二呀二更里呀,
月儿在正东,
爱国青年都到军营中,
个个都是好英雄,
唉哎哟。
不怕大炮轰,
不怕炸弹崩,
为求和平难免要牺牲,
虽死俺也有光荣,
唉哎哟。

三呀三更里呀,
月儿在中天,
志愿大军开往朝鲜,
抗美他也把朝援,
唉哎哟。
可恨李承晚,
他这个大坏蛋,
美国爸爸管凉不管酸,
眼看他也完了蛋,
唉哎哟。

四呀四更里呀,
月儿在正西,
杜鲁门哭得泪凄凄,
骂了一声干儿子,
唉哎哟。
白费了我兵力,
白费了我物资,
侵略政策一败涂地,
死猫你也挂不上树,
唉哎哟。

五呀五更里呀,
月落明了天,
解放大军进攻台湾,
全国人民喜连天,
唉哎哟。
支持大建设,

爱国大增产,
社会主义的新中国就在明天。
世界和平万万年,
唉哎哟。

苏联真伟大,
外交有办法,
进步的力量更团结,
和平的阵线又扩大,
哎嗨呀,又扩大。

一根扁担挑上肩

一根扁担挑上肩,
抗美援朝上前线。

打倒侵略的强盗

打倒侵略的强盗,
建立和平的阵营,
为了民族的解放,
为了世界的和平,
团结起来高举我们的拳头,
英勇向前,
消灭我们敌人,
争取民族解放。
争取世界和平。

万恶的法西斯

万恶的法西斯,
侵略的野心大,
帝国主义英德法,
强盗们分赃不平要打架。
这边是张伯伦,
那边是希特勒,
狗咬狗,猫对猫,狼吃狼,
一样的尾巴,
嗳嗨呀,
一样的尾巴。

小白菜

小白菜,黄又黄,
三岁两岁没了娘,

光想爹,好好过,
不想爹爹爱后娘,
娶了后娘三年整,
有了个兄弟比俺强。
人家穿的是绫罗缎,
俺家穿的麻袋片,
人家吃包俺喝汤①,
端起碗来泪汪汪,
奶奶看见泪汪汪,
姥娘见了心悲伤。

提灯棒

提灯棒,吊灯台,
爷爷招了个晚奶奶②,
脚又大,嘴又歪,
气得爹爹肿了腮,
奶奶、奶奶走了吧,
爹爹好了你再来。

菠菜根

菠菜根,韭菜畦,
闺女大了人家的人,
人家的磨咱扫膛,
人家的妈妈咱叫娘。
好东好西人家吃,
洗盘刷碗是咱的,
刷了一筹又一筹,
伸手捞了个陈馍馍。
咬一口,
好心焦,
到南园里去走一遭,
看见娘家的柳树梢,
柳树梢上莺哥叫,
闺女怨娘谁知道。

五　更③

一更里佳人坐绣房,
一阵阵好凄凉,

---

① 本句一作"兄弟吃肉俺喝汤"。
② 晚奶奶:犹后奶奶。
③ 朱凤翔唱。

丈夫入学堂,
郎在外,
奴在乡,
鸳鸯两分张。
精神有多少,
有话与谁商量,
恨在心来牙根咬碎,
骂声我的郎。

二更里佳人守孤灯,
满屋冷清清,
两眼泪盈盈,
想起奴相公,
与奴绝了情,
脸也懒得洗,
衣也无心缝,
狠上心为你削发去修行。

三更里佳人卧空帐,
辗转不能睡,
掉下伤心泪,
闪半边红绫被,
冷夜难入睡,
除非南柯梦,
(嫁作)游郎儿,

思想成了病,
我郎也不归,
无义郎君铁打心肠,
撇奴活受罪。

四更里佳人泪如麻,
骗奴守活寡,
心如刀子插,
相比是郎在外相过一枝花,
一阵是想他,
一阵是恨他,
狠上心入了窑子叫你当王八。

五更里佳人起了床,
只见东方亮,
一夜好悲伤,
守活寡,罪难当,
谁也比俺强。

过门三年半,
未得小儿郎,
花有几时开,
郎君无音信,
痛痛哭一场,
悬梁去自尽,
一命见阎王。

五更调①

一更里有美女忙把头抬,
观看着同床人抄进房来②,
满面上带愁肠他不言语,
就知道心中事倒叫奴猜,
不用你说奴就知道,
就知道你心中要打骂裙钗。
你自从十三岁来把奴娶,
奴自从十九岁朝你房来,
那时节你生得身量太小,
房屋里有张床无从上来,
为奴俺下牙床来把你抱,
你那里连衣服倒在奴床。

二更里有美女兰芳悲痛,
拉住了郎的衣袖动哭声,
你自从十三岁将俺奴娶,
奴自从十九岁朝你房来,
碾上去,磨上来,都是奴作,
你的母拿着俺不如丫鬟。
咱二人夜里到绣房睡觉,
忽听说你冷了生了炭火,
忽听说你热了双扇来扇,
你不冷,你不热,奴家才睡,
倒叫奴睡不着深思一番。

三更里有美女听打了三更,
拉住了郎的衣袖动哭声,
到夜晚咱二人绣房睡觉,
你的娘窗棂外侧耳细听,
俺常说再三次你娘不辨,
房门外立逼俺把誓来盟。
虽然是恁儿小奴家不小③,
谁能够起狠心留下美名,
那时节奴待你讲善如海,
不料你半路里特把奴拽④。

四更里有美女兰房正悲,
拉住了郎的衣袖说一回,
奴这里俺不把旁人来骂,
骂一声老媒左三次右三番娘门
　上跑,
右三番左三次又把媒提。

五更里有美女泪雨纷纷,

---

① 段法桂唱。
② 抄:去声,山东方言,抬腿跨步为抄。
③ 恁:阴平声,你。
④ 拽:阴平声,山东方言扔掉、抛弃。

描花手拉住了俊俏郎君,
奴有心俺给你寻上二房,
奴恐怕你忘了从前妻身,
俺有心不给你寻上二房,
俺恐怕在百年断了后根,
奴有心俺给你寻上二房,
生下男养下女替不了生死,
不过是到后来添土上坟。

张佩英①

小奴家张佩英,
大家仔细听,
公爹婆母嫌俺穷,
公爹婆母嫌俺穷。
公公不给吃,
婆婆不给穿,
正月十五就把俺来关,
正月十五就把俺来关。
拿了拿鞋帮,
思想起好心伤,
思想起好心伤。
谁给苦瓜菜,

老蒋反动派,
给俺吃瓜菜,
叫俺受罪到现在,
叫俺受罪到现在。
丈夫倒不坏,
问:你丈夫好吧?
答:他也治不了。
说好说歹他听着,
说好说歹他听着。
问:你丈夫多大?
丈夫比俺大,
今年四十八,
婚姻不遂真是肮脏煞。
一九四七年,
姊妹把身翻,
咱到学校把书念。
婆母娘真封建,
家中真正严,
联合起来反你那个老封建,
联合起来反你那个老封建。

孟姜女送寒衣

正月里来是新春,

---

① 牛庆新、牛庆兰唱。

家家户户挑红灯，
人家夫妻团圆睡，
我家的丈夫到长城。

二月里来暖洋洋，
双双燕子到南方，
窝巢修得端端正，
双双燕子在华梁。

三月里来是清明，
桃开李落柳条青，
家家坟上飘白纸，
孟姜女坟上冷清清。

四月里来养蚕忙，
姑嫂二人去采桑，
桑篮挂在桑枝上，
掳一把眼泪掳一把桑。

五月里来是黄梅，
黄梅落水泪盈腮，
家家地里把秧播，
孟姜地里是草荒。

六月里来是草荒，
蚊子飞来寸断肠，
能喝奴家千口血，
别叮我夫万喜良。

七月里来七秋凉，
家家床前裁衣忙，
红黄蓝白都裁到，
孟姜家中是空箱。

八月里来雁门开，
孤雁足下带玉来，
贤人都说贤人的话，
哪有贤人送了寒衣来。

九月里来九重阳，
糯米作酒菊花香，
慢慢筛来奴不喝，
与夫同饮泪成双。

十月里来稻上场，
家家估米拿官粮，
人家都有官粮拿，
孟姜家中光打光。

十一月里来雪花飘，
孟姜出门送寒衣，
乌鸦头前引着路，
喜良长城冷飕飕。

十二月里过年忙，
家家杀猪又宰羊，
人家都有猪羊宰，

孟姜家中光又光。

爱国增产解放台湾①

说今年,道今年,
今年一九五五年,
毛主席号召咱们爱国增产是
　必然。
多增产,多卖粮,
支持国家理应当。
造飞机,造大炮,
解放台湾最重要。

小寡妇上坟②

正月里来是新年,
小寡妇房中不耐烦,
身子一扭把门关。

二月里来龙抬头,
小寡妇房中不住地泪交流。

三月里来是清明,
小寡妇在房中要去上坟,
身上穿着白线衣,
左手挎着竹提篮,
右手提着浆水瓶,
出得门来向前走,
猛然抬头观分明。
看见了坟子帽,
看见了坟子头,
不由地嚎啕泪交流。
滴酒滴得地皮滑,
不知道我郎君尝不尝;
烧纸烧得地皮黑,
不知道我郎君得了没得。

四月里来养蚕忙,
小寡妇房中她要去采桑,
手攀着桑枝无心采,
越思越想越凄凉,
桑树底下大哭一场。

五月里来五月五,

---

① 武善平唱。
② 孙庭芳唱。

石榴开花过了端午,
小妹妹劝她去采花,
婆娘劝她吃粽子,
咬了一口来咽不下,
小妹吃完了,
她还一口没咽下。

六月里来热难当,
小寡妇房中泪汪汪,
一匹绸缎分两块,
伸伸手儿拿过来,
这就是货在人不在。

七月里来七月七,
天上的牛郎配织女,
咱二人没做亏心事,
一个东一个西,
河两岸泪凄凄,
再得见面还得七月七。

八月里来八月圆,
西瓜、月饼敬老天,
人家有郎来圆月,
小寡妇没郎谁来把月圆。

九月里来九重阳,
糯米酒浆做几缸,
人家有郎吃吃酒,
小寡妇无郎谁来开缸。

十月里来十月一,
小寡妇在房中她要往外去,
怀内抱着闺女,
手里领着小小厮,
他俩是同年同月出生的。

十一月来雪花飘,
老天爷又下杀人刀,
伸伸腿来不好受,
蜷蜷腿来无人捞,
年轻的寡妇几时等到秋。

十二个月正一年,
小寡妇房中不耐烦,
人家过年欢天又喜地,
小寡妇无有郎扳得双腿酸。

十三个月一年多,
小寡妇房中她要找婆家,
拎手头,拎包裹,
另刷碗,另刷锅,
年轻的郎君他要陪伴我。

寡妇上坟①

小奴今年二十一，
手端着菜盆上坟去，
大嫂子，你丈夫怎么死的？
去年三月是清明，
小奴家来了整三冬，
放得亲人当了兵。
当兵不是好事吗？现在哪里？
当兵就在十一团里，
东西南北打游击，
他是个作战的呀。
和谁作战？
沂水城的鬼子就在镇东，
十一团的同志去打冲锋，
争先他杀得凶呀。
应该打胜仗，
得了鬼子二十几支枪，
子弹得了二十多箱，
小鬼子见了阎王。
队伍该回调，
队伍调在黄石关口，
沂蒙城的鬼子又插了手，
打了四个钟点。
使得什么枪？

轻机枪和大炮，
子弹落在丈夫身上，
一命见了阎王。
你怎么知道的呢？
十一团的同志都分清呀，
他和咱丈夫有交情，
他给咱把信送呀。
送信以后怎么样？
送信一封出了庄，
棺材一口出了庄，
小奴家守着空房呀。
你怎么不嫁？
有心嫁给二班长，
咱两个排场够不上，
嫁娶另商量呀。

上级颁下了婚姻法

八月里，正十八，
上级颁下了婚姻法，
男二十，女十八，
不到年龄结婚就犯法。

---

① 杨容莲唱。

男的女的搞对象

呱哒板,不一样,
男的女的搞对象,
你愿意,我愿意,
坐着火车去登记。

婚姻歌①

农民兄弟和姐妹,
买卖婚姻要反对,
拥护政府新法令,
谁破坏咱就反对谁。

第一反对家常规,
贪图银钱把闺女卖,
女儿受罪你花钱,
你想想应该不应该。

第二反对坏男人,
拿着银钱买女人,
大洋花了一千三,
你想想丢人不丢人。

第三反对坏媒人,
专门包办说婚姻,
图吃图喝无良心,
花言巧语去骗人。

第四反对坏女人,
婚姻为了要东西,
只顾眼前敲打垮,
全不想将来害自己。

青年男女记得清,
终身大事要认真,
婚姻需要自做主,
受别人摆弄害自己。

结婚歌【秧歌调】

手扯手儿在绣房,
你爱我爱说对象,
男客女客都不要,
现在自由结婚了。

---

① 安茂昌说唱。

龙灯火把都不要,
新式结婚真自由。
生产当作结婚酒,
新式结婚真自由。
秧歌队来欢迎。

情　歌①

学生十八,五更半天坐,
剪了一条裤子叫谁去(来)做。
　(重)
叫一声表妹妹你来给我做,
插下了钢针盘下红缨绳,
叫一声表妹妹实在对不起你,
钱不够我回家再去拿钱去。
　(重)
叫一声表哥哥钱不用多,
你回家把前妻休了她去吧。
　(重)
叫一声表妹妹说话得上秤,
我前妻正配当年正好才十八,
　(重)

不擦官粉都比你还强,
擦上粉更比你那样洒。

吃了一棵韭菜好像一棵葱,
现在的老百姓不能跟个兵,
　(重)
铺着俺的毯来,
盖着俺的被,
早知你变了心,
俺不和你睡,
你上你的东来,
我上我的西,
咱二人见面推当不认得,
你上你的学校把书来念,
俺上俺的工厂学习再另看。

小机匠②

山西机匠实在能,
一到山东织罗绫,
先织罗绫后织纱,
织上汗巾供手拿。

---

① 刘莉英唱。
② 每句头两字后,皆有"那个"二字,是唱时凑板眼,本处删而不录。

织上鸡,织上鸭,
织上鲤鱼跳哆嗦。
大姐送上线绑头,
二姐送线笑嘻嘻。
"我问二姐笑什么?"
"我笑你机匠真会织。"
"并不如你扳承框我撩梭,
咱两人挣饭咱两人喝。"
(白)跟我走了,
你爹不想你吗?
"俺爹想俺他赶集,
碰见亲戚把头低。"
(白)你娘不想你吗?
"俺娘想俺推眼花,
不见绣楼一枝花。"
(白)你哥不想你吗?
"俺哥想俺他赶集,
碰见亲戚把头低。"
(白)你嫂不想你吗?
"嫂嫂想俺东楼哭,
西楼哭,不见绣楼她二姑。"
(白)你姐不想你吗?
"姐姐想俺西楼涕,东楼涕,
没见绣楼她二姨。"
(白)说来说去没想你的了,
打个包袱咱走吧。

"从小俺没走过五里路,
今日走了十里多,
衫绸裤子扫破了腿,
红绫花鞋研破了脚,
叫声机匠俺二哥,
撩下包袱背着我。"
(白)你走不动你就回娘家
　　去吧!
"出门容易还家难,
怕的爹娘不要俺,
叫声二妹俺的妻,
咱到前村雇头驴。"

女婵娟①

老师放了学,
学生回家转,
迈步来好快,
来到大街前。
东楼上有小妹,
秋波往下看,
看见小学生,
长得真正乖,

---

① 李文忠唱。

眉清目秀真好看,
唇红齿白美少年。
这小妹看罢一笑心欢喜,
(白)你看她,呸,
唾沫吐在学生脖。
这学生举目抬头往上观,
打量那楼上的女婵娟,
但见她拿来香粉净了面,
苏州的胭脂擦唇间,
头上的青发挽着盘龙端,
右边厢插着一对半红莲,
耳边厢对耳的金花真新鲜。
他二人眉来眼去想说话,
从那边来了筛粉的伊老年。
这学生看见老汉心害怕,
他连喘带奔地一溜烟,
你说气煞了哪一个?
气煞了绣楼上的女婵娟。
这小妹弯下腰来往下摸,
她摸起来了半截锤,
这老汉筛粉到了楼底下,
这小妹拿锤头往下扔,
嚓啪!箍着老汉的粉篮圈。
这老汉举目抬头往上看,
原来是绣楼之上的女婵娟,
"这个小妹她打我。"

他就"哟!哟!哟!
莫非小妹看中咱"?
(白)这个学生为什么跑?
这就是封建势力压迫咱。
说到这里算了吧!
紧接着后边再来谈。

十二个月①

正月里,正元宵,
俺想妹妹谁知道,
清晨拉着大车去,
盼俺妹妹来看热闹。

二月里,龙抬头,
俺想妹妹泪交流,
清晨拉着大车去,
伴着妹妹来吃糖豆。

三月里来,三月三,
家家门口扎秋千,
人家秋千一丈二,
俺家秋千一丈三。

---

① 刘玉叶、曹玉兰、黄家欣、郭孝美唱。

四月里,四月八,
快快地里按黄瓜,
人家的黄瓜才开花,
俺家的黄瓜一大扎,
清晨拉着大车去,
伴了妹妹来吃黄瓜。
妹妹吃肚俺吃巴,
妹妹不来俺不开家。

五月里,五端阳,
糯米粽子蘸白糖,
清晨来着大车去,
伴了妹妹来粽子尝。

六月里来六月六,
天长夜短日头毒。
清晨拉着大车去,
伴了妹妹来过热伏。

七月里,七秋凉,
俺听妹妹没衣裳,
夹裤、夹袄都做下,
清晨拉着大车去,
伴了妹妹来换衣裳。

八月里,八月圆,

西瓜、月饼都置全。
清晨拉着大车去,
伴了妹妹来过年。

九月里……①

十月里,十月十,
俺听妹妹得了喜,
浇头面,浇头米,
浇头帽子一铃铛,
浇头鸡蛋二大筐。

十一月,下大雪,
俺听妹妹冻了脚,
买双蒲鞋糊糊它,
送给俺妹妹吞雪。

十二个月,整一年,
哥哥盼得不耐烦,
你爹你娘早走了,
你不搬换谁搬换。

搞对象【秧歌调】

今年姐姐才十八,

---

① 此段其后云未教。

脸又胖来足又大,
老媒婆来到俺家,
来给我姐姐说婆家。
她的嘴来生得巧,
她说那头样样好,
光说好来俺没见,
听说那头不抗战。
不能推来不能担,
不能下庄户种庄田。

姐儿闻听笑嘻嘻,
不要你楼房、良田、美地,
如今唯有劳动好吧,
嗨!嗨!咳嗨嗨哟!
咳嗨嗨哟,你不劳动,
俺不嫁你。

送 郎[②]【孟姜女调】

姊妹二人纺棉花[①]

绿荫底下有人家,
姊妹二人纺棉花。
耕田的孩子回来吧,
嗨!嗨!咳嗨嗨哟。
放下犁耙谈闲话,
我问姐儿多么大,
怎么还不许婆家。
俺有楼房、良田、美地吧,
嗨!嗨!咳嗨嗨哟,
你嫁俺吧!愿意吧?

送亲郎送到大门外,
伸手拉住了武装带,
我问亲郎几时来,
今天不来明天来,
明天不来打胜来。

送亲郎送到大街东,
忽听得老天爷来了东北风,
刮风不如下雨好,
留下的我郎哥再待几分钟。

送亲郎送在大街北,
迎头碰到俺大伯,

---

① 张现英唱。
② 刘莉英唱。

招了招手巾蒙了蒙眼,
不怕你大伯不大伯。

送亲郎送到大街西,
顶头子碰了卖梨的,
有心买梨给亲郎吃,
天又热心里绝①,
吃不得凉东西。

送亲郎送到大街南,
满头拔下金钗换,
金钗卖了十二元整,
拿五元打车票拿五元吃洋烟。

纺织歌

左手捉紧线,
右手把车转,
纺线车子呜呜地响,
一天到晚不停息,
三斤棉花线一天就纺完,
人人都说快又好,
俺要努力争模范。

---

① 心里绝:心里怪高兴的意思。

绣兜肚

我想兜肚系在腰,
还得找俺田大嫂,
田大嫂听着有人叫,
使上个笑脸忙迎着,
把你让在客屋里,
我拿香烟你顺着,
我拿兜肚你挑着。

一挑天平更一月,
二挑王母娘娘寿蟠桃,
三挑三龙来戏水,
四挑童子拜观音,
五挑张郎韩湘子,
六挑鲤鱼跳龙门,
七挑牛郎织女同相见,
八挑蝴蝶变花梢,
九挑一朵腊梅花,
十挑孙猴来偷桃。

"我把兜肚绣完毕,
等春西庄来谢好。"

"我去赶了个苏州集,

买上胰子共肥皂①,
二斤栗子红纸包。"
回过头来转过面,
大门不远对眼前,
手拍门板高声叫,
叫了一声田大嫂。

田大嫂听了有人叫,
使上笑脸又迎着,
"把你让到屋里去,
我拿香烟你抽着,
我拿兜肚你瞧一瞧,
你把兜肚带到西京去,
你别把兜肚失灭了②,
兜肚带到南京去,
偏偏奴的手段高。"

"兜肚带到北京去,
把那兜肚失灭了,
怎么见俺田大嫂。"

绣针札③

姐妹房中绣针札,
针札以上绣鲜花,
一年四季地插④。
到春天,
绣鲜花,
桃花、杏花顶边插⑤,
捎带看迎春花;
到夏天,
绣鲜花,
芍药、牡丹顶边插,
水面飘荷花。
到秋天,
绣鲜花,
绣上金针和银花⑥,
重阳开菊花。
到冬天,

---

① 胰子:香皂。
② 灭:遗失。
③ 段法桂唱。针札:妇女的一种装饰性的日常用具。犹如佩荷包一样。
④ 插:即插花,绣花也。
⑤ 顶边:上边。
⑥ 金针:黄花菜,可食。

绣鲜花,
雪花飘飘往下刮,
捎带着腊梅花。
左边绣上一棵倒垂柳,
倒垂柳上一个螳螂爬,
王小瞅着它。
右边绣上个太湖石,
太湖石"蝈子"爬①,
一爬一吱嘎。
我把针札绣完毕,
裤腰带上坠下它,
风吹罗裙针札现,
十人见了九人夸,
"好一个俊针札"。

绣荷包

姐儿那南园那把花描,
表哥捎信要荷包,
为奴家瞒哄着,
唉唉哟,
为奴家瞒哄着。

三寸篮领拿在了手,
手拿钢针轻轻地描,
唉唉哟,
显显手段高。

绣上日月恭新春,
绣上个粮船水上漂。
黄莺落水梢,
皇母娘娘赴蟠桃。
金鸡儿把翅摇,
绣上南桥北河雁,
绣上个洞宾戏牡丹,
绣上个白鹅把翅扇,
唉唉哟,
绣上个白鹅把翅扇。

荷包绣了三个月,
小心表哥拿荷包,
拿着荷包扬州去,
大街上走,小街上摇,
把荷包摇掉了,
唉唉哟,
把荷包摇掉了。
不痛钢针和银线,
单痛表妹做伤了腰,
钢针使了无其数,

---

① "蝈子":蝈蝈。当地人"蝈"读作"乖"。

花线使了两皮包,
香油点了两大桶,
提灯使了两捆草,
戒指磨坏了正两对,
再想戒指没处捞,
痛他表妹做酸了腰。

高塔山①

高塔山,高又高,
张三娶了个女娇娇;
眼睛黑,身体妙,
两只小脚赛辣椒;
地又种不了,水也挑不了,
鬼子来了跑也跑不了。
过个独木桥,
更是糟了糕,
鬼子来了跑也跑不了。

懒老婆(一)②

小白鸡,
满堂坐,
嫌他娘不给说老婆,
一说说了五六个,
好的都跑了,
剩下一个懒老婆。
叫她去推磨,
扶着磨棍坐,
叫她去推碾,
扶着碾棍站,
叫她去刷锅,
她就去裹足,
叫她去洗碗,
她就去洗脸,
叫她去担水,
她就洗洗腿。

---

① 题为搜集者后加。
② 朱希美唱。

懒老婆(二)①

好一个懒老婆,
光吃不干活。
上午光睡觉,
活把人气煞,
叫她去做饭,
她就去裹足,
叫她去洗手,
她唾上唾沫涂。
叫她去烧火,
故意不刷锅,
添水就烧火,
锅里冒热气,
大锅套小锅。
丈夫来劝她,
开口就骂他,
世界上哪有这种人,
全体来开会,
赶快地撤销了她。

懒老婆

懒老婆,懒子惯,
从来不做针线,
天明爬叉起,无事干,
抱着孩子换小串,
东家走,西家转,
看看人家做的什么活。
男人把她叫回家,
坐在炕上不动弹,
不梳头,不净面,
眼眵糊成两个蛋。
盛水缸里蛤蟆叫,
针线筐里鸡翻蛋,
锅台上边淌鸡屎,
锅里蚂蚁也滚成蛋。
孩子好像开路鬼,
男人好像贱窑汉,
鞋也破,帮也绽,
十趾露了九趾半②。

---

① 孙景范等唱。
② 未完,后节略。

闺女走娘家

初八、十八、二十八,
十八岁的姑娘走娘家。
娘见闺女真欢喜,
闺女见娘泪落落。
叫你家想什么,
你为什么问我要,
你用什么上我那里拿,
叫声我娘什么我不要。
我要七尺本地布,
我要六十两好白麻,
叫声我娘给我吧!
临走我就捎着它。
咱家桌上看一眼,
桌子上一个小白刷儿①,
叫声我娘给我吧!
临走我就捎着它。
咱家当门看一眼,
一个小炒瓢,
叫声我娘给我吧!
临走我就捎着它。
咱家门后看一眼,
门后一个掏灰耙,
叫声我娘给我吧!
临走我就捎着它。
咱家天井看一眼,
天井里一群花鸡来往的行,
叫声我娘给我吧!
临走我就捎着它。
咱家牛槽看一眼,
一个小牛子还没长牙,
叫声我娘给我吧!
临走我就牵着它。
他哥哥一听真生气,
说着的东西都要拿,
好地还有六十顷,
给你半顷你捎着,
叫声哥哥听我说,
拿动就是妹子的,
拿不动的再搁家。
说着说着就下了手,
先扯上了七尺本地布,
称上六十两好的麻,
下腰拿着小的刷儿,
弯腰拿着小炒瓢,
还有掏灰耙没法拿,
搁在肩上背着它,

---

① 小白刷儿:舀水的瓢。

背后拉了个稻草绳,
把花鸡绑着它,
把花鸡抱在怀里吧!
还有小牛儿没法拿,
拴在腰里牵着它,
她娘说:
她哥没去送她,
离庄此去三里路,
咱家看事不好了,
把这个小牛儿解开吧!
娘解,侄解没解开,
后蹄儿一捺把灰儿撒,
满山满岭跑了一天,
踏坏了咱家一枝花,
她才不顾命,
因为要东西累赘了娘家,
咱家天门摸了一把①,
摸了一摸一抹"红花"②。

妇女识字班③【秧歌调】

识字班来真模范,

---

① 天门:额头。
② "红花":出血。
③ 苗永英、刘莉英唱。

拿上书本儿去上班,
一上上了下二点,
快到家里快纺线。

各人识字各人好,
现在的妇女提高了,
能看书来能看报,
还能看看北海票。

有的妇女不识字,
瞪着二眼干着急,
人家识字懂道理,
大瞪二眼干生气。

看人识字懂道理,
想起咱来真生气,
咱要自己进学校,
大家都要欢迎了。

想起俺来好心焦,
埋怨自己干错了,
努力学习真是好,
现在用功晚不了,
妇女们来解放了,

现在不受压迫了。

问嫦娥

月妈妈,圆又圆,
挂天边,似玉盘,
只见盘中娑罗树,
树旁老人在纺线,
纺线东旁兔捣药,
咋不见嫦娥的面?

蝙蝠呵,蝙蝠呵!
请你替我问嫦娥:
娑罗落柴她可烧?
纺成线线她可穿?
兔儿捣药她可吃?
她可想找人来陪伴?

怀慉九月【小调】

正月里怀慉慉,

怀慉正月正,
小奴家罪不轻,
小奴家罪不轻,
奴好比芙子描花就地把根来扎,
奴好比芙子描花就地把根来扎。

二月里怀慉慉,
怀慉二月多,
小奴家刚觉得,
小奴家刚觉得,①
奴好比秋黄瓜就把扭来捉,
奴好比秋黄瓜就把扭来捉。

三月里怀慉慉,
怀慉三月五,
小奴家嘴发苦,
小奴家嘴发苦,
一心煮酸米蘸把凉豆腐,
一心煮酸米蘸把凉豆腐。

四月里怀慉慉,
怀慉四月八,
小奴家把香插,
小奴家把香插,

---

① 本句意是觉有孕了。

烧清香敬菩萨生下男娃娃,
烧清香敬菩萨生下男娃娃。

五月里怀惴惴,
怀惴五月半,
小奴家掐指了算,
小奴家掐指了算,
算过来算过去还差三月半,
算过来算过去还差三月半。

六月里怀惴惴,
怀惴六月八,
小奴家走娘家,
小奴家走娘家,
知心的郎对奴说早去早回家,
知心的郎对奴说早去早回家。

七月里怀惴惴,
怀惴七月半,
小奴把衣烫,
烫好一件件单等着那一天,
烫好一件件单等着那一天。

八月里怀惴惴,
怀惴八月八,
小奴家对郎谈,
小奴家对郎谈,
咱二人那时都为的是玩耍,

咱二人那时都为的是玩耍。

九月里怀惴惴,
怀惴九月一,
毛孩子落了地,
毛孩子落了地,
有爹娘抱毛孩欢天又喜地,
有爹娘抱毛孩欢天又喜地。

卖饺子

小儿男孩儿卖饺子,
挑了小挑走赶集,
进了东门关,
哎嗨唷,
进了东门关。
吆呼一声要呀要饺子,
起南来了个小客人,
他要吃饺子,哎嗨唷,
他要吃饺子。
饺子包什么馅子?
豆腐剁儿细来细粉皮,
葱花、油、盐、姜末儿,
香油拌馅子,哎嗨唷。
越吃越有味儿,

怎么卖？
头晌卖的三千两，
下晌卖的两千三，
早卖早回家呀,哎嗨唷,
早卖早回家呀。
吃不了一碗吃半碗,
这碗倒在那碗里,
奴家也不嫌,哎嗨唷,
奴家也不嫌。
大嫂住哪里？
不住东关不住西，
住在城里南关里，
路东门朝西，
哎嗨唷，
路东门朝西。
大嫂住哪屋里？
不住东来不呀不住西，
住在堂屋西间里，
睡的顶子床，
哎嗨唷，
睡的顶子床。
铺什么？盖什么？
铺着毯来盖呀盖着被，
头上枕了花头枕，
奴的好福分，
哎嗨唷，
奴的好福分。
家中几口人？

公公婆婆俺都有，
大白头子小伙完，
全屋五口人，
哎嗨唷，
全屋五口人。
大嫂为啥先提公婆不提丈夫？
不提丈夫不呀不恼心，
提起丈夫恼在心，
他是个八路军，
哎嗨唷，
他是个八路军。
为奴来了三呀三天整，
放得丈夫当了兵，
哪有儿女生？
哎嗨唷，
哪有儿女生？
为什么不去找？
山又高来路呀路又远，
不知俺丈夫住哪连，
找呀奴犯了难，
哎嗨唷，
找呀奴犯了难。
写信给他。
有米,有面好呀好福气,
无米,无面两分离,
各人挣给各人吃。
我和你拜堂。
你家都有姐和妹，

你和她拜堂应该的。
大嫂你怎么骂？
说我骂来我就骂，
你是郎的小妮子，
骂你是应该的，
哎嗨唷，
骂你是应该的。

送新亲①

三吧三月里，
三月是清明，
桃花、杏花开，
杨柳发了青。
他姨娘捎了信，
叫他外甥，
妮啦你可□□，
咿呀唉咳唉咳哟。

听说做新亲，
为奴喜心中，
见了爹娘忙问一声。
爹娘开言道，

妮啦你快打扮，
行走来好快，
来到上房中，
急忙来打扮，
支下菱花镜，
忙把红樱送，
红漆木梳拿在手，
快把奴的武艺增。
头发缕三缕，
看发在当中，
使上生发油，
又黑又明锃。
擦上雪花膏，
宫粉擦面中，
苏州的胭脂点在唇中，
菱花镜里照美容。
打开盛衣箱，
衣裳乱指弄，
这件不遂心，
那件没看中，
找了一件遂心的，
为奴真高兴，
为奴真高兴，
咿呀唉咳哎咳哟。
桃花是夹袄，
裤子是粉红，

---

① 牛庆兰唱。

藕色的花鞋足上蹬,
上头的花形绿轰轰,
带上绿穗子,
绣花手巾拿在手中。
行走来好快,
来到了门庭,
抬头把门进,
来到上房中,
见了爹娘忙叫一声,
为奴要走新亲。
爹娘开言道,
妮呀你细听,
上等的点心封上几封,
准备着走去新亲。
行走来好快,
来到南洼中,
儿童放鸢子,
识字班来踏青,
满天的鸽子起在空中,
真是一个好春景呵!
行走来好快,
来到了门庭,
抬头把门进,
来到上房中,
见了姨娘忙问一声,
姨娘你可安宁?
咿呀哎咳哎咳哟。
姨娘开言道,

二姐你细听,
二年没见面,
长了个好花容,
不是姨娘来奉承,
真是个好花容。
为奴开言道,
姨娘你细听,
足也没缠好,
身子稀哒松,
叫声姨娘不用来奉承,
算不了好花容。
为奴开言道,
再把姨娘叫一声,
先见姨娘你,
后见俺表兄,
再问问俺表兄他可安宁,
为奴俺就放心中。
姨娘开言道,
您姐姐你细听,
您表兄吃了饭,
天天在学中,
叫一声您表姐等上一等,
不多一时回家中。
师父放了学,
学生回家中。
行走来好快,
来到了门庭,
抬头把门进,

来到上房中，
见了表姐姐满脸红，
表姐姐你可安宁？
表姐开言道，
表兄你细听，
二年没见面，
长了个好学生，
不是您表姐来奉承，
真是好学生，
不是您表姐来奉承，
真是好学生。
表兄开言道，
表姐你细听，
脸也不并白，
天天在学中，
叫了声表姐不要奉承，
并不是个好学生。

十八岁大姐长得好①【小调】

十七、八的大姐长得多么好，
满脸擦粉雪花膏，

同志们看中了。
一口糯米牙，
樱桃口呀小，
两边眉毛赛过柳叶梢，
齐眉穗耷拉着。

有心说句话，
街上有人瞧，
整了整服装掏了掏服，
叫声好大嫂。
大嫂头里走，
后边紧跟着，
跟来跟去捞也捞不着。

我郎回来了，
回家三天整，
困也困不着。
你出去了三年整，
你也没回家，
不知道相中了谁家的一枝花，
对奴说空话。
白天你去赌，
晚上你就嫖，
什么身子搁着这样熬，
朗儿熬坏了。

———
① 刘世贵唱小调。

大辫子[1]

大辫子摔三摔,
摔倒了米瓮沿儿,
娘呀娘呀,
队伍就要开。
囡儿你不要啼哭,
啼哭别着急,
待上半月他就会来看你。
班长把哨吹,
队伍站了队,
武装起来扎绿裹腿。
班长喊立正,
他郎转过来,
一二三四上了前线。
前方大炮响,
小奴家烧上香,
千千万万别让他伤。
一去三年整,
三年整没来信,
担架英雄抬回他郎来。
手拉着郎的手,
两眼泪交流,
她郎死在前方敌人手。
手拿着洋烟卷儿,
不吃拿着玩儿,
谁也不知亲郎是指导员。
上了三七坟,
小奴家哭起来,
谁也不是亲郎那个人。

小洋板(一)

小洋板,镏上个眼,
中国造的洋烟卷,
洋烟卷,喷喷香,
中国造的机关枪,
机关枪,打得远,
中国造的千里眼,
千里眼,眼又明,
中国造的飞机艇,
飞机艇,飞得高,
中国造的杀人刀,
杀人刀,又锋快,
中国造的子母弹,
子母弹,装子母,
打得老蒋哇哇地哭。

---

[1] 孙景范、黄家欣、刘莉英唱。

小洋板(二)

小洋板,鏴上个眼,
中国造的千里眼,
千里眼,又发明,
中国造的潜水艇,
潜水艇,在水里走,
中国造的小炮口,
小炮口,打得准,
打得蒋介石一起往台湾滚。

小洋板(三)

小洋板,鏴上个眼,
中国造的千里眼,
千里眼,又发明,
中国造的小飞艇,
小飞艇,飞的高,
中国造的杀人刀,
杀人刀,又很快,
中国造的子母弹,
子母弹,打的多,
一直打到蒋介石的老窝,
打到老窝还不算,

联合起来打台湾。

小洋钱

小洋钱,鏴上个空,
中国造的千里眼,
千里眼,照得明,
中国造的高飞艇,
高飞艇,飞得高,
中国造的杀人刀,
杀人刀,又锋快,
中国造的子母弹,
子母弹,弹子母,
打得鬼子呱呱叫。

谜

嘴儿尖尖尾巴长,
梧桐树上是家乡,
能言巧语将弓打,
不言不语回娘家。

过北京

竹儿高又高,
竹儿青又青,
砍来当竹马,
骑着过北京。
路过济南府,
经过天津城,
日跑八百九,
夜晚还是行。
不到两天半,
到了北京城,
跑上天安门,
拜见毛泽东。
毛主席摸着我的头,
两眼对我笑盈盈:
"赏你一匹大红马,
回家做个好学生。"

别看我是小娃娃①

别看我是小娃娃,
我也知道爱国家,
妈妈给我钱,
一个也不花,
捐献出来买飞机,
好把美帝早打垮。

别看我是小娃娃,
我也知道爱国家,
妈妈给我钱,
一个也不花,
捐献出来买大炮,
好把老蒋早打垮。

搞对象②

呱打板,
不一样,
男男女女搞对象,
你同意,我同意,
坐上火车去登记。

---

① 牛纪川唱。
② 讽刺农村中一些青年男女飞速自由恋爱。

小家雀

小家雀,抖抖毛,
拉着棍,抱着瓢,
要点饭,娘瞧瞧。

小白鸡

小白鸡,鐕草窝,
我挪挪,它咬我,
回家对它娘说,
它娘使剪子铰我。

小老鼠

小老鼠,上灯台,
偷油喝,下不来,
奶奶买个馍馍哄下来,
吱吱叽叽叫奶奶。

小老鼠

小老鼠,上灯台,
偷油吃,下不来。
姐姐一见忽又慌,
麻利地跑去找奶奶。
奶奶说:"买个馍馍哄下来。"

小老鼠,往下跳,
一跳跳的真胡闹,
"噗哧"跳到油缸里,
喝得肚儿溜溜饱。
姐姐麻利地捞出来,
一看老鼠早死了。

小老鼠上案板

小老鼠,上案板,
猫来了,打颤颤,
猫走了,再玩玩。

老鼠抬轿

小红人,戴口帽,
两个老鼠来抬轿,

狸猫打着伞,
黄猫喝着道,
把这个老鼠吓一跳,
吱啦一声就跑了,
这个花轿不抬了。

娘死了。
死在哪里去了呢?
死在棺材里去了。
埋哪里去了?
埋蒜臼里去了。
你怎么不哭?
咪呜咪呜。

香椿芽

香椿芽,拉八杈,
猫大姊你坐下,
陪你箱,陪你柜,
陪你花鞋二十双。
娘呀娘,俺不要,
俺的那花堂轿。

小叭狗

小叭狗,带铃铛,
叮哩哨嘟到集上,
买个杏,尖溜酸,
买个梨,尝尝新。

小叭狗,带铃铛,
叮哩哨嘟到集上,
买菠菜,买白菜,
叮哩哨嘟带回来。

老 猫

老猫老猫,上树摘桃,
摘多了,摘半瓢。
你怎么不吃,
没牙咬。
叫你娘嚼了,

小叭狗

小叭狗,颠尾巴,

一颠颠到李逵家。
李逵带着红缨帽,
媳妇带着满头花,
他娘穿着咯哒鞋,
咯哒咯哒下楼台。

叭狗请客①

小叭狗,带铃铛,
"滴溜刚啷"到集上,
买菠菜,秤蚕豆,
买了十斤蛤蜊肉。
黄酒挑了两大瓮,
干锅装来十大缸。
回到家里一通忙,
四盘五碗炒得香。
东邻请来牛大哥,
西舍请来猫大姐,
还有黑胡公公老山羊,
和红冠彩衣的鸡姑娘。
四邻八舍俱请全,
"五魁""七巧"地划开了拳。
你一盅,他一盅,

喝得脸上红盈盈。
你一勺,他一勺,
喝得各人红了脖。
你一碗,他一碗,
喝得各人红了脸。
你一杯,他一杯,
喝得各人哺哑嘴。
太阳公公下了山,
各人喝得更加欢!
月亮妈妈挂当空,
各人喝得更盛腾!
越喝越喜越带欢,
各人胀得上了天。

小白鸡

小白鸡,上河涯,
洗洗手,插花鞋。
她娘叫她吃饭去,
"什么饭?"
"小杂面。"
"谁干的?"
"小豆虫。"

① 此歌流传等等不一,长短不齐,结尾更不一样,儿童唱时多是对唱。

"怎么干？"
"乱蛄蛹。"
"谁挑水？"
"小蚂蚱。"
"怎么挑？"
"乱蹦跶。"
"谁烧水？"
"小叭狗。"
"怎么烧？"
"乱扒擦。"
"谁看锅？"
"小花猫。"
"怎么看？"
"乱哇哇。"
小老鼠，
在那炕头装婆婆。
"怎么装？"
"乱叽喳。"

小 歌

小牛犊，跑得快，
妈妈捉着摆青菜。
小妮子，
装酒去，

请你姑家两口子。

小丫鬟

小丫鬟抱红毯，
问问姥娘过几天。
天又短，路又远，
给你个日子过半年。
过到腊月二十三，
买上爆竹买上鞭，
踢里喀嚓过新年。

薄薄板

薄薄板，齐生生，
姥娘抱着那亲外甥，
妗子烙的那大油饼，
不给外甥一星星。
骑着马，扎扎鬃，
家去学给那爹娘听，
不该你那姥娘什么事，
该你妗子那太妖精。

面汤子菜

面汤子菜，
清盈盈，
一盘子豁到北京城。
北京城上好人家，
刷锅洗碗俺自家。
刷锅洗碗喂猪猪，
喂得猪猪比牛大。
骑着猪猪回娘家，
娘家门口有棵瓜。
踢里塌拉结到家。
摘了大的上街卖，
摘了小的腌咸菜。
腌的咸菜红燎豆，
大哥、二哥要媳妇。
要的媳妇矬又矬，
门垫子底下拜天地。
一对苍蝇打凤盖，
两个蚂蚁抬食盒，
趿着板凳够不着锅，
婆婆一耳光打到旋子窝。
公公使那筛子筛，
婆婆使那簸箕簸，
丈夫使那老萝萝，
她娘家来了六千多，
拾掇拾掇半铁勺。

小菠菜

小菠菜，开黄花，
领了兰兰看娘家。
娘看见那闺女来，
搬了板凳迎上来，
爹看见闺女了，
搬了杌子迎上来，
哥哥看见那妹妹来，
骑着毛驴迎上来，
嫂子看见那妹妹来，
倒坐在门槛上不起来。
嫂子嫂子你哭什么，
你在家里做啥来？
你骂俺，肏俺娘，
你骂俺，肏俺祖奶奶。
娘啊娘，俺走吧，
娘死了，俺还来，
爹死了，俺还来，
哥哥死了俺还来，
嫂子死了俺不来。

踏着高山唤叭来①。

我哥死了只能买刀纸,
嫂嫂死了我跑到坟上屙滩屎。

小木梳

小木梳,两头弯,
俺娘把我嫁给太平山。
太平山上恶人家,
刷锅洗碗俺自家。
小姑子找事将俺骂,
婆婆找事将俺打,
丈夫还嫌俺妨着他家。
俺捎个信给俺娘,
俺娘疼得哭一场;
捎个信给俺爹,
俺爹急得乱跺脚;
捎个信给俺嫂,
俺嫂恣得哈哈笑;
捎个信给俺哥,
俺哥牵着骡子来迎我。
我爹死了俺买合钱,
我娘死了俺买银锞,

辣疙瘩

辣疙瘩,开黄花,
养活闺女是仇家,
有点布,割打了②。
有点钱,撤拉了。
刚刚撒拉完了,
吱溜吱溜就走了。
爹也叫,娘也哭,
奶奶成水噜嘟③,
奶奶、奶奶你别哭,
你的孙女去享大福。
鸳鸯枕头十二对,
绒毛毯子红绫被,
铜盆洗脸,
照镜子握鬏④,
出门来,打着黄伞。

---

① 叭:小狗。
② 割打:剪子铰。
③ 成水噜嘟:即满脸泪水的意思。
④ 鬏:即髻。

小白鸡

小白鸡,
打小住在她姥姥家。
姥娘给她好饭吃,
妗子给她宫粉擦,
舅舅给她找了个好婆家,
一找找到了河南大官家。
也有楼,也有瓦,
铺绒毯,盖绒被,
花花枕头是一对。
银脸盆,明镜子,
出门黄伞遮天地。
甥女出嫁天长了,
姥娘想她泪纷纷。
女婿说:
"姥娘姥娘你别哭,
你那闺女在俺家享大福。"

小两口

小两口,走娘家,
一头梨,一头瓜,
一头螃蟹,一头虾。
天上溧溧纷纷下,
擦了一个滑,
跌了梨和瓜,
起来拾掇拾掇,
就发话:"这个娘家走什么?"

小辗板

小辗板,打蚊帐,
打的蚊帐溜薄薄,
俺娘不给俺说婆婆①。
说的婆婆年纪小,
俺娘不给俺做红袄。
做了红袄绿袖子,
俺娘不给俺打柜子。
打了柜子少把锁,
俺娘不给俺买裹脚②。
买了裹脚尺半长,
这梁搭在那棵上。

---

① 说婆婆:找丈夫。
② 裹脚:妇女缠脚的布。

鸡咯咯

鸡咯咯,
吃黄瓜,
黄瓜有种,
吃油饼,
油饼香,
吃面汤,
面汤还不烂,
吃鸡蛋,
鸡蛋还不熟,
吃羊蹄,
羊蹄有毛,
吃仙桃,
仙桃有尖,
吱溜上天。

买竹篙①

今日攒,明日攒,
攒了铜钱两吊三。
串起铜钱上了集,
买了二斤大黄梨。
黄梨甜又甜,
不如买黄连。
黄连苦又苦,
不如买豆腐。
豆腐暄又暄,
不如买仁丹。
仁丹凉又凉,
不如买姜糖。
姜糖辣又辣,
不如买喇叭。
喇叭不好听,
不如买盏灯。
灯盏明又明,
不如买丝绳。
丝绳会缠遭②,
不过买竹篙。
竹篙能撑船,
坐在船上玩,
一撑撑到东南边,
逛逛东南出日山。
要到几时不想玩,
骑着日头再回来。

---

① 黄家欣、黄家兰唱。
② 缠遭:乱绕缠。

又说又道

说了个一,道了个一,
天上下雨地下湿。
说了个二,道了个二,
两口铜盆打得铁盆响。
说了个三,道了个三,
三三人马扎两边。
说了个四,道了个四,
四四门上贴大字。
说了个五,道了个五,
五五包黑去打虎。
说了个六,道了个六,
六六包黑打亲舅,
人家说他不论理,
我不打舅谁打舅。
说了个七,道了个七,
七七林里抱野鸡。
说了个八,道了个八,
八八葫芦才开花。
说了个九,道了个九,
九九葫芦才打绺。
说了个十,道了个十,
十个蝈子去拉犁,
拉了地那头,
生了一窝猴。

窗户台上种了二亩瓜

窗户台上种了二亩瓜,
一长长到屋檐下,
有个小孩来偷瓜,
正好被瞎汉看着,
被聋子听着。
哑巴吆喝了一声,
瘸巴就去追。
小孩跑到秫秫地,
头被叶子拉了。
他跑到河沿去洗澡,
摸不着头了,
抱着头哭了起来。

小孩语

小孩语,实难熬,
蚂蚁过河踩断桥。
东西路,南北走,
忽听门外人咬狗,
拾起狗来打砖头,
不带驼驴一溜烟,
葫芦沉底碌碡浮,

蛤蟆翻身抓老雕。

小孩吃了不淘气。

小孩语

小孩子语,实难熬,
蚂蚁过河折断桥。
东西路,南北着走,
听着庄里人咬狗。
拾起狗来就打砖,
打起墣头尘土高起天①,
葫芦沉底碌碡飘②,
蚂蚁翻身抓老雕。
老雕戴了个铜帽子,
吱儿吱地耍哨子。

小油匠

小油匠,
打铛铛,
他娘死在了官庄上。
狼扒拉,
狗嚼拉,
打个铛铛又活啦。

扁毛子秸吹唔唔

扁毛子秸吹唔唔,③
官家说了个好媳妇。
脚也巧,手也巧,
两把剪子一起铰。
左手铰个牡丹花,

杨家蜜

甜瓜捎瓜杨家蜜,

---

① 墣头:尘土。
② 碌碡:打场用的石滚。
③ 扁毛子:白麻子。

右手铰了个灵芝草。

小板凳

小板凳,
歪一歪,
板凳底下菊花开,
红荷包,
彩鑚带,
芽芽葫芦吭见来。

发 兵

雉鸡翅,跑马城,
马城开,发兵来。
"你发哪家兵?"
"我发小罗成。"
"你发哪家兵?"
"我发赵子龙。"
罗成枪挑东海翻,
子龙枪挑泰山倾!

苦菜叶尖又尖

苦菜叶尖又尖,
师傅叫我念我就念,
一念念到太平庵。
太平庵上有大庙,
大庙底下有旗杆,
旗杆底下有仙丹,
仙丹吃了好了病。
你骑马我骑着驴,
师傅掉了水烟袋,
我给你拾起来,
你是个狗奸才。

十二个月小唱

大年初一头一天,
过了初二过初三,
正月十五半个月,
四十五天是月半。
正月打春就出粪,
二月惊蛰把地翻,
三月寒食就耙地,
四月立夏苗子剜。

五月芒种割麦子,
六月大暑秫秫往家搬。
七月立秋割谷子,
八月秋分豆子开了镰。
九月霜降刨地瓜,
十月立冬地净堰又干。
十一月是冬至正,
十二月小寒接大寒。
过了小寒过大寒,
腊月三十就过年。
贴花纸,吃包子,
哗哗啪啪放火爆。
放了火爆没有事,
正月初一闲着玩。

对　花

说了个一,道了个一,
什么营生开花在水边?
上山门,下山开,
你会破,我会猜,
菱角开花在水边那哎嗨哟。

说了个二,道了个二,
什么营生开花一根棍?
上山门,下山开,
你会破,我会猜,
嘀嘀咿嘀嘀,
韭菜开花一根棍那哎嗨哟。

说了个三,道了个三,
什么营生开花在两边?
上山门,下山开,
你会破,我会猜,
马兰开花在两边呐哎嗨哟。

说了个四,道了个四,
什么营生开花人不知?
上山门,下山开,
你会破,我会猜,
嘀嘀咿嘀嘀,
菖蒲子开花人不知。

说了个五,道了个五,
什么营生开花五道股?
上山门,下山开,
你会破,我会猜,
嘀嘀咿嘀嘀,
黄瓜开花五道股。

说了个六,道了个六,

什么营生开花赛红油①?

绣花灯

正月哟里来哟正月整,
女儿家房中叫声春红,
打开奴家的描金柜,
提出来,五色绒,
闲来无事绣花灯。
嗯哎哎嗨哟嗨哟,
列位君子,众位细听。

花灯呀上绣呀众位先生,
刘伯温自早修下北京,
能掐会算的苗广义,
徐茂公有神通,
斩将封神的姜太公,
嗯哎哎嗨哟嗨哟,
诸葛亮草船借过东风。

二月里来春风和,
女儿家房中甩开丝罗,
插下钢针盘龙线,

叫春红,听我说,
洗脸水,慢慢泼,
嗯哎哎嗨哟嗨哟,
再把花灯说上一说。

花灯上绣好汉哥,
武松打虎景阳坡,
龙虎山前李存孝,
赵云战,长阪坡,
薛礼救驾淤泥河,
嗯哎哎嗨哟嗨哟,
陆文龙使双枪杀出北国。

三月里来鸳鸯天,
女儿家房中好不耐烦,
手拿扇面只一照,
粉面红,笑盈颜,
何日得配丈夫男,
嗯哎哎嗨哟嗨哟,
再把花灯说上一番。

花灯上绣美貌男,
吕奉先月下戏过貂蝉,
十二娶亲罗士信,
小德童,下西川,
梨花得配薛丁山,

① 以下缺。

嗯哎哎咳哟咳哟,
杨宗保收亲穆寨山前。

四月里来养蚕忙,
女儿家打扮去采桑,
手扳着桑枝无心采,
那边来,美貌郎,
惹得奴家步飘荡,
嗯哎哎嗨哟嗨哟,
急急忙忙转回家厢。

花灯上绣,绣上昏王,
隋炀帝奸妹,欺他亲娘,
吴王深宠西施女,
苏妲己、殷纣王,
褒姒烽火害幽王,
嗯哎哎嗨哟嗨哟,
下绣昏王失掉了家邦。

五月里来小米熟,
女儿家北楼思丈夫,
为奴年长二十二,
二爹娘,好糊涂,
女儿大了不寻夫,
嗯哎哎嗨哟嗨哟,
守着花灯泪簌簌。

花灯上绣苦命姑,
王二英北楼思想丈夫,
赵美蓉参加上观灯记,
柳迎春,受单孤,
王三姐,住一窑,
嗯哎哎嗨哟嗨哟,
罗氏女守夫单等秋胡。

六月里来阳熬熬,
女儿家房中好不伤焦,
坐在牙床上杀蚊帐①,
白绫子扇,懒得摇,
热得俺奴家似火烧,
嗯哎哎嗨哟嗨哟,
高叫声春红哪里去了。

花灯上绣,绣上奸曹,
潘仁美专权压灭了当朝,
董卓欺君多抗上,
奸不过,是曹操,
秦桧作事多奸骄,
嗯哎哎嗨哟嗨哟,
张士贵鼓动定害了白袍。

七月里来立了秋,

---

① 杀:作收束讲。方言中紧鞋带可叫杀杀盼。

女儿家中好不自由,
为奴年长二十二,
二爹娘,好糊涂,
女儿大了不可留,
嗯哎哎嗨哟嗨哟,
留来留去结下了怨仇。

花灯呀上绣泪交流,
孙玉姣门前卖过风流,
西厢莺莺崔氏女,
林黛玉、祝悲秋,
白蛇借伞在杭州,
嗯哎哎嗨哟嗨哟,
蔡三姐的苦楚好不自由。

八月里来秋风高,
女儿家房中好不伤焦,
眼望夜长白天短,
月牙下,实难熬,
翻来覆去睡不着,
嗯哎哎嗨哟嗨哟,
点上银灯再把花描。

花灯上绣黑虎英豪,
尉迟敬德夜晚访过白袍,
拿鞭铁面呼守信,
张飞喊,当阳桥,
李逵下山访英豪,

嗯哎哎嗨哟嗨哟,
郑子明归位错斩黄袍。

九月里来菊花深,
女儿家房中好不伤心,
眼望夜长白天短,
月昏后,夜更深,
红绫被,冷森森,
嗯哎哎嗨哟嗨哟,
谁是奴家的知心人。

花灯上绣,绣上国君,
庐陵王遭贬一十二春,
公子重耳多遭难,
镇国王,走孤村,
司马懿,难临身,
有刘秀走南阳一十二春。

十月里来立了冬,
女儿家房中叫声春红,
火盆多多放木炭,
烤烤手,绣花灯,
忽然想起了古人名,
嗯哎哎嗨哟嗨哟,
再把花灯明上一明。

花灯上绣愣头青,
程咬金瓦岗好不威风,

天当潞州单雄信,
青面虎,真愣挣,
西凉大战苏保童,
嗯哎哎嗨哟嗨哟,
盖苏文的飞刀令人可惊。

十一月里雪花飞,
女儿房中好不伤悲,
哥嫂同床一起睡,
俺小奴,没人陪,
也是俺爹娘糊涂坯,
恼了偷跑,谁也不顾谁。

花灯上绣泪双垂,
绣上一个货郎名叫秦魁,
席上画好张君瑞,
吕蒙正,运不遂,
曹庄孝母杀七贼,
嗯哎哎嗨哟嗨哟,
张廷秀赶考明换黑白。

十二月里整一年,
女儿房中好不喜欢,
二十二岁婆家娶,
还有花灯没绣完,
春红忙把银灯端,

嗯哎哎嗨哟嗨哟,
今夜晚间早绣完。

花灯上绣红脸将魁元,
康茂才当将蹲在台前,
有关胜,上梁山,
孟良盗骨令三番,
嗯哎哎嗨哟嗨哟,
赵匡胤赌博赢了个江山。

洋大囡①

正月里来正月正,
想起那洋大囡儿,
多么开通,
上穿红,下穿青,
红洋袜子脚上蹬,
留下两块头发留在当中。

二月里来春风和,
想起那洋大囡儿,
多会上学,

---

① 苗永英唱。洋大囡:鬼子养的。此歌系鬼子唱,老百姓跟着学的。

走一走,扭一扭,
摆了个大辫子在后头,
同志们看见挤眼儿掀舌头。

三月里来三月三,
想起洋大囡儿多会白白穿,
上穿青,下穿蓝,
红丝带儿脚上穿,
做下二双大花鞋光留开会穿。

四月里来羊脱毛,
想起那洋大囡儿,
不用爹和娘,
她怨爹娘真糊涂,
不给女儿想丈夫,
女儿大了你的愁肠。

五月里来热难当,
想起那洋大囡儿,
站在门旁,
嘴里衔着洋烟卷儿,
不管认识不认识,
只管打洋①。

六月里来好热天,
想起那洋大囡儿,

多会去赶集,
赶集借的带花的,
斜哗叽不要的,
嗬嗬嗨,
赶集借的带花的。

小白菜

小小那个白菜儿啦,
黄又黄呀,
三岁、二岁没得个娘,
没得亲娘还好受,
就怕亲爹哟捎个后娘。
捎了那个后娘三年整,
生了那个弟弟哟比我强。
弟弟那个吃油咱喝汤,
一起碗来呀泪汪汪。
俺娘问我怎么地,
我说喝汤烫得慌。
兄弟那个穿衣哟绫和缎哟,
我呢那个穿衣破衣纳糠,
兄弟那个想娘在面前,
我想那个亲娘难上难。

---

① 打洋:打打闹闹的意思。

当年忙

出了日头照西墙,
姊妹俩去歇凉,
大姐出门呵呵笑,
二姐出门泪汪汪,
大姐说:叫声妹妹哭什么?
二姐说:一十七岁守空房。
大姐说:叫声妹妹不如我,
我一年嫁了八个郎,
头一个丈夫本姓饭,
第二个丈夫本姓汤,
第三个丈夫本姓热,
第四个丈夫本姓凉,
第五个丈夫本姓马,
第六个丈夫本姓房,
第七个丈夫本姓药,
第八个丈夫本姓姜。
饿了俺去找老饭,
渴了俺去找老汤,
冷了俺去找老热,
热了俺去找老凉,
白天出门找老马,
夜晚睡觉找老房,
身体不好找老药,
头痛恶心找老姜。
八个丈夫妨了个净,
嫁给东庄王双当。
正月说亲二月娶,
三月生了小儿郎,
四月抱在娘怀抱,
五月他就离娘怀,
六月里来四街跑,
七月南学攻文章,
八月仲秋北京开了考,
九月怀抱卷子进考场,
十月考中状元郎,
十一月里上了任,
十二月告老还乡,
腊月初一得了病,
腊月三十见阎王,
若问这是什么段,
其名就叫做"当年忙"。

卖包子

葱丝、姜丝、牛肉丝,
打上香油拌馅子,
越吃越有味,
咿呀外得兀,外得兀外,
越吃越有味。
人家卖的三钱哟两,

奴家卖的两钱三,
早卖早回家,
咿呀外得兀,外得兀外,
早卖早回家。

杜娟姐姐到我家

杜娟姐姐到我家,
月婆落到地底下。
杜娟姐姐又哭啦,
哭声冲到云霄顶,
哭声响到西天涯。
她哭得星星都落泪,
她哭得天崩地也塌!

杜娟姐姐你哭什么?
快快告诉妹妹吧!
是你公公将你打?
还是婆婆将你骂?
是小姑使坏将你害?
是愁锅落来累熬?

是愁身上无绢衣?
还是无米把锅下?
是嫌郎哥生得丑?
还是他不爱你呀?

杜鹃姐,杜鹃姐,
别哭啦!别哭啦!
别等哭得心肠碎,
别等哭得双眼瞎!
快下来!快下来!
和妹一起种棉花。
我妈收你作"干闺"①,
我家有个好哥哥。

什么东西扑棱棱,
一翅飞到屋檐下?
呦!吱溜敞开门两扇,
杜娟姐姐过来啦②!

四喜四恨③

一可恨,日本鬼子心肠狠,

---

① 干闺:义女。
② 未完。
③ 节录,不完整。

最不该来中国奸淫烧杀。
二可恨,蒋介石心肠太狠,
最不该将中国卖于敌人。
三可恨,汪精卫心肠太狠,
最不该抗战公开投敌。
四可恨,大地主,不开明,剥削
　穷人。

一可喜,主力军,
是我们的老靠山。
……
四可喜,老百姓,
组织起来纳租不纳息。

秧歌队

正月里来是新春,
咱们爱护八路军,
它是人民的军队,
保护人民跟国民党拼。

大娘、大嫂、大姐们,
好好地爱护八路军,
千针万线做好鞋,
打起仗来有精神。

鸡叫三遍明了天,
吃过早饭上北山,
姥姥提俺干什么?
我说开荒到北山。

紧走慢走来好快,
荒场不远到面前,
打着火,吸袋烟,
扒了小袄一齐干。

一干干到九点钟,
伙夫同志送稀饭,
每人喝了一两碗,
永远继续往下干。

开了大会,讲了理,
我把地主斗下去,
快把秧歌扭起来,
迎接咱们的新胜利。

求解放,团结起,
不论贫富打鬼子。

鬼子歌

鬼子王占了沂水城,

匡庄黄山浦上安了营盘，
鬼子王他在城里封开汉奸官。
封了割子浦的牛先原，
他作县里的县长官；
蒋庄封了一个于仲奎，
他是剿灭司令官；
黄山浦封了一个韩队长，
光好扫荡上西山。
鬼子王五月天大扫荡，
把俺那场园路过问到俺，
老汉老汉，八路军上了那西山去？
我就说不是，上了北山，上了南山。
人上了年纪最怕动，
穿了一件破衣衫，
害热了脱了在场园边。
过去了一队汉奸兵，
什么心眼他都有，
查它一番又一番，
为什么把小破袄翻了又一翻，
他怕里边有物件。
里边藏着匣子枪、盒子炮，
他要过去，背后打他不困难。
鬼子汉奸官领着汉奸队他们满
　　山去，
十苗子山上开了仗。
响了他那些平提机关枪，
乒乓一阵响，
整整响了一半天。

八路军小红山开了枪，
习就的技术好，
机枪打死了几个鬼子汉奸官。
哪一个鬼子官不该死，
一枪打上了他的肩。
你怎么知道那么近切？
打着上医院有人看见。
那些鬼子官看事不好，退却败
　　阵走得欢。
老百姓家被他害，
汉奸队上老百姓家去拿衣服。
什么衣服他也拿，
拿回家分着穿；
汉奸上我家里好几十，
和他拼夺一半天。
我家煎饼叫他吃个净，
我那一屋子蒜，
没给我留一头尝尝鲜，
笸子、筐子他也翻，
怕里头有衣衫，
屋里土他也翻，
恐怕里头有银元。

村政小调

大家事情哟大家来照管，

村政委员大家齐来选①,
楞个楞个楞个楞,
楞个楞个楞个楞。

姐妹娘儿们,
兄弟爷儿们,
睁开两眼,
打听再打听,
谁是好人,咱就选举谁,
谁是坏人,咱就不赞成,
楞个楞个楞个楞,
楞个楞个楞个楞。

选个好村长,
替咱办好事,
公平正直,一点不马虎,
村政的账目一月一清算,
不贪污,不浪费,
大家都喜欢,
楞个楞个楞个楞,
楞个楞个楞个楞。

好村长呀,
勇敢又能干,

领导大家坚持抗战,
纺织耕种,生产多生产呐,
不愁吃,不愁穿,生活都改善。

四季词

春季里迎春花儿鲜,
日本鬼子分区扫荡我鲁南,
奸淫烧杀多凶狠,
屠杀我同胞实可怜。

夏季里荷花香,
男子大家都起来武装,
同心协力来抵抗,
要保护父母、兄弟、姐妹和儿郎。

秋季里来菊花黄②,

冬季里雪花飘,
鲁南老百姓动员起来了③。

---

① 此下缺两行。
② 以下缺三句。
③ 以下缺两句。

小粘人

小粘人,顶兴萃,
扎裹起来实样子,
头上带着新草帽,
核桃疙瘩顶缨子,
火拨袍,纱罩子,
罗汉搭子子两截衣,
衫绸子裤扎汗巾,
上头一对花瓠子,
左手拿着迎春□,
右手拿着盘缨子①。

小锔缸②

清晨起来雾茫茫,
小轱辘挑起扁担下四乡。
一路到在茶炉上,
问问大爷那是一个什么庄。
这条路上是马家寨,
那条路上是王家庄,
今天小轱辘不向别处去,
王家庄去看婆娘。
挑起担儿就要走,
一路到在王家庄,
吆呼一声锔盆、锔碗、锔瓷缸。
现在又提起绣房内王大娘,
插下钢针盘下坐,
用劲一推乱四三,
背后侧坐抬身起,
小金莲斜插就地下,
迈开金莲往前走,
刹时间来到大门前,
顺手拉开门关带,
拉了上闩拉下闩,
呼隆隆敞开了门两扇,
看到小轱辘到边。

---

① 以下缺。
② 黄昆富唱。

附：曲谱

一、罗成算卦

5 6 3 5 | 6. 5 | 5 3 2 - | 5 6 3 5 | 6. 5 | 3 2 1 - |

(3. 2 | 1 2 6 5 | 3 5 1 2 | 6 5 3 5 | 3 3 2) | 5 6 3 1 |

6.5 1 6 | 5 6 5 - | 0 6 5 6 | 3 1 6 5 | 1. 6 | 5 6 |

5 2 2 1 | (6. 5 | 5 3 2 1 6 5 | 1. 2 | 6 5 3 5 |

1. 2 | 6 5 3 6 5 | 3 3 2 | 3 3 2) |

二、梁山伯与祝英台

2 2 5 6 5 4 3 2 | 2 2 5 6 5 4 3 2 | 2 2 1 5 2 - |

5 2 5 4 3 2 1 | 2 2 5 2 5 2 | 2 2 5 2 5 1 6 | 5 - - 0 |

(1 6 3 5 | 3 - - - | 1 6 3 5 | 3 2) | 2 2 5 2 5 2 |

1 6 5 - | 2 2 5 2 5 1 | 6 5 - 0 ‖

三、纳花灯①

（曲谱）

四、大四川②

（曲谱）

五、打沂水

（曲谱）

---

① "纳花灯"又名"绣花灯"。
② "大四川"又名"走四川"。

六、夜战军

$1\dot{6}\ 1\ 2\ 3\ -\ |\ \underline{2\ 3}\ \underline{2\ 1}\ \underline{5}\ -\ |\ 5\cdot\underline{5}\ 3\ 1\ |\ 2\ 2\ 2\ -\ |$

$\underline{1\cdot 2}\ 3\ \underline{2\cdot 1}\ \underline{6}\ |\ \underline{1\cdot 2}\ \underline{2\ 3}\ \underline{2\ 1}\ \underline{6}\ |\ \underline{1\ 1}\ \underline{5\ 1}\ \underline{3\ 2\ 1}\ |\ \underline{5}\ -\ -\ 0\ |$

$\underline{5\ 5}\ \underline{5\ 5}\ \underline{5\ 5}\ |\ 1\ -\ -\ 0\ \|$

七、小放牛

$\underline{5\ 3}\ 5\ |\ \underline{1\ 6}\ 5\ |\ \underline{3\ 5}\ \underline{6\ \dot{1}}\ |\ \underline{5\ 3}\ 2\ |\ \underline{5\ 3}\ 5\ |\ \underline{2\ 5}\ \underline{3\ 2}\ |$

$\underline{1\ 2}\ \underline{3\ 5}\ |\ \underline{2\ 1}\ \underline{6\ 1}\ |\ \underline{5}\ -\ |\ \underline{5\ \dot{2}}\ 5\ |\ \underline{2\ 5}\ \underline{3\ 2}\ |\ \underline{1\ 2}\ \underline{3\ 5}\ |$

$\underline{2\ 1}\ \underline{6\ 1}\ |\ \underline{5}\ -\ \|$

八、谭香女哭瓜

$\underline{3\ 5}\ \underline{3\ 2}\ \underline{3\ 5}\ \underline{3\ 2}\ |\ \underline{1\ 2}\ \underline{3\ 2}\ \underline{3\ 2}\ 1\ |\ \underline{1\ 2}\ \underline{2\ 3}\ \underline{2\ 3}\ \underline{7\ 6}\ |$

$\underline{5\ 6}\ \underline{2\ 7}\ \underline{6\ 3}\ 5\ |\ \underline{6\ 7}\ \underline{6\ 5}\ \underline{6\ 7}\ \underline{6\ 5}\ |\ \underline{2\ 7}\ \underline{6\ 5}\ \underline{6\ 5}\ 3\ |$

$\underline{1\ 2}\ \underline{2\ 3}\ \underline{7\ 6}\ |\ \underline{5\ 6}\ \underline{2\ 7}\ \underline{6\ 3}\ 5\ \|$

九、姐在房中

D调 $\frac{4}{4}$ $\dot{3}$ —— $\underline{5}$

$\underline{\dot{3}\ \dot{3}}\ \underline{\dot{3}\ 2}\ \underline{1\ 6}\ 5\ |\ \underline{5\ 6}\ \underline{1\ 6}\ \underline{2\ 0}\ :\|\ 3\ 5\ 6\ 2\ |\ \underline{1\cdot 6}\ \underline{5}\ -\ \|$

× × × × × × ×　　× × × × ×　　　× × × ×　　× ×

十①

D调 2/4 $\dot{1}$ —— 6

| $\widehat{\dot{1}65}$ | $\widehat{\dot{1}65}$ | $\widehat{6\,1\,3}$ | 5 0 | 3 5 6 $\dot{1}$ | 5 3 5 | 2 3 2 $\underline{6}$ |

x x x x x x x xxxxxxx xxxx

| 1 — ‖ 5 3 2 3 | 5 3 5 | 2 3 2 $\underline{6}$ | 1 — ‖

x xxxx xxx xxxx x

注：有时在第八节后面唱成： 2 3 5 | 2 3 2 $\underline{6}$ | 1 — ‖

xxx   xxxx

也有人把第六节 | 5 3 5 | 唱成 | 5 6 5 |

xxx   xxx

十一、懒老婆

D调 2/4 $\dot{3}$ — 7

| $\dot{3}$ $\dot{3}$ 2 3 $\dot{1}$ | $\widehat{2.\ 3}$ 2 ‖

xxxxx x

| $\dot{2}$ $\dot{1}$ 2 3 $\dot{2}$ | 2 2 3 | 2 1 $\underline{7}$ 1 | $\widehat{1\ \ —}$ ‖

xxxx x x x x x x x x

---

① "十"后脱"卖饺子"。

十二、迎主力

$\frac{4}{4}$

| 6 5 6 5 | 2 2 5 3 2 1 1 | 1 1 1 6 5 - | 5 1 5 3 2 - |

| 3 1 2 1 3 2 | 6 5 6 1 6 5 - |

奴家张佩英

$\frac{4}{4}$

| 5 3 5 6 1·6 1 | 1 6 1 2 3· 2 3 |

‖: 2 2 2 3 2 1 6 5 3 5 | 6 1 6 5 :‖

歌谣（一）

$\frac{4}{4}$

| 2 2 3 2 1 2 - | 1 1 2 1 6 5 - | 1 1 2 6 5 - |

| 1 1 2 6 5·# 4 5 |

十三、歌①

| 6 5 6 2 1 6 5 | 1 1 1 5 6 1 - | 1 1 2 3 2 3 |

| 1 3 3 2 1 6 5 | 6 6 5 3 6 6 5 3 | 1 1 1 5 6 5 3 |

| 2 1 2 5 6 5 3 | 2 5 3 2 1 - |

---

① "歌"后脱字，应为"放足歌"。

十四、失题曲

6 6 6　6 5 6　1 7 6　5.3 | 6 6 1　5 3　2 1　2 |

3 2 3　5 5　6 1 2 3　1 1 | 3 3　3 2 3　5 5 3　2 3 2 1 |

6 1 2 3　1 1　- |

十五、十二月纺花

6 1 5 6　1 | 3 2 3　5 | 6 6 1　5 3　5 3 2　2.3　5 |

6 3 2　1　5 3 2　1 6　1 5 |

十六、失题曲

$\frac{4}{4}$

6.5　6 1　3 5.3 | 6.5　6 1　5. 3 | 5 2　3 5　3 2　1 6 |

5 2 3 2 1　- | 1 6 1 | 0 6.5 3 2 3 | 1 2　3 5　3 2　1 6 |

5 2 3 5 3 2 3 2 1 |

十七、失题曲

$\frac{2}{4}$

1 5 6 1 | 3 2 3　5 | 6 5 6 1　5 3 | 5 3　2 | 5 2 3　5 |

6 5 3 2 1 | 5 3 2　1 6 | 1 5 |

十八、抗日军人家属真光荣(片段)

3 3　2 2　3 5 3 1　2 2 | 1 1　6̣ 6̣　1 2 1 6　5 |

唱：抗日军属　多呀　多光荣

十九、五更调

1̣ 6̣ 3̇ 2̇ 3̇ 1̇ 2̇ 1̇ 6̣ 5 | 1̣ 6̣ 3̇ 2̇ 3̇ 1 - | 5̇ 6̇ 5̇ 3̇ 2̇ 5̇ 6̇ 5̇ 3̇ 2̇ |

2̇ 2̇ 1̇ 2̇ 3̇ 1̇ 2̇ 7̣ 6̣ | 2̇ 6̣ 1̇ 2̇　3̇ 2̇ 3̇　3̇ | 2̇ 1̇ 2̇ 3̇ 2̇ 1 - |

——完——

Ⅱ　快板类

打鬼子抓汉奸①

提起八路军，
志气真昂昂，
背着手榴弹，
扛着土造枪。
碰见日本鬼，
也不吓得慌②，
若是不打他，
鬼子要开枪。
腰里掏子母③，
肩膀去捞枪，
右手抅机子，
这就要响了枪，
只见日本鬼，
就往地下张④。
扑通张在地，
鲜血淌一汪，
呲牙又咧嘴，
一命到西方。
八路军同志，
一见喜得慌，
呵声往上上，
同志们别发慌，
左手解子带，
右手取下枪，
又去解扣子，
想着扒军装。
连长开言道，
同志听其详，
不必扒军装，

---

① 武继干口述。
② 吓得慌：害怕。
③ 子母：子弹。
④ 张：平声，倾倒意。

日本的队伍，
还在咱后方。
呵了一声走，
同志们别发慌，
找个僻静埝①，
插下土造枪，
扛着日本造，
量丈也无妨②，
远了咱不打，
近了就开枪，
就算日本鬼，
他也吓得慌，
汉奸和顽固，
吓得筛了糠③，
除非不见咱，
见咱就缴枪。
汉奸和顽固，
合伙犯商量：
咱要想发财，
扫荡得下乡。
汉奸和顽固，
扫荡下了乡，

耀武扬威地，
就把鬼子装。
进村找八路，
家里去翻枪，
翻枪是假的，
找钱翻衣裳。
找了些包袱，
翻了些衣裳，
银元和钞票，
交通和老中央④，
弄了一些钱，
就往腰里装，
秫子和麦子，
硬说是公粮，
找了些口袋，
装了个净光光，
抓了些老百姓，
命令送到庄。
送到他家里，
吃穿他怪恣⑤，
余钱花不了，
到处找草契⑥，

---

① 埝：音 nian er，土埂。
② 量丈：料着。
③ 筛了糠：打颤。
④ 交通和老中央：指伪交通银行发行的纸币。
⑤ 恣：痛快。
⑥ 草契：准备出卖房地时，卖着先交给中人的非正式契约。

挑上担秫秫,
还有几斗麦,
山沟薄岭的,
要上几顷地,
说上小婆子,
想过美日子,
明看着眼看死①,
他还想好事。
汉奸和顽固,
拾掇着要出庄,
八路军同志,
出发正碰上,
呵了一声围,
围困那个庄。
四外巷口里,
支上机关枪,
盒子手提式,
长枪和短枪。
连长开言道,
同志们听其详,
咱得拿活的,
千万别开枪,
庄里的老百姓,
听见吓得慌。
连长高声喊:

汉奸听其详,
今每儿见了俺②,
还不快缴枪。
汉奸和顽固,
吓得筛了糠,
扑通跪在地,
双手来缴枪,
声声叫连长,
饶命俺缴枪。
连长听着说,
心里也怪悆,
他那脸面上,
格外有生气。
骂了声汉奸,
你这放的屁,
心里想坑我,
那事真不易。
汉奸开言道,
连长听其详,
谁要是坑你,
坑他爹和娘。
连长开言道,
大家来讨论,
你既想投降,
我说你得信,

---

① 眼看:立刻。
② 今每儿:今天。

送你到南沂蒙,
受上几天训,
回来打鬼子,
你有劲没有劲,
有劲,有劲,有劲……

同心协力保江山①

八路军同志,
来到沂水县,
进村就开会,
好话说几遍,
众人都佩服,
个个都称赞,
个个都称赞,
老少都称赞。
立下乡公所,
给咱把公办。
上面下公事,
老乡积极干,
或是送给养,
或是送米面,

麸料共马草,
柴火送几万,
这个没问题,
按照地亩算。
一亩照十斤,
十顷照一万,
我说你不信,
打着算盘算。
归除乘六回,
算了七八遍,
不多也不少,
咱就照公办。
乡里计划好,
工作团就来。
妇女看透了旧世界,
想着大难这场灾,
万般出在无几奈。
我把邻居请上来,
有几句话对你讲,
别说我颠三倒四的胡排歪。
我看着自从鬼子进沂水,
汉奸顽固闹世界,
三日两天闹开会,
照天领着那鬼子玩②。
领着鬼子来扫荡,

---

① 武继干口述。
② 照天:每天。

先骗民女又抢财,
败坏人伦伤天理,
您想想,
汉奸顽固他该不该?
我说这话你不信,
听我慢慢说根源。
铜井鬼子去安据点,
黄山堡又安了第二点。
斜午吃了鬼子的害,
孙家庄又去把乡公所来安。
你当气坏了哪一个,
气坏了同志和工作人员。
同志那天把我请,
俺二人足足拉了多半天,
俺二人拉到伤心处,
急瞪着两眼泪不干。
俺二人拉了多半日,
落了日头黑了天。
他向四乡催给养,
我上庄里来宣传。
您要听我一句话,
不缺吃来不缺穿。
众人说是好好好,
大家帮助不相干。
叫那大份去抗日,
叫那二份去宣传,

妈妈加入妇救会,
小孩参加儿童团,
还有嫂子姐和妹,
叫她加入识字班,
大家伙里团结好,
消灭鬼子作什么难。
有钱的指钱别拘伦①,
没钱的出功夫莫迟延。
四面路上站下岗,
千万别给鬼子闲,
乡里及时布置好,
城内的情报就往下传,
往下传,往下传,
传给了乡长和工作人员,
乡长没敢揭开看,
递给队长和指导。
队长揭开情报看,
从上而下仔细观,
上面写的稀松字,
写的言语很简单。
上写着,
今天鬼子开大会,
他说是出动要上沂水南,
还说要上姚店子,
不往大桥就上胡山前。

---

① 拘伦:受局限。

大家伙里犯准备①,
小心谨慎莫迟延。
队长看罢这情报,
一阵气得乱战战,
给他头,我豁上个命,
我和鬼子缠一缠。
四外乡里我调人马,
乡分队能调好几千,
庙子岭上按营寨,
那怕鬼子有几千。
远了就使大炮戮,
近了就开机关枪。
要是打了交手仗,
同志们!
尽管用那枪刺穿。
咱要打过日本鬼,
他想活一个也难上难,
咱要打不过日本鬼,
找个墕子把身安。
鬼子进了根据地,
万贯家财居他翻。
乡长按手说拉倒吧,
你这话就不占先,
你出上头,豁上命,
你和那些鬼子缠。
四外乡里调人马,
乡分队还能调几千,
庙子岭上去安营寨,
哪怕鬼子有几千。
远了就使大炮戮,
近了就开机关枪。
你要打了交手仗,
同志们尽管拿枪刺穿。
咱要是打过日本鬼,
他想活一个是万难,
咱要打不过日本鬼,
游击战争就钻了山。
咱要钻到西山旷,
找个墕子把身安,
得罪了鬼子惹下了祸,
千斤担子谁敢担?
鬼子近了咱据地,
万贯家财尽他翻,
他把好的拉了去,
临走放火冒了烟,
家家产产烧个净,
老百姓在哪里把身安?
依我看来要仔细,
要打就来个一扫光。
乡长说了这些话,
倒把个队长作了难,

---

① 犯准备:作准备。

有心和鬼子去打一仗,
乡长的言语把我拦,
有心不和鬼子打一仗,
再催给养人家嫌。
乡长这里不说话,
队长那里也不答言,
你当转上了哪一个,
转过来老迈年苍参议员。
参议员这里开言道,
连把乡长叫一番,
我还有个拙主见,
拿来大家细商参。
要是中来您就使,
要是不中算没谈。
乡长连说好好好,
给诸位同志解解难。
参议员扪了扪两撇胡,
慢悠悠地发了言。
乡长赶快出公事,
四乡快把同志传,
四乡里撒通知,
叫他们自己斟量着办,
以后挨上那种事,
别叫乡下来怨咱。
要是乡下来把咱怨,
咱就说:
给你通知为何不照办。
乡长说好好好,

大家伙里没有言,
急忙掏出了两张纸,
慌了会计和助理员。
掏出钢笔就写字,
刹时写了一大滩。
他把通知写完毕,
忙了那些通讯员。
那个说我上胡山后,
那个说我上大桥和胡山前。
会计再写几封信,
传给同志和工作人员。
坡子里就给黄元甲,
张家庄就给刘立范,
胡山店上给彭连瑞,
武家庄就给武敬全。
大家伙里给他信,
叫他开会到这边,
会计再写一封信,
传给妈妈的工作人员。
妈妈接着通知信,
把头一低犯了难,
可恨识字还不多,
夜学才上了十几天,
幸亏有个书底子,
解开通知我看一番,
上写三个字请请请,
下辍着米氏向上有话谈。
妈妈看罢通知信,

不辞苦劳到那边,
迈步就把家门离,
顺着大道走得欢。
行行走走来得快,
乡公所不远到面前。
妈妈这里招招手,
又把那站岗的同志叫一番,
我找乡长有点事,
烦你禀报向里传。
站岗的这里抬头看,
打量妈妈工作人员,
这才紧步停身站。
心带喜来面带笑,
连把乡长叫一番①,
外头来了个妇女会,
俺把报告向你传。
乡长听说妈妈到,
迎接到了大门前,
见了妈妈打敬礼,
又请大娘你的安。
这里不是说话处,
请到里面把话谈。
让着妈妈头前走,
后跟着乡长众工作人员。
迈步才把门台上,
举目抬头来观看。

门框一边写副对,
字字行行写得全,
头一联写的是:
"小心仔细查奸细";
下一联写的是:
"时刻莫忘逮汉奸。"
还有一个门簪子,
"团结抗日"在上边。
门上写的那副对,
真草隶篆写得全,
头一联写的是:
"天下闻名真知晓";
下一联写的是:
"为国尽心保平安。"
大门上的景致难看尽,
迈动大步朝里边。
迈步才把大门进,
举目抬起头来观。
天井院子怪宽敞,
宅子盖得怪方便,
东西学堂分上下,
男女教员分两班。
男的就是武板忠,
女的就是黄家兰,
照着东学堂上看,
教员那里正上班。

---

① 乡长:指女婿。

学堂门上挂牌子,
真草隶篆写得全。
头一块牌子写的是:
"建国小学校";
下一块牌子写的是:
"代理青年夜校班。"
还有一个门簪子,
"努力学习"在上边。
照着西学堂上看,
门上贴着一付对,
字字行行写得全。
头一联写的是:
"妇女参加识字班";
下一联写的是:
"少年儿童读书篇。"
还有一个门簪子,
"闲空捯线"贴上边。
学堂的景致难看尽。
二门子不远到面前。
妈妈抬起头来看,
二门子以上写对子,
字字行行排得严。
头一联写的是:
"优待俘虏米和面";
下一联写的是:
"欢迎反正的汉奸。"
还有一个门簪子,
"决不投降"在上边。

二门上的景致难看尽,
迈动大步上里边。
迈步才把二门进,
举目抬头四下里观。
天井院子怪宽阔,
宅子盖得甚方便,
堂屋好像个待客室,
石灰墙皮泥得严,
泥得耀眼又铮亮,
还有陪房紧相连。
东西陪房分上下,
一溜就是七八间,
听着里头是人喊嚷,
大约都是训练班。
南屋好像个小灶屋,
厨房烧火不断烟。
宅子的景致难看尽,
客厅不远到面前。
客厅门框上写对子,
字字行行写得全。
头一联写的是:
"动员参军心情愿";
下一联写的是:
"强使压迫众人嫌。"
还有一个门簪子,
"动员说服"在上边。
门上写的那副对,
真草隶篆写得全。

头一联写的是:
"共饮一杯自由酒",
下一联写的是:
"庆贺群众民族安。"
还有一个门簪子,
"酒薄人厚"在上边。
客厅台上的景致难看尽,
迈动大步朝里边。
迈步才把客厅进,
进来客厅整三间。
妈妈抬起头来看,
屋里排设很周全。
正面放张八仙桌,
有对椅子在两边,
正面悬挂三幅对,
题着写家助理员。
头一联写的是:
"大家点头庆胜利";
下一联写的是:
"同志们鼓掌贺新年。"
那一联写的是:
"打破家庭老观念",
"安心学习乐自然。"
最后一幅宽又大,
上写着:"青年技术干部要培养,

保卫祖国要掌握全盘。"
观罢名人三幅对,
有几幅古画墙上悬。
东山墙上挂的是:
"青山和绿水";
西山墙上挂的是:
"花竹和梅兰。"
那一边挂的是:
"春夏秋冬"四季景;
那一边挂的是:
"树木松含烟。"
咱把古画看完毕,
照着条几用目观①。
照着条几仔细看,
条几上排了几部古圣贤。
那一部好像是《三国志》,
那一部好像是《文王去聘贤》,
周游列国孔夫子,
走马天下把道传。
那一部好像康熙老字典;
那部字典叫《辞源》。
实用小书无其数,
八路军纪律有若干。
条几上的景致看完毕,
照着桌子用目观。
照着桌子仔细看,

---

① 照着:朝着。

东西不多挺周全。
有一套银壳茶壶蓝瓷碗,
还有个水晶瓷的大茶盘,
要问这东西何处来,
都是日本鬼子孝敬咱。
有心接着往下说,
舌头发辣口发干。
俺二人这才落了坐,
同志就把茶来端,
茶罢一杯落空盏,
俺二人这才把话谈。
他问我工作搞得好不好,
我问他给养收得全不全,
我就说工作积极十分好,
他就说给养收得很完全。
几天没把大众报看,
凡事人情摸不全,
问一问,
民主万岁稳不稳?
问一问,
四方百姓安不安?
问一问,
各地年景好不好?
问一问,

陕甘宁边全不全①?
闻听说,
陕甘宁边有内战,
倒叫我心里挂牵。
他说是:
民主万岁稳又稳,
四方百姓安又安,
各地年景好又好,
陕甘宁边全又全,
陕甘宁边有内战,
大事才将解决完,
顽固蛋子俘了房,
五十七军全部把枪交给咱。
陕甘宁边多太平,
众位同志别牵挂。
沂水城里有鬼子,
他的罪恶大起天。
昨日晚上接情报,
倒叫同志心不安,
万般出在无几奈,
四乡方才把同志搬②。
乡长和咱拉情报,
站岗的同志来报事端③,
众位同志都来到,

---

① 全不全:有否割落地方。
② 搬:请。
③ 事端:事情。

时下就在大门前。
乡长听说同志到,
迎接到了大门前,
乡长这里打敬礼,
同志就把礼来还,
这里不是叙话处,
移到家中把话谈。
喊喊嚷嚷往里走,
到了客厅屋里边,
无事不请诸同志,
有桩大事心不安。
昨日晚上接情报,
鬼子的罪恶大起天。
鬼子昨日开大会,
说是出动要向沂水南,
还说想占姚店子,
不往大桥上胡山前。
大家伙里快准备,
小心谨慎莫迟延,
工作必是大家做,
同志协力保江山。
乡长传达完情报,
又分配任务给各人员,
众同志接受了任务,
满脸微笑把家还。
龙潭虎穴安排安,

鬼子顶少要死好几千。
日本强盗是咱的死对头,
不消灭他个干净不算完。

打孟良崮

中国抗战十多冬,
呼啦啦东北四省大反攻。
解放了通河、流河、花店县,
还有那座沈阳城。
解放的城市真不少,
一漫刹地说不完①。
三言两句算小段,
拉拉近的是鲁中。
旁的事情咱不言,
咱拉拉三月二十五日那一天,
司令部里下命令,
大批队伍向西南。
头里走的大炮队,
后边紧跟机枪连。
随后就是担架队,
民兵同志跟后边,
敌退我进向前走,

---

① 一漫刹:很短的时间内。

敌人赶到了孟良山①。
敌人赶到了那山顶上,
八路同志跟得欢。
敌人赶到了孟良山顶上,
八路同志周围围了个七八圈。
这座山名就叫孟良崮,
孟良崮不叫孟良崮,
改名就叫敌人送命山。
前方同志咱不表,
咱拉拉后边同志扯电线,
横三竖四扯周全。
有的说咱为了胜利来的快,
还有的说咱为的自己好方便。
横三竖四扯周全,
这空内才把大炮安②。
周边安了四十多门过山炮,
轻重机枪地下安,
这空内消灭敌人开了炮,
"啪"的一声打上山。
头一炮打坏了敌人一个机枪排,
第二炮打坏了敌人一个机枪连,
数着第三炮的效力小,
打坏了七十四师的一个通讯员。
七十四师师长害了怕,
吓得心惊乱战战,
虽然心惊正害怕,
口说不怕装大胆。
英国、美国受过训,
人人都称我钢兵团,
打上三宿又三夜,
有的是给养和子弹。
上下边同志忙答言,
你既是撑到了约略十二点,
我也称你们钢兵团。
单说这里咱不表,
咱拉拉老蒋那个狗汉奸。
他听说七十四师又被困,
他心中暗想打算盘。
地下增援过不去,
差下十三架飞机来增援。
飞机来到了别无事,
往下就掀降落伞。
降落伞大部分落到了八路军同志连里边,
同志一见真欢喜,
伸手抓住了降落伞,
打开包裹仔细看,
炮弹、子弹、手榴弹,
许多的馒头在里边。

① 敌人赶到了孟良山:指把敌人赶到了孟良山。
② 这空内:这时间。

同志们吃上了两个热馒头,
更有了信心更加欢。
同志脱了军装褂,
腰里别上了几个手榴弹,
喊了一声杀上去,
同志们一齐冲上山。
没等到天明交锋夜,
敌人消灭了一多半。
打死了的三千多,
俘虏活的够七千,
有的学那兔子叫,
有的就学皮狐仙,
出的太阳一直照,
钢盆帽子放光寒。

随军转移①

中国农民组织是一家,
贼老蒋专制独裁起摩擦。
蒋介石,卖国贼,
勾结外邦美国人,
美国鬼子是坏蛋,
帮助老蒋打内战。
帮助枪,帮助炮,
帮助了军队和子药②。
"你要打过八路军,
中国地盘咱俩分。"
老蒋说是这事中,
我得好着去征兵。
整顿兵打内战,
十分力量上前线。
头一次枣庄兰陵一场战,
光人死了二十万。
八路军得了胜,
大获全胜真光荣。
枪炮军火真不少,
老蒋是一个运输筒。
头一次运输运得好,
给他打一个收到条。
贼老蒋闻听这话怒气冲,
发动了六十万人马进鲁中。
第二仗莱芜战役死得苦,

---

① 赵禄仲口述。赵禄仲,山东沂水县第十区龙山乡蒋庄人。五十六岁(1955年)今年,雇工出身。1944年入党,曾担任过村长、村分支书记等职务。现任龙山乡党总支宣传委员。这首快板叙述的是他在解放战争时期为了避免无谓牺牲,随着大队奉命撤出鲁中转移到黄河以北去的沿路情况。

② 子药:子弹。

没死的蒋匪被俘虏。
打得他眼又花、头又昏,
战斗抵不住八路军。
八路军纪律好、方式行,
老百姓和它拧成绳。
大批民兵上前方,
庄户人家都恨老蒋。
战斗结束要实现,
老蒋一定要完蛋。
蒋介石觉得能,
大兵发到临沂城,
孟良崮上安大营,
喜坏了八路众弟兄。
调动了主力军,
顺着山坡往上跟,
消灭了他们的七十一、四军①。
没有七十四军在,
老蒋力量去一半。
蒋介石撒了急,
一心消灭沂蒙区。
他想着沂蒙山区要肃清,
他和咱人民武装作斗争。
多亏上级毛主席,
下了个号召快转移。
县政府和区干、村干、军属不怠慢,
调去了武工队和民兵连。
上级领着出沂中,
出了沂中、沂北县,
一溜城北上半圈。
听说敌人占沂城,
转移同志往北行,
到了游溪官庄住一晚,
听说敌人隔不远,
县政府下了命令快着撑。
杨家庄里编了班,
剔下了身体壮、精神爽②,
剔下了懒的上后方③。
换好枪,换子弹,
前方咱和敌人干,
抗着不好的上后方,
什么打响打不响④。
同志们移上北路,
一到官庄便联络。
官庄本是联络站,
同志们开会打算盘。

---

① 七十一、四军:指七十一军,七十四军。
② 剔下:挑出。
③ 懒的:体差的。
④ 什么打响打不响:说上后方去枪好枪坏无所谓。

得情报敌人上北来进攻，
咱在官庄还不中，
下了个命令快行军。
一溜西北杏花村，
顺着河沿往上踹，
到了区里半夜天，
光人到了好几千，
咱上那里把心安。
各班长找了个房子好安身，
准备着明天好行军。
清晨集中起来上西店，
奔上昌家一西山，
吃了饭入编了班，
抬头一看阴了天。
下雨好似风背楼，
上级号召快些走。
到了蒋峪住了南店，
来了飞机下炸弹，
同志们吓得不敢看。
住房三天把军行，
到了青竹，碰见了特务来劫行。
武工队和民兵连，
大家同志努力攻，
逮住了特务，上了绳，
交给本县独立营。
营胡镇上去住房，
没有烧柴没给养。
同志们说是怎么办？

领来了五两麦子吃顿饭。
住房七天咱没走，
得情报敌人过了九山口，
上级号召快些走，
咱走的是临朐县、益都县，
淄川北行到博山，
临朐县、清河城，
一溜桓台到青城。
青城县里大集合，
上级领着过黄河，
大家过河很安全，
过去黄河不困难。
咱走的是惠民县、商河县，
一溜到达登平县。
前后柳家安营盘，
后庄安下个民兵连，
四个分队分了个南北东西中，
队部安在正当中。
同志们得了安心地，
一个劲思想家中常受气，
又想爹又想娘，
想起媳妇在绣房。
同志们家里闲事你不要管，
在这里好好劳动和生产。
大家生产安下心，
全仗大哥主力军，
大哥前方打胜仗，
革命社会有希望。

胶济路它把敌人来肃清,
上级领导着俺们回鲁中。
八月里秋风凉,
同志们困难没衣裳,
召集开了个全体会,
负责人把话谈:
"众位同志听我言,
大家同志受领导,
生产创造了大棉袄。"

同志们真欢迎,
这种方式真能行,
各样买卖组织全①,
克服了咱这个大困难。
混上吃,混上穿,
减轻了渤海它的负担。
上级特别照顾咱,
救济鞋,救济袜,
救济盖的救济袄②,
靴子、礼帽真是好。
组织了生产组,
又贩葱,又贩蒜,
去贩梨,挑成担,
担着上了商河县。

光钱卖了一大箩,
不做生产捞不着,
同志们觉得还困难,
上级号召去推盐。
推小车,出大力,
淌身汗,
一趟就混一二万。
混了钱,
穿上棉裤穿了袄,
这个方式多么好。
头上脚下扎裹严,
上级调着去支前。
同志们大队部里来集中,
三大方案来鉴定,
把自己思想错误检个清,
大家同志回鲁中,
上级领导也有功。
同志们服从上级来领导,
回家去看看哪个工作好。
刨蒋根③,拿坏蛋,
恶霸地主翻倒算,
武装同志去作战,
这个工作不简单。
坏蛋敌人消灭完,

---

① 买卖:东西。
② 盖的:指被子。
③ 刨蒋根:农庄在土改时把斗争地主叫"刨蒋根","蒋"指蒋介石。

大家才过太平年,
有的吃,有的穿,
军民合作是一般,
铁路工厂都建设,
国际地位日夜高。

歌唱解放战争[①]

今年一九五五年,
全国解放剩台湾。
四七年蒋介石专制独裁打内战,
老百姓民兵、民夫去支前。
人力、物力上前线,
大家要过太平年。
解放军莱芜战役大胜利,
打了淄博打泰安,
继续打了广饶县,
解放了昌乐和潍县。
胶济路解放大军控制起,
蒋匪帮济南、青岛断了弦[②]。
东北战役结束得早,
解放了的百姓有几万千,
解放了长春和奉天,
四平街、猛虎口,
打了七进共七出,
才把敌人消灭完,
解放了绥远、热河、察哈尔,
同志们努力攻开了山海关。
那也是林彪将军指挥得好,
才把东北敌人消灭完。
过了关,
开始解放了张家口,
内蒙古全部归了咱,
拿下唐山、宛平县,
一纥拉县城消灭完。
剩下了北京和天津,
蒋匪帮虽有大兵难增援。
下命令困了北京一个月,
到以后傅作义缴枪投了咱。
山东省剩下济南和青岛,
刘伯承带了大兵上正南,
计划着长江来饮马,
队伍开到了大别山。
研究着开始拿下开封府,
打郑州,解放了兖州去打济南。
打济南,上级计划一个月,

---

① 赵禄仲口述。
② 济南、青岛断了弦:断绝了济南、青岛的来往。

同志们努力打了整七天。
吴化文两万人马起了义,
王耀武城里作了难。
看事不好想逃命,
要想逃走比登天难。
八路军解放了济南、历城县,
一切百姓得安然。
都说起先是黑暗济南府,
现如今风大清了天。
人人说共产党政策真正好,
话不虚传是实言。
解放军济南歇兵半个月,
一切队伍来整编。
毛主席北京城里把命令下,
二番大兵上正南。
只因为蒋介石徐州安下个前火线,
要把南京的大门关,
把人马集中在徐州府,
那里有十字花的铁道线,
集中了六十四个师,
内里面结合了八个大兵团。
蒋介石自觉人马不算少,
它比着解放大军不占光。
解放军三百六十万,
民兵、民夫还不算,
大约还够着二百三,
共总数足够六百万。

刘伯承将军来指挥,
才把徐州包了个严,
下命令困蒋匪足够一个月。
一月六号打得欢,
一忔拉开了咱的榴弹炮,
呜呀呜的机枪连。
解放军打了七天共七夜,
蒋匪帮打得叫苦又连天,
他人没有吃饭,马没有草,
十冬腊月下雪天,
困得他吃了马肉,吃马皮,
到以后啃着麦苗还发甜。
碾庄消灭黄伯韬,
吓坏了李弥、丘清泉,
看事不好逃了命,
带领着队伍奔西南。
舍了命地往西南跑,
解放大军追得欢。
置下咱的榴弹炮,
噔呀噔的响连天,
打得他们坠了包裹丢了枪,
汽车撇倒了大路边,
一气跑到永城县,
叫咱解放大军消灭完。
淮海战役未结束,
那一些担架小车都复了员。
留下了民兵看俘虏,
上级说为了工作是支前,

解放军徐州把年过,
慰劳品白面、猪肉堆成山。
一来歇兵二休养,
蒋介石那里作了难,
眼看南京不保险,
快搬家,
一部分上了广州去,
一部分快上了台湾。
解放军歇兵够了三个月,
一切队伍来整编。
毛主席北京城里把命令下,
人力、物力准备全,
镇江道走了三十单五万①,
九江口走了五、七、三,
从中路走了三十万,
共总数百万大军上江南。
三路大军把江过,
三十四师登岸边,
八路军登了江南岸,
大家过江很安全。
过去江开始解放南京城,
那两股解放了的县城够了十
　二三。
三下大兵一起去,
南七省波浪滚滚起狼烟,
解放军好比猛虎下山把绵
　羊赶,
赶得蒋匪跑得欢。
西一股打了广东打广西,
解放了湖北和湖南。
武汉长沙都解放,
同志们打了重庆去打四川。
东一股苏杭二州都解放,
顺着铁路打了上海打福建。
汕头厦门都解放,
云南贵州给了咱,
山西解放了太原府,
消灭了蒋匪胡宗南。
国民党西康主席起了义,
同志们然后计划打台湾。
逮住了蒋介石,
一切内战来结束,
全国的百姓都得安然。
四九年成立了人民共和国,
和平建国实现,
同志们走上了"共产社会"太
　平年②。

---

① 三十单五万：三十又五万。
② 指我国国际地位空前提高。

中国抗战二十年

中华民国没几年,
日本鬼子进中原①,
为什么中原叫他进,
中原有两个大汉奸。
头一个汉奸汪精卫,
第二个汉奸何世元②,
二人就把中国卖,
卖了多少银子钱。
他上日本打电报,
打给那放洋屁的翻译官,
国王一见正欢喜,
带领大兵进中原。
头战占领了东三省,
众位百姓哭连天。
老的老,少的少,
女的女来男的男,
人民百姓受了苦,
人民百姓四下窜。
他在东北安排好,
带领大兵进了关,
进关到了北平府,
卢沟桥上一场战,

老蒋队伍不抗战,
夹着尾巴往南窜。
他就跑,
鬼子就赶,
赶到重庆,到四川,
为什么老蒋不抗战,
他和鬼子一把连。
鬼子无法投了降,
老蒋心中打算盘,
找着他爹杜鲁门,
一盘心事打内战。
人民中国大无比,
打得老蒋没命窜,
他在大陆坐不住,
钻了飞机上台湾。
美帝又发动了侵略战,
朝鲜造成了无人区,
众多人民是真可怜。
多亏朝鲜人民军,
和我志愿军并肩作战,
朝鲜挣下了一多半。
说的是,
人民共和国万万年,
抗美援朝要实现。
抗是抗的美国鬼,

---

① 中原:中国。
② 何世元:疑何思源。

援是援的朝鲜，
美国鬼找难看，
在朝鲜被我们打得停战谈判。
蒋介石大坏蛋，
不敢来把枪献。
你要看看解放军，
看看谁能谁不能，
水兵、步兵我都有，
还有无数大兵舰。
天上飞的是飞机，
喷喷喷的手榴弹，
喊了口号拿台湾，
同志们个个心喜欢。
一、二、三、四开不走，
搁上步枪上了肩，
眼前台湾要动手，
个个拉了手榴弹，
远的咱使大炮轰，
近的咱使机关连。
这时咱们开了个会，
要打台湾不费难。
台湾好似一盆水，
大家围着烤它们干，
拿着老蒋不饶他，
和他辩理把账算。

打打算盘合合账，
坑了多少银子钱，
吃俺谷子还俺米，
吃俺咸菜还俺盐，
吃俺血肉还命来，
说到这里住下吧，
大家歇歇吃袋烟。

打垮蒋匪实行土改①

中国农民是一家，
贼老蒋专制独裁起摩擦，
鬼子来了他不打，
跑到重庆趴了沙②。
毛主席来练兵了，
练成新四军、八路军，
还有民兵同志们，
大家团结一条心，
打垮老蒋、宋子文。
蒋介石、宋子文，
他在中国反人民，
反对得老百姓吃不上，穿不上，

---

① 赵禄仲口述。
② 趴了沙：躲起来。

惹得日本来扫荡。
老百姓,
跑的跑,
颠的颠①,
扔的扔,
掳的掳,
宅基、房屋轰了个净。
老百姓骂老蒋:
"反动派!
狗汉奸!
你在中国不算人!
你的大兵几百万,
为什么坚决不抗战?
有大炮,
有飞机,
保护重庆你自己。"
老百姓,
组织起来一齐干,
大家拥护八路军,
担架运输一条心,
支援前线杀敌人,
打垮老蒋救人民。
共产党,
办法好,
新社会,来到了,
二五减租要彻底,

减租减息抓紧着办,
找着地主把账算。
算算咱的劳动金,
佃户今天要翻身,
找出地,抓出钱,
改善生活不困难,
不种地的干眼馋。
别撒急!
毛主席的办法多,
办法好,
挂牵着穷人没吃饱。
吃不饱,穿不好,
土地改革来到了。
下号召,
抓紧办,
全仗着庄里的好村干。
农会召集来开会,
大家一起来发言。
谁家献田不献田,
用各种方式去动员,
动员得多,动员得少,
还怕穷人吃不饱。
今天穷人吃不上饭,
怎么着抗战上前线?!
这工作,
农会来掌握,

---

① 颠:跑。

大家讨论着搞对象①。
搞地主,搞富农,
今天土地要回家。
运用方式动员他,
动员了地主消了气,
献上了宅子,献上了地,
选上了评判委员来分配,
老百姓得了宅子得了地,
一家老少都欢喜。
咱这个利益是哪里的?
打垮了老蒋得胜利,
有吃的,
有穿的,
坚决抗战在今天。
打垮了老蒋转回还,
走上"社会"太平年。

坚决镇压反革命

今年一九五四年,
上级号召大治安。
治安的任务往下传,
任务交给了武装部,
武装部组织了治安组。
治安组做什么用?
镇压那些反革命。
反革命真真是昏,
口袋里装的是美国金,
偷了情报送给美国人,
美国鬼,很相信。
抓得准,杀得狠,
不抓、不杀,不安心。
镇压反革命,
大家一条心,
人民当家来专政,
不许特务害人民,
特务恶霸是豺狼,
你不杀他就咬人。
镇压反革命,
大家齐动手,
拔掉人民眼中钉,
解除人民心头恨。
抗美援朝除匪特,
保护咱们新中国。

---

① 搞对象:指斗争对象。

歌颂毛主席

毛主席,
真是好,
领导咱们吃红枣。
红枣香,
红枣甜,
共产党的好处说不完。

姜老汉

包袱地,四方方,
这块地本姓姜,
方地归还姜老汉,
老汉喜洋洋。
东边逛,西边逛,
拾拾粪来把地上,
玉米长得高又壮,
地瓜长得肥又胖,
姜老汉强又壮。
生产有计划,
吃穿有保障,
筛去土,箩去糠,
挑了担,奔走忙,

先完农业税,
再卖爱国粮,
若非中国共产党,
老汉早已见阎王。

刘大妈

洧沼村,刘大妈,
脸又丑,脚又大,
卅几岁,就守寡,
穷家别无老和少,
只有一儿一枝花。
女儿强迫把脚缠,
男孩不叫学文化。
如今年已五十八,
苦去甜来解放啦。
分房又分地,
儿大女又大,
儿娶媳妇女没嫁。
可怜刘大妈,
封建脑子不转化,
媳妇开会她就骂,
闺女开会她就打。
妇女主任来劝她,
她就说:

我们孩子我做主,
不能叫他胡搭搭①。
女主任,会说话,
耐心说服力量大。
叫声刘大妈,
吃饭不忘种田人,
喝水是谁把井打,
若非恩人毛主席,
谁给穷人争天下。
刘大妈,改变啦,
一切作为都不差,
劳动她带头,
劝人学文化,
生产有窍门,
政治觉悟大,
劳模大会带了花。

金盆地

沃土地,似金盆,
如今归还老主人。
老主人,劳动强,
季季增产爱国粮。
吃得上,穿得上,
全家饱暖喜洋洋。
感谢恩人毛主席,
感谢救命的共产党。

汇　报②

老头子,来开会,
我来报告自己的事。
拉生产,拉节约,
生产节约不会说。
好生做,好生干,
好生劳动就有饭,
你要想着不劳动,
眼前就要弄难看。
我说这话你不信,
我把难看说一遍。
一没的吃,二没穿,
那个难看大起天。
大人饿了怪难受,
小孩饿了光叫唤,

① 胡搭搭:胡搞。
② 武继干口述。

娘们害饿不吱声,
怀抱孩子泪不干。
大家伙里想一想,
到底困难不困难。
我所说的就是这些话,
汇报工作就算完。
老妇女,来开会,
我来报告自己的事,
拉节约,拉生产,
生产节约要勤俭,
你要想着不动弹,
那个生活就怪危险。
老妈妈,又封建,
婚姻事,想包办,
谁要包办谁难看。
先上区,后上县,
以后政府转法院,
公安局,三四遍,
劳改所里把活干。
修沂河,上岭山,
砌石头,打炮钻,
一天管你两顿饭,
看你难看不难看。
我所说的就是这些话,
汇报工作就真完。
我是个青年识字班,
一不愁吃来二不愁穿,
三不求富贵四不求官,

咱给人民来服务,
不枉枉活在世间。
搞了一个好青年,
他在学堂念书篇,
唱歌跳舞考第三。
去考试,考甲班,
甲班考了个顶顶尖,
大家欢迎多半天。
男二十,女十八,
上级发布婚姻法,
你同意,我同意,
咱俩区上去登记。
看电影,听大戏,
嘴里不说心里恣。
害饿了,下馆子,
装上酒,弄上肴,
下上包子和面条,
开怀畅饮把活学。
咱们二人好生干,
同志协力保江山。
好生打,好生算,
来往信札好生看,
咱给人民来服务,
不枉枉活在世间。
不求国家的大富贵,
咱在社里来服务,
态度要好,量要宽,
有人进了咱的社,

好话慢慢地和他谈。
先递火,后按烟①,
暖壶里倒水把茶端,
递上条子去搬货,
递上本子的是社员,
装豆油,秤咸盐,
咱社里不能多算钱。
豆油算你四千六,
咸盐算你一千二百五拾元。
截细布,海长兰,
双龙洋布大宽面。
明家集②,口面宽,
潍县尺子刚差钱。
所用的东西咱社里有,
买货不用讲价钱,
想起外边讲买卖,
要个价钱咱不敢还。
也有锄,也有镰,
也有犁子也有铲,
家里要有几个识字班③,
社里的小鞋,紧她穿④。
鞋紧布的很赶趟,
咔叽布的怪赛穿,
自由小鞋怪可脚,
还有球鞋底发暄⑤。
老汉说是好好好,
秤秤粮食合价钱。
豆子合你九百四,
谷子合你七百三。
你要挑来的三八四⑥,
咱就合你一千元,
打了算盘合了合账,
货账算了拾万三千元。
麦子秤了一百另六斤,
合了拾万另六千。
拿着货把家还,
如外找你三千元,
回家对着老少讲,
一家老少都喜欢。

---

① 按烟:农民的旱烟袋,装烟要按,故曰按烟。
② 明家集:布名。
③ 识字班:指青年姑娘。
④ 小鞋:放脚后适用的鞋。
⑤ 暄:形容鞋软。
⑥ 三八四:指良种麦子。

生产节约

（白）生产节约，改善人民生活，救济春荒，解决困难，自力更生，满足老百姓一致的要求。生（生产）怎样生法？节（节约）怎样节法？生有生的办法，是节有节的办法。

深深地耕，细细地作，
您待听，我就说。
先拉生产和节约，
生产节约度春荒，
改善人民好生活。
那个说："节约生产就别吃饭。"
喂！
你这个拉呱不正确。
众人说是太不对，
人不吃饭哪能活？
吃饭不管粗和细，
吃饱才能去干活。
该吃细的吃粗的。
节约生产利益多。
该吃煎饼喝糊涂①，
该吃糊涂把豆沫喝。
早日都使三碗豆，
今会偏使一碗多，
节约粮食一半多，
有了粮食饿不着。
说的不知对不对，
哪句不对算没说，
同志们都说好好好，
同志拉得真正确。
我把节约说一遍，
再把生产说一说。
有钱的好生做买卖，
没钱的拾柴火。
一天上山拾一担，
集上卖它一元多，
一天拾了一天卖，
改善咱们的好生活。
小孩总得好好干，
叫他拾柴火供壳猡②。
爹们的生产说一遍，
妇女的生产说一遍。
称了菁菜③，纺线卖，
不如做鞋挣钱多，
或是去做豆腐卖，

---

① 糊涂：细的小米面作成的粥。
② 壳猡：小猪。
③ 菁菜：棉花。

或是去支丸子锅①。
卖了豆腐挣渣吃,
掺了麸子喂壳猡,
咱把壳猡喂肥了,
过称沉了卖钱多。
没有钱使使肥猪,
有了钱就使不着。
妇女的生产说一遍,
妇女的节约说一说。
赶集上店捎着饭,
还是捎饭省得多。
咱到集上就吃饭,
吃饭就上丸子锅,
吃碗丸子花五分,
连吃带喝怪入帖②。
妇女的节约说一遍,
爷们的浪费说一说。
赶集上店不捎饭,
他嫌捎饭太啰嗦。
吃饭就下馄饨馆,
吃碗面条一角多。
一碗面叶毛数钱③。
吃斤暄饼还得一毛多④。

装上四两老烧酒,
切上肴肉就就着⑤。
一嘴搞了四五毛,
家里连汤捞不着。
大家伙里想一想,
他的思想不正确。
大家伙里听我讲,
千万别跟那个学。
上面召开生产会,
三趟两趟请不着,
号召节约他吃细的,
号召生产他光赌博。
一场子就输七八元,
他的困难格外的多。
老的骂,少的嫌,
他的生活多困难。
齐大伙子把他劝,
叫他受训到沂蒙南。
自从受了八路军训,
同志们说话他才信。
受了训,还了家,
努力生产好办法。

① 支丸子锅:指去买煮油炸丸子。
② 入帖:舒服。
③ 面叶:面食。似面条,但宽而短。
④ 暄饼:一种大饼。
⑤ 肴肉:熟肉,备为酒菜。

老头子,我怪恣,
好好生产捡大粪,
上在地里多打粮,
俺好秋里拿公粮。
拿上赋税和公粮,
日头地里我晒阳阳①。
老妈妈我也怪恣,
敲鸡打狗看孩子。
敲鸡打狗把孩子看,
闲空生产就纺线。
一家老少多生产,
吃得饱,穿得暖,
千万别叫孩子喊。
青壮年我也怪恣,
好生生产刨个地。
刨了地,种庄稼,
种上什么打什么。
打了谷子推米吃,
打了绿豆做饭喝,
黄豆麦子乡梁钱使,
高粱秫秫换酒喝。
俺要想着穿衣裳,
大家伙里拾棉花,
拾了棉花纺成线,

合作社里把布换,
换了布来缝衣裳,
给识字班的办嫁妆。
缝裤子,缝褂子,
就着缝鞋挦袜子②。
头皮扎固到脚后跟③,
入入帖帖出了门。
壮妇女我也怪恣,
烧火拔葱掏菽子。
烧火拔葱把饭办,
闲空生产就捯线。
又织布,又捯线,
光线挣了几十元。
挣了钱尽管花,
待买什么买什么。
识字班我也怪恣,
好生上学识个字。
能看书,能识票,
还能看个大众报。
大众报,沂众报,
八路军情况我知道。
传上名,挂上号,
一家老少全改造,
全家登上了大众报。

---

① 日头:太阳。
② 挦:缝。
③ 扎固:打扮。

新式结婚①

政府开罢隆重会,
各带任务把家还。
妇女回到家中去,
忙忙活活得不得闲。
上级分配这工作,
工作不大可怪难,
有心俺去把脚放,
老百姓们他可嫌;
有心不把脚去放,
上级的任务如何能做完。
低下头来慢思想,
有一个好办法在心间,
要搞好这工作,
必定下乡去宣传。
妇女识字班,
欢迎把歌唱,
同心协力的,
一齐把脚放,
帮助八路军,
去把日本抗,
打倒日本鬼,
自由求解放。
找工又减租,
复查搞对象②,
男女都上学,
穷富都一样,
吃穿都不愁,
您看穰不穰③。
结婚是好事,
浪费不是账,
节约有办法,
我来说个样:
雇几个吹手,
实在不上算,
给他订请贴,
也得三四万,
下晚得早来,
早晚两顿饭。
要是待好了,
他吹打谈拉唱,
要是待歪了,
嗡声嗡气的,
实在无人腔。
花钱买东西,
谁要个不利爽?

---

① 武继干口述。
② 搞复查对象意。
③ 穰不穰：强不强。

把吹手说一遍，
再把花轿说一番。
赁乘花堂轿，
实在不贴闲①。
娘家得管饭，
婆家得赏钱，
路上抬着走，
同志们见了都还嫌。
那个小妮子，
在家朝天家见②，
挑水壤地瓜，
一磨四五担。
今日出嫁走，
她能这样酸③。
咱裂她的轿衣子，
把她拉出花轿来，
叫她走走咱看看。
把新人拉出了轿，
她一腚坐在地平川，
擦眼抹泪的，
连喊带叫唤④：
今每办公事⑤，
您不该来闹俺。

同志们开言道：
叫声识字班，
开会就研究，
朝天家宣传，
不叫你浪费，
你怎么偏花钱？
同志们娶妻不要抬，
扭着秧歌走着来。
识字班里先送信，
早里准备有安排。
西方三间怪宽阔，
迎接新人到当街，
两下见面齐使礼，
恩爱夫妻笑颜开。
问声同志可安好，
有失远迎切莫烦，
二人行了平等礼，
又问高堂二老年。
这里不是叙话处，
快到家中把话谈。
新人把手头前走，
众人紧跟在后边。

① 不贴闲：不合算。
② 朝天家见：每天都见。
③ 酸：扭捏，故作不爽快、不大方。
④ 叫唤：嚷叫。
⑤ 今每：今天。办公事：一般指婚丧大事。

进了大门过二门，
不觉来到客厅里整三间。
新人这里开言道：
连把同志尊一番，
初次我把贵村进，
劳动大驾到眼前①。
我无用、无知、不中用，
大驾迎接不敢担。
携手揽腕进宅院，
夫妻双双拜老年。
一拜公婆多增寿，
二拜哥嫂有主张，
三拜兄弟姐和妹，
一家老少身安康。
大家行了全寿礼，
夫妻双双进喜房。
夫妻两个前头走，
喜房不远在眼前。
新人抬起头来看，
喜房门上写对联。
半时半古两副对，
字字行行写的全，
有心不把对联看，
人家说我学问不贴闲。
有心不把对联看，

人家知道笑话俺，
不得不的看一遍，
看了上联看下联。
人家写的那副对，
字字行行怪利索。
头一联写的是：
"拱手先行平等礼"；
下一联写的是：
"同心欢唱自由歌"。
观罢喜房上的对，
迈步才往屋里挪。
新人抬起头来看，
屋里的摆设真周全，
正面放着个八仙桌，
有对椅子在两边，
正面墙上挂着二影像，
这二家影像非等闲②。
那一位是朱德总司令，
那一位就是毛主席毛泽东。
司仪这里把礼贺，
小俩口子把礼行。
先行举手打立正，
后行脱帽三鞠躬，
行了民族全国礼，
小俩口子才把身来停。

---

① 劳动：惊动。
② 等闲：平常。

大家欢腾齐鼓掌,
新人含笑喜盈盈。
这新式结婚多热闹,
强死那吹手花轿礼折腾。

自由结婚①

呱嗒板,不一样,
男的女的搞对象,
您同意来我同意,
区政府里去登记,
看电影,看大戏,
两人喜得笑眯眯。

共产主义社会万万岁②

今年一九五五年,
新的形势大转变,
上级颁布了总路线,
一切的工作要现实。
咱就在抗美援朝条件下,
大规模经济建设订计划,
又建设,又生产,
工业农业大开展。
文化学习大翻身,
速成学校搞重点。
搞经验,搞典型,
好例子全面推广来执行。
婚姻工作做运动,
新旧社会大革命。
革去旧时换新时,
说服教育是方针。
目的要求要实现,
一切武器很重要。
折了人,折了钱,
万国会上作笑谈。
共产党,□□□,
铁的纪律一条心,
家里黄土变成金,
大众团结一条心,
走上了"共产社会"□□之春。
有中心,有重点,
普遍的四大合作才开展。
供销社,信用社,

---

① 沂水蒋庄小学三年级十岁小学生,李法修编。
② 赵禄仲口述。

农业生产合作社，
还有工业合作社。
农业社，
记得好，算好账，
民主管理来掌握，
死分活记才恰当。
研究着推土积肥第一条，
攒尿浇麦长好苗。
闸小沟，刨地型，
扒沟排水遮河沿。
买水车，买耕锄，
双铧犁耕地不用扶。
农业社，有困难，
信用社里去贷钱，
信用社里贷出了款，
扶持农民大生产。
买上猪，买上羊，
积肥工作做得强，
上在田里才能打粮，
三大统购卖余粮。
余的多，卖的多，
余的少，卖的少，
不余不卖是正好。
老百姓说是政策强，
高高兴兴卖余粮。

很高兴，很自然，
为了三大来支援，
支持国家的工业化，
各个工厂都发达。
发达了重工业重工厂，
开展无缝钢管厂。
造飞机，造大炮，
火车轮船也需要，
大炮飞机运朝鲜，
打退卖国贼李承晚。
大兵过了三八线，
美国鬼子要谈判，
谈就谈，打就打，
两个条件由他选。
麦克亚瑟，杜鲁门，
他是美国狗奸臣。
美国鬼子是坏蛋，
到处撒下细菌弹。
他觉得细菌很毒辣，
中国人民不害怕。
共产党领导着老百姓，
"五灭""八净"讲卫生。
他们的毒辣更稀松①，
更给中国讲卫生。
共产党使了个方式慢牵牛②，

---

① 稀松：不中用。
② 慢牵牛：阵地战。

美国鬼子来了愁。
踩不了,挣不了,
想着进攻还不好,
美国鬼子集中了力量要开火,
这一火比不得那一火。
志愿军甚勇猛,
大家把守了上甘岭。
下面的大炮响连天,
顶上的飞机盖满天,
炸弹不住往下掀,
消灭了鬼子八九千。
剩下了几个窜了圈,
退朝鲜,撤台湾,
回上美国打算盘。
想起朝鲜来战争,
美国损失真不贱,
折飞机,折大炮。

爱国增产解放台湾①

说今年,道今年,
今年一九五五年,
毛主席号召咱们爱国增产是
　必然。
多增产,多卖粮,
支持国家理应当。
造飞机,造大炮,
解放台湾最重要。

十二月生产快板②

正月里是新年,
祖国解放还不全,
仅仅剩下一个岛,
它的名字叫台湾。
今年一九五五年,
毛主席号召打台湾。
打台湾,为统一,
台湾人民真喜欢。
台湾的人民把话提,
这样全国才统一。

二月里,二月二,
互助合作忙耕地,

---

① 武善平口述。
② 韩成业编。

深耕细作好上种,
多打粮食有保证。
多打粮,有好转,
支持工业大发展。
首先发展重工业,
重工业发展得好,
造出了飞机和大炮,
坦克车呜呜地叫。
这些武器造得全,
天上飞的是飞机,
海里跑的是兵舰。
兵舰真是大,
轮船拉洋面,
汽车火车运输好,
西流忽腾打台湾。

三月里,三月三,
解放台湾得支援。
三大支持搞得好,
蒋美集团跑不了。
消灭敌人是好事,
全国农民是社会。
社会主义早实现,
全靠大家努力干。
努力干,怎么办?
互助合作,
提高生产,
互助合作能增产。

单干户,真危险,
若要不信听我谈。
俺庄里倒有一个王老三。
王老三,
一个奶奶八十三,
一无的吃,
二无的穿,
这个穷日子算困难。
自从一九三三年入了党,
入了先进农业合作社。
有的吃,有的穿。
王老三,
弟兄俩个真能干,
光拿余粮卖,
一千六百三。

四月里,四月八,
上级贯彻婚姻法。
婚姻法,真自由,
男女青年不用愁。
男二十,女十八,
这样实行了婚姻法。
女的说:
"婚姻法真正好,
一不要绸子,
二不要缎,
三不要'□子'和袄面,
头面首饰不用买。"

男的这里把话提,
两人同志就登记。
登上记,往回走,
一面走,一面拉,
小俩口子订计划,
这个计划订得全,
努力学习多生产。

五月里,五端阳,
互助合作打麦场,
打的打,扬的扬,
晒干簸净交公粮。
交上公粮是爱国。
统购的余粮,
农民这里把话说。
卖了余粮真正通,
上级计划来供应。
供应的计划真正广,
供给农民和工厂。
工人大哥把话说,
工农联盟万万年。

六月里来雨涟涟,
抗旱防涝要周全。
抗旱防涝准备好,
扒水沟,补地堰。
砸好地漏不塌陷。
不塌陷,还不算,

增产的窍门对您谈,
积干灰,勤垫栏,
铹青草,改下栏,
沤绿肥,多增产,
增了产,怎么办?
农民的生活大改善。

七月里,七秋凉,
选种工作真正强。
优良品种选得全,
准备来年大增产。
金皇后,四三八,胜利百号大地瓜,
胜利地瓜出产多,
号召大家种棉花。
斯字棉,品质强,
桃子大,绒子长,
种子多,修理得好,
拾得棉花真不少。
拾得不少怎么办?
捡出不好的自己穿,
留着好的多卖钱,
卖了钱存银行听说真喜欢。
人民领袖是毛主席,
不用您说我也知,
存到银行有利息。

八月里,八月八,

投机的奸商剥削大家。
奸商李是个笑面虎,
人人见了取缔他。
农民这里把话说:
取缔了奸商别害怕,
门市部里有定价。
价格定得真是全,
老不哄,少不瞒,
公道买卖省下钱。
买着锄,捎上镰,
准备来年大生产。

九月里,九月九,
颗粒还家要秋收。
要秋收,怎么办?
男女劳动一齐干。
割豆子,
刨地瓜蛋,
地瓜片子要晒干。
晒得干,拾得净,
这样增产有保证。

十月里,十月一,
上级号召冬耕地。
冬耕地,真正好,
先除虫子后除草,
保护水分好拿苗。

十一月,下大雪,
下了大雪没活干。
大家的计划去开山,
提着锤,
捎着镢和锨,
背着铁镐上了山。
起石头蛋,
炸山沟,刨地堾,
封山造林好生干。
准备打井和修泉,
来年开展大生产。

十二个月,正一年,
合作社里货物全,
也有油,也有盐,
布尺杂货都齐全。
少割肉,多秤盐,
例行节约来支援。
共产党的好处您要听详细,
我得说三年。

生产快板

出了城,向东看,
鲁中军区沂城县,

毛主席号召咱们大生产。
铁匠炉上打板脚①,
打了个板脚好又宽,
刨了个地暄又暄②,
棉花种子地里按。
根据地里风调雨又顺,
甘霖细雨下了整三天,
好似穷人把身翻。
棉花出了土,
青枝绿叶它占先,
五月、六月不中用,
七、八月里去拾掇,
开了个花是黄牡丹。
结了桃子③,倒卷莲,
你个桃子多么大?
好似前方手榴弹。
开了棉是白泛泛,
家家都有识字班。
识字班,挎竹篮,
拾了棉花还家园。
手不停,脚不闲,
一旁下的白棉籽,
一旁下的白棉山。

吊上了个枣木弓、牛皮线,
枣灵木捶两头圆,
咯吱咯吱把棉弹。
弹了个棉是白生生,
织了个小□细□□,
搓了个棉条两头空,
纺了个小车哼哼哼。
纺的线是细□□,
把□□来插机绸上了麻,
学会了织布□花船,
织了个布是好又宽,
棉下来都在群众染房店。
你问染什么色,
染的草绿和浅蓝。
交给妇会识字班,
剪子剪,钢针镏,
给那前方同志缝一件衣裳御御寒。
人家说妇女不中用,
偏偏顶个男子汉,
妇女有了生产力,
男女平等又平权。

---

① 板脚:轧棉机零件之一。
② 暄:软。
③ 桃子:棉桃。

宽垄密植①

提高了单位面积生产量,
每亩地丰产小麦五百斤,
大多数比不上那个村。
金皇后玉米打了一千,
各个乡里都去参观;
胜利地瓜起一万,
各村各乡都去换。
农业生产研究得强,
经过大会来表扬。
乡里有名城有号,
整得全县都知道。
县政府派人来检查,
各样条件都不差。
发展农业合作社,
又买犁,又贷钱,
解决了农具资料大困难。
为什么人家组织得好,
张希生加强来领导。
四外庄里没完成,
思想不通没进行。
同志们一照着人家看,
加强学习跟着端②。
端上张希生、吕鸿宾,
它是莒沂县两个爱国村,
爱国村里出模范,
张希生开会学习上济南。
临起身又带花,
又挂红,送的送,迎的迎,
你看光荣不光荣。

模范生产合作社③

第十五区,里庄乡,
有个村名吕家庄。
吕家庄,虽然小,
变工互助搞得好。
张希生加强来领导,
三大原则掌握得好④。
记为工,算为账,
民主管理来掌握,
农业生产研究得强。

---

① 五一合作社时编。
② 端:音 duān,追。
③ 赵禄仲口述。
④ 三大原则:互助合作三大原则:自愿;互利;提高生产。

多种"斯字棉"①

今年是一九五五年,
毛主席号召多种"斯字棉",
毛又长出花多,
各种条件都适合。
调剂种子往下分,
从上到下到了村。
村干说服来动员,
种棉花的好处说不完。
前方、后方都需要用,
今年一定要多种。
你要不会修理棉,
方式、方法对你谈。
县政府召集了全县的技术代表
　委员会,
同志们大会报告来发言,
交流经验往外传。
喷雾器,治水龙,
治蜜虫,拿土蚕,
害□虫,一切虫子消灭净,
增加生产有保证。
你要拾的棉花多,
你愿存,你就存,

双方有力不亏人。
棉纺织厂的机器都开动,
纺了花,织了布,
前方、后方穿得暖呼呼,
增加生产有条件,
参加工作不含糊。

新东西

六六六,DDT,
喷雾器,
双铧犁,
解决了生产大问题。

推广优良品种②

毛主席,真正好,
领导人民把身翻。
翻了身迎太平年,

---

① 赵禄仲口述。
② 李明堂,蒋庄年轻农民,初小三程度,一九五五年编。

太平年虽然好,
社会主义还没来到。
毛主席,真正好,
在北京颁布了总路线。
总路线,是方针,
农村中互助合作是中心。
合作社实在强,
按劳分配有规章,
劳动好的收入多,
劳动不好少分粮,
入社劳动多积极,
提高生产多打粮。
"金皇后""四三八"①,
"胜利百号"大地瓜②。
光说你没见,
种上几亩做试验,
多打粮,多增产,
社会主义要实现。

消灭腥乌麦③

五三年,大转变,
沂水建设真好看。
新建设倒比过去强,
修盖起高楼大瓦房。
各部门里建设全,
专员署,
总仓库,
盖到了□庵南,
房子高,地基宽,
一溜就是十几间。
后方建设是应该,
沂水突然生了乌麦灾。
起先小,然后大,
庄户人家害了怕。
不知道那是什么病,
摊着利害的很严重。
不怨天,不怨地,
埋怨自己命不济。
时运冲④,
摊得重,

---

① "金皇后":玉米良种。"四三八":小麦良种。
② "胜利百号":地瓜良种。
③ 赵禄仲口述。
④ 时运冲:倒霉。

时运好才摊得少,
其实他那个想法是错了。
腥乌麦是传染病,
一样一样的研究着种。
一选种,二浸种,
使隔离粪,使净肥。
大家随时研究着种,
增加生产有保证,
腥乌麦能消灭净。

凡事起保证①

好公民给了个通行证,
区上、县上有保证。
凡事走手续,
军队有命令。
村长和农会,
办事有才情。
壮年自卫团,
保证把给养送。
每人一把车,
省得走不动。
说话要负责,
凡事有保证。
识字班站岗,
儿童把信送。
工作要实际,
拥军得自动。

正月十五闹元宵

正月十五日闹元宵,
家家户户都吃蒸包,
婶子、大娘都吃到,
就是小做活的没捞到。
小做活的气急了,
天天夜里记恨着。
掌柜的叫他去担水,
他颤颤钩担蹲蹲梢。
掌柜的,
你的蒸包省下了。
掌柜的叫他去耕地,
他扯了犁铧使断了牛腰。
掌柜的,
你的蒸包省下了。
掌柜的叫他去耕地,

---

① 武继干口述。

他漏斗眼子堵着了,
南北地里没下种,
东西地里没拿苗,
掌柜的,
你的蒸包省下了。
掌柜的叫他去锄地,
他锄了苗子留着草。
掌柜的,
你的蒸包省下了。

到叫掌柜的知道,
天天殷殷伺候着。
早晨起来吃单饼,
晌午芝麻果子猪肉包。
下晚吃饭一壶酒,
母鸡雏子炉火烧。
好生伺候了三个月,
小做活的使着了。
我说这话您不信,
穷人一个甜枣吃不了。

统计表

统计表,往下飘,
一白一黑往上缴①。
村里干部着了急,
闭门造车假积极。
哄了区,哄了县,
一直哄到国务院。
思想不正哄上级,
实际哄了你自己。

赵禄仲的武老二②

呱嗒板,不相同,
赵禄仲编的武老二真是行,
推动了农民生产积极性。
农民起来,
庆祝赵禄仲编的武老二的好
　　内容。

----

① 一白一黑：一日一夜。本文系讽刺统计表多,不实事求是。
② 赵禄仲：沂水县十五区岳庄、姜庄人,共产党员,善于说唱"武老二",为当地农民所拥戴。

西北旋天起狂风①

天上看,天上星,
地下看,地下坑,
园里看,栽着葱,
屋里看,掌着灯②,
墙上看,楔着钉,
钉上看,挂着弓,
弓上看,带着鹰,
鹰上看,带着莺。
西北旋天起狂风,
刮散了天上的星,
刮平了地下的坑,
刮倒了园里的葱,
刮灭了屋里的灯,
刮掉了墙上的钉,
刮飞了钉上的弓,
带去了弓带的鹰,
星散地平,葱倒灯灭,
钉掉鹰飞带去莺。

刮大风——拍口令

天上看,天上星,
地下看,地下坑,
园里看,栽着葱,
屋里看,掌着灯,
墙上看,钉着钉,
钉上看,挂着弓,
弓上看,架着鹰,
鹰上看,刮台风。
刮散了天上星,
刮平了地上坑,
刮倒了园里的葱,
刮灭了屋里灯,
刮落了墙上的钉,
刮掉了钉上的弓,
刮飞了弓上的鹰。
星散坑平,
葱倒钉掉,
弓落鹰飞。
扑棱棱一阵大风,
这风刮得真不善。
刮得天昏和地暗,
碌碡刮得满地滚,

---

① 朱凤翔口述。
② 掌着灯:犹点着灯。

碾砣子刮得滴溜转①。
楼庭瓦舍都刮倒,
树木梁林都刮断,
美帝刮得瞎了眼,
老蒋刮得看不见,
我说这话您不信,
台湾早晚刮个干。

明年就不长草。
鸟快别吵草,
草快别吵鸟。

黑妮黑小②

八月十五是中秋,
小俩口子打黑豆,
一场黑豆没打完,
生了一个黑丫头。
一岁、两岁娘怀里抱,
三岁、四岁会爬行,
五岁、六岁遥街走③,
黑了头长到了十八、九。
爹又愁,娘又愁,
黑妮那里说黑话:
"一不用烦,二不用愁,
早晚找到个黑对头。"
左手挎着个黑提篮,
右手拿着个黑镰头,
迈动黑步朝前走。

绕口令

鸟叫草,草叫鸟,
墙上一颗草,
它和小鸟吵,
草说鸟叫草,
鸟说草叫鸟。
草呵鸟,鸟呵草,
你们不要叫,
你们不要吵!
或是鸟吵坏了草,
或是草吵坏了鸟,
明年就不生鸟,

---

① 碾砣:碾上的石滚子。
② 朱凤翔口述。
③ 遥街走:即当街走。

前次出了黑庄头①,
到了黑石头沟里。
挖了一棵黑老婆菜,
来了个黑小放牛。
头上戴着个黑苇笠②,
身上穿着件黑蓑衣,
乌木鞭杆黑穗头,
猪毛绳牵着个黑舐牛。
黑小那里溜溜眼,
黑妮那头点点头,
咱二人天生就是黑对头。
定上了八个黑轿夫,
定上了六个黑吹夫,
半夜三更把门过,
点灯就使黑豆油。

昨夜五时到家西③

昨夜五时到家西,
碰着二个鬼子分高低。

大鬼子说:
除了老天数我大。
二鬼子说:
除了万岁我登基。
两个鬼子拉大话,
不好了,
起西来了个芦花大公鸡。
大鬼子说:不好了,
地里来了个妖猴了不得。
二鬼子说:
不提起妖猴不生气。
提起妖猴气死我。
有一天④,
我说大哥呀,
你在头前引着它,
我跳它头皮啃冠子。
好好好,好好好,
普同还是第二的。
大鬼子头前引着它,
二鬼子跳它头皮啃冠子。
大鬼子叫公鸡一口捉了去,
二鬼子想着逃命哪还了得。
从西来了个大母鸡,

---

① 前次:前行。
② 苇笠:草帽。
③ 孙宝成口述。
④ 以下四句漫漶不清。

一口扭得死死的。

花子拾金①

乡里的人儿去赶集,
遇着个光棍赌博鬼。
背褡子,腔□子,
□骰子,宝盒子。
赶了东集赶西集,
动不动得就哄人。
时气好,运气第,
铜钱赢了个满褡子,
爹也捧,娘也敬,
老婆喜得拍大腚,
孩子炕头啃烧饼。
时气孬,运气差,
铜钱输了个平铺褡,
爹也打,娘也骂,
老婆就说:"死了吧。"
孩子说:"别死了。"
溜溜大街把下活。
把得好,挣身料,
把得好,挣把草。

长的坡,短的堰,
七月初,八月半,
先治筐,后治担,
黄瓜、茄子一起贩。
一六赶了个朱心集,
四九赶胡山店,
银子挣得上了包,
铜钱挣得上了串。
家的活儿我不做,
胭脂巷内串一串,
昨日去把大姐找,
见了个姐儿当门站。
我把铜钱抖一抖,
她把金莲掀一掀。
抖一抖,掀一掀,
把我让在后宫院。
早晨吃的油角子,
下晚吃的鸡蛋面,
一连住了半个月,
来了个王八把账算。
提出了无钱汉,
亏了丫鬟姐姐多行善,
沿墙扔过了瓢一扇。
扔得紧,接得慢,
乒乓摔了个七八半。
东院内要锥子,

---

① 朱凤祥口述。

西院内要麻线,
慢慢定好了瓢一扇。
我上大街要了饭,
街东要的是绿豆旗,
街西要的大米饭,
又来腊到天气寒,
老天爷下起了鹅毛片,
溜地冻成了玻璃蛋。
跑得紧,走得慢,
乓乓跌了个狗晒蛋。
倒了绿豆旗,
扔了大米饭,
黑狗吃,黄狗看,
急得个花子打前颤。

奇巧事

昨夜五时到家东,
台子扎到半天空。
四个哑巴来唱戏,
搭架儿都是聋汉听。
哑巴唱戏懒张嘴,
聋汉唤得字不清。
四个瞎子打灯笼,
瞎汉打灯灯不亮,
瘸巴还嫌路不平。
大小没见奇巧的事,
新生的孩子黑丫头①。

昨夜五时到家北,
碰了个兔子啃大麦。
一石头打断了三条腿,
跑起来还赛为飞。
黄云、杜虎追不上,
瘸巴追上摔三摔②。
八个大车拉不动,
苍蝇吓得满天飞。
大门口里进不去,
窗户棱里往里飞。
谁生下了小孩子一顿吃了还
　不够,
剔剔牙再请了八桌子客③。

---

① 以上孙宝成老大爷口述。
② 摔:音 shui。
③ 客:音 kei。以上安茂昌口述。

昨夜五时去放马①

昨夜五时去放马,
手里牵着两匹马,
怀里揣着两叶瓦。
跑了马,跌了瓦,
清晨起来去端马,
一端端到丈人家。
大舅子,往家让,
二舅子往家拉,
拉到堂屋北间就坐下。
大舅子西里哈拉扇上茶,
二舅子按上烟,
按上烟、扇上茶,
吃罢了烟,喝罢了茶,
嘎呼嘎呼把酒喝。
五月五,新杏子,
六月六的是黄瓜,
韭菜花,辣疙瘩,
还有一盘是蚂蚱。

扯 圆②

拉前朝讲后汉,
五代残唐响马传。
打破登州拿杨林,
咬金、秦琼斗罗成,
安营拔寨数魏徵,
能打会算徐茂公。
徐茂公他会算,
下界五女兴唐传。
牛拉犁,驴推面,
狗看门,鸡下蛋,
男人团结做庄户,
娘们团结会办饭。
还有嫂子姐和妹。
团结起来能纺线。
还有哥哥和弟弟,
团结起来能抗战。
八路军,能作战,
未从上阵战前线,
安子弹,拉大栓,
勾机一溜烟,

---

① 昨夜:疑为日,沂水夜、日双声者近,故而记错。五时:疑为午时,农民少有用五日、六时等。

② 扯圆:疑即顺口溜意。

不高不矮照准穿。

先去打顽固,
后去捉汉奸,
汉奸俘了房,
顽固散了烟,
再去拔据点,
那才把面宽。

闲来无事到家东①

闲来无事到家东,
碰着个苍蝇满天飞。
问问苍蝇你咋去?
小秃头里附演戏。
小秃演戏怎么附?
呼吓呼吓啃头皮。
小秃看看事不好,
头顶蒙上一个尿包皮。

从南来了一个瞎牛蜢,
一口咬得透透的。
把个小秃咬急了,
一头扎在泞泥里,
从西来了个犾鳖将,
犾得两眼睁睁的。

---

① 朱凤翔口述。

III 谚语类

一、关于事理的

勤扫天井懒赶集,什么日子过不起。
驴大骡大值钱多,人大不值磨□□。
晚间寻思千条路,耽误不了白天卖豆腐。
多拾粪,少赶集。
买牛坐地虎,买地河崖土。
现喂的鸡不下蛋。
师傅不明徒弟拙。
会看的看门道,不会看的看热闹。

二、有关农作的

多上一车粪,多打一成粮。
攒粪如攒粮,喂猪先积糠。
扫帚响,粪堆长。
七托拉绳八托耕,十二托的□牛绳。

夏季多积肥,明年长好麦。
麦喜三月三场雨,不如二月下一场。
七月核桃八月梨,九月柿子懒赶集。
头伏的萝卜,二伏的芥,三伏塌辣菜。

三、关于自然现象的

一九二九不出手①,三九四九凌上走②,五九六九抬头看柳。七九六十三,路上行人把衣宽③。八九七十二,犁牛遍地。九九八十一,家里做饭外头吃④。

七月八月看巧云。

二十整整,月出一更,二十二、三,月出东南,二十四、五,月漫东屋,二十七、八,月亮出来照一霎。

六月里北风当时雨,好像亲娘搬闺女。春刮东南夏刮北⑤,秋刮西南到不了黑⑥,十冬腊月刮东北。云彩向东一阵风⑦,云彩向南雨连绵,云彩向北一阵黑⑧,云彩向西放牛的披蓑衣。

---

① 九:把冬天分为九个时期,一期九天。一期就叫一"九"。不出手言其冷。
② 凌:冰凌,言更冷。
③ 衣宽:言天转温。
④ 此句言天暖。
⑤ 前三句言下雨的情况。
⑥ 此句言到不了天黑就下雨。
⑦ 这二句也是言下雨的谚语,"一阵风"指无雨。
⑧ 一阵黑:指无雨。

东虹雾露西虹雨,出来南虹卖儿女。
风是雨头。
天黄有雨。
乌龟叫没好声,不是下雨就是刮风。
瓦碴云晒杀人。
行家一伸手,就知有没有。
树高万丈叶落地,水流千里归大海。
钢钩子抓不住玻璃蛋。
鸟无翅不飞,蛇无头不行。
秋风未到蝉先觉。

四、其 他

上梁不正下梁歪。
人往高处走,水朝低处流。
脸丑经不得镜子。
敬神如神在,不敬如泥块。
有理走遍天下,无理寸步难行。
泰山不是堆的。
吃了人的嘴软,拿了人的手短。
丑媳妇脱不了见公婆。
人过留名,雁过留声。
黑手挣钱白手使①。

---

① 此句言解放前不合理的情况。

情人眼里出西施。
麦怕胎里旱,人怕老来穷。
十七、十八等一霎。
土沟庄,两头翘,没男没女拉胡调①。
学徒学徒,三年为奴。
生姜还是老的辣。
人是衣裳马是鞍。
打人别打脸,骂人别揭短。
人在人檐下,怎敢不低头。
嘴是两片皮,反正都使的。
人老懒,树老空。
人是苦虫,不打不成。
棍子底下出好人。
棍头出孝子。
宁养贼子,莫生痴儿。
光棍不吃眼前亏。
墙倒众人推,鼓破万人捶。

---

① 没男没女:不分男女。拉胡调:地方戏,多流行于鲁西南、苏北(徐州一带)、皖东北一带。

Ⅳ 谜语类

一、工具及日用品类

铁山压木山,白须须往里镏,一旁下雹子,一旁下雪片。
　　　　　　　　　　　　　　　　　　——轧棉花机
家头有间屋,有个老妈妈在里面哭,问你老妈妈哭什么?绳子穿着脊梁骨。　　　　　　　　　　　　——纺车
远看是个庙,近看来不到,脚蹬两叶板,一手打莲花落。
　　　　　　　　　　　　　　　　　　——织布机
小白鸡,溜墙根,溜着墙根生,拉破肚子撒肠子。
　　　　　　　　　　　　　　　　　　——织布梭
山里木,山里出,白天在那五彩里过,夜晚就在架子上宿。
　　　　　　　　　　　　　　　　　　——梭子
一个黄牛弯了角,光走高山不走洼。　　——刨子
铁脑袋,木尾巴,弯弯身子像月牙,农民年年少不了它。
　　　　　　　　　　　　　　　　　　——犁
哧溜子沟,哧溜子叶,哧溜子叶上挂金牌,有人猜着这个谜,我把地皮翻过来。　　　　　　　　　　　　——犁
青石山,薄石岭,老打粮食不留种。　　——碾
两头不着地,吱咯吱咯唱小戏。　　　　——碾
十亩地,八亩斜,当中坐着个木爷爷。　——磨

眼里吃,腰里拉。　　　　　　　　　　　　　　——磨

一棵树,两半子,里边夹着个铁片子。　　　　——镰刀

四棱头,扁扁嘴,腰中有眼,眼中有腿。　　　——斧头

赶了东集赶西集,看见个东西真稀奇,两个耳朵在一边,有根尾巴伸得直。　　　　　　　　　　——砧子(打铁用的)

远看一个牛,近看没有头,嘴里吐黄烟,肚里吐黄油。
　　　　　　　　　　　　　　　　　　　　　——风车

出奇,出奇,真出奇,一年三百六十日,肝花肠子烂个净,呼哧呼哧还喘气。　　　　　　　　　　　　——风箱

一间屋,两间房,里头盛着个孩他娘,孩他爷拉孩他娘的腿,喜得孩他娘呱哒嘴①。　　　　　　　　　　——风箱

一个盆,三个门,猜不着,闷死人。　　　　　——筐

姐妹三个一般高,好扎辫子罗锅腰。　　　　　——筐

里圆外四方,外圆里四方。　　　　　　　　　——锅

头戴金鼎身穿红,五虎搂着两条龙,大小衙门都过过,拾掇拾掇入了笼。　　　　　　　　　　　　　　——红筷子

姐妹二人一样高,五个大夫掐着腰。　　　　——筷子

黄嘴黑嘴,跳在井里喝点水,出来咪啦咪啦嘴,咪啦嘴光跑没腿。　　　　　　　　　　　　　　　　　——毛笔

一宅分为两院,五男二女成家,一阵打得乱如麻,等到清明住下。　　　　　　　　　　　　　　　　——算盘

四角方方一座城,门里门外发官兵,两个王子争天下,不知哪个输来哪个赢。　　　　　　　　　　　——算盘

一个弯弯四下方,里头小人乱哏哏。　　　　——算盘

小毛驴不吃草,光有骨头没有毛,有人骑它它就走,没人骑它光站着。　　　　　　　　　　　　　　——自行车

---

① 呱哒嘴:上下嘴唇启合不停。

起南来了个大头鬼,拖拖拉拉八条腿,人家问他你为啥这么些腿,肚子里头还有两条腿。　　　　　　　　　　——四人小轿

地溜蛋,打辣椒,谁家用着谁家找。　　　　　　　——秤

主家出门带奴人,留下小奴看家门,君子过去扬长走,就怕小人害奴身。　　　　　　　　　　　　　　　——锁

一个小猪不吃糠,刚要吃糠,劈腚一枪。　　　　　——锁

从南来了个小兔子,嘎哒嘎哒走出来一条路。　　——剪刀

嘴儿尖尖牙赛钢,浑身穿着铁衣裳,两眼长在胯骨上。
　　　　　　　　　　　　　　　　　　　　　——剪刀

小铁狗,找路走,走一步,咬一口。　　　　　　——剪刀

一个虫虫,带着绳绳,不吃五谷杂粮,整天拱松①。——针

一个营生不大点,浑身净是眼。　　　　　　　　——顶针

奇怪奇怪真奇怪,疙瘩朝里毛朝外。　　　　　　——蓑衣

生在泥,长在荒,捏呀扭地配成双,男的穿着行千里,女的穿着过绣房。　　　　　　　　　　　　　　　——鞋子

两弟兄,不分离,吃饭在桌下,睡觉在床底。　　——鞋

头小腚大尾巴宽,两耳向上嘴朝天。　　　　　——小脚鞋

脚儿大,个儿小,站不住,靠墙脚,你扶它,走一走,地上的尘土没有了。　　　　　　　　　　　　　　　——扫帚

两头是□□把守,穆桂英独坐中堂,前门是焦赞发火,后门逃跑了颜章。　　　　　　　　　　　　　　——旱烟管

不扁不圆不四方,捏开竹棍纸半张,也在房中伴绣女,也在朝中伴君王。　　　　　　　　　　　　　　　——扇子

竹为身,竹为腿,风风冽冽照满怀,你要待见春三月,待要离别菊花开。　　　　　　　　　　　　　　——扇子

---

① 拱松：镶的意思。

一件东西方又长,夏天有它嫌太热,冬天无它嫌太凉。

——棉被

小方方,爱洗澡,别人越洗越白,方方越洗越小。　——肥皂

一个枣,屋里黑不了。　　　　　　　　　　　——灯

此物生来三寸长,落了日头找红娘,找着红娘冒白水,只许短来不许长。　　　　　　　　　　　　　　　　——洋蜡烛

崇山顶上一棵蒿,大风吹来折断腰。　　　　　——烛

四四方方一座城,里头坐着三明公,打开乌云木小姐,杀生害命朱秀英,属着三姐年纪小,露水一点就成功。

——木梳、篦子、小拢子

从哪里来了个黑爷爷,拤着脖子淌"趔斜"。　——丫油壶

二、农作物、植物与食物类

一星星,一扭扭,当道儿一条水沟。　　　　　——麦子

青枝一去了,绿叶不还家,情愿老早死,不舍一枝花。

——荞麦

一棵树,不大高,上面挂着杀人刀。　　　　　——高粱

官家闺女实在俏,头上带着红缨帽,浑身都是溜溜珠,衣服穿了七八套。　　　　　　　　　　　　　　　——玉米

一个小孩不大高,头里召成虱子包,省下钱来卖钱使,再把骨头当柴烧。　　　　　　　　　　　　　　　——芝麻

青竹杆,搭凉棚,一年一窝小长虫。　　　　　——豆角

一个老头不大高,一脸麻子弯着腰。　　　　　——花生

棵棵青,棵棵青,棵棵底下一窝蜂。　　　　　——花生

远看青豆豆,近看一蒲林,开黄花,一结一林扽。　　——花生
一个老头不太高,一脸麻子罗锅腰。　　——花生
翻白草,满地跑,开黄花,结元宝。　　——花生
青枝绿叶一棵桃,外长骨头里长毛,桃老了,内长骨头外长毛。
　　——棉

四面八方不透风,一个白包在当中。　　——棉花苞
青竹杆,挑铜盆,一年一窝小白人。　　——向日葵
青竹杆,挑圆子,一年一窝小蚕子。　　——向日葵
青竹杆,挑花篓,一年一窝小叭狗。　　——向日葵
红辫根,绿穗头,谁猜上,给他碗绿豆。　　——红萝卜
棵棵青,棵棵青,棵棵底下结□□。　　——葡萄
开紫花,结紫瓜,紫瓜里头结芝麻。　　——茄子
青竹杆,绿簸箕,簸箕底下够坐的。　　——方瓜
一头白,一头青,一头实心,一头空。　　——葱
身穿青布大褂,脚脖穿着白色大袜,脚底下长着一撮须,都向下扎。　　——葱
兄弟六七个,手扶旗杆坐,脱了白布衫,找上盐大哥。　　——蒜头
空心树、扁扁菜、紫妻豆、一身疥、野里下蛋土里埋。
　　——葱、韭菜、茄子、黄瓜、大蒜
青杨树,柳叶黄,刺猬爬在树顶上　　——葱、葱骨突①
官家小姐实在能,衣服穿了无数层。　　——洋葱头
上打轱辘伞,下搭轱辘桥,轱辘桥上一窝蛋,顶儿上面一堆毛。
　　——蓖麻子
远看树木林郎,近看蒺藜楂门,通红的小姐,抱着个黑郎君。
　　——花椒
孤拐家,孤拐床,孤拐孩子孤拐娘,孤拐搂着孤拐睡,孤拐长到

---

① 葱骨突:葱头顶上的圆粗似果实的东西。

孤拐上。　　　　　　　　　　　　　　　　——姜

　　姐妹俩个娘,一个圆来一个长,一个死在春三月,一个死在秋风凉。　　　　　　　　　　　　　——榆叶子、榆钱子

　　一棵树,矮又矮,上面结着木奶奶。　　　　　——桑椹

　　先是青,后变红,脱了红袄换紫袄。　　　　　——桑椹

　　官家小姐实在能,打个抓髻十八层,谁要猜着这个谜,黄酒装上两大瓶。　　　　　　　　　　　　　　　——石榴花

　　青枝绿叶开红花,我家园里也有它,裂开黄嘴出红牙,里面生着小娃娃。　　　　　　　　　　　　　　　　——石榴

　　远看一盘灯,近看琉璃灯,打开琉璃门,里面是冰冰。——石榴

　　红娘娘,坐高楼,刮大风,点点头。　　　　　——红枣

　　家南一群鹁鸽,个个头带席角。　　　　　　　——枣

　　棘子山,棘山寨,棘子寨里盛着黄金块,好吃又好卖。——栗子

　　胎白大胖胖,腔里夹着个干棒棒。　　　　　　——苹果

　　大份的呲着牙。　　　　　　　　　　　　　——石榴

　　二份的一脸麻。　　　　　　　　　　　　　——胡桃

　　三份的扭着嘴。　　　　　　　　　　　　　——桃子

　　四份的是俊巴。　　　　　　　　　　　　　——苹果

　　手指尖尖一只梭,我到北京找哥哥,哥哥嫌我长得丑,俺娘嫌我心眼多。　　　　　　　　　　　　　　　　——藕

　　窗户里,窗户外,窗档道里一棵菜,又好吃,又好卖,就是不能作就菜①。　　　　　　　　　　　　　　　　——烟

　　生不能吃,熟不能吃,一面烧着是一面吃。　　——烟

　　一个白大姐,没有骨头没有血。　　　　　　——豆腐

　　两块斧头一个把,金子做头银尾巴。　　　　——黄豆芽

　　小白鸡,扁扁嘴,不吃干粮光喝水。　　　　　——豆芽

---

① 就菜:下饭菜。

家里一群骡,个个载上驹,汤家林里过,肚家林里宿。　——饺子

黄米汤,白米汤,不多也不少,正好一瓷缸。　——鸡蛋

三、动　物

睡得早,起得早,天一亮,就高叫。　——鸡

一个鸟,两头跷,光拉不尿。　——鸡

一朵红缨头上冠,穿衣不用剪刀裁,分明不是个英雄汉,吆喝一声万户开。　——鸡

从南来个煓又煓,不脱裤子就下海。　——鸭

头是凤凰头,翅指偃翎刀,睡觉在泥里,离地一丈高。

——燕子

白补顶,黑补顶,扎在高山唱五更。　——喜鹊

乞乞巧,乞乞巧,站着不如坐着高。　——狗

有个东西真稀奇,坐着倒比站着高。　——狗

张着头,蒜瓣儿足,来个人,它先叫。　——狗

白包袱,包黑豆,沥沥拉拉到莒洲。　——羊

沟里走,沟里串,捎了针,忘了线。　——刺猬

皮袄皮裤,好走黑路,火照大眼,咁哩错咯①。　——老鼠

上山直勾勾;下山滚雪球;摇头梆子响;洗脸不梳头。

——蛇、刺猬、啄木鸟、猫

家南一根棍,谁也不敢动。　——蛇

有眼无眉,身穿素白,没有腿走千里,有翅不会飞。　——鱼

---

① 咁哩错咯:音似。

和钱似得一块铁,打了八根筷子两个镊。　　　　——蟹

钢盆压铜盆,铜盆底下两道缝,剪子两把,筷子八根。　——蟹

头大尾巴小,噗咚噗咚就要跳。　　　　　　　——蝌蚪

从南来了个绿芳瓜,蹲哒蹲哒没尾巴,也会喊,也会嚎,蹲哒蹲哒没有毛。　　　　　　　　　　　　　　　　　　　——青蛙

大姐高声叫;二姐双脚跳;三姐扛斧头;四姐去上吊;五姐织麻布;六姐高灯照。　　——蝉、麻雀、螳螂、吊死鬼、蜘蛛、萤火虫

大哥□□叫。　　　　　　　　　　　　　　　——蝉

二哥吓一跳。　　　　　　　　　　　　　——麻雀

三个扛大刀。　　　　　　　　　　　　　——螳螂

四哥端灯照。　　　　　　　　　　　　——萤火虫

有翅没有毛,高树密树林,密树林里吱吱叫,惹了顽童惹自身。
　　　　　　　　　　　　　　　　　　——知了(蝉)

咕气,咕气,说话使肚皮。　　　　　　　　　　——蝉

肚子大,脑袋小,胸前一双大镰刀,别看样子长得笨,捕捉害虫本领高。　　　　　　　　　　　　　　　　　　——螳螂

风(飞)起来不张翅,落下来不收翎,瞪着两个豌豆眼,你说是个什么虫。　　　　　　　　　　　　　　　　　——蜻蜓

身子长,腿子矮,从小陪伴女娇娥,陪伴娇娥四十日,铁□木柱下滚锅。　　　　　　　　　　　　　　　　　　　——蚕

从小姊妹多,到大各住一个窝,一辈子没提婚姻事,死后烈阳娶老婆。　　　　　　　　　　　　　　　　　　　——蚕

两头尖尖相貌丑,耳目手脚都没有,整日工作在地下,碰到下雨才露头。　　　　　　　　　　　　　　　　　——蚯蚓

兄弟七八千,盖屋紧相连,做酒大家唱,渣滓卖上钱。
　　　　　　　　　　　　　　　　　　　　——蜂子

四角方方一座台,里边人马盛不开,清晨摆出人马去,不到花山不回来。　　　　　　　　　　　　　　　　　——蜜蜂

咕呛,咕呛,说话使脊梁。　　　　　　　　　——蟋蟀

一星星,一点点,顺着墙,镨眼眼。　　　　　——蚂蚁

一个老汉,拉着火罐,火罐打了,老汉瞎了①。　——蜗牛

肘骨的棒,肘骨的梁,肘骨的梁上摆间房,苍蝇、蚊子进不去,一个虻牛在里面大息凉。　　　　　　　　——蜗牛

姊妹三个一个娘,一龙一虎一凤凰。　　　　——□虫②

从南来了个哼大姐,披着蓑衣露着头。　　　——苍蝇

他娘会飞会走,养活了孩子无腿无走,孩子你怎么吃饭? 我忽歪忽扭。　　　　　　　　　　　　　　　——蝇、蛆

天生像地主,身体胖又红,专爱吃人血,从来不劳动,白天镨床缝,夜晚逞英雄。　　　　　　　　　　　——臭虫

从南来了个小秀才,吱吱喻喻唱着来,我问秀才哪里去,我从兖(烟)州才回来。　　　　　　　　　　　——蚊子

头小腔大肚里刺,我上幽州(肉州)去逃荒,我倒兖(烟)州遭了难,我到蓟(挤)州丧了命。　　　　　　　——虱子

大分的红脸大汉;二分的跑马射箭;三分的半文半武;四分的好吃懒做。　　　　　　　　——臭虫、跳蚤、虱子、虮子

四、人身上的东西

一个葫芦七个窟窿,谁能猜上,给他一碗谷种。　——头

上屋檐,下屋檐,屋檐底下一只船。　　　　　——眼

---

① 瞎了:没有了的意思。
② 此类虫惯生麦子上,有三种不同的形状,共处在一起。

两头尖尖在当中,黑葡萄架上毛顶毛。　　——眼
上边毛,下边毛,当中一对水葡萄。　　——眼
屋檐对屋檐,屋檐底下跑旱船。　　——眼
小窟窿里一块肉,累死老天晒不透。　　——舌
两间屋,窄又窄,里边住着两位客,露露头,掏着须子往外摔。
　　——鼻子
一家人家人口多,先有兄弟后有哥。　　——牙齿
一棵树,五个叉,上面结些小疙瘩。　　——手指甲
堂前一棵花,四根朝上长,成天大睡觉,就是不见它。
　　——肚肠
身前一盆花,四根朝上扎,天天打水浇,天天不见它。
　　——肝腑

五、自然现象

一白马,上西窜(一作天),又少辔头又少鞍,有人拉住(又作骑上)这匹马,不做皇帝做大官。　　——太阳
五、六岁来力(历)不全,十五、十六正当年,打卦算命三十死,二十七、八染黄泉。　　——月亮
蓝被单,晒白米,清晨起来收拾起。　　——星夜
一块蓝布晒白米,鸡落不着啄,狗落不着吃。　　——星
千条线,万条线,落在水里不见面。　　——雨
张家胡同李家湾,一棵白果结三千,有人摘下白果来,不做皇上做大官。　　——露水

一物生得奇,越洗越有泥,不洗没得吃,洗了吃不得。
——水

卜咯,卜咯,扎一针密不透风。 ——水
春天不发芽,冬天发芽向下长。 ——冰棱柱
干天胖,湿天瘦,也没骨,也没肉。 ——旋风
晴天多,阴天少,露露天,没处找。 ——影子
有种东西真奇怪,颜色很鲜明,性子非常坏,炼铜铁,做饭菜,没有它,做不来,有了它,冬天不怕冷,夜间不怕暗。 ——火

六、字谜类

三人行军在延安,十架飞机飞上天,四团发出兵和马,一心要把反动派打。 ——德

毛主席提倡革命,周总理异口同声,刘伯承攻破北京,朱总司令四路进攻。 ——燕

一点日本好大胆,占去三省心不满,口吐想把中国进,十万大兵进中原,一路进攻胶济路,一路进攻我四川,目下无人看严管,八路军展开游击战。 ——读(讀)

春天无人日高飞。 ——三
村庄无木化灰尘。 ——寸
人王腰中点双眼。 ——金
运粮将军不带盔。 ——莲
虫入凤巢飞出鸟,二人头上长青草,大雨下在横山上,半月朋友不见了。 ——凤(風)、花、雪、月

一棵红杏个个青,阴天下雨满天星,四个和尚八下里坐,不言

不语念真经。　　　　　　　　——未之有也(成语)

一字十二点,随你书上选,数着你聪明,也得猜三天。

——斗

十三十一八十一。　　　　　　　——陆(陸)

绉折绉折,一个瓢盖口,四个小鳖。　　——为(爲)

一个字不害羞,上面对着嘴,下面用脚勾。　——好

主字去了头,入字两分半,丁字加才手,并在门里头。

——王、八、打、开

二目不成林,八亩不成分,言字至下月,两人土上蹲。

——相公请(請)坐

上边十三人,下边多一半,只要有了它,就能吃饱饭。

——麦(麥)

到死要得二个蛋,和尚屁股里一根巾,虽然平常二个字,闷死天下才子人。　　　　　　　　——平常

七、其他类

河岸里一个洗不净,家里一个吃不饱。天上一根湾湾梁。

——鱼、鸡、虹

天上的弯弓难治,地上的毛驴难骑,金鞭难摔,荷包难拾。

——虹、狼、蛇、刺猬

天上一个呱呱瓢,地上一个吃不饱,河里一个没头鱼,地上一个没根子草。　　——月、鸡、螃蟹、土鳖

一条腿哽哽哽,二条腿叫天明,三条腿火里钻,四条腿满屋里寻。　　　　——伞、鸡、烙煎饼的三足锅、老鼠

四下飘,四下消,四下张着嘴,四下弯着腰。

——油、烟、花椒、虾皮

家前一对狗,打一棍子咬一口。　　　　　——包饺子
一棵树,五个股,上面坐着黑老虎。　　　——手拿黑碗
圈里集,圈里赶,圈里不赶瞪了眼。　　　　——推磨
一根棒,二根棒,隔不远,追不上。　——双人推碾或推磨
两软夹一硬,二人把腰躬来挣,累得满头汗,为的一条缝。

——锯木头

远看山上有井,近听流水无声,四季花不落,人到鸟不惊。

——壁上画

扶墙走,扶墙站,光穿衣服不吃饭。　　　——壁上画
远看像座楼,近看狮子滚绣球,千里做官不长久,露水夫妻不到头。　　　　　　　　　　　　　　　　——唱戏的
一间小屋不算大,一家人家不说话。

——土地庙(山东地区的)

兄弟四人下坪走,一个得病三人愁,下腰拾起灵丹药,一治一个不点头。　　　　　　　　　　　——桌子摇,放得不平
东山一个牛,西山一个牛,黑天见了面,见面就碰头。

——两扇门

一匹白马,四脚拉杈,囫囵吞人,肚子里说话。　——房屋
半天空里一个猴,披着蓑衣露着头。　　　　　——橡子
山这边,山那边,两个媳妇荡秋千。　　　　　——耳坠子
弟兄七八个,一个凳上坐,吱吓一声响,都向腔上摸。

——笛

头上长着三只角,肚皮下面生龙鳞,五虎把守三江口,一来一往把阵临。　　　　　　　　　　　　　　　——弦子
一根线,白连连,出东城,连西山,钢刀斧头铡不断。——路
家东一个瓮,无人拉得动。　　　　　　　　　　——井

远看雾茫茫,近看写文章,头带乌纱帽,脚趾万年黄。

——龟驮碑

家南一只鞋,谁也穿不来。　　　　　　　　——脚印

没有腿,没有手,只会跳,不会走,落在河里就在水上浮,它是孩子们的好朋友。　　　　　　　　　　　　——皮球

口里一棵蒿,钢镰割不断,刮风折大腰。　　——炊烟

远看是一个楼,近看狮子滚绣球,样样木头都搁上,不用锯凿和斧头。　　　　　　　　　　　　　　　　——喜鹊巢

半天悬着一个碗,三天大雨下不满。　　　　——喜鹊巢

远看是个箩,近看是个筛,□根朝上,妙哉妙哉。——蜂窝

一把小红豆,撒在园里头,□根朝上,越长越旺。——蜂窝

一个庄子不太大,四门朝下,骡马成群,使腚扎人。

——蜂房

远看是座城,近看似兵营,光穿黄马褂,不知哪个是朝廷。

——蜂巢

小小诸葛亮,坐在中军帐,摆下八卦阵,要捉飞虎将。

——蜘蛛网

先修十字路,后修桂花台,窄马堂上坐,等着张飞来。

——蜘蛛网

买来了吃不上,不买来吃得上。　　——牲畜的笼头

使着用着,用着 使着。　　　　　——车子的开棍

一个老头不太高,大喝一声不见了。　　　　——爆竹

登头登脚,千百万层壳,劈头一针,血脉攻心。——爆竹

叮啷响,叮啷响,又扁又圆又四方。　　　　——制铁

生在高山长成林,有人请他保昏君,他有心不去保,不保昏君君更昏。　　　　　　　　　　　——瞎子引路的竹竿

山这坡,山那坡,一个兔子两个窝。　　　　——裤子

它在人里,人在它里,它不在人里,人不在它里。

——衣包(小孩生下来时用)

吃了看不见,看见就不吃。　　　　　　　　　——痰

生炉就花钱,花钱还生炉。　　　　　　　　——抽烟

不分开是半边,分开是一个。　　　　　　　　——膏药

八、附　录

四角方方一块田,上头点着四出戏,头一出是胡胡□□,第二出是张飞割草,第三出是小二姬赶毡,第四出是鲢动水欢。

——包饺子

一个鹰,一个雕,一个按着一个跳。　　　　——铡草刀

石墙对石墙,石墙里面有人狼,人狼出来迎小姐,小姐出来哭一场。　　　　　　　　　　　　　　　　　——猫和鼠

一个小孩不太高,腰里捆着个扎腰,你在这里等一等,我上那里打一个滚。　　　　　　　　　　　　　　——水桶

一个窝,吃食多,拉不出屎来很灵活。　　　　——碾

石头压石头,石头底下冒马屎。　　　　　　——磨

一个刺猬不吃食,呱嗒呱嗒给它三小锤。　　——石头

一母生两胎,落草就分开,进了红门,穿上蓝衫来。　——砖

芦梢离地节节高,长大成人,泥水嫁人,找了个能工巧匠,作了一篇大文章,夜晚之间,听了些细言细语。　　　　——芦席

山顶山,坪顶岸,蚊子走,拖了线。　　　　——打场

从小大打两,不是打来就是挖。　　　　　　——葫芦瓢

IV 谜语类

远看黑鸦鸦,近看在羊角□,结的黄香果,开的月白花。
——棒布尺(又名棒牌)

一头尖尖一头齐,身上光光有毛衣,他在桥上是哑巴,走遍天下属第一。 ——毛笔

头大顶小足儿尖,依着粉墙靠花伞,白夜俺好花姐去,黑夜俺好花团圆。 ——新媳妇头上戴的花

家住一山坡,人家请我来□□,我把□□治好了,人家拉出使脚搓。 ——烟袋油

赶了个南京集,买了个南京货,不剥是一块,剥开是一个。
——膏药

一个老牛不吃草,瞪着两眼往前跑。 ——汽车

一头大,一头小,里头盛着个死公公。 ——棺材

一个小驴三条腿,扑哧扑哧就打滚。 ——水斗子

有骨无油志似干柴,有爹无娘生下来,死的时候一块死,死在火炕上沿。 ——死人时用的童男女

一看清凉凉,近看竹子□,会打的打个白毛小将,不会打的打个灰灰老太。 ——高粱上的乌麦

一把粗,再把的大长长,帽沿多少里里藏。 ——大麻

船,船,头上顶着洋盘。 ——葵花

一棵树,乌鸦鸦,一节葡萄一节瓜,一节松大子儿,一开牡丹花。 ——棉花

破谜猜,破谜猜,猜破舌头血出来。 ——柿子

青树青皮儿,上面长着金果儿皮儿。 ——核桃

一根线,切开片,开黄花,结肉蛋。 ——方瓜(即南瓜)

从小青,到大黄,从山到顶找他娘,他娘不给他说媳妇,满山遍岭滚骨碌。 ——蓬子菜

江南一群布谷,个个载着箩笠。 ——黑枣

初五、十四、二十三,卖油君子不拿秤,北边斜插一只簪。

——月季花、芍药花、玉真花

小小诸葛亮,坐在中军帐。 ——蜘蛛

一个老汉扁鼻子,指着腚门过日子。 ——老鼠

家住深坑一老妪,出了南门黑了天,急瞪两眼住一夜,临走撒下了一片衫。 ——知了猴(知了幼虫)

有刺无毛不会飞,站在高山哭景德,景德不在俺还在,景德不在无有亏。 ——叫油子

脱去绫罗离黄沙,走遍郊院不采花,闲来只在高枝坐,今夜清风栖绿芽。 ——知了

有翅无毛不会飞,站在高山唱高歌,高山不在他还在,高山不在闷人亏。 ——叫哥哥

一个老汉一身青,一来一往下关东,没挣得旁的,挣到一个元宝似的四角灯。 ——屎壳郎

天上嗡,地下坠,拾起看,像块炭。 ——屎壳郎

家住高楼红灯悬,爹娘生他落不着见,衙门口里走一走,据你吹来据你看。 ——红枣虫

可□也可□,背着个包裹下青州,阴天下雨俺不怕,就怕馋人来瞅候①。 ——螃蟹

织出线,线出溜,银毛蜘蛛桥上走,有人猜出这个谜,半截猪头四两酒。 ——蜘蛛网

从小长得大,长大了一线拉,开花打种不结叶。 ——蚕吐丝

弯弯弓,自带弦,会猜的猜三月,不会猜的猜三年。 ——虹

官家的园稀溜团,大皇姑甩黄鞭,黑流嘛咕柱着天②。

——天、雷、雨

---

① 瞅候:看的意思。
② 黑流嘛咕:绵延不绝貌。

一棵树,万丈高,有梢无根扎得牢,霜打千年不落叶,大风刮着枝不摇。　　　　　　　　　　　　　　——月亮

一对鸳鸯两分离,一只瘦,一只肥,一月来三次,一年来一回。
　　　　　　　　　　　　　　　　　　——八月十五

远看是座山,近看火闪闪,老婆压汉子,倒挣二百钱。
　　　　　　　　　　　　　　　　　　　　——轿子

四四方一座城,外面坐着八万兵,要打仗就打仗,一丝一毫也不让。　　　　　　　　　　　　　　　　——算盘

高楼大厦低头进;蜡烛点灯灯不明;用力打钟钟不响;溜平大路嫌不平。　　　　　　　——驼背、瞎子、聋子、跛子

V 歇后语类

一、借音的

大风刮蒺藜——连水带刺。
下雨站过道——轮(谐淋音)不上。
腊月的萝卜——动(谐冻音)了心。
猪八戒吃炒面——看俺(谐口音)的。
外甥打灯笼——照旧(谐舅音)。
嗑瓜子出来臭虫——什么人(谐仁音)都有。
戴着眼镜上桑树——找事(谐死音)。
姥娘哭儿——没救了。
韩湘子他哥——还(还音hán,同韩音)像什么。
灶王卷门神——话(谐画音)中有话。
半天空里刷浆子——胡(谐糊音)云。
九寸五——吃(吃谐尺)不上。
两口子盖棉被——今(谐捡音)辈不能。
武大郎拉碌碡——平常(谐平场音)。
弯着背上山——钱(谐前音)紧。

二、喻意的

猪八戒贩鼻涕——人熊货埋汰①。
猪八戒吃人参果——不知滋味。
驴屎蛋——外面光。
快刀切豆腐——两面光。
瞎汉点灯——白费蜡。
西瓜掉到油篓里——滑对了滑。
皮笊篱捞豆子——一点也不剩。
屎壳郎摔到鞭梢上——光知道腾云驾雾,不知道死在眼前。
介之推打滚——烧的。
大水冲了龙王庙——一家人不认一家人。
失了火挨小板子——双重倒霉。
黄鼠狼下乡——要了鸡命。
席上地下——差不了一秫秸篾子。
擀面轴子吹火——一窍不通。
屎壳郎戴眼镜——照路滚蛋。
屎壳郎打灯笼——照路滚蛋。
背着粪筐推磨——臭一圈。
猪八戒夹着半刀草纸——死充念大文章的。
老鸦飞到猪腚上——光看见人家黑,看不见自家黑。
光着腚坐板凳——有板有眼。
蛇虫子竖直立——腰里软②。
说了个媳妇死在轿里——权算没说。

---

① 熊:不好。埋汰:脏。
② 竖直立:手倒立。

路遥知马力——日久见人心。
属煎饼的——一面光。
光着腚走娘家——怎么来的。
秃头上的虱子——明摆着。
庄稼老不认幔帐——布墙。
两口子吃梢瓜——一掰两半。
两面胡子吃炒面——里插外搅。
屎壳郎捶窗户——认门。
马尾栓豆腐——提不得。
剃头挑子——一头热。
疥蛤蟆腚上插鸡毛——算什么嘎嘎鸟。
疥蛤蟆垫桌子腿——死撑。
戴着草帽亲嘴——差得远。
疤癞眼照镜子——自找难看。
纸糊的灯笼——心里明。
锥子剃头——一个师傅一个传授。
黄瓜打驴——去了半截。
挖了眼叫街——没法子。
鼻子里插大葱——出洋相。
黄鼠狼子降老鼠——一代不如一代①。
小葱拌豆腐——一清二白。
穿着草鞋过河——拖泥带水。
武大郎玩夜猫子——什么人玩什么鸟。
武大郎攀杠子——上下不够头。
黄鼠狼给鸡拜年——没安好心。
肉包子打狗——有去无回。

---

① 降：生养。

骑着驴放屁——打腰①。
狗咬耗子——多管闲事。
关门挤着鼻子——巧极了。
十五个罐子打水——七上八下。
张飞请客——大喊大叫。
杨二田看批语——够受的。
武东楼的膏药——贴也是二百五,不贴也是二百五。
司务长打他爹——公事公办。
扒灰头叫贼咬着——不认真人。
灶王爷上天——有一句说一句。
大姑娘坐轿——头一回。
倒了磨子砸了碾——实打实。
猪八戒照镜子——里外不是人。
鳞刀鱼披蓑衣——嘴尖毛长。
许士林上坟——祭塔②。
哑巴梦着娘——有话说不出。
哑巴吃黄连——有苦说不出。
抬头跟着月亮走——沾光。
南山顶抛石头——实打实。
马歇尔上延安——伪装进步。
特务分子看报纸——伪装积极。
一根筷子吃面条——单挑。

---

① 打腰:有势力的意思。
② 许士林:《白蛇传》中许仙白娘娘之子。

VI 故事类

孟姜女

从前在山东的一个小村子里,有个孟老太太,她家里长了一个绿葫芦,隔壁姜家也长了一棵葫芦,两棵葫芦慢慢地都爬过墙来结在一起结成了一个大葫芦。一天,忽然葫芦里有婴儿的哭声,破开葫芦一看,里面躺着一个白粉粉的女孩。孟老婆没有孩子,见这一个女孩,喜得了不得,便起了个名叫孟姜女。孟姜女一天天长大,长得非常漂亮。

十七岁她出嫁了,嫁给一个读书人,他俩生活得很好。可是,可怕的衙役来了;秦始皇为了防止匈奴的进犯,叫老百姓们都要去筑长城、做苦工。孟姜女的丈夫也被强迫地征去了,活生生的夫妻给拆散了。

筑长城、筑长城,冤枉了多少人!老老少少一齐做,日夜做个不停。秦始皇用钉太阳针钉住了太阳,使人整天地做工;他又有一头生铁牛,规定好了,牛不叫不许吃饭,可是天呀!铁牛怎么会叫呢?千万人民就这样饿死、累死地在长城之下,尸骨无数,孟姜女的丈夫也就死在那里了。

十月里天气冷,寒风阵阵起,孟姜女为丈夫送寒衣走到长城。到长城不见丈夫面,孟姜女恸肝肠心里悲伤,一哭哭得天昏黑,二哭哭得城断尸体出,孟姜女见尸体便大哭起来。哭声远近都听到,秦始皇也被这悲伤的声音震动了,走出来看看谁有那样的悲哀。

出外一看,原来是一个很美的女子在哭。她的美丽惊动了皇帝,秦始皇问她:"漂亮的姑娘,你为什么哭?你跟我到后宫作妃子去吧!"孟姜女闪了一下眼睛说:"你如答应我三件事,我就跟你去作贵妃,如不答应,杀死我也不能答应你的要求。"秦始皇一听,答应三件事,马上就乐滋滋的说:"好!好!我答应你,快说哪三件?"孟姜女说:"第一要等我丈夫埋葬了以后才能成亲;第二件,他要葬在大桥上;第三件,你要披麻戴孝地去送殡。"秦始皇听了,喜得喜不过来,哪有不答应的。

第二天,一清早皇帝穿着孝衣,百官也穿着孝衣,像孝子一样送柩上了大桥,拜送完了安葬下去。忽然一阵狂风,孟姜女一跃跳入小河中,大家都惊呆了。

秦始皇很生气,一定要打捞孟姜女的尸体,千刀万剐来解恨。可是,打捞不着,尸体顺顺利利地飘向碧蓝的大海中去了。

始皇发恨要填海,填出孟姜女的尸体,就拿着赶山鞭,把群山赶向大海,山上的石块纷纷落海。声响振动了龙王,龙王也跳晃起来。龙王正不知何故,蟹将前来报告:"大王不好了,秦始皇赶着大山过来了!"龙王无法可想,忙唤龙公主前来,说:"我儿,你快到岸上哄住皇帝,不然我们生命就都没有了!"龙女慌忙上岸,摇身一变,变成一个贫苦漂亮的姑娘,坐在路上啼哭。始皇赶着山来了,见这一位美丽姑娘,马上停了下来,问道:"姑娘,你为什么在哭呀?"龙女回答说:"我失落了亲人,又没有了家,所以哭。"皇帝说:"美姑娘,你跟我回宫去吧,我叫你作娘娘。"龙女说:"你现在到什么地方去呢?"他说:"我赶山填海。"龙女说:"你填海我怎样作娘娘哩!"始皇听了,忙放下鞭子,带着龙女回宫去了。龙女在皇宫里待了十个月,一天偷了出来在海滩上生了一子,再拾起赶山鞭回海而去。

这小孩在海边呱呱啼哭,正巧有一只母虎走来,就抓进洞里奶他。这孩子慢慢长大了,因为吃的老虎奶所以浑身都是力气,六岁时爬出虎洞,遇到一个打柴的老头,后来就寄在他家,他就是推翻秦始皇的楚霸王。

杨二郎担山赶太阳

太阳听到人们的谣传,说:"杨二郎有很大的本领,力大无穷,能呼风唤雨,能偷天换日。"它很生气,它自言自语地说:"这样杨二郎不是强过我吗?我的脸丢到哪里去了呢?这还行?人们敬佩他,就瞧不起我。"它决定非要跟杨二郎见个高低不可。

太阳带着满肚子的气,东闯西奔地,累得满头大汗,终于在一棵八百年的大树下找到了杨二郎。

杨二郎此时正躺在树下歇晌,太阳一来,气势汹汹地说:"杨二郎,你有什么本事,敢在我面前摆弄?"

杨二郎用手揉了揉眼睛,才说:"谁在这里大声嚷叫?"

太阳说:"我"。

杨二郎说:"太阳爷爷,有什么事啊?"

太阳生气道:"你还装聋卖哑,你爷爷的脸都在你面前丢尽了。"

杨二郎说:"有话好说,太阳爷爷"。

太阳这才原原本本地说出了来意。

杨二郎听后,不慌不忙地说:"可以,咱们可以见个高低。"

太阳说:"怎个法为凭呢?"

杨二郎说:"随你便。"

太阳说:"好吧,比赛一下谁跑得快。"

杨二郎说:"好吧!"

太阳说:"咱们都空着手走,不拿任何东西,从现在起,咱们就开步走,谁先到东面谁就胜。"

杨二郎说:"好呀!一言为定。"说完了,太阳就呼呼向着东面走去。杨二郎却倒下来呼呼地睡着了。

杨二郎睡了一觉,醒过来,睁开眼一看东方在发亮,太阳不是快到目的地了?猛一想:白天不是和太阳打赌吗?谁先到东面谁胜。他就翻起身,精神抖擞地担着两座山朝东面飞快地走去。

杨二郎担着山,飞快地走着,未过一会到了东面,可是太阳还没有出来,他又向前走。走到西面,他这才把两座大山搁下来了,他也坐下来休息。正在这时,太阳才从东面露出了脸。太阳非常高兴地说:"杨二朗真无用,到此时还没来!"直到它睁开眼一看,咦,怎么我对面跑出来两座山?为了探明究竟,它又继续向西走去。快到西面时,只见一个人睡在山下。太阳走到这个人面前时,才知道是杨二郎。

杨二郎伸了个懒腰,用手擦了擦眼睛,打着哈欠说:"谁又在打扰我呀?"

太阳说:"是我。"

杨二郎说:"太阳爷爷,早呀,你走得多快呀?"

太阳晓得走不过杨二郎,是输了,再加上又被杨二郎嘲笑,生气地红着脸向西溜走了。

沂水县黄山铺庄子的东面两座山,直到现在人们都说是杨二郎担来的。

十兄弟

从前有一对很好的夫妇,养了十个奇怪的孩子,每人都有一身奇怪的本事。

大哥叫大刮风,二哥叫二壮士,三哥叫三铁颈子,四哥叫四铁背,五哥叫五长腿,六哥叫六长臂,七哥叫七大头,八哥叫八大嘴,九哥叫九翘嘴,十哥叫十补天。他们住在蔚蓝色的海边,和父母们一起依靠劳动过着快乐的生活。

一天,大刮风不小心一刮刮倒了皇帝的金銮宝殿,压坏了文武大臣。皇帝一怒就要杀人,大刮风一飞就无影无踪了。他们抓来了二壮士,壮士力大无穷,捆挷不住。他们抓来了三铁颈子,皇帝下令杀头,可是铁颈子再也杀不死。他们又抓来了四铁背,皇帝非常生气,又下令说重重地打死他,皮鞭一根一根地断了,铁背还笑嘻嘻地躺在刑凳子上。七长臂非常看不下去,这样折磨我们兄弟到什么时候呢?我去救俺哥去。他一伸手,四铁背就已经在他的怀抱中了。长腿说皇帝再来抓人怎样办呢?我们过海去吧!于是长腿就跨入海中,一次一次地把全家人运到对岸。五长腿很高兴,大海之中捉鱼吃,一条一条又一条,放在大头的帽子中,一装装了半帽子,再到岸上煮熟了。大嘴说:"我尝尝好不好?"一吃二吃吃光了,剔着牙说:"我还吃不出是什么味儿呢!"九翘嘴很生气,一翘嘴,闯破了天,十弟弟一见着了慌,急急忙忙来补天,天补好了,太阳出来了,这场祸事才算平静了。

十兄弟在海的那边仍然是愉快的和老年的父母过着幸福的生活。

喜鹊和兔子

在一座山里,兔子和喜鹊拜了弟兄,兔子对喜鹊说:"你站在树上看得远,所以你得帮我忙。如果打围的来了,那你就叫,我就跑。"兔子刚没说多久,喜鹊就叫起来了。好,这一下可把兔子吓坏了,跑呀,跑呀,跑了半天,跑了数不清的路,结果打围的人还没来。从此兔子就认为喜鹊不可信,而不听它的话了。

事没隔多久,喜鹊又大叫起来了,这一下兔子以它的老经验认为这次又是骗人,所以有点不慌不忙。好,就在这时打围的人出现在它面前,一枪把兔子打伤了。

鲤鱼换兔子

从前山村上住着一个打兔子的人。有一天,他把包着兔子的网放在山坡上,就到山坡下去找兔子。他走后有一个打鲤鱼的人经过网旁,就把自己打来的鲤鱼换去网包里的兔子。

打兔子的人回来后,看见自己的网内有一个活鲤鱼,就以为是神鱼,他想:"不是神鱼在旱地怎么会活着呢?"他就将鲤鱼很恭敬地拿起来,并且在这块地方为鲤鱼建了一座庙,将鲤鱼放到里面供养着,一天多次地来叩头。

不久,打鲤鱼的人经过了这座庙,看见是供养着他的鲤鱼,就在门前写了一副对子:"敬神如神在,不敬是泥块。鲤鱼换兔子,都是人作怪。"

兄弟俩捉狼

过去有一家人很穷,两个小儿子整天被差去拾柴火。

有一天，兄弟俩来到一个小山上，走累了正要坐下来休息，二份忽然发现了旁边有一个洞，二人商量着说："这是什么洞，我们爬进去看看好吗？"想了一下，两人都同意了，兄弟俩立即争着下。大份说："不要争了，咱俩一起下吧！"于是两人就一齐往下爬。进了洞，点上了火照，只见洞中有两个小狼，刚生下不久。于是两人就抢着急急地出了洞，一人抢着一只小狼上了树，把小狼捆在树上。一个手中握着棍，一个手中拿着镰。

等了不多久，老狼叼衔着食回来了。进了洞一见两个儿子不见了，就急得连蹦带跳地跑出来，抬头看见把两只小狼绑在两棵大树上，老狼气得怒气冲天，紧咬着牙，抖擞着身上的毛就要往上扑。兄弟俩见了这个样子心中暗暗地高兴。大份就对着绑在他树上的小狼打了一棍，老狼见了就往他的西边树上扑；二份看见了这个情况，就狠狠地给了绑在他那棵树上的狼一镰刀，老狼见了就马上朝往东边的那株树上扑。就这样两人你一棍，我一镰，不断地轮流着打，那老狼也就东一扑，西一扑地跳纵着，怒吼着。最后两只小狼被打死了，那只老狼也急死了。

兄弟两人高高兴兴地下了树，就将死了的小狼和老狼放在一起用绳捆起抬着回家，到家后扒了狼皮，第二天到市上将肉和皮都卖了，换来了很多粮食，喜得父母和亲友都称赞他俩是聪明和机智的孩子！

蝉的故事

"没影麻"和"都了"，过去是夫妻。有一天丈夫到集上去买麻，回来后妻子问他："买麻了没有。"丈夫回答说："没有，没有。

妻子就问:"赌了,赌了。"丈夫就说:"没影,没影。"因此就叫蝉为"没影麻和都了。"

"地主与长工"的故事

有这样一户地主,家里种着二、三百亩地,自己不干活,专门找佃户和长工给他干活,长工在他家干活的时候活有干的,饭可吃不饱,因此有很多长工年年都是中途不干了。

有一年,这个地主又找给他做活的长工,谁也不敢给他干。这时邻村有家佃户兄弟俩,大的叫王大,小的叫王二。王大听说地主要找长工,明知道自己干不下来,可是为了生活还有什么办法呢?于是就答应了给这家地主干活,每年身价是三百吊钱。一天王大上工了,地主把他叫到跟前说:"王大,你给我干活三百吊钱不算少,可是一件,我家可有个规矩,那就是我叫你干什么你就干什么,不准你抬杠(即对与不对不准长工反驳),如果和我抬一次杠就要扣你身价一百吊,王大你想想干了啦吧!"王大这时心想:"明知自己是干不下来,可是这正是三月天气青黄不接,不干蹲在家里吃西北风呀!"左思右想别的没有办法,只得答应了。

有一天,地主把王大叫到跟前说:"西屋顶上长了一些草,你拿着犁牵着牛,到西屋顶上把那些草耕耕它。"王大听了摇摇头说:"别处好耕,屋上还能耕吗?"地主听了奸笑道:"不是和你说过嘛,别抬杠,这不是得退去身价一百吊钱吗?"

王大听了十分难过。

又有一次,王大正忙着挑水,地主又叫过来王大说:"挑水隔井这么远你拿着绳子咱俩把它抬家来吧！"王大听了很生气地说："井还能抬吗？"地主听了又哈哈地笑道："不叫你抬杠你偏要抬杠，这不是又得扣去一百吊？"

王大听了扳着指头算了算，三百吊钱去了二百吊，还有一百。

有一次，王大不小心又和地主抬起来啦，就这样王大给地主干了一年活，什么也没挣着回家了。

哥哥回家了，王二满心欢喜，心想："哥哥这回挣着钱啦，可吃顿饱饭吧。"晚上哥哥把一年给地主家干的事，从头说了，弟兄两个就这样哭了一夜。

第二年春天，这户地主又开始雇长工了，王二向着哥哥说："今年我去给他干活，包管把你那份钱也弄回来。"

王二上工的那天，地主同样把不准长工抬杠的规矩说了一遍，王二都答应了，王二最后说："我也有个毛病，我所做的事也不准别人抬杠，你要和我抬一会也得增一百吊钱。"地主也答应了。

王二上工后心想："打仗不如早下手。"有一天王二扶着梯子拿着犁牵着牛，到屋顶上去耕地。王二竖上梯子扛着犁爬到屋上后喊道："掌柜的，给我把牛牵上来耕耕西屋顶上的草。"地主听了笑道："别处能耕，屋上还好耕吗？"王二说："不是我说话不叫你抬杠吗？"地主听了无话可答。

过了几天，王二又拿着绳到井边把绳子拴到井边上，王二大喊："掌柜的，来和我帮帮忙把井抬到家里吃水便当！"地主听了大怒道："别的好抬，这个还好抬吗？"王二笑嘻嘻说："我上工那天不是讲就的吗？"地主听了无话可答。

就这样两三回，王二工钱不但不减少，而且一天天地增加了。

王二下工后回到家里，哥哥问他道怎么样，王二笑嘻嘻地取开包袱拿出了一吊吊的黄金似的铜钱说："这是七百吊，把他收起来留着明春度荒年。"王大听了对弟弟的聪明机智十分称赞。

推 磨

某庄有个经营大地主,他拥有庄东庄西一大片土地。有一天,他去庄西看庄稼。见地里有一个很漂亮的妇女在那里劳动,他就起坏心,去找那个妇女的小孩叫他转告他母亲说:"我想她,不知她想我没有?"那个妇女听到了这侮辱的话后,就有意的要叫这个地主吃一点苦头,就同男人如此这般地商议了一番,说我很想他,叫他趁明天丈夫赶集时来我家一会。

有话即长,无话即短,明天已到了。那个漂亮的妇女为这位肥胖的地主准备下最丰盛的酒席,那地主准时赴约了,他为这丰盛的筵席表示高兴。刚坐下来准备喝酒吃菜的时候,说上镇上去赶集的男人又忽然回来了,他那粗大的声音,从很远就传入了屋内。这时可把地主急坏了,她家既无后门可走,又不能从前门出去,正在这左右为难的时候,那漂亮的妇女给那肥胖的地主献上一计,说去那屋里推磨,在这无计可施的情况下只好将计就计地去堂屋推磨了。

说也奇怪,那男人回来并不拿什么东西,坐下来便和老婆喝起酒来了。

一边是喝酒,一边是推磨,一边是兴高采烈地喝酒,一边是唉声叹气地推磨。

他们喝喝就开了腔,男的说:"磨坊在推磨吗?"女的说:"是啊!准备明天做一点饺子吃,所以今天套上了驴推了一斗麦。"说着说着那磨坊听不到推磨声了,说实在的那地主也推不动了,所以坐着在那直喘气。就在这时男的叫起来了要看去,这把地主给急坏了,赶紧又套着推。就这样,推了又推,把套的一斗麦子推了好几遍。外边酒也吃完了,那男人才走,这才使地主有机会脱逃。

过了明天他又来庄西见到那小孩,小孩说:"我妈想你。"

地主气呼呼地说:"大概面麦又吃完了吧?"

穷八辈盗宝

　　穷八辈是一个种田的农民,有一天他正在耕地,忽然从那边急急地跑来一只兔子,向他说:"救救我吧,大叔!后面有打猎的追我哩!"穷八辈说:"我怎么救你呢?"兔子说:"让我爬到上沟里,你用土将我埋起来,只露出鼻子喘气就行。"

　　说完以后,穷八辈就很快地照着兔子的话把它藏起来了。刚藏好,打猎的就来了。他们问穷八辈看见兔子跑过来没有,穷八辈说:"没看见"。猎人看看没有,也就走了。

　　猎人走远后,穷八辈就把兔子扒出来了。兔子十分感激地说:"你救了我的命,我和你拜干兄弟吧!"穷八辈说:"你是兔子,我们怎么能拜干兄弟呢?"他不肯拜。这时正好他的妻子来了,向他问了下情况,说:"拜就拜吧,不要紧。"结果两个就结拜为干兄弟了。临分别时,兔子说:"我就住在西边大山上,什么时候你想我时就来找我。"

　　后来穷八辈越过越穷。有一天他突然想起了那干兄弟,就准备了吃食,捎着包裹去找兔子。走了一天,又走了一天,见到了那座高山,上面有一座光崖,他爬到山顶,看见了一个石门,他敲了敲就坐下来休息。

　　小兔子听见有人敲门,把门开了,一看是自己的干哥,就将他领进屋去,立即见了他的爹爹老兔子,大家都很亲热。

　　穷八辈在里面住了很多日子。这一天他要走了,小兔偷偷地对他说:"你走时别的什么再好都不要拿,只要戴着我爹的破帽走就行了。"穷八辈心中牢牢地记着这句话。在向老兔子告别时,老兔子说:"我送你一些金子,你带回去过活吧!"穷八辈接着说:"我不要金子,你把那顶毡帽送给我吧!"老兔子听了这话,犹豫不决了,说:"这是我几千年的传家宝贝,我怎么能给你呢?"这时小兔子跑过来和老兔子说:"爹,他要就给他吧,他是我的救命恩人,没有他,我也活不到现在呀!"老兔子听了点了点头,就也答应了。

穷八辈就把那顶破毡帽带回家以后,他也经常戴着那顶破毡帽出去偷有钱人家的东西,别人都看不见他。有一次,他跑到皇宫里偷了皇帝的三件宝贝,拿回家里摆着。第二天皇帝发现三宝贝不见了,就发下圣旨调查。结果因为坏蛋的报告,查出三宝落在穷八辈家里。皇帝听了大怒,就差人去捉拿穷八辈。

穷八辈被看差捉住后,绑着解往京城里。路上,他渴了要喝水,看差不给他喝。他急了,跑到河边,看见一个小姑娘正在提水,他捧起罐子就喝,喝完后偷偷地戴上了破毡帽。两个看差看着看着突然不见了穷八辈,他们慌了,四处找不着就吆呼起来。穷八辈躲在旁边笑着说:"藏在罐里呢!"两个看差听了就要抬着罐子走,那小姑娘哭着不肯,说:"别抬,你们抬去,回家娘要打我!"看差也不管,抬着罐子就走了。

两人抬着一个罐子,一边走一边吆呼:"差啦?"穷八辈跟在后面答着说:"在罐里!"就这样两个看差问一声,穷八辈在后面就答一声,路上不断地问答着。

到了京城,当日皇帝就亲自提审,两个看差仍旧抬着那只罐子上殿。皇帝当时很奇怪,就问:"差啦?"穷八辈躲在一旁接着应:"在罐里!"皇帝听了大怒,马上命令当面将罐打破,看差立即砸破了罐。皇帝又问:"差啦?"穷八辈说:"在渣里。"皇帝又嘱咐他们将渣子拿到碾子上去碾,碾细后又放在箩里箩,箩好以后,又问:"差啦?"答说:"在生(比面较粗的粉)里!"皇帝又叫人将生再碾,碾了又箩。以后又问:"差啦?"说:"水里。"接着又继续地问了几声,搞得穷八辈不耐烦了,他偷偷地拿了三件宝贝又一直溜到家里去了。

割　草

从前,在一个庄子里,住着一家人家,家里面一共只有两个人——母亲和她一个疼爱的儿子。儿子的父亲,早在儿子出世不久就去世了。母子两个人过着勤俭的生活,每天从早晨忙到晚上,可是由于地主的剥削,总还是吃不饱,穿不暖,常常为缺粮而发愁。

有一年夏季,天总是不下雨,炎热的太阳晒得庄稼都枯黄了,农民们的心里都很急,每天总是天不亮就起来看天气,可是,每天带给他们的都只是失望,天仍然是好端端的,没有一块乌云。这样一天天的下去,使得农民们呀,真是坐立不安。然而,就在这个时候,住在好屋里的地主,却反而比平常更快乐,因为他可以趁这荒年放一年高利贷和买进一票好田。

秋天来到了,庄稼开始进行收割,可是打下来的东西是那么得少,有的连缴地主的地租还不够哩。

当然,母子两个人也不例外,他们由于缴不出地主的地租,儿子被地主强迫到他们家里去打零工了,而母亲却在家里过着有了上餐没下餐的半饥饿的生活,地主自己吃的是鸡、鸭、鱼、肉,穿的是绸。他们把最坏的东西给雇工们吃,叫他们住在猪栏的旁边,一不高兴还要骂和打,这种生活真是痛苦不堪。

一天,她的儿子正在割野草,忽然,一只野兔走过了他的身旁,他就放下镰刀去追野兔。走了好几百步,兔子突然不见了,在兔子不见的地方,出现了一个很大很好看的红珠子。儿子拾起珠子,坐

在地上叹气说:

"唉!我想抓只野兔给我母亲吃,可是它又不见了,要这珠子有什么用呢!"

说完,他就把珠子拿出来看了看,说也奇怪,在他另一只手上却出现了一碗又香又甜的野兔肉,他惊喜地尝了尝味道,就赶紧送回家去给他母亲吃。

母亲吃完了野兔肉后也叹息说:

"这样好吃的东西,可惜只有一碗,再有一碗给我儿子吃就好了。"

忽然,珠子从儿子的口袋里跳了出来,到儿子的右手上,在儿子的左手上又出现了一碗兔子肉。

以后,他们凡是要什么,珠子就为他们变什么。儿子也和地主算了账了,回到自己的家中,生活得很愉快。可是,好事不常,凶狠的地主起了鸟心,一天晚上,他悄悄地派了许多人把母子俩包围起来,要想抢他的宝珠。在万分危急的时候,儿子把宝珠吞进了肚子里去,马上,他就变成了一条很大的龙,尾巴一摆,把那些地主和狗腿子都打死了。

抹了一身的泥

有一家地主,长工在他家干活总是吃不饱的,整个累得要命还吃不饱,那怎么成呢?

附近有一个土地庙,土地庙里当然装着个土地神。就在这个地主家干活的那个长工,整天累得没办法,在这无法之中,就每天到土地庙来叩头,说:"土地爷大人急点兵,别叫我送了命。"

意思想得到一点精神上的安慰，休息休息，所以每天结束田里活后，都要来叩上几回头，说上几句。结果，这件事被地主知道了，那个刻薄的地主一想，"您坏了我的名气，好，我非要给你点苦头吃"！

有一天，他就先钻进了土地庙的那个神柜里去。果然，那位长工又来了，照样念了遍，叩了几下头。好家伙，哪晓得神柜里发出了一声吼叫："死你的婊子儿的。"

长工被这突如其来的声音，大吃一惊，就跌跌撞撞地往外跑，跑了半里地，人的神志慢慢地清醒过来了。他一回味，这好像是掌柜的声音，隔不远一看，固执的掌柜从土地庙里出来了。

好家伙，我得想一个办法，好好地整整他。有天刚干完了活往家走，遇上了一大汪（大塘），好，就干他一下吧！回家担了筐子，挖了一筐子臭泥，又上了土地庙那里去了，他照样叩了头，说了话，地主想：他怎么敢来，这次非得吆喝的声音更大一些，就说："死你个婊子儿的！"

"好，你又来了"嘴里不说，可心里这样想。说着，就把一筐泥往柜扔，把柜口糊住，装作不知道就走了。

兴隆寺

传说在乾隆皇帝的时候，沂水边的二龙山的兴隆寺里发生了一件奇怪的事情。兴隆寺的住持，是一个有怪术的老道，他却是乾隆的弟弟。

兴隆寺建立不久，附近四周的庄子里很多的漂亮的姑娘们不见了，谁也不知她们跑到什么地方去了，失落孩子的人家终日哭哭啼啼。

一天，有一个非常美丽的女孩子，提着筐子拾柴经过了庙门口，住持正在殿上进香，回头时只见眼前一亮，噢，美丽的姑娘！于是，两眼盯住了这个乡下姑娘下山的影子。

这是谁家的姑娘呢？住持心里猜测着，踱出了庙门。只见一个放牛的孩子，在牛背上坐着，吹着笛子，住持上前问他："孩子！你可知道刚才过去的那个下山的人是谁家的姑娘吗？"

"那是孙大叔家的。"孩子回答道。"你认识她吗？""认识。"

老和尚贼眼一转，道："孩子，你能扯她一根头发给我吗？我一定重重地谢你一下。"孩子答应着，走了。

放牛的孩子心里想："老和尚真怪，他要女孩子的一根发头做什么？这老和尚一定不是个好东西。不，我不去扯头发给他！"于是，孩子顽皮地扯了一根驴尾巴毛，第二天送给了老和尚。

当天半夜里，那驴忽然乱蹦乱跳地挣扎着缰绳要走，可是脱不了绳子，全村人都非常奇怪。放牛小孩知道了，一想，讲了出来，这时人们才恍然大悟："怪不得最近姑娘们都不见了，原来是那鬼和尚作的怪！"许多丢了姑娘的人家更是惶惶不安，大家都说："走，咱们都到庙里去……庙在哪儿呢？"大家又想了一个办法：放了驴，看驴走到什么地方，人们就跟到什么地方。驴咆哮着，见一解开绳子，就飞快地奔向兴隆寺的后院里去。驴进了暗房，老和尚正拿那驴毛做法呢。周围围着些姑娘。驴冲了进来，大家都大吃一惊，吱吱哇哇地乱叫起来了。大家也乘着驴势，挤了进去。一看时，张家的闺女、李家的媳妇，都在这呀！他们都是那样憔悴，一见到亲人，一起大哭起来，哭述自己的苦处。

老乡们都很气愤，都说要把老和尚活埋了。大家七手八脚地把他捆起来，埋在土里，光露着头，用耙子耙死，然后又把尸体放在面笼里，上面盖上面头帽子，叫他永远也不能翻身。

三女婿

王大人有三个女儿和一个儿子。大闺女嫁给一个有钱的秀才,二闺女嫁给一个财主,三女婿则是一个庄稼汉,小儿子在家念书。

一天,正是王大人六十寿庆,有钱人家做寿自然与众不同,免不了大摆酒宴。诸亲好友,欢聚一堂,王大人自然高兴。为了显显儿子的才气,夸耀夸耀两个女婿的才气,于是喝了口酒,站起来道:"贤婿,你们有什么好听的故事说给岳父听听。"说话时有意不看三女婿,王大人一向就讨厌穷庄稼汉的三女婿。

大家一听主人这么一说,自然是奉承赞同,并邀请大女婿先说。大女婿本来就想找个机会显显自己的才分,巴结巴结丈人,故早有准备,于是站起来便说:

　　天上飞的是凤凰,
　　地上走的是绵羊,
　　天上飞的是斑鸠,
　　地上走的是牤牛。

说罢,带着了不起的精神,用了了不起的眼光瞅了三女婿一眼,然后坐下。大家自然叫好,王大人也当然高兴。接着小儿子站起来说道:

　　儿子生来本姓王,
　　提起笔来作文章,
　　作篇文章上春秋,
　　四海九州把名扬。

大家自然赞许,说王公子有才气,有出息,前途不可限量,应当敬酒一杯。王大人喜得忘掉了自己的姓氏。

二女婿一看这个情景,连忙站起来,带着夸耀的神情说道:

高楼上走的是梅香,
正房里住的是丫头,
厅堂老爷酒聚欢宴,
忙得奴仆似梭穿。

大家听了,又是连叫好,敬酒碰杯,猜拳行令,好不热闹。只有三女婿在一旁冷清清的,这时大女婿和二女婿有意叫三女婿出洋相,于是一个说道:"请三女婿来一个好不好?"大家自然知道他的意思,可是不想得罪这般财主,另外也要看看三女婿到底说些什么,于是也一声叫好。王大人本看不起三女婿,一看大家这个神情,也就不得不叫三女婿说一个。三女婿也就不客气地说道:

肩上背的是猎枪,
打下那斑鸠和凤凰。
桌上放的是洋火,
烧他那春秋文章。
厨房里住下放牛娃,
要他那丫头和梅香。

王大人和他的大女婿、二女婿,还有他的小儿子听了哑口无音。

三女婿拜寿①

一个财主,有三个闺女,大女婿是个状元,二女婿是个秀才,三闺女婿是个满身土拉的庄户人。这天,老财主寿诞三日,大闺女婿

---

① 民间故事。

抬着彩盒彩礼,坐着乌纱亮轿,前来拜寿;二闺女婿也是抬着彩盒彩礼,坐着白龙大马前来拜寿;只有三闺女婿空手步行而来。大闺女婿蟒袍玉带,二闺女婿靴帽蓝衫,只有三闺女婿粗布老衣。

老财主生就的"势利眼",见了大闺女婿眉笑眼开,迎至客厅,上首里坐定,宾客相待;见了二闺女婿也是彬彬有礼,只有见了三闺女婿,半答不理,冷眼相待,总因为是自己的女婿吧,所以也只得在客厅偏旁单设一桌。

晌午吃饭,老财主心里烦三女婿,想在三闺女婿面前露露自己的脸面,露露大闺女婿、二闺女婿的才能,狠狠地"霉"三女婿一顿。于是,老财主有了"点子"①。酒过三巡,在筵席旁站了起来,陪笑说道:"大门婿,二门婿,三门婿,我们闷着吃酒无趣,不如作诗打对,好来斗酒。"大闺女婿、二闺女婿挺力站起,抱拳当胸,说道:"岳父说好便好,但不知以何为题?"三女婿听到作诗打对,心里非常害怕,只得闷坐一旁,也不出声。老财主洋洋得意地说:"我来规定范围,出了便莫跑题,要独立独站的,要好吃好看的,每一首要冲散冲散,还要有二乎二乎的。"②

大闺女婿向客厅外一看,一棵石榴树青枝绿叶,于是诗兴大发,诗曰:"门外石榴独立站,结的石榴好吃好看,引得麻雀来往不断,来了黄莺冲散冲散。人家说蛣了蝈是粪壳郎变的③,光有人说,没人见,也二乎二乎的。"

二闺女婿向屋内南间一瞧,看见一个麦囤,又粗又高,非常丰满,于是诗兴大发,诗曰:"屋内麦囤独立独站,装的麦子好吃好看,引得老鼠来往不断,来了狸猫冲散冲散。人家说老鼠吃盐变夜蝙

---

① 点子:土语,办法。
② 二乎二乎:介乎是与非之间意,土语。
③ 蛣了蝈:动物名,树上的鸣蝉的幼虫,可食;粪壳郎:动物名,即推粪牛。

蝠,光有人说,没人见,这事也二乎二乎的。"

老财主喜得眉开眼笑,向着三围女婿说:"该你的啦,他们说得不错。"

三女婿正在愁得出神,也看不见作诗的东西,不知如何开头才好,正在为难的时候,岳母偏偏从客厅旁边走过,穿得干干净净,被三围女婿一眼看见,于是诗兴大发,诗曰:"面前岳母独立独站,两个'妈妈'好吃好看①,引得和尚往来不断,见了丈人冲散冲散。人家说我老婆不是丈人的,光有人说,没有人见,这事也二乎二乎的。"

三女婿拜寿

从前有一个地主,生了三个女儿。他眼看着女儿一天一天地长大,心里想:"我本事有了不少,就是没有学问,没有人做官为宦,没有势力,这次找女婿可一定要找做官的、识字儿的。"

大女婿找了一位秀才,二女婿找了位状元,三女婿可找来找去也找不着了,乡下读书人稀少,所以地主没有办法可想,就找了个庄稼汉。

有一天,正是地主六十岁的寿辰,三个女婿便一起给老丈人拜寿来了。

大女婿坐着轿,抬着食盒,威威咧咧地来了。

二女婿骑着马,捧着食盒,走来了。

三女婿牵着妻子坐的毛驴,背着粪筐走来了。在路上,他的妻

---

① 妈妈:土语,音妈,去声,即妇人乳房。

子一路嘱咐：你的两个连襟与夫人，喝过墨汁，能说会道，我爸爸讲究这些，你到那里，要说话当心一点。一路上嘱咐再三，并且教他怎么样说话，若见到爸爸时，就说："丈人壮寿。"他点点头，答应了。

不一会来到丈人家大门口，大女婿、二女婿都是排场地向丈人问了好，说"丈人壮寿"走过去了。而三女婿呢，见了丈人则说："丈人你好，还没有死吧？"这一下，把丈人气得半死，不理他，独自进去了。

不一会，大家吃酒，老丈人马上刁难三女婿，想威风自己一下，就提议作诗。大女婿、二女婿都说很好，三女婿只得愿意。

大女婿就说了："岳父门口一个藕，一只螳螂往上走，往上走，往上走，再敬丈人一杯酒。"

二女婿也说了："岳父门口一棵麻，一只螳螂往上爬，往上爬，往上爬，再敬丈人一杯茶。"

下面就该三女婿的了，他不会说，怕的躲到门口去了，一下被妻子看见了，就问他："你不吃酒，在这里干什么？"他便说："我不会作诗。"他妻子说："别怕，你不会作，我替你作。"同时给他一根擀面杖。

他妻子说："岳父门前一棵蒜，一只螳螂往上钻，往上钻，往上钻，不会作诗我就打你这群王八蛋。"

三女婿对诗

从前有一个人，生了三个女儿。大女儿嫁给了秀才，二女儿嫁给了举人，三女儿嫁了个财主。一天，正好是丈人五十大寿的时候,三个女婿都来了,一齐给岳父做寿,老丈人非常欢喜。可是就对三女婿不满意,想在吃酒的时间故意刁难他一下。一会儿,酒席摆好,老丈人就说了:"现在大家先各作一首诗,作得出的,吃酒吃菜,作不出的端酒端菜。"大女婿、二女婿都说好好好。三女婿却说:"吃酒吃菜,干什么要作诗呢?"但是大家赞成,他没有什么法子。丈人就说了:"我也不会作诗,所以大家说作诗要先找题目,今天我们这样来说,如果讲得对,就是好诗,如不符合就罚。"老丈人说了:"什么东西独立独站,什么东西实在好看,什么东西成群,什么东西一到就散。"

大女婿看了一下院子晒的豆子说:"丈人家院子中的金凳独立独站,框子中金溜溜的黄豆实在好看,四周老鼠成群,狸猫一到就散。"

丈人说:"做得好,做得好,应该二女婿了。"

二女婿看了看院中火红的石榴树说:"丈人家院子中的石榴独立独站,满满的红花实在好看,四周家雀成群,老鹰一到就散。"

现在轮到三女婿了,他抓头搔身地想不出。正巧一下看见丈人的姨太太在门口东张西望地偷看,他一急,就说了:"岳母大人在院中独立独站,搽胭脂抹粉实在好看,四周野汉子成群,老丈人一到就散。"

老丈人一听脸都气白了,也呆了,呆呆地瞪着眼说不出一句话。

兄弟四个对诗

大份儿(大儿子)说:"天井里一个躬躬佬。"
二份儿说:"拿起扫子就要扫。"

三份儿说:"扫扫没来干净,"
四份儿说:"不干净他就去扫。"
父亲以为儿子们骂自己,去找官家来评理,官家叫兄弟四人对诗。
大份儿说:"大老爷门前一棵杏,"
二份儿说:"青枝绿叶长得盛,"
三份儿说:"黄的正好吃,"
四份儿说:"青的咬不动。"
官人说:"兄弟四人都说得对,打他们父亲四十下。"
父亲在前骂。
大份儿说:"头里一个老汉在那里骂,"
二份儿说:"劈腚打了四十下。"
三份儿说:"没打疼来,"
四份儿说:"不疼他不骂。"

呆　子

从前有一个地主的儿子在私塾里念书,长得肥头大耳、傻里傻气的样子,头脑也非常笨。先生讲书他睡觉;先生叫他背书,他就哭,功课学得乱七八糟,什么都不行。不过,有一件事,他学得非常像,那就是念书时拿出的那个腔调,摇头摆尾地哼哼,有什么事情讲不上三句话,就哼起来。他的父母提起这事就很伤心,起初以为他年纪小,再大一点就好了,可是一直等他娶了媳妇以后还是这样。他媳妇和他说话,他就哼哼,骂他他就哭,真是一点办法也没有。

后来,岳父死了,他和媳妇一起吊孝去。临走时,媳妇一再嘱咐他,到那里人多,要少说话,说话千万别哼哼。他都答应了。到那里,刚一进门他媳妇就大哭起来。他没有哭,依照媳妇在家时的嘱咐,到灵前叩个头,作个揖,完了就在旁边一站。这时大家哭的哭,解劝的解劝,都有事干,只有他一个人呆在那里,于是老病又犯了,脑袋摇得像喝醉了酒似的,哼哼着道:

　　一片哭声好凄伤,
　　只为泰山去望乡,
　　小婿不才有此□,
　　家主无人我来当。

兄弟俩教学①

　　从前,一个村庄上有户人家,兄弟俩。长兄自幼攻读诗书,苦守寒窗十年,得中了黉门秀才;弟弟勤俭劳动,以农为业,所以全家的生活虽然不是多么宽裕,但却能顾得上口。
　　一天,哥哥对弟弟说:"二弟,全家多亏你出力做活,我在家闲着,出力又不中,不如到外边寻个馆看管两个学生,也能得几文书金补贴补贴家庭。"
　　于是,老大带了笔墨砚池,背上行李,到外边去觅馆。从东庄跑到西庄,从天明跑到天黑,越过了多少村庄,问遍了多少人家,却都没有请先生教学的。直到这天下午,太阳快落山的时候,碰到一个老头从大门里出来,手里拿着一只系红缨的长杆子烟袋。这房落,正房是一座三间的空□楼,两厢边是一片青的瓦房,一看便是

---

① 山东沂水县民间故事。

有钱的人家。老大向前躬身施礼,满脸陪笑,说道:"老员外,您处可请先生教馆的?"老头笑道:"我有小孙孙两个,正要请先生教养。"过了一会,老头又说:"不过是要这样的先生,我们这里的规矩是,请过来的先生必须经东家考一考才行,考上了,才能教书。"老大说:"可以。"两人进了上房,恰巧上房门后有一堆棉花,老头指着问:"先生,你看这是什么?"老大说:"这是棉花。"老头说:"不对,明明是娘花,你偏说是棉花,这怎么能当先生呢?"老大干生气,说不出什么,最后只得问:"这明明是棉花,怎么又叫他娘花呢?"老头说:"娘们拾①,娘们压,娘们纺,娘们织,娘们做衣裳,当然是娘花。教学的先生连这点常识也不懂,你回去吧,俺不请你啦!"

老大一路上垂头丧气,心里有说不来的苦,来到家中,也不见人,也不吃饭,光是蒙着头地穷睡觉。老二再三追究,他才把出外寻馆的前因后果叙说了一遍,老二说:"哥哥,你教不上我去!"老大说:"你目不丁,斗大的字认不了一麻袋,哪能寻馆教学呢?"

老二说:"试试看。"

老二不听老大的千解万劝,和老大一样,也是带了文房中的四宝,来找请先生的老头。刚走到门前,恰巧老头又拿了长杆子烟袋,从院子中出来,老二向前躬身施礼,满脸赔笑,说道:"老员外,你可有请先生教书吗?"老头又是以那一套说法,把老二领到上房,指着门后的一堆棉花问道:"先生,你看这是什么?"老二根本用不着思索,笑笑嘻嘻地说道:"此乃娘们拾、娘们压、娘们纺、娘们织、娘们做衣裳的娘花!"老头一听,哈哈大笑:"还是先生知多见广,学识渊博,我对书金不计,后天吉日正式开馆。"

这天,正式开馆,两个学生来到学校,首先请先生起个学名。老二半个字不识,从包袱里取出笔墨砚池,拿出一本过了时多年的"皇历",一面假意翻看"皇历",一面向大学生说:"你姓啥?"学生

---

① 娘们:该地老百姓对已婚的妇女们的通称。

说:"我姓王。"老二在家就记得和别人玩笑时,常在背上画个大乌龟,龟壳上写个大"王",他随机应变地说:"你就叫王王吧!"二学生说:"先生,我叫啥?"老二拿着支笔,在一块白纸上乱画,以前没拿笔,拿起来手里当不了家,"合合撒撒"地光在纸上点点子①,于是他又随机应变地说:"你就叫王麻子吧!"

起过了名字,就该教学生念书了。老二心里有点为难,可一想到自己听到哥哥在家经常念的"学而时习之,不亦悦乎"的声音时,马上计上心来,教学生说:"学着吃柿子,不易吐出核!"②这样,一天的功课算混过去了。

恰巧,第二天东家和邻居打官司,东家要先生代写个状子,这下子先生着了忙,仔细一想,没有办法中也想出来个办法:从破皇历本上撕下一张纸说:"这张就行。"东家慌张地跑到城里,正好县长出外察巡,不在衙中,只有一个看门的把"状子"收了。看门的也不知是什么事情,立即又在那一块纸上撕下"诸事不宜"四个字的一小块,当作县长的火标③,捉拿当事人。火标来到村庄,庄上人又找先生去看。老二一看,大叫一声:"哎哟,不好了,捉拿四邻。"说着自己背起包袱逃跑了。

读别字老先生

有一个秀才,进京赶考,没考上,回家就务了农,八年把字都忘

---

① 合合撒撒:土语,意思是打颤或发抖。
② 核:方言,音 hú。
③ 火标:县长捉拿犯人的牌令,相当于今天的"逮捕证"。

了不少。有一年,他进城纳粮,路过文庙对面,把头一抬,说:"噢!又来到了'文庙'"。刚好,这时有一个人在庙旁休息,对他说:"你把字念错了,这不是'文庙',是'文朝'"。他俩"文庙""文朝"地争论不休。正在这时,从里面走出来一个和尚,两人就拉着他不让他走,说:"老师傅,这匾上的两个字到底是什么?"和尚说:"文庙也是,文朝也是,东庄里来了个信,叫我去做斋。"秀才说:"只听人家说做斋,那听说做齐的。"正在这时,来了个教师先生,他们拦住他不准走,对他说:"您说这是文朝,还是文庙,是做斋还是做齐?"教师先生说:"文朝也,文庙也,做斋也,做齐也,我还得回家去查查字典,到底谁说得对。"这一说又吵起来了。正在吵得难分难解的时候,从城里出来个县官,这四个人就拦他喊冤:"我说是文庙,他说是文朝,到底是谁说得对?"

县官说:"文庙、文朝各有理,做斋做齐都是的,你老爷我不是苏东皮。"

路不平

路老太太要饭讨食地过着苦日子,好歹地算把儿子路不平拉把起来了。

这一天,路不平跑到他娘跟前说:"娘啊,今年正是大比之年,我想进京赶考去。万一得个一官半职也好奉养你老这下半辈子。"

路大娘摇了摇头说:"不平啊,我操心费力地供你上学,也就是叫你识几个字,心里亮堂亮堂,不巴望你做官为宦。咱娘俩勤俭点也不缺吃喝了。"

路不平说:"得这么个机会不易啊,叫我去吧!"

路大娘再三劝说,路不平是咬定了要去,到末了,路大娘叹息了一声说:"哎,我看拦你是拦不住了,那就去吧,你也知道,我不是有三有俩,就是你自己,你这次进京赶考,无论中与不中,都是快点回来,免得我挂着。"

路不平答应了。

路不平走了以后,路大娘在家照常是给人家洗洗刷刷,缝缝连连①,赚点钱来过日子。每天里是盼星星盼月亮盼望儿子。整天伸着头朝上看,把脖子伸得长两寸多。工夫不等人,转年过了一年,路不平仍然没信来,路大娘可老了不少。

一天,来了邻舍家的王大哥,给路大娘说:"大嫂,咱孩子中了状元啦!"

路大娘瞪起眼来问:"真的?"

"这个还有假的吗?"

路老大娘低下头自言自语地说:"怎么不来家?"想了半天才说:"找找他去!"收拾了收拾,挎上了个旧竹篮子,拖拉着根要饭棍,要着饭,上了路。

在上京去的路上,路大娘觉着叫个什么东西硌了一下,硌得生疼,低头一看,地上有个小球的琉璃弹子一样的,有个鸡蛋大,滴溜圆,挺水灵,挺喜人。顺手就拾了起来,放到篮子里去了。

走到京城附近,就听着风言风语地说,新科状元路大人要出京。路大娘打听清楚以后,知道就是自己的儿子,便打好了主意。

路大人坐着八抬大轿,前呼后应地跟着些差役,大模大样地出了城门。正走间,忽然有个老妈妈抱住了轿杆,颤巍巍地叫了一声:"不平。"大人一听有人敢喊自己的名讳,便叫道:"落轿。"路大娘见轿落稳了,就说:"儿啊,连娘也认不得了吗?"

大人一看,生身之母哪能不认得,刚要下轿相认,又一看他那

---

① 连连:二字皆读阴平声,与缝补等意义相近。

娘的穿着打扮,要认下来岂不是失了官体,想了想,就说道:"哪儿来的老乞婆,胆敢冒认官亲,左右,接下去,重打四下。"

那些衙役如狼似虎,可怜这位老大娘打得人事不知。路不平说:"连人带篮子一起丢到城壕里去吧。"

傍晚,路大娘苏醒过来。身上又疼,心里又苦,放开声哭了起来。正巧,庞仁自城里回来,听见城壕里有人哭,下去一看,是位老大娘,就问是什么事。路老大娘就原原本本地说了。庞仁说:"我养活你老人家,跟我家去吧。"路老大娘说:"我叫他们打成这个样子,半步也走不动了。"庞仁把身一弯,说:"来,我背你回家。"

到了家,庞仁叫出自己的娘来,说了这件事,他娘叹息了一声,就去做饭去了。庞仁侍候路老大娘吃好了,倒上茶来,说道:"大娘,我看你现下是孤苦伶仃的,我出门以后我娘也是一人在家,我说倒不如,我也把你当娘侍候着,你在这里住下来。"

路大娘一听,又是难过,又是感激,又是高兴,遂笑着随手擦着眼泪。

一过过了六七天。这天傍晚,庞仁从城里回来,见城门口贴着一张告示,一看,原来是皇上丢了夜明珠,大小、形状,都写得明明白白的。有找到的,封官赏爵。他也不在意就回家了。

吃饭时,三个人谈谈拉拉的,庞仁谈到了找夜明珠的事。路大娘问道:"是什么样的?"

庞仁说:"告示上写着,是球形的,有个鸡蛋大小。"

路大娘一听,找着自己的篮子,掀开扣着的破碗,伸手拿出了自己拾的那个球,问庞仁道:"我拾到了个营生,你看是不?"

庞仁说:"我听说夜明珠在黑夜里也放光,咱要不试一试。"

说着,把灯吹熄,只见一团宝光从路大娘掌心地方发出,真是霞光万道,瑞气千条,不用点灯,满屋是铮明瓦亮。庞仁光喊:"好宝贝!"

路大娘说:"看样这也许就是那个营生,明天你去献上去吧。"

庞仁说:"你老人家的东西,我怎么好拿呢?"

路大娘说:"你就是我的孩子,只要你忘不了俺老姐儿俩就行了。"

第二天,皇上一看,献上来的正是自己丢的东西,就把庞仁叫到金殿上去,封了个官。皇上看他青年老实,就问他说:"庞仁,你家里都是有什么人?"

庞仁说"有母亲。"

皇上一听说:"我封你母亲个诰命夫人。"

庞仁听着封了一个诰命夫人,老呆在那里。皇上很奇怪,就问他为啥不谢恩,庞仁说:"俺有俩母亲,你封一位诰命,我所以不谢恩。"

皇上说:"你出身贫寒,怎么倒有两个母亲?"

庞仁就把城壕认母,路不平的事一一讲了一遍,皇上一听,说道:"好,我封你两个诰命夫人。在京里修造官府。"又吩咐道:"路不平身为国家大臣,不知道孝顺父母,推出午门斩了。尸身剁成肉泥烂酱,砌在庞仁的上马石内,叫他永远在人脚下。"

皇上吩咐,谁敢不听,当时一切照办了。

这就是"路不平庞仁踩",后来人们忘了这个故事,就都传说成"路不平旁人踩"了。

打了春怎么会比冬天冷

有一个穷人(大概是佃农),身上穿着单寒的衣服,背着粪筐就逛到村子东头。正巧,在村子东头有一堆早起晒太阳的人(这时已是冬末春初的时候),于是拾粪的就走到这堆人跟前,把粪筐放下,手里扶着粪叉子,想凑前靠近这些人。因早上天气冷的关系,他不由地就说了些盼话:"九月冷,十月温,十一月里小阳春,刚才临到腊月冷,能彼几天不打春。"这时,不料想从这堆人中站起一老者(地主),他身上穿着皮袄,脚上穿着毛靴,嘴里含着大烟斗,把那老肉包子眼睛一瞪,指手画脚地就开了腔:"穷人不必虚欢气,打了春还有六十天冷天气!"①这时可把拾粪的气坏了,随与他口斗说:"你说这话,我日你娘,打了春管怎么也比个交九强。"②

贪心的老大③

从前,有兄弟俩,老大很贪心。分家时,他霸占了家中大部分财产,弄得老二很穷苦,还得养活个娘,所以,只得天天上山打柴来过日子。

老二每天上山打柴时都带着饭,到山上以后,他就把饭放在一座破庙前的石岩上。等了肚子饿了再来吃。一天,当他跑来吃饭时,一看,带来的饭菜不见了,起先,还以为放在石台上的饭偶然被野兽吃掉,没有引起十分注意。但一连三天都这样,便使他感到非常奇怪。

第四天他又带着饭上了山,上山后他故意将饭又放在庙前的石台上,为了搞清是谁拿了他的饭,他决定不去打柴了,隐蔽在一旁,准备看个究竟。

---

① 打了春:立春;这句话的意思是反对穷人。
② 交九:立冬。
③ 口述者张现荣,十一岁,蒋庄小学三年级学生。

老二等着等着,一直等到日中时分,还没见到有什么,他有点不耐烦了。老二也觉得肚子饿了,便想出来吃饭。突然呼的一声,随着风声和树叶的颤动,面前霎时出现了一只老虎。那只老虎向四周看了看,没人,便很快地跳到了石台上,吃了那些饭。

这时老二才明白这两天带来的饭是叫老虎吃了。又气又急,什么也不顾得就跑了过去,拉着老虎说:"虎大哥,虎大哥,我家穷得连饭也吃不上,每天只靠上山打柴度日。你却连日吃了我的饭,害得我饿着肚皮回家,现在我得和你算账。"

老虎回头看了看,只见老二衣衫褴褛,面黄肌瘦,额上满满的皱纹,知道他讲的是实话,于是就对他说:"好吧,你张开布袋,我还你金子。"

老二真的张开了布袋,老虎马上拉了满满一布袋的金子给他。喜得老二急忙向老虎叩谢不止。

他三步并作二步地带着金子跑回家来告诉他娘,娘听了也喜得合不上嘴了。

从此,老二再也不去打柴了,他盖了几间房子,买了几亩地,自己亲自参加劳动,生活过得一天比一天好起来。

但是,终日贪吃懒做、吃喝嫖赌的老大,将分得的财产却花得精光,穷得连饭也吃不上。没有办法,只好经常去找老二,老二看在兄弟面上,每次都没让他空手去。

有一次,老大又向老二借钱,钱拿到手后,向老二说:"兄弟,兄弟!我记得在分家时,你是很穷的,现在你怎么突然这样富裕?这里究竟有什么生财之道?你告诉你哥哥,好吧?"

实心的老二还看在兄弟份上,就把事实经过一五一十地告诉了他。老大一听哪能不馋得慌?心中盘算着他也想借此来发一笔意外之财。

第二天,他问明白了道路地点,偷偷地装作打柴,故意将饭菜也放在破庙前的石台上,过了不多天,果然饭菜不见了,老大知道这是一定叫老虎吃了,他高兴得一夜没有睡着,连做梦也看见了黄澄澄的一大堆金子在他的面前放光。

第二天,天刚明,他就起来带上饭菜,还特别捎了一只最大的布袋。到了山上,他依旧摆好饭菜,躲在一旁等着。

果然那只老虎又来了,正当老虎吃完了饭时,老大就急忙跑到了他的跟前说:"虎大哥,虎大哥,我家很穷,你吃了我的饭,叫我怎么办呢?"

老虎说:"我还你金子吧!"

老大急忙张开那早已准备好了的大布袋放在老虎腚下等着。老虎慢慢地拉了一堆金子。这时老大心里想老虎的屁股里一定还有很多金子。他等不及了,便用手向虎腚里去掏,掏得老虎一跃几丈,往深山幽谷里急窜了。老大的手夹在虎腚里拖不出来,被虎拖着跑,结果拖死了,连尸体也磨碎丢在深山里被小鸟吃了。

人心无足①

有一家很穷,娘儿俩,儿子叫相,靠打柴过日子。有一天,儿子上山打柴,拾到一个蛋,带回家去,他娘把它放在温暖的地方。不久,出了个小长虫。小长虫也要喂它,给它煎饼吃。一天天过去,小长虫长大了,有一尺长,身体有碗口粗。过了几天,比扁担还要长,身体比瓮口那样粗。因为家里很穷,喂不起它,娘儿俩商量,喂不起,还是叫它走吧。和它说:"俺家穷,喂不起你,怎么活?你走

---

① 黄家英说。

吧!"它懂了,说完点了点头,尾巴一摆就走了。儿子相送它到坡里,长虫自己到西北大山里去了。相回到家里,早早夜夜想念长虫,和娘说:"娘,我怪想长虫,我得去看看。"娘替他烙了二斤煎饼,相就去了。到了它的地方,招呼了三声蛇,蛇懂事,一听见叫它,就来了,到了眼前点了点头,相喜得了不得,怪亲热的,就说:"你去吧!见了你了!"蛇点了三下头,上西北大山里去了。相回来和娘说了他和蛇的会见。

有一天,相拾了柴火,到城里去卖,皇上贴下告示,说皇姑得了大病,要用活的长虫眼治。相回家和娘说:"皇上闺女生了大病,非用活长虫眼治不可,采到活长虫眼皇上指为驸马。"娘说:"蛇不是怪好吗?去把他的眼挖来送给皇上,就能得到好处。"相又到送它的地方去,招呼了三声,蛇就哧唧唧地下山来,点了点头,相说:"我有点儿事,今里皇上闺女生了大病,要用活长虫眼治,我就能得到好处。"蛇有意,点了点头,用自己的尾巴转过来挖出眼来。眼连心,痛得不能动弹,躺了下来,动了动,就昏过去了。相拾起眼来,蛇还魂过来,相说:"你回去吧!"相拿着活蛇眼,进城去,献给皇上。皇姑吃了,病马上好转。皇上赏他金银财宝,不抬他为驸马。相从此不愁吃,不愁穿,籴粮买菜。

有一年皇姑又犯了这病,皇上又贴了布告。相看了又和娘商量,再把蛇眼挖来,日子不是更好了吗?相又去招呼蛇,蛇来了,相说:"我还求求你点事,皇姑上次吃了你的眼,病好了。今年又犯了,我再拿你的眼去,我就更好了。"蛇不动弹,相又说了一遍,蛇把口一张就把相吞下去了。娘在家等儿,今天盼,明日盼,总不见儿回家。娘想儿想得病死了。

外面来了一条大汉,披麻戴孝,像亲儿子一样,"娘呀,娘呀!"哭着来了。把娘送葬以后,他写了一张签,贴在门上:"人无心足蛇吞象。"这大汉只有一只眼睛,原来是那条大蛇变了人来报答的。

草 包

  有个草包,两口子过日子,日子怪好的。草包草得厉害,不会过日子。有一次,有一个牛要到市上去卖,媳妇不能去,叫他去,临去时媳妇盼咐他:这条牛要卖八吊钱,少了不卖。草包答应着去了。到市上人家问他,他照答了。大家都知道他是个草包,问他这条牛卖多少钱,他说:"八吊。俺家里说少了不卖。"

  大家一听就知他是个草包,没给他钱,买过来,那买主说:"你上俺家来拿吧!我姓东北风,家住西北路,大号是十八个破车头,住大门外的是拴马庄,大门内的是蛤蟆王,二门外是砂石转,你回家吧!明天来我家拿。"草包回家了,老婆问他:"你牛卖了?""卖了"。"卖了多少钱?""八吊。""钱呢?""没拿来,明天去拿。""你没问那人住哪庄?"草包一五一十地都讲了,老婆很聪明,她想:东北风是寒,西北路还是寒,十八个破车头是秉富,大门外拴马庄是大槐树,大门里的蛤蟆王是学府,二门外的砂石转是碾,财主家都有。"你去吧!问寒家庄,寒秉富,看看门外有棵大槐树的,听听门里有读书声,再看看二门里有碾就是。招呼秉富哥。"

  草包去了,到了寒家庄,从旁人那里打听到大门外有棵大槐树,里面是学府,二门外有道碾的这样一个地方,招呼了三声秉富哥。寒秉富听到了很惊奇。"怎么有人叫我大号?"出去看看原来是那个草包,就问他:"你怎么知道的?"草包说:"我老婆说的。""怎么说?"草包就把老婆讲的重复了一遍。寒听了就觉得他老婆很有才分,就烙了二张单饼,一张里卷二棵葱,一张里卷二块肥油,给草包八吊钱叫他回家,对他说:"你把有油的自己吃,有葱的给你老婆吃。"草包回到家里,就把有葱的单饼给老婆吃了。老婆心里烦恼了:"我凭着这样的葱饼儿一个人,跟着你这块肥油,我走。"她就到娘家去了。把草包弄得莫名其妙,很害怕,就到寒家去问寒秉富说:"怎么你给她的单饼把她气走了。"寒心里暗笑,说:"不要紧,我给你一匹马,配上两个鞍,去接你老婆。"草包牵着马去了,到丈人家门口说:"我来接你来了。"老婆一看,想:"好马不备双鞍,好女不配二夫郎。"媳妇想了想不能再嫁,就和草包回家过日子了。

"草包"送布

从前,有一个草包,他木头木脑的,什么也不知道。有一天,他的妻子叫他去买了三尺白布。在回家的路上,遇见了一个朋友结婚,请他去喝喜酒,正当大家上桌的时候,傻瓜忽然想起了他妻子的话:"如果有人请你去吃饭或喝酒的话,你要想法送别人一些东西,不然的话,人家就会说你小气。"

于是,当他见到主人出来的时候,就笑嘻嘻地将手上的三尺白布送上,刚好这时主人的母亲跑了出来,她是个非常迷信的老太婆,见到人家送给他儿子三尺白布,气得是不得了,走上前就将草包重得地打了两个耳光。草包还不知出了什么事,气鼓鼓走出来对街上的人说:"这个老太婆真不识好歹,我好意送他儿子几尺白布,她却恶狠狠地打了我两个耳光,天下哪有这种道理?"

旁边的听了都大笑了起来,有人走到他的面前对他说:"人家有喜事,你送给他白布,当然是要挨打的,因为白布是死了人的时候才送的呀!以后如果遇到这种情形,应该送给人家红布才对。"

这时草包才恍然大悟,连忙说:"是,是,以后一定送红布。"

又有一次,他的邻居家里死了人,请他吃饭,他想:"这回我可知道了,我到店里去买几尺红布送给他们,他们一定很高兴,再不会有人打我的耳光了。"

他买了红布就匆匆忙忙地进了邻居的家。当上桌吃饭的时候,他把红布拿出来送给邻居。人家家里死了人,心里已经非常地气,再看到他送来的红布,真是火极了,又伸手来重重地打了他两个耳光。他跑到街上大哭一场,街上的人对他说:"让你这样木头木脑,不会临机应变的大草包,总是要处处吃亏的,回去再叫你的老婆好好地教教你吧!"

喝骗酒①

有一个人,姓郝,三十多岁,终日东溜西荡,流浪过日,什么活也不干,专指着哄吃骗喝。于是附近的老百姓给他起了个绰号——"喝骗酒"。

不过,喝骗酒也不是每家都去骗,倒有几家主户。特别在和尚和秀才家。

和尚和秀才是好朋友,经常在一块饮酒作乐。这天,他俩又在喝酒,和尚给秀才说:"老兄,喝骗酒马上又该来喝骗酒了,咱把鱼肴藏在磬底下,等他走了咱再吃。"秀才答应,于是把鱼肴藏起来了。

一会,喝骗酒来了,看到他俩老喝酒,就是没有酒肴,他光骗喝了两三盅,接着向四外一看,心中已明白了八分,于是说道:"向阳门第春常在,积善人家庆有余。您是积善人家,磬下边能没有'鱼'吗?"结果和尚只得拿出来让他吃了。吃饱喝够,扬长而去。

又一天,和尚和秀才躲到深山里去喝酒,喝骗酒找不到了。可

---

① 山东沂水民间故事。

是，喝骗酒心眼多，有办法，他上到一棵高树上四外一望，看见他俩正在一个凉亭下面饮酒，他从树上又下去了。

和尚跟秀才说："你看，喝骗酒又来了，咱们作诗打对，诗成才能饮酒。"一会，喝骗酒到了跟前，秀才把刚才的意思告诉了他，喝骗酒懂得他们的意思，于是说："行。"和尚说："作诗得有个规定：一定要从口大底小的物件联想起。"

和尚年纪最大，当然先作。诗曰："口大底小是个盆，敞开鼻子两扇门，门呀门，你咋关不住喝骗酒的人。"

秀才接着作诗，诗曰："口大底小是个斗，敞开鼻子两个口，口呀口，到底喝了多少没花钱的酒？"

喝骗酒一听，心里明白，表面上也只好硬着脸皮作诗。诗曰："口大底小是个碗，敞开鼻子两个眼，眼呀眼，因为喝骗酒到底看了人家多少个没脸？"

三个人都作好，押韵又合辙，所以大家喝起酒来。一会，秀才说："每人应该再作一首"。和尚满口应允地说："行，行！"喝骗酒也只好跟着说："行。"秀才说："作诗还得有限制：得稀里糊涂做什么，怎么才明白，做什么可以，做什么不行。不这样，就是跑题。"

又是和尚当先。诗曰："稀里糊涂来到庙堂，拿起几本经卷才得明白，不过是化缘而已，成仙修道不能。"

秀才也作了，诗曰："稀里糊涂来到学屋，拿起几部诗书才得明白，不过教馆而已，科举会士不能。"

喝骗酒也作，诗曰："稀里糊涂来到山上，上到树顶才得明白，不过喝酒而已，摊款出钱不能。"

诗作完了，又喝起酒来。

这天，汉钟离、吕洞宾二位大仙在圣贤祠饮酒，汉钟离给吕洞宾说："山下有一人，绰号喝骗酒，此人尽在世间骗吃骗喝，前些日子山上和尚屡次前来告诉，仙兄，是否想出办法，使他改邪归正？"吕洞宾给钟离说："仙兄，此人乃凡间小辈，怎敢犯到咱仙翁头上来。如果敢,用咱仙家的法术也能把他吓一跳。"

正说话,喝骗酒果然从山下走上来,走到圣贤祠跟前,说道:"仙翁请了。"说着坐下来就想喝酒。汉钟离无法,只得说:"请酒吧。"吕洞宾说:"仙兄,我们喝酒作诗才好。"汉钟离说:"很好,但不知道以何为题?"吕洞宾说:"圣贤祠改为'圣贤愁',咱三人每人拆一字,以喝酒为事。"

汉钟离首先作诗。诗曰:"耳口王,耳口王,三人饮酒在庙堂,盆内无肴难下酒,肝花肠子扒出尝一尝。"说着,用手把肝肠扒出,放在盆内,鲜血淋淋。喝骗酒心里非常害怕,可也不敢出声,只呆呆相望。

吕洞宾故作不知,接着又作诗,诗曰:"吕又贝,吕又贝,三人喝酒在庙侧,盆内无肴难下酒,耳朵鼻子割下陪一陪。"说着,用刀把耳朵、鼻子全部割下,鲜血淋淋,也放在盆中。

两仙翁做完以后,一齐说道:"该你了。"

喝骗酒没有办法,心里也很害怕。头一低,计上心来,诗曰:"禾火心,禾火心,三人喝酒在庙深,盆内无肴难下酒……"没等作完,二仙翁一齐追问:"怎么办?"仍左右为难,想了一会才说:"拔下三根汗毛表一表心!"并用手指着仙人说:"你一根,你一根,我一根!"

一个老汉和四个儿子

从前,有一个老汉,生了四个儿子。老汉心里非常高兴,他想:"等这些孩子长大了,我就叫他们自己去学本领,学好了本领就可赚钱给我用,那时,我就有福享了。"

日子一天天过去,孩子们都快长大成人了。这位老汉呀!乐得心里都开了花,他成天地盼望着,盼望四个儿子早些成家立业,那时他就该有福享了。然而,在平时,这个老汉对儿子们一点也不加以管教,不教他们懂得礼貌,也不叫他们选择职业,使得儿子游游荡荡的,什么也不干。

不久,儿子都长大了。有一天,老汉把四个儿子叫在一起,对他们说:"孩子们呐,你们现在都长大了,为了你们呀,我在不断地辛苦工作着,现在我给你们每人一些钱,你们到外面去学些手艺吧!要记住,手艺学好了就要回家,你们呀!要记住我对你们的培养,不要做忘恩负义的人。"

于是,儿子们带了很简单的行李,离开了家。这四位青年,由于他们父亲没有很好地教育他们,什么也不懂,大家都不知道选什么职业好。

一天,四位兄弟走到了一个乡村,村的面前有四条路,他们停了下来,在这个村里休息了一会。在休息的时候,老大说:"我们走了好几天了,可是什么职业也没学到,四个人在一起,会互相依赖,现在,村子的面前有四条道路,让我们每人走一条吧!两年后的今天大家在家里相会吧!"

大家都赞成了这个意见,说这是个很好的办法。

第二天,四个人就分成四路向前走了。

老大走了不多远,看到一个放猎鹰的人,他觉得非常有趣,心里想:"我先把这只鹰买下来,学会了放鹰,再学放猎枪,然后就可以到山上打猎了。"

"放鹰的,把鹰卖给我吧!"他走到放鹰人的面前说。

"不,这鹰我自己要用。"放鹰人拒绝他说。

"你还是卖给我吧!我给你很高的价钱。"老大坚持着自己的意见说。

"我不卖就是不卖!"猎人干脆地说。

他们谈了很久,最后老大出了很多的钱,把鹰买下了。

再说老二。走了不久,也在一个地方看到一个人在放枪。他觉得这挺有意思,心里暗暗地想:"假如我有了这支枪,我就可以天天学瞄准,将来打打野兽、鸟儿吃吃,也很不错。"于是他走到街上,买了一支猎枪。从这天起,他就天天练习打枪。

老三走了好久,没有找到什么东西好学的,心里有些焦急。于是好几个月过去了,他才在一个地方看到了一个补锅的人,他想:"这些日子我没学到一样本领,这是很糟糕的事情,现在碰到了这个补锅的人,虽然我对这职业不感兴趣,但学会了总比一样没有学到要强些。"于是他就做了补锅的徒弟。

老四走得比老三久得多,可是什么也没遇到,心里急得不得了,怎么办呢?两年以后回到家里,他们都学到了本领,只有我什么也拿不出,那不是丢死人的吗?他天天就在为这件事情着急。可是,无论如何总找不到解决这个问题的办法。有一天,正当他为这件事坐在一个山头着急的时候,突然看见十几个人抬着一口棺材,后面有几个穿白服的,哭得非常的伤心的人。由于他自己觉得非常地烦恼,见到别人哭,自己也就伤心地大哭一场。往后,当他一感到烦恼,就哭。并且哭得极其伤心,往往要别人劝了又劝,才会停止。慢慢地他的哭出了名,可是除了哭得特别伤心,特别可怜相外,什么本领也没学到。

很快的,两年的时间就到了,四个儿子都在准备回家,弟兄三人都非常高兴,唯有老四愁眉不展。

说来也奇怪,这四个兄弟恰巧碰到在同一天,同一个时候,回到了家里。

老头子见四个儿子都安全地回家,高兴得了不得,他想从这天起自己就有福享了。这时儿子们就会为自己预备好一切,哈哈,老汉是个真有福气的人。但他哪里知道,这四个儿子,由于缺乏好好的教育,大家都变成了木头木脑的傻瓜了。

"现在你们在我的面前,来表演自己的技术吧!"老头子得意洋洋地说。

于是,老大在房间里放出了鹰,鹰见到老汉光秃秃的头,就停在他头上。老汉还来不及赶老鹰,老二就拿出猎枪来朝鹰身上放去,然而不巧得很,枪没打准鹰,却把老头子的脑袋打穿了。老三见情况不妙,于是就拿出补锅的技术去补老头的脑袋,结果没中用,老四见老父死了,就拿出哭的技能,大哭一场。

三十六郎庄

从前在山东有个庄子叫三十六郎庄,庄上有个老汉名叫李永成,他一共有三十六个儿子,都住在这个庄上,三十六郎庄的名字就是这儿来的。

李永成在小的时候,家里很穷,每天在外面给地主做活,早出晚归,一点也不怕吃苦。后来娶个穷人家的姑娘做妻子,两人一起劳动,过得挺好的。在结婚的第二年,他妻子有孕了,两个人都很高兴,心想有孩子过得就更热闹啦。到临产时,一胎她生了两个肥肥胖胖的儿子。邻居们都来看望他们,争着向他们贺喜,说这真是双喜临门。两口子乐得合不上嘴。她满月后,两人仍旧一起劳动,干完活就和孩子玩玩,解解乏,日子真的热闹起来了。

到第二年的这个时候,他妻子又生了一对胖儿子,两个人仍旧很高兴。儿子多,将来帮手多,眼前苦些算什么呢?所以也未在意。谁知到了第三年这时候,又养了两个。这时两个人可都发愁了,没有吃没有穿可怎么活啊?从前,两个人做的活,现得由他一个人来做,每天累得腰都直不起来。

她一个人在家拆拆洗洗,做饭看孩子也忙得脚不沾地,夫妻俩愁眉苦脸,唉声叹气,一点笑容都没有。

这样每年两个,一连八年,共养了十六个儿子。日子过得简直不像个样子,什么东西都卖光了,现在连锅米都没有,最后没有办法,他只好到地主刘三虎家去借两升小米试一试。可是刘三虎张着大嘴说一句:"没有。"说完,就把他赶出来了。老婆在家饿得直难受,看他什么也没借到,就发起脾气来,岳母也帮着女儿说他无能。他想:"一天为你们累个贼死,你们还说无能,你们有能耐,你们活吧!"于是,他一声不响,就离开家走了。

离他家百十来里地,有一个砖窑,他跑到窑上去背砖。干活挺累,赚钱挺少,生活依旧很苦。后来有一个乡亲,想回家看看,于是他就把每月积累起来的一点钱,让乡亲捎给老婆。可是等他乡亲回来时,告诉他说:"你们家一个人也没有,全搬了。"他很伤心,以为一定是老婆穷得活不了,改嫁了。后来,他就用这点钱,又娶了个老婆。

可是这个老婆还和前一个一样,一年生一次,一次生两个,过了八年又是十六个。没有吃没有穿,窑主比地主还狠。正在这时候,他以前的两个大儿子,听乡亲说他在这里做工,就来找他了,让他回家去。他很高兴,带着后娶的老婆和十六个小儿子又回到老家去。

原来,家里自从他走后,他老婆就带着孩子到娘家去住。几个大一点的,就给地主放猪放羊,小一点的就把她纺的线拿到街上去卖。日子还真过得去,后来孩子都大了,十六个养活一个母亲,生活也很充裕。

他回来后,大家都住在一起,每天他带着三十六个儿子下坡做工,小一点的抬水送饭,谁也不闲着。他的两个老婆在家缝衣做饭,相处很好,弟兄们也非常和气。此后这个村庄,就叫三十六郎庄了。

海哥和锦妞①

早先年,留传下这样一首歌:
　　出奇出奇真出奇,龙泉溪变成臭泥渠。
从前时:
　　溪水甘甜醉人心,清清亮亮似水晶,
　　满溪鱼儿结成队,片片荷花映天红。
现如今:
　　污污浊浊一渠泥,一股臭气熏人鼻,
　　不见荷花开一朵,不见水中一条鱼。
　　为什么蛮好蛮好的龙泉溪,变得又脏又臭呢? 原来传说着这样一个故事。
　　龙山前面有一只龙眼,从龙眼里淌出一股子水来,甜丝丝的,碧清清的,像水晶带铺在地面上似的。这股子水就叫作龙泉溪。
　　在龙泉溪边上,有个村庄叫龙泉峪。这庄上是杨柳倒垂,桃香满村,鹅鸭成队,牛羊成群。每天早上,当晨曦轻轻地盖在大地上的时候,可美丽极啦,满溪红花红映映的,托着星星似的露珠,闪闪发亮。成群结队的鸳鸯、鹭鸶等,都在花间穿来游去……简直像仙女织的美锦一样。
　　常言说"高山有猛虎,宝地出凤凰",真是一点也不错。这样好的庄上,就出了个名叫海哥的小伙子。他长得英俊标致,生得善良心直,身子像铁铸一般,什么把式也精通:种田、放羊、打猎,他无一样不行;唱山歌,吹笛子,他比任何小伙子都精;特别能雕刻一手鸟呀花呀的。
　　人虽然是好人,可家里穷得精光精光的。就是娘儿俩个过日

---

① 碧秋整理。

子。全靠他给地主"周大肚子"家放羊挣着吃穿。虽说他穷,可因为他能干耐劳,人好心好,谁个都看上了这个小伙子。所有的姑娘们的心,都长在了海哥的身上。哪个姑娘不秘密地把终身寄托给海哥?一年三百六十天,有三百六十家说亲的。

每逢有说亲的,海哥娘总是亲自问问他:"海儿呀,这家姑娘你愿意吧?"

海哥总是若无其事地说:"不要,待几年再说吧!"

就这样,光亲提了三十六百门子了,一家也没有应下。

海哥娘拿着海哥比宝贝还娇,海哥就是他老人家的命根子。每当黑夜睡觉时,海哥娘总是忧虑地说:"海儿!你到底看中了谁家的闺女?可说话呀!你也知道好歹了,娘不给你巴结上个人口,死了能合上眼吗?"

只要他娘这一提,看中了谁家的闺女,等红花节您就知道啦!

早先年,有这么个风俗:每年桃花盛开的时候,年轻的小伙子都和姑娘们在清明这一天,借"踏青"这个机会,到山坡上开"红花会"。去的人,净是未婚的小伙子和姑娘们。各人除了带着一束鲜艳的桃花外,还带着最心爱的、最珍贵的东西,去彼此相赠,表示爱慕。

每年,只要海哥一到会上,姑娘们就像一窝蜂似地围起来,把自己的赠品往海哥的手里塞。可不管哪一个姑娘的东西,海哥都是连看也不看上一眼,甭说收下了!他带的东西,姑娘们拼命也夺不去。如果锦妞一到呢,两人就不由自主地凑成一堆,羞答答、欢喜喜地交换了心爱的东西。

提起锦妞,话可长啦。她可是姑娘中最红最美的一个少女。她爹是龙泉峪上的头等户。外号人称"李粗腰"。又因他脾气恶邪,好管闲事,人又称他"土地老爷"。

"土地老爷"只有两个女儿。锦妞是二闺女。他家里这三口人,除了锦妞外,旁人都像肥猪一样。再有一样活,那就是打骂长工和丫头们。

提起锦妞她姐来,长得真是够人瞧的!胖呼呼的,黑突突的,脸上抹层粉,活像个东瓜上了"布"①。长得样不"济"罢了②,脾气可真够人受的!对丫环们是抬手就打,张口就骂。哪个丫环、长工不看着她就打颤颤?

可锦妞呢,那就不同了,她是爱穿老粗布,好吃便饭,不像她姐姐似的,动不动就四盘五碗的。她心眼也善,脾气也好,成天价和丫头们一起做活,谁也没见她打这骂那的。针线活落做完了,她就和羊倌一块儿上山放羊、拔菜,啥她也干!谁望着她也亲热热的,像亲姊妹一样。你别看她吃孬的吃粗的,啥活也干,可长得不丑哩!天仙女可也比不上她俊:她站在月亮底下,月亮被她比得无光无彩的;她开口唱起歌来,鹦鹉就被比成哑巴了。

因为她常常上山放羊,就不断地和海哥见面。日久天长,她从心坎里爱上海哥这样能干心直、长得漂亮的小伙子。两人拉起呱来,就没头没尾,不知天晌日头西。要是她们俩在山上唱起歌来,那你听吧:大地即鸦雀无声,百鸟都静静地倾听。那善唱的黄莺、画眉,听见他们唱,也就哑了喉咙。

这一天,快到红花节了,他俩在山上碰了头。因为人多,谁也没开口说话。可海哥离锦妞老远老远就唱道:

　　山前一棵石榴树,
　　结了两个大石榴。
　　南边那个开了口,
　　肚中子儿全吐露。
　　巴眼相望那一个,

---

① "布":是东瓜或南瓜什么的,成熟时,皮上的一种白粉沫。
② 不"济":不好。

单等那个快开口！
　　到底肚中啥子儿？
　　叫人实在难猜透！
锦妞听出海哥的意思来了,便回答道:
　　那个石榴开口慢,
　　结两子儿可一般。
　　先开口的志不更,
　　晚开口的心不变。
　　那个石榴子啥样,
　　红花节时你就见。
　　若要石榴长成对,
　　还得红线来串连。

到了红花节那天,海哥打扮得整齐齐的,紧气气的,上了红花会。

过了一会,海哥飞奔着跑回家,递给他娘一个包袱。他娘打开包袱一看,里面是新织的一面丝锦,闪闪烁烁地铮亮！娘又仔细端详了会儿,见雪白铮亮的锦底上,织着一片翠绿的草地,好像真的迎风起伏。在草地中间,一群肥肥胖胖的羊儿,好像真的在那儿活蹦乱跳。羊群旁边,一个像松树似的直挺着的小伙子,对着他跑来的一个孔雀似的姑娘张手欢笑！海哥他娘看着看着地看呆了,问道:"海儿这放羊的小子怎么好像你呀！"海哥笑笑说:"是啊,娘。"他娘越看越迷,惊叹地问道:"海儿啊！你哪里掏换的这幅'丝锦'啊！除了仙女谁还能织成这样！唉！我要有这么个儿媳,死也甘心了！"海哥说:"这不是什么仙女织成的,这是个凡女织成的呀！"他娘一听,皱纹满多的脸上呈现出多年来不曾有过的笑容,她拍着她儿子的肩膀问道:"海儿,这是哪家的姑娘呀?"海哥又喜又羞地说:"娘,这是锦妞亲手织成的！"娘有些不大相信自己的耳朵,惊奇地问:"这是'土地老爷'的二闺女吗?"海哥说:"嗯,是她。"

娘一听是他家的闺女,心都冰凉了,失望地沉思着。望望海哥,看丝锦,滚下两行泪珠来,呜咽着说:"孩子啊!人家是什么门户,咱是什么人家,唉?你也不想想,人家是银子堆成山,粮食堆成尖;咱呢,真是银子不成块,粮食不盖囤呀,你不是傻想!你东家'周大肚子',几次托人说给他小儿子,人家都不应允,咱这样的还有个成?"海哥说:"娘,你不知道,管谁家去说,锦妞都不愿意,她让咱托人提亲呢!"娘又说:"莫啦,你死了那股子心吧!你爹就是她爹逼煞的,咱还能成了亲戚?又是天上差到地下的门户……"海哥说:"娘,我娶不了锦妞来,情愿当和尚也不要媳妇了!"

第二天,早晨,海哥赶着羊儿上了山。锦妞见他上了山,也赶着几只羊去了。离着老远老远的,她看着海哥呆呆地站在那儿,就唱着问道:

叫声心爱的海哥,
你为啥呆呆地站着?
有什么苦恼的心思,
何不对妹妹说说?

海哥一听见锦妞的歌声,心中更难过啦,就像杜鹃似地凄叫着:

一块疙瘩在心中,
只怕恋妹恋不成!

锦妞一听就忙问道:

妹妹赤心将你爱,
难道哥哥无真情?

海哥唱道:

不是哥哥无真心,
只怕你爹嫌我穷!

锦妞一听,是啊!爹爹嫌穷可咋办呢?她寻思了一会儿,就唱道:

只要哥哥真心恋,

　　莫怕我爹老昏虫!

海哥心想,不怕也没办法,就失望地唱道:

　　妹说不怕老昏虫,

　　妹妹可有良计行?

锦妞就吐心露意地唱道:

　　天边海涯有明星。

海哥唱道:

　　有心和妹逃天边,

　　抛下老娘无人管!

锦妞又寻思了会儿:是呢,他的亲娘抛给谁管呢?可总得想办法啊,她就唱道:

　　花不开时无蜜采,

　　哥哥且等机会来。

　　要是妹不嫁与哥,

　　宁当尼姑志不改。

就在这一年,锦妞他爹是五十大寿。"李粗腰"把锦妞叫了去,和她说:"妞儿啊,眼看到了你爹五十大寿,来做寿的一定很多,咱选家门当户对的公子哥儿,给我作闺女女婿吧!"锦妞一听选那些门当户对的公子哥儿,心里就烦透了气,她说:"爹,还是给我姐姐先说吧!"她爹说:"嘿!你姐不行呐,她长成那样,好门户的谁家也看不中。"锦妞看看不能再推辞了,就想了一计,问他爹爹:"怎么选啊?不管您老人家怎么选,可得我愿意。要不,女儿一头碰死也不跟!"

她爹说:"那是自然,爹爹看中了,你再愿意,那就成啊!"于是锦妞就定了这么一条计:叫他爹爹马上找人撒出帖子去,说明做寿那天选女婿。不管南来北往的,有亲的无亲的,只要他的寿礼没有重样的,是世上最稀罕的,就抬他作女婿。她爹一听,自然是喜出望外了,他本来就是个贪财贪不足的个家伙,这回他就想:哼!妞儿的办法真是妙极啦!又赚无数的金银财宝,还选了个富豪人家的公子来作女婿。多得呀!穷人家是八辈子也弄不到稀罕玩意的,大家富户的哪没有好东西……她爹想呀想得恣晕了,哈哈大笑着说:"妞儿,随你吧!就这样,爹爹依你这宝贝女儿的心思,到那天就办成!"

锦妞一听她爹爹答应了这办法,就忙找到了海哥,和海哥说明这事。海哥一听,可犯了难啦!他说:"我往哪里去倒弄那最稀罕又最珍贵的东西?"锦妞说:"办法是有,可不知哥哥有志气没有?"海哥说:"只要有办法,上天入地我也能去!"锦妞说:"老人们传说:龙山前边的龙眼里,有一种宝玉,刻成花发香,刻成鸟会飞……要是得到那件宝玉,什么也不怕了。就怕龙眼里再有妖怪毒蛇的!"海哥说:"不要紧,待我弄个木板当船,带着我的弓箭前去!"锦妞说:"最好是等到半夜里去,省得被外人知道!我替你背着箭壶,好吧?"海哥说:"好,三更天到龙眼门前会齐!"

到了三更来天,海哥和锦妞上了"龙眼"里去了。龙眼里的水,像浪潮一样往外涌!他俩吃力地划着木板,走了一会,水就断流了,净是些青山竹林。他俩尽管往里走!遇见无数的猛虎、毒蛇的,都被海哥的宝箭"嗖嗖"地射死了。他就用力地搭弓射箭,她就把箭头一支一支地递到他手里。

走过了深山丛林,前面是一片平坦广阔的天地。他俩就还是勇往直前地走着。走着走着,突然看见一座门楼,红墙绿瓦,盖天立地。门口两旁一对青石狮子,张着盆口那么大的嘴,要吞吃他俩。海哥一见,大呼了一声"拿箭",锦妞早已将箭递在手中。他正将宝弓拉得圆如满月,眼看箭头要离弓弦,门下闪出一位白胡子老人,高声叫道:"海哥海哥!慢射慢射,你来不就是为的要块宝玉吗?"海哥说:"是啊!……"正想再往下说什么,白胡子老人截断他说:"来,给你两块!"说着,从青狮子嘴里掏出两块玉来,一块碧绿碧绿的,一块通红通红的,递给海哥,又说道:"请快走吧,拿回去,一块刻花,一块刻蝶,可别忘了!"他俩磕头谢过老人,安安稳稳地出了龙眼。

海哥拿着宝玉回到家里,急忙动手雕刻。他白天放羊时,在山上刻;晚上回到家,在月光下刻。他刻呀刻地,连饭也顾不得吃,连觉也顾不得睡,害饿了他坐着刻,打盹了他站着刻。手都磨得血淋淋的,他还是一个劲地刻!刻!费了七天七宿的功夫,他刻成了一盆牡丹花,连花带盆像茶杯那么大;他刻成一对蝴蝶,都像指头肚那么大。他看看牡丹,嗅着香喷喷;他看看蝴蝶,见蝴蝶扇扇翅子,好像在飞!他恁得唱道:

　　七天没吃饭,
　　七宿没睡觉,
　　刻成蝴蝶与牡丹,
　　为的来把妹子讨!

到了"土地老爷"的生日那天,锦妞早早地打发丫环给海哥送来了一身衣裳。海哥穿起那身衣裳,文绉绉的,秀丽丽的,谁也没认出他是谁来。

他到了"土地老爷"家的厅堂上,见那些送寿礼的,挤得满满的。有带着寿帐、画联的秀才学士;有带着绸缎、珠宝的商家子弟;有带着元宝、金银的公子少爷……只有海哥一人,左手拿着横笛,右手提着竹篮。他一到那厅堂,人们都惊呆了:这是哪来的这么个文雅秀丽的少年?都疑心是韩湘子来了呢!只有锦妞一人,清楚地知道这是谁。

等到开始献礼了,厅堂里可热闹极啦!什么宝贝都有了,可把"土地老爷"愁坏了!他坐在正当央里,歪着头,好笑着问道锦妞:"妞儿,什么样的人才也来!什么样的东西也有了,你看中哪一个?说话吧!"锦妞摇摇头说道:"一样好东西也没有,一个人才没看中!"他爹心想:管怎么得在这里选上个呀!不选能行?想到这里,他就支派管家的传话下去:"还有什么寿礼快献,这就选择女婿啦!"

这话刚传下去,所有的年轻人都振作起精神来向前凑合。年轻的人们正在拥拥挤挤地往前凑,突然,在厅堂的前边响起了悠扬的笛声。这笛声,响彻了整个厅堂,直往人的心里钻,把所有的人都惊得回过了头来。这一回头,可都见了鲜事啦。

厅堂前边,一个小伙子从竹篮里拿出一小盆花来,拿出一对蝴蝶来。等那迷人的笛声一响,那盆花立刻长得很大很大,红艳艳的牡丹花放着醉人的异香;那对蝴蝶也闪烁着晶亮晶亮的光彩,绕着牡丹翩翩飞舞!"土地老爷"一看,当是真韩湘子来了呢,就像癫了似的,抓着锦妞的衣裳,问道那个御笛的小伙子:"神奇的少年郎,这是我的二闺女,许配给你,请千万别推辞!别推辞!"那少年停下了笛子,点点头说:"行啊!""土地老爷"一听他说"行啊",就着锦妞去拉住那位少年,回头又叫管家的把那些送寿礼的通通约合到了外院去了。

当时,"土地老爷"就急推着那位少年和锦妞拜了天地,一家人喝起喜酒来了。喝酒期间,"土地老爷"恭而敬之地问道那位少年:"请问仙人,家居何处?高姓大名?"那位少年还没等他问完,就自行忍不住了,就嘲笑地说:"咱们既已成亲,也不必瞒哄,我是'周大肚子'家的羊倌海哥。"这老家伙,一听"海哥"二字,顿时气得脸青眼黄的,咬着牙根,浑身哆哆嗦嗦地说:"穷光蛋,快给我滚!快给我滚!"海哥和锦妞一齐说:"谢谢你老人家,俺早就想滚啦!"说完,海哥抱起牡丹花,锦妞拿着那对宝玉蝴蝶,肩并肩地走了。

海哥和锦妞刚走出大门,"土地老爷"气得双脚一伸,两眼一辞①,死得稳稳当当的了,半丝丝气也不喘了啦!

海哥领了锦妞家去,她娘恣得嘴都合不拢了。锦妞就忙拿出

---

① 两眼一辞:白瞪眼。

金钗、银簪什么的贵重东西,叫海哥治办田地、耕牛、纺花车、织布机什么的。从此,海哥一家三口人,心都长到一条上去啦。锦妞不光对她婆母孝敬,劳动也是不松一口劲。白天陪着海哥下坡种地,晚上在家织布。这日子是过得没说的了。

再说那头吧。锦妞她那昏爹一死,她那坏姐又当了女阎王,成天价拿着长工、丫环的当玩意,支东派西,连打带骂!又不算,她又起了另一宗心眼。打海哥和锦妞走,她就一直嫉妒着,黑白地寻思:我有了这宗物业,要是再有了像海哥这样的男人,那多美啊!越寻思,就越想海哥。可她又想:我有这宗物业,光馋也把海哥馋来了,就是锦妞不死难办啊!坏人坏心眼多,她想个坏主意,就打发人把锦妞搬叫来了。

锦妞一来到,她姐姐待着她又亲又热,拿着又娇又好。只要锦妞一提起回家,她就哭哭啼啼地说:"我亲爱的妹妹,你姐还有谁是亲人,你再待几天吧!"锦妞只得又住下来了。

这天吃完晚饭,天气非常燥热,锦妞她姐说:"妹妹呀!天这么热,咱姊妹俩到溪边上玩玩去吧,那里才风凉哩!"锦妞就和她去了。姊妹俩在溪畔上溜达溜达的,走到没人处,她姐姐说:"妹妹呀,这月色多美,溪里的荷花一定很好,咱看看吧!"姊妹并着肩走到溪的边边上,伸着头看水中的月影。锦妞正看着,冷不防叫她姐使劲一推,"扑腾"一下子掉到溪里去了。她姐姐跑回去,说:"锦妞失足落到水里去了。"海哥约合一些人来打捞尸首,怎么也捞不着。有几个会水的,跳到溪底摸了摸,连点儿衣裳也没摸着。摸到三更半夜只得都走了。

别人都走了,海哥就像个木头人似的,呆呆地立在那儿,直瞪着两眼瞅着溪水。瞅着瞅着,他看见锦妞在溪水中的荷花丛里,向他连连地招手。他刚待要伸手去拉,却只见一条五颜六色、浑身晶亮的金鱼,向他摇头摆尾的,像是要说话。他细看看,那鱼的两眼睛滴溜溜地朝他直转,那哪是鱼眼?活像是锦妞的一对眼睛。

他看着看着的,看迷了,就直朝那条金鱼跳去。谁知他一跳,就有无数的鸳鸯、鹭鸶的翅膀连起翅膀,打成一片,又把他托到溪畔上。他看看无法,只是伤心地唱道:

  蓝蓝的天上罩乌云,
  成对的鸟儿拆了群,
  飞走的鸟儿你在哪里?
  抛下的鸟儿哭碎了心……

就这样悲哀的唱着,一直唱到落了月亮,要出太阳,他才伤心地走回家去。

  海哥一连七天七夜,都是白天不吃饭,不喝水,夜晚跑到溪畔上,望着那条小金鱼,一直望到天亮。才几天的工夫,漂亮的小伙子,折腾得又黑又瘦了;伶伶俐俐的一颗心,变得痴痴呆呆的啦!

  到了第七天的夜,他到了溪畔上一看,那条金鱼不再摇头摆尾了,她那两颗黑黝黝的、滴溜溜的眼睛,也不再转动了,像是流动两行泪珠。不知怎么的,海哥看着她那样子,心里就像油灯火烧一样,急得自言自语地说:"鱼儿呀!你有什么伤心之事?说说吧,为什么老是盯着我呢?"

  那条鱼儿一听海哥的话,两眼真的骨骨碌碌地滚着泪珠。海哥正想再问句什么,忽然树上的一只八哥儿唱道:"这鱼儿是谁,你很容易知道,快叫锦妞她姐,亲自来把鱼捞!"

  海哥回到家里,可巧锦妞她姐也来了。她坐下就开门见山地说:"我妹妹也死啦!妹夫你不必伤心!我有万贯家财,咱合起来过吧!"海哥说:"你有真心吗?"锦妞她姐说:"这心思我早就有了,你答应了吧!"海哥站起来说道:"好,我答应是答应,你可得到溪里亲手捞条小鱼给我吃了。"锦妞她姐一听,满口说不出三个"行"来,急急地推着海哥走!海哥就她去了。

  他俩走到溪畔上,锦妞她姐姐的心"扑腾"地直跳,她心里有病呦!看看快到了她推锦妞的那个地方,她更害怕了!海哥可又急急地推促着她:"快去捞呗!那不是一条金鱼,我就要那一条。"

她顺着海哥的手看了看,见一条美丽的小金鱼,在溪的边边上,老老实实的,像是特意来叫她捞一样。她鼓鼓勇气,哆哆嗦嗦地走到上边上,才一伸手,那条鱼就被她捞上来了。

她走到海哥的面前把那条小鱼一放,才出了个怪事来:那小鱼一沾海哥的手,就"扑棱"一翻,落到地上,"骨碌"一个滚,变了个比天仙女还美的姑娘。这姑娘站起来,就拍着海哥的肩膀说:"海哥哥,咱得多谢谢咱姐姐呀,幸亏她救了我的性命!"海哥一看:呵!原来是锦妞啊!他俩就亲密地拥抱着,都冷笑着说:"多谢你的好心呀!姐姐……"她姐姐一看,这得没处躲藏了,就一头栽到溪里去了。

打那,海哥和锦妞又自由自在的,过着恩爱甜蜜的日子啦!可那"好心"的姐姐呢,在水里变成了条黑漆燎疤、肮肮脏脏的臭泥鳅,连那美似彩霞的龙泉溪都拐带得无花无鱼,水浑味臭,净生了些泥鳅。

附:关于《海哥和锦妞》的几点说明

这篇故事的情节,是根据两个传说的故事,来加上整理者的虚构而写成的。

那两个故事的梗概如下:

一个是关于鱼和泥鳅的传说:姊妹两个同时爱着一个人。那人只爱着妹妹,后来就和妹妹成了亲。她姐嫉妒呢,就设法把她推到河里淹死。她变成了小鲤鱼,河里也有荷花开放了。但后来她姐姐又和那人结了婚,河里洗衣服时,被她妹妹拽到河里去了,她淹死后,变成了泥鳅,河里也就不开荷花了。据说,后来清水的河里有鱼,浑水的沟里有泥鳅。

另一个故事是这样:一个穷小伙子和富家的姑娘相爱。后来富家的姑娘定计,叫小伙子刻成玉蝴蝶,系在腰间,又送给他一些珠宝衣服什么的,叫他去骗亲。结果骗成功,两人逃到他乡,就结束了。

根据以上的两个故事的基本情节,我整理成一个。整理成以后,讲给民校和小学的学生听过几次。也叫爱好这方面的几个人提过意见。每讲一次,即有一次的改动,不仅是语言上,在情节上改动也很大。如上龙眼里取宝玉,锦妞的爹爹被气死后,都是经过讲述才增加上的。

有几方面,是原来两个故事里不曾提过的。如关于红花节,互相赠送东西,海哥他娘有了顾虑后,海哥和锦妞的会话也都是虚构的。

有几个人,觉得往龙眼里取宝玉时,经过的挫折和困难再多点才好,更显出海哥的勇敢和锦妞的坚决来。但我怕那样拖长了篇幅,冲淡了主题,没作修改。由于我和参加意见的人,水平十分有限,虽作数次修改,才算定稿,但恐怕在文字方面,缺点还是很多。请多加修改吧!

我特别顾虑的,是这样整理法,是否合乎今天搜集资料的要求?是否违背整理人民口头创作的原则,自己不敢确定。请多加指教。

春旺和九仙姑[①]

早先年,有个小孩叫春旺。他就是娘儿两个过日子。家境怪贫寒,全靠割草为生。春旺这孩子虽然生在穷户人家,长得可挺漂

[①] 民间故事。碧秋整理。

亮！活落又怪勤谨,心眼也很和善,因此才人人夸他是个好孩子。

这一天,春旺和七八个小孩在山上割草。正割着,一个年纪大点的孩子约合着上山沟里找水喝。人家都去了,春旺一个人尽管在那里拼命地割。

待了会儿,那伙喝水的孩子都回来了。他们喳喳喊喊的,有的说"拿着绳子",有的说"捎上镰刀呀"！还有的说"拿着扁担吧"！那个年纪大的孩子说:"停一停去,它还没睡浓呢,等它睡浓着再下手。"

春旺不知道他们想去害什么,可他心思:豺狼、狐狸不会在路边上睡觉,一定是个好东西。于是他就悄悄地去了。

春旺到了泉子跟下一瞧:见一只梅花鹿正在那里睡觉。他急忙晃了晃梅花鹿,急促促地喊:"鹿大哥,鹿大哥,有人要来害你,快跑吧,快跑呗！"那只梅花鹿就睁开眼,爬起来,头没回,话没说,转眼就不见了。

那伙小孩来到一看梅花鹿不见了,一齐怨春旺给吓跑的,就逮着春旺"提溜扑腾"地砸了一顿。

春旺叫人家砸得浑身发疼,一直挨到天黑也没走出山去。他听见山上狼嚎虎啸的,就连急带吓地哭起来了。他正哭着,来了一个年轻的樵夫把他领了去了。春旺到了樵夫家的门口,四下里一看,心中十分惊奇！咦？这是哪儿来的一户人家,狮子把门,楼亭瓦舍的。他正在纳闷,那个樵夫说:"走吧,兄弟！甭纳闷,我就是你救出的那只鹿,这是我家,咱快来家吧！"

春旺在鹿大哥家里待了几天,人家招待得可没说的！上顿鱼下顿肉,顿顿饭有酒。越待越好,就和鹿大哥拜了仁兄弟俩。

这一天,春旺想起他娘来了,非要家走不可。鹿大哥怎么也留不下,只得恋恋不舍地,送他出了大门。临走,他给了春旺一只筐,和春旺说:"兄弟,你别嫌这筐不好,只要你割草用它,对你是有好处的。"春旺接过小筐,两眼泪汪汪地不爱走,鹿大哥说:"走啦,往后你管有什么困难,来到这里咋呼一声'鹿大哥',我就马上来了。"

春旺回到家里,还是勤勤谨谨地过日子,孝孝顺顺地伺候着老娘。可就是在割草时出了个奇事:只要他割上一把草放在鹿大哥给他的筐里,转眼就是满满的一筐。这样,他割草也不大费劲了,就常去找鹿大哥玩。

春旺长到十八岁的这一年,他娘死了。他料理完丧事,就去找鹿大哥。鹿大哥见他愁眉苦脸的,就问道:"兄弟,你有什么愁肠?和哥哥说说呗!"春旺说:"鹿大哥,实不瞒你,咱娘死了,家里连个办饭的也没有,我寻思……"没说完他就红着脸低下了头。

鹿大哥一听他的话,就知道了他的意思了,对他说:"兄弟,甭愁!赶明日九仙女她爹生日,九仙女今黑夜都下来上西河里洗澡。她们到更数天,就披着美丽的孔雀衣下来了。你早去等着,瞅着她们都去洗澡时,就偷着最漂亮的那个九仙姑的孔雀衣,跑去一百步的地方等着就是。"

吃完下晚饭,春旺早就爬到河边的草丛里等着。到一更来天,春旺看见天上一溜明晃晃的星星往下坠,一下子落在河边上。春旺一看:正是九只美丽的孔雀。她们脱下那闪闪发光的孔雀衣来,都光着腚洗澡去了。春旺瞅了个空,悄悄地偷着九仙姑的孔雀衣,跑出一百步去住下了。

待了会儿,一个一个的仙女都穿上了孔雀衣,轻轻飘飘地飞上了天。剩下最后的九仙姑,她找不着孔雀衣了,就赤身露体地坐在那儿哭起来了。她正哭着,听见草丛里有人唱道:

  天上飞下了仙女姑娘,
   我取得了她的孔雀衣裳。
   想要回衣裳也不费难,
    只要她称我是她的郎。

孔雀姑娘顺着歌声望去,见一个俊秀标致的小伙子拿着她的孔雀衣。她惊奇得很：世界上还有这样漂亮的小伙子吗？她越看越爱看，不由得心中动了情，羞羞答答地唱道：

　　小伙子你爱我要真心的爱，
　　要不我死也不认你做情郎！
　　你若是真心实意地将我爱，
　　请快快还给我的孔雀衣裳！

春旺把孔雀衣抛给她。她穿戴好了，可把春旺惊呆了！怪不得常言说九仙女是最俊最俊的！真是世界上再没有再比这更美丽的姑娘了。

打那，他俩就结为夫妻。这对人儿恣劲，那就甭再说的了。

过了九个多月，九仙姑"养活"了一对双生①。这对双生，是一男一女，都白生生的，胖悠悠的，可爱奖人哩！

到了九仙姑下凡整一年的这一天，她在天井当央里栽了棵葫芦，一眨眼的工夫，直长到天顶。春旺就问到她："你栽这么高的葫芦干吗？"她说："今日是咱爹的生日，我给他做寿，你先照料着孩子，我到黑夜就回来了。"春旺相信她呦，就叫她走了。她踏着葫芦叶子，像飞似的上了天。

谁知到黑夜，九仙姑没回来，等了一天，还是没回来。又等了一天，还是没回来。抛下两个孩子叽叽哇哇地光哭，春旺急得捶胸跺脚！别无法了，只得去找鹿大哥。

春旺到了山上，咋呼了三声"鹿大哥"，鹿大哥就真的来了。他和鹿大哥说了说：九仙姑怎么走的，怎么没回来……鹿大哥说："我知道，兄弟，并不是九仙姑不愿意回来，是她爹看不起凡人，不让她回来……"鹿大哥还没说完，春旺就呜呜咽咽地问道："那怎么办，鹿大哥？不能想个法上天去叫她吗？"鹿大哥说："兄弟，有个办法：今黑夜天上那九只神虎下来，上西河岸里喝水，你把两个

---

①　养活：生了。

小孩捆在腰里,等神虎往天飞时,你偷偷地抓住它的尾巴,就上天去了。"春旺又问:"那神虎再倒回头来吃了呢?"鹿大哥说:"老虎不吃回头食呀,兄弟。""可到天上我上哪儿去找她呀?""你把小孩拍打几下。小孩一喊,她娘就去来了。你见了她,可凡事都得问过她再做才行。要不,就送了命。"春旺一边往回走着,一边和鹿大哥说:"回去吧,鹿大哥!我都记住了。"

到了黑夜,春旺真的照鹿大哥的话做了,一点也没差,他在天上和九仙姑见面了。

九仙姑又心喜,又担惊地哭着说:"你爷仨怎么来的?这回来可得好上加小心呀!我要回去,咱爹怎么也不放我回去,你来他一定想害你呀!"

"他要是害我那怎么办呢?"

"不要紧,他管叫你做什么,只要你和我说声就行……把孩子给我,快去见他吧!"

九仙姑她爹的心眼是又鬼又坏。他虽然想一下子害煞春旺,可表面上怪好哩!还是亲亲热热的,客客气气的,顿饭摆下酒席,宾客相待的。春旺就少说话少喝酒地防备着。

吃过晚饭,春旺到了九仙姑那里。九仙姑问他:"咱爹叫你在哪屋里睡觉?"春旺说:"他叫我上东屋睡呢。"九仙姑一听,就惊奇地说:"那你可要吃亏了!东屋里一个九百六十斤沉的虱子精,到三更半夜就起来吃人。"春旺吓得恳求着九仙姑说:"那你得想法搭救我呀!"九仙姑说:"甭怕!既然说了,自然是搭救你。我给你一碗水,一块肉,和一把篦子。等虱子精出来的时候,你就说:'害渴了有水,害饿了有肉,不渴不饿就快滚!要不你姑娘的篦子在这里。'说完你就刮刮篦子,它就吓跑了。"

这一黑夜,到了三更来天,春旺听见呼呼发响,觉得地动屋摇,睁眼一看,见一个虱子比水牛还大!他忙说:"害渴了有水,害饿了有肉,不渴不饿就快滚蛋!要不你姑娘的刮头篦子在这里。"说完,他就刮得箅子"嗤嗤"地响。那虱子精一听,吓得屁滚尿流地跑了。

第二天早晨,恶狠的老丈人,拿着木掀和笤帚,想去打扫骨头。可谁知推门一看,春旺正睡得"呼呼"地呢!甭说害他的性命,连根头发丝也没少。这老家伙一看没害成功,就只得另想办法。

又到了下晚,九仙姑又问道春旺:"今黑夜叫你上哪屋里睡?"春旺说:"叫我上南屋睡呢。"九仙姑说:"那也得好上加小心!南屋里一个三千八百斤沉的臭虫精,这妖怪可厉害哩!"春旺一听就向九仙姑求救,九仙姑说:"我再给你这碗水和这块肉,另外再给你这只梅花针。等臭虫精出来时,你再说:'害渴了有水,害饿了有肉,不渴不饿就快滚蛋!要不走你姑娘的梅花针可在这里!'说完你扳扳梅花针就吓跑了它。"

到了黑夜,春旺在南屋里睡了。约莫到半夜时候,又听见"呼呼"发响,觉得地动屋摇。睁眼一看,见一个臭虫比碾盆还大。他就忙说:"害渴了有水,害饿了有肉,不渴不饿就快滚蛋!要不走你姑娘的梅花针可在这里。"说完就扳了扳梅花针,梅花针"噔棱噔棱"地响了几声,就把个臭虫吓得连滚带爬地跑了。

第二天早晨,恶狠的老家伙又拿着木掀和笤帚,想去打扫骨头。可谁知他推门一看,春旺正睡得"呼呼"地呢!这回可把老家伙气坏了,他咬咬牙根,心中想到:哼!到黑夜叫你尝尝滋味吧!看你有多大本领?

到了第三天下晚,九仙姑又问道春旺:"今黑夜叫你在哪屋里睡?"春旺说:"今黑夜叫我上西屋睡呢!"九仙姑一听,吓了一跳!她说:"啊呦!今黑夜可更险了!西屋里有个老蝎子精,它的'毒子'比黑碗口还粗,谁也难治它!"春旺一听吓急了,忙恳求九仙姑救他!九仙姑说:"这样吧:它只怕一把剪子,这把剪子在我娘那里放着,等霎霎我去偷了来给你。你再拿着这碗水和这块肉,等它走来时,你就说:'害渴了有水,害饿了有肉,不渴不饿就快滚蛋!

要不走你奶奶的剪子在这里。'说完了,你就嘎哒嘎哒剪子,蝎子精就吓跑了。"

到了三更来天,果然出来个蝎子精,翘翘着根"毒子",比黑碗口还粗。春旺一见它出来,就说:"害渴了有水,害饿了有肉,不渴不饿就快滚蛋！要不你奶奶的剪子可在这里。"说完他就"嘎哒嘎哒"剪子,吓得蝎子精耷拉着"毒子",溜溜地跑了。

到了明天,老坏家伙又拿着木掀和笤帚去打扫骨头,他一边走着一边说:"哼！这回可翻腾不了了吧！"可谁知他刚推开屋门,春旺冷笑着说:"你老人家早来打扫当门①啊？"老坏家伙一听,啥也没说,气得倒头就走了。

到了第四天下晚,九仙姑又问道春旺:"今黑夜叫你上哪屋里睡呀？"春旺说:"今黑夜咱爹叫我在堂屋里和他一铺睡。"九仙姑说:"那可危险极了,堂屋里有口三万六千丈深的琉璃井,里头有三万六千条毒蛇。这口井到三更天就敞开了口,是专为害人才设上的。他想趁你睡着时把你蹬下去。你要是掉下去,那就甭想活了。"春旺说:"那你想个啥法搭救我呀？"九仙姑说:"这样办吧:我给你一个枕头,你约莫着到三更来天,就爬下床来,把枕头放在床上。他未曾蹬时管怎么问你句话,你就怎么也别搭腔！等他把枕头蹬下去,你再上床睡觉就是。"

到了这一黑夜,春旺约莫有三更天了,就悄悄地爬下床来,把枕头搁在床上。他刚放好枕头,那老家伙就咋呼:"九妮她女婿,你渴了吧？哎,你渴了吧？"他一听没有搭腔,当是春旺睡浓了,就使劲一蹬！他听见"扑通"一声,恣得笑着说:"你这凡东西,我叫你再要我的九闺女！"

到了天明,老家伙一看:咦！他怎么还好好地睡在这里？这是怎么弄得呢？哼！管怎么再另想法治煞你。

---

① 当门：屋内的地。

这天吃完早饭,九仙姑见春旺满面愁容,问他:"你又愁什么?"春旺说:"你看咱爹会难为我吧!给了我把竹篮子,叫我今上午就浇完整个后花园的花。要是浇不完,就叫我自己回去。浇完呢,就让你我一块走!你说篮子怎能打水呢?再一说,我一个人怎么能浇完呀?满园的花草无边无沿的!"九仙姑说:"嘿!你不知道他的鬼把戏呀!他并不是叫你浇花,是想害死你呀!那井边有四条小石龙,要是谁一动井里的水,它就立刻变成比梁还粗的活龙,有你一百个也剩不下。"春旺撒急地问:"那怎么呢?还能光让我回去吗?"九仙姑说:"还能光让你自己回去?我有法呀!"说着她就从手指上撸下四个戒指来,和春旺说:"我给你这四只戒指,你去扣在小石龙的头上。紧着别拿,它扣急了就哀求你饶命,等它哀求饶命,你叫它替你浇花就是!"

春旺到了后花园里一看,满园花草,旺青旺青的,看不到头望不到边。他走上井台,见四条小石龙列在井口的四个角上,他就扣上了四只戒指。还没扣上吃袋烟的工夫,四只小石龙一齐"嗷嗷"地求饶:"这是哪位姑娘的戒指呀?可扣焖了头啦!快点饶命吧!"春旺说:"待要你姑老爷饶命,得给我浇完这一园花。"说也真怪,他刚住了口,下了一阵毛毛细雨,把花浇得匀匀和和得了。

这一难脱过去了,九仙姑她爹的坏心还是没死,他又另想了毒计,把春旺叫去说:"给你这把木刀,上山后边砍三百六十棵大毛竹来,光要黑碗那么粗的,你晚上就给我都弄到大门前边。要弄不来,你甭说要我的九闺女,我还得要你的命哩!"

这回春旺可吓毁了!他心里想:"今天上午没害煞我,今天要逼煞我!管怎么找九仙姑问问去吧!"

九仙姑听春旺说明了这事,满不在乎地说:"不要紧,有我你啥也甭怕!咱脱过这最后一关,就可以家走了!"春旺一听可恣极了,他问:"这一关怎着脱法呀?"九仙姑说:"凡是山后的竹子,每棵里头都长着一条毒蛇,你要是砍倒一棵,那就甭想活了!"说着,她就拿出一缕青丝,一根银簪子来,给了春旺,接着说:"你去先别砍,先用丝线拴住三百六十棵的竹子头,就系住了里头的蛇头。蛇被丝线勒急了,它就一定求饶。等它求饶时,你再把银簪子银在木刀刃上,砍倒一棵你就说:'给我滚到你老爷的门前时再饶命!'可到了大门前你也别解丝线,把竹子头一刀一刀剁完就是。"

春旺走到山后一看,满山毛竹像黑碗似的那么粗,里面的毒蛇都"吱吱"地叫。春旺一口气栓完了三百六十棵,里边的毒蛇都勒得"吱吱"地求饶。春旺就抡起木刀来,一刀一棵,一刀一棵的砍着,一边砍一边说:"快给我滚到你老爷家的大门外,我再饶你们的命!"

说也真怪,那三百六十棵竹子都伏伏贴贴地听着春旺的命令,滴溜骨碌地滚到大门前,春旺点了点数,一棵也不少,就叫那个老混蛋丈人来点数。那老昏家伙一听,连数也没点数就气煞了。

九仙姑一听她爹气煞了,忙把春旺叫来,给了他一把伞,和他说:"你快快地走吧!再晚一步我那些凶恶的哥哥来就要了你的命!"春旺急得哭着说:"我又不会飞,怎么往家走法?"九仙说:"你拿着这把伞比长了双翅还稳当!"春旺更怨凄地说:"就算我安安稳稳地回到家,你不回去也是枉然,我非想煞不可!"九仙姑急得语不成声地说:"你快走呗!你到家了我也到家了,请相信我吧!可你要千千万万地记着:不到家你死也别撑开伞。"

春旺两手巴巴地抱着伞,轻轻稳稳地往下降。落到半天空里,乌云盖天,霹雳火闪,连雹子带雨地往下压开了。可不管怎么样,春旺牢牢地记着九仙姑的话,情愿叫雹子砸煞,叫雨淋煞,也不撑开伞。

春旺到了家,淋得湿漉漉的,像个水鸭子似的。可他没顾得换衣裳,就忙着撑伞。这一撑不要紧,可把春旺恣极了!他猛着一撑伞的时候,九仙姑和那对胖孩子一下子落到地上。春旺恣的把九仙姑和孩子抱起来了。

就这样,他们安安乐乐地、亲亲爱爱地、男耕女织地,过着甜蜜的日子。

五五年八月二十六日

附:《春旺和九仙姑》整理说明

整理的原则,是在原来故事基础上作了个别情节的改动。语言上虽缺乏人民口头制造的特色,但有些地方仍是保持原有语言。

在个别情节上的改动和我认为有改动的必要,共有以下几点:

一、原故事把九仙姑的上天做寿、屡次救春旺等情节,都写成了被动的。如偷上了天和春旺跪着向她求救等,我认为这样消弱了九仙姑这仙女和凡人春旺的感情。改成明着上天,和在河滩上羡慕春旺应允成婚,以至上天后主动搭救春旺,比原来情节或许好些。

二、原来是九仙姑她爹没死,我在初稿时也是写他没死,但根据情节的发展,就写成他气煞了,我认为这样可能更有力量些,而且我觉得她爹也该死了。

三、原来还有跳蚤精什么的,我觉得虽是人民口头创作的特色,但过于繁复因而则去了几样。

四、原来写浇花和砍竹子是这样的:浇花时别动石龙,它就不伤害人;竹篮子是用脂油糊起来才打水浇的花;砍竹子时是说别砍弯的,弯的里面有蛇。但我觉得改为石龙浇花、砍杀毒蛇、以及把九仙姑她爹气死,更能说明了九仙姑之爱春旺、恨其父的心理,也说明了她的神通广大,能制服一切精怪。

五、原故事还有在最后九仙姑她爹在花园里藏,让春旺找等情节,似无甚关要,不能说明九仙姑她爹的阴毒,故删去。

六、本想后边再提梅花鹿,但生怕分散了故事的主题,没有提及。但有些听故事的人,好听完后问道:"他鹿大哥呢?"在结尾时,是否可添上这样一节:九仙姑她哥来追,到半空里被鹿大哥救出来了。还待研究。

小草鞋①

一个人,二十多岁,家中非常贫寒,也没有娶上媳妇。自己虽然识几个字,也实在没有当家立业的本领,终日很是纳闷。

这天,自己房中突然有一双小草鞋不知从哪里来的,旁边只有书信一封,是说明这双草鞋将来可以有大用。

过了些时候,这人一心想去山西赶庙会,于是拜别了爹娘,辞别了兄嫂,拿着小草鞋,带着盘费去了。走到中途,他在一河边洗脸,从那来了一抬绿纱小轿,走到河边也停了下来,从里边走出一位花枝招展的俊俏姑娘。这人也是看呆了,手脸都忘了擦干,跑了过来。这姑娘也看到了这人年轻美貌,只是衣衫破烂,于是从腰中掏出红汗巾一条包了三个金壳扔了过去,自己坐上花轿走了。

这人不知怎么回事,一心看中了这个姑娘,明知她是官宦财主家的女儿不能相见会话,但心里总是恋恋难舍。于是,庙会也不赶了,直朝着轿的方向追过去。

轿来到一个村庄,进入了一家大院。这家有几层院子,楼房瓦阁,一片灰青,大门两旁还栽着两根高高的旗杆。这人进不去了,

---

① 山东沂水民间故事。

只在门前逗留了又逗留。又几天就身得重病了。

这村上有一个好心的郭老妈妈,少儿无女,一个人过活。她知道了这事情,把这个人叫到自己家中,问明了来历,结果认他作了干儿,答应尽力与他串说。

这天,郭老妈妈来到官府,看了老太太问安,说明自己为老太太祝福唱戏,请老太太和姑娘亲临观戏。老太太大喜,赏给白银五十两。后来又到了绣楼,把真情实景向姑娘说了一遍。姑娘一面害怕,一面难过,结果答应到看戏那天与那人相会。

唱戏了,头天老太太不让女儿出来看戏。第二天,由于郭老妈妈左说右劝,才让出来。看了一会,姑娘假装小解,走向郭妈妈家来。那人躺在床上,一看姑娘来了,如狼扑食一样,猛地站起把姑娘紧紧抱住,啥话也没说。这姑娘心急害怕,又看到他面黄肌瘦,发长眼大,也扑咚倒在地上吓死了。

一会苏醒过来,假装有病,回到绣楼去。这事除了郭妈妈,谁也不知道。

这人一天病重似一天,郭妈妈急得没法。恰巧,八月十四日是老太太寿诞之日,郭妈妈把这人装在礼盒里,假装拜寿,抬至官府。老太太说:"郭妈妈,你这户穷人家,为啥抬礼?"郭妈妈慌忙地说:"这还不是该孝敬老太太的?你忙,客多,我到绣里拜见姑娘去。"说着到东绣楼里去了。礼盒也叫佣人抬了去。老太太客多人众,没有理会这些,别人谁还多嘴呢?

佣人们把礼盒抬到绣楼,郭妈妈开了腔让他们回去。她把盒盖挪开,让那人出来,姑娘一看,左右为难,最后把他装在一个站橱里。

从此以后,姑娘也不大用人了,送饭的也一天一天地多拿起来,大家都疑心,可是终究被她嫂嫂知道。嫂嫂告诉了老太太,老太太非常生气,可是又不敢声张,怕失了官体,结果非得叫佣人把绣楼烧掉不可。

楼上火起来了，那人和姑娘抱头痛哭，忽然那人想起了小草鞋，于是从腰内解下，穿在脚上，把姑娘背起，小草鞋就自自然然地会腾云驾雾了，从窗里逃了出去！

小伙子和二姐

从前有姊妹二人，大姐长得很丑，二姐长得很漂亮，她家住在村西头，跟着父母过日子。庄东头有个小伙子，长得很漂亮，又很爱劳动，人家给他说媳妇，他总是摇头说："不要。"他娘为了此事很发愁。有一天，就把自己心里的话对儿子讲了："我年纪已经这样老了，不定哪天就要死去了，你不讨亲，我死后也不能闭上眼睛。咱家虽然很穷，但是你很勤力，人才长得也不差，人家都愿意给你说亲，你为什么不要呢？你看中了谁家的姑娘，我可托人给你去说。"小伙子低着头不作声。他娘赶着往下问，他猛地抬起头来，对他娘说："我看中了西头的二姐，别的，我都不要。"

他娘听了儿子的话后，赶快托人到西头的二姐家说亲，一说就说成了，因为二姐家过去挑了很多小伙子，都不称二姐的意，她说："除了东头的那个小伙子外，我是谁也不嫁。"

结婚后小两口过得很如意，你恩我爱，成天介有说有笑的。大姐看了就很嫉妒，一心要想害死二姐。

有一天，姊妹二人，到河边去洗衣服，大姐就把二姐推下河去淹死了。二姐死后变成了一条鱼，他男人每次过河她总是跟在身后。这小伙子很纳闷，说："这条鱼为什么老跟着我呢？"那条鱼就浮上面，对他说明了大姐的诡计，并教他把大姐引到河边，推下河去淹死。

小伙子回到大姐家,对大姐说:"你能帮我做一件事,我就娶你作老婆。"大姐说:"那好吧。"于是小伙子就和大姐一同到了河边,他指着河里对大姐说:"请你下水去捉这条鱼,捉来后,把鱼分成两半,你一半,我一半,咱们两个吃。"

大姐下了河,结果就被淹死在河里了。二姐又变了原来的样子,同小伙子夫妻二人又开始过着男耕女织的幸福生活了。

红孩儿的故事

沿着沂河有一座大山耸立着,人们叫九顶莲花山。传说山中有很多洞,最有名的是九洞十八怪中第八洞里红孩儿的故事。

红孩儿是一个小怪,出来便变成一个穿着红衣裳的顽皮的孩子,他戏弄行人。装作怪叫,引人上当,远近的乡下人都怕他。这里成了绝路,道路改修到小河庄,直到唐僧取经时才收服了他,一乏往西天去①。

猴儿庙

龙山有一个猴子庙,八怪庄有一个姑子庙,他们相互勾结在地下掘地道相通,在神堂暗设机关,如看到标致的姑娘就操动机关,

---

① 一乏:一起。

使她跌进去。一下不小心跌进了一个男子，真假清了，人们知道了内幕，便赶走了和尚和姑子。

开灰窟

在古老的时候，沂水边上有九口石灰窑，排列着冒烟，传说是沂水小宣庄龙财主造的。为了填平河沟，所以使它日夜的冒烟。

龙财主他有一个儿子，小时就很有才气，能作诗作文章，家里人很喜欢他，平时，他最喜欢在河里洗澡。有一次他跳到河里时，见河里水向两旁分开，露出一座金碧辉煌的殿堂，大门站着一位美丽的姑娘邀请他进去，他迷迷糊糊地走进了宫殿。他们待他非常客气，让他吃果子□□，□□都非常□□□□，他们都要□□□□□。儿子一天回家，就说道："我要去洗澡，吃果子去了。"他们都非常奇怪：洗澡怎样吃果子呢？他骄傲地说："我每次洗澡，都有一位姑娘引我吃果子，她爱上了我。"伙伴都不信，和他赌东西，相约：如你带出一个标记来，我们请你吃酒。他说："好。"

第二天下午，他又游到了小河，水怪还是像以前一样殷勤地招待他，吃酒，吃水果等。他偷空时看见水怪做的花鞋，就顺手偷了。他回到岸上，向朋友显示了绣鞋，非常骄傲地说："如何请客吧？"说完大笑而回。

第二天，他又下河里了。一到水里只见水中冒起一股血流，公子再也没有了影踪。他们的父母呼天呼地地哭叫，可是救不了儿子的命，心中生起了怒火，立誓要报仇。于是就在水沟附近烧起九口石窑灰，用来填平水沟。烟火日夜不休。过了几天只见小河中波涛汹汹涌涌，小浪中飘出来一张白纸上写龙员外不必费心机，俺已搬家去了。

从此,小河平静了,龙员外的家也荒寂了。更凄凉地是九座未烧完的石灰窑,还零落的在小河旁。

石头人招亲①

王老汉的老伴早年去世,只丢下三个闺女。大闺女、二闺女都过了门,只有第三个闺女没有过门。三闺女一来年龄小,还只十五岁;二来长得俊俏,王老汉宠得欢,不合适的人家,王老汉又不满意。就这样三闺女没能找到婆家。

俗话说得好:"养大闺女是人家的。"王老汉何尝不为此而操心?王老汉的心常为三闺女弄得吊桶似的七上八下。

一年又一年的过去了。到了第三个年头,三闺女的肚子突然大起来了,他爹像晴天霹雳似地大发脾气对着三闺女说:"不要脸的贱货?竟敢偷起汉子来了,是谁?快给我从实的招来,要不,你就不要活了!"

三闺女吓得额角上出冷汗,他爹爹从来没有这样对待她。三闺女迎面跪下来了,哭着说:"爹,饶我一次吧!"王老汉看到女儿这样,他的心也就软下来了,就对女儿说:"到底是谁,你说吧!"

三闺女哭着说:"爹,饶了他吧!"

王老汉逼着女儿说,女儿就不说。王老汉心疼女儿,也没问下去。是他更怕外人笑话他,就对女儿说:"从今后,你不准外出,我把你锁在屋子里。"

三闺女的肚子怎会大呢?说起来这里面有一段故事。王老汉的

---

① 民间故事。

地在村子的背面,到地里去要翻过一座山,在山的东面树荫下有一尊石头人,雕刻的十分漂亮,三闺女到地里来去的时候总是要在树荫下歇会。

日子一久,不是一个人,有时与爹爹一块来去,怪寂寞的。每当她一个人在树荫下歇的时候,不免要自言自语起来:"大姐和二姐还有姐夫陪着,我呢?"有时候在石头人的像上哭起来。

在她十八岁那年,依然是她一个人去下地,回来的时候照例在树荫下面对着石头人。她愣怔的看着石头人,愈看愈一眼不放松,使命地盯着,口里念着:"啊!这样漂亮的郎君,我多么欢喜,就是嫁给他,我死了也值得的。"不一会她清醒过来,就指着石头人说:"可是你终究是石头,你不是人"。

那以后三闺女的肚子就一日比一日大起来了。

如今三闺女被爹关起来了,她暗暗的流泪,她想这样下去不是事,那么逃,又逃到哪里去呢?门上了锁,怎弄得开呢,恨爹!爹一个人也怪可怜的,我走了谁来照料他呢?爹不要女儿,女儿还顾得爹吗?下定决心要逃。

一个暴风雨的晚上,雷声轰隆隆响着,天上打着闪,风呼呼地刮着。三闺女从梦中被这惊醒过来,听到砰的一声,门开了,接着就有声音:"妹子,快逃,哥在这里接你!"三闺女翻身起来,睁眼一看,一个像石头人那样漂亮的人在向她招手。她不管雨下得如何大,风刮得多么厉害,闪打得多么亮,一股劲地向门外冲出去了。

第二天,王老汉来送饭,只见门开着,屋里的东西没有动。王老汉大声地叫着:"女儿,女儿呀!你跟着汉子走了,丢下你年老的爹!"王老汉自此一气,生病好几天。大女儿、二女儿都来看他,安慰他,未久也就复元了。三闺女却没有回来。

王老汉从地里回家,坐在树荫下歇,抬头一看,对面的一蹲石头人没有了,回家后问村里人,村里人怪王老汉管闲事,说:"什么石头人没了,谁搬啦!吃饱饭涨肚子的人才管呢。"王老汉也没敢多问,可是在王老汉心里有个疙瘩,莫非我的三闺女是石头人抬去了?

四举人争父

从前有一个公子,他上京赶考,路上和一家小姐有私情,结了婚生了四个儿子。后来儿子长大了成为举人,可都不知自己的父亲。举人如何能没有父亲呢?于是大家找啊找,才找到了。找到了,每个人前都说是自己的,为了父亲大家打起来了。

破毡帽

从前有一个穷才子,救了一条鱼的性命。这鱼是龙王的太子,为了报答他的恩情,太子说:"你需要我时,到海边来叫我三声,我就来帮助你。"一天他家里没有饭吃了,他到了海边大叫"太子"三声。金鱼带他走进深宫,路上嘱咐他:"我父亲要送你东西你什么也不要,只要他破毡帽,那是件宝贝。你要什么,它有什么。"果然他得了破毡帽,后来考中了状元,过着快乐的日子。

老蛇精的故事

一个青年和老蛇精的女儿在一起和老蛇精斗争的故事。老蛇精假装要他作女婿,实际上是要吃他。他和他的女儿在一起,得到蛇精女儿帮助,战胜了蛇精和她嫂嫂——蜘蛛精,取得最后的胜利。

几个条件

从前有一个地主待人很刻薄,上他家做工的人是没有一个能待长,也没有一个人能得到好处。

事情就这样发生了,有个老实的、赤贫的农民工上他家做工,按照他以往雇人的规矩,那就必须讲好条件,所以这次当然也没有例外。条件是这样定的：全年给他二百吊钱,工资不很低,可是说要是不听地主的话那就要扣五十吊钱。当时人家也没有办法,因为一则不答应自己生活没有着落,二则又想假如自己能小心一点的话也许不可能发生扣钱的问题,所以这些就这样应了。

那个雇主一开始做工就发生这样的一个问题,那就是,地主叫他把庄头的一个井抬起来,井还能抬吗？没法只好扣了五十吊钱。

事情接着又来了。在锄地的时候,地主又叫他来屋上把草拿锄头锄去,屋上怎么能锄草呢？结果又退了五十吊钱。

过春天又过夏天,过了夏天又过秋天,接着就来到了冬天,在这漫长的时间中,由于自己的小心谨慎才总算没有出了事情。

十月过去了是十一月,将到腊月的时候,因忙着打扫屋子,把脸上搞得都是灰,这时地主又出了新花样,让他打冰来洗脸。你看这怎么使得呢？这又得扣五十吊钱,就这样白干了一年活回家。

家里有个兄弟,心眼多,看到弟弟闷闷不乐就问到了这件事,听到了很气愤,说:"明年我找他一定要把这批钱搞回来。"

他就上那里去了,按照规矩又定了条件:违背我那就涨五十吊钱。这里他不知道那地主怎么想的,还是答应了。

开工,他就叫地主帮他一起把井抬起来,又叫去屋上锄地,又说脚上生了冻疮,□□不能□,这样到年底拿了四百块,回家告诉弟弟:"我一年拿了他两年的钱。"

兄弟俩称娘①

一家兄弟俩,分居度日。老大以杀猪卖肉为生,做事不大公道;老二勤俭劳苦,以农为业。兄弟俩有八十岁的老母亲轮流管饭。跟大儿时,粗汤剩饭,冷吹慢打半月就瘦了②;跟二儿家时,细米白面,熬肉不断,半月多就又吃胖了。

老二实在看不过去了,一天给老大商量说:"哥哥,咱这八十岁的老母,都要尽心奉养,为了要看看谁奉养得好,我看咱半月用称把娘称一次,只许一会比一会重,不能减轻。"老大没法,也只得答应着这样办。

每半月把娘称一次,每次娘的重量都不少。在老大家住半月,虽然脸上消瘦了,可是称一称还是增多不是减少,问母亲,母亲也不说。老二明明知道老大不孝顺,可是也找不出什么证据。

这天又是从老大家管过饭,用称称娘,可巧,称系断了,把娘跌

---

① 山东沂水民间故事。
② 冷吹慢打:待人不热情的意思。

在地下，从娘的腰中，滚出一个圆大的猪尿泡①，里面装满水。老二一看心里明白，气得半天说不出话来，最后跺着脚说："哥哥，你做生意渗水作假，为啥对咱娘也渗水作假呢？"

龙山的故事②

满清年间不知从什么地方来了一伙和尚，他们都有一身武艺，他们就在龙山上面造起一座奇殿，在那里住下来。

龙山是一座秃头山，没树没草，可是从东往北去的人都要由此经过。

这班和尚的心眼坏透了，不安分守己，专门干一些拦路打劫的事情，盗男劫女，拐骗妇女。住在附近的老百姓恨透了他们，可是敢怒而不敢言。

离龙山有十几里地的庄子，有家姓刘的，他家有个闺女长得俊俏，被龙山的和尚看中了，不久就被他们劫到奇殿来，关在山洞里。

刘家知道了自己的闺女不见了，就到处打听呵。只是听见外面的传言，只说他家的闺女关在龙山和尚庙的山洞里，但他无凭无据只好忍气吞声哑口无言。

一年又一年的过去了。到了第三个年头，各处纷纷谣传龙山的和尚庙老佛爷现形了，要开殿，四邻的老百姓用香火要祭祀老佛爷。看过老佛爷现形的，都说佛爷长得又白又胖，是有福相，是来拯救老百姓大难的。

---

① 尿泡：即膀胱。
② 民间传说。

后来才知道，这个老佛爷就是刘家的闺女。他们把刘家闺女劫来后，关在山洞里，不让她见太阳，又给他吃肥肉，把这个闺女弄得又白又胖，就成了老佛爷的样子。

开殿祭祀那一天，刘家闺女的哥哥，也来祭祀了。在祭祀时就看出了，这个老佛爷是他的妹妹，不过变得又白又胖了。

她的哥哥回家后，就告诉了家里的人，说："俺的妹子在和尚庙里。"与家人商议好，就写了状子，把这个和尚庙做的一些滔天罪行，告到京里去了。

告状告到钦差刘墉那里，刘墉就原原本本地上奉皇上。皇上看了后，就像没有什么事，就说："和尚庙里，拦路打劫，奸淫妇女，是一些小事，也就罢了。"

后来才知道，皇上与那般和尚中的一个老和尚是拜把的兄弟，有深厚的交情。

刘墉听皇上说是一些小事，也就罢了，就没敢多言。但是心中怀恨，和尚拦路打劫，奸淫妇女，是一些小事吗？也就罢了吗？非常气愤，可是他又不敢完全相信告状的人，真有此事吗？如果有的话一定要除根，来惩办这班贼和尚。于是他就暗暗地化装，带着随从私访龙山一带。到了龙山那一带果然打听出来了，就把当地的官兵集聚起来，包围了和尚庙。个个和尚被擒，没漏一人。一个个和尚被缚起来后，就在龙山下挖了许多地窖，和尚就一个个的活埋在地窖内只留头于地面，用牛耙从和尚的头上耙过，这样来惩罚了和尚。这些无恶不作的和尚，就这样被刘墉处死，给老百姓申冤了。

刘墉办完了这件事，回到京里，上奉皇上，说："我已把和尚耙了。"皇上说："我说过，只是些小事，也就罢了，不知你是怎样的个办法？"刘墉说："我是把那些和尚用牛犁耙给耙了。"皇上说："那么是把他们给处死了？"刘墉说："是。"皇上说："我说罢了，你怎么把他们给处死呢？"刘墉说："皇上不是说一些小事，也就耙了吗？现在我给耙了。"就这样，刘墉说得皇上哑口无言。

直到现在在龙山下面,还有一块大石头,砸在那般和尚的脑壳上。

把鞋给我

正碰上田里歉收的年份,大家都没吃的,地主家里藏了粮食不肯往外卖,在以前,总是东西越贵他就越不肯卖。沂水有一个武家庄,有个中农叫武纪于,因为家里没粮吃,想上邻村的一家地主家去买一点粮食,哪晓得那地主总什么也不卖。

武纪于这时眉头一皱计上心,说我来拉个呱给你听罢①,也没有得到对方的允许就开了腔。说从前有个跳蚤和一个虱子,拜了干兄弟,拜了兄弟以后因为工作需要两个人就分别了。一个是进城里去了,一个是留在乡下,感情很好亦常来信。城里的要乡下的去见识见识开开眼界,乡下的实在因工作太忙了便离开。有话则长无话则短。冬天过了,就来到了春天,乡下农民都把棉的拆洗了准备藏起来,这一搞把虱子搞得死的死伤的伤。有几个偶然侥幸路到城里去,找到了跳蚤谈别后之情,以后不觉谈到散后一般遭遇。虱子原本是想取得跳蚤的同情,哪知道反被跳蚤兄骂了一顿,说:"你这个真是死傻瓜,我早就出来了!"

地主一听是骂的他要他把米粜给他,他恼羞成怒就猛一下地把他鞋子夺了过来,武汉子想反正是买不到了,骂他几句,哪知道反被他把鞋子扯了,这时就要把鞋子夺回来,那地主不肯给他,说:"要你再拉一个呱把鞋子拿回去,如何?"他又开始拉了,说以前一

---

① 拉个呱:讲故事。

对男女搞自由恋爱,男的爱女的,女的也爱男的,本来打算选个好日子结婚的,哪知道这件事被女方的父母家里知道,说这样不太像话,所以又找了个婆家以适应社会。父母之命难以违,但真挚的爱情又不能断,在这进退两难中间他们商量之后选择了后一条道路,就为了纯真的爱情,生不能同生,死也得同死,就决定一起投井自杀。但又不能一起死,因为最近女家对她看得很紧,这就决定了它的特殊方式,说哪个先投井的话把鞋放在井边上,那对方可以知道。

到了那时候那个男的到井边来了,看没有鞋知道女的没有投井,本来很坚决,这时则有些动摇了,说:"我死了她不死怎么办呢?"他想还是把鞋放上,躲在旁边看一看等她死了再死也不晚。

没隔多时,女的来到了井边,一看鞋在井上,再看井里就知道是死了,她捧着鞋子不替男的伤心。突然男的从旁边窜出来,说:"你想什么?把鞋子给我!"鞋子就到手了。

三猫开会①

有一天,皇帝家的猫召集官家的猫和农家的猫在一起开会,在会上三个猫,每人都说说自己的生活。皇帝的猫首先抹一抹胡子,高兴地开了腔:

爪儿尖尖刀带刀,主人家拿着实不孬。
饿了吃那蛋蛋饭,渴了吃碗密沙汤。
晚上睡觉和万岁一屋,不知盖了多少块龙袍。

---

① 牛大娘讲。

官家的猫接着喜洋洋地说：

爪儿尖尖刀带枪，主人家拿着实在强。

饥了吃些大米饭，渴了吃点密沙桃。

夜里睡觉和娘娘一块，盖了多少好衣被。

农家的猫，听了搔一搔头皮，拉着粗嗓子说：

爪儿尖尖刀带□，可知吃了庄稼人多少亏。

吃饭打在墙头根，不知挨了多少冷风吹。

夜晚睡在锅底下，一碰碰了满身灰。

不怨他那破锅漏，怨俺老猫尿的水。

赵知县巧使完案

说的是：沂州府临沂县卞家大庄有一个秀才姓卞名学，字是有才。这一年是皇家开了大考，他就收拾行李进京赶考。走了几天，到了青州府东关，有一家门口挂着个招牌，上边写的是"卖诗人天下无敌"。这卞学一看，暗暗想道："好大的口气！"他就放下了书担，走了进去，叫了一声："掌柜的，买诗呵。"这时从里面走出了一个青年妇女，问道："你买诗吗？"他说："诗是怎样买卖的？"那个青年妇女说："一个钱，一个字。"卞学掏出十七个钱，那妇女就给了十七个字："学生本姓卞，文章满了篇，进京去赶考，□□。"卞学就对卖诗的人说："你要买吗？"女的说："俺光卖不买。"卞学说："我送一首给你。"女子说："送就要。"卞学就提笔在手要了一张纸写道："大姐本姓洛，写诗真不劣，咱俩作两口，使得。"这个妇女一听就吵闹起来，这时赵知县正由城里上城外来，听说有男女吵闹起来，又听说卞学是秀才，既是秀才就得通理人之道，于是就下令落轿,传来了那两个打官司的又把写诗的事说了一遍。赵知县听完就把卞学拉下去打了四十大板,卞学说:"俺两个人是为这个买诗才打了架,不看清楚就无故打人。"赵知县说:"那就把案子给你定了:洛卞突争吵,你俩都怪好,不愿作两口,拉倒。"

卖 我

从前有一个叫赵小六的,在湾旁捉了一个鳖,但这个人不知把它叫什么东西,想了一会,自言自语道:"就叫他个'我'吧。"

一会儿,他走到市场,高喊道:"卖我来,卖我来!"这时有个王小七的,一听到说卖我的,于是惊奇地走来了,说:"我看'我'是什么样?"这个人伸出手去拿这个鳖,一不小心,被鳖咬住了,这呀把他咬痛了,而且那个咬住了不放,他唉呦呦地直叫,他猛一用力一摔,把鳖摔到地上跌死了。

赵小六火了,马上拉住了王小七说:"不行!不行!你把'我'摔死了,快赔我的'我'!"

王小七挣扎地说:"什么?你的'我'把我咬住了,你快赔我的手。"说着把手伸出来。

两个人越闹越气,于是拉扯着去打官司,县官问道:"你们是干什么的?"赵小七说:"他把我的'我'摔死了!"县官惊奇地问:"摔死了,你怎样还会说话?""不是!我卖'我',他把'我'摔死了。"赵小六说。王小七抢着说:"他卖'我',我叫'我'咬着了,我用力一摔,'我'扔到地上去了。"县官越问越糊涂,气愤极了:"什么'我',拿来我看看!"于是赵十六把死鳖拿上来,县官一看,恍然大悟道:"呵!这就是'我'呵!"

Ⅶ 曲艺类

小归队①

人物： 王老娘、大儿、小儿、女儿、媳妇、庄长

王大娘：（上，快板）

王大娘，命运颠，
思想起来好不惨然。
想起当年小他爹真能干，
种耕扶犁簸箕来扇。
我今年，四十三，
家里家外不得闲。
我还有个小生产，
养母鸡，多产蛋。
五天能纺二斤线，
节省吃用三年整，
北海票子一大卷，
北海票子一大卷。
这笔款，烦思量，
用在谁身上也比我强。
有心给我那儿么，
山老鸹，尾巴长，
娶了媳妇忘了他娘。
小女儿模样长得强，
一名许配那张庄。
缝衣裳，打嫁妆，
准备她出门喜洋洋，
喜洋洋。
不料想，
反动派来抢粮，
万贯家财一扫光，
一扫光！

---

① 快板剧。大官庄复员军人薛度明传，群众修改。

女　儿：（上，唱）【姐儿调】

　　正在屋中绣花儿绒咳，　　忽听母亲叹息多，
　　急忙出房中，　　　　　　哎咳哟，哎咳哟，
　　人家呀生产咱生产，　　　人家呀织布咱织布，
　　一样渡难关。

老　妈：（快板）

　　小妞子，不要脸，　　　　摇摇摆摆胡乱转，
　　上什么识字班，　　　　　学会了几句口头禅，
　　张口就出"咬紧牙关"，　　闭口就是"熬过今年"。
　　（唱）【打沂水城调】
　　我的儿，听为娘告诉你，　家里少穿又少吃，
　　日子没法治，　　　　　　哎哟哎哟哎咳哟，
　　日子没法治。

女　儿：（唱）【打沂水城调】

　　我的娘不要照着俺撒气，　女儿的冤屈谁人知？
　　都说咱是落后的，　　　　自从哥哥开小差，日子更难挨。
　　庄政开春停止优待，　　　妇女会都说怪，
　　头也不敢抬，　　　　　　日子更难挨，
　　哎哟哎哟哎咳哟，　　　　日子更难挨。

老　妈：（快板）

　　小妞子别耍乖，　　　　　什么优待不优待，
　　一年吃不他几个粮，　　　指望他才迷老白。

庄　长：（上，快板）

　　主力军真能干，　　　　　打反动派捉汉奸，
　　鲁中形势大改变。　　　　安丘城这一战，
　　消灭了反动派人一两万，　人一两万。
　　（唱）【打沂水调】
　　主力军真能干，　　　　　坚持抗战拥政爱民一面做生产。

开小差的最可耻，　　　　为了子孙和自己也该去抗战。
（接快板）
王老七庄稼汉，　　　　　从前他在主力干，
没有请假回家园，　　　　我来动员他赶快回前线。
（白）王大娘开门来。

王大娘：（快板）
忽听门外有人唤，　　　　急急忙忙走向前，
轰隆开了两扇门，　　　　原来是庄长来找咱。
庄长啊，　　　　　　　　你有何言，有何言？

庄　长：（快板）
没别事没别事，　　　　　老七可曾在家里？
王大娘你听知，　　　　　你家大哥王老七，
没有请假偷回来，　　　　我来动员他赶快回主力，
赶快回主力。

王大娘：（快板）
庄长啊，　　　　　　　　他今天去赶集，
背着口袋籴粮食，　　　　庄长啊！
（唱）【送情郎调】
家里少穿又少吃，　　　　家里的日子没法治，
粮食熬不过这个月，　　　就剩下这溜溜地瓜皮。

庄　长：（快板）
王大娘啊，　　　　　　　老七若速归了队，
家中的事情算我的。

王大娘：（白）庄长啊。
（唱）
若是大儿归了队，　　　　可是二儿年纪少，
撇下俺这些女人家，　　　叫俺待怎办？
叫俺待怎办？

庄　长：（快板）

没法办没法办，　　　　　代耕队光给你干，
地里有草多锄几遍，　　　缸里的水我给你担，
你家有困难，　　　　　　我也不能抽手观。
主力军在眼前，　　　　　春耕秋收更不困难，
若要延上那礼拜天，　　　什么活他都替你干。
合作社里买东西，　　　　一元才使你九毛钱啊。
王大娘啊！

二　　儿：（上，快板）

年纪小我小年纪，　　　　我就不听这一套，
哥哥前线抗战去，　　　　家中的事情我照料，
母亲你不信，　　　　　　坐着往后退，
保险做得呱呱叫，　　　　呱呱叫。

（唱）【苏武调】

年小我的志气高，　　　　哥哥归队了，
家中我照料。　　　　　　孝母亲，
种庄稼，　　　　　　　　件件能做到。
母亲你不信，　　　　　　坐着往后稍，
长言无志枉长百岁，　　　有志不在年高。

庄　长：（快板）

老二的话吐真言，　　　　王大娘不要再打算。

王大娘：（唱）【65　65　35　261|33　65……】（曲谱）

听了庄长、二儿的话，　　不由老妈妈笑哈哈
送他归队吧！　　　　　　咿呀嗦啦得嗦啦，
送他归队吧！

儿媳妇：（上，快板）

归队归队归队吧，　　　　这么说的是些啥话？
老婆婆不通理，　　　　　你想你那年纪时，

若要那公子出去了，看你舍得不舍得。
(唱)【落呀调】
婆婆说话理太差，叫俺的丈夫去当兵啦，
留下俺守活寡，不由俺泪麻麻。

小　姑：(上,快板)
嫂嫂呀你不害羞，蛤蟆眼里流黄尿，
舍不得哥哥上前线，守着咱娘你就哇哇地叫。

嫂　子：(快板)
小蹄子你扫帚把，辣辣地气不通，
一时子不叫你过门子，看你中不中。
(白)看你这个死样子。

小　姑：(唱)【上口呀口】
嫂嫂呀说话理太差，抗战救国事靠大家，
男子汉大丈夫应该把敌杀。我的嫂嫂呀，
你不该，纠纠缠缠扯扯拉拉。
在后边拉尾巴。我的嫂嫂啊，
你不该，纠纠缠缠在后边拉尾巴。

嫂　子：(唱)【上口呀口】
咬咬我的牙根，骂声小蹄子，
尖嘴薄舌不是个好东西，发热烧的你，
你说话无根据，你再啰啰我，
为嫂嫂就跺你，你再啰啰我，
为嫂嫂就跺你，

妹：(白)你跺,你跺,我可不是俺哥哥,跺开墙就跺不回来了。

二　儿：(快板)
嫂嫂说话不通理，拿着强口夺正词，
俺与哥哥亲兄弟，哥哥前线抗战去，
一家老少都同意，你那不是瞎"出出"，

你那不是瞎"出出"。

媳　妇：（快板）
瞎"出出"，瞎"出出"，　　这件事情没有你，
你看你十六、七，　　　　长得好像个磨碌箕，
怎么说话不费力气？　　　若要给你说上个小媳妇，
磨棍打着你　　　　　　　未必抗战去。
（唱）【上口呀口】
眼像个牛魔王，　　　　　嘴像个猪八戒，
你娘怎么教训你来，　　　你们都一腿呀，
哎唷欺负俺不应该，　　　欺负俺不应该。

二　儿：（唱）【上口呀口】
嫂嫂说话理不该，　　　　骂了我的姐姐又骂我来，
此处盛不了你，　　　　　哎哟横行像个螃蟹。

嫂：（白）怎么盛不了我，怎么盛不了我？把我赶出去就是了。

王老七上：（快板）
我今天去赶集，　　　　　背了口袋籴粮去，
路上碰了些归队的，　　　沿途欢送像赶集。
送钢笔、牙刷子，　　　　还有皮鞋、花手巾，
看他们上前线，　　　　　羞得我冷汗流。
张三还和我耍耍猴，　　　说我舍不得女口流，
羞口我真正不敢抬头。

庄　长：（白）王老七来了。

王老七：（白）来了！

庄　长：（快板）
王老七你听知，　　　　　从前你在主力里，
没有请假回来了，　　　　我来动员你，
赶快回主力，　　　　　　赶快回主力。

媳　妇：（白）咱可不去，出去家中无法治。

庄　长：（白）你这不是疤瘌眼子照镜子自找难看吗？
大　娘：（快板）
　　　　你嫂呀别坚持，　　　　　恋爱的夫妻是正理，
　　　　你两口子怎么样得好，　　为娘心里也欢喜。
　　　　为娘也欢喜，　　　　　　多杀反动派保土地，保土地！
媳　妇：（唱）【65　65　35　261】（曲谱）
　　　　听了婆婆大呀大道理，　　到叫我媳妇好欢喜，
　　　　送他归队去，　　　　　　伊呀嗦啦得嗦啦，
　　　　送他归队去。
王大娘：（唱）【白毛女鸟成对喜成双调】
　　　　一见儿媳妇把心转，　　　倒叫婆婆喜心间，
　　　　丈夫多杀反动派保家园，　这才是真正他忠孝双全啊！
　　　　回头又把我儿叫，　　　　叫一声我儿细听根苗，
　　　　这次你重回前线去，　　　赶快别动摇，
　　　　好好地学习听指导，　　　落一个美名儿万古知晓。
妹　妹：（唱）【花鼓调】
　　　　哥哥呀这次你回前线，　　家中的事情不用你挂念，
　　　　安心在外头打反动派，　　哎哎安心学习在外边。
二　儿：（唱）【花鼓调】
　　　　哥哥呀这次你回前线，　　家中的事情不用你照管，
　　　　老母有我来孝顺，　　　　安心抗战在外边。
大　娘：（唱）
　　　　我的儿这次你回前线，　　家中的事情不用你挂念，
　　　　专心在外头打反动派，　　打不走那反动派你别回还。
媳　妇：（唱）
　　　　丈夫你这次回前线，　　　不要挂念女婵娟，
　　　　安心在外头打反动派，　　打走那反动派再团圆。
庄　长：（唱）

　　　　　王老七这次你回前线，　　你家中的事情由我照管，
　　　　　优待抗属一能要做到，　　按时"八节"解决困难。

王老七：（唱）
　　　　　不成问题，　　　　　　抗战到底。
　　　　　要坚决不动摇，　　　　辞别母亲回前线，
　　　　　家中的事情由你们来照管，安心在外头打反动派，
　　　　　打不走反动派我不回还。

合　唱：
　　　　　有血性的男儿汉，　　　都应该参加主力干，
　　　　　咬紧牙关熬过一阵，　　哎哎哎，
　　　　　最后胜利就在眼前。

（齐舞秧歌舞下）

慰问抗属①

人物： 沈玉兰（识字班学员，十六岁），简称玉
　　　　沈大爷（玉兰父，50岁左右），简称爷
　　　　沈大娘（玉兰母，50岁左右），简称娘
　　　　农会长（三十多岁），男，简称长
地点： 沂水县一个农民家庭
时间： 抗战初期

（识字班教学，玉兰拿书包上）

---

　　① 歌剧。

王：(唱)
　　方才下了识字班，　　　　　抗战的道理记得全，
　　急急忙忙回家转，　　　　　见了爹娘说根源。

父：放学啦？

玉：放学啦(玉发现父亲不高兴)爹！你为什么不高兴？

父：你哥哥在外杀敌，撇下了咱们这些人，老的老，少的少，家里的活……

玉：(玉兰打断话，唱)
　　叫声我的爹，　　　　　　听我把话言，
　　我哥哥去参军杀敌在前线。　杀鬼子，杀敌人，
　　你看他为国家奋勇来抗战。　亲戚呀，朋友呀，
　　都来照应咱。　　　　　　鬼子打出去，
　　全世界得平安，　　　　　那时候我哥哥光荣把家还。

娘：(一边纺线，唱)
　　纺线挣的北海钱，　　　　积攒起来去支前，
　　打垮了鬼子和汉奸，　　　心爱的儿子还家园，
　　全家老少大团圆，　　　　全家老少大团圆①。

长：(出场，唱)
　　我是一个农会员，　　　　慰问抗属咱在先。
　　咱庄有个沈大爷，　　　　他的儿子把主力军干。
　　杀鬼子，在前线，　　　　为国家民族勇敢，
　　我们大家各动员，　　　　慰问到了他家园。
　　(白)沈大爷在不在家？

娘：(停止纺线抢上)在家，谁啊？噢，农会长来了。

长：大娘，俺来慰问你呢！(笑状)

娘：快进来！快进来！

---

① 此段唱词原剧缺，由郭同文编写进去。

爷：快来吧！会长！（笑状）

长：来了！来了！

爷：这边坐坐吧，会长辛苦了！

长：哪来的辛苦，沈大爷辛苦了！儿子在前线，家里的事全靠你老夫老妻干。

爷：有大伙帮忙，什么事也不愁。（喧哗声）

（识字班队长拿着光荣灯，领着慰问队上）①

识字班队长：（唱）

抗日家属真光荣，　　我们慰问到这方，
沈大爷作榜样，　　　他的儿子把八路当。
正行之间来得快，　　不觉来到大门旁，
叫一声沈大娘，　　　我们慰问到这方。
　　（白）沈大爷在家没有？

爷：（白）在家。

（唱）

大家都来慰问咱，　　我儿参军去抗战，
为国杀敌理当然，　　我们大家都喜欢。

慰问队：（唱）

抗日军属真光荣，　　丈夫、兄弟、儿子上前线，
杀得鬼子无路跑，　　打了胜仗好威风。

（大家欢乐的扭，欢乐的唱，幕徐徐落下）

---

① 此下段原剧缺掉，由郭同文编写进去。

抗美记①

人物：老汉、老婆、女儿、小儿、送信者

老　汉：(上,引子)抗美援朝保家乡,互助合作有力量。
　　　　(白)老汉今年平六十,全家五口过日子。
　　　　　　大儿参军去抗战,倒叫老汉心欢喜。
　　　　　　土地改革分土地,文化翻身儿读书。
　　　　　　光荣军属人人敬,吃穿二字更富裕。
　　　　　　吃水莫忘打井人,翻身别忘毛主席。
老　婆：(上,白)老妈今年五十三,所生一女共二男。大儿前线去抗战,
　　　　　　一去至今七八年,大儿数月没来信不知为何?
送信者：(上,白)此处来送信,进门叫大爷。
老　汉：(白)何人叩门? 是同志。
送信者：(白)你儿自朝鲜捎来信。
老　婆：(白)儿子来信啦,女儿来呀。
女　儿：(上,唱)【摇板】
　　　　　　春天里艳阳天百鸟声喧,共产党领导咱才把身翻,
　　　　　　我哥哥在朝鲜无信回转,我母亲呼唤我所为那般。
　　　　(白)为亲将女儿唤来所为何事?
老　婆：你哥哥自前方寄信来了。
小　儿：(上,唱)【摇板】
　　　　　　李桂田庄学中把书念,　学里的功课完,
　　　　　　转回家园行一步,来到自己门前,父母亲俱在此所为

---

① 韩秀芳唱,郭同文编。

哪般。

老　婆：（白）你兄长来了一封信，你父念着都听听。

老　汉：（唱）

上写二父母身体安好，下缀着二爹娘身体安宁。
杜鲁门无能辈撤职下野，马歇尔艾其逊鬼计不成。
换上了个拐子叫艾森豪，三八线上使诡计发动攻势，害苦了我友邦朝鲜人们。
到处撒细菌把人伤害，又杀人又放火强奸妇人。
还有那李承晚出卖祖国，帮战犯当走狗害苦人民。
多亏志愿军守住阵地，杀人犯贼首艾森豪他才寸步难进。
（中间老婆插有白口）

姐　弟：（白）可恨呀，可恨！

合　唱：一可恨，蒋介石心太狠，他不该把中国卖给美军。
二可恨，艾森豪美国贼，他不该在朝鲜奢杀人民。
三可恨，李承晚心太狠，他不该当走狗勾结美帝。
四可恨，众战犯心太狠，他不该放特务扰乱人民。
左也恨来右也恨，蒋美合流没有好人。

老　汉：（白）不要恨了，愿志愿军将他们打垮，随我来吧！

（剧终）

艾森豪的失败①

人物： 艾森豪夫妇、通讯员二人、解放军四人、龙套四人（新装）

---

① 新式京剧。编者：宋心田、宋兰田、刘培春。

(艾森豪出场)

艾：(引子)本王今天不自然,发动战争进退难。
(定场诗)一朝天子一朝臣,身居王位压万人,
　　　　本王发动人共马,我与中朝战胜分。
(白)本王,艾森豪,身居美国王位,执掌朝鲜战争,阵阵失败,思想起来好不发麻,我不免再命人前去打探。
(唤)探马进帐。

探　子：(上)有王师打败仗,我又得跑一趟。

艾：探校,一枝令箭往下传,由你前线去打探。

探：(白)得令。
(唱)
顺手接着元帅令,命我前线去探兵。催马加鞭骑金蹬,一到前方探军情。

艾：(白)将娘娘(夫人)请进帐来,有军情议论。

中　军：(白)有请娘娘(夫人)进帐。

艾夫人：来了,头打三股点(头饰),两耳坠金环,有听王爷唤,迈步到帐前。

艾：(白)夫人来了,请坐。

艾　妇：(白)谢坐,不知王爷宣进帐来有何议论?

艾：(白)现被志愿军打得落花流水,待夫人请出议论退兵之策。

艾　妇：(唱)【摇板】
昔日奴劝你按兵不动,你不该进大军前去进攻,如今只落得损兵折将,倒叫无计策怎能退兵。

艾：(唱)【西皮正板】
有艾森三进白宫院,自思自叹,思想起前线事好不叹然!实指望进大军霸占朝鲜,哪知道兵至此进退两难;实指望李承晚前线打仗,哪知道那小子节节退还,两年内共损兵

七十三万！铁甲车、装甲车损失无数,数飞机和大枪无法计算。怕只怕毛泽东能打会算,怕只怕我艾森豪难出朝鲜,怕只怕美貌妻难再见,要想见除非梦里再团圆。

艾　妇：喂呀,好苦啊！

探　子：启禀王爷,大事不好！

艾：何事惊慌？

探　子：咱们的军队被志愿军打得东奔西跑,眼看志愿军攻进城来！

艾：（唱）【摇板】

忽听蓝旗报一声,吓得我艾森豪威尔掉了魂,赶紧和夫人去逃命。

（志愿军在幕内打枪后上台,艾等败退。艾又出场,志愿军追上,艾受伤逃下,余兵被俘,下）

（解放军上场唱胜利牌子歌,司令员讲话,主要内容是优待俘虏政策）

（剧终）

百姓骂蒋①

人物：老汉、老婆、女儿、儿、儿妇、伪营长、伪兵士数人

（顽八军上,营长出挞勤务,上）

营　长：（白）（主要内容是说多日没出发抢劫百姓腰包空了,希望有命令到来出发抢劫,在表情上满肚子不顺气,拿勤务出气。）

---

① 编者：宋心田、宋兰田、刘培青。

(送信者上,信上命令到博山张家湾一带抢粮抓壮丁。营长看信后下命令站队、点名、训话,训话主要内容是让顽八军兵士不要拿老百姓的碾砣子和驴轴①,有牛捍牛,有羊赶羊,拿动的、拿不动的都抢。训话毕出发)

(老汉、老婆上)

老　　汉:（白）老汉今年五十三,家住博山张家湾。

老　　婆:（白）老妈今年五十三,所生一女和一男。

(坐下)

老　　婆:（白）顽八军真可恨,抢粮抓壮丁。前天东庄嫂,一枪被打死。

老　　汉:（白）不错,是有此事,唉!死得可怜!好农民老实人家。

(枪响,二人作慌状)

老　　婆:（白）机枪响了,顽八军来了,你领闺女上她姥娘家去,俺随时都可以走。

小　　儿:（上,白）顽八军来了,快藏起来。

(闺女、女媳上　吓得哭。老汉领闺女下。婆媳在包包袱,儿子藏起。顽八路军搜出儿子,夺出包袱,打死婆媳。勤务房包袱随营长下)

(老汉、女儿上)

老　　汉:（唱,哭状）

一见我妻丧了命,倒叫我老夫痛在心,我的妻啊!

女　　儿:（唱）

一见为亲丧了命,不由为儿心悲痛。

(邻居李老汉上)

李老汉:（白）张老伯父不必痛苦,赶快埋葬尸体,到解放区逃命吧!

老　　汉:（白）李老大,只好如此,我上街找邻居帮忙埋葬。

---

① 驴轴:压场用的滚子。

(领邻居上,作葬埋介下)

老　　汉：（白）收拾东西到解放区逃难去吧。

(张老汉闺女下,民兵上)

民　　兵：（白）顽八军进攻解放区,特务很多,严格检查路条,我不免站在高岗之处,盘查来路不明的人。

(老汉、女儿上)

老　　汉：（唱）

迈步离了博山县。

（白）来至此处不知何处,到与我乡大不相同,莫不是解放区？我看前面乌压压一片村庄,不免到前面歇息歇息再走。

民　　兵：（白）老大爷上哪去？

(老汉向民兵述说遭遇之情)

民　　兵：（白）敌占区人民还那么苦啊！

老　　汉：（白）同志,你且听呐。

（唱）

未开言不由我泪流满面,尊一声小哥哥细听我言。一家人俱被那顽八军杀尽,害得我一家人无处存身①。

女　　儿：（唱）

未开言心内惨,尊声同志听俺言,家住博山张家湾,顽军抢粮到庄前,我的哥哥在家中,被他们抓住去当兵,我的嫂嫂被打死,我的母亲丧性命。

民　　兵：（白）那顽军在博山这样行为真叫人可恨！

女　　儿：（白）同志你且听呐。

（唱）

一可恨蒋介石心太恨,他不该抢粮抓壮丁苦害人民。

---

① 下缺。

二可恨王耀武心太恨,他不该坐在济南指挥顽军放火杀人。

三可恨吴化文不投降,逼迫人民为卖国贼送命上阵。

(民兵将二人领至村政,为其安排生活加以安慰,剧终)

下四川①

父:有老汉家住在山东海洋县,　老汉的外号叫作陈老喜,
　　所生下一子十六、七岁,　　春三天,把亲娶,
　　娶亲卖了二亩地,唉咳哟,　我不免叫前去上外去,
　　商议商议他妈乐意不乐意。
母:老母就去向前笑嘻嘻,　　　叫一声我儿子细听知,
　　人不出门不成家。　　　　　将人家比自家,
　　看看西屋你二大爷,唉咳哟,想当年你二大爷出外发的家,
　　我看上外趟外能够赶上他。
夫:陈公子家住山东一海洋,　　四口家二爹娘娶妻一房,
　　娶了妻子三月正,　　　　　二爹娘良心改变,
　　一心叫我下四川,　　　　　唉咳哟,天又黑,
　　迈大步回家转。
妻:一更里,点上银灯,　　　　见丈夫在绣房面带愁容,
　　开言再把丈夫叫,　　　　　你有了何事情?
　　还不对奴家告诉,　　　　　莫非是奴家惹你气生。
夫:叫一声我贤妻,哪来的谣言?最可恨二父母良心改变,

---

① 李文忠、牛庆兰唱。

他叫我离家园，一心下四川。
最可叹可爱的妻处在美少年，又好比棒打鸳鸯两分散。
妻： 二更里，来犯了难，我听说丈夫要下川，
（白）多时能回来？
夫： 至少得五年，至多得十年，
也兴许三十年，也兴许二十年。
妻：（白）叫你说去趟外还得要一百年！
夫： 叫一声贤妻你细听，虽然不用一百冬，
我有句话嘱咐你，我走了千万别惹父母把气生，
高堂上二父母六十有三零，终到本比一比还能活几冬。
妻： 三更里，半夜正，叫一声丈夫你听着，
娶小奴三个月就要走，撇下小奴怎么过？
二老爷娘谁看着，唉哟哟！这一个千斤担子你就撇了？
夫： 这一个千斤担子我就撇给你，你当是下四川我就乐意？
高堂上撇父母不能行孝，绣房里撇贤妻生不下男，生不下女，
三方面撇不下亲戚朋友，四方面撇不下街坊邻居。
妻： 四更里，把话提，叫丈夫你就该不去，
咱家里并不是一家贫寒，一不缺穿二不缺吃，
年轻轻想出外有啥好处，年轻轻想出外有啥好处！
夫： 叫一声贤妻说的哪里话，我不是气坏了爸妈，怕人笑话。
笑话我大丈夫恋家，为丈夫有何脸见爹妈，
我赌口气到四川，永走不回家。
妻： 五更里，大天明，叫一声公婆你要细听，
你的儿子今晚吃了愁丸，少主吉，多主凶，
像比外面有灾星，叫我说不要他去也是正理，
不知二公婆依从不依从。
父： 父亲一听我皱了皱眉头，叫一声我的儿媳你仔细听，
你说这话我都明白，你不必将他留，

留来留去也脱不了走,　　下一回不远去下□洲,
黑龙江、□□□都在我家门。

母: 母亲闻听笑盈盈,　　叫一声我儿媳你仔细听,
你说这话我都明白,　　为的是无儿又无女,
年轻轻的着什么急,　　你婆母四十四上方才生下你女婿。

连玉莲打水

今年清明三月三,　　师傅放学回家转,
临走师娘嘱咐一句话,　　走山别观山头景,
坐船别坐打渔船。　　早日不听师娘话,
近日不听师娘言,　　走山偏观山头景
坐船偏坐打渔船,　　路上碰到美子女,
不叫答言偏答言。　　连玉莲正在绣房坐,
听着婆娘来叫她,　　不用说来俺知道,
不是拿柴把水担。　　早日挑水不打场,
今日挑水打场全。　　打场的燕子来取水,
打场蝴蝶把翅扇。　　燕子戮水人人爱①,
蝴蝶绣衫爱死人。　　前旁两缨黑头发,
绣上鲤鱼跳龙门。　　燕子戮水人人爱,
蝴蝶绣衫爱死人。　　杨木扁担柏木筲②,
丈二长的井绳怀抱着。　　上前行走来好快,

---

① 燕子戮水:燕子在水面来回飞。
② 木筲:罐子。

不到一时大门外。
拐了个弯弯下了正南，
不到一时井台前，
提水本是女裙钗，
三把四把拔上来。
喝口凉水算什么。
喝了两口蜜又甜，
掀起罗裙看金莲。
没头带脸的三钩担；
掀起罗裙看金莲。
家去伺候公婆睡了觉，
杨木扁担柏木筲，
上前行走来得快，
家去水筲落了地，
你嫂子，
今日挑水慢上慢。
二来踏青，
叫她家来不家来，
拾起天河往下压，
看看相公在那边
看看蓝桥挂蓝衫，
不配阳间配阴间。

大门出了连玉莲，
上前行走来好快，
井台好似男子修，
一松二松松下去，
大嫂子借水餐，
喝了一口甜又蜜，
喝了三口无虚言，
不因为你学生好，
不因为你大嫂子好，
叫声学生蓝桥等一等，
伺候仇家床上眠。

三步四步家去啦。
钩担竖在堂屋前。
早日挑水来得快，
一来挑水，
出门又破上了亲母亲，
老天下开麻杆子雨，
老天爷打一个阵雷带个闪。
打一个阵雷带个闪，
襟襟罗裙蒙上头①，

---

① 襟襟：盖的。

下 篇

淄博部分(1956年)

故事类

（一）关于洪山的故事

洪山，位于山东中部，是淄博工矿区的主要产煤地，它以生产煤的数量多、品质高闻名。

洪山这地方，是由它东北部的一座山得名，这山就叫洪山。山上本来建筑辉煌，松柏参天，风景优美。后来，庙宇、庭院被日本帝国主义破坏了，树木被国民党砍去盖了碉堡，现在留下的仅是颓垣断壁、一片瓦砾。只因它周围蕴藏着丰富的煤及其他矿产，所以当地人民视为宝山，历来就传诵着许多赞美它的故事。这次我们搜集的十余篇关于洪山的故事，内容就是这样的。其中有的说山中有银子和珍珠，而那些不忠诚的卖油郎、醉汉和地主，曾思尽一切办法掠取它们，但结果都失败了。其中还有的说："打开洪山，天下没有穷汉。"这些，都足以表达出当地人民对洪山的珍视和自豪感。

我们搜集和整理的这些仅是一小部分，还有更多的故事，尚待大家去发掘。

打开洪山，没有穷汉

在很多年以前，淄川县曾有个叫张富的，他是一个穷得有名的人。

这一天,他出去为人家扛活回来天已经黑了。

怱然,他远远地看到洪山脚下有个光亮。等他走近一看,原来是一间屋子里边点着灯,在灯光下有一个大姑娘在那里喂蚕。也许是出于一种好奇,他偷偷地顺手从窗户里拿了两个蚕带走了。到了家里一看,那两颗原来是一锭金子和一锭银子。

后来他把这个事情告诉了在一起扛活的人。他们又一起到这个地方来,可是这里什么也没有了,只看到那个有屋子的地方,地面稍高些。

他的同伙们只好叹了口气说:"什么时候能打开洪山,就没有穷汉了。"他这句话从此就传开了。

金蛙的故事

过去洪山北山头庄有个姓张的雇工名叫张有田,这一天他正在坡里看庄稼,他远远地看见在洪山脚下有一个放光的东西。他走近一看原来是一个金蛙,他就把这只金蛙拾起来了。

过了几天,他把金蛙拿到周村去卖。到了周村街上,见到一个牵着驴子商人模样的人。他就问这个人珍宝商店在哪里,商人问明了他找珍宝商店的原因就自报奋勇带他去找。走到一家门口,商人从他的手里要过金蛙来,他叫张有田给他看着驴子,他说他要先进去问问的。

张有田站在门口,一等也不来,二等也不来,只好牵着驴子回家了。

原来这个商人见到这个金蛙就起坏心,他说先到里边看看,其实他却从后门里溜跑了。

这个商人带着金蛙到了北京珍宝店里去卖,店里老板仔细看金蛙以后说:这个东西只有带着"老娘土"才能成为珍宝,离开了"老娘土"就一钱不值了。老板问他从哪个地方拾来的,叫他回去弄点土来。这个商人瞪了眼。

最后商人请求店老板给他两吊钱卖给他[①]。

洪山探宝的故事

从前有这样一个传说,在洪山里有许多宝物,里边有金马、银马。这一带的老百姓,谁都愿意得到一匹金马、银马,可是却没有一个法子能打开这个洞。这时,有两个江南人听说了,就连夜赶到这里。看了一下地势,明白了个大概,可是谁也不告诉。他只告诉一个种瓜的老头叫给他种一棵西瓜。让它结两个大的西瓜。等西瓜熟了,就来买它。

后来,这两个江南人,捧着买来的两个大西瓜,深更半夜的时候,到洪山去了。他们两人把西瓜高高举起一照,一对油漆的大门出现在他们的眼前。再过一会,一个老头哗的一声把门打开了,他们高兴得话都说不出来。他们悄悄地跑了进去,进了大门向东一拐,又进了二门,里边拴着满满的牲口,有金马,有银马,有金豆子,反正里边净是宝物。他们两个人马上拿了一些金豆子,牵着一匹金马就向外跑。谁知道刚走出大门,这一对油漆的大门便闭上不见了。再一看,牵的马也不见了,只剩下手中抓住的金豆子。

---

① 当时两吊钱还买不了十斤面。

两人一想真是悔恨极了,不该两人来,应该多叫些人来,多拾些金豆子啊!

金马驹(一)

从前,北京朝廷上紫金殿的栋梁断了,皇帝派人到各处去找玉石的紫金梁来。但是,谁都不能找到一条紫金梁。他们空着手回到了朝廷,皇帝一生气就把他们一个个都杀了。

没有紫金梁,皇帝不能上朝,怎么办呢?皇帝发愁,群臣更发愁,他们害怕皇帝派他们去找紫金梁。正在为难的时候,有一个大官出来了,他对皇帝说:"我愿意去找紫金梁。"皇帝就命令他做钦差,去找紫金梁。

他走着走着,也不知道应当到哪里去打这根紫金梁。忽然,看到一匹骡子在前面走,他是一个有福量的人,就一眼认出了这匹驴子是张果老的宝驴①,连忙叫部下跟着驴走。

原来,紫金梁这种宝物还在咱们洪山上,那时一些大官,只到大多繁华的地方去找,哪里能找到呢?那位大官走着走着,到了淄川,到了咱们的洪山上。

走到半山上,忽然,那匹宝驴不见了。他知道紫金梁或许就在这山上,就仔细地绕着洪山看了三圈,果然发现了紫金梁的一头。这时,山洞开了,一匹金色的小马跑出来打那个大官,打呀打呀,小马驹失败了,就一溜风顺跑到右面那个湾里去了。大官就叫工匠把紫金梁凿出来带到朝廷去了。

---

① 传说中的神仙。

金马驹跑到山湾那面,就忽然不见了,后来人们就叫那里为金马店,那个出梁的地方就叫紫金柱。听说,紫金梁一带到北京,不用石匠再用工夫,刚好按在紫金殿上,到现在,紫金殿上那根梁还是咱洪山那根梁呢!

金马驹(二)

洪山五百年一开,开了就能得到许多宝物。但是,开洪山要用钥匙,只有有福的人才能得到它。

五百年到啦,在小吊桥一位农民的瓜园旁长起一棵竹来①,那时谁也不知道它就是开洪山的钥匙,只有一个南蛮子知道②。他到咱们洪山来,找着了那位农民,和他拉呱拉呱,慢慢就混熟了。

许多天过去了,竹长高了,南蛮子得了一封急信,说是父亲死啦。南蛮子就犯愁了,回去吧,恐怕宝贝给人家得去;不回去吧,父亲死了,家里正等着他。后来对那位农民说:"老兄,你瓜园旁那棵竹就是开洪山的钥匙,只要点起它来,洪山门就开啦。你好好照顾这枝竹,一到霜降你就把它拔起来,等我回来平分洪山里的宝器。

那位农民口上答应了,心里却想:"我一个人得这些宝贝不是更好吗?干嘛还要和你这南蛮子平分?"不等霜降,就急急忙忙把竹砍下来晒干了。

农民把竹点燃起来,果然,哗啦啦惊天动地一响,洪山开了两

---

① 竹:油子草。
② 南蛮子:南方人。

丈多高的石门,里面射出万道金光,农民高兴地走了进去。

外面,一头牛在拉磨,磨的都是金喜子,里面有金谷子、金地瓜……不是黄的,就是白的,不是金的,就是银的,再里面有许多仙女,一个个都是非常美丽,在对他微笑。他面对着这许多东西看得呆了。不想时间太久了,只听得轰隆隆声,大门慢慢地闭上了,他一急就什么也不拿跑出来啦。跑到外面,门就要关上了。这时,从门缝里冲出来一只金马驹,他一把没有抓住,金马驹就跑到右面山湾里去了。现在那里叫作金马店就是这个来历。

原来,竹不是用砍下来的,只要在青竹上点起火来就行。竹青,不容易燃烧,就能烧上三天两天,这样洪山大门就要开三天两天,就能搬出许多许多宝物。现在,农民不晓得这个道理,把竹晒干了只五分十分钟就燃烧完了。再说,他在洞里待上许多时候,于是什么也得不到了。

抛弃朋友的人,宝物到了他的面前他也无法享受的。

流钱洞

有一个补锅匠,手艺很好,天天替人家补锅。在咱寨里村从前有一个酒店,挺有名的,那天打破了一个锅,就去请补锅匠来补。

等了几天,补锅匠有了空闲就到寨里来。刚到洪山山腰就想尿尿①,就放下担子,到沟底下来。正在他尿尿时,听见"咯啷"一声,等会儿又是"咯啷"一声,就顺着声音过去,这就看到一个小

---

① 尿尿:小便。

洞,里面有钱滚出来,一次一吊,碰到石头就听到"咯啷咯啷"的声音。补锅匠把地上的几吊拾起来,等着那个洞淌钱出来。

等了一会之后,他犯疑了:要是这样等下去,天就要黑了,就不能去给酒店补锅了。心想去补锅,那面也是一注进财,而且已经约定今天去,不去也不好。又想要去补锅,这个宝洞给人家发现的话,那就没有钱是自己的份儿了,想了半天,就想出个办法来了。他在旁边拔了一地草塞住了洞口,心想等着自己回来以后再开洞门,那么,人家不会发现它,以后的钱就多了。他把洞口塞得实实的,就高高兴兴挑着担儿走了。

在酒店里修补好锅子以后,连茶也不喝,就匆匆忙忙赶到沟里。拔出塞洞的草来,有一吊钱搁在洞口,他拿起来以后就等着,等着。许多时候了,一个钱也没流出来,很晚很晚,里面传出女人的声音来:"补锅匠,你可以回去了,你这里只能得四吊钱,再等也白等了。"以后什么声音也没有了。

补锅匠数了数得到的钱,正是四吊。

打开洪山头,白银向外流

过去,淄川东家庄原有一个干木匠活的。这天,他下乡干活回来路过洪山。他忽然发现在洪山脚下的一个石缝里向外花花地流银子。他就悄悄地过去把石缝旁边的一颗杂草拔下来把眼子盖上,准备回来去取。可是,谁知等回来去取时银子再也不流了。从此,他见人就说:"谁能打开洪山头,管保白银向外流。"

卖油郎挑银子

从前有个人每天都挑着油篓,打洪山下经过到各村去卖油。这天,他又打洪山经过,忽然听到"铿锵,铿锵"的声音,他歪头一看,原来洪山脚下,有个大窟窿在往外淌白花花的银子。他非常奇怪,认为是花了眼,可是走近一看,完全是真的。他把剩下的油倒掉了,满满地装两大油篓银子,满心欢喜的回家去了,心想:待回家放下,再回来挑。可是回家后,再回来找那个窟窿,却再也找不着了。

原来,洪山的银子要一万年才淌一次啊!

洪山里的珍珠

大吊桥有个人,一年冬天他去赶淄川集,喝醉了酒。往回时天已经很晚了,路过洪山时,看见路边有一片高粱地,高粱穗子深红深红的,好像是伏天高粱晒米时一样。他很奇怪,心想:难道是我看花了眼了吗?走近一看,见高粱更发红了,他就越发奇怪了,就顺手折了一穗放在口袋里,他不敢多折,怕人家看见说他是小偷。

回家后,他急忙叫来了他老婆说:"孩他娘,你看怪不怪,刚才我打洪山经过,看见一片高粱好像正在晒米,通红通红的,真讨人喜欢。"他老婆一听便说:"我看你今天又是喝酒喝糊涂了,十冬腊月哪会有高粱?"说着给他端过饭来:"快吃饭吧!"那人见她不信就说:"你别不信啊,我也很奇怪,还顺手折下来一棵穗子。"说着想从口袋中掏出来。"你看!"不想"哗"的一声,米都掉在地上,一看,原来不是什么高粱,全是一些耀眼的珍珠!他和他老婆急忙收拾起来。这时他老婆说:"既是珍珠,你为什么不多折两棵?"他说:"我哪里知道它是珍珠呢?"

第二天他一早就赶去想再拿些回来,哪里知道,那片高粱地早就不见了。原来洪山里的珍珠是十万年淌一次,每一次只能让有福的得些去,老汉勤恳有福才得到了这一穗珠宝。

轱辘挑

有一天,一个担轱辘挑的人,经过洪山这个地方。刚走到山头,看到山头上有碗口一样大的窟窿,不住地向外淌银子。他看了话都说不出来了,他想:"这一下子我可发了财,可痛痛快快地享他一辈子福。"他向四外望了望,怕别人知道了,小心谨慎地把挑子放下,就拾起银子来。他拾呀拾呀,拾了又拾,接了又接,接了好多好多,挑子都满了,这才肯罢手。在临走的时候,又堵住了它。他自言自语说:"别让人家知道了呀,叫上我的儿子、老婆到夜里一起来弄呀。"说着,担起挑子来便走了。

到了家里,见了老婆,把这事情前前后后高高兴兴地一说,他老婆说:"这可给咱穷人带来了幸福了,你叫他大爷,我叫咱邻人家一起去吧!这样就……"他老婆的话还没说完,他便急忙地说:"你说什么!咱千万可别让别人知道了呀,咱独得了多好啊,走,快走!"

走到了洪山什么也没找到,走了一阵,只听到里边在说话:"要不是那个担轱辘挑的,不知道要向外淌多少呢,多巧他给咱堵住了。"他待了半天,很丧气地回去了。

银　泉

　　前面这座山就是洪山,原来就是一座宝山。
　　有一天,一个耍手艺的人走过这座山。他走累了,就在山下歇着。他听见什么地方"汩汩"地响着,可又不知道这是啥声音,他很奇怪地就寻找起来。结果,在山脚下的青草里找到了一个泉,不过这泉流的不是水,是明光耀眼的银洋钞。他一看,可高兴了,连忙把担子挑过来,满满挑了一担洋钱。又把自己的斧头塞在泉子里作一个记号,于是高高兴兴地挑着洋钱到家里去。
　　庄里人都知道他得了洋钱的事,就来问他,他一五一十地把这件事告诉他们。大伙儿一齐来到洪山看这个银泉,可是谁都找不到这银泉在什么地方,只看见那耍手艺的人的那把斧头在山坡的泥地上竖着柄。

打开洪山,没了穷汉①

　　要得打开洪山洞,必须有十个儿子。
　　洪山是淄博地区一个宝山,山上有个洞,相传洞里有数不清的

---

　　①　又名"十个儿子的故事"。

宝物。洞门紧闭,谁也进不去,谁也不知道洞里的宝物是些什么东西。要想进得洞门拿出洞里的宝物来,必须要有十个男孩子。

也不知道是哪朝哪一代,附近有家老两口,生下九个儿子一个闺女,闺女出了嫁。有一天老汉就跟老伴商量说在:"咱一辈子生下了十个孩子,人家都说洪山上的洞门要有十个儿子才能打开洞门,咱才九个儿子怎么办?"他老伴就说:"那算什么,把咱闺女女婿叫来,装作咱儿子不成吗?"老汉觉得不合适,可是得财心切,就忙把他闺女女婿请了来。在当天傍晚,老汉带了九个儿子一个闺女女婿跑上洪山洞门口,老汉就对着洞门口说啦:"洞里的神仙你听着,我一辈子生下了十个儿子,今天领着他们来拿洞里的宝物。"正说着,就听轰隆一声,洞门果然敞开了。就看见洞里万道霞光,黄澄澄的金子,雪白的银子,聚宝盆,金马驹子……耀眼晶明,老汉和他儿子都呆住了。这时就听洞里有人说话:"进来吧,能拿多少就拿多少。"老汉的最小一个儿子一听,高兴得叫起来,忙说:"姐夫,咱先进去拿那个聚宝盆。"正要拉他姐夫向洞里走时,忽听轰隆一声,洞门又闭上了,只看见金马驹子一道金光跑出来。据说,这个金马驹跑出洞来就落到一个村庄不见了,这个村就是现在的金马店。金马驹子跑出洞来,在路上屙了一泡尿,这个地方有个村庄,叫做屙尿庄。

洪山取宝

洪山里有好多好多宝,可是想得到这些宝,就必须打开洪山的洞门,而要想打开洪山的洞,就非有十个儿子不行。

有个老头很贪财,他很想打开洪山的洞门,进去取宝,可是他只有九个儿子,一个闺女,还是不能打开洪山的洞门。他想:"有了,我把闺女嫁出去,把女婿当儿子不就行了吗?"他决定了,就嫁出了闺女。

第二天,他就领着九个儿子和一个女婿到洪山来了。洞门果然开了,他在洞门外见洞内那些宝,就馋得想都拿走。他们进去每人都拿了好多好多,拿得再也不能拿了,就要往外走。忽然老头的一个儿子,见他姐夫的一只手还空着,就想叫他再拿点,说:"姐夫,你的……"还没说完,洞门"哗啦"一声就关上了,老头和他的九个儿子、一个女婿全死在里面。

洪山的故事

"打开洪山,天下没有穷汉",这两句说的是山东淄博市山区的一座宝山——洪山的故事。

洪山不太高,圆圆的像个馒头,秃秃的像个和尚。风化了的石头,碎碎地躺在山脚下,颜色红里透黑,说明这山里有无数的宝贝。

多少年前来了一个南方人,据说他会看风水。他见了这座山说:"山中有无数的宝贝金银。可惜一般人不能打开,除非有十个儿子的人,才能有福打开它。并且得是一个真正忠诚老实的人。"

人们互相信颂着这件事,用贪婪的眼光望着山,可是谁也没有十个儿子,也就没有办法打开它。

又过了许多年,有一个最贪财好利的地主,他一心一意地要打开洪山,发这一笔大财。因此,他娶了很多的老婆,希望养到十个儿子,好去打山。然而天不从人愿,只养了九个,第十个却是个女儿。他急得无办法,骂女儿不该生。后来他灵机一转,想了个冒名顶替办法。叫女儿出嫁了,使女婿也算个儿子,这样就够十个了。为了怕别人知道,他偷偷地在三更半夜里,领着儿子出了门,并嘱咐到那里不准说妹夫,只能说是十个兄弟。出了庄,往山走去。

到了山脚下,只见远远地有盏小灯笼,闪闪地在风里摇晃,他们顺着灯笼走去,到了跟前灯笼不见了,却有一把大钥匙。他们把它拾了起来,又向前走,走着走着,望见一座大门,门锁着。他们用钥匙开开锁,轰的一声门开了,洞内放出一阵华光来。走进洞里,真是五光十色,缤彩纷飞,美丽极了。又向前走,只见珠宝玉器,金马银人无数,老地主及十个儿子,真高兴得手舞足蹈,不知如何快乐好。忽然从那面射过一道红光来,三儿子不禁叫了一声:"妹夫你看那是什么?"话未住音,只听得激棱棱打了一个焦雷,雷光一闪一切都黑暗下去,洞门也呼啦一声关死了,十个人一个也没出来,到底是死活,谁也不知道。

地主老婆和女儿,痛天呼地地哭了起来,嘴里喃喃地骂着,后悔着。旁人走过去,告诉他们:"横财是不能发的,只有忠实的人才能得到好处!"

(二) 民间传变[①]

路姑的故事

从前淄川洪山上有一头铁牛,晚上出来吃庄稼,白天就跑到洪

---

① 民间传说。

山上躲起来。一个晚上能吃四十亩庄稼,周围的庄稼差不多快让它吃光了,老百姓愁得没法儿。

这时,有一个人与他小舅子一起,到洪山上找到了铁牛,在铁牛身上挖了一个坑,点起火来,想烧化它。可是烧了许多天,铁牛还和原来一样。他们就只好唉声叹气地回家去了,坐在家中等着饿死。

那人有个女儿,名叫路姑,见他爹和他舅舅愁眉苦脸的样子,知道是没烧化铁牛。她心中也很不高兴,于是她就瞒住她爹爹与她舅舅偷偷地爬上了洪山。找到了铁牛,她想看一看火熄没熄。一低头,她的一根头发落在铁牛身上,铁牛的那个地方就开始熔化了,铁牛痛的动了一动。她一看自己的头发能使铁牛熔化,就想剪掉自己的头发放上。可是没有剪子,她想回去拿剪子,可是铁牛又在动了,她想万一铁牛跑了怎么办?就急忙把她爹爹与她舅舅烧铁牛剩下来的柴火放到坑中,火又着起来了,铁牛动的更急了。路姑顾不得一切了,一下子跳到火中,用手拼命地扯住了铁牛的两条腿,用头顶住了铁牛的肚子,铁牛很快地熔化了,路姑也被烧死了。

当路姑她爹爹与她舅舅看见路姑不在了,知道她已经上洪山了,就慌忙赶到洪山上,一看铁牛烧死了,路姑却没有了。二人正急得要去找,却听到空中响起了悦耳的仙笛声,向上一看,只见好多仙女在向下招手,火坑里跳出一个非常美丽的仙女,仔细看就是路姑,驾云飞向那些仙女去了。这时天空中的音乐更响了,那个仙女转身向下,向他们点了一点头。她爹爹刚想叫她声,她就飞走了。他们两人流着眼泪回家去了。

从此,洪山附近再也没有铁牛糟蹋庄稼了。老百姓为了纪念路姑,就为了她立了一个庙,每当有什么灾害时,到她庙中去,百求百应。

甘露（一）①
——有智不怕年少，无才妄活百岁

有一个老渔翁，天天在黄河边上捕鱼过日子。一天，网到了一只饭盒大小的瓦罐子，口上用泥印封得好好的。老渔翁把瓦罐轻轻地捣弄一下，没有声音，打开一看，只见里面出一股黑烟，迎风一吹，变成了一个高有七十二丈、腰大十圈、血盆大口、声音如雷的怪物，吓得老渔翁直打哆嗦。怪物说："老头，我要吃你，但是你不够我吃一餐，再打些鱼吧，够我吃一餐时我就吃你。"老渔翁说："我捞了你上来，你不道谢我，怎么倒要吃我！"怪物说："我在瓦罐里好好的，你为何把我放出来，我就要吃你。"老渔翁说："我们两个人说不清，等第三个人来时讲道理吧！"怪物一想，有两个人就刚好吃一餐，就爽快的答应了。

等了一会，见一个拾粪的老头走过，渔翁连忙叫他来评理。老头一看那个怪物，拾起粪筐就走，怪物看老头是个拾粪的，满身是粪又臭又老，就让他过去了。又等了一刻，过来一个小孩，一边走一边唱，渔翁就叫他过来评理。小孩听完了他们的话，就说："怪物好好的在瓦罐里，你把他放出来，当然要让他吃掉你。"怪物听了哈哈大笑，渔翁叫小孩一说，直骂小孩误事，正想再与怪物评理，那小孩又对怪物说："但我不相信，你这么高，这么大，怎么能装在这么小的瓦罐里呢？"怪物哈哈大笑说："我神通广大，能变大，能变小，再小些的瓦罐我也能进去。"小孩说："我不相信。"怪物说："不相信吗？就当面变给你看。"只听见"轰隆"一声，怪物不见了，只剩下一股黑烟，慢慢往瓦罐里钻进去。等完全钻进去以后，小孩连忙用手把瓦罐掩住，叫老渔翁用泥把瓦罐封死，噗咚一声抛到河里。对渔翁说："老伯伯回家吧，别再碰上这倒楣的魔鬼。"

---

① 《天方夜谭》中的第一个故事情节与此差不多。袁震宇收集并注。

这个小孩子就是后来十二丞相的甘露。这个故事就叫作有智不怕年少,无才妄活百岁。

甘露(二)

甘家有个孩子叫甘小子,他父亲打鱼为生。打了鱼就进城卖给罗丞相,罗丞相很喜欢吃甘老头的鱼。

罗宰相有三个老婆,每天吵架,都骂宰相偏心。吵得宰相左右为难,就心生一计,和老婆咕噜几句,老婆也点头同意。

当天夜里,甘老头正在睡觉,忽听得有人敲门,心想半夜三更谁来敲门。开门一看,原来是罗府的大太太丫环大香,连忙让座问道:"大香姐姐半夜到此,有何吩咐?"大香放下银子说:"宰相老爷被我们三位太太吃醋吵昏了,心生一计,对三位太太说:'你们不要吵,我对你我们都喜欢,你们既然一定要我说我究竟跟谁好,我实在说不出,还是请甘老头来说。他明日来卖鱼时问他是鱼头香,还是鱼腹香,鱼尾香?他说鱼头香,以后我就跟大太太好;鱼腹香就跟二太太;鱼尾香就跟三太太。怎么样?'大太太就派我来给你这三百两银子,你千万要说鱼头香。"甘老头再三推辞。大香说:"银子收下吧,我大娘的脾气可不是好惹的!不要忘了说鱼头香。"甘老头只好收下。

刚送走大香,二太太的丫环二香也来了,也说了这么些话,拿来三百两银子。刚送走二香,三太太丫环三香也来了。甘老头就犯愁了,第二天生了病。

事情叫甘小子知道了,就对他爹说:"这般如此,不是三位太太都不得罪,九百两纹银稳稳到手了吗?"甘老头一听小子的话,高兴得口也合不拢来。再一天病就好了。这天打了些鱼,到罗丞相府而来,宰相买了他的鱼,问他说:"甘老头,你是打鱼的行家,你说这鱼是鱼头香还是鱼腹、鱼尾香?"甘老头说:"宰相老爷,天有春夏秋冬四季之分,鱼有大小雌雄肥瘦之别,什么季节的鱼什么地方香各有不同:春天里百花开放,春水甜香,吃鱼要说鱼头香;夏季里天气炎热,鱼浮水面,吃鱼要算鱼腹香;秋季里草木凋零,鱼戏秋水,吃鱼要数鱼尾香;冬季里雪盖浮冰,鱼藏深水,鱼头、鱼腹、鱼尾到处香。"宰相一听马上说:"你说的都对,但凭你一个打鱼老头怎能说上这些话来,快照直说来,不然定你个欺官之罪,叫你性命难保。"甘老头只得照直说了。罗宰相说:"好,明天叫你儿子来,鱼钱也明天付给你!"甘老头哪里敢回话,急忙回家把事情告诉甘小子。甘小子说:"爷别怕,我有办法对付他!"

第二天甘小子来到罗丞相府。罗丞相一看这小子只九岁,生得眉目清秀,只是穿得一身青布破衣,就取笑他说:"黄毛乳子一身青。"甘老头吓得只是哈腰作揖,话也说不出来。哪知甘小子却面不改色,走到罗丞相面前,指着他的红袍说:"出锅螃蟹一身红。"甘老头连忙掩住儿子的口,骂道:"不知好歹的小子,还不谢罪!"甘小子只是向宰相微笑。哪知宰相不但不怒,反而走上前来,用手抚摸甘小子的头,连连称赞他有才干,有胆量。

后来,罗丞相把甘小子收为义子,请了熟读四书五经的先生教他读书,改名甘罗,表示甘家和罗家各半的意思。后来甘罗十二岁做丞相,计谋策划,在金銮殿上表现天才,不在话下。

一渔翁

一渔翁,来到一庄的河旁一看,心想一定有鱼,就撒网打渔。第一网他打上一个瓶子来,他把瓶抛下河去。他又撒一网,还是个瓶。他心想：今天真倒楣，不来鱼，来这些玩意儿！就生气地把瓶子扔出很远去。他又撒第三网，谁知打上来的还是那瓶子。他很奇怪，心里想到：刚才光想打鱼，没看瓶子里有什么，这会儿我倒要看看了。他拔出瓶塞子，打里面跳出一个小人来。只听那小人说："可出来了，我在里边呆了三年了。"说着就见风长，一会工夫就长得顶天接地，对渔翁说："三年没吃饭了，我先把你当点心吃。"渔翁说："你这人可就真不讲理了，我把你打上来明明是救了你，你反倒要吃我，你怎么恩将仇报！"就指着走来的一位老汉说："别忙，我们找这位大爷给评评理。"老汉不理，怪人又想吃渔翁。渔翁说："别忙，我们再找一个人。"只见走来一耕地的人，渔翁又拉着他让他评理，耕地的人见那怪人的样子知道不好惹，怕连累了自己，也不理走了。那人又想吃渔翁，渔翁说："不，让我们再找一个人，假如他再不理的话，你就吃我吧。"

等了一会，只见一牧童骑着牛吹着笛子来了。渔翁说："牧童，你来，评评这个理。"他指着那大人说："我把他从河里打上来，救了他，他从瓶中出来一变大就想吃我，你说他该不该吃我？"牧童摇了摇头说："我不信这样小的瓶能装上这样大的人。"那人一听，说："不信我变变给你看看。"说着就变成指头大小。牧童说："我装装看看，能否装进去？"就把那小人一下装进了瓶子中，急忙塞上瓶塞，把瓶子扔在地上，一脚踢下河去，对渔翁说道："他还能吃你不能？"

李半仙的故事

（一）

牧童小李背着筐子，跑到山坡上。他抬头看了看那火红的日头,又擦了擦头上的汗珠子,用手掀着褂子扇了半天。可是日头还是像火一样晒着牧童,头上豆大的汗珠子还是往下直滚。"哎,天气要把人热死了!"牧童长长地吐了一口气,自言自语地说。

牧童走到一棵松树下,他想:"能来这里睡一觉是多么好啊!"于是他就躺在地上甜甜地睡着了。

夏天的天气是变化无常的,一会儿是万里无云,一会儿就变成风雨大作。就在牧童刚刚睡熟的时候,突然从西北上涌起了一片乌云,接着是一声战雷,雨就像瓢泼似地下起来。

牧童醒来时,天已经晴了。他一看山下,呵!全成了一片水了,真是"沟满壕平"。牧童垂头丧气地想:"俺娘叫我割草,这怎么割法呢?少不了回家挨骂!"远处又轰轰的一声雷,云又从四方涌来。"好家伙,雨又上来了!跑!"牧童说着,拖着筐子就跑。这时忽然从附近传来一个少女的凄惨的哭声。

牧童一怔,心里琢磨着:"这一定是走亲戚的,淋到山上了。我去看看。"牧童顺着哭声的方向走去,看见一个姑娘正坐在一块大石头上哭。"你这位大姐,哭什么?"牧童拉了她一下,姑娘没有说话,抬起头来看了看牧童,牧童很焦急地说:"你这位小姐,你看雨又上来了。先到我家里避一下吧!"姑娘低着头不说一句话。"你不听,我可要走了"牧童拔步就走,姑娘突然开口了:"相公,你要救救我!""谁不救你啊?叫你到俺家里你又不去!""不,我不是一个人呀!"姑娘说。"那么你是鬼吗?"姑娘轻轻地摇了摇头。"那你就是仙家了!"姑娘"嗤"的一声笑了。

(二)

牧童回身就走,姑娘微笑着拉住他:"我虽然不是一个人,可是没有害人之心,如果你救了我,我就给你做妻子。"牧童回过头来说:"你是仙家,我是穷人,我怎么救你呢?"姑娘说:"我明天有灾,只要你有诚心,就能够救我。你回去弄一百家柴火灰,明天这个时候你再来。明天早时三刻一定打雷,你若看见天上有火光,你就往天上撒一把灰。灰撒完了,你也就救了我了。"牧童说声好,就背着筐子下山了。

第二天牧童走到山上,他抬头看看天,天晴朗得很,没有一丝云彩。牧童骂道:"活见鬼,这样的天气怎么能打雷?一定是受她骗了。"正在这个时候,西北上忽然浮起了一朵红云。红云的四周镶着一圈黑云。这云彩来到山顶,立刻打了一声战雷,接着黑云向四面扩散开来,遮黑了半边天。战雷不停地响着,火蛋不断地向山上飞来。牧童满身是汗把柴火灰不住地向天上撒去,当牧童把最后的一把灰撒去后他昏了过去。他静静地睡在岩石上,倾盆大雨下个不停。

雨过天晴,霎时间又露出鲜红的太阳来。牧童从岩石上爬起来,看看没有仙女,早气得两眼冒火。头也不回地就往山下走,可是仙女却在对面望着他笑呢!

仙女对牧童说:"谢谢你救命之恩,走,到俺家去吧!"牧童看了看周围,满沟里都流着雨水,皱着眉头说:"你家在哪里?这路多么难走啊!"仙女对他说:"俺家离这里不远,请到俺家里住几天吧!"说着用手一指前面出现了一条平坦大路,没有一点泥水。走了半里多路就到了一座黑油大门前面,仙女说:"这就是咱的家。"

(三)

仙女推了推门,轻轻地叫一声,里面出来一位姑娘,见了仙女叫了一声"姐姐"。仙女对牧童说:"这是我妹妹。"牧童抬头一看,这位姑娘和仙女一样美丽。

仙女和牧童走进屋里,仙女对那一位姑娘说:"妹妹,你哥哥还没有吃饭,你去预备一点饭吧!"姑娘对仙女笑着说:"姐姐,我早把饭做好了。"说着就把饭菜送到桌子上。牧童看着那样好的菜,那样白的馍馍,那样香的酒,心里想:"这是俺从来也没有见过的!"于是狼吞虎咽地吃了一个饱。

牧童在这里过着幸福的日子,不觉已经半月有余了。一天,仙女对牧童说:"咱娘在家想你啦,你快回去看看吧!"牧童听了仙女的话之后,如梦如醒,心里想:"对呀,怎么连娘都忘了!"于是对仙女说:"我想回去看看咱娘,可是不知道家在哪里?"仙女说:"我知道你不认路,可是咱那驴知道。""咱也在这里住了十来天了,怎么就没听见驴叫唤呢?"仙女笑着从墙上拿下一条马鞭子说:"这不是驴吗?"说着用手一晃,马鞭子就变成一条毛驴。仙女回过头去喊:"妹妹,给咱娘半斗麦子、半斗面!"妹妹就把半斗麦子、半斗面捆在小驴上。

仙女对牧童说:"你走吧,你骑上驴后晃一晃驴尾巴,然后闭起眼来,驴往下后你再睁开眼;你回来时,也要这样!"牧童骑上驴,晃一晃驴尾巴,只觉得驴跑得飞快,耳旁的风呼呼地响着。一会儿风息了,听到门镮"咣啷咣啷"地响,牧童睁眼一看,已经来到家门口了。

牧童回家后,把所有的经过情形都告诉他娘。他娘俩乐一阵,悲一阵。他们把麦子和面都倒进缸里,可是真奇怪,这半斗麦子、半斗面总是吃不完,吃上一年半年也不见少。

(四)

牧童和仙女又过了半年多的日子。

一天，仙女对牧童说："咱娘要'归位'了，你快回去办理丧事吧！"牧童一听就哭起来了。仙女看了很伤心，就安慰他说："人老了就少不了死，你快回去吧！我随后就到咱娘的坟上去送殡！"牧童听了这话，回到家来，娘果然死了。

乡里人听说仙女来送殡，早早地都跑到坟上等着。不久，果然来了个小媳妇，披麻戴孝，一声声地哭着来到坟前。这媳妇没有和任何人打一声招呼，坐到坟前就哭了两个时辰。乡里的人都陪着落了不少的泪，都说："这位大嫂子呵，你就别再哭了，人死了是哭不回来的！"一直到红日落山仙女才止住了哭，大家这时才想到要细细看看仙女的模样，仔细一看，原来仙女早不知走到哪里去了，在大家面前的是一丛荒草。

牧童回到家里，仙女已经在他家等着他了，仙女对牧童说："我们要分别了！"牧童一把拉住她，紧紧地不放，说："你要到哪里去呀，你走了我怎么活啊？"仙女擦了擦眼泪说："师父带我回仙山，以后你要多多保重！你还是想开点吧！你看，我师父来了！"牧童向前一看并没有什么，再回过头来，已经见不着仙女了。

牧童终日想着仙女，不久就疯了。庄里的人都很同情他，因为他和仙人生活过一个时期，庄里的人就叫他李半仙。

两个和尚

这是清朝时候的一件事。

一个山上有一座庙，里面有大小两个和尚，一个是师父，一个是徒弟。山下有一个小村庄，住着二十来户人家。在山脚道旁，有一个小磨,全村的人要磨面什么的都到这里来。

村里,有一位漂亮的小媳妇,她也常来磨面或是磨什么,老和尚走过就呆呆地看着她,小和尚走过也偷偷地看她。小媳妇知道他们不安好心,就低着头,红着脸,自个儿推磨,不去理他们。有一天,老和尚又碰见她在磨面,看看左右没人,就大胆啦,对小媳妇说:"小媳妇,你小小的脚,推磨挺费劲,我来帮你推吧!"小媳妇红着脸说:"怎好麻烦师父,小奴自己会推。""没关系,我反正空着。"说着,就挤到小媳妇身边推起磨来。

和尚的大脚扑嚓扑嚓地走着,小媳妇累得光顾擦汗,跟也跟不上,心里可急得什么似的。忽然,她想到主意啦,"师父,过三天到我家来玩玩吧"!她对和尚说。"你家里人多,还是到咱庙里来玩吧!"和尚笑嘻嘻地说。小媳妇见他真是多么坏,就说:"村后那块四十亩田真太大了。三天以后你到地东面,我到地西面,你在东面装雄野猫叫,我在西面装雌野猫叫,再爬到地当中,咱俩好好地玩玩,行吗?""行行行!"和尚连忙说。心想今天的磨没有白推,就拍拍手,说了声:"不要忘了三天以后的事呀!"就走了。以后光知道想和那小媳妇三天以后玩,经也不念了,佛也不拜了,推磨也不去了。

师父刚走小和尚也走来啦,小媳妇对小和尚说:"三天以后清早,你到四十亩地西面装雌野猫叫,我在东面装雄野猫叫,再爬到地当中这里,谁也看不见,咱们好好地玩玩,行呗?""好好!"小和尚也高高兴兴地上山了。

第三天头上,老和尚起来可太早了。一起来就招呼小和尚:"徒弟,今天我到你师叔家去,你好好照看着庙。"说完,连奔带跑的走了。小和尚想这真太好了,自己正和小媳妇有约,怕师父在家不便,现在老和尚到师叔家去,自己就能到四十亩地里去了。他高高兴兴地锁了庙门,一溜风顺到四十亩地的西头去了。

老和尚爬在东头装雄野猫叫"喵呜",小和尚一听东头雄野猫在叫,就装雌野猫叫起来"喵呜",一头向地当中爬去。早上的露水打湿了他衣裳,紧紧贴住了他,他也不管,一个劲向前爬。正爬到当中,忽然看见前面一对乌溜溜的眼睛,又看见一个光头,心想坏了,就一头跳起来,一溜风向山上跑了。

老和尚正在寻小媳妇,忽见一个东西站起来,"啪嗒啪嗒"跑了,他抬头一看,看不见,坐起来偷偷一看,见到一个光头在跑,知道是小和尚了,就气愤愤地站起来,垂头丧气地回庙里去了。

从此,大、小和尚再也不敢惹那小媳妇了。

瞎子东方朔

唐明皇时,要修宫殿,找了一个南方画师。画师的画,真是天下第一把手,画得龙好像要飞,画得凤好像在舞。

唐明皇,看他画画也很欣赏,问他的生辰八字,画师跪着回答了。唐明皇听了很奇怪,又问了他一遍,还是那样,就说:"画师,你可要知道,欺君罪应死。"画师说:"臣子哪敢欺君。"唐明皇就满腹怀疑地回宫了,原来他奇怪的是画师的生辰八字与他完全一样。

唐明皇回宫,就召见了他最亲信的二品谋士李淳风与袁天罡来,要他们算一下天下有没有与自己生辰八字一样的人。袁、李二人在演算法上是天下第一把手,能前知500年,后知500年,可是这次,就算不准了。算了老半天,对唐明皇说:"臣算在天下没有和陛下生辰八字一样的人。"唐明皇说:"没有?外边那个画师就跟我的生辰八字完全一样,这是我亲自问的。"二人听了有些害怕说:"实在是臣子的演算法不精,请陛下赐给三天的时间,我们要再算不准,请听陛下发落。"唐明皇答应了。

连着两天,袁、李二人可就是算不出来,第三天又算了一头午还是算不出来,第三天下午他们愁得没法,就想一起进宫,回复唐明皇说算不出来,让他爱怎样就怎样好了。可是刚一出门,就见一瞎子拄着双问路杖自南往北而去,街中有一棵三搂粗,半截人高的树杈子。袁对李说:"我算定了,瞎子一定打右边过。"李对袁说:"我也算定了,他一定打左边过。"正在他们争的空儿,瞎子到了树杈前,也不打右过,也不打左过,而是爬上树杈过去了。二人见了都有些奇怪,也有些惊慌,又见他与一般瞎子不一样,就一齐蹿上去喊住那瞎子。那瞎子好像没听见,只管走自己的,听他们喊急了才住下,气呼呼地说:"你们叫我做什么?"李淳风上去很客气地说:"又打搅老先生了,他叫袁天罡,我叫李淳风,见老先生要从树杈旁走,我算就了老先生要打左边走,他算就了老先生要打右边走,可是老先生不打左边走,也不打右边走,而是打树杈上边走,我们很奇怪,就想请教老先生为什么要打上边走?"瞎子原来就是当代知名的活神仙东方朔,他故装不知袁、李二人的身份,有些不耐烦地说:"你们太笨了!您光看中了左右两边,你就忘了树杈上边也可走了吗?"袁、李二人知道,他是能人,就连忙施礼,请他回家去坐,瞎子连说:"不敢,不敢,当朝二品给我一个瞎子施礼,岂不折煞我了吗?"袁、李二人相互使了一下眼色,双双地跪下,口称:"师傅,小徒有礼了。"瞎子慌忙将他们扶起来又说:"不敢。"跟他们回家了。

吃过一杯茶,袁、李二人将皇上要他们算为什么自己的生辰八字与画师一样,他们没算出来的话告诉了他,瞎子听了笑了笑说:"这有什么难处,看一件事情不要看死了,画师虽与皇上的生辰八字一样,可是他们生的地方不一样。与皇上同一个生辰八字的人有五个,如生在北屋的就是当今的皇上,如生在南屋就是全国第一把手的画师,生在西屋的就是当代的富豪,生在东屋的就是当代一品,如生在院子的……"瞎子"嘿嘿"笑了一声,"就是当代的活神仙"。

袁、李二人把瞎子让在书房休息,就连忙进宫去了。见了唐明皇,把瞎子的话说了。唐明皇立即传令查问了一下,果然不错,可是仅找到了四个人,生在院子中的不知是谁,觉得不大满意,就让袁、李二人回家去请那瞎子。

袁、李二人回家一看,瞎子不见了。问了家里人,只说见他进了书房,没见他出来,这时袁李二人才想起来,他就是当代知名的东方朔活神仙啊。

算命先生

相传崇祯皇帝从北京出来下游私访,遇见一算命先生,旁边挂着一个牌子"算命如神"。崇祯就想过去测个字,算命先生说:"你要测字得写个字。"崇祯就写了个"有"字,算命先生就看了看说:"此字不见甚好,如按字意来断,若是这件是国事,此'有'字是大明江山去了一半。"崇祯一听就说要再写一个,先生说"好"。他又写了个"友"字。先生说:"按字意来断,是'反'字出了头。"崇祯一听就从布袋里掏钱,摸出一手帕来,就含在口中,先生说:"你口含巾,主吊死。"崇祯立刻回去,对一奸臣说:"我遇见一先生,造谣生事。"奸臣说:"我再去测一字。"他就去了,到了那里写了个"幽"字。先生说:"按其字意断,大明好好江山,弄得乱丝无头,坏就坏在你的手。"奸臣一听又气又惊,正要推说:"我去拿钱来给你时。"李闯王起义军就来了。崇祯王爷一听,吊死在煤山上,可见此人算命如神的确也不虚。

聪明的老渔翁

相传在以前有两个外国使臣,以为中国自从李白去世后,没有什么文才,就想到中国来显显他们的文风。到了中国后,有一次摆渡需要坐船,就雇了一只小渔船,船上有两个老渔翁,他俩将船从沙滩上慢慢拉到水里去,开始撑船时,见到沙上的一只鸟受惊飞了起来,后来又落下来了,就说:"沙鸟飞还落,山云断复连。"另一个等船撑到河中,说:"橘梭水中月,船历水中天。"使臣一听,大吃一惊,想不到普普通通的两个老船夫,都有这样出众的才能,可见中国是个文才很多的大国,于是羞得满脸通红。

结婚的麻烦

相传淄川一带以前人们结婚总是在晚上才进行的,因为一则晚上没事,二来要是在白天成亲,恶霸们看见有好的新娘子,就抢去了。可是后来发生了那么一件事,人们又只好改在白天成亲了。

有一回,四个轿夫抬着新娘子到三十来里地以外的地方去成亲,跑了一半路太累了,就放下轿子,跑开想休息一下。不想睡着了,新娘子打轿缝中看见轿夫们不在,因小解急了,就下轿走到一个角落里小解去了。这时轿夫们醒来了,迷迷糊糊地竟抬着空轿走了。抬到后,掀开轿帘一看,啊!原来是空的,这可怎么办呢?于是只好回来找。

再说,新娘子小解好了以后,想回轿,见花轿已抬走了,夜又深,四下里没有一个,就在附近一块高粱地里待住了。天将微微放亮时,新娘子的姥爷去看这块高粱①,老远见地头上站着一个穿得血红的东西。心想:这么早,谁会穿得这么红待在这里呀!是鬼吗? 就害怕起来了,不敢往前去。新娘也看到那边也来了个雪白的、胖乎乎的东西,也不知道这块地是姥娘家的,两人于是都呆住了。后来姥爷的儿子出来了,姥爷就招呼他:"快过来,拿件家伙,这里有一个红鬼。"新娘子一听是姥爷的声音,就喊开了,她姥爷耳朵不灵,还没有听出这是外甥女,就骂:"你这个红家伙,别说叫我姥爷,叫我老姥爷我也不理你。"后来还是他的儿子听出来了,于是就把新娘子领回家里。新娘子受了大半夜又惊又吓的煎熬,脸在苍白中透露出黄,真害得够苦的了。四个轿夫在原地方找不到新娘子,跑到了姥爷的家才找到。因这时男家正在等着拜堂,就只好用一头小毛驴把新娘子送到男家庄头,再送进花轿,等到进行拜堂仪式时,早已红日当空了。从这以后,人们结婚再不在夜晚举行了。

聚金窝②

博山是个好地方,高高山上黄金淌。

在铃铛山的半山腰,有块光溜溜的大石头,石头上有个像酒杯一样大小的窟窿。山上光闪闪的金沙一年到头不断地淌,不断地流,金沙流过这块光溜溜的大石头,金子就落到那个窝窝里,一年

---

① 姥爷:北京人称外祖父叫姥爷。
② 胡甲昌整理。

能积下一窝光亮亮的黄金。

这个聚金窝给一位南方人发现了,他每年到山上采一窝金子卖掉。这样过了几十年,他渐渐老了,心里想:"把这个地方告诉谁好呢?我又没有儿子,不告诉别人吧,又实在太可惜。"他考虑了好久,便对金银店老板说:"我每年都到贵店来卖金子,现在我把产金的秘密告诉你吧!"

金银店老板知道了聚金窝,每年能得到一窝黄金,不用他花一文钱。一次采金的时候,他想:"假使我将这个窝窝凿得大一些,不就能得到更多的金子,发更大的财了吗?"于是他把聚金窝凿得有脸盆那么大。第二年,到采金子的时候,他的心简直激动得要跳出胸膛来了,三步作两步跑上山坡,结果什么也没得到。聚金窝里长满了青草,黄闪闪的金沙再也不淌了。

孝妇河

博山地方,相传当地有个妇女叫粉连,给地主干活,是卖给人家当童养媳的,狠心的婆婆一刹刹也不叫她停下。她的婆婆给她打了一对大桶,叫她整天挑水,她婆婆看她走几步歇一歇的,就把那个桶的底下打上了个尖,这样这个童养媳只得不停脚地挑。

一个老汉看见了,给她想了办法,叫她在该休息的地方都挖上洞,水桶放进去正好倒不了。

这个狠心的婆婆又看见了,把挑水这条街都铺上了青石子路,这个闺女只好脚不停地挑,累得整天哭,可是哭又有谁知道?这天又是那个老汉来了,给她一枝鞭放在水缸底下,要水了提一提就满了。粉连每到要水就提一提,婆婆干着急没办法,看看缸天天满着。这天她仔细查了查,噢!原来有一只鞭,提出来就想去打她。她一拿水也随着涨了,一下子她家全淹了。童养媳一看不好,一腚坐到了水缸那个地方,结果她全家淹死,村里没受一点损失。到如今这个地方还有一个淹奶奶庙,她腚底下就有一股水,那条河就叫孝妇河。

一个讲义气的乞丐①

一个庄的北头的园屋里,住着一家穷人,老伴俩守着一个孩子,名叫梁小瑞②。过了一年半载,两个老人相继死去,撒下了小瑞孤孤单单一人,小瑞年纪很小,天天忍饿。

村里人到地主好老六家去说,让梁小瑞给他作个养子。好老六正没有孩子,就一口答应了。梁小瑞来到老六家里,换上衣裳,吃得好,穿得好,不几年,又娶上了媳妇,如同公子少爷。

这一天,老六叫小瑞到外庄要账,小瑞骑马回来,半路上碰见一个柳树行,就到里面歇凉,拿下来要来的五百两银子当枕头,躺下睡着了。醒来天已不早,就匆匆忙忙爬起来上马,一气跑到庄头。老六正在庄头等着,老远就问:"要来了没有?"小瑞一摸,吓出一身汗来,回过头来就跑,一直到了柳树行,怎么找也找不到那五百两银子,低着头回了家。

老六指着小瑞的头骂:"穷光蛋做不了大事,我给你娶上媳妇,有吃有穿,买得你给我掉银子?你快给我滚!还我银子!"小瑞同他媳妇走出好老六的大门,到原来住过的那间园屋里住。

---

① 吊桥贫农马杖来讲,年五十余岁。
② 记录者假设名。

再说,一个叫花子,天天靠要饭拾破纸为生,那天经过柳树行拾着了五百两银子,把它丢在背着的竹筐子里,急急忙忙去找那丢银子的人。这时小瑞向东找,叫花子向西找,谁也找不着谁。

小瑞和他的媳妇住在圆屋里,媳妇对他说:"老六天天来催银子,咱哪里去弄,你把我卖了还他吧!"小瑞哭着不肯,媳妇紧催着,只得把一根草插在媳妇的肚子上去市上卖。一个过路的商人看见了,想想自己还没有小老婆,就出五百两银子买了,带小瑞媳妇上路。到了家里,他的大老婆无论如何不让他要,没有办法,又以五百两银子的价把小瑞媳妇卖给一家很早就停业了的妓院。

老鸨一见小瑞媳妇这般美貌,就打起招牌接客,上面写着"见面二百两,住宿三百两"。打出很久,没人有来,正巧拾银的叫花子从这里经过,五百两银子还放在他的筐里,一文不敢花,看见招牌以后想:"天天背着这些银子,还不知道啥时候找着主,花了吧!花了吧!"于是进了妓院。老鸨一看进来个叫花子,觉得很晦气,就骂过来,叫花子说:"有银子朝着你,你骂啥?"说着拍了拍背着的银子,老鸨见了,只好招待。

小瑞媳妇第一次接客,一见来了个叫花子,想起她受的折难,不由得滴下泪来。叫花子对她说:"你不好哭,别看我人穷,心可直,你有啥为难处,直管说。"小瑞对他说了自己的来历,叫花子恍然大悟,把五百两银子拿出来交给老鸨,买出了小瑞媳妇,领着他找着梁小瑞,让他夫妻团圆。你看这叫花子多义气!

包龙图陈州放粮

河南某地,自开春到五月没下一次雨,那是因为管此地雨水的龙,因去年为了救济这个地方人民的旱灾多下了一场雨,犯了天条,被玉帝押起来了。

天不下雨,庄稼大都干死了,天又热,人民撑不住劲,大都病倒了。这里的老百姓早就求过雨,可是无济于事。

恰巧这时包公到陈州放粮,打这里经过,老百姓都知道他是上通天堂,下达地府的人,就排队拦住他的轿子,高呼:"青天大老爷救命。"包公问明了情况后,就答应老百姓的请求。决定上天去见一下玉帝。

包公上了天,走到南天门前,见一个黄面大汉,看守着个被锁住的大虫。那人一见包公就问:"包老爷,你来干啥?"包公说:"我来求玉帝给河南某地下雨,救老百姓。"那人听了道:"不用去了,他们命里该受旱灾而死。你没见这条大虫,他就是专管那地方的雨水的,现因犯了天条,被押起来了。"那人说到这里,那个大虫向包公点了点头,并流下眼泪来,像有求救的意思。包公见到这种情形,就更想去见玉帝了。

包公见了玉帝,玉帝问他来做啥?他不回答,却只管问:"锁在南门外的大虫是谁,犯了什么罪,因何被锁?"玉帝说:"那是管河南某地雨水的龙,因他错下了雨,犯了天条,所以被关。"包公说:"我来就是为了这件事,我打河南某地走,见那里的老百姓因天不下雨都快饿死了,他们托我请求玉帝赐给他们些雨水。我知道玉帝是最爱人民的,所以就来了,我请求玉帝放了那条龙吧!"玉帝起先不允许,包公因最爱人民,就苦苦哀求,玉帝无奈说:"好吧,看你的面上,我就放了那条龙,赐给那地方人民雨水。"包公谢恩退出来,回到地上,已下过大雨了,老百姓再三向他叩谢。

包公到陈州放粮去了。河南这个地方的庄稼得到了雨水,长得特别旺盛,可就是因为雨下得太晚,谷子、高粱、苞米都还不等晒米时,天又要冷了,于是老百姓又愁得没法了,心想:"虽然下了雨,忙着种好了庄稼,却原来是一场空欢喜,大家又都躺在家中等死了。"这时,包公从陈州放粮回来了,于是老百姓又都拦住了他的轿子,要他救人救到底,包公又答应了。

包公二次返回天庭,见了玉帝。玉帝问道:"包黑,你又来做什么呢?"包公说:"老天虽给河南某地下了雨,可是因下的太晚了,庄稼才要晒米,天却就冷了,所以老百姓又托我求玉帝命秋神晚走一会。"玉帝思念了半晌,才说:"好吧,就让秋神晚走一月。不过虽然那里的老百姓丰收了,命运仍决定他们仍不免于死亡。"包公问是什么原因,玉帝只是笑笑不回答,说是:"天机不可泄露。"但他哪里知道包公早就猜出了自己说的天机。包公回到地上,把好消息和人民说了,老百姓都欢天喜地地等待丰收,家家都是锣鼓喧天地准备迎接丰年。可是这时,包公却犯了愁,玉帝的天机给不给人民说呢?说了,自己的命不保,不说,看到这些欢呼无忧的老百姓就要遭受大难,心中实在不忍。他已经在这里住了十多天了,离丰收越近,看到庄稼长得越好,他也越不愿离开这里。他深知道,随着丰收来的,就是大风寒,老百姓不早准备,一定得都冻死。

左右思想,最后他决定了,他愿意拿自己的命来拯救老百姓,所以在他走那天,他招来了所有的老百姓说:"乡亲们,不久你们就要丰收了,可也就是你们灾难的日子来了,丰收一过,就是三九严冬,你们要不早做准备,命就难保了。"老百姓从来就很相信他的话,这时对他更是感激极了,前呼后拥一直把他送出了三十里。

老百姓听了包公的话,就趁丰收前十多天赶做棉衣、棉被,果然丰收一过,天就变得滴水成冰,可是因老百姓早做了准备,一点没受到损失。玉帝一看生气了,知道是包公泄露了天机,本应处死他,可是却找不到他有什么罪,他决定让他断绝后代。就这样,因包公救了千百万老百姓,才落得自己到老无儿无女。

吕洞宾

谁都知道,博山人是很相信财神的。每到开市,他们都供养着吕洞宾的画像,这里会有这么一个故事。

有一天,某柜上一开门就进来一个人,他看见正面有吕洞宾画像就问:"掌柜的,供养这玩意儿有啥用?"掌柜随便回答说:"没有什么,不过闹着玩玩罢了!"这人买了一点东西,给了半吊钱就走了。

掌柜把半吊钱放进柜里,可是一看,柜台上还有半吊钱。掌柜可高兴极了,就赶忙把半吊钱拿起来,放进柜子。再一看,柜台上又出现了半吊钱。掌柜又是吃惊,又是高兴,又是忙碌,一次一次把钱半吊半吊放到柜子里去,只到日落西山,掌柜的弄得汗流满脸,筋疲力尽为止。

掌柜高兴地想:"这一下,柜子里可有了很多钱了。"他速速地打开柜子。可是一看,哪里有许多钱,只有早晨买东西的半吊钱在那里,里面还有一张小纸条,写着:"没有什么,不过闹着玩玩罢了。"

人家都说清早来买东西的就是吕洞宾。

金蛤蟆

咱们的洪山是一个聚宝的地方。

那是五辈以前的事。有一天黑夜,两个农民经过洪山,一个农民看到山腰青草岩中有东西一明一暗地亮着,就说:"你看到这不是什么东西在亮着吗?""哪里,哪里?我怎么看不出来,莫是你眼花了吧!"另一个农民回答说。

第二天,农民就拿了镢头来挖地,离地三尺,他挖起了一块大石头,以后就什么也没有了。那农民想:"大概就是这东西在发亮吧,那么它就是宝贝了。"于是,就驮到家里,把它凿开来,凿着凿着,剩下有碗口小一些,茶盏口大一些那样,再也凿不动了。农民就用力地在石板上磨着。可这就把宝器磨死了,皮呀肉呀,都脱下来了。

这件宝叫金蛤蟆,如果农民把活宝器送给皇帝就可以作进宝大臣。只要造一个大柱,上面叫尚书点起灯来,另外用一只公鸡蒙着身子对着它,再用力打它,那它就会屙金屙银,每锭五十两,一次能屙十来个。

朝廷知道宝物出世以后,就派人到咱淄川来收宝。朝廷来的人只知道宝物是淄川出土的,也不晓得到底出在谁手里,就在周村附近那座大桥来来去去私访。那里每天都有成千成万人来来往往的。那个农民一心想出卖宝物,也就每天在桥上找有钱的人。他们两人每天都碰面,这样过了两三个月,大家都奇怪起来。有一天两人又碰到了,农民就问他:"老哥,你是做什么的?""我是朝廷派出来买宝物的,一个金蛤蟆在这里出世了,直到现在我还不能碰到那个得宝物的人,老哥知道是谁得了这件宝物吗?""老哥,我就是得了宝物的人,想卖出去,就是碰不到人。""那好极了,你要多少钱才卖这件宝物呢?""唔!"农民想了想,说"照重量算,五十两(银子)一个吧!""行,卖给我吧,明天到周村县衙门碰头。"

第二天,农民带着宝物,推着小车到县衙门去了。你想,五十两银子卖一个,一个金蛤蟆少说也有几十两重,不推小车去,哪能拿这许多银子呢?到了那里,看见衙门里人山人海,都争着要来看这件宝贝。你推我挤,你喊我叫,再加上做买卖的,衙门里非常热闹。县官一听说农民来了,就叫把宝拿出来看看。农民就把宝拿出来给县官,县官看了以后传给百姓,老百姓你抢我夺争着要看这件宝。

"好吧,把宝拿来,我们到仓库里称银子去。"等了一会,农民对县官说:"老爷,刚才我不是交给你手里么?""你不见我交给百姓们看了么?"于是农民就问众百姓要金蛤蟆,众百姓一个个都说:"我给了张三了。""我给了李四了。"结果谁也没有拿过。农民没了办法,只好空着手走了。把家里磨下的那些皮呀肉呀凑起来,卖了一百十两银子。

不知怎的,随着差官到京里,金蛤蟆已在京城皇帝的宝库里了。

养老女婿

听说有一个叫支文清的,他是汉朝人,原来是杭州那地方的人,因为当官判错了案子,就被撤了职,后来就搬到河北这地方住下了。因为当官剩下很多钱,在这地方盖下了楼台瓦舍的高房,买下许多地,清清闲闲地做起地主来了。

他雇了很多觅汉,叫一个刘安管着。刘安虽然是个头目,也和大家一个心眼。这些人里面有个叫小陈的,长得粗眉大眼,又能说又能笑,活也干得勤快,不管是什么打零杂、挑水、推磨、上坡送饭,都干得很利索。

这个支文清还有个很漂亮的闺女名叫秀薪,刚好一十八岁,和小陈是一般大。小陈在家里干些打杂的事难免常见,天长日久两个人就有了意。小陈觉得秀薪长得漂亮,还有股说不出的那股秀气；秀薪更觉得小陈是个难得的勤快、聪明的年轻人。

这年春天两个人就谈到一块去了。小陈干活，秀薪也找个空帮帮忙，常常小陈推磨，她也来到这里偷偷地帮着，在磨坊里静静的两个人更可以说个话。天长日久两个人亲密得和一个人似的。

一天晚上，小陈偷着躲进秀薪的屋子，晚上两个人可就睡在一起。发誓两个人谁也不离开谁。这年夏天正赶上收麦子的时候，晚上两个人又一块躲在楼上，这时天长夜短，这两个越谈越热乎，半夜才睡了。等一觉醒来就可日长三竿，这下可着了慌，听听下面大家正忙着，厨房里也有直骂小陈不快起来挑水，谁还在喊他呢。他们俩越听越慌，急得小陈直嘟噜："你看，我说不来吧，你偏要叫我来，这可好！"秀薪说："你别埋怨呐，噢，有了！我到楼门看看，一没有人，我一咳嗽你就往下跑。"

秀薪刚出去，小陈还是坐在床上，就听见秀薪咳嗽，急得抓起条裤子套上，又听咳嗽一声，他像旋风一样就飞下了楼。到厨房一看，人家把要往坡上送的饭都装好了，他看看没有人，挑上就往坡里走。

他一到田，大伙就停了活，老远就嚷："小陈今天怎么来晚了。"等近前一看，老刘可笑了，大家也笑得前仆后仰。老刘说："小陈你看你搞得什么鬼，大概叫鬼给迷了眼了吧！"小陈这才一看是把秀薪的裤子穿来了。小陈赶紧跪下说："刘大爷，我不瞒你老人家，这是秀薪的裤子，大伙救救我吧！"老刘说："好家伙，这事不早告诉大家，我们也可以喝一盅。好吧，这点小事，我们大伙会对付支文清。"

这时田里的麦子已割下一大堆，老刘就对小陈说："你来，你躲在麦秸里，我自有妙计。"大家七手八脚把小陈安置好。刚吃饭，支文清就来了。老刘像和大伙在拉呱一样，拍着个屁股讲："唉，这事可难办啊，哎，真是。"大声地叹气。支文清就问："什么事把你难过的这样。"老刘连眼也不抬说:"反正这事没法治,还是不讲吧。"支文清说:"你讲吧,我会给你想个办法。"老刘说:"真倒楣,我们村那赵家的觅汉和她闺女穿错了裤子了。"支文清一听笑了:"这好办,叫赵家姑娘跟着他不就完了吗?"老刘说:"哎呀!我的好老大人呐,那是个觅汉,赵家恐怕不会像你这样,好像白纸上涂墨那样见效。"支文清:"这样说就得这样办,不也不行,不然叫姑娘去跟谁?"老刘一拍手:"好好好,小陈,快出来给老丈人磕头吧!"小陈一听就钻出来,满头大汗跪下就给支文清磕头。弄得个支文清丈二和尚摸不着头脑,愣愣地还不知什么事。再向小陈一看,原来穿的是他女儿的裤子。支文清的脸这时变得铁青,拔腿就走了。

小陈高高兴兴地等着大伙吃完了饭,挑着担子可就回来了。

家里秀薪也急得像热锅的蚂蚁一样,因为小陈一走,她一看床上只有小陈的裤子,她的那一条没有了。吓得她也不敢下楼了,唯恐谁在喊关于小陈的事。她站在楼门口朝外望着,眼巴巴地等着小陈回来。不一会小陈大摇大摆地回来了,秀薪一看果不然他穿的裤子就是她那条,急得脸都红了直朝他挤眼又努嘴,也不敢喊出来。小陈也滑稽地朝她挤一下眼,从从容容地到厨房里来。房里的人一齐惊叫起来:"哎呀,小陈你可真不知死活,你怎么弄的?"小陈说:"这不要紧,我要给咱老爷当个姑爷。"说完,赶紧跑到楼上来,一下子抓起秀薪:"可好了,你父亲已经把你许给我啦!"秀薪跳起来说:"真的?那咱可怎么过?"停了一会又说:"这事爹真知道了,多难为情。不管它,有了,我去和他假拼命去。"

她父亲呢,正和她母亲在生气呢,想来找这个闺女,怎么给他丢这么大的脸。正好,秀薪倒先找他。两人碰见了,秀薪就撒泼道:"你把我许配小陈,我连什么也没有,叫我们两个喝西北风,我不干。"支文清本想来把闺女说一顿,这下闺女倒先抢了先。老刘这时也赶回来,说:"那么,老爷就把小陈招个养老女婿吧。"支文清话早已说在先,这时没法改,只好答应了。

(三) 一般故事

五十两银子

　　周家庄是一个大庄,有五百来户人家。庄上有一家典当,掌柜的是个财谜又是个色鬼,典当东西,利息奇高。庄上要数他最有钱,他见了好看的女人,总是千方百计地去勾引调戏,是庄上出名的坏东西。因他有钱有势,所以庄稼人也不敢惹他,大伙背地里叫他"黑心鬼"。这一天,黑心鬼在庄西头迈着八字步,正打算回家去喝酒作乐。走过碾坊,听到里面有人隆隆推碾,回头一看,只见张大有夫妻俩正在推碾。不说那张大有,只说他媳妇,生来人品端正,眉目清秀,头上一头青丝梳得光溜溜,身上穿得虽是朴素,但却非常合适好看。小二口一边推碾一边在说笑。黑心鬼见色起歹心,停住脚不走,张大了嘴,瞪起了眼死盯着张大有他媳妇。张大有他媳妇随便打一个招呼,黑心鬼心想:这媳妇莫非有意于我,就呆呆地一直看到小二口子推完一斗棒子米才悻悻地回家。

　　第二天,黑心鬼穿了最阔气的衣服,摇摇摆摆地到张大有家去了。进去一看,正巧张大有上坡锄地去了,只有他媳妇在家,就嬉皮笑脸地向那媳妇说些讨好的话。那媳妇也懂事,一边与黑心鬼拉呱谈笑,一面备下了美酒佳肴,请黑心鬼吃东西。正喝得得意,忽听得院子里有敲门声,黑心鬼连忙站起来想走,但一看只有一个门,走不出去,那媳妇样子焦急地说:"快,快,当家的回来了。"这一说把黑心鬼吓得浑身直哆嗦,抱着头就往草垛里钻。那媳妇拉出黑心鬼来说:"草垛里藏不住,快到房里去吧!"指着一个破柜子就叫黑心鬼往里钻。人逢急事不计较,黑心鬼一头就钻到破柜子里去。

过了一会,媳妇去开了门。张大有很生气地走了进来,一面吃饭,一面对他媳妇说:"日子越来越难过,家里柴也没有了,还是把那破柜砸烂当了柴烧吧。"黑心鬼在里面一听吓得浑身哆嗦,又听那媳妇说:"把破柜砸烂了怪可惜的,不如把它扛到黑心鬼当铺里去当上几个钱,拿来使使还好点。"大有叹口气说:"啊!娘子!你真是个不懂世面的人,这样的破柜子拿到黑心鬼典当上去,不要说不给当,不被那黑心鬼撵出来那才见怪哩!还是打烂了它吧!""当家的,咱不妨去试一下吧!"媳妇蛮有把握地说。小两口子一边商议着,一边又憋不住心里的好笑,差点笑出声来。

最后决定还是去当,于是小两口子抬了那破柜子到了黑心鬼铺里去了。对账房王先生说:"我那破柜子要当五十两银子行不?"账房先生戴上老花眼镜,拿了一根小棍儿瞅着那破柜子"笃笃"地敲打了几下,又仔细地看了一回,对那张大有瞪着眼摇摇头说:"张大有,你好像有心来开玩笑似的,你这破柜子打烂了当柴烧也不顶事,连五两银子也不值,赶快抬回去吧,要不,我那当家的回来非把你骂一顿不可,还是赶快回去吧!事情就是这样。"王先生说罢,摇摇脑袋大有所感,似端详这穷困的张大有夫妇。张大有对媳妇说:"我说不行就是不行,都是你这不懂事的人一定要我来,唉……""看样子还得抬回去,不如把它抛在大河里让大水冲走,我心里更痛快些"媳妇说。说着小两口子动手要抬那破柜子。

外面的话,黑心鬼在柜子里句句听分明,急得满身冒汗,只好从破缝里压低了嗓子说:"王先生,王先生,快当给他五十两吧。

这！这！……"王先生一听有人在柜子里说话感到奇怪,举起小棍,侧了耳朵细细地听,连问:"什么？什么？"黑心鬼只好直说了,"快！当给他五十两吧,是我掌柜的在里面,不然,就要给丢到大河里去了,快！我不会怪你办错事的"。这下可慌坏了王先生,他马上拿五十两纹银交给了张大有,并悄悄地说:"怎么回事啊？"张大有媳妇说:"事情就是这样,待我们有了银子再来赎这'宝柜'吧。"夫妻二人拿了银子与当票高高兴兴地回家去了。

这件事后来传开了,小孩听了,就编了一歌,说:"黑心鬼,黑心鬼,五十两银子买破柜。"这样把那黑心鬼活活地气死了。

双善桥

有一个乞丐,背着两个小布袋,终年流浪四方。

有一年,他到一个财主家要饭,财主娘娘出来,见他背着两个小布袋,好奇问:"你背着这两个袋子干什么？"乞丐说:"这两个袋子,一个盛黄豆粒,一个盛黑豆粒,我每做一件好事就丢一个黄豆粒进去,每做一件坏事就丢个黑豆粒进去。"地主娘娘觉着这个叫花子心还不坏,便说:"你天天要饭,仍然免不了挨饿受冻,我看你还忠厚老实,就在我家里扛活吧！"乞丐说:"我是个要饭的,啥也不会。"财主娘娘说:"不要紧,你在家里是扫扫院子,看看大门,我有事的时候,给我照管着小孩,别的事不让你干。"乞丐便答应了,地主娘娘每年给他三吊工钱。

离财主家不远,有一条小河,水深至腰部,终年不停地流淌,这里是个商业繁华的地方,每天有许多人从这里路过,逢到集市,人更加多,河水给路人添了不少麻烦。有时候,老头子拄拐杖过河,由于身体虚弱常常跌倒;有时候,妇女抱着小孩过河,会给孩子吓出病来。乞丐每天办完了工作,即要到河边溜一遭,看到这种凄惨的情形,心里不忍。其后,便常常光着脚丫,穿着裤衩到河上去背人。人们为了感谢他,常常给他钱,他不要,人们硬给他塞在袋子里。乞丐把这些钱和工钱严密地藏在布袋里,一个也不花。

三年后,乞丐摸了摸他的两个小袋子,都硬邦邦得装满了钱,便向财主娘娘说:"如今我老了,怕不能再到河边去背人家,咱们再修一个桥吧!""钱呢?"财主娘娘说。"我有钱,一切都有我操心。"

木匠、泥瓦匠都雇来了,推土的,抬石头的,河边立刻叮叮当当地热闹起来了。一天,乞丐到桥上去,忽然飞来一块小石头,把眼迷了一下,血一滴滴地流下来。大家把他抬到家里,马上请先生看,结果,两只眼睛都瞎了。

乞丐拿着一根竹竿,仍然天天到桥上去。一天傍晚,他到了桥底下,突然听到"咔嚓"一声,他拔腿便跑,不小心被东西绊倒了。大石头猛地落下来,碰断了他的腿,血轰轰的一下崩出来有一丈来高,他立刻晕倒,失去了知觉。大家赶紧把他抬到了家,一齐说:"这个人,做了一辈子好事,为什么天爷偏偏折磨他?"

不久,桥建成了。大家把他抬到桥的中央,一齐欢欢乐乐地向他祝贺。这时,不知从哪里飞来一块乌云,太阳没有了,乌云密布,一会,电光迅速地闪了一下,大雨倾盆而下。突然,"咔啦啦"一声战雷把乞丐霹了,随后天气晴朗,温暖的太阳又出来了,乞丐仍然安稳稳地坐在桥上,脸色苍白,没有一点血色,全身冰冷。大家抬也抬不动,好像被胶粘住一样,个个人悲哀和惊奇,大家都无言地站着。一会来了位京官,大家一齐问:"大人,这个人舍己为人,做了一辈子好事,结果瞎了眼,断了腿,今日竟被雷劈了,做好事好呵,还是不好?"大人展开乞丐的手,见手掌上写着一行小字:"老天无眼人遭殃,行好不好做恶好。"

勺巴的甜酱和勺巴当了大都督①

一

一个勺巴找了个聪明伶俐的老婆,在一个火热的夏天,老婆向勺巴说:"明天咱舅舅出去作买卖,你也跟着去办点货。"勺巴说:"办啥货?"老婆:"你记着我的话,啥便宜办啥。"

勺巴到了舅舅家,告诉舅舅:"我老婆让我跟着你去办点货。"舅舅说:"你打算办啥货?"勺巴说:"俺老婆说啥便宜办啥。"舅舅笑了笑说:"让你去一趟也见见世面。"

明天,勺巴跟着舅舅的十多个伙计出发了。临走,舅舅嘱咐伙计们:"一路照顾着我的外甥。"

到了那儿,勺巴每天去赶集,问问肉多少钱一斤,打听打听草绳是咋卖的,赶了十多个集,各种东西几乎都问遍了,可是,没有一样中他的意。伙计们已买足了货,准备走了,一齐催勺巴,勺巴说:"这里没有一样贱东西,我要再看几个集。"大家没有再等他,都一齐回家了。

勺巴又去赶集,看见一个卖凉粉的,许多人坐在那儿吃,勺巴跑了过去问:"掌柜的,多少钱一碗?""一角一碗。""少了行不行?"卖凉粉的心说:"少了你能吃几碗?"不耐烦地说:"算你九分一碗,你也就是吃个三碗、五碗的。"勺巴说:"不,不,我给你一百两银子,你给我装三十篓、五十篓的,油、盐、酸、蒜都要加足。"卖凉粉的吓了一跳。"我没有这么多凉粉,除非等我十天,才能做出来。"勺巴答应等半个月。

舅舅焦急地等着自己的外甥,每天都要到庄头望望。一天傍

---

① 1956.9.9。

晚他远远望见十多辆小车在落日的余晖里前进,走近来,才看清是自己的外甥,高兴地说:"看样子办的货还不少呢!"车子进了庄,臭气熏天,舅舅揭开油篓一看,里面已经满了蛆。立刻气地说:"货物不许进我的大门,快推到你家里。"勺巴家里恰有两间房子空着,他把凉粉全倒在里面,并且用石灰泥的严丝合缝。

　　热天过了,天气凉爽起来,勺巴的凉粉已经糟过来了,随着秋风从庄南直香到庄北。他老婆说:"想不到糟了两屋子好甜酱,你到酱菜铺里走一遭,看他们要不要。"酱菜铺的老板来家看了看,甜酱是上等的酱油糖出来的,又甜、又咸、又酸。比自己的甜酱好多了,便买下了,共卖了一千两上等银子。大家都说勺巴娶了个好老婆,走了运气。

二

　　过了年,老婆又向勺巴说:"你再去跟咱舅舅办点货吧!"勺巴说:"办啥货?"老婆说:"啥大办啥!"勺巴牢牢记住这句话到舅舅家去。舅舅说:"你来有啥事?"勺巴说:"俺老婆让俺再去办点货。"舅舅说:"上一次你赔了一百两银子,闹出了笑话,还嫌不够吗?"勺巴说:"上次做的生意不错,我赚了九百两银子。"于是把详细情形向舅舅说了一遍,舅舅说:"那么,你跟他们一道去吧。"

　　勺巴去了半月也没有碰上大东西,人家都买上货走了,他还到处乱钻。有一天,一家人家出殡,前头有两个穿白衣的山道神,勺巴看着不小,又不好意思问人家,便放开喉咙哭起来,好像是死者的亲子亲孙一样。到了坟上,他抽空问大家:"这两个大行子几两银子一个?"那人说:"这个不卖,赁可以。"勺巴说:"赁也行。"那人说:"你要几个。""给我打一百个吧!"那人吓了一跳,心说:最阔的人家出殡也不过用三个,他要这么些干什么?正在惊疑犹豫之际,勺巴说:"我给你五百两银子,你半个月打起来,然后给它戴上白帽,穿上白衣、白鞋交给我。"那人一听有五百两银子,便不再问什么,立刻答应了。

半月后,山道神打成了。勺巴雇了一百匹马,载着山道神缓缓而来。话说,当时正逢洋鬼子侵入中国,烧杀抢掠,闹得正凶。这一天,突然望见这队人马,非常惊奇,又见马上的大力士身高十丈,腰宽十围,一律白皑白甲,不禁大惊失色,急速下令退兵。

勺巴带领着自己的人马,浩浩荡荡地来了家乡。惊动了远处的村庄,男女老少都来看热闹。他的舅舅和老婆觉得又好气又好笑,啼笑皆非。过了几天,忽然来了个穿黄衣的使者,带来一道御旨,说是勺巴用计退了贼兵,封为水陆大都督。乡亲们齐来祝贺都说:"勺巴当了大都督,真是千古万谈。"

兄弟俩当长工[①]

有一对兄弟,性格迥然不同,哥哥老实直爽,弟弟精明强干。

有一年,温暖的春天到来的时候,麦子从雪里爬起来,开始欣欣向荣地生长了,田野里的人渐渐多起来。这时,哥哥对弟弟说:"老二,你在家看着门,我要出去当觅汉了。"弟弟说:"哥哥,你年纪大了,受不了那样的罪,还是我去。"哥哥不答应,拾掇拾掇便走了。

有一个地主,到市上雇觅汉,见他虽然三十多岁了,还是虎背

---

① 1956.9.7。

熊腰,仍然是一条黑黝黝的大汉,便问:"当一个觅汉给你十五吊钱,干不干?"哥哥说:"行。"地主又说:"可是你要做好三件事,如果做不成,一个工钱也没有。"哥哥想:"我没有干不了的活,种不了的庄稼。"连哪三件事也没问,便答应了。

哥哥在地主家里从清晨干到黄昏,从黄昏干到黎明。夜里,他要起来喂牲口,天不亮,地主就把他叫起来下地。他带着一布袋干粮,到远远的洼里去耕地。月亮升起,露水下的时候,才扛着锄头回来,躺在潮湿、肮脏的牲口棚里过夜。夏天,牛虻、蚊子一个劲地咬;冬天,冻得发抖,睡不着觉。

但是,哥哥终于熬到了年终。腊月初八,地主家里吃腊八粥、买肉、磨面,准备过年了,这时,哥哥想念起自己的弟弟,要同地主算账。地主说:"你要做好三件事,才给工钱。第一件,你把院子里这两个大缸套起来;第二件,你把天井搬出去晒晒;第三件,你称称我的头有多少重。"哥哥想了一天一夜,一点办法都没有,便空着手回了家。

到了家,弟弟十分高兴,问哥哥混了几吊钱,哥哥闷闷不乐地把地主欺负他的事,详详细细地说了遍。弟弟气嗖嗖地说:"明年我去。"

元宵节一过,弟弟离别了哥哥去当觅汉。到了地主那里,他说:"哥哥病了,让我来替他。"地主说:"还是一年十五吊钱。"弟弟说:"都知道了。"从此,便在地主家里当起觅汉来。

明媚清秀的春天很快就过去了,赤日炎炎似火烧的夏天来了。弟弟每天像牛马一样地苦干着。熬过了多雨的秋天,又遇上冬天的严寒。年关到了,弟弟向地主说:"我该回家了,你说的那三件事咱们办了吧!"他把石头、镢头、茅刀和秤都预先拿到院子里,随后把地主请了来,问地主是哪三件事。地主说:"第一件,把这两个缸套起来。"地主还没有说完,只听咔嚓一声,弟弟已搬起石块把缸砸破了,接着把两个缸套起来。地主气嗖嗖地点了点头,又说第二件事,"把天井搬出去晒晒"。弟弟说:"好。"拿起镢头来就扒屋。地主心慌了,哆哆嗦嗦地扳住他的手臂说:"这怎么行?"弟弟说:"不扒掉屋,怎么能晒着天井?"地主说:"我答应了,给你十五吊钱。"弟弟说:"第三件事还没有做。"说着拿起一把菜刀扳着地主的脖子说:"我要割下你的脑袋秤秤有多重。"地主扑地跪倒尘埃,像被宰的猪一样地乱叫:"饶命!"弟弟说:"先饶过你这一遭,以后你再欺负长工,我非杀你不可。"说罢,一抬脚扬长而去。

那一定

从前,有个地主家里很有钱,雇了一个长工,长工整天给地主干活。

有一年,长工生病了,地主就不要他了,什么东西也不给长工,就把长工赶出来了。庄上的人都很生气:"你看人家给他干活,结果生了病不给治,还什么也不给人家赶出来了。咱们一定来治治这个地主。"庄里的人就凑钱,买的衣裳,买的吃食,给长工治病。长工的病慢慢地就好起来了。长工买了一个小鹦哥,想去诓地主。他每天教小鹦哥学"那一定"这么一句话。小鹦哥整天学说:"那一定,那一定。"

有一天,长工换上了大褂,穿的像着先生样子,提着盛着小鹦哥的鸟笼子,就到地主家来了。地主一看到长工这样的打扮,就带笑地说:"你可来啦,这么些天没见你了,过得可好?"长工就说:"掌柜的,你不知道,我从这里出去以后,有一个小鹦哥飞到我家里,我就养着它。他看着我穷就帮助我,告诉我哪里有金子。我问他这里有金子吗? 小鹦哥就告诉我'那一定',结果就刨出金子来了。"

地主不大相信，就问长工："你能验实吗？"其实，在长工临来的时候，已找过了三个地方埋下了金子。所以长工就很快地答应了。"行啊，能实验。"他们就走到庄外一棵树下，长工就问小鹦哥："这里有金子吗？"小鹦哥回答道："那一定。"结果就刨，一刨刨出金子来了。地主一看就又说道："咱们再换一个地方好不好？"长工说："行啊，另外再找一个地方实验实验。"于是他们又找了一个地方。"这里有金子吗？""那一定。"一刨，又刨出金子来了。这时，地主一看眼红了，就问长工："我用全部家产来换你的小鹦哥吧？"长工说："我不换。"地主又再添了二百两金子。长工说："我给你做了多年的活，咱们也是老弟兄啦，好，咱就换了吧。"

地主提着小鹦哥很高兴地到山上去了。问小鹦哥："这里有金子吗？""那一定。"地主就找人来刨，刨了很深很大的地方也没有刨出金子来。地主想另换一个地方，大概就能刨出金子来。结果，换了好几个地方都没有刨出金子来。最后，地主生气地问小鹦哥："是不是我上了你的当了？""那一定。"

张生和李生

以前一个私塾里，有张生、李生在一块念书。张生名心，李生名平。张心家里，是家大业大，良田千顷，骡马成群，有钱有势。就是有点美中不足，娶了个媳妇太丑；李生家里非常清贫，可是他的媳妇——素眉，是附近十几个庄子里最好的姑娘。张心看了早就垂涎三尺，终日心里盘算想法弄到手。虽说是个人，有钱有势，可是和李平在一个学屋里念书,硬抢硬夺的方法也太粗暴,不太合适。

天长日久,可是,张心也从来没忘了把这回事。这天他心生一计,要和李平换妻。

一天,他跟李平说:"咱两人是老同窗,多年的交情,咱俩把妻子调换一下吧?你是平换,你需要什么东西,尽管说。无论地亩、钱财,只要一句话,小弟一定办到。"

李平老早就看出这小子很久就在素眉身上打主意了,就说:"好吧!也不要你什么东西,只是我要提出一个条件,就是要你四个问题,你答上来我的妻给你,我也不要你的妻子;答不上来你就得死了这条心。"张心一听心话:别说四个问题,四十、四百都行。忙说:"行,行,我要答不出来不光死了心,还输给你四十亩地,一幢宅,你赶快说题吧。""好,你听准:重重叠叠,有红透白,两点尖尖,沥沥啦啦。三天的期限。"

张心高高兴兴地回到家里,可是苦想了半天也没想得出。三天的期限要到,就找他老婆说:"我今天和别人打赌,回答四个难题,要不知道,显着我多没学问,你脸上也不好看。你去找素眉叫他问问他男人李平,套出怎么答法。题是:重重叠叠,有红透白,两头尖尖,沥沥啦啦。"张心的老婆拿了点礼物,就去找素眉,把张心的话转告给素眉。素眉也不知这里有什么曲折,就答应下来。

晚上,素眉就问李平:"重重叠叠是什么?有红透白是什么?两头尖尖是什么?沥沥啦啦是什么?"李平一听就明白了,知道是张心想叫她来套出那四个问题的回答来,就对素眉说了白天和张心打赌换妻的事情。素眉听了气愤极了,知道这明明是张心依权仗势来欺侮人,也知道丈夫不能硬碰硬地去反对他,夫妻两人就商量了半天,决定了明天告诉张心老婆(怎么回答法)的话。

天刚亮,张心就打发老婆来打听。素眉就告诉她:重重叠叠是牛屎,有红透白是溏鸡屎,两头尖尖是老鼠屎,沥沥啦啦是羊屎。

张心老婆赶忙回去告诉张心,说:"重重叠叠是牛屎,有红透白是溏鸡屎,两头尖尖是老鼠屎,沥沥啦啦是羊屎。"

张心像得到聚宝盆一样,心想这回李平的妻子可拿到手,就急急忙忙地去找李平。一找到李平就说:"我能回答你的题目,咱两人空口无凭,不如到县太爷那里,让县太爷作证,这样谁都不能抵赖。"李平心里想,正害怕没有中人呢,李平就答应了他。

两人就拉着到了县大堂,对县官说了打赌换妻的经过,又告诉了县太爷题目。然后县太爷问:重重叠叠是什么?张心觉得十拿九稳地说:"牛屎,牛拉下屎来一层一层的,不是重重叠叠的吗?"县太爷一听也对,又问:有红透白是什么?"鸡屎,鸡拉下来的溏鸡屎不是有红透白吗?"县太爷听了觉得也对,又问:两头尖尖是什么?"老鼠屎。老鼠拉的屎不是两头尖尖中间粗吗?"张心看到县太爷不住地点头,心里想:这回素眉可拿到手了,没等再问,就急忙地说沥沥啦啦是羊屎。县太爷听完了以后,对李平说:"你把妻子输给他吧。"李平这时也不慌也不忙的说:"张心说的不对。"你说说应该怎么说才对?县太爷觉得张心答的净是屎,也有点不雅了。李平说:"重重叠叠是云彩。云彩一层一层的多好看。有红透白是西照霞。太阳快落山,被云彩遮住,又透过阳光来,不是有红透白吗?两头尖尖是牛梭星,晚间天上有一群星叫梭星,是两头尖中间粗啊?沥沥啦啦是满天星,天上群星,晚上看一望无边不是沥沥啦啦的吗?"县太爷一听,有道理,又和张心答的一比,觉得张心答的太不像话了。就问张心:"你怎么念的书?你念的啥书啊,光学了一肚子屎,快给李平四十亩地、一幢宅,不就打四十大板。"李平没要张心的地和宅子,张心不但没得到李平的妻子,可白挨了四十大板。

长工与地主

从前,有兄弟两个,穷得有时一连几天吃不上饭,得天天出去给地主帮工。有一天,哥哥出去找事情干,碰上天下大雨,无处躲,只好在地主家门口避雨。因为太疲倦了,就不知不觉横下来睡着了。地主开门出来,一看,竟有人躺在他门口,大为生气,就踢了他一脚,骂开了:"你不长眼睛?竟在老爷门口睡觉。"哥哥被踢醒了,浑身有点麻木,只好回答:"别家的屋檐避不住雨,没有你家的屋檐大。"地主问他干什么的,哥哥说是找活儿干的。地主乐了,说:"我有的是活儿你干。"于是跟他按一月一吊钱,从八月开始到年底共四吊钱,但如果有一件事做不来,就得扣去一吊钱。哥哥想自己有的是力气,还有什么事情不会干。就满口答应了。

上工了,这地主是吝啬鬼,他本不想在穷人身上花一文钱。一月到头了,该给工钱了,地主叫哥哥把麦皮搓成绳子。哥哥一看,这么颗颗料料的糠纸怎好搓绳子呢?就说不会,地主就扣去他一吊钱。

又快一月了,有一天,下过雨,屋里很潮湿,地主又叫他把屋里搬到太阳底下晒晒。这叫他怎么办得到呀!于是地主又扣去他一吊钱。地主分明是不想给他钱。打了场以后,地主叫他把大缸套在小缸里,于是又赖去一吊钱。

到过年时,地主又耍鬼花样了。拿给他一支秤叫他秤秤自己的头有多重,他说:"老爷,没法钩。""这么笨,什么活儿都干不来,再扣一吊钱。"这样,四吊钱统统被扣去了,哥哥辛辛苦苦地干了四个月的活,什么都没有得到,只好流着泪回家去了。弟弟问他为什么这样,他就把事情从头到尾说了一遍。他弟弟叫哥哥别哭,下次他去试试。

有一天,地主一开大门,见一个小伙子在门前打转转。地主一问知道他要找活干,就又和他说妥了条件,条件跟哥哥帮工时一样,不过最后弟弟说:"要我样样会,你就得加一吊钱。"地主想他反正做不到,也就连声说好。

一天,地主叫他把麦皮搓成绳子时,弟弟就说:"你起个头,咱瞧瞧。"地主当然起不上。弟弟说:"你自己也起不上,我怎么能搓呢?"这样就加钱一吊。当地主叫他晒屋时,他就爬上屋顶,把瓦片拆掉,捣了一个大窟窿,地主见了急得双脚乱跳又只好再加一吊。秋后,地主叫他把大缸放进小缸去,他就把大缸捣碎了,一片一片地装在小缸;当他要敲第二只时,地主又气又急,只好要求他别敲了,又加一吊钱。到了过年时,地主叫他秤头,他拿起一把刀,就要把地主的头割下来秤,地主怕了,就哭丧着脸,大叫讨饶:"你割不得呀,我怕死啊!"就只好再加一吊钱。这样,弟弟拿了八吊钱欢欢喜喜地回家了。

聪明的媳妇

从前,有一个年轻的媳妇,贤惠、端淑,非常孝顺自己的公公。她公公的名字叫老九,她就从来没有说过"九"字。

这话传开以后,给两个爱闹事的人找到了取笑的资料,就想去捉弄她一番,目的是想看她到底说"九"不说"九"。

有一天,老九家里来了两个客,媳妇就出去问了,一个人手里提着瓶酒,说是名叫张九;另一个手里捧着韭菜,名叫李九。并且叫他快去告诉她公公,说有这样两个客人拿着东西来拜访他老人家了。那媳妇说"好",就毫不扭捏地进去告诉她公公说:"公公,门外来了两个客,一个叫张三三,手里提着高粱水;一个叫李四五,手里捧着三三菜找你来了。"这两个人在门外偷偷地听了,他们本不是诚心来拜访老九的,见果然达不到听她说"九"的目的,拔腿就跑了。

奇妙的亲事

在以前,有二家人家,每家都有一个闺女,一个儿子,前庄的闺女许给了后庄的儿子。有一次,后庄一家儿子病了,越来越重,他父母就想娶过前庄的闺女来冲一下喜,可是闺女不答应。前庄一家没法,就只好把儿子当成女儿嫁给后庄。后庄一家的儿子病得连拜一下堂的力气都没有了,就只好叫闺女代拜。晚上,后庄家里又认为两个都是女的,没关系。就让她两人睡在一起。等后来事情发觉后,生米已煮成了熟饭,那可怎么办呢?这两个人在外面都已定了亲,经过两家的商讨,就只好叫外面两家的一个儿子和闺女委屈下,结成夫妻。后来,后庄一家的儿子病好后,跟前庄的闺女成了亲。因为一个病了一下,弄出一场奇怪的亲事。

油锅里摸钱

有一个老汉,家有十多亩地,喂着个老牝牛。三年前,他死了老婆,家里只有三个儿子。年年打下的粮食,老汉舍不得吃,却把来喂牝牛,把牛养得既漂亮又肥实,老牝牛不辜负主人的心,每年下几头小牛,感谢主人,三五年的工夫就养了七八头。

老汉很会过日子,他想尽一切办法,使地里打的粮食比别人多,并且费工少。别人种麦子都得经过耕地、撒粪、下种三遍手续,老汉只须一遍就可以。他预备了两个有孔的布袋,捆在腰间,一个盛粪,一个盛麦种,耕地时同时撒粪下种,节省了不少时间。老汉利用春、冬两闲的时候编草帽,搓绳子,搞一些副业,因此,不到五年,他就变成一个财主,但是,比从前更财迷了。

有一年秋天,他在地里耕地套着老牝牛,无意中拾了个铜钱。老汉想攥在手里吧,耽误干活;放在袋里又怕掉了;扔了吧,太可惜。想了半天最后将铜钱含在嘴里。牛慢悠悠地、不慌不忙地走着,一会站住了,老汉张嘴一喊牛,铜钱滑溜溜地掉在肚子里。老汉回家得了病,一天一天沉重起来,老汉自知不济事了,就把三个孩子叫到床前,手指着自己的肚发抖,一句话也说不出来。大儿说:"爹,给你打口柳木棺吧!"老汉摇摇头。二儿知道爹是个财迷,便说:"用一拎破席包一包就行。"老汉摇摇头,看来还是不答应。这时,三儿子把笔墨纸张拿过去,老汉在纸上写着:"我死后,光着腚来的还是光着腚去,一文钱也不要花,想法把肚子里的铜钱弄出来。"写完后,马上咽了气。

老汉的鬼魂悠悠荡荡到阎王爷的府上挂号,阎王爷说:"你还有三年的寿命,因为急着要钱早死了,该当受罚。开膛、上磨、油锅炸,随你挑一种吧!"老汉想:开膛钱容易掉出来,上磨钱可能被磨碎,反正都是一死,就说:"油炸吧!"几个小鬼吼的一声把他扔到了油锅里。锅里吱吱啦啦地响,老汉的身子被炸成焦黄色。过了一会,突然"嘣"响了一下,老汉的肚子开了花,铜钱也从里面弹出来了,锅里发出咔啦啦的响声。老汉蹲起来,用手满锅里摸。小鬼问:"你乱摸啥?"老汉说:"有个铜钱掉到锅里,我想托人捎家去,好过日子。"小鬼说:"老脾气还是没改。多填上把柴火,使劲炸。"

油锅里吱吱拉拉响得更厉害了。

作 诗

有一个老头子,四个儿子都好作诗。这一年,打完了麦子以后,从东南刮上来一片乌云,阴沉沉的眼看就要下雨了。老头子就叫弟兄四个到坡里去刨高粱,让他们赶紧地去,临下雨前刨完。弟兄四个不慌不忙的就去了。正走到地里,雨就下了起来,弟兄四个也不刨高粱了,就作起诗来。老大作了头一句"这天阴得浓",老二作了第二句"大风刮不晴",老三作了第三句"小雨星星下",老四就作了末一句"活路作不成"。待了一会雨停了,弟兄四个就回来了。

刚进门就看见老头子一个人在扫院子,弟兄四个又给他老头子送了一首诗。老大说"我家有个老",老二接着说"来把天井扫",老三接上"越扫越干净",老四就对上"不干净不扫"。老头子不知道他们弟兄四个嘟囔什么,以为弟兄四个在骂他,于是就到城里去告状,告他儿子来骂他。县官就差人把弟兄四个传来,当堂盘问:"为什么你们弟兄四个骂你爹?"老大慌忙回答道:"长官,俺并没有骂俺爹,是因为我们兄弟四个会对诗,俺爹听不懂,以为俺弟兄们骂他。"县官一听就又问了:"你们如果现在能马上对一首诗,就证明你们是没有骂你家老人;如果对不出就证明你们不会对诗,是骂过你家爹爹。"老大就说:"不知此诗从何而对?"县官看到堂前一棵竹子就说道:"就依此竹来作。"老大就作了第一句"堂前有棵竹",老二就对了第二句"长得碗口粗",老三就说"揭成四页板",老四就说"打得满堂哭"。县官一听,弟兄四个果然会作诗,所以就释放了他们。县官因为老头子来诬告，当堂责打二十大板。老大一看又作起诗来"你看他"，老二接上"把腚抓"，老三就说："实想打咱来"，老四接说着"没想打着他"。

两兄弟

从前，一个老汉有两个儿子，大儿子比小儿大十几岁，两个儿子都娶了媳妇。

这一年，爹娘都死了。嫂子挑拨兄弟打架还要闹分家。大哥分的地比弟弟的地又好又多，分的粮食也不合理，弟弟没有分到一粒种子粮。俗话说"饿死了爹娘，留着种粮"，没有种粮是没有办法来种地的。

种谷子的节气到了，弟弟实在没有办法了，只有到他哥哥那里去借谷种，哥哥不当他老婆的家，就说："问你嫂子去。"弟弟硬着头皮去见嫂子，可是出乎意外，嫂子却很不犹豫地答应了，还叫他明天来取。当天晚上，嫂子暗地里把准备借给老二的谷种，全部放到锅里炒过，只有崩到锅台上的一粒谷粒子没被炒着，后来也收到袋子里。

第二天弟弟来拿谷种时，打开一看一股子香气钻到鼻子里，不像个谷种的样子。嫂子从旁边解释道："这是我从娘家带来的骊色的谷种，人家都说能多打粮食。"

弟弟把谷种拿去种了地，过了几天，二亩地里只长出一棵谷苗。他媳妇很伤心，天天守着地里的那棵谷苗哭。有一天，来了一个白胡子老汉，手里拿根龙头拐杖，看见他哭得很伤心，就问："你这个大嫂哭啥？"媳妇说："俺嫂子生了坏心，把借给俺的谷种都炒熟了,满地里只长出一棵谷苗,叫俺怎么过活……"说着说着又大哭起来。白胡子老汉说:"别哭啦!不要愁,你看人家锄你就锄,看人家割,你也割,等把谷子收到家里的时候,我来帮助你打场。"

弟弟夫妻两人照着白胡子老汉的话做了。到收谷子的季节了,他们刚把那棵谷子收到家,白胡子老汉果然拿着根龙头拐杖来帮助他们打场。说起来也奇怪,白胡子老汉用龙头拐杖照着那棵谷穗子敲一下,满场尽是黄澄澄的大谷粒子,有二指来厚,弟弟夫妻俩很高兴,忙说:"大爷,这些足够俺吃一年的了,不要打啦!"老汉又举起龙头拐杖照着谷穗子敲两下,场上的谷粒就有二寸多厚。白胡子老汉说:"快装到家里吧!我要回去啦!"弟弟夫妻两人看到老汉给了自己这么多的粮食,心中很是感激,就商量请白胡子老汉到家里吃饭,一扭头,白胡子老汉不见了。

弟弟夫妻两人找不到白胡子老汉,就回到场上扒谷子。不一会,大囤子满,小囤子流,正在装粮食的时候,他嫂子来了,看到弟弟家里有那么多的粮食,不由得大吃一惊,忙问弟弟道:"二亩地怎么收这么多的粮食?"弟弟就把种谷、打谷有白胡子老汉来帮忙的情形说了一遍。嫂子一声不响地回到家里,对着她男人说:"看看咱兄弟一棵谷子打了十几石。"哥哥很奇怪,嫂子就把过去的情形向他男人学说了遍,最后又添上一句:"咱来年也学这样种法。"

第二年又到了种谷子的季节了,哥哥夫妻两人成心地把十亩地的谷种炒煳了,背地里捡没有炒过的大谷粒掺在里面耕到地里去。过几天,地里长出一棵谷苗,嫂子每天守着那一棵谷苗哭。有一天果然来了一个白胡子老汉,手里也拄根龙头拐杖,正像弟弟说的模样相同,于是哭得更痛心了,一边哭一边说:"俺借人家的谷种,那家人生了坏心,把谷种都炒熟了,十亩地只长一棵谷苗,叫俺怎么活……"说着说着又放大声哭起来,故意装出伤心的样子。白胡子老汉说:"别哭啦! 你看着人家锄你就锄,看人家割你就割,等到打场的时候,我来帮助你们打谷子。"

嫂子很高兴地回家去了,从此以后也照着白胡子老汉的话去做。这一天谷子熟了,两口子忙把那棵谷子收到家里去,盼望着白胡子老汉来。一直等到太阳落,那个白胡子老汉才拄着龙头拐杖来,两口子忙拉着白胡子老汉说:"大爷快给俺打谷吧!"白胡子老汉举起了那根龙头拐杖照着那棵谷子敲了一下,满场尽是谷粒子,有二指多厚。两口子又拉着老汉说:"快打!快打!"场上的谷粒一寸、二寸、三寸的向上涨,两人还叫打。白胡子老汉打了二十多下子,场上的谷粒就有一尺多厚。白胡子老汉停住了龙头拐杖对哥哥说:"我年纪大啦,你快把谷子装到家里去吧!停会要下大雨。"两口子抬头一看满天的星星,只有手帕那么大的一朵云彩,心里想:"哪里能下雨?"一扭头,白胡子老汉又不见了。一会儿,狂风大作一道闪电接着响了一个霹雷。再看那朵白云彩愈来愈大,忽然,倾盆似的大雨下起来了。雨愈下愈大,场上的谷子也被雨水泡起来了。两口子着了慌,眼看着要收到囤子里的粮食被冲走,更是痛心。也顾不得雨水,躺在阳沟旁来堵粮食。可是谷粒很小,还是从缝里钻出去。不久,雨过天晴,两人爬起来收拾场上的谷子时,满场光光地连那棵谷穗也不知淌到哪里去了,只有哥哥的肚脐缝里留下一粒谷粒子。

巧对哑谜诗

从前,我们中国地面很大,是个强国,各外邦年年都来到我们中国进贡,岁岁来朝见中国的皇帝。

有一天,说不清是哪一个国家派来大使走到中国的京城朝见皇帝。在朝廷里对皇帝说道:"我邦出现了能人,会作对哑谜诗,中国要有人能对出来,我邦还是和过去一样,年年进贡,岁岁来朝;如果对不上我们的哑谜诗,我们就要脱离中国,自称皇帝,那时,你们中国就得年年朝见我们的王子,岁岁给我们进贡。"接着就打着手势,一句话也不说,把个满朝的文武百官弄得目瞪口呆,皇帝也着实没办法可想。正在左右为难的时候,朝里有一个大官出来说:"启奏陛下,我们中国是个大国,什么样的人才都有,请陛下缓期三天,定有能人对上他的哑谜诗。"皇帝点头称是。命令京城四门,大街小巷都贴上皇榜,如果有人能对上外邦的哑谜诗的,官者加级,民者加赏。

可是皇榜贴出来两天了,还没有一个人来对诗,满朝的文武百官都发了慌,皇帝也愁得吃不下饭,睡不着觉。

一直到第三天下午,一个穷汉手里拿根小鞭子,到了城东门,伸手就把皇榜撕下来了。两旁禁军却生了气,对着那个穷汉说道:"你这个要饭的花子真能对哑谜诗?真是!你手里拿杆秤——凭的啥?"穷汉说:"我自有办法。"接着禁军就把他带到朝廷里去见皇帝。

这个穷汉名叫张三,是个牲口市的经纪,一个斗大的字也不认识。这一年天旱无雨,地里的庄稼都枯死了,集市里没有生意,只得出来要饭,一连三天没有要着饭吃,心里饿得发慌。在京城东门贴的皇榜旁边,围着一群人正在议论哑谜诗的事情,张三心想:"饿死了也是死,对不上诗还是死。不如装作会对哑谜诗的,混上一顿饱饭吃,死了也不亏。"想到这里才撕下皇榜。

皇帝一面让他换衣服吃饭,一面召来文武百官,随后在金銮殿上请来外邦大使与张三来对哑谜诗。外邦的大使伸出了一个大拇指,张三就伸出两个手指头;外邦大使用手指指天,并伸出三个手指头,张三就用手指指地,还伸出五个手指头;外帮大使用手拍拍胸膛，张三就摆一摆手。忽然外邦大使转过身来面对皇帝跪着说道："贵国真有奇才，我小邦干为臣下。"皇帝听说对上了他们的哑谜诗心里很高兴，当时设宴招待外邦大使和张三。这时朝里的人都亲眼看到他两指手画脚，可是没有一个人能知道哑谜诗的意思。他们闷坏了，就有人请教外邦大使，那个外邦大使说："我伸出一个大拇指的意思是'当朝一品'，他伸出两个手指头的意思是'两个宰相'；我用手指一指天并且伸出三个手指头，就是'上有三皇'，他用手指一指地还伸出五个手指头，意思是'下有五帝'；我拍拍胸膛的意思是'胸中韬略'，他摇一扔袖子的意思是'袖中乾坤'，就这样被他对上了。"文武大官听了外邦大使的解释才恍然大悟，异口同声地称赞张三的学问。

大家又到张三席上去敬酒，又请教张三，张三大笑说："他这算得什么诗，分明是想跟我做生意。他伸出一个大拇指是告诉我：'我家里有一口大肥猪，你卖不卖？'我想你那口大肥猪多说有二百斤，你要卖我就给你二十吊钱，所以我伸出了两个手指头。他伸出三个手指头还指指上面，我想：你这个外国人真不懂事，我给你二十吊钱已经不少了，还问我要三十吊钱以上，唉！就给你加上五吊。我伸出五个手指头指指下面就是二十五吊钱以下我才卖。他又指指胸膛，意思想叫我杀了猪给他留下五脏，我想：你这个外国人真不识抬举，给你二十五吊钱就不少了，还要猪的内脏，实在是个吝啬鬼，气得我一摆手'不捣鼓'！"张三说罢，弄得满堂大笑，齐口说"巧"。

地主与觅汉

从前，有一家地主家里雇了个觅汉。这一天，掌柜的要出门，就吩咐觅汉,在家里要打水、垫栏、推煎饼、喂猪,不许偷懒。

第二天早晨,觅汉起来以后,就打了水倒在猪栏里,推的煎饼就喂了猪。掌柜的到家一看,怎么猪栏里净是水?同时,食槽里还剩了不少煎饼。掌柜一见就生了气,就把觅汉叫来:"你今天都干些什么活,怎么把煎饼都喂了猪?"觅汉就不慌不忙地说:"掌柜的出去的时候,不是吩咐我,打水垫栏,推煎饼喂猪吗?我就照掌柜的吩咐的话做的。"结果,掌柜的也没有什么办法。

有一回,掌柜的叫觅汉到田地里去拾石头,觅汉拾了一上午回来了,掌柜的就问:"你今上午拾了多少石头?"觅汉说:"拾了老婆腚大那么大些。"掌柜的就奇怪地问:"怎么一上午才拾那么大一块地?"觅汉说:"掌柜的你不知道,我拾的干净,连米粒那么大的石头,我都拾出来了。"掌柜的就叹口气说:"你不用拾那些小的,你就拣那半斤、四两的拾就行啦。"

到了晌午,吃了饭以后,觅汉就拿着秤到地里去了,一块一块石头挨着秤。

到了晚上回来了,掌柜的就又问觅汉:"你下午拾了多少石头?"觅汉就说:"拾了两块石头。"掌柜的一听急了:"怎么一下午就拾了两块石头?"觅汉哭丧着脸说:"掌柜的你不知道,这石头真难拾,我一下午秤了那么些石头,就有一块是半斤,一块是四两,所以就拾了两块石头。"

贪财害人者必受罚

淄川城西有两个庄,一个叫大李庄,另一个叫石留庄。大李庄有一个人姓王,石留庄有一人姓石,这两人年纪相仿,都在县里做官。可是他们已四十多岁了,也都还没有儿女。有一天这两个人在衙门办完了公事,就一块到饭店去喝酒,在谈话之间就说起他们两个这么大的年纪还没有儿女的事,都觉得发愁,恐怕断了祖上的香烟。谈到最后,两个人都愿意,等着两家都生了男孩时,就叫他们拜为干兄弟;要是生了一男一女,两家就拜为男女亲家。

后来王家生了一个男孩子,名叫纪年;石家生了一个女孩名叫巧云,随后两家就拜为男女亲家。过了几年后,王、石二人都不在县里做官了,回到家里,姓王的不幸得了病不久就死了,以后家里又遭了一场火灾,烧得片瓦无根。王纪年这时候十六岁了,可是从小娇生惯养,这么大了还是肩不能负担,手不能提篮,要想干出力活弄饭吃是一点也不行,最后没办法,只得要饭吃。王纪年很孝顺,不愿意叫他妈妈到外边要饭,他自己到外边去要。

有一次,他走到了一家人家去要饭,有人就问他:"你这么大岁数了,还不能干活,怎么还要饭吃?"纪年听了又害羞又难过,回家就对他妈说了。妈妈听了也觉得没有一点办法,千思万想,难过得要命,最后就想起石亲家家里还有钱,如果他儿子能把媳妇娶来,石家就会帮帮她家的忙。于是就叫媒人到她亲家那里去说。石家觉得她家穷到这个样子,要是闺女过了门,恐怕要受一辈子的罪,所以就不太同意,但婚早已定好了,不愿意也不行。于是,就故意对媒人说:"你告诉她,马上拿廿块钱来给我闺女,买嫁妆。"媒人回来就把这话告诉了王纪年的妈妈。他妈妈听了这件事很发愁,觉得现在是上天没路,下地无门。无奈何就想出一个办法——自卖自身(改嫁),卖廿块钱,好让儿子娶媳妇,一方面使她儿子一辈子不作光棍,同时还能使石家帮帮她家的忙。于是,她瞒着儿子,就到外边托人给她找嫁主。

一天,有一人对她说:"吕家庄一家财主,有个长工扛活积了廿块钱,要娶个老婆。"纪年妈妈听了就连忙答应了。她告诉媒人三天以内那个长工要把钱先交给她,五天以后她也就到那个长工家里去。长工把钱送来了,她告诉她儿子说钱是借来的,儿子也就信了。当天晚上她就把钱送到了她石亲家家里,石亲家看了闭口无言,只得答应了。第二天王纪年就把巧云娶了来。晚上,贺喜的人走了以后,纪年妈妈没办法,就把她自卖自身的事告诉了她儿子。王纪年一听就伤心得伏在桌子上埋头大哭起来。新媳妇见了很吃惊,就问纪年,纪年只好把他妈妈自卖自身的事情又告诉了她,媳妇看他哭得那个样子,不觉也伤心起来。后来一想,就对她女婿说:"你也不用愁,也不要伤心,今黑夜我回家再把那廿块钱要回来,不要咱妈妈去自卖自身。二更天时我就往家走,到三更天时,你就到路上去迎我,不要叫坏人把我的钱抢了去。"

纪年媳妇到了她娘家的门口就大声地叫门,她爹妈听了大吃一惊,不知发生了什么事情,就急忙给她闺女开了门。巧云进了家,就跪在妈妈面前,哭着把这件事情告诉了妈妈。妈妈看看她愁苦得那个样子,恐怕委屈坏了自己的闺女,就只得答应了。趁她闺女和她爹在说话,她妈妈就急忙把廿块钱放到小篓子里,上面放上一些馒头和鸡蛋。装置好了后,就催她赶快回婆家,以防备天亮了叫人家看见笑话说"才出嫁不到一天,就黑夜回娘家"。

巧云提着小篓子高高兴兴地往回走。三更的时候路过王家庄,她二姨就住在这个村。二姨家是一家财主,二姨在村里人言很不好,是有名的刻薄鬼。这天黑夜她姨夫睡觉睡到二更就醒了,又因为家里很热,就坐到家门口乘风凉。这时巧云正好路过这儿,就遇见了她姨父。姨夫一问,没办法,就把她回家的事情讲了一遍。姨父听了也没有说别的,只对她说:"天亮还早呐,进家歇歇再走吧。"巧云听了觉得是她姨夫的一片好心,就答应了。进了家也只得把黑夜回家的事情又告诉了她姨姨。可是姨姨听说她婆子放了廿块钱,就红了眼,心里不由得就生了计。她赶忙跑到她闺女睡觉的坑前,大声地叫着:"清兰呐,清兰呐,快起来,快起来,你巧云姐姐到咱家啦,快起来和你姐姐说说话。"回到正房里又对巧云说:"孩子啊,你清兰妹妹醒啦,快到她屋里去坐坐吧,小姊妹两个有什么心情话也说说吧……"

等到巧云离开了她的屋子以后,这个老东西就睁着她贼眼,手忙脚快地到了院子里找了三块小石头,拿到屋子里。又急忙地把篓子里的馒头和鸡蛋拿开,把钱全部拿出放到她的柜里去,然后把她准备好的石头又放到篓子底下,上面仍然放上馒头和鸡子盖好。这个老贼把钱偷妥帖以后,心里高兴得如同饿狼得食一样。贼胆总是心虚的,这个老贼看巧云和她姑娘清兰还是在说话,她就走到院里说:"巧云呐,我看看天快亮啦,你好走啦……。"接着又谈了一些闺女长闺女短的话。巧云听了心里也着急起来,赶忙提起篓子就走。她姨姨看见她提着篓子走了,心里乐得觉着身子比鸡毛还轻。等到巧云出了她的家门,她把肚子向门外一伸,舌头也向外摔了一下,接着"呱"的一声关上了她的家门,咯咯地笑着跑到了她的屋内去。

巧云提着篓子走到村外,就碰到了她女婿来迎她,小两口匆匆忙忙,满面笑容地说着知心的话走到家里。她婆婆急忙从女婿手里接着了篓子,愁闷的哭脸也放开了。她赶快地把篓子上面的东西拿开好去拿钱,可是一看篓子底下一个钱也没有,只有三块不方不圆的脏石头!巧云一看这样,连话都没讲一句就放声大哭起来,哭着埋怨她爹妈没好心肠,怎么能狠心哄骗她。她女婿和她婆婆也哭着去劝了她几遍,她还是哭得上气不接下气,越哭越伤心,越想越难过,把心一横,就不想活下去了。王纪年看看没法,又想到明天那个长工就要来领人,他就到她妈妈屋里去商议怎么应付人家。

巧云趁着她女婿和她婆婆不在跟前,就找了一根绳到外面一棵树上吊死了。纪年和她妈妈听听她媳妇屋里一点动静也没有,都认为媳妇睡着了,就不再想去打扰她。等到天亮,看看屋里没人,他母子两个就知道坏了事,急忙把屋子找了一遍还是踪影没有,接着就赶快到外面去找,结果在一棵树上看见他媳妇吊死了。母子俩放声大哭起来。村里的人看看她娘俩哭得这样伤心,没有不流泪的,都帮着他母子两个把尸首抬到家里,大伙凑着钱买了一口棺材,把巧云埋了。

这天晚上他们母子俩在家里面对面坐着哭,忽然看到外边天阴了,四下里都是云彩,接着远处传来了轰轰隆隆的震天动地的雷声。停了一回,外边有人叫门说:"妈啊!开门呐,叫我进家吧,我没有死啊,咱的钱找着啦……"他们母子俩听了这番话,吓得心惊肉颤,每人都出一身冷汗。仔细听起来,外边说话的声音和巧云的声音没有丝毫的差别,纪年妈妈就咬着嘴唇,壮着胆子,战战兢兢地到外边开了门,一看,真来的是她媳妇。巧云进了家告诉她婆婆和她女婿说:"我做了一个大梦,天上的圣奶奶说:'你不用发愁,你的钱我给你找着啦,我已经惩罚了她。你回婆家听信,等着去拿钱吧……'"

天亮的时候有一个村里人在门外告诉他家说:"你媳妇坟裂开了,棺材里有一个老婆子,每只手都拿着十块钱,背上有六个字是'贪利害人受罚'"。他们一听就赶快跑去看,一看是巧云她姨姨死在棺材里。巧云看了伸手就指着那个老贼的尸体破口大骂说:"你这个老狗,该死,该死,这是你做坏事讨的……"他们婆媳两个欢天喜地把钱拿回家去。王纪年到巧云她姨家报了这个丧事,他们全家老少听了都羞得面红耳赤,一个个那个样都像老鼠过街时那个丑相。

巧云把廿块钱给了那个长工,她又回到娘家跟她爹妈要了廿块钱,把家另安置一下。夫妻以后也都很勤劳、节俭,住了几年生了两个男孩子、一个女孩,家里人也都不生气,小日子以后过得可结实啦!

不讲理的瞎子①

瞎子就是没有好心眼呵!

有这么一个瞎子,到一家店里住店,进去就拜掌柜的为干爹。掌柜的很高兴,打发他吃了喝了,还约他再来,瞎子吃饱后走了。

这一天掌柜的到集上赶集,正看见一个瞎子在说话。瞎子说:"没吃的不要紧,等晌午了到我干儿家去吃,离这不远。"掌柜的一听生了气,也没顾到买东西就往回走。到家里,找了一大把屎壳郎洗了洗,使上面糊炸了一大盘。快晌午时,他的干儿带着一个瞎子来了,进门就喊干爹。掌柜的说:"到里头歇歇吃饭吧!"到里头坐下就喝起酒来,掌柜的一个劲地劝他们吃炸屎壳郎,说:"这炸螃蟹怎么样?"干儿说:"好是好啊,就是有点邪味。"掌柜的说:"这螃蟹发了包。"

吃完了饭,掌柜的拿来一吊钱向干儿的布褡袋上一摔,接着又拿回来,对干儿说:"你拿这吊钱去使吧!"干儿谢了又谢,背着褡子和其他瞎子出门。掌柜的拿着一条杆子悄悄跟在他们后面,到了庄外的柳树行里,瞎子们都坐下凉快,干儿笑嘻嘻地说:"临走俺干儿还给了我一吊钱呢。"说着就去摸,摸了半天摸不着,就对这些瞎子骂:"你们这些戏子生的,怎么把我的钱偷去了。"摸起杆子来

---

① 吊桥第四生产一老人讲。

就打。掌柜的趁此机会过去乱打起来,只打得瞎子们乱喊:"咱别再打了,都是自家人。"

饥寒和饱暖的故事①

一天,饱暖对他的长工饥寒说:"咱钓鱼去。"饥寒拿着渔网,跟饱暖到江边去。刚到江边,就看见一条大鱼打了个挺蹦出了水面,饱暖一网打住,高高兴兴地拿到家里,放在盒子里盛着。

第二天,饱暖叫饥寒把鱼做做给他吃。饥寒把鱼拿起来,见它眼里往外淌血,像泪一样往下滴,饥寒不忍杀它,就又拿它走到江边,顺手扔进江里。下午,饱暖问饥寒把鱼做熟了没有,饥寒把这件事告诉了他,结果,挨了一顿臭骂。饱暖说:"养了你的身子没养你的心。"又被辞了活,撵回家去。

饥寒回到家里,又挨了他娘一顿数落,说:"孩子,咱吃了早晨没了后晌,这可怎么办?"饥寒愁得没法,转到江边上去散散心。正走着,听见哗啦一声,一条大鱼从江心蹦出来,蹦到岸上就变成一个小孩,扑通跪在饥寒脚下说:"恩兄,我可找着你了。"原来这就是饥寒放了的那条鱼,是龙王的三太子。小孩对饥寒说:"恩兄,到我家里去吧!"饥寒说:"江里净是水,我下不去。"小孩说了声"不怕",领着饥寒就走。分水夜叉在前分水,哗哗淌着的水一下变成一条大道,他们一直向下去。

到了龙宫里,见了龙王,对饥寒说了半天感谢的话,又留他住了十天。到了走的时候,小孩对饥寒说:"我爹给你金银财宝千万

① 鸾桥文教委员韩大爷讲,年五十岁,农民,革命家庭。

别要,你只要庭前那盆花就行。"到了龙王面南,龙王果然要给他些金银财宝,饥寒赶快摇头。龙王问他到底愿要什么,他指了指那盆花,龙王心疼,但真没有东西谢他,就忍疼给了他。饥寒搬着花离了龙宫,回到家里。

进了门,把花放在窗台上,进屋见他娘。老娘十天没吃喝,已经哭瞎了眼。听饥寒来了,就问:"孩子,这几天你到哪里去来?"饥寒详细地告诉给她,说问龙王要了一盆花,放在外边窗户台上。他娘埋怨说:"我那孩子!你是要点粮食来咱打饥困也好啊,要盆花干啥?"饥寒没吱声,出来屋门去拿花,一看一个千娇百美、油头粉面、柳眉凤眼的大闺女坐在窗台上。饥寒领她进屋见了老娘,大闺女用手在老娘眼上摸了几下,又吹了两口气,老娘的眼噗闪亮了。大闺女对饥寒说:"你和咱娘到坑上睡吧,我等一会睡。"饥寒母子睡着了,大闺女拔下簪子来画开了,一直画到天明。

到明天早晨,饥寒母子醒了,觉得弹了一下,睁眼一看,原来的土坑和半截破席不见了,正睡在二层楼的一张大罗汐床上。屋里通明澈亮,坐镜挂表、桌椅条凳,无所不全,梳头洗脸之后,大闺女摆下方桌,从一个玻璃里往外端菜。那菜都是热腾腾的,四盘八碗,一刹就摆满一桌,娘三个吃了饭,又喝茶。从此安安乐乐,不必细表。

再说,饱暖听说饥寒家富起来,故意走来看。进了大门,走到楼上,饥寒夫妻迎接,坐定后就从玻璃柜里端出酒菜来待承他。他一面喝酒,一面细看站在旁边伺候的大闺女,越看越入迷,就忘了喝酒。天不早了,嘴上说走,可就是腿不动。又待了一会,才起身告辞,说明天再来玩。

饱暖走了以后,大闺女对饥寒说:"明日他来,一定要要我,你就答应,和他交换了契约后就搬到他家去住。"饥寒点头。明日很早,饱暖又来了,在喝酒的时候,大闺女就更是殷勤执行,不住用眼珠子敲他①,敲得饱暖迷迷糊糊、醉醺醺地、笑嘻嘻地对饥寒说:"这弟妹真好,要能换咱换换也好。"饥寒不在乎地说:"怎么不能换,换咱就换。"饱暖说:"真的?"饥寒说:"咱连房子换了,你立张契约吧!"饱暖一听恣得眼都睁不开了,慌忙下楼找来了一些中人,立了契约。饥寒就和他娘搬到饱暖家去住,饱暖留在这里。

饱暖家土地成顷,骏马成群,家里有两个老婆,平常因为和饱暖弄得不和睦,一听说换了,竟高兴得了不得,迎着饥寒母子住下。

这天晚上,饱暖看着大闺女喝酒到半夜,他红着眼笑眯了眼说:"咱睡觉吧,天不早了。"大闺女说:"夫妻天长日久,不在旦夕,你先睡吧!"说着扶他睡了。大闺女收拾了一下,走了。次日早晨,饱暖睁眼一看,自己正睡在一盘土炕的半领破席上,这还是饥寒原来的那个穷家。他一看忿了,爬起来一咕噜滚下炕,扯腿就往家跑。刚进门口,他的两个老婆扛着竹竿就打,说:"你是哪里的老驴?赶快滚出去!!!"他没有法子,垂头丧气地走了。

地里的财宝

有一个老头子快要死了,就把两个儿子叫到眼前:"我不行啦,你俩还年轻,可要下地卖卖力气,你哄他,他就哄你。我在那二亩地里还埋有金子,你们俩可以看看怎么办都行。"说完,老人就咽了气。

两个孩子把爹殡葬了,看看家里什么也没有,就想起他爹讲的埋在地里的金子,两个人就扛上锨、镢,一挖就是一天,把地也挖下

---

① 即以眼传情。

去一丈深，地皮也都翻了个，结果什么也没有。两个人垂头丧气没有办法。可好这正是开春的时候，别人都在忙着耕地下种，没有办法，两个人也种上。

今年天可真有点不好，雨下得少，别人的地都干，唯独这弟兄俩的长得油绿绿，苞米叶子又黑又绿。到了秋天，别家却是俭年，他家可是好收成，那壳穗子不但大，而且一棵长两个。因此，粮食比往年多打上一倍。把粮食收拾来，闲拉起老人的留言，才悄然大悟，原来这些庄稼就是地里埋下的金子，年年都取不完的金子。

财主和穷人

有个庄上有家财主，地都是他的。

有家穷人只有二亩地，正好这二亩地是夹在财主地的当中。财主是没有好心眼，每回都顺着地边多挖上两垄，结果不出几年，这家穷人只剩下七、八分地了。这穷人忍气吞声不敢放声。但他儿子看看真受不住了，就到衙门去告。谁知，进了衙门就叫县官打了一顿，给赶出来了，因为他没有呈子。

他儿子回家就和村里的年轻人一块找人写了一张状子递上去。这时，那个地主早听见信，就去托人给县官递上了银子。县官看了看状子说："谁看见你的地来，这明明是人家，连个地邻都有，分明情刁赖。"

年轻人气得了不得就回来了。一个年轻的说，下回咱都去，我给你作证。第二天都去了，地主事先也知道了，他把他的地邻都找了来，到了县官那里，人人都跪下，只有那个年轻的就是不跪，县官瞪着两个眼珠子问："你怎么不跪？""我家有个做官的，比你大。"

"谁?""我舅舅的舅舅。""放屁!你舅舅的舅舅和你有什么关系!"那年轻人不慌不忙地回答:"县太爷,那财主爷的地邻和财主爷又有什么关系?"说完扬长而去。

糊涂二大爷①

古时候有一个做官的,他当的是个州官。这个老爷清清白白的挺好。每年这个地方,都有庙会。这年庙会到了,正赶上老爷爷心里高兴,他对家里人说:"今年庙会咱们都去看看。"他老婆一听高兴得要命,女人家多会也是不让出去,这会倒叫我们去看看了,连忙来到绣楼对闺女说。她闺女听了并不十分高兴,只好对妈妈说:"妈妈,你告诉爹,给我买一副眼镜我才去。"她妈一听说:"你要这个干什么?"就对她男人一讲,这个州官一听心里就有了底啦:"噢,姑娘要眼镜,这不是这配双吗?"连忙叫个衙役进来告诉他:"你上门口看着,头一个走道的不管是老是少,就拉他进来我有话讲,可不要女的。"这个衙役纳闷,就出去了。

再说,附近村里有一个小伙子,只有一个娘,每天娘俩个磨好豆腐出去卖,剩点豆渣,再买点粮,糊弄着过日子。

这天早晨,他挑着卖,怎么也卖不完了。正在没有办法,转转可就转到州衙门前来了。这时那个衙役,正等得焦急呢,一半响还没有个人来,真怪,好像今天都不出门似的。衙役赶紧把卖豆腐的叫过来,一块都买下,把钱送出来,又说:"老爷叫你进去,和你说几句话。"他一听害怕了,说:"先生,行行好吧,我一辈子也没见过

---

① 鸯桥乡鲁家庄一老汉讲,五十多岁,贫农。

官,不行。"那个衙役说不要紧,就把他拉进去。

老爷吩咐摆上酒请他吃了,就说:"我有一个闺女愿嫁给你。"就吩咐衙役把姑娘叫出来。州官说:"这就是你丈夫,跟着走吧。"她娘出来啦,连哭带叫,看他男人那个样也不敢放声,只好偷偷递上个包袱,塞上了两个小元宝。姑娘真的拉着卖豆腐的就走了。

第二天起来,姑娘拿出一个小锞子,给卖豆腐的他娘说:"今天先拿这个出去换点豆子,多磨点豆腐卖吧!"他儿子说:"这叫啥呀?""这叫银子,用它可以换制钱。"他儿子说:"这就是钱?那我有的是,在咱后墙底下多得不能数。"两个人拿着锄到那一挖,正是些大瓮满满都是大锞子。姑娘说:"行咧,不用发愁了。你有啥亲戚?"他说:"这庄我就有个二大爷。甭提了,这个二大爷,俺娘闲时没吃的,当不着到他那里去要点粮食,他就骂俺,以后也不敢登他的门了。另外,在东庄还有个亲母舅。"姑娘说:"那好,你赶快请他来。"姑娘和娘两个人就办好酒菜等着。

小伙子拿着馍到了舅家。一进门,他舅就说:"你看你,往年来还要拿我二升粮食,这会咋还拿着馍,哪来的呀?"他说:"舅呀,这会咱们有了钱啦,我想买点地,三顷两顷的。"舅爷说:"行啊。"就请了一些人到小伙家里。大家一凑合说:"三顷两顷没有,七八十亩可有。"姑娘说:"也行"。就买成了。

他二大爷听说他侄子有钱了,还有个很俊的媳妇,寻思着这一定是他偷了人家的钱,拐了人家的闺女,我去探听一下。到那一看果不然有个俊闺女。姑娘一听,还赶紧过来叫"二大爷",把个二大爷乐得咧着嘴,就说:"你看,你才来也没有房,这屋又窄,我看我那屋还好,卖给你吧。"姑娘说:"那很好。"就卖了。接着又说:"我那些草棚子没用,也卖了吧!"也卖了。结果他二大爷的七十二间房子全叫侄子买了去。二大爷穷了,这小伙子呢?自己种着地,日子过得挺好。

贪财的地主①

一个地主,有三个女婿,大女婿、二女婿都很富,只有三女婿很穷。

过年的时候,三个女婿都来拜年,老丈人把大女婿、二女婿让到暖和的屋子里过宿,把三女婿让到花园的大客厅里。三女婿在里面扛起床来,围着墙跑了一宿,浑身大汗。明了天以后,丈母娘说:"这一宿可把那三女婿冻杀了。"丈母娘和老丈人到花园去看看,一看三女婿浑身汗腾腾地躺在床上,把那件小褂也湿透了。老丈人很奇怪,问三女婿是怎么一回事,三女婿指着自己的小破褂说:"这是件祖传的火绒单!"老丈人一见红了眼,非要买他的不行。讲了半天才答应,卖二百两银子,还要搭上一个大皮袄。

地主的生日到了,三个女婿又来祝寿。三女婿牵着一头瘦驴,先把一包银子捣进驴腔里,来了丈人家说了一会话,忽然想起一件事,对老丈人说:"我的驴要拉银子了。"跑到驴棚,照驴腔打了三锤,驴把银子都拉出来。丈人又眼馋了,用五百两银子买下了驴。过了几天,驴一直没有拉银子,老丈人知道上了当。

这年腊月天,老丈人到外面催债,天很冷,就穿着三女婿卖给他的火绒单往外走。走着走着下起雪来,北风刮得浑身打哆嗦。正冻得没法,看见湾边上有一棵空身的大柳树,老丈人赶忙跑过去,一缩身钻了进去。里边被小孩点火熏得乌黑,他也顾不得了。天越来越冷,晚上就把他冻死在柳树里。家里派人去找,终究没找着,三女婿走过这棵柳树,见他老丈人死在里边,就作诗云:

放着皮袄你不穿,一心要穿火龙单;
空空柳树烧煳了,为啥不上水里钻。

---

① 吊桥矿工芦发真讲,年四十余岁,贫农。

孟家压不过李家①

清朝光绪年间山东章丘县有家姓孟的地主,家中土地成顷,高楼大厦,还有不少铺户,有钱有势。和姓孟的对门是一家姓李的穷人,家中母子两人,以卖豆腐为生,儿子李三,身强力壮,秉性刚直,很是孝顺。姓孟的地主家经常有客人来往,车辆来往不断,把一条小胡同塞满了,再碰上红白公事,门前就越显得拥挤。姓孟的地主发愁,就找发狗腿子到对门李三家去,要他母子二人三天内搬走,然后把这房子平掉,压成广场,用来安放车马。李三母子穷到连饭都吃不上,让他们搬到哪里去呢?于是就告诉狗腿子,他们不想离开这么多年的老屋,要姓孟的地主另想办法。狗腿子回去回话,姓孟的地主大怒,就要立即派人把李三母子撵走。狗腿子笑眯眯地附在他耳朵上叽叽喳喳地说了半天,然后就照计办事。

第二天晌午,狗腿子提溜着一个白包袱来到李三家,打噗打噗子坐下后说:"我说李三,你这日子过得是穷到顶了,我看咱俩出去做点买卖,这样也活动一点。"李三赶紧摇头说:"不行啊!咱缺少本钱,也没有那分本事。"狗腿子一听堆上笑,伸手把拿来的包袱解开,李三一看,原来是一堆白银。狗腿子又伸过头去劝道:"我有大批本钱,一切事情我管着。"李三寻思:家里这样穷,跟他出去赚几个钱也好养活老娘,于是就答应了。

那时洋鬼子在中国修了铁路,他俩搭上火车到了上海。狗腿把李三领到一家妓院里住下,自己到外面跑腿,一下出去了半月不回来。妓院里要把他撵出去,他的钱完全花光了,正着急,狗腿子回来了,笑眯眯地放下了五百两银子以后,又走出去。这一下他可

---

① 洪山区吊桥贫农王镇东,年三十岁,男,小学程度,参加过八路军,现在家里务农,社员。

搭上火车,连夜跑回家去,留下李三一人住在妓院里。一个月以后,银子又花光了,连盘缠钱也没有,李三发了愁。妓女对他说:"你到市上去,看看有没有你喜欢的东西,若是有,就用这钱买来。"她交给李三几个钱,李三就往市上去。围着上海市转了一遭,没有见到心爱的东西。直等到了海边,见一群打鱼的人正在围着两盆盛开的鲜花议论。李三走过去问,原来是从海底刚打上来的,他用几个钱买下来,找人拉到妓院里来。

花在半路上忽然闭起来,拉到妓院里,也还没有开。等李三一进门,花一下开了,妓女很惊异,知他并非凡人。坐定后妓女眼含着泪对他说:"我在这妓院里长大成人,不知受了多少难为,弄得我人不人,鬼不鬼,不知何日算个尽头,你若有意收留我,可以从我一计。"李三大喜,问有什么计策,妓女附在他耳朵上如此这般说了一通,李三就开始准备。

这天下午,李三告辞妓院,到市外找了一间房子偷偷住下,不和外人往来。妓女在妓院里就假装疯癫,披头散发,打锅砸碗,连连呼着李三的名字,弄得妓院里整夜不宁。老鸨一看不妙,就连日派人到处寻找李三,但无论如何,一直没有找到。十几天以后,李三故意走到市上来,查访的人一见,如获至宝,拉拉扯扯到妓院里来。老鸨见了,笑脸迎着,求告他把疯子的妓女领去。李三板着脸不要,最后才勉强应了,但有两大条件:一是让妓女把自己的东西全部带走;一是要立文书契,永不可反悔。老鸨都答应了。

第二天,李三和妓女打点起程。火车走到一个所在,这里地方很小,但出生铁很多,李三觉得无东西可买,就买了两火车皮生铁,回到火车上告诉了妓女,她也并不反对。火车到了济南站,李三把铁卸下,带领妓女回家。

刚刚进门,狗腿子就跟着进来,他板着脸对李三说:"你欠我那五百两银子也该还了,如果没有,就用你这宅子顶!"李三一皱眉头没开口,妓女却抢着说:"好吧!你拿这个存折到□□去取就行。"顺手边给狗腿子一个纸包。狗腿子仔细看了一遍,直吓得呆住了,两手拿着纸包打抖,半天才苏醒过来,垂头丧气地走了。

这一年,慈禧太后下诏搜罗全国的奇花异草,用来装饰颐和园。李三觉得从上海带来的两棵花也没有用处,就带它到北京去进上。慈禧太后一见大喜,传李三到皇宫,问到愿意要钱,还是愿意做官。李三摇头说:"我什么也不想要。"太后一直追问,最后才说:"我庄上有个姓孟的地主,有钱有势,还有大批铺户,我只想和他平了,他有多少东西,我就有多少。"太后听了说:"这个容易。"接着下诏大臣:孟家有多少地,也给李家置多少地;凡是有孟家的铺户的地方,在他对面也给李家修一座一模一样的,不得有误。等李三从北京回到家里,家里已拥有土地百顷。对着孟家的铺户,都盖起一座座新的铺户,比孟家的又大又好。从此以后,孟家再也不能压迫李家,而李家却压过了孟家。

穷女婿①

不知在什么时候,在什么地方,有个地主名叫张爱财,家中很富足,雇了三五十个工。但是摊了个穷女婿,每逢年节,就向他要钱,所以张爱财很瞧不起女婿。

年来了,女婿和自己媳妇商量,用什么办法来骗得她父亲钱财。商量结果,让他媳妇穿上出嫁时候的新衣裳,脸上涂上槐树叶子的汁,躺在床上装死;他自己又用红绿纸条糊了一根花棍,糊好

---

① 王振东、王健讲。

后放进箱里藏着,然后一口气跑到丈人家去报丧。张爱财一听急了,领了老婆就往女婿家跑,进了门就大哭起来。他的女婿忙拦住说:"慢哭,我想起一件事:俺老辈子传下来一根'回魂棍',打着死人就活,刚才我一时急了,竟把它忘了。"说完,就跑进屋里从箱子里拿出棍来,照着媳妇打了几下,他媳妇果然活起来。

张爱财一见红了眼,想要买女婿的"回魂棍"。但女婿出价黄金二千两,爱财把自己家财计合了一番,全盘也价不上二千两。纠缠了半天,才勉强给他一千两。张爱财高高兴兴往回走,说:"闺女活了,又得了'回魂棍',真是人财两旺!"回到家里,他就要试一试棍子灵不灵。那时正巧歇冬,他想:这些人冬天没事干,光吃饭,不如弄死他们,等春天要干活,再把他们救活来,不就可以省下很多开销吗?主意定了,就把长工统统毒死。抬到一间房里放着。到了来年春天,地里等着人干活,他忙扛着棍去打,就是打来打去,一个也不活,他慌了。最后只得赔上人命钱,买上棺材,把长工们尸体运回家。从此,他真恨死女婿了。

一天,他和儿子抬一个大油篓到女婿家,不管三七二十一就把女婿填到油篓里,抬起来往河边走。走到半路,看见一只兔子窜过面前,爷儿俩个忙放下油篓撵兔子去了。女婿乘机探出头来,这时正有一个独眼的赶猪人向这边走来,走到油篓边,赶猪人问他为什么坐在油篓里,他说:"坐在里面能治眼。我原是两眼瞎子,现在已经能看东西了。"赶猪人一听,扔下猪就往油篓里钻,张爱财女婿说:"等会有二个神仙来抬你,你可千万不能说话。"说着,就跳出油篓,赶着猪往家走。

张爱财爷俩撵了兔子回来后,抬起油篓扔到河里,觉得报了仇,高高兴兴就回家。走到半路,看到他女婿赶着一群猪回来,爷俩个大吃一惊。女婿笑着说:"海底龙王那里猪真多,你看他送给我这一大群。"张爱财又眼红了,问龙王那边还有没有,女婿说多得很。爷儿俩就拉着女婿来到河边,女婿对小舅子说:"你下去赶吧!

俺等着你!"小舅子扑通跳进水。半天不见回来,女婿又对丈人说:"一定是猪太多,赶不了,你去帮忙吧!"爱财听了,也就跑进河去,都溺死了。女婿慢慢赶着猪回家。

穷女婿赶着猪回家后,为着怕人家来认讨,忙把这群猪身上的黑毛剃得净光,变成一条条白猪。他这样做,可真激脑了土地神了。有一天,土地神要来惩他。谁知这个穷女婿早有提防,在门槛前挖了个陷阱,当土地神匆匆忙忙走到门槛外时,一不小心,就失足跌进陷阱里。穷女婿忙抓把锄头,只二三下,就把土地神活活打死在陷阱里。

却说阎王听说这个穷女婿无故杀伤生灵,真气坏了,忙骑上千里驹,亲自来抓这个穷女婿。开头,这个穷女婿只是不肯走。他说:"我伤害的都是坏人。"但阎罗王哪里肯听,硬要抓他走。这时穷女婿灵机一动,也就答应到阴间去一遭。但他要阎罗王先走,因为阎王骑的是只"千里驹",自己骑的却是"万步囊"。阎王只好答应。穷女婿等阎王走后,忙赶出一只毛子剃得精光的白猪,两腿拉开就骑上去,接着就用铁凿子在猪屁股狠狠一戳。猪挨了这一戳,痛得不可开交,一口气就冲到阎王千里驹面前去。阎王这时看到这只"万步囊",眼红了,心想,我做一个阎王不如一个穷女婿,因此一心想把这条"万步囊"弄到手。他决定拿自己千里驹和他交换。这个穷女婿起初不肯换,后来也就装着无可奈何地换给了阎王。但他有一件要求,就是两人穿的衣服也要来对换。阎王因为一心想要"万步囊",也就答应了。

穷女婿自换了千里驹,一口气就跑到龙宫去坐殿,当起阎王来;真阎王因为骑的是一只肥猪,又没有铁凿子去戳,他走得很慢很慢,一连走了十来天,才走到阎王门前。这时,假阎王——穷女婿已下了一道命令,把这个穷得破破烂烂的真阎王抓起来。真阎王正待分辩,可是阴兵阴将已把他扔入热沸沸的油锅里了。穷女婿从此当起阎王来。

两兄弟分家

从前有两个兄弟,哥哥要和弟弟分家,把好东西自己占有,弟弟很老实,很甘心接受那些不值钱的东西,把好的东西给哥哥。这样,哥哥越来越富起来,弟弟越来越穷下去。这一年年底,弟弟家连稀饭也喝不上了,去问哥哥借粮,哥哥又不肯借。弟弟对媳妇说:"你在家等一等,我去讨些饭来。"

弟弟走了一天也没要着饭,走到一个没有人烟的地方时,天忽然下起大雪来,风呼呼地刮着,向前一看,前面有一个大庙,于是他就三步并两步跑到了庙里。

门砰的一声开了,进来四个妖精,其中一个说:"好生人气,找来吃了!"弟弟一见四个妖精,早就爬到梁上去了,这四个妖精找不到他,一个狐狸精说:"不要紧,这是什么人带进一点'人气'来了,请诸位不必疑心,吃酒吧!"他从腰里摸出一个"鸭有葫芦",喊了声"酒来菜来",摇了摇葫芦,立刻有几盘菜、一壶酒出现在他们面前。弟弟看到这些酒菜,想起自己已经好多天没吃饭了,觉得分外饥饿,摸了摸口袋,里面一无所有,只有一枚干了的枣子,他想:"先吃这粒干枣充饥吧!"用牙猛地一咬,这枣子太干,"咔嚓"响了一声。几个妖精听见了,喊了声:"断了梁了!"一溜火星地跑了。弟弟从梁上下来,拿起葫芦回家了。

哥哥见弟弟得了宝,就吩咐家人说:"我到庙里去得宝去,快备马!"哥哥飞马到了庙里,也像弟弟一样爬到梁上。四个妖精又来了,"好生人气,找找吃了!"狐狸精说:"上次叫人家偷了咱那葫芦去,捉住了不要饶他。"于是把哥哥从梁上拖下来,妖精说:"你为什么偷了我们的宝贝?"哥哥抖抖着说:"不……是我兄弟!"妖怪说:"吃你咱嫌腥气,你是愿打,还是愿受罚?""受打怎样？受罚怎样？""受打给每人五十巴掌,受罚拉着鼻子围着庙转三圈。"哥哥看了看那些妖精巴掌很大,说:"受打一定要送命,受罚吧!"妖精就拉着哥哥的鼻子围着庙走了三趟,哥哥的鼻子拉出来三尺多长。

哥哥的媳妇哭着去叫弟弟的门:"弟弟呀！你哥哥的鼻子叫妖怪拉了三尺多长,你给想个办法吧"。"不要紧,敲敲我的宝葫芦就好了。"弟弟说完就轻轻地敲起来,一敲鼻子就短了一尺多。嫂嫂很嫉妒弟弟宝贝。"我敲吧!"她说。就拿过宝葫芦来用力猛敲,想把它敲碎算了。但是宝葫芦没有敲破,哥哥的鼻子连头都缩到肚子里去了。

聚宝盆

山西有个康百万,咱山东有个沈万三。人家常说"十个康百万跟不上一个沈万三,十个沈万三不跟袁子兰"。

袁子兰是半仙,能够划地为金。只要你去向他借,他就指着你说:"你这里挖吧!"于是你借银的挖起来就是银,你借金的挖起来就是金。有一次皇帝和他开了个玩笑:他把袁子兰请来,和他一块到海上去玩。在船上,皇帝对袁子兰说:"我国库空虚,听说你很有钱,能够借给我一些吗?""行呀,回到地上我就挖给你。""现在就要用。"说着抬了一下手,几十个大船就飞奔地来了。"我装运的船只也预备好了。"袁子兰知道皇上在故意为难他,就说:"你拿一些篮子来吧！我指给你们捞。"于是叫他们在指着的地方放下篮子去,打起来果然都是金银。

康百万是山西的一个大富户,他家里哪里都是钱,每天打扫一下天井就可以扫到很多金银。有一天,一个仆人在天井里打扫,忽然从上面掉下几十串钱,就把他打死了。这是钱太多了,串钱的线多年没用,脆了、断了,就从钱堆里滚下来。后来人家说起康百万,常说他打死人不是用手,而是用钱打的。但他和袁子兰比起来就不算多了,和沈万三比也算不上什么。

说起沈万三,就要说起咱洪山上的一个宝。原来,沈万三先前很苦,靠割草过活。一年冬天,他出去割草,忽然在枯草丛里看到一丛鲜嫩的青草。就连忙割起来,割完了刚好是一担。他歇了歇正准备走,又看见原先割过的草依然像没割过一样。以后,他每天到这里来割草。

有一天,他娘问他为什么今冬能每天割到草呢?沈万三就一一告诉了她。娘说:"这一定是宝贝呢,咱洪山是有许多宝物的,你明天去挖来吧!"第二天,沈万三就背着镢子挖起来,离地三尽,挖到一只石槽。就背到家里来,对娘说:"什么宝东西,你看是一只石槽呀!"他娘也想大概是真没有什么,就把石槽丢在院子里,当猪食槽和鸡食槽用。

以后许多天,沈万三再也割不到青草了,生活也就成问题了,鸡呀猪呀也没有东西喂他们。直到来年春天,青草生起来,沈万三又有青草割了,生活也比较好点。那天他娘去看看猪,心想这许多日子没去喂它,一定饿得不知怎样了。一走到食槽那面,看见食槽里满满的都是猪食,两个猪子都吃得胖胖的睡在旁边。他很吃惊,想不出道理来,就用棒把猪食调了一下。不想她的头发挂下来了,就用手去理头发,手上去时碰到了耳环,耳环就掉下来,落到猪食槽里,她用手去拾起来。不想一拾一个,再也拿不完了。这时她知道这食槽就是一件宝器。晚上儿子来的时候,就叫他把石槽搬进来,借来一锭银子丢在槽里,果然,以后就不取尽,用不完了。

沈万三得到了聚宝盆,就成了咱山东第一富户。

落宝石和眼镜

很早很早,有一位先生①,给人家看病,收入不多,就带着医囊,动身到外地去行医。这一天,先生路过咱洪山,天气正热得慌,就坐在道旁一块方方的、光光的石头上歇歇。

刚坐下来,只听得后背树丛里"哗"一声,回头一看,是只金毛小猴子,那猴子从树上跑到石头上,站起来后腿,拱着前手,哈着腰,好像人打拱一般,一点没有伤人的意思。先生心想:"你这猴子来干的啥营生?"就问:"猴子,你有啥事情要我帮忙,你说呗!"那猴子还是连拱带哈的。先生又说:"猴子,你有事请你指个方向,带我走吧!"于是猴子在前,先生在后,来到一个不大的山洞前面。先生往里一看,半明不暗的洞里站着一只金丝大马猴,老汉一样的站在那里迎接先生。先生就问:"猴子,你叫我到这里来有啥事情?是不是有病要我来看?"大马猴点点头,前脚拍拍自己的脖子。先生说:"给我看看吧!"猴子就张开口来,先生一瞅,说:"没关系,是一个枣核梗在喉里了,我马上给你治好。"就开开医囊,拿出针、锤、镊子家具来,用镊子把猴子的口撑住,把手指擦停当,轻轻地伸到猴子口里,用两个指头捏住枣核,使劲往外一拉,就把枣核取出来了。猴子吐口血水,连连向先生点头道谢。

先生整治行囊准备走路,那两口一大一小猴子,死拉活劝地留着先生,不放他走。先生一想:"也罢! 就住几天呗!"于是小猴子出去采了些桃子、李子、杏子、葡萄、栗子、梨子和一些野果子给先生当饭吃,打了些山水给先生当茶喝,采了些树叶来给医生当烟抽。过了几天,先生对猴子说:"果子不能当饭吃,山水不能当茶喝,树叶也不能当烟抽,我回家有事,这就告辞了。"猴子还是不舍,

---

① 先生:医生。

知道留不住他了,就叫小猴子从洞里拿出一块石头来送给先生,先生一看那石头也没有什么出奇,心想猴子给我的一定是有用处的东西,就放在口袋里,辞别了猴子。

出得洞来,顺着山路往前走,走呀走呀,忽然袋里那块石头跳出来,落到地上。先生一想倒也奇怪,就把这地方记住。到了城里,走到珠宝铺,把石头给掌柜一看,掌柜说:"这是一块天下少有的宝石,叫落宝石,它落在哪里,哪里就有宝贝。你在路上可曾见到它落在地上?"先生连忙说:"落过,落过,我还记住那地方。"掌柜的说:"你快去把宝挖出来,我给你最高的价钱。"

先生高高兴兴地拿了镢头,直奔到落石的地方,往下一刨,离地三尺刨到一副眼镜。先生高兴极了,就带上眼镜,镢头也不带,直往城里去了。半路上,咔嚓一声,眼镜掉到地上,把一块玻璃跌碎了。

先生拿了破眼镜走到珠宝铺,给掌柜看了,掌柜连连说:"可惜,可惜。"还说:"这是一副宝眼镜,瞎子戴上它就能和别人一样看得见东西。现在,只有一只眼睛能亮了,就不值许多钱了。"

一分福气一分财,先生没有得大钱的福气,也难怪他把宝眼镜打破。

宝长虫

洪山上,有康成祠,还有义学,现在都毁坏了。造这康成祠的是陈君,义学也是他办的。他有四十八顷地,谷子更是数不完。有一年,正是大熟年景,县里仓库里的赈济储粮有散,慢慢地烂了。县官就把这些粮食分出去,让大家吃,调换新粮食来储藏。陈君说:"我一个人来给他们出粮吧!"就从家里用驴驮了一袋粮食来,往仓库里倒,倒着倒着,仓库满了,第二个仓库也满了,第三个也满了,陈君袋子里粮食还一点不少。

在西北有一个财神下生,叫太玄,一生下来就带来了三缸银子。那天,他父亲在给东家做活路①,一松手,碰伤了牲口后腿。中午,他背了一袋粗粮到家去,半路上,袋子忽然破了,粮食都散在地上。

太玄的叔叔在天井里做木工营生,听到上面"抗唷、抗唷"的声音,就抬起头来看。只见上面两个人抬着一个瓮往前边去,等会儿又是一个,再会又是一个。他叔就奇怪了。"你们抬的是什么?"第三只瓮抬过来的时候,他就问。"是银子。"上面有人回答。"抬到哪去?""太玄家。""给我一块吧!""不行,你没份的。"他叔就拾起一块石头丢上去,"咯啷"一声,一块瓮片就掉下来了。他拾起来,放在窗上。

第二天,听说哥哥生了个儿子,就去看哥哥。一进门看见哥哥喜气洋洋的,家里面也有了,糖也有了,就问哥哥:"昨天这么倒霉,为啥今天这么高兴。"他哥说:"昨晚上我掘出一瓮银子。"他知道昨天抬的银子就是给他哥哥的了,就说:"有三瓮,你怎么说一瓮?""只有一瓮,我还骗你兄弟。""有三瓮,你再找找看吧。"找了一会,果然又掘出两瓮来。在第三瓮上有一个小缺口。"我说有三瓮!"他说,就把昨天看见抬银子的事告诉了哥哥,还到家里拿来瓮片,一合刚好合上。于是就把孩子取名叫太玄。

陈君后来见了太玄,很思想他,心想要是自己有这么个儿子就好了。有一天,做了一个梦,梦见太玄跪在地下叫他爹。他乐极了,就乐醒了。几天以后,太玄就死啦。那太玄死的时候,他正巧生了一个儿子,名字叫陈世信。

财神爷到陈君家里来,宝物也跟到家里来了。那年冬天工,他

---

① 活路:工作。

驮到粮食往外面回来。半路上,牲口饿了,他就到咱洪山上去割些青草,不想那里有一条小长虫,冻得要死。他就把他带回来,放到粮食袋子里。

一到家,奇怪,八成满的粮食袋一下子就满满的啦,以后再也倒不完粮食了。原来,这条蛇就是咱洪山的一条宝蛇。

陈君发财之后,生活仍然很朴素,为地方上也做了不少善事,常常救济穷人们。

杀人的人

在很早很早的时候,相传有一个人,咳!实在太能了,把杀人的刀在腰间。有一回夜里,他出去玩,走到了一座楼房前,看见屋里点着灯,他就上去踢开窗子进去了。他瞧见一个大姑娘,正在灯下看书,他就站在大姑娘前头。起先,大家都不吱声,女的还是大模大样地看书,待了一个钟头光景,就听见女的问:"你来干啥?"男的说:"我来求亲。"女的在旁边抓起一把茶壶就照着男的脸上打去,男的连忙抓住了女的头发,问她:"你答应亲事不?"女的说:"死也不答应。"男的就从腰里掏出刀来,把女的杀死了。在墙上留下了话:"今晚我从此经过,求亲不成,把她杀死。"写完后,就走了。女的父亲为官,听了这事情,立即差两个差人去捉那个人,限三天以内追回,不然就把两人杀掉。

这两个人找了两天没有找到,心也乱了,就上店去吃饭,正好他也在那里吃饭。那两个人想到再有一天就要死去,不禁哭开了,这个人看了就过来问道:"你俩如何啼哭?"差使就把事情从头到尾说了一遍。这个人问:"你认识他否?"两人道:"正因为不认得就更难找。"他就说:"远看没有人,近看就是我杀的。"两个差使就赶快"扑通"一声跪下,他说:"不必如此,你快去报告你主人,说我在这里等着。"又把两个的酒茶钱支付了。

这两个人就连忙去报告主人了,主人吩咐来人马,跟着他两个到了店家,说:"对不起,朋友,我家主人命我前来绑你。"他就掏出刀把两个人杀了。外面的人见还不出来,就涌进酒店。他一人杀了一阵,抵不住,就跑掉了。

走了几天,误住在一家贼店里,他出来在天井里练武。店家有两个闺女,她们在楼窗上看到了,就下来问他是谁?他就说了。二个姑娘见他年轻英武,就问:"你能和俺爹比一比武吗?"他说:"行。"于是在天井里与他们父亲厮杀起来了。两个姑娘努着嘴暗示叫他杀了父亲。那人杀了她父亲后,就问:"为什么你叫我杀你爹?"姑娘说:"我爹开的是贼店,杀掉很多人,谋财害命,就叫你把他杀掉,不这样,你在半夜里就会被他杀掉了。"他不十分信,女的就叫他在晚上当心些。

晚上他就关起门,坐着看书。到了三更天,忽然地板上闪出一个口子,上来一个贼,他就把店里这些贼统统杀掉了。报告两个姑娘,两个姑娘就和他一起离开了这里。在半路上碰上一个恶霸在欺侮一个老百姓,他也把他杀了,这地方就暂且安宁了。

聪明的闺女

一人到泰山烧香,回来时口渴想找水喝没找到,见有卖画的,就买了两张小孩钓鲤鱼的画回来。他很赏识这两张画,平时舍不得挂,每到节日或吉利的日子时才挂一挂。

他有一个小子,一个闺女,小子十二,闺女十五。闺女虽没念过书,可是在家自修却很努力,再加上她天资聪敏却学得很好。他小子在书房念,天资不好,又不用功,常挨师傅的打,有时怕回家挨骂,也不敢回家去了。

这一天他又从书房哭着回来,他姐姐问他:"哭什么?"他说:"我在学校读书,背不过书,师傅光打俺。"他姐姐说:"没有关系,自管去吃饭,以后你每天晚上放学回来把老师讲的功课念给我听,第二天,我再背给你听,你就好好记住。"小孩欢欢喜喜地答应了。

果然后来,小孩每一次背书都背得很熟,师傅觉着很怪,就问他为什么如今学得好了,小孩就告诉了老师,他姐姐怎样教他。师傅听了有些不信他姐姐会那样子聪明,就想亲自见见他姐姐,证实一下,可是总不得机会。

转眼就是六年,小孩十八了,他父母给他定了亲,秋天就准备结婚,结婚时请师傅去帮着写对子、陪客,他师傅很高兴地答应了,因为正想趁这个空见见他姐姐。

喜日子那天,小孩家又挂上那两张画了,这次还特地挂在正北的神两边。师傅来后,一眼就看见他姐姐在厢房那里,于是就对着那两张画,高声念道:"高称鲤鱼不知多重?"只听他姐姐道:"光挂着未曾秤。"那师傅又念道:"高高挂着两块纸。"他姐姐又念道:"不识名画,有眼无珠。"那师傅连忙告辞说有病,回到家中很是后悔,也才知道那女子的聪明。

爬墙溜

一寡妇,她丈夫给她留下一遗腹子,这孩子一出生,就很怪,他长了两条神腿，一跺脚任高的屋或墙也就过去了。他娘没给他起名字，人家叫他"爬墙溜"，他也就叫爬墙溜了。寡妇好容易把他抚养大了，但家里非常穷，那孩子就靠他天生的本事去偷贪官污吏、土豪劣绅的东西过活。不过他每次偷了东西总留下他的名字，不到一月，他偷遍了好多县，有好多人去告他，可是县官很奇怪，因为往往他一宿的功夫就偷了两个县，县官没法就告到府里，于是县里就派差到处捉他，可总是捉不到。

一天下大雪了，当差的到了一个村，看看天是走不了了，就钻进一座更屋子。恰好那天打更的人就是爬墙溜，他们拉扯起来。只听一个当差的说："他娘的，这爬墙溜是谁，就这样难捉，我要是见了他，定准活剥了他的皮。"爬墙溜听了冷笑了一声说："我就是爬墙溜，你要怎么样吧？"那当差的一听愣了，心想："哪有自投罗网的犯人？"就说道："你这位兄弟别开玩笑吧，要是你真是爬墙溜，你为什么不跑呢？"爬墙溜说："我要哄你做啥？你要不信自管到村里去问。"第二天，当差的半信半疑地将他带走了。

到了府里，知府大老爷见了爬墙溜，就问道："你就是爬墙溜？"爬墙溜不耐烦地说："我爬墙溜，行不改名，坐不改姓，还问什么？"知府道："你说你是爬墙溜，你就说一说你都偷了谁家的东西？"爬墙溜就把他偷的东西一五一十地都告诉了知府，知府说："你为什么要偷人？"爬墙溜说："就因为家里穷，还得缴官府人头税。"知府装出个样子来说："爬墙溜，你知罪吗？"爬墙溜说："不知，因为官府和地主家的钱，都是穷人的，我偷的东西，全是偷的自己的。"知府又把惊堂木一拍说："不要满嘴胡说！我再问你，你偷东西，都是怎么个偷法？"爬墙溜说："我就是把脚一跺就过了屋，进去拿了就走是了。"知府说："又满嘴胡说了，我不信你有那样的本事，你一定还有同党，把你的同党都招供出来！"爬墙溜一点不害怕，说："我没有同党，要不信的话，就自管试好了。"知府说："好吧，今天晚上我就让你去偷我的那把酒壶，你要能偷着，我就从轻治你,因为你是自己投案的;若是你偷不着,我一定不饶你。"爬墙溜笑着说:"好吧。"知府一面吩咐把爬墙溜带到监里去,一面吩咐人好生看守他的酒壶。

那些衙役们听了知府的吩咐,心想:我们就在知府的屋子中,用那酒壶装酒喝,我们再把那四边的门关住,谅他爬墙溜有多大的本事也偷不去。于是在天黑时关上门喝起酒来。这时爬墙溜却早从监里跳出来了,他扒在知府大堂的屋脊上把衙役们的行动都看在眼里了。衙役们开始还十分警戒,但到二更时,心想:爬墙溜这是不来,是不敢来了,于是就放心大胆地喝起来。三更时,就都趴在桌子上睡起来了。在屋脊的爬墙溜,见他们都睡熟了,就挑开门偷着酒壶拿回去了。

衙役一觉醒来,不见了酒壶,就大声吆喝:"捉贼喽!"衙役们都从梦中惊醒,一找,哪还有个贼影呢?只得一齐到知府那里去请罪,见爬墙溜正在那里交酒壶,知府见他们来了,把他们大骂一顿。又对爬墙溜说:"这次你偷着,是因衙役们太麻痹了,不能算你本领大。你再偷我的火盆,要能偷去我就真放了你。"爬墙溜说:"好吧,大老爷说话是一言为定驷马难追啊。"知府微微一笑,爬墙溜又被押进监狱去了。

到晚上,知府命令衙役们一起到院子去,将火盆生上火,把院子照得通明,天虽冷,可是生了火也不觉怎么冷,衙役们不敢大意了,一齐围住火盆拉呱熬夜。外面爬墙溜早又来了,还是扒在知府的大堂屋脊上偷看着,等到二更,心想:"这会可就难办了,他们不离开火盆我怎么偷呢?"正在这时知府不放心,怕衙役偷懒,亲自来查看。衙役们见知府来了,慌忙站起来,知府又嘱咐他们好生看着,衙役们毕恭毕敬地答应了,知府回去睡觉。不在话下。

爬墙溜把这些又早看在眼里了,马上计上心来。他跟着知府跑到他的书房去,等知府睡熟了,他就偷了知府的衣裳穿上,大模大样地跑到院子去。那衙役也实在有些困,都盹得点头,所以假知府去了，也不知道，那爬墙溜见他们这个样子，就装着知府的声音说："你们这些无用的东西，我才走了，你们就打起盹来了。"众衙役一听知府来了，慌忙站起来蒙蒙眬眬听知府说："不用你们看了，让我自己拿到书房去。"众衙役盼不得知府说这句话，就连声说是，见那知府端着火盆走了，就也溜回去睡觉去了。爬墙溜到了书房放下火盆，脱下知府的衣裳送回去，就端着火盆跑回监去，烤起火来。

却说，第二天知府早晨起来，到院子去一看众衙役都不在了，心想：这次，准是爬墙溜没偷去，他们到堂上去等着我去了。谁知到了堂上一看，却是爬墙溜在那里拿着火盆，知府一看七孔冒火，吆喝着："气死我了，快快上堂！"众衙役们在屋中睡得香甜，都被叫了起来，见了知府齐声叫怨。知府道："我还冤了你们不成，我的火盆在哪？"众衙役说："火盆让大老爷端了去了，怎能问小的们要呢？"知府道："你们满嘴胡说，我何曾拿过火盆来，来人，给我打。"众衙役每人打了廿大板，已都打得不能起来了，爬墙溜却在一边捂住嘴笑。打完后知府道："给我赶出他们去。"于是那众衙役就被赶了出去。

知府见爬墙溜如此能耐，心想做贼也不坏，比当官更容易赚钱，且不妨白天做官，晚上做贼，不是双倍收益了吗？于是就给了爬墙溜五十两银子，让爬墙溜教他做贼。爬墙溜听知府要做贼，不教。知府说："那我要重办你！"爬墙溜心想：好吧，这可是你自己要做贼，那你就是贼官了。于是就答应了知府，商议定当晚上去偷南庄两举人家的东西。

晚上，爬墙溜扛着知府到两举人家去了，到了墙外，爬墙溜说："大老爷爬墙吧！"知府说："别叫我大老爷了，这会叫我徒弟吧。师傅，我不会爬墙。"爬墙溜说："好吧，我帮你上墙去，你在那里望风，我进去偷。"知府点头称是。爬墙溜将他扶上了墙，自己就进去偷了银子跑了。

知府在墙上一边留心四面的动静,一边等爬墙溜,好久老不来,心里就有些发慌了,又加上天冷,就冻得哆嗦成一家子去了。想吆喝爬墙溜不敢,想向地下跳,墙太高不敢,进退二难,越想越害怕,听鸡叫头遍了,就愁得哭起来了,心想:"做贼真不容易啊。"才想转身,一不留心从墙上掉了下来。恰好正掉在举人家的狗窝里,一群狗死命地上来咬,不一会工夫,把个知府咬得皮开肉绽了。那两举人听见狗咬,知道有贼来了,每人拿了根棍子赶上去,两根并下,那知府有口难言,只好挨打,不一会工夫,就昏了过去。两举人就用口袋将知府装起来,准备第二天交到府里去发落。

第二天,两举人打开口袋一看,吓得目瞪口呆,原来打的是知府,只见知府满面羞愧,两举人双双跪下求饶,知府只让两举人给他换了衣服,备了一乘轿子,将他送回府去。

知府回府后,因叫狗咬人打,在墙上受了点风寒,就一病不起了。在病中还恨恨地要人捉拿爬墙溜,可是爬墙溜早就带着他娘搬走了。

三个大人

一个大人,给他放500个骆驼。一天,他媳妇给他送饭,挑了两布袋干粮,一大瓮水。路上碰到一个大人,问她要点粮吃,她不给,那大人上去一把抢过来,都吃光了,媳妇就哭起来。那放骆驼的听到他媳妇的哭声,就把500个骆驼放到怀里赶来了。那吃了饭的人,见主人来了,知道不行,就拔出一棵大树来,要与那放骆驼的人打仗。打了半天,知道打不过他,就溜了。见一老汉就说:"老大爷了,你藏藏我。"那老汉一把将他拿起来,放到自己的眼中,不想又被那放骆驼的看见了，定要逼着老汉要人。那老汉又将放骆驼的也放到眼里去了，于是他们俩又在老汉的眼里打了一起。不想那吃了饭的人的一棵树划痛了老汉，老汉说："别打了，再打，我一闭眼你们都闷死。"说着就把他俩都拿了出来，问为什么打仗。那放骆驼的说："他吃了我的饭。"那吃饭的人说："我不想全吃，谁知他媳妇带的太少了，一尝尝光了。"老汉说："为这样点小事还打得这样凶，来吧。"说着从口袋里掏出一个饽饽来，给他们分开，每人一块，那两个欢喜地双手接了。那放骆驼的因没吃饭，半个饽饽刚好吃饱。那抢饭的人，仅只吃了一半就吃不上了。

四个吹牛的人

有四个人，进京赶考回来，到了一个店碰在一块了，大家说话很投机，于是就结成了兄弟。一天他们又闲谈起来，苏州人说："你们都知道，'上有天堂，下有苏杭'这句话吗？我们苏州人的好处，就不用提了，光说我们苏州城的北阁高得也就把你们吓死了。有一对老雀在阁上，生了两个蛋，一个蛋从阁上摔下去，那个掉下去的蛋，还不曾落地，上面那个蛋孵出的小雀已会飞了。"

那莱芜人一听说："你苏州阁算什么，我们那莱芜瓢，一瓢水就能淹九十府零八县，外带您的苏州阁。"

那八斗人一听说，"哼"了声鼻子说："你莱芜瓢算什么，我们八斗锅，装一锅水，要一莱芜瓢再加上长江、黄河和淮河。"

淄川人一听笑了笑说："你那又算什么，我搁一个淄川萝卜切一切，能满你莱芜瓢、八斗锅，剩下一个萝卜把还高起您苏州阁。"

兄弟三人喜相逢

邻近有个人，早年常去沂水做买卖。他家中有四口人，除去他老婆外，他还有两个儿子，大的十三，小的八岁。就在这年山贼趁他不在家时，抢走了他老婆和八岁的小儿，他大儿因躲在邻舍家，才没被捉去，那人回来找了好些日子也没找到。在家等了一年，见没有音讯，又讨了个老婆，他就又到沂水做买卖去了，他这个老婆又生了一个儿子。

这个后娘的心可真狠，她趁她男人不在家时，就逼他大儿天天到山上打柴，打不来，或打得少了，死命地打他，还不给他饭。可是他对自己的亲生儿，却老怕热着、冻着的，什么营生也不让他做，还净给他好东西吃。

那小儿一天天大了，到十一岁，见他哥哥天天流泪，一次趁娘不在家就问："哥，咱娘为什么待你不好，待我好？"他哥哥就告诉他，什么叫亲娘，什么叫后娘。他兄弟一听说："亲娘就怎样，后娘就怎样，一样的孩子，为什么必得待出两样来。"说着就把自己的白饭馒头让给他哥哥吃。他哥哥不肯吃，说："不行啊，叫娘看见了不得啊！"他哥哥终于没吃。

第二天那哥哥又上山时，忽听到后面有人走，心想别是野兽吧！回头一看原来是他兄弟，说道："兄弟，你来干什么？这山上野兽多，碰着你可咋办？"他兄弟说："我是来帮你打柴的啊！"他哥说："不行，赶快让我送你回去，让娘知道，我的一顿打又脱不了。"他兄弟死不肯回去，他哥没法了，就说："好吧，这次留在这里，下次可再不准你来了。"他弟弟答应了。就帮他哥哥拾柴，捆柴，不到天黑就拾了满满的一大担，回去了。他娘有些奇怪，问：为什么今天拾得这样快、这样多？他哥哥只得撒谎说我到了一块山柴多的地方。

第二天他哥哥上山时,特为看了看他兄弟跟没跟着,见没有就放了心。谁知,到了山上一看,他弟弟早在那里等他了,他吓了一惊,说:"兄弟,你怎么偷着来了,叫野兽碰上你可怎么办?"他兄弟说:"你再让不让我来?让我看,我就跟你一块来;不让我来,我就自己偷着来。"他哥哥没法,只好说:"好吧,你要来就来吧,可千万别让娘知道。"

从此,每天拾的柴总是又多又快,也多少赚得了后娘的几个笑脸,他兄弟俩也就更亲了。

一朝,哥哥在前面砍柴,弟弟跟在后面拾,砍着砍着,忽听一阵怪风,惊得他汗毛直竖,一抬头,见一只大虎拖着他兄弟飞也似的向山上跑去了。他顾不得什么了,拿着斧子就去撵老虎,见老虎过了山头,等他跑上山头再找老虎时,就遍找无踪了,就坐在山头上哭起来。眼看太阳落下去了,他不敢回家去,就哭一声亲娘,哭一声兄弟,最后心想:不回家也是死,回家也是死,还不如回家告诉邻舍家让他们去找找,还可能找到自己的好兄弟,就拿着斧子,把柴也扔下回家去了。

他后娘天黑时见她大儿与小儿都不回来,就向邻舍去问他儿哪里去了,邻舍家告诉她:"跟他哥哥上山打柴去了。"她一听就气得七孔冒烟,心想:这次等大儿回来一定要打他顿半死不活的。等了一会,见他大儿什么也没拿哭着回来了,就像气疯了一样,骂道:"该死的畜牲,你把您兄弟领哪去?"拿着棍子要去打,可是还没打到他身上,听她大儿说:"让老虎拖去了。"他娘一听就"扑通"一声栽倒了。她大儿也顾不得什么了,就大哭着上来救他娘。邻舍家听到她又要打儿子,就想来劝架,一看到这种情形,就一齐上来救,可是因她气她大儿子,又痛她小儿,心火上升,早气死了。大家见救不过来,就劝他大儿说:"不要哭了,还要料理您娘的后事要紧。"

办完丧事,就四处找他兄弟,因他爹又不在家,心想:要找不到俺兄弟,我也就死好了。

再说那只虎并非是真虎,那原来是哥哥的孝顺,他兄弟的孝悌感动了上天,上天要他后娘死去,让他兄弟、母子重新相逢,所以就派了一只假老虎来扛他兄弟。

却说,那虎扛着他兄弟,送到一条大路上,这里离那山有两千里路了。兄弟昏昏沉沉地睡着,醒来睁眼一看,不知道是什么地方,就哭着叫他哥哥。恰好他前娘他二哥出差回来,见他哭得这样,就问他家是哪里,哭什么?他都告诉了他。他二哥就领他回到了衙门,回禀了他娘。他娘听说是她同乡很喜欢,说要留下他,以后有机会送他回家。从那时兄弟就在他二哥衙门里当差。不过他不知道那长官就是他二哥,那县官也不知道这个小童差,就是他异母兄弟。

住了二年,一天哥哥寻到这个县来了,见前面路上两个人好面熟,那两个人,一个骑马一个护轿,他紧走两步赶上去,一看护轿那个人是他兄弟,不过他还不敢叫,他怕认错了人,可是他弟兄早看出是他哥哥来了,就说:"哥哥,你怎么还能到这里来了。"他兄弟二人就抱头大哭起来。那骑在马上的二哥,看着他哥哥也有些面善,可是也不敢认,就下马来问,一问才知道是他哥哥,于是三人就抱头大哭起来。他娘在轿中也早把他们的话听到了,也忍不住大哭起来。

原来他母子二人,被山贼抢去后,住在山里。后来一个县的县官去剿山,救了他们母子,并娶了他娘做老婆,养活着他母子。他儿子原来也中了进士,做了长官,那县官死了后,他母子就到这来住了。那二儿曾千次万次劝他娘找他爹,但他娘不听,认为再嫁的人没有脸见前夫,儿子催急了,她就要寻死,所以她二儿也没有办法。今天是他们到山上降香回来。

他们母子四人哭了一气,就回衙门去,商议着怎么接他爹来住,并劝好了他娘。这就是兄弟三人喜相逢的故事。

行行出状元

一个寡妇,在她丈夫死后,领着一个九岁的儿子到处漂流,好容易在一家地主家找到了活。她给地主家当老妈子,她儿子给地主家放牛,也勉强过得去。

她儿子放牛时,就到学堂外边听老师讲课,日久天长,先生看见了他,问他在那里做啥?他说在那里听书。先生问他自己讲的课,小孩都能记得住,先生很称赞他,就叫他再不要在门外听了,给了他书,让他到屋里听。小孩很用功,先生讲过的书他都能背出来,不过他更爱看算术。每当城市读书的人下乡卖书时,他总要买几本,回来自己就偷偷地看。

一天,地主出来溜达,见他的牛在地上吃草,可是放牛的人不见了,一问才知道在学堂里。进去一看,先生不在,小孩在那里看算术。他生气了,揪住了小孩的耳朵,就往外拖,小孩大声地哭。先生出来一看,原来是地主在打他的学生,他就上去说:"老爷,饶了他吧!他进来上学,是我让他来的。"地主一听火了,说:"你让他来的,让一个放牛的孩子与我的孩子坐在一块儿。你不怕搅坏了我的孩子,何况这个放牛小子不识推举,在学堂里不好好念书,光看些什么算术。"说着从小孩手中夺下了算术,摔给了先生。先生说:"可是他的天分却很好,讲过的书都会。"地主说:"都会,都会!我就是不让他和我的孩子坐在一块儿,你要他,你领去,我早就知道你是看上那寡妇了。"说着气呼呼地走了。那先生气得在那里半天说不出话来。

从此小孩与他娘就被地主辞了工,那先生帮助了他母子两个几两银子,又给了小孩好些书,他母子二人就哭着离开了那里。

他母子二人饥一口饱一口的又混过了四年,一天那小孩对他娘说:"娘,我也大了,这几年我也看了些算术,您给几两银子,我到集上去给拾掇个小摊给人算卦,也好挣口饭吃。"他娘说:"儿了,你这么小,人家谁会找你算呢?"小孩说:"不要紧,他们凭的年纪,咱是凭的演算法啊。"他娘也就答应了他。

那小孩在集上找了个地方,摆了一个摊,边上用白布写了一个招牌,写道:"灵就灵,不灵就不灵,灵就给钱,不灵就白算。"可是等了几天就不见有人来算卦,小孩也不急。

这一天,一个乡下老汉顶着满头大汗跑来了,见别的摊上都让人塞满了,唯有小孩这里没有人,就到小孩那来了,问道:"小先生,你算得灵不灵?"小孩说:"你没见招牌么,不灵不给钱呗!"老汉心想:"我就算扔了这廿个大钱,让他算一算。"给了钱,小孩说:"大老爷,你是不是要找牛的?"老汉心想:"他还真行。"说道:"是啊!前天我在东边泉子上饮牛,一个鸭巴子一飞把他吓到树木子去了,可是我找了两天,还是没找到。"小孩说:"这好办!你还是到那泉子那去,那里不是有洗衣裳的年轻人,你偷偷地过去在她的脸上亲一亲,一定能找到牛。"老汉一听笑了说:"你这个年轻人可真会开玩笑,男女授受不亲,怎去亲人家的脸,怎么能行呢?"小孩说:"没关系,你要是找不到牛时,再回来把钱拿去。"老汉很不高兴地走了。

老汉回去,心想:不找吧,不行,这是个牛啊!找吧,照小孩的话可就太荒唐了。可是后来一想,就照着他那样办看一看。他走到泉水边,装作去喝水,就趁空慌忙在一个大闺女的脸上亲了一下。那大闺女一看被个老汉亲了,就吆喝起来,老汉慌了,就一头钻进树林里去了,怕人家看见,就转着跑。跑着跑着,一看前面一头牛,好像是他的,过去一看正是他的,便急忙骑上牛背。后边人赶来了,问:"老汉,你见没见有人跑过去?"老汉说:"刚才有人往南跑去了。"撵人的人往南去了,老汉却骑着牛回了家。

第二天老汉到集上,见了小孩,就千谢万谢地说他算得准,并到处给小孩宣传。从此,到小孩这算卦的人就渐渐地多了,小孩也赚下了一些钱,他母子的生活也好一些。

一天小孩对他娘说:"娘,咱也有这么多银子了,留下你自己花吧,我要进京去赶考。"他娘说:"儿啊!不去吧!去赶考是不行的,你又没考过秀才、举人的,又没钱,又没势,去也无济于事。"小孩一定要去,他娘也就答应了。

小孩到了京里,赁了一间屋住着,又把他的招牌挂了出去,可是还是没有人来找他算卦,他就趁这个空儿,看了好些书。

一晚上,他正在屋里看书,听一个人走到他窗前停下了,小孩说:"谁在外面?请进来吧!"那人就一推门进去了,说:"你这位小先生,怎么这样晚还不睡觉?"小孩起来给他让了座,问他在做什么?那人说:"我是远乡的旅客,想向你要一杯茶喝。"小孩给他倒了茶,那人一面喝着,一面说:"你这位小先生,会算卦吗?"小孩说:"多少会一点"。那人道:"灵不灵?"小孩说:"也灵,也不灵"。那人道:"这话怎讲?"小孩道:"算准了就灵,算不准就不灵。"那人道:"晚上算卦行不?"小孩说:"行啊。"那人就向签筒抽出一签来,原来上面写了个"口",就笑着问小孩:"这一签怎解?"小孩说:"这一签是好签,若是当今朝廷拿着,就准,因为他能吃遍天下。若是别人拿着就不准。"那人心想:"确准。"原来他就是当朝天子,就说道:"解得有理,可是你怎么不算算你自己呢?"孩子笑了说:"我这一辈子是穷定了①,还算他作甚?"那人一声不响,付上钱就走了,可是心里却爱上了他,知道他定是贤人。

第二天,小孩正在家中看书,听外边喇叭锣鼓一齐响,原来是皇帝派人接他来了,他还不知道是什么事就被人给拉上了轿。

到宫里见了皇帝,皇帝问他:"你这个卿定了的人,还认识我不?"小孩说:"认识。"皇帝说:"你既然算定了是卿定的人,今天就叫你卿吧!"说着就亲口奉他为宰相。

---

① 穷:方言与"卿"同音。

曹氏三弟兄

一家姓曹的,弟兄三个都成了家,老大、老二都大了,可是老三却还年轻,不大会过日子,于是老大、老二就商议定了,要把老三分出去,老三不愿意也没办法,就和他老婆搬出去了。因老大、老二分给他的东西又少,自己又不会过日子,所以不多久就穷了。老三的老婆就给老大、老二家洗衣裳、看孩子,老三因不愿意受他哥的欺侮,更不愿意听他老婆的唠叨,就一气走了,他要到西天去找弥勒佛出家。

他饥一顿饱一顿地好容易走了一个月,这一天他走进了一座森林,又饿又渴,没有什么可吃的,四下里也没有淡水,有的水咸得要命,可是他还强打精神往前走,想找个庄要点东西吃。走着走着,忽碰上过路的老汉,他上前打了个招呼:"老大爷,这里到西天去,还得走多少天?"老头看了看他笑道:"你要到西天去?我看你还是回来吧,光这片森林就得走两个月,这里没有住家的,豺狼虎豹还很多。"老三不听,一定要去,就向老头求点东西吃,要点水喝。老头拿出破布袋来,让老三吃得饱饱的,喝得足足的。老三一见他这样能耐,就求他送一程。老汉说:"好吧!"走了一个月了,饿了向老汉要东西吃,渴了要水喝,天黑了要房子住。老头总劝他回去,老三不听。

这一天老汉说:"咱们就要分别了,还有廿几天的路程,你看怎么走吧?"老三一听话里有话,就给老汉跪下,口称:"爹爹在上,孩儿有礼了。"老汉也不客气,扶起他来说:"好吧,我再送你几天。"这会,老汉又向布袋要了马骑着,老汉把布袋给老三背着,说:"咱已经是父子了,你给我背着吧!"说着自己就打着马跑在前面,老三紧紧在后面跟着,走着走着,老汉离老三越来越远了,一转弯老三忽然不见了老汉了。他找了半天也没找到,就坐在地上哭,一摸布袋还在,就对着布袋哭着说:"我干爹能上哪去呢?"只听布袋里好像有人在说:"你不要去西天了,你干爹就是弥勒佛,他伴你走那几天,就是要看你心是不是真诚,你不要哭了,拿着布袋回家吧!"他又问了一遍才听清楚,他就只好回家去了。

到家,他老婆见了他说:"你这没用的东西,干出去了两三个月,就赚上了一匹马和一个破布袋。"老三说:"咱是按本分过日子,那些无义之财咱是不要的。就光这布袋也够你吃十辈子的。你再也不用到哥家去做活了。"他立刻向布袋要了东西吃了,又要了一幢好屋,还要了一些家具和种庄稼的东西,这下一心要安心过日子了。

老三得了破布袋的消息,很快就给老大、老二听到了。一天,他们推当去看望老三,到老三家去,老三好好地招待了他们,向布袋要了好酒菜给老大、老二吃,老大老二看了馋得流口水。老二向老大眨眨眼,老大说:"兄弟,你把这布袋借给俺用一用吧!"老三道:"好。"临走时,就把布袋借给了老大、老二,老三说:"你用完了马上还我。"老大、老二答应了。

回家后,老大对老二说:"咱先要好酒好菜吃着再说。"说着,要了好酒好菜,吃了一会,对老二说:"我们的房子不好,再要一幢楼吧,叫楼上有凉台,咱上台子上去吃酒。"说着又要了楼。也吃饱了,也喝足了,想起来这个布袋还得给老三的,老二说:"咱就要金子吧,省着花尽了还得受困。"说着,又要了好多好多金子,要的那些金子,把自己都围起来了。这时老大又笑了笑说:"咱那老婆也老了,丑得跟那母夜叉样的,咱再要两个天下最美的女人吧。"就又要了美人。要完了,老大就叫人把布袋送给了老三,自己就和老二一人搂着一个美人睡了。谁知第二天一醒来见自己与老二是同睡在猪圈里,光着腚一人摸着一个大猪。

乾隆皇帝中榜眼

清朝乾隆年间，淄川有个姓袁的中了状元，第二年被乾隆爷钦奉为了天下举子的主考，考场设在河南开封府，可是乾隆又怕他是山东人有私心偏向山东，就从北京起程要亲自到河南去私访。

这一天，他走到山东某县一个庄上，这庄上一个老教书先生自中了秀才后再没进科，这时正在家中教着几个小孩念书，挣钱糊口。乾隆到了这庄上时，正碰上这个先生向外送学生，就站在边上看，心想：这个先生可是好先生，可不知他为什么不进科。见他送完了学生就上前打了个招呼，教书先生让他进屋，献上茶，喝着就拉起家常话来。最后乾隆说："我也是贫寒家人，这次要到开封赶考，不想能与老先生见面，真是万幸。"老先生说："先生又过奖了。"天黑了，教书先生问乾隆说："不知先生住在哪个客栈？"乾隆说："我刚来，还没找到住处。"教书先生就说："你就在我这里住下吧，我每天都回家去，书房虽不宽绰可也清静。"乾隆谢过了他。教书先生回家后又派人给乾隆爷送来酒饭。

晚上，乾隆爷点着灯翻看小学生的卷子，看到教书先生的字迹很清秀，又看他写的文章也是再好不过了，心想：这样的贤人，不提拔一下，就屈了才了。就有给他替考的心了。

第二天一早，教书先生就来了，并给带饭来。乾隆爷一醒，见他来了，说："好早啊，老先生真尽职啊。"吃过饭，向先生辞行，说怕误了他的事情，还问教书先生的姓名，教书先生照直说了。

却说乾隆爷到开封后，也随着天下三千举子一起考了，不过他填的名字是山东那个教书先生的。五天后，放榜了，到处响起了鞭炮锣鼓，纷纷向考中的人报喜。乾隆爷见自己中了榜眼，就回家去了。

那主考官回京交旨时，乾隆爷说："你为什么不让山东人中状元？"主考说："山东人的文章确不如那第一名的好。"乾隆说："你知道那山东人是谁？"主考说："得陛下赦我无罪我才敢说。"乾隆说："赦你无罪。"主考说："那就是陛下你"。乾隆暗自佩服他的眼力，说："既然你知道是我，为什么不让我中第一名？"主考说："请陛下赐罪，我这样批卷完全是为了忠。"乾隆听了哈哈大笑，给主考官加升两级，并召山东教书先生进宫，奉他为翰林院大学士。

有神没有？有鬼没有？[①]

从前有一个赶牲口的，赶着三个牲口走了廿八里，天又热，走得又累，好容易赶到一个庄上，找到了一个水井，可就是没有筲[②]，打不上来。恰好，这时有对姑嫂来抬水，他就向她们借来了筲，打上水来给牲口喝。她们姑嫂因不常出门，见了这么多牲口，就站在边上看着。

那三个牲口，因渴得厉害了，就要争着喝，一齐往上抢，那小姑见了很害怕，急忙往后退，却忘了后边的井了，就扑通一声掉进井里去了。那赶牲口的一看事情不好办了，也顾不得牲口渴不渴，慌忙打着牲口跑了。

---

① 山头村一个老大爷讲。
② 筲：水筒。

那嫂子,见自己的小姑掉井里去了,赶牲口的又跑了,也顾不得去撵他,就用劲地吆喝:"有人掉井里去了,有人掉井里去了!"村里人赶出来,帮着把人捞上来。待了一会,那小姑醒过来了,大家去撵那赶牲口的,没撵上,也就算了。

赶牲口的,上气不接下气的一直跑回家去,心中又怕,走跑又急,天又热,所以一回家就躺下了。病重了,就说胡话,大声吆喝:"饶了我吧,饶了我吧!我不是诚心的害人。"问他什么,他也不说。他家里人见他这个样子,以为是犯了神鬼,就天天到庙去烧香求神,可就是不见他的病好。在他病轻的时候,就想:我当时不跑,帮着他们把人捞上来,死了我赔几张纸钱,没死更好,我又不是诚心把她吓井去谋害人。可是现在晚了,她可能死了,我的病不好,那就是她在追我的魂。想到这里,他的病也越重,原来越害怕,就又大声吆喝起来了。他家里人真愁得没法了,为他的病花尽了药钱了,也花尽了香钱了,不但把他平时攒的几个钱都花上了,就是连他的本钱也花上了,可是他的病就是不见好,肯定地认为是神鬼搞的了。

正在没有办法,等死的时候,西乡来了他一个亲戚来看他,就对他说起,他听说在某一个村里,有对姑嫂上井下水,叫一个赶牲口的把小姑吓井去了,那赶牲口的跑了后来那闺女被人捞上来了。那赶牲口的一听到这里,慌忙就问:"那闺女死了没有?"那人说:"死了?现在都有孩子了。我说那赶牲口的也太不通情理了,无论死与没死,也该帮着把人捞上来,死了就赔个纸箔吊个孝也就算了,没死,赔个不是也就算了。"那赶牲口的听了,又是懊悔又是喜,又问了一遍:"那闺女真的没死?"那人说:"你看,我还哄你?他就是我的儿媳妇。"赶牲口的病立刻好了大半,爬了起来,就向那人赔礼,说:"那赶牲口的就是我啊!我这个病也是从那愁起来的。"

赶牲口的又吃了几服药,马上就好了。你们说这是鬼神使得劲么?不是的,鬼神全是一个人的心里头空想出来的。

石 匠①

河南,有个石匠,他的胆气很小。一天,他给人打磨走晚了,天没有月亮,漆黑,他很害怕,一看四下都是人高的青纱帐,他心想:"千万可别碰上狼啊!"走了一会,他听身后"呼喇,呼喇"直喘气,不敢看。又走了一会,他这时连吓加累,已经满身大汗了,回头一看,一只大灰狼正瞪着两眼跟在他后面,心想:"这一下可糟了!"他就快走,狼也跟着他快走;他慢走,狼也跟着他慢走。他一看没法儿了,心想:我就索性跟你拼了。偷偷地从布袋中拿出斧子来,蹲下了,心想:"你来,我就用斧子砍你;不来,我就休息一会再走。"狼到底没敢上。又走了一会,想到和狼磨时间总不是好办法,万一不留心叫他咬着可不是玩的,他就壮了壮胆,四下看了看,见前面有一棵孤零零的大树,寻思道:"狼是不会上树的,我爬到树上去看他咋办。"就三两步地奔到树下,慌忙爬上树去,找了一个大树丫巴坐着。狼也趴在地上,瞪着晶亮晶亮的大眼看着他。

他这时候,不怎么害怕了,心想狼是吃不了自己了,只要能等到天亮就行了。

他正蒙蒙眬眬地要想睡觉,忽然觉着有几点水滴在头上,他想别不是要下雨吧?他仰一看,差一点吓死。原来一条碗口粗的大蛇,正把头朝他伸来,蛇张着口,口液朝下淌着。

这可怎么办呢?上面是虫,下面是狼,在树上是死,下树还得死。这时他已经吓得哆嗦不知所措了,蛇的头越来越近,他向下缩了缩,蛇就向下伸一伸头,蛇还张着口,一滴滴口水又滴在他身上。他退到离地最近的一个丫巴了,不能再退了。这时他急中生智,心想:我就不动了,你要再向下伸头,我就用斧子砍掉你的舌头。一

---

① 山头村袁大爷讲。

会,蛇头又向他伸过来了,他不动,却暗中握紧了斧头,蛇才要一伸舌头,那石匠一斧就砍过去,因蛇不提防,被他砍个正着,蛇"咔啦"一声就掉下去,一个大树丫也断了,那石匠用力把住了树才没有掉下去。那蛇一掉下去,却正跌在狼身上,痛得它身子猛力一缠,狼痛得叫了一声死了,没头的蛇死了。

石匠在树上,只见蛇跌下,狼叫了一声,却不知什么事情,天黑又看不清,还怕蛇再爬上树,就紧看着树。

一会儿天明了,石匠向下一看蛇、狼都死了,心想:"和野味在一起是一点不能大意的。"就装好了斧子,扯着蛇尾巴,把狼和蛇都拖回家去了。

寒天绣

一人下关东,挣了很多钱,回来路上,碰到一个叫韩天绣的算命瞎子,给他闲拉扯起来。瞎子问他:"老哥,打哪里来?到哪里去?"那人道:"下关东来,这是要回家"。瞎子说:"下关东发财吧?"那人道:"没有什么,只不过是积攒了几个元宝。"瞎子一听就起了坏念头,赔笑说:"好啊!"又说:"老哥,也好走累了吧,天又热,咱找个树荫凉下,歇一歇吧"。那人答应了,领他到了路边一树荫下坐下。

瞎子与他拉了一气闲拉,就说道:"老哥,我也是活了四、五十岁的人了,可就没见过元宝是什么样,你不拿过给我看看。"那人本不想给他看,又一想,一个瞎子还能作了反,就掏出一个五十两重的元宝递给了瞎子。瞎子接过来,摸了一会说:"真好,真好,这会我可见识到了!"说着,听了听四下没人,就一下卡住了那人的脖子,用元宝朝他的门面砸去。不几下,那人就死去了。瞎子趁天黑,将那人推到路边沟里去,用手扒了些泥将尸首盖上,背起那人的钱袋就走了。瞎子又怕人看出身上的血迹来,又跑到河里去洗了洗,认为这件事办得真是人不知鬼不觉的。

可是谁想冬腊月天,就在埋人的地方,长出了一棵高粱,莠了一个通红通红的穗子,老远老远的就能看见。恰到这县的县官私访,看到这棵高粱很奇怪,就叫手下将这棵高粱砍了带回衙门去。

回到衙门,县官拿着这棵高粱,左端详,右端详,一边心里念咕着:"寒天它能绣穗,寒天它能绣穗。"念咕,念咕,就成了"韩天绣"了。县官心中有数了,可没说出来,就叫衙役到长高粱那里挖一挖看有什么。

不一会儿衙役回复说:"回报大老爷,在那下面埋着一具死人的尸首。"县官听了道:"好吧!"就一面派人将尸首好生掩埋了,一面派人要在三天内捉住叫韩天绣的人。

衙役们找了两天可就是没找到这样一个人。第二天晚上,听人说在集上有一个瞎子,算命算得很准,心想:"就去先找瞎子,让他给算算韩天绣住在哪里,去捉时也省费事。"

第三天一早,衙役就找上了瞎子,问道:"先生,你给算算一个叫韩天绣的人住在哪里?"瞎子听了,笑了笑说:"这人啊,远在千里,近在瞎前。"衙役道:"是真的么?"瞎子道:"哎,你这人真是,我韩天绣向来算卦是最灵的,怎么还真的假的呢?"衙役说:"那么大老爷要的人就是你了。"说着就拖着瞎子走。

教书先生

以前有一个老教书先生,《四书》《五经》背得烂熟,但却是个书呆子。年终时,他要回家过年了,东家给了他二袋麦子,又借给他一头驴骑着。教书先生很欢喜,他心想:给我驴子骑,这是东家的一片好心啊,咱可不能给人家压坏了。于是就把麦子背在自己的肩上,骑着驴走出了庄。

到了一个庄上,教书先生已经累得满身是汗了。他这个样被在庄头上的铁匠看见了,铁匠说:"你这个先生可真算笨到家了,你把麦布袋放到驴背上,你坐在布袋上该多好。"教书先生不服气:"把麦布袋放在驴背上,我还骑着驴,压坏了驴怎么办?"铁匠笑而不答,教书先生想了想却红了脸。

教书先生慌忙从驴上下来,放下麦布袋向铁匠打了一躬,道了声:"谢谢。"就说:"铁匠大哥,你这回帮助了我,可你需要我说明你什么呢?"铁匠道:"不用啦。"教书先生坚持要报答他,铁匠就指了指陷在地里的铁砧,说:"我现在就缺少个铁砧橛。"教书先生道:"好吧。"

教书先生牵着驴找了个客店住下,就去找砧橛去了。找了半天没找到,因为他找遍了全庄整个的树林子,可就是没有头朝下的长的树。他回到店里愁得连饭也吃不下去,这时一个跟他住在一起的木匠就问他:"老先生,有什么事情不通快,使你这样子愁眉苦脸的?"教书先生就把事情叫告诉了木匠,木匠听了笑得半天说不出话来。教书先生又愣住了,说道:"你这个大哥笑什么?要做砧子必须是上头小下头大的树的才行,可是哪里有腚比头大的树呢?"木匠听了又笑得老时候直不起腰来,说道:"来吧,我给你去找。"就拿着锯子斧子领教书先生向树林子走去,教书先生还没走到,就说:"不用去了,不用去了,我都找遍了,没有头朝下长的树。"木匠一直地往里走,捡了一棵合适的树,爬上去,"乒里,乓啦"几下子,把树枝子砍了去,又把树头就锯了下来,对教书先生说:"你看这个行不行?"教书先生一看说:"真好,真好,你真聪明!"就扛着砧橛子送给了铁匠。

回到店里,他又问木匠:"老哥,今天你帮助了我,可你要我帮助你什么呢?"木匠说:"我啊,我就缺少一把有柄的斧子。"他指了指刚才用的那把说:"这把不行了,做粗活还凑付,做细活一点儿不快。"

第二天一早,教书先生,就到集上去溜,溜了半天,却没找到一把带把的斧子,他又犯愁了。回去,木匠问他又愁什么?他说:"你想要把斧子,可是我在集上溜了半天也没见有带把的斧子,光有斧头。"木匠听了又笑了,说:"老先生,你可真糊涂到家了,你忘了我是个木匠了?"教书先生听了并不欢喜说:"你这个大哥还说我糊涂,你想,斧子是我要送给你的东西,我要你自己做把子,不还得再打你的人情?"

三件宝

一个老汉活了一辈子就有两个儿,到年老,两个儿不孝顺,要分家,老汉一看没法,就给他们分开了。不几日,老汉死了,两个儿子就把父亲撇下的十几亩地分开了,商议好轮流管自己娘的饭,管的办法是一家轮一月。可是这两个儿子常因月大月小争论,每到他娘在老二家里过完小进月时,①第二天就得饿一天肚子。因为虽然他们讲好一月一家,可老大是按一月三十天算的,老二却是以月来计算的。每到小进月时,老二说到了月了,老大却说还不到三十天。为这件事他娘也不知私吞下了多少眼泪,也只好偷偷地跑出去不吃饭。

---

① 小进月:廿九天。

眼看就到了年根儿了,这一月他娘是在老二家吃饭。快过年了,一般人家都吃白干粮,老二和他的老婆孩子吃白的,却给娘吃黑的。这还不算,可巧这月是小进月,他娘在老二家过完了年除夕,老二说:"娘,到了月底了,你到俺哥哥家去过年去吧!"他娘答应了。

他娘到了老大家去,老大和他的老婆、孩子正在包饺子,见他娘来了就说:"娘,今天不是二十九吗?过了三十你才该到俺家来。"他娘听了真有些伤心,说道:"这月是小进月,没有三十,你兄弟就叫我上你家过年。"老大一听急了,平时差这一天也还罢了,可是明天就是初一,谁家有好东西愿意往外扔?说道:"娘,平时小进月时,你都在俺兄弟家过;这月他为了怕你在他家过年吃了他的好东西,他才叫你来,你回去就说是你哥哥说还不够三十天,他让我在你家过年。"她娘听了,眼泪扑簌扑簌地往下掉。老大只当他娘害怕兄弟不敢去,却不知道他娘每到在他兄弟家过小进月时就得挨一天饿,说道:"不用怕,自管去。"他娘一声不吱地走了,一面还擦着眼泪。

到了老二家天就快黑了,老二家老婆孩子也在包饺子,见他娘来了还慌忙把白面藏起来,老人家一见,不仅又一阵心酸,两眼含着热泪。

老二见他娘又回来了,就说:"娘,你怎么又回来了,俺哥哥不要你?"老人家默默地点了点头,老二说:"往常你小进月的第二天你都上俺哥哥家去过,这会他不要你,是怕你在家过年吃了他的好东西。"他也不知道每逢他娘在自己家过完小进月,第二天就得挨一天饿。他又补上一句:"他不让你去,我送你去。要不,我就拿梯子送你上他的墙头坐着叫他,他还能自己过年不你接下来?"说着,就去搬梯子。俗话说:吃人家饭,受人家管。他娘流着眼泪跟着老二,到了老大的墙外,老二安上梯子把他娘送上了墙头,听他娘叫"老大"时,怕老大出来碰上,就扛着梯子溜走了。

十冬腊月的天是谁也知道的,老人家在墙上叫"老大",老大家这时正在下饺子吃了,听见她娘叫就装没听见。叫了能有一个钟头时,老人家叫西北风吹得说不大出话来了。最后老人家看叫不听了,想下来,可老二这时也在家中吃年饺子来了,就叫一声"老大",叫一声"老二",再擦一把眼泪,叫一声"老大",叫一声"老二",再擦一把眼泪。最后实在没法可想,就干号起来了。

这时家家户户都在过年了,西北风又吹来了清雪花,四下里是那样静,只有老人家凄惨的哭声夹在西北风声中响着。

老大隔壁的王大爷,早就听到老人家叫"老大",他没理,心想是老大没听见,当听到老太太哭起来,他心中就疑惑了,敞开门一看,老人家坐在墙顶上,有些支持不住了,赶急回家拿了梯子把老人家接了下来,老人家都冻得不会走了。王大爷送回梯子去,叫了儿媳一块把老人家扶了家去。王大爷又赶快端过了火盆,老人家一看这种情形就更伤心了,就哭一声说一句把自己的苦处,儿子的不孝都告诉了王大爷。王大爷起先听到直捋胡子,后来也掉下泪来。就这样老人家在王大爷家过了年。

第二天,老大与老二都来给王大爷拜年,王大爷故意问:"你娘到哪里去了,咋没见?"老大听了说在老二家,老二听了说在老大家。王大爷一听,又想昨天晚上的事情,就气得把眼一瞪,把桌子拍说:"我不管今天是初一不是初一,您两个要是找不着您娘,我就到县里去告您。"老大与老二一听,知道自己的事情都给王大爷知道了,自己的娘也一定在王大爷家,就双双地跪在王大爷面前求饶。王大爷气得半天说不出话来,最后才说:"好吧,这次要不是新年初一,我一定不饶您。"兄弟两个爬起来把头垂在胸前,王大爷就把怎么听他娘哭,怎么把他娘接到家,他娘告诉了些什么,都一五一十地说了。最后又说:"您娘告诉我,在您爹临死的时候留下了三支宝,说看谁好就给谁。昨天晚上,您娘拿着宝本想谁留下她过年她就给谁,可您两个就没有一个争气的,她把那三支宝就给了我。我也不能要,这次您把您娘领回家去,好上照看着,一直把您娘养到老,我看谁好就把宝给谁。"

老大与老二一听,就一齐争着要他娘。王大爷说:"恁也不用争,还用原来的办法就行了。"于是老大就欢欢喜喜地把他娘领家去了。

从此,老大与老二就很好地照顾他娘了,老大见老二照顾得比自己好,就照顾得更好了;老二见老大照顾得比自己好,也就照顾得更好了。

可是不久,老人家因那天晚上在墙上受了风寒就病了,过不了几天就死了。老大与老二想争宝就都争着出钱,发付他娘的葬事。

出殡了,过了三七,老大与老二都到王大爷家要宝。王大爷听了哈哈大笑说:"恁爷没留下宝,恁爷也没给我宝,说有宝是我编的谎,好让恁兄弟俩好上养活您娘。"兄弟二人一听火了,双双上去揪住了王大爷,要县里去告状,王大爷一听又哈哈大笑说:"去就去吧。"

见了县官,兄弟二人齐齐叫苦,就说王大爷骗了他们,还想留下他们的宝。县官听了,吩咐衙役带上王大爷来。王大爷来了,就把他兄弟二人怎样待他娘,自己怎样救了他娘,又怎样定计叫他兄弟二人养他娘,原原本本地告诉了县官。兄弟二人还想辩护,县官就叫带他们村人来对案,这时兄弟二人才跪下求饶,县官喝了一声:"吆!你们这两个畜生,恁王大爷本应告你们忤逆之罪,你们却告您王大爷赖你们的宝,孝顺您娘是你们的本分,你们却不做,就是真有宝也该给您王大爷,就是没有宝,你们也要拿宝来谢恁王大爷对你们的教导。"兄弟二人给县官叩头说确没有宝,县官说:"那么还有两个办法:一个是每人拿二百两银子给王大爷,要不就是每人挨二百板子。"兄弟二人因舍不得银子,说愿挨打,于是每人挨了二百板子。屁股打烂了,花了整整二百两银子才治好。

害人如害己

有两个人,原是同学,后来拜成了结拜兄弟。哥哥家中很富,兄弟家中很穷。后来,因那富的光会享受,不好好上学,就穷下来了;兄弟因上学时很用功,过日子又过得好,就一天天富裕起来。哥哥见了很嫉妒,就起了谋财害命的心。

一天哥哥找着兄弟说:"兄弟,我听说东山上逢会,来了一个算命的,是个神,专给好人祝福,给坏人降灾。我们一来到东山上去玩一下,二来去求求那个人,叫他给降点儿福,你说好不好?"兄弟原本在家中觉着怪闷的,一听,就很高兴地答应了。哥哥一听也很高兴,不过他的高兴可别有打算,就说:"兄弟去归去,我可没有钱啊,咱这里到东山有一百多里路,一天也返不回来,何况我们去就要住半个月廿天的,一路上花销我可拿不起。"兄弟听后,笑了笑说:"这没有什么关系,我多带几两银子就算了。"说着马上吩咐人拿出三百两银子来,叫带上两匹马立刻起程。哥哥一看满心欢喜,知道兄弟中了自己的计了,就说:"不用带人了,一路上有我照顾就行了。"兄弟也很放心地答应了。

走了一天,到了一个庙,天也就黑了,哥哥一看庙中没人,就说:"走了一天,我们也有些累了,就在这里歇一宿吧!"兄弟答应了,进了庙,哥哥就殷勤地去拴了马,喂上料。又把行李在神龛前铺好,吃了点东西,就让兄弟睡下,自己也躺在一边。

兄弟很快就睡着了,哥哥却没睡着。月亮转到东南去了,哥哥知道是半夜了,兄弟这时睡得正熟,哥哥悄悄地拿出火筒子,又看了兄弟一眼,他还在熟睡。就突然一手卡住了兄弟的脖子,另一只手拿火筒子把兄弟的眼挖出来了,兄弟这时已昏过去了。哥哥急忙扔下火筒子,拿了兄弟的银子行李,牵着马溜出了庙门,上马,打着马向南跑去了,心想:他不死也得叫野兽吃了,他可也决不敢回庄了。

这里兄弟醒过来了,知道自己被哥哥骗了,心中万分悲痛。自己看不见了,也不知天现在有什么时候了,四下里,是那样的静,他有些害怕,心想进来时,记得有个神龛,不如钻进去将神龛关起来,躲在神后,谁也看不见。想定了,就耐着痛摸着了供桌,爬上了供桌,钻进了神龛,躲在神后。

忽听"呼呼"一阵怪风,刮得庙门都吱吱地响,原来是狼来了。狼一进门就抽打着鼻子说:"生人气,生人气,捉着生人活扒皮。"躲在神龛后的兄弟吓得一声不敢出,狼在庙里找了一气,也没找着什么,就趴在地上,嘴里还哼哼着,原来他刚才去打猪,被一个猎人打了一枪,痛得跑回来了。

忽听又一阵怪风,接着进来一只大狗熊,他一进门也说有生人气,这时那个兄弟吓得真想喊出来。不想,狼说:"没有什么,我才找了一遍了,这个深山中的破庙谁还能来?"

说着又一阵怪风,进来一只猴子,也说有生人气,但听了狼和熊的话也就放心了。

只听狼喘了一口气说:"真倒霉,刚才我正逮了一个猪想带回来,我们三人开个宴会,不想碰到一个该死的猎人,叫他打了我一枪,把我连痛带吓得扔下猪就跑回来了,这时候我的腚上还在淌血呢!"说着痛地哼哼了一声。猴子一听,说:"没有关系,你忘记了我们还有灵芝仙草,一片叶子就能治好。"说着就跑到门外,爬上槐树,拿下灵芝草,回来给狼治好了腚上的伤口,把剩下的放在地上。

说着话,熊从腰里掏出酒肉让狼和猴子吃着,这时他压低了声音说:"昨天我打东庄上走,听庄上的人说,因旱天,他们庄上的河干了,也没有井,他们庄上又没有会看风水的人,打井也打不出水,庄上的人已渴了有一天了。庄里人没法,就出了三百两银子,找会看风水的人,他们可不知……"说到这里,他的声音更低了,可是躲在神后的兄弟却完全听得见。"可不知就在他们庄西头土地庙后的地下埋着一口锅,揭开锅就是一个大泉眼。"受害的兄弟把这些话,牢牢地记在心中。

只听猴子又说:"我还有个奇事呢!今天夜里我把南庄来,经过赵员外门前,看见他们口贴着榜,我很奇怪走近一看,原来赵员外的独生女儿生病了,已请过所有的先生看了,吃了不知多少药,可就是治不好。老两口愁得没法儿,就张榜说谁能治好他们的女儿,他们就把女儿嫁给谁。以前我曾见过他们的女儿,那个聪明美丽就不用说了,就是那个天才也是天下少见的。"猴子说到这里有些激动了,"治不好,治不好,有一个灵芝叶管保好好的"。被害的兄弟把猴子的话也记在心中。

忽听远处的公鸡叫了一声,熊说:"快明天了,我们走吧,别等天明叫人撞上。"说着大家就要往外走,忽听狼说:"这棵灵芝草咋办?"猴子从狼手里接过灵芝草,才要向外跑,熊说:"就放在神龛上的匾上,谁还能拿去?再拿时也方便。"猴子就爬上匾放好了灵芝,与熊、狼说说话话地就走了。

这里那个受害的兄弟欢喜极了,就钻出神龛从匾上摸到了灵芝,爬下了供桌,到地上摸着了那个可恶的哥哥挖出了自己眼的火筒子,拿出了眼安在自己的眼眶内,又连忙用灵芝擦了擦,眼立刻好了,觉着比以前更好使了。他高兴极了,因银子、行李、马匹都叫那贪财害命的哥哥带了去,他就装好了灵芝,走出了庙门,这时天已经大亮了。

他刚想回家,就想起了熊的话,他想还是救人要紧,就返身又向东庄去了。

到了东庄,他在那里住了一天,偷着到土地庙后看了看,证明熊的话确不假。第二天,他对庄里人说自己会看风水,庄里人听了,立刻请他去看哪里能打出水来。他说:"昨天我已经看过了,在你们庄西头土地庙后地下有口锅,揭开锅就是泉眼。"庄里人半信半疑地去挖开地皮,果然有口锅,一揭锅,泉水就喷出来了。庄里人喜欢得不知怎么好,一齐去问他要什么东西,可是老实的兄弟,却说什么也不要。庄里人不听,定要给他五百两银子,他死也不要,最后看庄里人完全是出乎诚心,就留下了一半。

又住了一天,他还记得南庄的赵员外家的有病的小姐,可是庄里人定要留他,他说他要到南庄去有急事,庄里人才给了他一匹马,并把他一直送到庄外。

到了南庄,他立即就到了赵员外门口揭了榜,正愁得没法的赵员外慌忙迎出来,进客厅,给他献上茶,他说看了病再吃茶。进了小姐的病房,他装着给小姐看了看脉,说:"没有什么,只不过是因火气太大,又中了点暑,一付药管保就好了。"其实他哪里知道是什么病,赵员外看他这样年轻,又说了这样大话,就有些怀疑他是不是在撒谎,可是心想,就碰碰看看吧,能治好了更好,治不好那也是命里注定了。回到客厅吃了一会茶,他就对赵员外说:"这付药,最好是我自己来煎。"赵员外一听很高兴,心想这样好的先生还很少见,就给了他药罐,他用灵芝煎好了药给了员外。

果然,小姐吃了一服药,就觉着精神百爽,第二天就能下床了,第三天就复原了,被害的兄弟被招为赵员外的女婿了。赵员外两口子也打心眼里高兴,心想:自己真算交了好运,原想女儿不定能不能扎固好,扎固好了我不定撞上个什么女婿,如今看,这个女婿年轻有为;又听说自己的女婿会看风水,给东庄找到了泉眼,就分外对他尊敬了,就商议好选定个让他和女儿结婚。他们一起找到女婿商议了一下,他也愿意了。

本来,被害的兄弟给赵员外的女儿治好了病,就已经轰动了全村,又听说,明天赵员外的女儿就要和他结婚了,四庄的人都来了,南庄真是热门极了。

自打那个可恶的哥哥害了他兄弟后,也不敢回家。几天的时间,他连吃喝加赌,把三百两银子与两匹马用得一干二净,他就作出偷人的勾当来了。这时他听说有人治好了赵员外女儿的病,明天就要与他女儿结婚,他也来了,想趁热闹偷点东西。

第二天,天不明南庄就锣鼓喧天了。中午,结婚的要出来游街了,被害的兄弟在前面骑着高头大马,赵小姐在后面坐着轿子,许多人夹道欢呼。这时那个哥哥也夹在人孔中看,起先还没看清是谁,到走近了他才看出了是他兄弟。他决不相信兄弟还会活着,他睁大了眼,又往前靠近了一步,这一下他看真了,确确实实是他兄弟,他吓得差一点叫出来,才想溜,可他兄弟就叫他了。他一听拔脚就逃,他兄弟下马赶上去一把拉住了他,这时赵员外的手下人一听是姑爷的哥哥,就要客客气气地把他接到客厅去。他哥哥死也不去,那一般人认为他自己穿得脏不体面,不敢去,就对他说"没关系",硬把他拉去了。

游街回来,他兄弟二人在赵员外的客厅中见了面。他哥哥一见他兄弟来了,就吓得脸都发白了,坚决不认他是兄弟。他兄弟知道是他哥哥在害怕,就叫他不要怕,说:"没什么,你害我也不过是因为穷,假如你早对我说一声,我就给你三百两银子也没什么。"他见他哥哥样子很窘,就另换了话题,问他哥哥后来怎样,怎么弄成这个样子?说罢,又吩咐人拿好衣裳给他哥哥换了,摆上了好酒好菜吃着。他哥哥看他兄弟确出于真心,也就把实情说了,最后问他兄弟怎么被赵员外招为女婿,他兄弟也就一五一十地把怎么在庙中偷听话、得灵芝的事情原原本本地告诉了他哥哥。

天快黑了,他哥哥说要回家去,他兄弟留没留住,就给了他一百两银子、一匹马,让他回家后告诉自己家里人不要挂念,自己在这里过得很好,住几日就和媳妇一起回家了。他哥哥答应着,可是他的心中却打得另一个算盘,他的贪财心还没死,他想俺兄弟瞎了眼还能得宝,我双眼好还不能得宝,就打着马向他们曾住过的庙跑去。

到了那里,天就黑定了,他把马拴下,也进了神龛,躲在神后。待了一会,忽听一阵大风,狼、熊、猴子三个一起来了,一进门嗅了嗅,就说有生人气,狼说:"这下非好好找不行,我上次大意了,叫人家把灵芝偷了去。"熊生气地说:"不光灵芝,我说的那个井也叫人挖开了,一定是叫他偷听咱们的话去了。"猴子的脾气更燥,说:"还说井来,我说的南庄赵员外的女儿,也叫人娶了去,这下我找着这人,非剥了他的皮不行。"说着就分头去找,忽然狼发现了那匹马,三个一齐扑上把马撕着吃了。狼说:"庙里有人是一定了,要不哪会有马?"说着三个又找开了,这时躲在神后的俊恶的哥哥真吓坏了,要出来又不敢出来,在里头又怕被他们找到,就吓得连尿都撒了。

忽听狼又说:"行了,行了,不要白费劲了,上次我哪里都找遍了,就没找神龛,是了,他一定在神龛里。"说着就跳上了供桌,熊和猴子也跟着跳了上去。那个哥哥早就吓坏了,却拼命顶住了神龛的门,但哪能顶得住熊,熊上去一腔就把神龛顶破了,这时那个哥哥就吓昏了。猴子进去揪住了他的耳朵拖了出来,三个一齐扑上去,把他吃个精光。这就应了"害人如害己"那句话了。

节孝坊

转泉有个妇女,死了男人,撇下个儿子。儿子聪明,念书好,十九岁上中了秀才,想到他娘抚养他这一番恩情,就想给他娘垛个"节孝坊"。他娘答应,儿子就打南请来石匠,在自己门口给他娘垛牌坊。

在垛牌坊中,一个南方的石匠与他娘搞上了恋爱,娘怕儿子面上不好看,就趁晚上更深夜静的时候与石匠一起跑了。儿子一看娘跟着人家跑了,生了气,牌坊也不垛了。

石匠拐着那个妇女到了江南,生了一个儿子,也是聪慧无比的,十七岁上就中了秀才。妇女看着这个儿子,也就把大儿子忘掉了。

十八年后,她的大儿子又中了举,可考进士时几次都没中,认为自己年纪老了,也就放弃了争取功名的心。可是她的小儿子两年后又中了举,石匠和妇女看了,心中太高兴了,准备让他来年进京去考进士。

她大儿十几年没进京赶考了,在家中闲暇无事的时候也看了些书,这一年忽又想进京去撞一下,就打点好考场用具到京去了。正巧,他去赶考的那年,也正是他未见面的兄弟去赶考的那年,在进京的路上两父同母的弟兄见了面。哥哥对兄弟的年轻有为非常赏识,兄弟也对哥哥的才学夸奖了一番,二人虽不知彼此的关系,一路上却情同手足。

幸运极了,这对异父同母都高中了,哥哥中了状元,兄弟中了榜眼,哥哥被皇帝招为驸马,兄弟被亲王招为郡马。

中了官,兄弟二人都要回家祭祖,皇帝答应了。这时他们二人已真正结拜为兄弟了,弟弟是南方人,走时要经过哥哥的家,哥哥约他进家看看,他就去了。弟弟到了门口,看到未垛完的"节孝坊"就有些奇怪,问他哥哥:"这是谁的?"哥哥脸色立刻就苍白了,说:"进客厅再谈吧!"进客厅后弟弟又问,哥哥一看急了眼,就说:"年代已久,记不得了。"弟弟见哥哥的神色不对,也就不再追问了。玩了几日,弟弟告别回家。

弟弟到家,参见了爹娘、街坊邻居,祭了祖,亲戚朋友都来拜访,连县官大老爷也都亲自登府拜访,可就不见老娘家门上的人。弟弟就问他娘,娘听了,流下了眼泪,爹不让他问,他也就满心怀疑的算了。

这一天,他父、母、子三人又谈起家常来,儿子就告诉父母,兄弟结识了一个哥哥,是新科状元,并把相貌、年龄、住址都说了,最后还说到门口的未垛完的牌坊。不想他父母听了都大惊失色,母亲还流着泪。他又想起前天问老娘家的事来,就更怀疑了,他问他母亲,母亲只是不说,最后他实在问急了,母亲才把那一段事情原原本本地告诉儿子。儿子听了,忙道:"没有什么关系,只要一个奏本,管保牌坊又垛起来了。"

果然儿子回京后,上了一个奏章,皇帝马上下诏说:"你母亲虽曾是私自改嫁,但能培养出像这样两个儿子来,就足以证明她的贤惠了,所以,我下令把你哥哥门口的'节孝坊'垛起来,再在你家门口垛一个。"弟弟高兴地谢了恩。

可是老百姓听了这个消息后说什么呢?"什么'贤惠'?!什么'节孝坊'?!老百姓做这样的事,早被处死了,反正沾了皇帝的光,丑事成了'贤惠',脏事成了'节孝'。"所以没一个人肯去给他垛牌坊,那两个牌坊也一直没垛成。

张老汉拾儿子

城西有个张老汉,是个鳏夫,无儿无女,晚上给庄里人看坡,白天就做个小买卖,挣点钱养活自己。

一天他转悠热了,想到一棵槐树下乘凉。到了树下,他看到一个三岁左右的小孩子睡在一块破席子上,小孩的衣服很破旧,老汉的心很仁慈,看着太阳光要晒着孩子了,他就抱起了孩子移动一下,他心想:这是哪个看孩子的,这样大意,把孩子放到满坡地里也放心!他想等着看孩子的来了数落他一顿;可是他等了老半天,就是不见有人来抱孩子。一会,孩子醒了,手挠脚蹬地哭着要吃奶,这时他才看出孩子是个男的,但仍没有来抱孩子的。他抱起了孩子左右摇晃着,孩子不哭了,又睡着了。他仔细端详着这孩子,他六十三了,他是多么需要个孩子啊!自己年轻时,家里穷娶不上媳妇,好容易四十五岁上娶了个媳妇,可是没住上两年就死了,不但儿子,连女儿也没给他留下个。年纪越大,他也越需要个助手,看着人家的孩子也就越亲,特别看到那些听话的穷人家的孩子,就总要捉过来亲上亲,然后就暗自掉下眼泪来。他看着这个孩子,虽然穿的破,一脸灰,却还能看出这是个好孩子来,他想着想着,好像抱着的就是自己的孩子,他抱得就更紧了,并用半白的胡子在他的脸上亲了亲。当他猛然想起孩子是人家的时候,他又凉了装半截,他想:别疾想了,还是找看孩子的要紧,就大声吆喝着:"谁家的孩子,谁家的孩子?赶快来抱去!"可是仍旧没有人来抱孩子。他看了看天,太阳已经到正西了,孩子又哭起来了,他又等了一会儿,眼瞅着太阳要落山了,他心想:莫不是谁家爹娘因孩子多,养活不起,特为放在这里让过路人拾的?想到这里,又不自觉地看了孩子一眼,最后只好把孩子抱回家去。

  老人家走后,天黑定了,这时慌里慌张来了一个青年妇女,怀里兜了一兜麦穗,走到槐树底下向地下一看,光有席没有孩子,就愣住了。原来她就是那个孩子的母亲,孩子是遗腹子,家里很穷,娘家就有一个兄弟,也很穷,自丈夫死后,她的一切希望都放在孩子身上了,她饥一口饱一口地抚养着孩子。冬天她带着孩子上山打柴,收割庄稼的时候,她就到坡里拾庄稼,晚上还得纺线织布卖。今天,她又带着孩子出来拾麦穗,本来带着孩子做活就不方便,又加上天热,她怕热坏了孩子,所以等孩子睡了,她就把孩子放到槐树下荫凉里,自己就去拾麦穗了。谁知拾着拾着,她就光想多拾去了,把孩子忘了,越拾越多,越多她就越不想走了,及到天快黑了,她才想起自己的孩子,就上气不接下气地跑到槐树荫底下。一看孩子没有了,她吓呆了,一松手,兜里的麦穗"唰"的一声,都撒在地上了,她不知怎么好,她想:也许是孩子醒了爬走了。她就围着槐树的每一块地的每一棵庄稼根下都找遍了,可就是没有自己的孩子。她绝望地哭了,哭得那么伤心那么凄惨的。她又想:也许叫……她不敢想下去了,可是越不敢想,她却越偏向那上头想,她就一面又否定了自己的假想,因那是自己绝望的路啊!

四下的东西都模糊了,收割庄稼的人都回家了,她还在哭,打她身前经过的人都站下看好她,她哭得也就更伤心了。这时她已哭不出眼泪来了,大家问明了她哭的原因后,也都陪着她哭,劝她别伤心了,孩子丢了那是命定的,哭坏了自己更不上算。她不听,还在哭。忽听有人说:"没黑天前,打我们那里跑过一个狼去,我们撵没撵上,见它向这方向跑过来了。"她"咕通"一声昏倒了,她不敢想的假设变成了实事,她完全绝望了。大家一看慌了,一齐下手把她救过来,并数落了那个说话的人一顿。她醒过来后,好像疯了,向围着她的人伸出了双手:"快给我的儿子!快给我的儿!你们为什么抢去了我的儿子?"她的嗓子是嘶哑的,听着她的话特别觉得凄惨。众人起先扶着她,以后是抬着她要她回家,她死也不回,定要与她孩子死在一起来。后来好歹才回了家,当天晚上她就上吊死了。第二天众人去看她,见她死了,大家都悲痛地哭起来,把她娘家兄弟叫来,一起出钱,埋葬了她。

却说,张老汉回家后,等了两天没见有人来找孩子,就认为自己的推测定了,马上给孩子找上了奶妈,自己也觉着越活越年轻了,干活也有劲了,就省吃俭用地尽力养活孩子。

一天天过去了,一年年的过去了,孩子越长越乖,五岁就帮老汉的忙了,老汉看着恋得心里不知怎么好。有时候,只捋着渐渐变白了的胡子傻笑。老汉对孩子也就更亲了,每听孩子叫一声"爹",心里就觉着痒痒的怪难受,省着自己不吃的给孩子吃,省着自己不用的给孩子用。

到七岁时,老汉就把他送到学堂里去念书。孩子可真聪明,先生讲过的书,永不会忘,因此先生就时常在老汉面前夸奖孩子,老汉听了也就越高兴。可是只有一件事不能使老汉满意的是：孩子一天天大了，时常问起他娘是谁来，老汉没法回答。起先不说，后来看瞒不住了，只得说："你娘早死了。"孩子听了三天没吃下饭去，从此这块事成了老汉的心事了。

孩子十九中秀才，廿又中了举，老汉真是高兴极了。儿子曾几次叫老汉辞去看坡的事情，老汉不听，说自己劳动惯了，不劳动就会生病的。一天孩子忽然问："爹，你说俺娘死了，那么她的坟在哪里，怎样也没见你给她上坟。"老汉一听就编了个谎说："早先咱穷，上坟没有什么可祭的，我也不愿去，去看还光伤心。"儿子说："眼看是清明了，这次我一定要去祭祭俺娘。"老汉一听，心想：这下糟了！可是又一想，记得在南坡有个坟子，自埋上后再没人去过，他要去就领他到那坟子去算了。说："好吧！清明那天咱一起去。"

可巧那妇女的兄弟后来也高中了，心想：自姐姐死后一次也没去上过坟，因不知姐夫的坟在哪里，也没让姐姐与姐夫合葬，近来才打听到姐夫的墓地，就等到清明想一方面使姐姐与姐夫合葬，一方面再给姐姐上上坟，所以就带了人在那里给姐姐起骨。

张老汉到清明，带着儿子走到南坟，他没看见自己记住的那个坟子后有人起骨，儿子也没看见，老远就指给儿子看说："那个坟子就是你娘的。"儿子一听，提着祭品三步两步赶到坟前，才想哭一声亲娘，不想有人挖坟子，就上前一步说："谁让你们随便挖我娘的坟子？"拉着挖的人就要去见县官。这时张老汉与那妇女兄弟（其实就是小孩他舅）都转上来了，那妇女兄弟说："这可就怪了，人所共知，这是我姐姐的坟，怎么会是你娘的坟呢？"不过见他的装束，知道是举人，也不敢怎么吵，就只要拉着他去找县官评理。儿子就找他爹来证明，可是张老汉看了这种情形也急了眼，不知说什么好。于是那人看到这种情形，就更理直气壮地要去见县官，没法，张老汉与他儿子也就去了。

到了县里,见了县官,张老汉就把拾孩子的事说了一遍。妇女他兄弟听了有些吃惊,妇女她兄弟就把他姐姐怎么死的经过说了一遍,张老汉听了也有些吃惊,县官听了笑起来说:"噢,原来你们还是亲戚呢!这还吵什么架呢?"当场,外甥认了舅,舅也认了亲,一起回去起了骨葬了。

后来那孩子娶了媳妇,生了两个儿子,一个延续他原姓,一个叫他跟着张老汉姓张。

长工与鲤鱼

从前,×庄有个员外,叫王员外,家里有个觅汉①,叫吉汉。

王员外有五百亩良田,家里三年陈粮吃不完,整天钓鱼喝酒,不干正经事。一天,他带了吉汉去到黄河里钓鱼,钓到一条大鲤鱼,就叫吉汉拿到家里去做下酒菜,自己到别处去玩。吉汉拿着鲤鱼要走回家去,只见那鲤鱼在筐里跳了下,眼里滴下三点眼泪。吉汉一想这鱼也怪可怜,就把鱼放了。那鱼在水里转了三圈,点了点头,就沉入水中不见了。

王员外回家,就问吉汉下酒菜做好没有,吉汉说鱼已经放走了。员外大怒,就把吉汉撵回家去,不再用他了。吉汉家里只有一个七十多岁的老娘,听说吉汉回家,哭得两只眼睛肿得像葡萄一样,但也想不出办法来。吉汉只好到河边钓几条鱼,到山上打几担柴过活。

有一天,一个身穿黑衣衫,长得眉清目秀的大闺女走进吉汉的

---

① 觅汉:长工。

破屋子,见了吉汉他妈纳头就拜。还说:"娘呀,我来做你家吉汉的媳妇来了。"娘一端详那闺女的样子怪惹人爱的,心里很高兴,又想家里真太穷了,收下她也不好。正在为难,那闺女又说:"娘呀,我不嫌你家穷,不嫌你家苦,你收下我吧!"老娘就把她收下了。吉汉回家,小两口当即成了亲,此后两人一起到黄河钓鱼,一起到山上打柴。

过了几天,媳妇对吉汉说:"今天你一个人去打柴吧!打完不要就回来,到未时回来吧!"吉汉就一个人去打柴,打完柴,又一直等到未时,急急忙忙回家来。一看家里全变了样!房子比王员外的还好,家具一应俱全,娘也穿了绫罗绸缎的花衣服,媳妇的衣服更好、更漂亮,简直认不出来了。吉汉呆了一下,叫见媳妇说:"快进来吧!还看不够。"就把新衣服拿来叫他换。衣服太好了,比王员外的还要好。从此吉汉吃穿不愁,但他还是上山打柴,到黄河去钓鱼,常常救济穷人。

王员外见财起贪心,就来找吉汉拉呱喝酒,有一天,他对吉汉说:"你家再好也比不上我五百亩良田好,我有一件事同你商量一下,不知你意下如何!""员外有话就说,不必客气。""我想把你家与我家调换一下,房子、田地、妻子、儿女都换。"吉汉听了,很生气,冷冷地说:"这财产是我妻子挣来的,我要和她商量一下。""自然,自然,我明天来听回话吧!"

吉汉回到家里就把王员外的话全告诉了媳妇,媳妇听完以后冷冷地说:"行,和他换呗!""那怎能行!我不能把你换他那臭婆娘。""别急,我要治他一下,我们是不会开的。"

第二天,两方面都说好了,立下文书,并请庄上的穷汉们作了证,就调换了。吉汉带着老娘到了王家,一看王员外老婆就头痛,把她撵到王员外那里去,心里尽想看自己的媳妇,闷闷不乐。

当天夜里,王员外办了酒和新媳妇喝一气,新媳妇说:"你先睡,我去关大门。"王员外真太快乐了,躺在床上笑眯眯地合不拢嘴。等了一个时辰,还不见新媳妇回来,他奇怪了,就要起来去看。忽听得天崩地裂的一声响,房子鼓郎郎乱转,再一声霹雳,什么也没有了,跟前一片漆黑,用手一摸,自己才知道是躺在一根木头上,在水里飘着。一阵大风来,王员外一家人不知飘到哪里去了。

吉汉请了庄上的穷汉们,请他们喝最好的酒,吃最好的白馍馍,又把五百亩良田分给他们。他们自己还是上山打柴,河边钓鱼,全村过着美满的生活。

张二鬼

从前有两个兄弟都是坏家伙。为了省几分嫁妆钱,就硬作主把姊姊嫁给穷汉张二鬼,此后就不顾姊姊死活。

生活过不下去,怎么办呢?张二鬼和媳妇合计了一下,要骗黑心舅子几个钱用。

第二天,张二鬼就到舅子家去了。丈母一见他来就问:"女婿地里活忙完了?这清早到我家来干啥?"张二鬼哭丧着脸说:"活早耽误了,你女儿一连生了许多日病,不想昨天死了。"丈母一听女儿死了,就哭着到女婿家来。舅子一想姊姊死了,不去奔丧不好,也就跟着来了。丈母娘一到女婿家只见女儿睡在灵堂,面巾盖着她的脸,一个小外甥穿着孝。丈母哭了,张二鬼也哭了,两个舅子不关心地看看,催妈妈快回去。忽然,张二鬼停了哭,笑着说:"我真糊涂,这几天人都昏头昏脑了,家里放着宝不用,还哭。"又对丈母说:"别哭了,我能使你女儿活过来。"说完就奔到屋里去,不知从哪里弄出一把破扇子来。"这把宝扇是我前十辈曾祖做官时传下来的,我张二鬼虽然穷到这样,还不肯把它卖了,现在可用上了。

我一扇就能叫你女儿动一下,二扇眼睛就能开了,三扇毫发不爽她就活了。"丈母和舅子半信不疑地围着看他。张二鬼用扇子一扇,媳妇一动;两扇,眼睛开了;三扇,她又动了一下,坐起来说:"我怎的睡在这里?"一看母亲、弟弟都来了,就去办饭。

两个舅子一看,这真是一把好宝扇,就商量要买他的。饭后就和张二鬼说:"你把扇子卖给我们吧!""不行,这是传家之宝,我二鬼穷到这样还是不卖的。"两兄弟左一句右一句地劝他,后来就答应卖给他们了,价钱是两百两银子。他说:"本来,我是不卖这宝扇的,好在舅子家与我家是亲家,譬如放在你家里就是了;要是别人,甭说两百两,两千两也不卖呢!"

麦收此后,庄稼活就少了,两个舅子想出坏主意来了:"你家的和我家的现在都白吃饭,不如杀了她们,等明年春天干活的时候,用咱宝扇,一扇、两扇就扇活了。""是呀,半年工夫,两个人能省许多粮食。"两个黑心而蠢愚的舅子当真把自己的媳妇都打死了。

破扇子自然扇不活人,黑心人自作自受。

长工赶集

王家庄有个王员外,王员外家有个觅汉,年纪已有五十多岁,当了几十年长工,整天给员外家干活,吃的是最粗最粗的饭食,干的是最苦最苦的生活,人弄得又黑又丑,真像个蛤蟆。他姓黄,人家就叫他黄蛤蟆。

有一天,他陪着员外去赶集。黄蛤蟆只有一分钱,到了集上,看见一个卖画的老先生在卖画,却没有人去买,老先生说:"谁买我的画,谁就会得到幸福。"在旁边听的人都笑他说:"你自己为啥不能幸福幸福?"黄蛤蟆见老先生热泪横流,就走过去问道:"老先生,一分钱能买画吗?"老先生说:"能,能!"一手接过一枚钱去,一手给了一张画。黄蛤蟆一看画的是一棵白菜,叶子上有一个"叫要"①。

黄蛤蟆把画贴在锄头柄上,坐下歇晌时总是看看画。有一次看见了叶上的"叫要"爬到菜根里去了,当天就下了一场倾盆大雨,从此黄蛤蟆就知道"叫要"爬在叶上是晴天,爬到菜根上是阴天。有一天,天气很好,庄里人都去晒麦子,王员外叫黄蛤蟆把三年陈粮拿出来晒一晒,黄蛤蟆一看锄头柄上的叫要正往菜根里爬,就顾不得回答,急忙跑出去,大声告诉庄里的人:不要晒了,今天要下雨的。刚过一刻,忽然西北角上来一阵狂风,卷来一片乌黑乌黑的云彩,顿时飞沙走石,雷打电闪,落了倾盆大雨。足足落了三个钟头,地上水有三尺三寸深。王员外连连称赞他好,他高兴地说:"要落雨我能算出来。"于是全庄就传开了,黄蛤蟆能算天文、地理。

一个大娘走失了一只鸡,一个大爷走失了两只猪,满庄我都没找到,就来找黄蛤蟆。黄蛤蟆只得说:"我抽空给你们算,算到算不到都来告诉你们。"心里一想:"我哪能算什么,天下雨还不是看那个'叫要'!"就悄悄走出院子,寻思鸡走出还不是吃谷,就往碾房找找,没有。忽然从上面飘下一根鸡毛来,往上一瞅,可不是鸡是啥哩。他又想猪喜欢凉快,还不是到河边洗澡去了吗?走到庄西河边,没有,正想走,忽听"咕咕噜噜"的声音,一看,两只肥猪正在那里睡觉呢!

回到家里,大娘、老汉又来了,黄蛤蟆说:"大娘,你的鸡在有谷的地方,不在天上,也没有在地上,而在平空里。"又对老汉说:"你的猪不在庄里,而在有水处见天的地方。"大娘到碾房一找,找到了

---

① "叫要":虫名。

心爱的鸡；大爷也在河边桥下找到了两只大肥猪。从此，黄蛤蟆能算阴阳，能知天文地理，远近都有名了。

正巧，皇后少了一只金蛤蟆，杀了许多个太监还是查不出来，就叫黄蛤蟆替他们算。黄蛤蟆不去也不行，就来到金銮殿上见了皇后娘娘说："娘娘给我三天时间三十六个时辰，七十二个太监，烧上七七四十九斤上好檀香，一定能算出金蛤蟆来。"皇后大喜，一切照办。到了第三天晚上，黄蛤蟆躺在床上怎么也睡不着，自言自语说："蛤蟆，蛤蟆，你过了今天就活不了明天，你聪明一世，朦胧一时，真是自作自受。"这一说不打紧，却把偷蛤蟆的太监吓坏了，连忙跪在床前连连磕头，哀求救命，黄蛤蟆说："不要紧，你如此这般就了，我就保住你的性命。"

第二天清早，来到金銮殿上见过皇后娘娘说："你的金蛤蟆已算着了，它在宫里有水的地方。你把它关在梳妆台的小抽屉里，它嫌热就跑到水里去了，不是太监偷走的。"一找，果然在御林院的贵妃池里找到了金蛤蟆。娘娘大喜，要封黄蛤蟆做官，黄蛤蟆说："我头发长不能戴乌纱帽，皮肤粗不能穿绫罗缎，我年纪大掌不好黄金印，还是送我回家去干咱庄稼活吧！"娘娘就送给他良田四十亩，好井一口，牲口三头，黄蛤蟆欢欢喜喜地回家过日子了。

宝扁担

一个老汉五十多岁了，还亲自挑着担卖青菜，赚钱养家糊口。不过他并不觉自己年老，他菜担子不比年轻时少，反而觉着担子越来越轻了。庄里人觉着很怪，他自己也觉着奇怪，不知道什么原因。

原来这个老汉,为人忠诚老实,勤勤恳恳干了一辈子活,虽然在三十多岁时娶上了媳妇,可身下没有一个儿女。神仙对他这样的勤恳能干很感动,就在他的破扁担缝中偷偷地放了一个宝捉木虫。捉木虫变了一个蛾子,这一个蛾子一喝汗水,就能使扁担挑时东西变轻,所以老汉越担得多,走得快,出汗越多担子也就越轻。

庄里人开始怀疑,他的扁担是宝扁担,就想出高价买。老汉不卖,扁担是他的财神,是他的命根子啊!这样庄里人也就更怀疑他的扁担是宝扁担。

老汉六十多岁了,他老伴忽然有病死了,老汉很悲痛,又加上年纪大,晚上睡觉不注意,受了点风寒,就开始病起来了。老伴死后老汉卖了好些东西,自己有病又卖了好些东西,可就是他那条扁担舍不得卖。这时有人出到八十两银子的高价了,有人劝他说:"大爷你就卖了吧!八十两银子也够你过一辈子的了。"老汉的回答只是摇头。老汉病了一年还没好,家所有的东西都卖光了,可就是留着扁担没卖。

一个地主听了,就偷偷跑到老汉那里,出了一百两银子,连诱骗,加强迫,要买他的扁担。老汉起先也是宁死也不卖,后来当想到自己病重不定活几天,就是病好了一百两银子也够过一会的;再想现在病着没有钱买药,一旦死了,留下扁担给谁呢?就卖给了地主。

地主拿着扁担高高兴兴地走了,心想:这下子好了,就是我穷了,到时子孙用它挑着卖个东西也不只于饿死。想着想着,光翻来覆去的看扁担去了,不当心地上的石头,绊了一跤,跌出能有丈把远去,地主忍着痛起来,只看扁担跌没跌坏。

回到家去,看见他的长工给他挑的柴,就要他放下自己去挑,长工放下后,他插上刚买的扁担,一挑没挑起来,心想:是用力少了。他一用力,扁担"喀哧"一声断了,地主因用力过劲了,就一张张在柴上,头也插在柴里,就活活地插死了。

原来，老汉病了一年，扁担因一年没用，里面的蛾子，不能喝汗水了，所以早就饿死了。

老鼠精①

从前，有个县衙门里，躲着老鼠精，把去做官的人都吃掉，吓得没有一个人敢去当县官的。最后，皇帝只好派天下最清最忠的官去。这个官也知道去了一定要死，可是他想：为了国家，为了人民，我不去谁去呢？万一捉住了那个老鼠精也可为民除害，最后就答应了。

家里的人哭哭啼啼地不让他去，可是他只能去，不能不去，心里也确实愁得没法儿。明天就要起程，正在发愁，忽觉着进来一个人叫起他来，对他说："不用愁，我给这张画，到任时，你把画展开，老鼠精就不敢吃了，可是这张画你要藏好，不要对任何人说。"说罢，就起身告辞，正送他出门，忽觉着叫凳子绊了一下，他吓出了一身冷汗。原来是一场虚梦。他想了想梦中的事情都很清楚，一摸袖子内果真有画，他很奇怪，可是他一声没吱，第二天一早他就起程上任去了。

到了那里，老鼠精一要吃他，他就用画一挡，老鼠精就吓回去了。这样好几次老鼠精总没法吃了他。

晚上，他想：睡觉时可不能手里还拿着画，咋办呢？能不睡觉吗？最后一想，我就把画盖在身上，看他能怎样呢？想定了就将画伸开盖在身上睡着了。

---

① 山头村袁大爷讲。

白天一天老鼠精没吃了县官,老鼠精很生气,晚上又来了。可当他一掀开县官的门帘时,从画上跳一个猫来,朝他扑去了,老鼠精掉头就跑,跑啊,跑啊,终于跑回了自己的洞去了。当猫从画上跳下来的时候,县官也惊醒了。他拿着画跟着猫跑到老鼠洞前,而老鼠精已钻进洞去了,他就吩咐用烟呛,果然老鼠精蹲不住,就一溜火线跑掉了,因为它自己斗不过县官了。

老鼠精还不舍弃,它跑到一个山上,就摇身一变,变成一个美丽的少女,变着一身素白的衣裳,坐在石头上哭。来了一个书生,见她哭得怪可怜的,就问:"你家是哪里?为什么在这里痛哭?"老鼠精一听更哭哭啼啼地说:"我家七口人,都死光了,就剩下我孤零零的一个人,无府无庙,无依无靠,找不到安身的地方,所以在此痛哭。"书生见她的可怜样子,又想到家穷娶不上媳妇,老母又没有照顾,说道:"大姐莫哭,我家只有七十八岁的老母和我一起过活,你若不嫌穷,就到我家来吧!"老鼠精装出可感激的样子说:"那有什么不好,不过那又得麻烦相公了。"说着就跟着书生回家去了。可是不上一月,那书生母子二人都被它吃了。

老鼠精从书生家出来,就跑到皇宫去了。他偷吃了皇后,又变成了皇后,可是没有一个知道,只是皇帝日渐消瘦,宫女逐渐减少。住了一年,忽然这位假皇后有病了,皇帝请遍天下的名医,可就是没有能治好她的人,皇帝愁的没法。一天假皇后自己说:"我的病非某县官的心治不好。"皇帝听到就是那天下最清最忠的官时,就不答应她的要求,可是她却要寻死寻活的,皇帝没法只得把那县官找来。那个县官暗中拿了神仙赠送他的图画,见了皇帝,皇帝守着他大哭,说明了招他的原因,那县官一点不觉怎样,只对皇帝说:"皇后要吃我的心没有关系,不过要她亲自挖才行。"皇帝答应了,对皇后一说,这位假皇后非常高兴,心想:这会儿,自己的仇可要报了。决心第二天亲自挖县官的心。

第二天一早,县官暗中将画卷在身上,外面穿了衣裳,外面一点看不出来。见了皇后，皇后立刻下令把他捆在柱子上，捆好后，皇后亲自拿了匕首，要去挖县官的心，县官只是对她笑笑。不想当那个假皇后，一扒开县官的衣裳时，她就吓得往后退，原来她看到了那张画，可是还没退及，猫就朝她扑去了，她急忙现了原形要逃去，可是已经来不及了，那猫一口将她的脖子咬断。这时宫女们早吓得四散逃奔，去告诉了皇帝。皇帝来一看，差一点死，立刻命令人将死老鼠烧化，并立刻下令将县官连升三级，从此天下就太平了。

门　联①

有一个人，家里赤贫如洗，过年买不起门爷爷，就写了一副对子贴在自己的大门上。上联是"九桂四象大花盆"，下联是"佳人怀抱月明珠"。

有一个县官从这儿路过，抬头望见这副对子，吟了一会，摇头头赞叹地说："了不起，了不起！家里既然这样地阔绰又能作出如此绝妙的诗文，看来一定是一位满腹文章的隐士了，不妨进去拜访一下。"于是，他迈着方步大摇大摆地走了进去。

只见院子里长满了青草，九棵野艾已有三尺多高。房屋都已龇牙咧嘴显得十分萧条、凄凉，院子中间放着一张破桌子，全家正围着它吃饭，一个大花碗里盛满了饭，三口人轮流着喝。坐在南门的是一个年轻的妇人，年纪约有二十六、七，怀里抱着一个瘦弱的娃娃，娃娃的头光秃秃的，看来也不周岁。桌子下面有四只狗，都

---

① 作于 1956.9.30。

长癞子,笨重、安详地躺在那儿,宛如四只小象。

县官怔怔地欣赏了一番,不胜感慨地说:"老百姓的生活竟有如此苦啊!"

康百万和刘二苏老婆

一

康家庄有一个康百万,家有万贯家私,是一个远近闻名的财主。康百万到了30岁还没有老婆,直急得热锅上蚂蚁一样。一天,媒人之三娘来了,她说:"大叔,有一户好媒,我想给你提提,邻村有一个大姑娘,今年□岁了还没有出阁,你乐意的话,我给你说说。"康百万千谢万谢,恣得合不拢嘴。

靠着媒人的一张铁嘴,这户媒没费多大周折就成功了。结婚后,夫妻两个天天打仗,有一天两个人又吵起架来,康百万的老婆说:"你甭欺负我,你家虽有成堆的金银财主,我可不稀罕,马上就走,我的脚连你家的一点土都不捎沾。"康百万也正在气头上,说:"好,你马上给我走,我凭着老大的产业还找不上个女人。"

康百万又假装大大方方地说:"你愿意带什么就带什么。"

他的老婆说:"给我预备白马,银子一驮。"

刹那工夫,当差的把马牵了出来,上面驮了一背套银子。康百万的老婆把缰绳接过来,一跳上了马,连头也不回,扬长而去。康百万没想到问题这么严重,两三年的夫妻虽然感情不好,仍有点难受、伤心。禁不住问:"你到哪里去?"

老婆头也不回地答道:"我走到天涯海角,你也甭管。"马儿扬起四蹄,如飞一样地跑出了康家庄。

二

娘子骑着马在荒野里走了两天两夜,人和马都累坏了,一个夜间,走到了一个黑漠漠的大洼里,芦苇草长了一人多深,马饿了,嘴里泛出白沫,这里吃一口,那里啃一口,怎么打也不走了。娘子只好下了马,将一块块的银子拿下来,守着马儿,坐在静悄悄的、荒凉的大洼里哭。

她呜呜咽咽哭得正伤心的时候,忽然来了个打柴的少年,叫刘二苏,年纪约有二十来岁,背着一筐柴火,衣服虽然褴褛不堪,面貌却长得清秀朴实。

这位小哥说:"大嫂,你是从哪里来的?为啥坐到这里哭?"

娘子说:"我是从天涯海角来的,生来无家无业,小哥姓啥?每天到这里来打柴吗?"

小哥说:"大嫂,我叫刘二苏,天天来这里打柴,大嫂既然无家无业,我给你牵着马,先到我家里去吧!"

娘子问:"小哥家里都有啥人?"

小哥说:"就只老娘和我。"娘子问:"还没有成家?"

小哥害羞地说:"家里少吃无穿,谁家闺女跟咱,大嫂问这个干什么?"

娘子说:"我看小哥人忠厚、诚实,你若不嫌,以后我就作你的人好了。"

打柴的少年心里开花了,仿佛在干燥酷热的夏天喝了口凉水一样的舒坦。他牵着马,领着娘子一块回家。这时,他害怕娘不答应,心里真像滚汤锅里煮饼子——七上八下。到了庄头,小哥说:

"大嫂,这两间破屋子就是俺的家,你等一会,我家去告诉娘一声,若是她愿意,那是我的福气;若是娘不愿意,我再帮你找别人。"

娘子暗暗敬佩小哥,原来是一个孝子。

小哥跑了家去,向坐在坑头上的老娘说:"娘,我回来了。"

"你怎么这么早就回来了,打了柴没有?""娘,柴没打,我遇……"

还没等儿子把话说完,娘就着急地问:"孙子,你打不了柴来,卖不下钱,咱吃啥?"小哥说:"娘,柴虽没打着,我却遇见一个很好的娘子,她一个人在大洼里哭,我把她领来了,她说愿意跟我,你看行不行?"

老娘微笑着,虽然十二分的高兴,她说:"我倒愿意你找到一个好老婆,快把人家领进来吧!"

小哥轻快地跑了出去,把娘子领进了家。这时,天已经响午了,刘二苏的娘说:"二苏,咱把人家接了进来,她还带着一匹马,给人家啥东西吃?"

二苏也愁得没有办法,不想这几句话被娘子偷偷听见了。

她拿了一块银子递给二苏说:"你带一条口袋,用这东西去换粮食;他若要,你就给他口袋,让他装粮食。"

刘二苏接过来沉闷闷的也不知是啥东西,背着口袋走了。一会回来,刘二苏惊喜地说:"娘子,你给我的那是啥东西,忽么一点点就换了满满的一口袋麦子?照这样,你这一驮,咱三口人还不得吃一辈子。"

娘子告诉他那是银子,刘二苏伸手拿起一块,仔细照了照,蛮有把握地说:"娘子,原来银子就是这种东西,那就不稀罕了,我打柴的地方有一棵空空的大树,天天从里面淌这行子。"

娘子听了非常喜欢,吃过饭后,小两口商量了一番,一块去拾银子。两个人忙忙碌碌直驮了三天三夜还没把银子装净,两间屋子都装得满满的。

这时候，庄里有一家破落地主，由于吃、喝、嫖、赌，欠下一屁股账，正想卖宅子、卖地，小两口就商量着买下了。不久，全家都搬进了高楼大厦，几年的工夫，人财两旺，成了一大家人家。刘二苏吃过苦，受过穷，因此他同情和可怜穷人，就在两个场里设立了道场，每个集施舍两次，凡是要饭的、残疾的、逃难的都可以从这里领到酒、肉、煎饼。

三

话说康百万自从老婆走了后，真是"福不双至，祸不单行"。不久就连着遭了两场火灾，又正赶上大风，风盛火旺把家里烧了个干窑瓦净，剩下点银子也被人家偷了去。康百万被折磨得苍老憔悴了，披了麻袋要了饭。

这年冬天，他要饭要到了刘二苏家，听说刘二苏有两个打谷场，每集在这儿施饭两次，心里十分高兴。一天，他去排队领饭，刚挨到他那里，饭恰好没有了，康百万空手回到他住的那座野庙里。却说正当康百万领饭的时候，二苏的老婆恰好在楼上看分饭，见康百万没有领着，叹了口气说："康百万连这点点福气都没有。"

随后吩咐管家说："明天分饭的时候，你把今天那个没分着饭的叫花子叫来。"

明天早晨，天还黑蒙蒙的，康百万已经爬了起来到晒场领饭，去的人还不多，他分得了一碗饭、三个煎饼。又去排队，这时，管家过来告诉他："俺家的女主人叫你，想多打发你点饭。"康百万想："一定是他家主人见我分了饭生气了，想白诓我一趟，我回来再排队就晚了。"于是说："我不去，你把饭送到这儿来。"说着他使劲挤了挤排到队里去。

管家回复了女主人，二苏的老婆大怒，吩咐把康百万从队里推出去,他领不着饭就一定跟着来。管家走了不一会,把康百万领到厨房里,给他装了一麻袋煎饼,一被套银子,都放在当年他老婆出去时骑的那匹白马上,送康百万出了庄。

康百万牵着白马,仔细地欣赏着它,觉得有些神奇,心里闷闷不乐,好容易走到庄口忽然听见天上有人唤他,抬头一看,只见自己的老婆站在高高的楼视窗说:"康百万,你有了这几百两银子,回家买上几亩地,买一处宅子,好好地养老吧!"

康百万一句话也没说,全身乱打哆嗦,汗珠和眼泪像黄豆粒一样大,顺着双颊簌簌而下。

康百万走了三天三夜才到了康爱庄,他望着自己那被大火烧成一片瓦砾的房子,望着那长满野草的大场崖呆呆地出神。晚上冰冷的月亮升起,照着这荒凉的地方,康百万打了二斤烧酒,买了一斤牛肉,坐在草地上吃了个酒足肉饱,随后跑进了黑洞洞、冷飕飕的井里。

大槐树①

某庄前有一棵大槐树。有一年,庄里要盖菩萨庙,人们把它砍了,树身做了大殿的上梁,剩下的小木块用来修了茅厕。

小木块非常想念自己的姐姐,一天,他在河里洗了个澡,穿上新鲜的花衣服去看树身。

离别了半年的姐妹相见了,格外欢喜。小木块说:"姐姐,你这里真好,天天有人来烧香、上供;顿顿饭是东海里的鲤鱼、洞庭湖的

---

① 王先木讲述,唐功武处理,1956.8.10。

橘子。"

大树身说:"难道妹妹生活不好吗?"

小木块说:"我那里臭气熏天,人来了,裤子一脱,粪便就哩哩啦啦撒我一身,咱俩都是一个娘生的,怎么我的命这样苦!"

大树身说:"好妹妹,不要难过,你觉得姐姐这里好,就住在这里吧!明天,我回家去看看咱妈妈!半月便回来,这里的事,你先代我管一管,好不好?"

小木块欣然答应了。

明天天一亮,她送走了她的姐姐,一路上想:"一定要把事办好,不要让姐姐笑话。"

半月后的一个傍晚,大树身回来了,见妹妹累得面黄肌瘦。刚进门,妹妹就埋怨姐姐说:"自从你走后,每天都有人来求风求雨;还有的求着不刮风、不下雨,麻烦死了,你怎么不早几天回来?"

大树身说:"其实没有什么麻烦,江里、河里的船夫喜欢刮顺风,种李子的不喜欢刮大风,莱阳净种姜的,他们不高兴下雨,一般老百姓乐意下雨。"

小木头说:"公有公理,婆有婆理,这案子可怎么判呢?"

大树身说:"判案子应公平合理,对所有的老百姓都有好处。咱让它黑夜下大雨,晴天好收姜,大风顺着河,小风串李行。"

小木块听了高兴地说:"姐姐,你真行。"

大树身回来的第二天清晨,小木块便告辞回家了。

死人搬家

刘家庄有一个神童,名字叫刘仁,读书过目不忘。只可惜命苦,六岁上死了父亲。她母亲辛辛苦苦给人家织布纺线,挣几个钱供着他念书。

布谷鸟叫的时候,田里的谷子开始收割了。有一天,刘仁从地里割谷子回来,问母亲:"妈,我们的谷子为啥被毕家割去了三垄?"

母亲叹了口气,才说:"孩子!你才知道哇!年年都是这样,你爹爹留下的这点命根子,眼看着越来越少。"

毕家是远近闻名的一个旺族,地有千顷,人也有三十多口,老爷子在京里做宰相,都称呼他毕大人,毕大人有五个儿子,在家依仗父亲的势力鱼肉乡邻。刘仁家里原有二十亩地,自父亲死后,孤儿寡妇,经常被毕家欺负,因为他的地紧挨着毕家的,所以地也就倒了霉。毕家年年种地,都是早种早收,种的时候多耕,收的时候多割人家几垄,一年一年,随着时间的流逝,刘仁的地就变成了毕家的地了。到刘仁十六岁的时候,连他的祖坟地都给侵占过去。

不知不觉,清明节到了,母子两个去上坟,酒菜刚刚摆好,毕家的管家已经趾高气扬地走过来,边走边喝:"太岁爷头上动土,胆子可不小,你们不怕给老爷糟蹋了庄稼,快走!快走!"管家就这样把这一对孤单单的母子从地里赶走了。

几天来,刘仁的母亲愁眉不展,几年的拼死挣扎已经把她折磨得憔悴了。

俗话说:"心劲不论大小。"刘仁眼睁睁地看着自己的地里长满了毕家的庄稼,十分生气,想到京里去告毕家,又恐怕母亲不愿意,只好撒了个谎告诉母:心里闷得很,想到京里玩几天,顺便打听打听考试的事。母亲答应了,拾掇拾掇嘱咐了一番,含着泪送儿子上了路。

刘仁进了京,直接找到毕大人的府上。

毕大人问:"你来有什么事吗?"

刘仁说:"没什么事,我是来京里玩的,顺便来看看您。"

毕大人笑了笑说："你这样年轻,跋山涉水,大远来的京城,一定有事找我,不妨说说。"

刘仁说："尊敬不如从命,我就实说吧! 我是来告我爹的。他活着挣了几亩地,惹了些饥荒,死了又给我惹了些饥荒。"

毕大人莫明其妙地问："你爹不是早死了吗?"

刘仁说："死是死了,从前是在自己的地里,如今又跑到您的地里,每年我们去上坟都要被您的管家赶出来。"

毕大人听了大怒,马上派差去叫大儿子进京,并且安慰刘仁说："我是一个清官,一定好好地处理这件事,叫他们把地还给您。"毕大人给了刘仁五百两银子,赶紧把他打发走了,唯恐他在京里给自己添麻烦。

两天后,大儿子来了,战战兢兢地站在父亲面前,毕大人把他训斥了一顿："你这些杂种,趁我不在家,胡作非为,如今人家来告状,幸亏告到我这里,如果告到别人那里,我这顶乌纱帽就让你们给摘了。"

大儿子没有办法,只好回家把地又还给了刘仁。

对对子

一个老汉没有儿子,只有三个闺女,看到闺女都成人的时候,老汉同老婆商量："咱也没有个儿子,看来要受一辈子穷。"老婆说："找三个读书识字的女婿,跟着他们享一辈子福,还不和自己的儿子一样。"于是,老两口就给大闺女找了个簧门秀才,给二闺女找了个童生,三闺女年龄小还没找着。

两个闺女出嫁后,回来告诉父母,大闺女说："人家家里摆的是滑溜溜、亮净净的桌子,红漆漆的椅子,吃饭用的是江西瓷的碗,象牙做的筷子,咱粗手粗脚,伺候不了人家。"二闺女说:"人家家里说话都文绉绉的。'苍蝇踢一脚'的小事也要打人骂人,咱笨嘴笨舌的,伺候不了人家。"

于是,老两口给三闺女找了个庄稼汉子。大年初二,三个闺女女婿都要走丈人家,大闺女和二闺女女婿在一块商量。

大女婿说:"老三是个庄稼汉子,明天到丈人家去,咱们要玩弄玩弄他。"

二女婿问:"怎么玩弄他?"

大女婿说:"咱们三个人每人对一副对子,对上来的喝酒吃菜,对不来的光斟酒。"

明天天一亮,两个人已经赶到丈人家。三女婿路远,到了晌午才骑着个小驴赶到。

老丈人说:"刚过了年,咱们庄户人家凑在一起啦,大伙儿先喝茶吧!酒菜马上就来。"

大女婿说:"今天咱们给两位老人家拜年,应该热闹热闹。"他转身问二女婿:"怎么好玩?"

二女婿说:"咱们每人对付对子,对上来的吃酒吃菜,对不上来的先能斟酒,不能吃喝。"两个人一齐问三女婿。

老两口朝着三女婿挤了挤眼,叫他不要答应。三女婿想:"你们想作弄我,好吧!你有你的一套,我也有我的一套。"就慨然答应了。

大女婿说:"一个出字两座山,不知哪座山出锡,不知哪座山出铅。"

二女婿说:"一个圭字两堆土,不知哪堆土落雁,不知哪堆土落凫。"

三女婿一时对不上来,急得直出汗。大女婿和二女婿幸灾乐祸地喊:"快呀!快呀!对不上来不能喝酒吃菜。"

三女婿突然说:"一个爻字两个叉,不知哪只叉叉你,不知哪只叉叉他。"

秀才和童生挨了骂,羞得脸红起来。俗语说:作贼的反被贼偷。两个人一句话也没说,爬起来就走了。三女婿和丈人娘、丈人爹吃了个酒足饭饱。

草包头难倒文武举①

离博山城四十里,有一个夏庄,庄上住着一家姓石的老头跟他老伴,老两口虽无甚好家当,却生了三个挺风流的闺女。大闺女被一个文举人中看了,二闺女也嫁了个武举人,只有三闺女,二人爱如掌上明珠,心想给她找个好女婿。求亲的拜帖虽然送来了成百上千,二老总是轻易不答应。

一天,王家庄来了个人,说他自己是举县闻名的大富翁王万春员外的三儿子说亲的,他说:王公子今年十八,书名超包,才貌出众,门第又高,富贵无穷。接着又将三公子如何温顺,如何才学,如何美貌,说得差不多可以和古代的宋玉、潘安相比。王老员外的富,二老是久已闻名,又经媒人这儿一说,自然动了心,当下应许,十月里就娶过去了。

谁知超包却是有名的草包,外表看来倒还秀气,只是肚子像塞满了柴火,呆头呆脑,什么都不知道;尤其是讲话,不说则已,一说就像夏天的巨雷——"隆——"不用说别人听不懂他说什么,还会被这种巨响吓呆了啊,以为外边真的打了雷呢!

---

① 孙昌秋讲。

三闺女真是痛心,六日回娘家,痛哭一场。她父母自知受骗,但封建社会里,是不能随便退婚的,除了好言相劝,是想不出什么办法的。

过了一个月,眼看新年将到,三闺女日夜心焦,因为新年初一,一定要和"草包"一起回家拜年,那时两姨夫也一定都要去,那两个人是有名的刁难鬼,一定不会放松对自己开玩笑的。"草包"一丢丑,自己的脸还向哪放呢?左思右想,想起了,听说过博山城内有一位很有学问的老先生,专会教人应对的口才,好歹叫"草包"学上几句,免得丢大丑。于是给"草包"准备了包裹、银两,要他过城去学话。

这"草包"手提蹄肉、挂面,身背几十吊大钱,直奔阳关大道。不觉出庄已二十里,远见路旁一座荫着松柏的墓坟,一株大松树下躺着一个老人,头枕在锄耙上,树梢上一大群麻雀吱吱喳喳闹个不休。忽然间从天上掠下了一只雀鹰,小麻雀们吓得四散奔窜,顿刻之间一片宁静。这老人心有所感,便叹了一句:"一鸟惊人,百鸟哑音。"偏巧被"草包"听见,觉得这句话顶文雅怪有意思,便向种田老头猛地一耳光,说:"你刚才说什么?"老头凭空被打,好生气,说:"你这小子,毫不讲理,我又不说你,干么乱打人?""草包"还是像放炮一样回答:"你……话好听,给你……二百……钱,我要它。"说着一边掏出二百钱捧给老头。这老头老大半天才领会了他的意思,知道他要学话,就费了九牛二虎之力,教会了他。于是"草包"心满意足地一路念着:"一鸟惊人……"

又走二里路,是一树林,有十几个伐木匠正在树荫下吃饭。他们给地主伐木盖房,中午都得在露天下蹲着吃饭,因而一个匠人心有所感,便叹了了气,说:"有处吃饭,无处安身。"偏巧又被"草包"听见了,他便向前一把夺下他的饭碗说:"你刚才说什么?"这个伐木匠吓了一跳,看是个读书模样的人,好生气,说:"你这书呆,毫不讲理,我又不说你,干么夺我的碗?""草包"像打雷一样回答:

"你……话好听,给你二百钱,我要它。"说着一边掏出二百钱捧给木匠。这木匠老大半天才领会了他的意思,费了比砍树还累的力气,才教会他,于是草包心满意足地一路念着:"一鸟惊人……有处吃饭……"

再过去就是一道河,河上是一座独木桥,一人挑一担陶罐、碗碟,打桥上经过,因桥窄担重,又是生路,吓得两条腿直发抖,这位好心肠的"草包"忙前去扶了他过来。这卖碗碟的很感激他,并说:"独木桥实在难过。"偏给"草包"听中了,一把拉住担子,非叫教会不行。这卖碗碟的既得了他的帮忙,也就耐心教他,结果还得了二百钱的谢礼。"草包"既得了三句雅话,好不欢喜,一路上嘟囔着学会的三句话。

过桥不远,就进了庄,有一伙泥水匠正在拆一座快要塌的旧楼房。一个老瓦匠心想,自己老了,也像这座楼房一样,非要倒下来不行,因此叹了一句"日败高楼拆。"偏巧给从房底下经过的"草包"听见了,他仰着头,像发一声巨雷似的问:"喂!老头,你教我。"一边手捧着钱,"给你钱"。老瓦匠领会了他的意思之后,就费了半个时辰教会了他。

日头偏西了,"草包"心想,我已经学了这么多乖话,多了就装不下了,还是回家吧。路上,经经过一块田,见围上一帮人在测地,测量先生用半径的方法测好了一块圆形的田。一个小伙子问他这方法是哪里学的,这先生随便胡诌了一句:"是从《转地里经》上学的。"偏巧被"草包"听见,于是也用上面的老办法学会了这句话。

太阳已经落山了,"草包"感到肚子饿,便到一家晒场上坐着吃干粮。一家跑出一只猪,把晒场拱了一个大窟窿。这家主人发现猪不在圈里吃饲料,却跑到场上拱泥,非常生气,说:"你放着美食不吃,来胡拱嘴。"这句话也被"草包"选中了,虽然他已经觉得肚盛不下了,还是拿二百钱把它买了来,一路上嘟囔着。

又走了一段,刚巧碰到一个放学归来的学生。二人快要碰面时,突然起了一阵大风,把路旁的青草吹倒,露出一只雪白的野兔子,这兔子一见没人,双足直奔,逃到僻静处去了。学生心有所感,作了一首诗说:"风吹草动兔子慌。""草包"心想,天下再也没有比这更好听的话了,就抱住他,说:"你教我,我给钱。"一边给了他二百钱,被怔住了的学生知道了他的意图,也不保守,把他刚刚作的诗教给他。"草包"头好不欢笑,一路上哼着:"一鸟惊人……风吹草动兔子慌。"回家去了告诉妻子,妻子也很欢喜,就光等着过年了。

大年初一,小两口坐了两顶轿子上娘家。起初,大二姨夫和邻居们都听说三姑爷是个呆子,所以一听轿到了,都跑出来在门口哈哈大笑着。待三姑爷("草包")出轿,见面儿长得并不丑,一下子大家都惊住了。这"草包"一时灵机动,便大模大样地一边去一边说:"一鸟惊人,百鸟哑音。"说得连大、二姨夫在内没有一个不赞叹三姑爷的好肚才的。

可是两姨夫总不是老实人,一心想摆弄这个呆姑爷。在入席时,把上坐的凳子抽掉了,因为新姑爷是坐上位的,这时"草包"毫不慌忙地说:"有处吃饭,无处安身。"老岳父一听才知道两姨夫在捉弄他,忙叫人拿凳子来,草包入了座。分碗筷时,大姨夫又唆使佣人只给"草包"一只筷子,眼看大家都要举杯喝酒吃菜时,这草包记起了他买的话,慢腾腾地叹了一口气,说"独木桥实在难过呀!"

老岳父又吩咐人拿了一根筷子来。三姑爷的巧妙应当,使得两个刁难的姨夫不敢乱说了,更不敢说挑拨话了。大姨夫看实在没有什么话好说,就恭恭敬敬地问三姑爷在家读些什么书,"草包"回答说:"读了《转地里经》。"二姨夫接着问他读到第几册了,草包回答说:"读到日败高楼折(册)了。"这两位举人老爷的姨夫既不懂《转地里经》是什么书,也不知"日败高楼册(拆)"倒是多少,又惊奇,又钦佩,不觉瞪着眼,光看三姑爷吃酒菜了。自己的筷子都插到醋碟子里,好久忘了提起也不知道。这时"草包"看二人不吃也不说话,觉得自己应该说说话,便道:"你放着美食不吃,胡拱嘴。"把两个姨夫羞得差不多想往地里钻,巴不得宴散。宴散便急急忙忙要回家,三姑爷还把他们送到门口,并且很亲切地说:"风吹草动兔子惊。"两位姑爷慌慌张张地爬上轿子去了。

这里三姑娘,真是千恩万谢那些农夫、挑夫、木匠、瓦匠,教给他夫君这么有学问的话。

看风水①

从前,有一个人,他本来过得很富,可是他还嫌不够,老想着如何过得更好一些。有一天,他请来了一个风水仙,让风水仙给他一片好墓地,这样就能过起好日子来了。

一个推小车的人,名字叫吴玉山,听说了这件事。一天,他推着小车走到这里,在休息的时候,恰巧看见一条一托把长的长虫钻进了土缝里,他寻思可诓这个财主一下子。这时,财主领着一个风水仙来了,刚要进地头,便被这个推小车的吴玉山截住了。他对财主说:"我就会看风水,我能上知天堂,还能下知地宫,不信现在就较量!"财主不信,就说:"拿什么来较量呢?"吴玉山说:"从这个缝中,就有一条长虫在里面,现在还正在往下钻呢,不信,立刻便挖。"一会,财主果真挖出一条长虫。于是财主立刻便把他请到家里,吃了酒席。

从这时起,推小车的人便出了名,另一个村的财主来请他了。这次,他可真为了难,在洼里左转右转始终也看不到一个恰巧的地方。这儿有一道清清的小河,从上面可以听到潺潺的流水声。这

---

① 阎兴广整理。

一天热得厉害,他跑了一阵,怪热也怪累的,一头便扎下去。财主寻思他想死,赶快把他捞上来。吴玉山上来后,说:"找到了,找到了,这一片不孬,就是有水。"财主说:"那不要紧,把水刮了就行了。"从那时,他若死了人,就埋在里边。可是,水越来越大,越流越急,把他的坟全冲没了。

这个推小车的人却得了银子回家了。

有人说这个推小车的人总该是交了好运气!这倒不见得,不过是财主确实可耍,才那样做了。

奇怪的神仙

有这样一个传说,从前,在淄川城里修一座庙,庙盖得很大,可是在修的时候却出了一件奇怪事,就是楼修多高,神气多大,修的房子老是超不过它。这一天泥水匠气极了,朝着神的头上用斧子敲了一下子,从此以后,这个怪神仙它再也不长,这个庙便修了起来。

吹大气的人

据说有这样三个人,三人的性格都相仿,就是爱吹。

一天,三人在树荫下碰了面,张三问李四:"你到哪儿去来?"李四说:"我到山里拉参去来,你呢?干什么去来?"李四说:"我嘛,是拉金刚钻去来,前边走了几车,后边还有几十车。"最后只落下王五了,他寻思了半天,说:"我是去到东山割龙芝草了,割了来喂金马驹。"谁知这张三和李四偏偏要看看他的金马驹,王五说:"好吧,你们要看看也可以,跟我来。"三个人一边吹着,一边走到了家。王五到了牲口棚看了一下,说:"噢,原来爹骑着到北京去见玉皇大帝了,去三年来三年,想看,在这里等着吧!"张三和李四走出了王五的大门,叹了一口气说:"我们吹,你没有他会吹哩,我们这次上了他的当。"

原来这些人吹了半天什么没得到。

捣蛋鬼

从前,据说有这么一个故事,有一庄叫全庄,住着一个姓王的,叫王七,他自小就爱好捣蛋,往往有人问他:"你家喂着几个骡马?"明明没有,他回答:"五百个。"别人一听:"好啊,真是大财主!"

有一天,他跟着老婆去走丈人家,他老婆知道他好扯蛋,有这个事无这个事,喜欢向人家瞎扯一阵,于是就告诉他说:"亲人,你到家后,还是不要扯吧,别让人家笑话!"他说:"好吧。"等到家以后,他丈人很热情地接待了他。

吃饭的时候,第一次上来的就是鸡肉,他向他丈人大爷说:"我吃够了。"他丈人大爷一听,说:"你怎的吃够了,能把这里边的原由说一说吗?"他就向丈人大爷:"大爷呀,是这样的,有一天,我在门外,看到有一个大公鸡在墙头上打连卧,我走进门,它忽然气到我怀里,就成了熟的,从那以后我吃够了。"

第二次又上来一碗鱼,他又给他丈人大爷说:"我吃够了。""你怎么又吃够了,能给我说一下吗?"他说:"一天,我到河里去洗脸,忽然看到一条大鱼,游到我跟前,就变成了熟的,从那以后,我吃够了。"他丈人大爷一想：我这个闺女婿大概是好扯蛋的。原来，第一件故事的原由是：他的邻人有一个馋媳妇，这次，他趁着婆娘没在家，煮了一只大公鸡，恰巧婆娘又回来了，他扔出去正好落在王七的怀里，那只在墙上的公鸡却吓了一跳飞得远远的了。第二个故事的原由是：因为有一条游鱼，在这条活的小溪里跑，上游恰巧一个开饭店的，一不小心掉了几个新炸的大鱼，落在他的手里，那活的鱼却从他跟前跑了。

第三碗上来的就是鸡蛋，他又向他丈人大爷说："我吃够了。"他丈人大爷说："你怎的又吃够了，你能把吃够的原由说一说吗？"他说："好，我就向你说一说吧。一天我去钓鱼，扯上来一些熟鸡蛋，从那以后我吃够了。"他丈人大爷叹了一口气说："你真是瞎扯蛋！"

梦

从前，有一个名叫孟七的，他父母都是勤快、朴实、诚挚的农民，可是他呢，却不同了，整天不愿劳动，吃饱了，爱到街上溜溜逛逛，串门子赌博。他的父母却时常教训他。一天，让他上山去砍柴，他说："从山崖上掉下来摔着呢？我不去。"一天，让他下地去干活，他说："日头晒得怪热呢，我不去。"总之，父母要他的事，他什么也不肯顺从，让他往西他偏偏往东，就这样，一天一天地下去了。

等到他父母去世以后，他再也没有什么依靠了，给他留下的十几亩地，还不到一年便卖光了。因赌博，把房子也输给人家了。这时，他的生活发生了困难，邻居们都劝他下地劳动，仍不肯听，这样一天到晚就不得不挨门要饭为生。冬天来了,只好冻着;夏天来了,也只有穿破得稀烂的衣服。但是,他不死心,老是想着有一天能当个财主才好呢?

这一天,天挺热的,他跑到一个破庙里去凉快,扒在一块大石头上便睡着了。

一会,从西边来了两个骑马的人,拿着帖,说是皇帝失掉了儿子,跑到眼前就惊奇地问:"噢,你不是太子吗?找你好半天了,原来你在这里!"孟七一见有这个好机会,就满口答应着:"啊,是呀,转来转去就转迷糊了。要不你们来,我就找不到家了。""好啊,骑上马走吧。"于是便让他骑上马走了。

他一路上喜滋滋的,心情好愉快呀!到了京城以后,赶快叫厨子做饭给他吃,把他按在宫殿里,吃饭的时候就给他端了饭菜,他烦闷了就骑着马去打猎,他还嫌不满足,他问服侍他的人说:"我还要抽大烟呢。"服侍的人说:"好啊。"就给他拿了许多烟来,他一气抽了很多,不由得呛了起来。

他觉得怪恣的,一翻身从石头上掉了下来,睁眼一看,原来还是一场梦。以后,他还是要他的饭。

老实哥哥庙

从前,这里有一个庙,名字名老实哥哥庙。说起来有一段故事。从前有一个书生,他一天出去游山,碰到了下大雨,正好走到庙的跟前。他想进去避避雨,刚一进门看到一个年轻的妇女,便缩头回来了。外边下得倾盆大雨,这个书生不肯进去。雨越下越大了,这个书生连漂带激不久便淋死了。

后人,年老的说:"这是个好书生啊。"年轻的就不同了:"这真是个十足的傻子。"

不论年老的,还是年轻的,为了让后人知道这个事情,就把这个庙定名为老实哥哥庙来以训人。

狼头店

相传很多年以前,距罗村十五里的地方,有一个村庄,名字叫作狼头店。取这名字,有个故事:有一个人,他没有家眷。这一天出去串门,回来得晚了些。在他出去的时候,没有把门关好,一只野狼进来了。串门回来以后,他没细心检查一遍就睡觉了。刚刚睡倒,这只狼扑上来了,一会儿就把这个人吃掉了。

过了好几天,邻人们也不见这个人出来,很是纳闷,于是到那去看他。扒到窗子上一看,一只野狼在里边,黑黑的眼球,血渍渍的嘴唇,猛地吓了邻人们一跳。这时,众人们都吆喝起来了,有的拿棍子,有的拿铁锤,有的拿土枪。狼发急了,这时三蹿两蹦地就想向外跑。众人候在门口,狼刚想向外跑,众人们围上去了,一捶把它揿到那里。后人为了说明这个事,就起名叫狼头店。

白浪河

从前,有一个风水仙,生了三个儿子。大儿子、二儿子生得比较聪明伶俐,可是很懒惰,不肯老老实实地干活,一天到晚老想着发个横材;三儿子呢,生得很朴实,干什么活,总是踏踏实实去做,平日可勤快,一天到晚地劳动。

这个风水仙一年一年的年纪大了,眼看到了快死的时候,大儿子、二儿子就问他:"爹,你看了一辈子风水了,咱还是那么穷,你怎的也不给咱看块风水地?"他说:"你们两个没有那个福分呀!只有老三一个人。"一会又说:"老大,老二,山东面咱那块小山坡地就是风水地,就把我埋在地的东头吧。"他俩一听就说:"怎么会有风水了呢?"他说:"挖上一尺深,就会出现一块光滑的硬石板,那时,你就甭挖了,就把我埋在里边!"两个儿子一听很高兴,就齐声说:"好"。

不久,老头死了,两个儿子扛着锄锨就上山掘坑了。掘了不久,果真出现一块硬石头。三儿子知道了,也赶来了,一看坑子那么浅,就扛起镢掘起来。因为老大、老二两个儿子都是私心,事先没有告诉他。一下子就把那块硬石板掘开了,石头一开,石头下面像开了热锅一样,"咕嘟咕嘟"地大水上来了。两个儿子想盖也盖不住了。于是,这里的水整天整天地流,日久天长,就成了一道清清的白浪河。

说到这里应该再说几句,老大、老二仍然穷得很,老三呢日子却过得一天比一天地好起来了。

城东王老大

从前,城东有这样一个妖怪,当天一黑下来,到月店集的这条大道上,就有一个主天主地高的东西,人们谁也不知道这是什么,只是老远老远地看到它的嘴,血淋淋的像一间屋子那么大,在那里张呀张的,怪害怕的。这个地方的人,太阳一落山就都不敢出门了,把门关得坚坚的。

这一天,城东有个王老大,他赶集回来天已很晚了,天又黑洞洞的,他想不回去呢,家里还有老婆孩子怪挂心的;回去呢,明明知道路上有这个怪物。心中徘徊了半天,终于决定要赶回家去。当他推着小车走到月店的时候,那个怪物在他眼前出现了。那个怪物说:"我等你好久了,这回我可要吃了你。"王老大并没害怕,他说:"好吧。"这时,他早就准备好了开车棍子,照着那个妖怪的脸上猛打一下,打得那个妖怪"哎哟"一声,一溜火光走了。从那以后,这里再没有那个怪物,太平了。

不久,听说杨家屯出现了这个怪物,每天晚上拦着道要吃人,这店的人也不敢出门了。这个妖怪说:"天不怕,地不怕,就怕城东王老大。"这地方人一听,就骑上匹马到城东来了。这里到城东有四、五十里路,一培就跑到了。到了城东一打听,果真有这样一个人,于是便把王老大请去了。王老大说:"这好办。这个怪物都是好待哪一个地方?"那里的人说:"需要多少人?"王老大说:"只我一个人就可以。"

这天晚上,黑洞洞的,王老大带着一杆喂好的枪和耙齿,独个儿早就在那儿等着那个妖怪了。那个妖怪说:"我等你好久了,这回我可要吃了你。"王老大说:"我也等你好久了,我就是城东王老大。"那个怪物一听更急了,上来就要抓。王老大说:"好吧,我先给你一只手吃吧。"把耙齿给了他,那个怪物上来就啃,啃了半天,扎了嘴也没啃动。王老大说:"你还要吃我呢,连我的一个手指头都啃不动。我再给你这只手啃啃吧。"那个妖怪刚要把这枪咬到嘴里,"砰"地一枪,那个怪物一溜火光跑了。从那以后,再没有那个怪物了,这里太平了,人们又像往常一样过起好日子来。这地方的人真是感谢城东王老大,又把王老大送回家去。

人们都说：什么怪物，它也是怕人的啊！

火龙单①

从前，有个大财主，嫌贫爱富，真是"有对有，手把手；无对有，不交口。"他家里有三个闺女，大女儿嫁给一个举人，二女儿嫁给一个秀才，三女儿嫁给一个贫寒的庄稼汉。

这一天，逢着大财主的生日。大闺女婿坐着花轿，二闺女婿骑着大马，带来了很多礼物，没进庄子就放了三声礼炮，鼓锣爆竹响成一片，好不威风，大财主亲自迎到庄头上。三闺女婿家里很穷，也没骑马也没坐轿，连一点礼物都没有带。大财主心中很不满意。

到了吃饭的时候，大财主亲自陪着大闺女婿和二闺女婿，在大客厅里坐上席，吃的是好酒好菜，却叫两个长工陪着他三闺女婿在厨房里，吃的是粗茶淡饭。眼看天要黑了，大财主怕他三闺女婿住在他家里替他丢丑，就暗地里打发他三闺女婿连夜赶回家去。亏不尽的他的丈母娘疼闺女的心切，硬把他留下来。大财主就起了坏心，带着他三闺女婿到草棚里睡，十冬腊月的天气，三闺女婿身上就穿件薄薄的坎肩和一条夹裤。大财主连一床棉被也不给他，想把三闺女婿活活地冻死。

三闺女婿到了草棚里，心里又是气又是恨，想出个办法骗骗大财主，遂就躺在麦穰窝里睡下。麦穰是发暖的东西，睡在里面就跟在热炕里似的，所以三闺女婿一点也没冻着。

第二天太阳还没出来，大财主以为三闺女婿一定冻死了，可是

---

① 山东淄博市洪山区孙在俊口述。

到了草棚里一看,他三闺女婿正伸懒腰打着呵呵,看样子还是刚睡醒。大财主很奇怪,就问他三闺女婿道:"夜里不冷吗?"三闺女婿胸有成竹地指着上身穿的那件坎肩说道:"这是俺家里祖传的宝贝,人家都叫它做'火龙单',穿起它来,天气越冷越觉得热。"大财主心里想,从没听人家说他家里有什么"水龙单",可是自己又亲眼看到他三闺女婿没被冻死,于是就心生一计,把三闺女婿留在自己家里。

当天晚上,大财主把他三闺女婿锁在一间空屋子里,只有墙角旁放着一囤棉花籽,三闺女婿就把身子埋在棉花籽里睡了一夜。那棉花籽比麦穰更暖和,睡在里面比两床棉被还热。第二天清早,他刚听门外有人来开门便爬起来,拍掉身上的棉花籽,等大财主一进屋门,他就装着笑脸迎过去。大财主看他三闺女婿不但没有冻死,满身还冒出热气,心里更加奇怪了。有心想要他三闺女婿的"火龙单",又怕自己受骗;有心不要"火龙单",又觉得怪可惜,越算计越心爱,决心要买"火龙单",就把自己还不完全相信"火龙单"的心想,向他三闺女婿说了一遍。三闺女婿说:"真金不怕火炼,别说试上一试,就是试上一冬天,我也不在乎;可是,明天我一定要回去,家里的农活还等着我做呢!"大财主也就答应了。

于是叫长工把另别的三间大屋打扫得干干净净,不要说桌椅条凳,就是连一棵柴草也没剩下。当天晚上,就把三闺女婿锁在这三间空空的屋子里。起初,三闺女婿着实冻得发慌,最后冻得实在没有办法了,就沿着墙根摸来摸去,又在屋里来回走了几趟。走到门后,摸了把大秧刀,忽然想出一条主意,扛起那把大秧刀顺着屋子来回跑。说起来那把大秧刀是过去用来看守门户的,有一百二十斤重,三闺女婿扛起它跑不多时,一出力一流汗,身上马上就不冷了,这时也累了,就放下来休息一会;等汗尽了,就又扛起来再跑上几趟。这样跑一阵,歇一阵一直到了天明,弄得一夜没睡着觉。

大财主一来开门,三闺女婿忙跑到屋外头来说:"亏了岳父来得早,快借给我一把扇子用用,要不就真的热死我了!"大财主不由得大吃一惊,只见他三闺女婿满头大汗,浑身直冒热气,心里完全相信"火龙单"是无价之宝了。忙把三闺女婿请到客厅里用饭,他一定要拿三十亩地换"火龙单"。三闺女婿起先无论如何不愿意,后来大财主又添上十两银子,三闺女婿才叹了一口气说:"唉!祖辈的传家宝,就算我这败家子失落了吧!"吃罢饭,三闺女婿就要走,大财主就拿出地契和十两银子,还怕他三闺女婿变了卦,就脱下自己的羊皮袄,当面换下他三闺女婿的那件坎肩,又叫人备好了马。三闺女婿穿着羊皮大袄,拿上三十亩地契和十两银子,骑着大马回家了,临走时,大财主还亲自送出庄头上。

　　大财主得了"火龙单",就跟得了命根子似的,把它偷偷地藏到箱子里,任何人也不给看一眼。隔了几天,正好他过去熟悉的一个大官宦告老还乡,他为了炫耀自己的宝贵,就光着身上穿上那件"火龙单"去拜望他的朋友。他的儿子见他穿得很单薄,外面又下起鹅毛似的大雪,就劝大财主多穿件棉衣服,大财主很生气地说:"我穿的是'火龙单',天气越冷它越热,小孩子家知道什么?真是多管闲事!"说着就独自一人走出门去。

　　大财主刚出大门,一阵西北风夹着雪花迎面吹来,心中不禁的打了一个寒战。走出庄子,冷风就像小刀子扎在骨头里似的,大财主心里想:可能是"火龙单"还没管事,又强打精神冒着风雪向前走去。这时候正是十冬腊月,数九寒天,滴水成冰的季节,大财主紧走紧冷,慢走慢冷,走到半路上,前不挨村后不靠店,直冻得大财主寸步难行。正在冻得没有办法的时候,忽然看到路旁的河边上有一棵大柳树。树的半边被烧去,是行路的要饭花子前两天在这里考火烧焦的,树心又是空的,正好能站下一个人。大财主跑过去,躲在里面,谁知躲了一阵,全身竟都麻木没有知觉了,不久就死去了。

　　隔了两天,他全家里的人都很焦心,他儿子到他父亲的朋友那里去找,人家说他的爹没有来过。大财主的儿子心里更发慌了,就忙返回来沿路找,半路上才在空心的柳树里找到了大财主的尸体,仔细一看,柳树的半边都烧焦了,于是就边哭边说:"小羊皮袄你不穿,一心无二要穿那'火龙单',空空的柳树烧煳了,你怎么不向水里钻?"

白面书生①

  这一年狼虎下界,各庄上都联合起来,拿着叉耙扫帚、枪刀剑戟打狼,狼被打得没处躲没处藏。
  一个白面书生,扛着一箱书,在山坡上走,从那边急急忙忙跑来一个狼,来到书生跟前,扑通跪下哀告说:"这位书生,救救我吧!后面一伙人要撵来打死我。"说着说着哭下来。书生一看心软了,忙问狼:"我把你藏到哪儿呢?"狼指着书生的箱子说:"你把我四只蹄子绑住,放在箱子里背着走就行。"书生照办,把儿狼绑起来,放在书箱里,背起来往前走去。狼在箱子里说:"来打狼的问你,你就说没见。"
  走了不几步,就见一伙人拿着叉耙扫帚、刀枪剑戟跑来了,跑到书生眼前,问他见狼没有,书生回答说没见,来人想:一定是跑到别处去了,就都回去了。书生见人走远了,就放下箱子,把狼解开说:"他们走了,你也逃命去吧!"狼舒了舒身说:"谢谢你救了我,可是救人要救到底,现在我饿得受不住,我把你吃了吧!"书生一听,吓得浑身发抖,活像老母猪甩糠,赶紧对狼说:"这咋能行!

---

① 吊桥贫农马扢来讲,年五十余岁,甚幽默,会说唱。

我救了你,你就不能吃我了。"狼根本不听,张牙舞爪向他扑来,书生慌慌忙忙往后退,一面说:"你等一等,让我走出一百步,拜拜爷娘再吃不晚。"

走出不远,见村头上长着一棵高大的杏树,杏结得利溜噜苏,有红有青,实在好看,书生朝树跪下问:"杏爷爷,我救了这狼,他又要吃我,你说该吃不该吃?"杏树粗声粗气地说:"你看我,一看结这么多杏给人吃,可是人们不知足,还要把我杀了做坏模子。他想吃你,你就让他吃吧!"书生一听越吓慌了,狼又张着嘴向他跑来,书生又求告说:"慢着慢着,让我再走出一百步拜了老师你再吃也不晚。"

才走出几十步迎面来了三个屠户,书生忙对屠户说:"屠户大爷,你看天下还有这等事!我救了他,他还要吃我。"屠户问狼:"他怎么救得你?"狼说:"绑住我的四只蹄子,放在他的书箱里。"屠户说:"俺不信。"狼急地说:"不信再叫他绑绑看。"说着就躺下让书生绑。绑好了,屠户们对书生说:"你绑好了,俺替你进刀吧!"哧的一声,把狼宰了。

刘大人的管家

刘家庄上有个在京里做大官的刘大人,他家势力田多,有个管家更凶。这庄也住个刘老头,他只有二亩地,紧挨着刘老爷家的地。每年耕地,这个管家都要叫人朝刘老头的地里多耕两拢,这样,不几年,老头的地就只剩下了几分田,老头就靠这点地过活,没办法,就找别人商量,很多人都劝他进京去告这个管家,于是,他就凑了几个钱到京里去了。

到了京里,也不知刘大人住在哪里,他愁得没法,就到一家酒店里喝起酒来,一面喝酒,一面叹气。正好对面有个举人也在喝,见了他这种情况,就问他,老大爷就一五一十地说了,那举人说:"那好办,刘大人就住在那边胡同里,我给你写个东西,明早,你趁别人不在的时候,把它贴在大门口,你就回家好了,保险你的地可以要回来。"老头一听,觉着这样也好,就照办了。

第二天,刘大人的一个仆人出来一看,谁在门口贴了一张大纸,揭也揭不下,他就赶紧向老爷报告。刘大人叫人用水湿了,弄下来一看,上面有四句话:"家有二亩地,紧挨刘大人,大风刮了去,你说气不气。"大人一看就明白了,马上嘱咐一下,就打扮一个普通人,回家了。

走到村头桥上,一个打扮的俊俊美美的人,手里拿着两个金雀笼子,正站在桥上看。那时,天正傍黑,那人也不管是谁,看刘大人一走到桥上,就故意动一动,就把他掀下河里去了,刘大人没出声,就带着一身水回了家。

第二天,他把那管家叫来。管家一听,才知昨晚被他掀下桥去的就是老爷,吓得他赶紧跪下,头也不敢抬,刘大人说:"你胆子倒不小,给我打!"于是,这位管家挨了一顿毒打,还被赶了出来。然后,刘大人又派人把刘老头的地重量了出来,好好地送还了他。

刻薄的地主

从前不知啥地方有个姓刘的大地主,地都整片整片的。外面有觅汉给种地,家里有丫鬟侍候着。这个地主有的是钱,连肚皮里塞的都是,可就对觅汉太刻薄。别看地主这么凶,可讲起话来声音小的像个蚊子叫,有个叫丘四的觅汉就想了个办法捉弄这大地主一下。

这天大地主对他说:"给我抹抹牛棚,好好修理一下。"他还没等东家说完就答应说:"是,抹抹牛,是,抹了牛。"

他就把泥灰和好,把牛牵来可就抹起来了,抹得像个泥塑似的,只有两个眼睛,眨巴眨巴,没抹死。他就跑到地主那里:"唉!东家这活真难,那牛太不好抹,那个眼怎么也抹不杀。"地主一听,什么抹不杀,出来一看那牛,差点气死,说:"他妈的,谁叫你抹牛?""你呀!"地主吼道:"放屁!我叫你抹牛棚!"丘四装着惊奇的样子说:"噢,老爷,现在你的声音我就听见了,刚才你吩咐的只听见叫我抹牛,老爷你下次再大点声吩咐就不错事了。"把个地主气得哑口无言。

丑兄弟

也不知在什么时候,也不知在什么地方,有一个村子里住着兄弟两个人。老大长得真俊,老二却丑得要命。

几年后,哥哥娶了个又聪明又俊的媳妇,弟弟也订了婚,这个姑娘也长得又漂亮又聪明,恰好和他嫂子是同村的人。

嫂子娶了过来,看见兄弟这样丑,就发愁,恐怕他兄弟媳妇娶来看见她男人这样丑,一准会闹别扭。这天她想了个办法,先探探这个姑娘的口气。就叫他兄弟送她回娘家,看看她兄弟媳妇讲什么。

这天,她兄弟拿着个包袱去送她,走到村头正赶上那姑娘在那推碾,一抬头看见他兄弟,就扑哧一声笑了。晚上,那姑娘就来找她玩,说:"送你的那个是谁?咋长得那么丑,真笑死人。谁要摊这么个……"一面说,一面就咯咯地笑起来。她嫂子一听:这可准坏了,娶了家去两个人一定要打仗,她就顺支吾过去:"那是姨家的一个表弟弟。"

不多日子,也就快到他弟弟娶亲的日子,她就对他兄弟讲:"把媳妇娶来你就走,晚上回来,你说有忌讳不点灯。以后你天不亮就上地,黑黑地再回来。"娶亲这天就平安过去了,以后老二就照着嫂子的话办。

过不了几天,他嫂子就看出他瘦了许多。这样下去哪行啊!嗳,他嫂子一下子想出了个好主意。这天夜里她就叫她男人拿着一个瓦片,爬到他兄弟屋顶上,一面敲一面就咕噜着:"一个丑,一个俊,一个丑,一个俊;两个一样两个死,我是土地神。"还特为弄得满房子响。

闹了一阵子就没有动静了,把个新媳妇吓得了不得,她嫂子就趁这个机会跑到窗下,还装着害怕的腔说:"嗳呀妹妹,你听见没有?"他兄弟媳妇回答说:"嫂子,听见了,可把我吓坏了,这可怎么办?"她嫂子说:"那怎么办?只好一个丑一个俊。"新媳妇说:"我不丑。"她兄弟也说:"我不丑"。她嫂子说:"你俩可得有个丑的,不就完了!"她兄弟装着难过的声音说:"那怎么办,唉,算我丑吧。"以后,就这样一个丑一个俊的过日子。

兄弟俩分家的故事

在一个地方有这样兄弟俩:娘死了,弟兄俩分家,哥哥什么都分去了,只给他弟弟留下和他一块玩的小巴狗。天黑了,弟弟也后吃饭,就坐在大树底下哭,这时候小巴狗忽然说了话:"你哭什么!我会耕地呢,明天咱去给人家帮工去。"弟弟一听就不哭了。

第二天,就敲着小巴狗到地上去。正好一个地主在监工,弟弟就讲:"我的小巴狗也会耕地。"地主一听就哈哈大笑:"你净胡说八道,它若会耕,我就给你这一把银子。"说着就掏出一把银子放在地上。弟弟把犁给它套上,打一鞭子跑三趟,打了三鞭子就耕了一亩,弟弟就得了这一大把银子。弟弟这下不愁没有饭吃了,就见天领着小巴狗给人耕地。这事哥哥知道了,悔不该把小巴狗给了他,就找着弟弟说:"弟弟,听说你小巴狗会耕地,咱俩是兄弟,借给我用用就还给你。"弟弟心很好,就借给了他。

第二天哥哥要耕地了,就牵了小巴狗去,打一鞭子,小巴狗不动弹,气得哥哥,一鞭子一鞭子就把小巴狗打死了。

晚上,弟弟问他哥哥要,他哥哥说:"他不耕地,叫我给打死了。"弟弟一听就哭了,问埋在哪里,哥哥说在后园里。弟弟就到埋的那个地下,坟后长出了一棵小树,到了那里趴下就哭,泪一行一行地流,哭黑了就躺在树底下。一张嘴,正好一个枣掉进他嘴里,他一吃很甜,他就摇了摇树,哗哗地落了一地钱。弟弟欢欢喜喜兜回去了。

哥哥又看见了,就问弟弟哪弄来的,弟弟就说:"你打死了小巴狗,我到埋的那儿看看,有棵树,我一摇,落了一地钱,我就拾回来了。"

哥哥知道了,也去到树底下假哭,一个泪珠也掉不下来,然后也躺在树底下。一个毛虫掉下来,正好掉在嘴唇上,毛毛虫就刺了一下,哥哥顾不得痛,跳起来就摇树,只听见扑打扑打地落了哥哥一身牛粪。把个哥哥气得拿斧头来就把树毁了。

第二天,弟弟来树没了,就问哥哥,哥哥说:"他落了一地牛粪,叫我砍了。"弟弟就把树拖回去,编了一个小筐,放在屋檐上,他就念道:"东来的燕,西来的燕,吃我个米粒下个蛋。"很多鸟都来了,不一会就下满了一筐。

哥哥又听了说了，就找着弟弟："咱俩是兄弟，借我用用。"弟弟是好心肺的，就借给他了。他也放在屋檐上，也照样念嘟一遍。麻雀来了屙了一堆，燕子来了屙了一堆，不一会就满了。气得他一脚就把小筐踩碎，捅在锅底下烧了。

弟弟来要，他说烧了，弟弟没法，就到锅底下掏。掏一掏，掏出个金黄的豆子，他就吃了，哪知吃完肚子一骨碌就放了个香屁，满屋子都香。弟弟高兴地就到街上卖香香屁。他就喊："香香屁，香香屁，给姑娘、小姐熏锦衣。"许多有钱的人许请他来往箱子里放屁，连衣裳连里都是香气。弟弟就赚了很多钱。

这事情一传，就叫哥哥知道了，又去问他，弟弟一五一十地告诉了他。哥哥回家叫他老婆赶快抄一锅豆子，吃了一顿，然后喝了一些凉水，骨碌一个屁，他就问他老婆香不香，他老婆说："真香！真香！"

他就到街上去喊："香香屁，香香屁，给姑娘、小姐熏锦衣。"一个有钱的把他请了去，他就蹲在箱子里，因为喝多了凉水，这会真想拉屎，这个时候再也憋不住了，"次拉"一声就给人家拉了一箱子稀屎。这家有钱的人把他打了一顿，再给他腚上钉了一个橛子，就给赶了出来。他一面往家爬一面叫："老婆子，拔橛子；老婆子，拔橛子。"他老婆一听，就对他孩子说："快出去看看，八成你爹赶了一群猪来了，快去帮帮你爹的忙。"小孩出来一看，他爹撅着个腚，上面插了块木棍，还直哼哼。

好心的弟弟

在某个地方有这样一家，弟兄俩分了家，两下分得一样多。他哥哥吃喝玩乐,把家产都弄干净了,他就想把弟弟那一半弄过来,他还有好日子过。这天,就到他弟弟家去,到了那里直叹气。弟弟就问:"哥哥,你有了什么事还值得这样?"他哥哥就说:"唉,不用提啦,现在我真想好好再把家当挣回来。人家要我合伙去做买卖,准赚钱,可是我又没有本钱。"弟弟说:"真的吗?那好办,我把东西卖点,拾掇好本钱,我和你一块去。"哥哥心里乐得了不得,弟弟就把东西卖吧卖吧,和哥哥一块就走了。

这天走到一个井边,哥哥说:"咱俩歇息歇息吧。"弟弟还没蹲下,就叫哥哥一把推到井里,他披起包袱可就走了。哪知道井里两旁有横木,正好挂在上面,差点把弟吓死。这时候就听井里有人讲话:"那陈大官人家的女儿有病还没好吗?""没有呐。""这病没有个治。他家后花园东北角上有颗红昌,那是颗灵芝草,这个东西能治好。谁要能给这家大官人治好病,说不定会有大好处呢。"他听着连放声都不敢放声。

第二天早晨,一个老汉来打水,他就央求他救了上来。幸亏腰里边还有几个钱,就叫老汉替他弄个招子,买上一套褂子。他又弄个瓶子装上些红粉子,装扮起来就到陈家大官人的门口来了。还喊着:"神医铁灵散,能治百病。"陈大官人派人请了他进去。他假装按按眼,又想了一会,说:"这病很难治,还得有个好药引子才行。你家有花园吗?"家人告诉他有。他就到花园里挨个地方走走,随便折了许多草,那棵灵芝草也就折了来,他随整治了一下说:"吃下去就好了。"果不然,病好了。陈大官人就弄了官叫他做,还把闺女给了他。

第二天,他哥哥不放心就来打听。听说没死,还用灵芝草治好了陈大官人家的病,还得了官。他想这井里一定有玩艺,也想去赚点便宜。晚上,他就爬到井里,半夜就听有人讲话:你看咱昨天讲了,不知谁偷听了去占了好处。这地方不吉祥,搬搬家吧。果不然没有动静,忽然井口上没有了亮,原来是挪些石头来把井填死了。

贪心的哥哥也就给压死在里面。

坏哥哥

娘死了,兄弟俩要分家。哥哥把什么都拿去了,只光杆一身把弟弟给赶出来。弟弟一面哭,一面走,天晚了就走到一座破庙的门口,他就走了进去,看看大殿的地上有一堆灰。拔了拔里面,有几个豆,他觉得可惜,就拾起来了。这时,忽听见外面一阵狂风响,接着又是虎叫猴喊,吓得他赶紧躲在大神后面。这时进来了四个妖精——猴、虎、狼、豹。只听得虎喊道:"好腥人气,好腥人气。"猴说:"虎大哥就是鼻子尖,咱们刚吃过人点心,这是咱们带进腥人气。"豹就说:"吃得这么多,肚子有点涨的。"猴说:"那好办,咱们来桌酒,冲一冲。"只见猴在一个角拿出一个金碗、一个小金棍,用小棍一敲碗,喊:"来桌酒。"只见就地出来一桌酒,四个就大喝起来。

他们在外面呼噜呼噜地喝,弟弟一天没吃饭,躲在大神后面还直滴口水,就把拾的几个豆丢进嘴里,喀嘣喀嘣地嚼起来。猴一听就一个高跳起来说:"不好了,梁要断了,快跑吧。"拿起脚来就跑,其他三个叫它一惊也跟着跑了,弟弟出来拾起金棍、金碗就走。

哥哥知道弟弟得了宝贝,心里馋得了不得。想啊,想,嗳,想起一个好主意来,就叫他媳妇炒了一口袋豆子,找到那个庙,就爬上梁等着。果不然,傍黑一阵风过,就进来这四个妖精。老虎又嚷人腥气,猴子说:"大概你又是吃多了人点心,还是来桌酒冲冲兴。"豹说:"有理。"就拿出一个葫芦来。这时哥哥在梁上听得清清楚楚,就往嘴里丢进一把豆子,使劲地咬。老虎一听就跳起来:"坏了,梁又要断。"猴说:"且慢,上回把金碗、金棍丢了,这回要仔细搜一搜。"这一搜可就把哥哥给搜出来了。猴说:"这东西可恶,吃了倒便宜他。来,给他们难看。"猴子捏着他的鼻子,围着庙走了一圈,其他三个妖精照样来一下,把个鼻子拉了有一丈多长,就把他推出来。

快天亮,哥哥回来了,他媳妇快开门接他,只听他哼嚷着喊:"小心点,别关门,挤了我的鼻子。"得了这病虽也不能治,就去请他兄弟帮帮忙。他弟弟就敲着金碗,慢慢地叫:"缩,缩。"缩得只剩一尺长了,可是他嫂子嫌他弟弟叫得慢了,就一把夺过来:"你不会快点?缩!缩!缩!"这一缩不紧,一下缩进个大,连眼都缩进去了。

(四)笑话

毛虫不可夸也

一个地主为了想笼络他的长工,就与长工结了拜交朋友。后来,他这个拜交的长工兄弟参加了解放军。过了多年,他兄弟复员回家了。

长工兄弟住在东山里,恰巧地主的一个亲戚,也住在东山里。一个集上,地主的这个亲戚来赶集,见了这个地主就说:"哥哥,这会儿你可好了,您把兄弟回来,发了大财。"地主一听问:"我哪个把兄弟?"那人道:"就是原来给你当长工,后来参军的那个啊!"地主说:"咋的?你快说啊!"那人道:"他现在复员回来了,发了财了,听说带回好多钱来,盖上了新房,养上了猪,还搞上了恋爱呢。"地主一听,两眼瞪得铜铃似的,说:"这是真的?"那人道:"你看,我还能骗你? 不信,你自己去看好了。"

地主听了,拣了一个好日子就到东山里去了。这可不是因为他不信,而是他想去占小便宜,去叫人看看自己有这样一个兄弟,脸上也光彩。

到了东山里他兄弟家,地主敲了一下门,他弟妇给他开了门,一见不认识,就问:"你要找谁?"地主就显显他的才学,说:"我要找我的粪兰,他在家吗?"他弟妇一听,心想:找粪兰,不大对吧?就说:"是金兰,不是粪兰吧?"地主一听脸立刻通红了,说:"就是金兰,也就是普通说的干兄弟了。"他弟妇说:"你兄弟不在家。"可她还不知道他是干什么的,听他找自己的爱人,还称自己的爱人是金兰,就把他让到家里去,说:"你进屋等一会吧,待一会儿他就来了。"

地主进到院子里一看,他兄弟果然盖上了新房子,说道:"俺兄弟俩好几年不见面了,他就发成这个样子。"他弟妇听了,没爱吱声。地主又说:"这瓦房是刚盖的吧? 盖得真好!"他弟妇说:"还不是邻帮相助。"地主又溜到猪圈,见了圈里的肥猪就说:"你们的猪可真肥啊!"他弟妇道:"毛虫不可夸也。"地主等了一会,见他兄弟不来,就走了。

地主回家,见了他婆说:"你看咱兄弟真行,出去闯了几年,回来发了大财,娶上的老婆真会说话,我一进门问:俺粪兰在家么?她一听就知道是说错了,说道:'是金兰,不是粪兰。'我夸她的房子盖得好,她说:'还不是邻帮相助。'我夸她的猪肥,她说'毛虫不可夸也。'"说着想起他老婆的无能,就很生气。他老婆一听,也生了气说道:"我也会,我怎么不会,不信我说给你听听。"接着就将地主学说的话重复了一遍。地主很欢喜,心想:自己的老婆如今也学聪明了,就说:"好吧,等明天集,我托咱东山里的亲戚捎信,把咱兄弟请来,我躲出去,你就跟他说话,也显显咱的身子。"他老婆一听,也很欢喜。

几天后,他兄弟果然来了。地主一听他兄弟叫门,就从后门溜了出去躲在窗外偷听。他老婆去开了门,一看是他干兄弟,就故意想显一下身手,说:"哎呀,兄弟,几年不见了,你可真大发了。"他兄弟不理她的奉承,问道:"俺哥哥不在家吗?"地主老婆一听慌了,忘了干兄弟的说法了,说道:"你粪兰不在家,出去溜达去了。"他兄弟差一点笑出来。进了屋,地主的小孩也围了上去,他兄弟见了说:"这孩子真好。"地主老婆一听说道:"还不是邻帮相助养的。"他兄弟一听,"哈哈"一声笑了出来。地主老婆一看,认为是他兄弟看她说得好,所以很得意。这时地主他娘也走出来了,他兄弟见了,忙站起来让位,说道:"大娘近来倒也健康。"地主老婆一听,说道:"毛虫不可夸也。"可是猛不提防,地主早来到她面前,朝她一棍子就打了去,骂道:"你这个熊娘门,什么也没有用!"他老婆一听不服气,说道:"你有用,还不说粪兰来!"地主听了还想去打,被他兄弟拉开了。

理发师与县官

从前,在某条街上有一个理发店。老师父带有一个小徒弟,又似乎嫌生活过得寂寞,所以养了一只狗和一只伶俐的小花猫。

有一次,老师父有事出去了,碰巧这时有一个县官进来理发。小徒弟刚生硬地理了一会,忽然听到"卟"一声,小猫从椅子上跳到狗的头上去了,于是小徒弟好奇地叫了起来:"哟,大老爷,狗头上有猫。"县官马上瞪起铜铃一般的眼睛,吆喝道:"什么?狗头上有毛?"小徒弟一看苗头不对,知道县官没有看见,就把县官的头扭向狗、猫那边,指着狗头上的小猫解释着说:"你看,这是冠上加冠,说明大老爷步步高升。"县官一听这番吉祥话,又见到狗头上真个停着只猫,不是有意讽刺他,可乐开了,眉开眼笑地对小徒弟说:"哈哈,你这个灵巧的孩子,弄得我高兴,就赏赐二百文钱。"说完,也忘记头发只理了一半,兴冲冲地打道回衙门去了。

过了一会儿,老师父回来,一见这么多钱,就问徒弟这是什么一回事?徒弟就向师父报告了一遍,师父可喜坏了。

再说那县官因没有理好头,在理智稍稍冷静些后,到底觉得不雅观,半边毛的,半边光的,怎么去高升呀?于是又回到那个吉利的理发店来了。老师父一见,满心欢喜,连忙趁县官不防时,把猫硬放在狗头上,说:"大老爷,狗头上有猫。"这次县官已不用提示了,回头一看,狗头上并没有猫,因为那猫不高兴人家强迫它,早跳下去了。老师父一看,坏了!又来不及说吉祥话,县官就火气直冒头顶:"他妈的,你老想拐老子不成!"说着将理发师打了一顿,把原给的钱也拿了回去。

老羊装狗

有一个地主姓杨,待这些扛活得很不好。一个长工会说会道,就编了一个瞎话,讲给那地主的小孩听,晚上小孩又讲给他父亲听了:

有一个人和瘟神极好,玉皇大帝这天下命令,要瘟神下瘟。他晚上就托了一个梦给这相好的说:"往下几天我要下瘟了,你呀,在门口拴上条白狗,我看见,知道是你家就不下了。"他把这事告诉了亲戚,亲戚又告诉亲戚,一下子把白狗都找净了。他没有办法,就拴上了一只白山羊。瘟神到了这里,一看是个白羊,就说:"老羊(杨),老羊(杨),你怎么装起狗来了?"

刚听完,气得他抡起胳膊就给他儿子一个嘴巴子。

七个聋子①

从前,有两个老汉都是聋子,一个在山上放羊,一个在山下扬场。山上老汉没把羊看好,羊跑到山下老头的菜园里吃了他的大葱。山上老汉本来就聋,又因离着远,就听成是"你为什么让你的羊来挡风?"他也大声喊:"什么?我的羊怎样会给你挡了风?"说着下山来了。山下老汉没听明白,以为他不服气,就吵得更凶了。最后两个老汉竟打起架来了,越打越厉害,就相互揪着要去见县官。

路上,他们碰上了一个骑马的,那骑马的见他二人那气势汹汹的样,就问他们为什么打架,山上老汉与山下老汉就指手画脚地你一言我一语地讲起来了。山下老汉说:"他的羊吃我的葱。"山上老汉说:"他说我的羊给他挡了风。"巧得很,骑马的人也是个聋子,就把他们的话听成是:"他要和我争着要砍你的马腿当弓。"就生气地说:"你们凭什么可砍我的马腿当弓?"两个老汉光看骑马的人火了,却没听清他说什么,认为他要管他们的闲事,就又和他吵起来了,就一齐去见县官。

他们三人到了镇上,觉得有些饿了,就到一个馍馍店买馍。卖

---

① 寨里一大娘讲。

馍的人见他三个人那个样子,就问什么事,骑马的人争着说:"他们要砍我的马腿当弓。"可巧卖馍的人也是聋子,就听成是:"你的馍馍怎么这样生?"就生气地说:"你们还没尝,怎么就知道我的馍馍生?"说着,四个人又打起来了,就一起去见县官。

四个人见了县官,县官问是什么事情,四个人一齐说,真巧极了,这个县官也是个聋子,把他们的一下都听成是:"你这个县官断案不清。"就生气大声嚷道:"我做几十年的清官,你们还说我断案不清?"转过头来对衙役说:"把他们赶出去,别让他们扰乱公堂。"说着就退堂了。

回到内室里,他的气还没消,他老婆见了,就问让什么事气的,县官没好气地说:"我做了几十年的清官,可还有人说我断案不清。"正巧,这位县官的老婆也是聋子,就听成是:"我聚了你几十年了,你怎么还是个养汉精。"就哭哭啼啼地说:"我老老实实地跟了你几十年,你还说我是养汉精!"说着更哭不成声了。找着女儿,又哭着向女儿把她父亲说的话说了。恰巧她的女儿也是聋子,就听成是:"我抚养了廿年了,你还不让我抱外甥。"就红了脸,生气地说:"娘,你真不应该,我还没出嫁,你怎么就跟我要外甥!"

发音的故事

从前,有一个女子,生来嘴很大,平常有人看过她,想订婚,就因为她嘴太大又不要了。天长日久,她妈妈发急了。这时邻居有个大娘,给她妈妈出了个主意,说:"以后再有来看闺女的,就如此这般好了。"她妈妈依了她的话。

一天,果真有媒婆来看闺女了。姑娘赶急端好一碗醋躲进屋去,放下帘子,等着她妈妈的问话。这时闺女的娘就问了:"闺女坐在屋内做啥?"闺女答道:"我在屋里做针线。""你大娘来了,快来见见。"闺女听了就用左手端着醋,右手掀起帘子,走退出来了。这时她娘又问道:"你拿的什么?"闺女转过脸来,就拉长声音回答道:"醋——"媒婆一看闺女的嘴不大,就对她娘说:"咱定了亲吧。"这一来,闺女又腆又乐,转身往屋就跑,不小心把醋碗撞在墙上,醋全泼了。要是她这时立即进屋,她们的计划就成功了。不料闺女过分小心,还想向她娘说一声,回过头来咧开了嘴说:"妈呀,醋洒了。"这一说不要紧,却被人家看出破绽来了,媒婆立即又向她娘辞了亲。

你叫,我就说是你教的

早先,有一个教书先生是一个半瓶醋式的先生,自己虽然无论什么都不行,却偏要吹牛,冒充自己的学问大,他教的学生只认识白字。

一天,他的东家们聚在一起商议要辞退他,可就想不出办法来,因按习惯要辞退教书先生必须等到年底才行。大家正愁得没法时,一个忽然把大腿一拍,说:"有了!"大家说:"有了什么?"他说:"明天我们就对他说:这几天县官要来查学了。他一听,自知自己的本事不行,必然要出去躲一躲。我们就让他回家,可再不让他来了。他问,就说是'县官来查学看见学生学得不好,就问是哪个先生教的,我们就说是你,县官一听大火说:"这样的先生留他何用?"所以我们想留也不敢留你了。'他听了也就无话可说了。"大家一听,都觉着这个办法好。

第二天,东家们对教书先生一说,教书先生果然害了怕,要回家躲两天,东家们也就答应了他,并给他一头驴骑着,要他住几天着人再把驴送回来,教书先生高兴地答应了。

教书先生骑着驴才走出村去,就听着有人一面敲锣,一面吆喝,可是吆喝的什么东西他却没听清楚。他停下驴侧耳听了一下,可把他吓坏了,原来敲锣地是吆喝:"避开,避开,县官大老爷来了。"他想,倒霉,倒霉,真倒霉!怕碰上县官,就碰上县官,碰着县官,他一眼就能看出我是干什么的来,他必然要问:"这时候你不教学,你往哪里跑?"我可怎么回答呢?想着,想着,县官的轿子越来越近了。这位教书先生正急得抓耳挠腮得没有办法时,他想起刚才走过一座桥,桥下没水,可不知有没有桥洞。他也顾不想那些了,打着驴就向后跑,到了桥下,可真喜出望外了,原来桥下有一个大大的桥洞,人马都进去还宽宽绰绰的。他慌忙拉着驴进了桥洞,这时敲锣的已到了桥上了,接着是县官大老爷的前呼后拥的随从,有骑马的,有坐车的,浩浩荡荡打桥上过。

可巧,不知什么时候,有驴在桥上厕了屎,马闻着驴屎就叫了起来。在桥眼里的驴本来听着马鼻子打喷嚏就想叫,这时它听到马在叫,它就更想叫了。

教书先生一看,却慌了手脚,拼命地扯着驴缰绳不放手,这个驴看见它主人拼命扯着不松手,就更想叫了,还想挣脱缰绳跑出去。教书先生一看没有办法了,就生了气,大声吆喝说:"你叫,你叫,叫县官大老爷听见了找不是,我就说学生是你教的!"

对　诗

从前,有爷四个都好对诗。

这一天，正是八月十五，爷四个都在院子里赏月。结果诗兴上来啦，爷四个就对起诗来了。他爹就先说：

　　这个月亮园又园，
　　二十四、五少半边。
　　满天星星热闹闹，
　　出了太阳静悄悄。

老大想了想，也就对起来：

　　这个烧饼圆又圆，
　　咬上二口少半边。
　　上头芝麻热闹闹，
　　都吃净了静悄悄。

老二一看酒杯子，也就想起来了：

　　小小酒盅圆又圆，
　　喝上二口少半边。
　　里头有酒热闹闹，
　　喝干净了静悄悄。

老三想了半天没想起来，好歹才凑上四句：

　　咱爷四个圆又圆，
　　死了二个少半边。
　　爷四喝酒热闹闹，
　　都死净了静悄悄。

两兄弟

兄弟俩，老大叫孟凡，老二叫孟实，老大会说会道，出门在外老是他;老二呢,却和他哥哥正相反,干啥也不行,但是有一条,倒很实在,不过实在得太有些过火了。

一天,他哥哥叫他骑着毛驴进城去奉粮,他问他哥哥多远。"爬着也爬到了呀!"他哥哥有好声无好气地说。

孟实一听,他想:"爬着一定比骑着驴快呀!"于是,他就爬着走开了。可是见了人总不好意思爬,他见了人就站起来,当没有人的时候他就爬,驴跟在他的后边,这样连爬带走,一直爬到大天夕才到城里。这时,太阳已经落山了,他紧赶慢赶到一座大庙里,上面写着"玉皇大帝",他进去就喊:"交粮,交粮。"但是没有回声,他一看没有来收,天又不早了,得要赶到店里去睡觉,便扛起一布袋铜子砸到神头上,那个神头扑嚓掉下来了。这时,惊动了道士出来,便把他抓住了。平常不用说砸了神头,就是顺便摸,老道也不愿意啊!老道要拉着他去告状,老道说:"你为啥砸了神头?"孟实说:"我交粮没人搭腔。"两人吵了半天,旁边就有人知道他有点"勺巴",就说:"算了吧,把钱留下,叫他走吧。"三说两说,这才算拉倒。

当他出来的时候,他哥哥还要他在集上捎几尺布来。这时候,他已没钱了。他刚走到集上,看到一个拿牙的,他向前问了问:"拿一个牙多少钱啊?"那个拿牙的说:"两个铜子。"孟实一听,好吧,我还有十几个牙能卖二三十个铜子,这就可以买布捎回去了。他说:"给我拿十五个吧。"等拿完了,这个拿牙的便问他要钱,他说:"你怎的问我要钱,你该给我钱。"两人吵了半天,旁边有个知道他是勺巴,就对拿牙的说:"算了吧,你别跟他要钱了,他是个'勺巴'"。于是,孟实血淋淋地就回去了。等他要牵驴回家时,他的驴已经被狼吃得只剩下一个头两条前腿。他一看这也没办法呀,就背起来走了。

他哥哥在家等得早就不耐烦了,老早就在庄头候他。他看着前边来了一个人,他想大概是孟实,他又一想:"这是给谁耧地来啦,还抗着耧。"到近前一看,还是一条驴。他哥哥一看便气得了不得,孟实前前后后向他哥哥说了一遍,他哥说:"你办得了,真是笑掉了牙!"

（五）动物的故事

猫和狗[①]

一个青年靠打柴为生，家中有个老母亲。有一天，他带着一只狗和一只猫到山上去砍柴，中午他累了，便对狗说："好好看着柴，别叫人拿走了，我要睡一会。"

他睡着的时候，听见有人对他说："快快起来，你的身边有宝贝。"他睁开眼一看，什么也没有，又倒下睡着了。过了一会，那声音又在叫他，一连叫了好几次。他实在睡不下去了，起来到处找对他说话的人。可是长满荒草的山上，连个人影子都没有，只在他睡觉的地上有个小称锤。他想，这不过是个普普通通的称锤，带回家再说吧，免得在山上锈坏了。

他一进门，老母亲就说："家里什么都没有了，饭还没做呢！"话还未说完，桌子上立刻摆上饭菜来，他们从来没有见过这样好的饭菜。儿子这才知道称锤是个宝物，要什么有什么。

一天儿子又上山去砍柴，只有老母亲在家里，一个卖货郎打着货郎鼓在门口叫卖，老母亲说："我们有个宝称锤，要什么有什么，不需要你的针，也不要你的线，快赶你的路吧！"卖货郎说："好奶奶，你的宝称锤借给我用用好吗？明天就还给你，我家就住在东边的庄上。"好心肠的母亲把称锤借货郎了。

[①] 胡甲昌整理。

晚上,儿子回到家里,知道母亲被人骗了,心中急得不得了,赶快到东庄去找,卖货郎早溜跑了。儿子回到家里,母子抱着痛哭一场。儿子对小猫、小狗说:"快给我算算,卖货郎把宝称锤骗到何处去了?"小狗要算,猫抢着说:"狗大哥,狗大哥,你的主意没我多,我一算,准不错。"猫肚子里咕噜了半天,对主人说:"算着了,算着了,卖货郎,逃过了七座山、七条河,狗大哥,咱俩来合作,翻山我驮你,过河你背我。"

小猫、小狗当天出发了,翻过七座山,游过七条川,一座小城在眼前。小猫说:"狗大哥,你在外面把把风,我进城里取称锤。"说罢,纵身一跃上了城墙垛。再一跳便到了卖货郎的住所。它捉住一只小老鼠,对它说:"小老鼠,小老鼠,能告诉我称锤放在哪里,我就不吃你。"小老鼠吓得战战兢兢地指着箱子说:"就在那里面。"

小猫嘴里衔着称锤,跳出城来,和小狗一越这高山峻岭,跨过大河小川,一清早就赶到家。猫对狗说:"你在外面等着吧,让我进去给主人报喜去。"母子二人高兴极了,把猫抱在怀里,给它吃了个饱饱的。儿子问:"我的小狗怎么没回来?"这时小猫才想到狗还在外面,说道:"它呀,一点用处也没有,还等在外面呢!"

主人说:"好,这个没用的东西,就让它永远在外面看门吧!"狗恨猫得意忘形,出卖朋友,所以直到现在,狗和猫碰到便要吵架。

逢集还能吃点烟,不逢集仅能吃点烟灰[①]

从前,有一个老雕与鳖交朋友。一天,鳖对老雕发牢骚说:"你

---

① 山头村袁大爷讲。

多恣,在天上飞着,能看好多好多景致,可我老在湾里什么也看不见。"雕一听鳖的怨言,就笑嘻嘻地说:"好,好,明天我也驮着你到天上去看看。"

第二天雕就驮着鳖在天上玩了一天,鳖很高兴,要求第二天再去,雕也就答应了他。可巧,第二天某地逢集,雕对鳖说:"我们到集上看看去吧,在集上也可找点食吃。"鳖很高兴的答应了,于是雕就驮着鳖到集上去了。

在集的上空,老雕转了两圈,鳖也欢喜得了不得。雕忽然发现一群小鸡满坡飞跑,就停在空中四下看是不是有人在。忽听"砰"的一声,原来推小车的坏了车胎,雕却认为是有人放枪在打他,就把翅子一歪飞走了。这一歪不要紧,坐在它背上的鳖就从空中跌下来了,正巧跌在一家卖饭的烟囱里,烟囱里灰很多,鳖才没有跌死。

雕逃回去,十几天不敢出门。这天,又是那地方集了,雕想起了丢掉了他的朋友,把眼都哭肿了,又强打精神飞到集上,转着圈子找他的朋友。雕的眼是很尖的,老远就看见鳖躲在烟囱中。他等下了集,就落到烟囱上,叫了叫鳖,鳖答应着,雕很欢喜,就说:"你怎样不上来?"鳖说:"我上不来。"雕说:"我伸着头,你也伸着头,我咬着你的嘴,你咬着我的嘴,我把你拉上来。"说着就伸下头去把鳖拉了上来。鳖上来后,雕才看出他已饿得不行了,就说:"这十几天,你吃什么生活?"鳖叹了一口气说:"不用提了,十几天的工夫差一点把我饿死,逢集还能吃点烟,不逢集,我仅能吃点烟灰过过瘾。"

赶　考

在很早以前,兴进京赶考,争取功名。

有一次,蚊子、苍蝇和马蜂三个也一块进京赶考。走了也不只一天啦。这天,他们三个走到一座老松林里,不当心都碰在蜘蛛网上了,被粘得紧紧地不能动弹。

不一会,蜘蛛过来了,一看三个肥肉(真是自投罗网),就爬过来想吃它们。它抓蚊子,想先吃蚊子,蚊子慌慌张张地说:"别忙,俺是进京赶考的。"蜘蛛一听,心里想:"怎么,你这伙也能赶考?"就问:"就算你是进京赶考的,那么我先考考你。你作首诗我听!"蚊子想了半天说:

　　生在水晶宫,

　　住在五凤楼,

　　夜晚宿在红罗帐,

　　睡觉与娘娘在一头。

蜘蛛一听,心想:也对。又问:"你不怕用蝇甩子把你打死?"

蚊子抖了抖精神:

　　能在花下死,

　　做鬼也风流。

蜘蛛听了很满意,就把蚊子给放走了。

又问苍蝇:"你是干啥去的?"

苍蝇赶忙说:"俺们都是一伙,搭伴去进京赶考。"

"就算你也进京赶考,那么我先考考你,你先作首诗给我听!"

苍蝇想了半天说:

　　生在六月间,

　　住在厨房里,

　　珍酒美味我先用,

　　朝廷玉宴我尝先。

蜘蛛一听心想:"也对。你不怕用蝇拍子把你打死了?"

苍蝇也抖了抖精神说:

　　吃点好东西,

死了也心甘。

蜘蛛听了，很满意。于是也把苍蝇给放了。

最末了问道马蜂。马蜂别说作诗，连话都不会说，光会哼哼。蜘蛛以为它声小，听不见，就慢慢地靠近它，结果，蜘蛛被马蜂蜇死了。

猴子与鱼

一座靠着海的小山上，住着只伶俐的小猴。这只小猴天天清晨到海边上去喝水。照旧，这天清晨，它又到海边去喝水，看见一条鱼，困在海滩上。这条鱼是退潮时给留下，没来得及随海水一齐退下去。

小猴看见这条鱼眼看要干死了，就费劲地抱起它来，被压得跟跟跄跄的，到海边，它把鱼放进海里去了。

鱼得到水，就苏醒过来，它很感激小猴，就打算和小猴拜个把兄弟。小猴想了半天说："不行，不行，我在山上，你在海里，咱们不能常见面，怎么能拜把兄弟呢？"

鱼说："这没啥，你天天清晨不是来这里喝水嘛，我天天清晨来这里游泳，这不能天天见面吗？"

小猴子答应了它，接着两个就拜了把兄弟。猴子年长，鱼稍年小一点，鱼称呼猴子叫"猴哥"，猴称呼鱼叫"鱼弟"。

说也巧，这时东海龙王的三公主生了病，吃了好多药也没治好。又让御医给看，御医看了然后给开了个药方，药方里别的珍贵名药都不难讨换，就是药引——猴心三片，在大海里实在难寻。

龙王爷急得如坐针毡，没法儿，就贴出皇榜，榜上说："在三天之内谁能找到或送来猴心三片,就能受封加职加官。另外,给三公主治好了病,还把三公主许配给它。"

皇榜一张出去,鱼龟虾蟹水族都抢着去看,虽然这事既有名有利,但海终归是海,找山里的猴子,真是比登天还难。

鱼弟看到榜文以后,心理盘算:"我才拜的把兄弟,不就是个猴吗?要是把它的心弄到手……"鱼弟越想越高兴,真是福从天降。它就赶紧撕了榜文,见了龙王爷,说:"三天之内,我能找到猴心三片。"

第二天清晨,鱼弟游到海边去见了猴哥,就给猴哥说:"猴哥啊猴哥,你整年在山里,山里虽然美丽,你也好玩俗了,再到俺海里来玩玩,你也开阔开阔眼界吧。"

猴哥说:"我也打算到海里去玩游一下,可是我不会水。"

鱼弟说:"猴哥,你怎么这么糊涂!你能救了我的命,我不能带你到海里去一趟吗?来,你骑在我背上,我驮你到海里去逛一下。"

于是,鱼弟驮着猴哥游到海中间去了。鱼弟心想,猴心弄到手了,就开口告诉猴哥说:"猴哥,今天要难为你一下,把你的猴心借给我用用吧。"猴哥心想:"鱼呀,鱼呀,你好狠心!我救了你一命,你还要我的心,没了心还能活?"灵机一动,心生一计,镇静地说:"鱼弟,你怎么不早说呢?我临下山时,把心挂在树梢上,没带下来;明天清晨来时,给你带来,这没什么难的,咱们是相好的把兄弟。"

鱼弟一算计,今天一天,明天一天,后天还有一天,三天期限还晚不了,就嘱咐猴哥:"明天可一定捎来,别忘了。"

鱼把猴又驮到海边上。离岸还有十来步远,猴一急,用劲窜到岸上,心想:"好险啊!"回头对鱼说:"你真好啊!我送给你几句话,咱断绝交情吧。"

  没有良心不可交,
   哪有猴心挂树梢?
   今天你弄不了我猴心去,
   看你明天的皇榜怎么交?!

猴连蹦带跳地跑回山里快活去了。

鱼交不上榜文，犯了欺君之罪，就被龙王给杀了。

城里人没有人味啊

以前，一个城里的蚊子与乡里的蚊子交了好朋友，城里的蚊子常到乡间去做客，每次都是吃得饱饱地回家。

这天，城里的蚊子又在乡下吃饱了，觉着心里实在过意不去，就约了乡里的蚊子说："哥，明天晚上你到我们城里做客去吧。"乡里的蚊子听了，很高兴地答应了。

第二天晚上一早，城里的蚊子就带着乡里的蚊子进城了。到了城时，天已经黑定了，城里人都在街上乘凉，城里蚊子就"嗡嗡嗡"地小声对乡里蚊子说："哥，那边有几个人，我们先过去，叮几口，当点心吧！"乡里蚊子就跟着他走了。可是还没到那里，就听"呼"的一声，自己就站不住脚了，接着，觉着自己出了老远，两人分了手，找了好半天才找到了。

城里蚊子怕乡里蚊子灰心，就拉住乡里蚊子的手说："哥，街上有风，我们到屋里去吧。"说着就"嗡嗡嗡"地往一家屋里飞去。一进屋他们看到一个吃得白白肥肥的人躺在床上，就满心欢喜地飞了上去，可是飞着飞着就被撞得头昏眼花——原来是人家挂着蚊帐。

乡里蚊子一看这家不行，就去了几家，可是谁知道各家都是一样的有蚊帐，这时他们都有些饿了，飞也飞不动了，乡里蚊子真没有劲了，就说："我看我们还是算了吧，去乡下吧。"城里蚊子一听客人要走就有些发慌，就指着前面一座大殿说："我们再进一幢大瓦房去看看，不行再走也不晚。"说着就向那大殿飞了去。

进了殿,见里面的人有的站着,有的坐着,起先他们还不敢上,后来见他们都是不动的,也就大胆地飞了上去,每人找到一个人叮起来。

鸡叫了,乡里蚊子向城里蚊子告别,可是这时他连说话的力气都没有了,只觉着头重脚轻。城里蚊子问他:"哥,今晚上你觉着过得怎样?"乡里蚊子没好气地说:"你们城里人有的是太老实了,我吃了一宿他没动一动,就是没有人性味,我看今后还是你到我们乡下做客吧。"城里蚊子还想分辩一下,可是乡里蚊子垂头丧气地头也不回的飞走了。

蚊子精

很早以前,有一个好几千年道行的蚊子精作了法,能旋化成人,占住了一个村,自称一霸。他要附近村的老百姓每年给他选一个最美的女人,名义是进他的宫帐享福,实际上是供他随意糟蹋。谁是不听,不但他那一家要遭殃,就是他那一村也要遭殃。老百姓恨透了他,但也无计可想。

一年一年地过去了,也不知有多少人被他害了,也不知有多少年轻美貌的妇女叫他糟蹋了。

这一年,东庄一个穷寡妇的闺女被选上了,寡妇哭得死去活来。她闺女真是个少有好闺女,不但家中的零活她会做,就是上坡下地也全靠她。寡妇每当想起丈夫死后的苦处,要寻死寻活的时候,也全靠闺女的安慰。她闺女的俊俏那也是世上少有的,也不知有多少地主家去说亲,可是她娘就是不答应,她娘一定要闺女自己去挑选满意的婆家。现在全完了,寡妇觉着连天都塌了,闺女被抢了去,自己还有什么望头呢？一气之下去吊死了。她闺女见妈妈死了，哭得昏了过去。邻居家把她救过来，邻居家帮着把娘埋了。闺女还是哭，饭也不吃，最后哭得眼都淌血了，身体瘦得不像样儿了。

进宫的日子到了，寡妇的闺女死也不去，村里人看着光落泪，可是又有什么办法呢？蚊子精听了，大发脾气，就领着人去抢婚。这闺女觉着什么都完了，一定要和她娘死在一块，邻居家左劝也不听，右劝也不听。

后来，那闺女打定了主意，就说要跟蚊子精去，叫邻居家人都出去，她要打扮一下，邻居家人信了，就走了。他们刚走，蚊子精就到了门前。这时那闺女见众人都走了，心想我死了，也不能把东西留给蚊子精，就把她娘早先给她准备的嫁妆一把火都点着了，自己也想在屋里一起烧死。这时蚊子精等急了，就亲自闯进大门去了。谁知他还没走进屋里，屋里的烟火就扑出来了，蚊子精刚想跑，已来不及了，就被烟活活地呛死了。

这时闺女的邻舍家人、蚊子精的手下人见闺女家着了火，都往里跑，到屋门口见一个鹰大的死蚊子躺在门口。蚊子精的手下人一见，都吓得四下逃跑，闺女的邻舍家就进屋救人，可是已经不行了，那闺女也被烧死了。大家就赶急救灭了火，一起把那闺女葬在她娘坟的旁边。

从此，大家都才知道蚊子怕烟呛。为了纪念这个闺女和她娘，大家一起在她烧毁的家那里给她和她娘盖了一座庙。

胡诌

从前，不知道在什么年代，有一个人名叫王起。他生来就傻里傻气的，也不得会做事，往往听到风就是雨；还有一个嗜好，就是好拿别人的东西。

一天，他看到邻人在墙上拴住一条大牛，他想把这条大牛牵走。到了晚上他便去了。可是，白天在那里拴住，晚上主人早就牵到家去了。因为这个村靠近一座山，山上有一只老虎，时常出来寻东西吃，老虎白天会听到这里有牛叫唤，晚上也来了，趴在那里等着。

王起想去牵，刚走到墙根，喂牛的女人就说："不好，有动静，点灯。"男人说："别胡诌了。"王起在墙后一听，正想牵牛，一摸也不像牛，猛一怔："嗯，这就是胡诌。"赶快趴在虎背上，死死地抓住两只虎耳。老虎一听，这就是"胡诌"！拔腿就跑，头连晃都晃不动，一气跑到山上去了，它想："这个'胡诌'真厉害。"恨不能把这个"胡诌"一下子掉下来。它跑了半天，想把这个"胡诌"在树上蹭下来。王起呢，也恨不能找到一棵大树，好爬到大树上去。老虎好歹找到一棵大树，刚想蹭，王起一下子爬上树了。老虎拿腿就跑，一气跑到南山湾了，遇到一个猴子，问它："老大哥，吃了饭吗？"

"别提了，本想吃条大牛，却遇到了'胡诌'……"前前后后说了一遍。猴子说："虎大哥，那不是'胡诌'，是人，不信我们去看看。把他吃掉。"走到一看，猴子说："那就是人，怎么是'胡诌'？"老虎说："怎么吃掉他呢？"猴子到底比老虎聪明些，说："把一根绳子拴在你腿上，一头再系在我的脖子上，我上树去拉他，我一合眼，你就跑。"老虎说："好吧，就这样吧。"说罢，就这样做了。

猴子哧溜哧溜爬上了树。王起眼看着猴子爬上树了，用什么办法来对付他呢？左思右想，最后想起："用屎滋它。"他便撒起屎来了。猴子当然要合眼，老虎一看，跛腿就跑，猴子从树上一下子跌了下来。老虎跑得越快，猴子叫唤得越欢，从山东面跑到了山西面老虎才停住了脚，猴子已死死的了。老虎本来是怪饥饿的，上去就把猴子吃了。

老虎走着走着，又遇到一只狼，狼说："虎大哥，吃饭了没有？"虎说："别提了，一天没有吃东西呢！"把"胡迨"的事前前后后说了一遍。狼说："那不是'胡迨'，是人，走吧，我们去吃他吧，两人各一半。"虎和狼便去了，走到一看，狼说："那不是人是什么？"虎说："怎么办呢，咱俩都不会上树。"狼沉默了一会，便说："想起办法来了。"说罢，他的嘴在地上叫起来了，一会果然来了许多狼，他就指使这些狼到东河去衔水，把这树饮倒。这些狼和虎都去衔水了。王起一看都去了，树也快倒了，下树拿腿就跑。

狼和虎来了，把水引到地里。虎说："人上哪去了？"狼刚想抬头看，树"啪嚓"一下子倒了，连虎带狼一起都砸死了。

王起险些送了性命。

（六）神灵与鬼怪

赌　客

有人好赌博，但他也很好客，每当他赌赢了，他总是请赌客吃饭，或喝酒，或将赢的钱再借济给人家赌；可是人家赢了他的钱却不同了，没有人肯请他或借给他的，所以他不几天就变穷了。他老婆也因几次劝他他不听，气得上吊死了。

他老婆死后，没有人肯借给他钱，于是他不得不到他丈母家去。他丈母见他来了，问道："你来做什么？"他说："你闺女死了，没有钱给她出殡。"他丈母听了，就哭哭啼啼地问他要人，他一看没法子，就跪下了。但终于他是亲闺女婿，最后他丈母就给了他钱。

他拿着回到家去。赌客们就说:"我们帮你殡了你老婆,留下钱,我们好再赌。"他听信了他们的话,就由赌客们帮他殡了老婆,他又去赌去了。不出一天,他就把钱又全花光了。

在没有办法的时候,他又到他丈母家去了。他丈母见了,又问他:"你又来干什么?"他说:"光殡了老婆,可是还得另说上个,好照料家里。"他丈母家很有钱,也就答应了他。给了他廿两银子,并说:"什么时候结婚,我也好去看看,帮着你料理一下。"其实他哪里是要结婚,他听了他丈母的话,说:"不用去了,你去也没地方住上。"他丈母不听,一定要去,他也只得说:"到下月初三结婚。"

回家后不到半月,他的钱又给了一个快死的老大娘了,看见就要到下月初三,怎么办呢?丈母来了怎么和她说呢?他愁得不敢来家了,就天天去庙里去祈求,要求神灵给他个媳妇。

初二那天晚上,他在庙中祷告完了,就睡着了。梦中见一神仙说要给他一个媳妇,还就是那神仙自己的闺女。他太高兴了,忽然又觉着,自己仍在庙中睡觉,见庙上的仙女像就要掉下来了,他慌得就要跑,可是还没跑及,那仙女就掉下来了,压在他的身上。他惊出一身汗来,见果然在自己的旁边睡着一个泥人,是梦里那个仙女样。这时天就明了,他想:既然是神仙给的泥人,也背家去吧。就把那泥人背家去,放在炕上,头朝窗,给他用被盖起来,倒关住了门。自己出来了,心想:丈母不来就罢了,来了见屋里有媳妇也没话可说了。

到半头晌时,他丈母果然来了,她打窗外向里一看,见一个很漂亮的媳妇在家中做饭,她心想:这个媳妇比俺那闺女还好。才想:"这别不是俺那女婿的媳妇。"正待转身走时,只听窗里那媳妇说:"娘,你要上哪去,您女婿见您没来,去迎你去了,快进来吧。"丈母就进去了。

再说,那人躲出去不敢回家,他的赌客去找他赌钱,见他家中一老一少那里说话,认得老是那人的丈母,那美似天仙的女人都不知是谁。叫了他两声,听他没在家,就去找他去了。在路上,他碰着了那人,就说:"你这愁眉苦脸地在这溜什么?您丈母来了,你也不回去招待一下。"他一听他丈母来了,就说:"她进屋去了?"赌客说:"可不进屋去了,还在那里和一个女人说话呢!那女人是谁?是你老婆?你可交上好运了,讨了天仙似的女人,我还不知道呢。"那人一听说:"你说的真的?"赌客说:"不是真的我还能哄你?"那人一听,什么也顾不得就往家里跑去了。

到家一看,她丈母在和那个泥人一块吃饭,他在外边不敢进去,只听那女人说:"还在外边看什么?娘都来了还不快进来。"他一看真是欢喜得了不得。进去见了,他丈母又给了他一些钱,劝他不要再赌钱了,他答应了。

从此,那人再也不赌博了,他好好地种地,他老婆就勤勤恳恳地纺线、织布,不到一年他就有了一个儿子,后来他儿子中了状元。原来那女子是个皮狐子,那泥人是让老皮狐换去了,原来那快死的老大娘就是个老皮狐子。

放 生①

一个人姓李,会治病,也很能行好,他祖上也行了三辈子好,放了三辈子生。一次,在集上见一个人绑着一个皮子在卖,他见那皮子样子怪可怜的,就花了钱,把皮子买了来,接着就放了。见那皮子向他拜了拜,一溜火线就走了。日子长了他早把这块事忘了。

一年后,一天晚上,有一个卅上下的人来请他去看病。他一听

---

① 山头村袁大爷讲。

那地方离家很远,就说道:"这么远,等我收拾一下再去吧。"那人道:"不要收拾了,我这里给你牵来一头驴,你骑吧,病人病得很重了。"他一听病人病重,就慌忙急促地上了驴,那人道:"你闭上眼,一会儿就到了,可不要随便睁开,我叫你睁你再睁。"姓李的闭上眼睛,只听耳边的风呼呼地响。

不一会儿,只听那人说:"到了。"那人睁开眼一看,到了一家大门儿前,只见从门里出来一个八十多岁的老头,迎上去说:"李先生来了,进屋歇一会吧。"就让他进了客厅,有人端上茶来,说了半天,天已经黑了,客厅里忽然一下子亮起了好几百盏灯。姓李的就问老头说:"老大爷,病人在哪里?不是病很重吗?看看病人要紧。"老头说:"先生请坐吧,其实没有病人,我是想请先生来住两天,耍一耍,不过我从明天起,三天不能有工夫,你就在院子走一走,不过不要远去,我有些儿子还可能不认得人。"当天就要歇了。

第二天,他走到老头的大儿媳那里,问她:"你父亲叫我做什么?"那大媳妇说:"我父亲是要请你来住两天,报你的恩。"他问什么恩,大媳妇不说。

第三天,他又到老头二媳妇那去问,二媳妇也不说,他更怪了。

第四天一早就到老头三媳妇那里去。他三媳妇让他进屋,献上茶跟他说:"我父亲请你来,是要报你去年放了他的恩。"姓李这时他才恍然大悟,原来这老头一家不是人。他三媳妇又说:"到你走的时候,我父亲一定会问你要什么东西,你什么东西也别要,就要他头上戴的破帽头,和手中的破芭蕉扇就行了,那两件东西是我们的传家之宝,他能给你,这两件东西的好处他说告诉你了。"姓李的说:"你们的传家之宝,我怎么可乱要呢?"他三媳妇说:"那有什么,你救了他一命,问他要这么点东西而已也不为过。"

又住了几天,姓李的对老头说:"老大爷,我在这里耍了也有十几天了,我娘也好挂我了,我得回去了。"老头还要留他,他定要走,老头也就答应了,问他家中缺什么,他说:"什么也不缺。"老头又对他说:"咱就要分别了你看我屋里的东西什么好,你随便挑吧,挑几样报报你的大恩。"姓李的想起他三媳妇的话来,就指了指老头头上的帽子与手中的扇子,说:"我就要这两样吧,这是您的贴身东西,拿着也还有意思。"老头有些为难,说:"这两件东西都破了,要它作甚?帽子、扇子都有新的,你为什么不要新的?"姓李的说:"新的留念没有意思。"老头最后说:"也该当这两件宝贝与你有缘,就给你吧,这可是我家的两件传家宝,帽子是随身帽,戴着它一念咒人就看不见了,摘下来又看见了;扇子叫腾空扇,用它一扇,说到哪去就到哪去。"说着就把帽子、扇子递过来,姓李的千谢万谢接了。老头送他到门外,他戴上了帽子,念了声咒语,又用扇子一扇说声回家,就觉着起了空,耳边风呼呼地响。

一会儿工夫,到了家门口,他叫门,他娘给他开了门。到屋里坐下,他说:"娘,您好!"他娘道:"你这在哪里,我怎么看不见呢?"他一想,原来帽子没摘下来,说道:"我在这里。"说着把帽子摘了下来。他娘问他为什么去住了这样多天,他就把皮狐子报恩的话告诉了他娘,他娘也很欢喜。

回家住了几天,就有一家财主的闺女因吃了一个桃子变成了牛,到处张榜说谁能治了她的病,就把那闺女给他。好多日子也没人能够揭榜。

一天,姓李的忽然想起要去西天弥佛那里看一看,就戴上帽子,用扇子一扇,不一会工夫就到了。只见四下里有好多树,因天热口渴,他就到桃树上摘下一个桃子,又到一棵树上摘下一个他不认识的果子来。他吃了桃子,忽然觉身上发板,也觉着自己走道不大便了,他好容易走到河边去一照,见自己变成了一头大牛了。他害了怕,赶紧又吃了那个果子,心想吃了他又能怎样呢?忽然觉着自己的身上肉松了。他到河里一照自己又变回来了,不过肥了,更年轻了。这时他也想起那家财主闺女变牛的事来,他立刻摘了几个果子赶回家揭了榜,立刻有人领了他去见财主。他给了那闺女几个果子吃，不一会就变过来了，比原来更年轻更漂亮了，财主一家都很欢喜，立即招他做女婿。

姓李的结了婚，后来有了两个儿子，都中了举人了。到他死时，那个帽子和那个扇子忽然不见了，那是叫皮子收回去了。

就怕王永暇①

洪山附近出了皮子精，大家都怕他，天天给他烧香、祷告。可就是吊桥王永暇不怕，所以皮子精就专捣弄他。

王永暇在村外种田，皮子精就天天跑到他地头上的大青石上坐着，叫着王永暇的名字说："王永暇，王永暇，你看我像个人不？"起初王永暇还说："你像个狗。"皮子精就说着"狗屁，狗屁"跑走了。后来王永暇就干脆不理它，可是皮子精还是绕着他，并且渐渐大了胆，给王永暇藏东西，和他捣乱，把王永暇气得没法儿。

一天，王永暇想出办法来了。他调好了胶水，偷偷地涂在那块大青石上，还把自己的狗也带着下地去，把狗藏在自己身后，怕让皮子看见。

他做了一气活，就坐在地上休息。皮子精又来了，仍坐在那块大青石上说："王永暇，王永暇，你看我像个什么？"王永暇不理它，只是吸自己的烟。皮子精又说："不理我，不理我，你还有理我的时候。"王永暇还是不理它。到他估量着胶水把皮子精粘住时，就说："我这就理你。"说着，一松手把狗放了出去，狗朝着皮子精就扑了去。皮子本来是最怕狗的，一见狗就想跑，可是早被胶水粘住了，

① 山头村袁大爷讲。

它一着急了,就施起它的法来,变成一溜火线向西南逃去了。王永暇走到青石前一看,胶水上贴着两堆皮子毛来,后来洪山附近再也没有皮子精闹鬼了。

皮子精向西南逃跑,一直跑到河南某地,在那里与人们又闹起鬼来了。使这家草垛起火,使那家闺女长灾,可是没有人能治它,求神也不行。皮子精更大胆地借人口说话:"我天不怕,地不怕,就怕吊桥王永暇。"可是当地人们却不知道吊桥在哪里,王永暇是谁。就张榜说:"谁知道吊桥在哪里,给他三百两银子。"可是半年过去了,仍没有人去揭榜。

正巧,淄川王永暇一庄的一个人路过河南省,一见榜说:"不用悬赏了,我就是吊桥人。"并告诉了他们,在山东济南府淄川是吊桥,有个人叫王永暇,他怎样治了皮子精。于是大家说要去请王永暇,可是这时皮子精却借人口说话:"不用找了,不用找了,我这就要跑了。"

从此,这个地方也再没闹过皮子精。哪里再闹皮子精,就说:"皮子精,快逃生,我请来了王永暇,就要了你的命。"皮子精就跑了。

狼[①]

有个人下关东,在那里待了八年,积下二百两银子,想还家。他的家是山西。

走了几天,这一天,他在路上遇到了一个伴,一问也是到山西去的,他正因一个人走路太孤单,听到是老乡就很高兴。

他们作伴走了廿多天,在路上,那个人光吃饭却不拿钱,应着在

---

① 山头村袁大爷讲。

分手的时一起补还。这一天,那个下关东的人向他的友伴告辞说:"明天咱就要分手了,今天咱喝杯离别酒吧。"可没提起饭钱的事情来。那人一听他们要分手了,虽然人家没提起钱的事,知道再不给人家钱也不太像话了,就对下关东的人说:"好吧。"两人喝着酒谈着话,真是古今中外无所不谈。最后那人向下关东的人说:"老哥,咱二人作伴莫来也廿多天了,你看我是人不是人?"下关东的人听了哈哈大笑说:"你这老哥也太有意思了,你不是人,难道还能是鬼?"那人听了,看了看四下没人,就悄悄地说:"我是个狼。"下关东的人不禁一下哆嗦,那人没看出下关东的人已害了怕,接着说:"因我在东北山里打不着食,就请求山神爷。山神爷答应我去山西吃八八六十四个人,这是天机,本来不可泄露,因路上你待我太好了,所以我才告诉了你。你不用害怕,可也不能泄露了我的事情。"

听到最后,下关东的人只是摇头,他半信半疑的,可也非常害怕,他想:"假如他真是一个狼,一路上他为什么不吃我呢?假如他不是狼,他为什么又自认是狼呢?"他看那人醉了,就扶他去睡了,自己也到床上去躺下。他越想越害怕,也不敢睡觉,当他想到,万一他真变成个狼扑过来那怎么办呢?就慌忙急率地从床上爬起来,三步两步跳到院子里去了。

到了院子,他又一想,不好!门还敞着。他又慢慢地走回去想反锁上门,可是当他刚走到房门口时,就吓得"扑通"一声晕倒了,原来看见一匹大灰狼直挺挺地躺在床上。

到他醒来时,已躺在床上了,天也亮了。他看见那人扶着自己向自己口中灌水时,又想挣扎起来跑,那人连忙摁住了他。那人知道因自己大意叫下关东的人看见了原形,就安慰他说:"不要害怕,只要我还是个人时我就不能吃人,我吃谁都必须得到山神爷的许可,吃错了一个,我的命也就完了。"

下关东的人定了定神,大着胆子说:"昨天晚……晚上,你说要到山……山……山西吃八八六十四个人,都……都有谁?"那人说:

"这也是天机,因咱两个的感情实在太好了,我既然已经告诉了你我的本相,告诉你吃谁也就没有什么了。"说着就拿出一本簿子来,递给了下关东的人。那人接过去一看,又吓昏过去了,原来簿子上写的第一个就是吃他。

等他醒过来,那人弄明白是怎样一会事后,就说:"这没有什么关系,在你们村东头,在您家对门不是有一座土地庙吗?你回去用谷草扎个人,肚子放上猪下水给它穿上你常穿的衣裳①,到某月某日某晚上,你就把那个草人放在庙前,我到了那里就会吃了草人不吃你。你可千万别忘了,因为我显了原形就不认人了。"下关东的人听了,爬起来对那人千谢万谢,算算离那月那日子也不长了,就向那人告辞,披星戴月赶到家后,就按那人说的那样照做了。

到了那天晚上,就靠着窗借着月亮看着那土地庙前的草人。半夜时,忽听一阵风响,一匹大灰狼从东边奔来,到了土地庙前转了一圈,扑着那个草人就扑过去了。只见它两条后腿一蹬,头一掘,两条前腿一扒,一副血淋淋的猪下水就给它扒出来了。扒出来后扛着就向东飞奔而去了。这里那个下关东的人早又吓昏了。这次他一直病了一个月才好。

皮子的故事

相传皮子②,是会说话的。

在淄博地区,有一次,有一只皮子戴了一顶草帽,在坡地上遇

---

① 猪下水:猪的心肝五脏。
② 皮子:一种像狗一般,常出现在地里的野兽。

到了一个女人,就问:"大嫂,你看我像个人样吗?"这个女人就骂开了:"呸,你这种东西,哪里有人样!"它并不灰心,跑到一个男人那里,问道:"大哥,你看我有个人样吗?"那男人说:"你有个人样了。"那皮子就乐着走开了。

隔了一段时间后,有一次,那男人到城里去看戏,戏台上有一个漂亮的女子唱。一会儿,那女子下来,坐在他旁边叫他"大哥"。那男人又觉得她很面熟,声音也好像听见过,但又不敢认,就问她:"你是谁?"她答道:"你我到酒店里去吧!"

他俩在一家小酒店里坐定后,那女的就说:"我姓皮。""哦,是你。"男的明白了。她又说:"自从你大哥说我是人后,我就要变成了一个人,但还有一条尾巴没有去掉,你最好能给我割下来,这条尾巴可以避风雪、大雨,人家要买你的,你可以讨足够置房产、田地的钱。"男人就答应了,给她割掉了尾巴。

有一年冬天,那男人和伙伴们上城去卖柴,忽然天下起大雪来了,别人的身上都下得满身是雪,一会儿溶成了水,弄得身上很湿,独有他身上还像原来一样没湿。进城后他们停在一家古董店门口拿着古董,这男人身上的宝物立即叫店主发觉了,就打发伙计招呼他们进去歇息。慢慢地店主把这事盘问出来了,就说:"我出多少钱你能卖给我这条皮子尾巴?"他要了足够买田宅的钱,店主很高兴地买了皮子尾巴,他也喜欢地拿着钱回家去了,他的生活过得更好了。

医眼树

从前,有兄弟俩,很穷。打柴回来就拉起来了,谈论到底心好好还是心不好好。照弟弟说,是心好的好;哥哥却说心不好的好。于是两人就争起来了。后来哥哥说:"咱俩去走三个村,每走一村问一个人,要是说心好好的人多,我挖眼;不然,你挖眼。"弟弟说:"好。"两人就走了。

走到第一个庄上,碰上一个老头,弟弟就问:"老大爷,心好好还是心不好的好?"老头说:"当然是心好的好。"到了第二个庄上,碰上一个三十来岁的妇人,说是心不好的好。又到了第三个庄上,碰上一个大姑娘,也说是心不好的好。

回到庄头上,哥哥就说:"三个庄,有二个庄的人说是心不好的好,我要挖你的眼睛了。"弟弟说:"你挖罢。"哥哥真的把弟弟的两个眼挖去了。就高兴兴地回家了。弟弟忍着痛,哭着爬上了一座山。这山很高,山上有一座庙,庙外门口有一棵大树,弟弟就爬进了庙里躲起来了。

到半夜,一帮妖精回来了,一进门就嚷着有生人气,一面乱找着想吃掉生人。庙里神就说话了:"再胡说八道都滚出去,每晚上也不生人气,今晚上就会有生人气吗?快去睡觉吧!"妖精们就一个个钻进坑洞里去了。于是神就偷偷地和弟弟说:"你去弄些劈柴!"弟弟就摸着到外面搬了些柴到庙里去了,堵住了妖精的那个洞,又艰难地搬了一块大石头塞住了洞口,就点起火来烧开了。妖精起先还说:"好热的炕!"后来那火越烧越大,就把一群妖精烧死了。

神又对弟弟说:"你现在爬到庙外那棵大树上,摘下一个叶子,挡在一个眼上,再摘下一个,挡在另一个眼上。"他照着做了,眼睛忽然亮了。神又叫他摘上两布袋。天明,他拜谢了神就走了。走到村头,碰上一个大姑娘,眼睛看不见,他就给她治亮了,大姑娘就跟着他回家了。他哥哥非常惊奇,他就把事情说了一遍,哥哥说:"到底还是人好的好。"

皇姑和李小子

有一家很穷的人,姓李,只有娘俩,打柴为生,日子过得很苦。这天,李小子正在山上砍柴,忽然,一阵狂风吹来,飞沙走石,接着一个飘飘忽忽的白东西过来了。李小子不知这是什么东西,就随手把斧头扔起,斧头在空中碰了那白东西一下,又掉了下来,随着也掉下有一茶碗血。仔细一看,两三步以外也有血,于是他就顺着血找。走了四五里,到了一个大墓田,在一个供桌前面,他发现血更多,他挖了挖,有个黑洞。但这时天也黑了,娘也找了来,两个人就一起回了家。

第二天,他挑柴进城去卖,见城门周边着许多人在看榜,打听一下,原来是皇姑被妖精背去了,榜上说:"谁能把皇姑找来就给她做媳妇。"李小子一听,心想大概昨天我碰见的就是。于是,他就先回家和娘商议了一下,接着又回城来揭了榜,皇帝接见了他,赐给他一把宝剑,一个金丝灯笼,还有一个皇帝的大印,还派了大臣、兵和他一块去。

找到了墓田一挖,出现了一个深不见底的大黑洞,大臣就叫他下去。安上了辘轳头,那一丈五六的绳子,用了八根才到底,到了底,他就摇了摇铃铛。

他下了筐,点上金丝灯笼往前走,见前面有亮,走近一看,原来是一门三厅六厢,一排溜就是十二间平房。他转过了影壁墙,看见屋后面有个池子,走近一些,忽然看见池子旁边坐着个姑娘,姑娘看见他,连忙摆摆手,叫他出去。停一会,姑娘出来了,一问才知这就是皇姑,她说:"不知谁把它砍伤了,刚才睡着了,你是来救我的吗?"李小子回答"是。"皇姑说:"那好,现在你赶快到东厢房去,那儿有把锄刀,你要把它磨快,等一会,我去哄它喝酒。它一醉,你就一连砍下它九个头,它就活不成了。"

过了一会,锄刀准备好了,她就把他引进了屋门旁藏起来。她一进屋,九头妖就说:"好腥人气! 好腥人气!"皇姑说:"都是我带进来的,今天我看你快好了,咱们喝点酒吧!"它答应了,皇姑趁它不注意,一下子把它灌醉了。这时,李小子赶快进来,一刀砍掉了一个头,接着,长一个他砍一个,一连砍了几个,把个九头妖活活砍死了。然后又把剩下的小妖也全杀了。他们要上去了,皇姑把头上的金钗拔下来,缝在李小子的衣裳里面,告诉他:"你把我救了出来,我把这个给你,以后你好去认亲。"到了洞口,两人你推我让的,结果还是皇姑先上去了,她把金丝灯笼、剑、印等也都带了上去。

那些奸臣一看皇姑上来了,几下子就把洞口填死,也不问小伙子的事,抬着皇姑就回禀朝廷去了。

李小子一看,知道上不去了,只好回来,他闷闷不乐地四处转。忽然,听到有个地方在喊救命,仔细一看,东边一个像小天井的地方,有一个小长虫,一个大马蜂,一个大蚂蚁,一个老鼠精,四个头上贴的符,全用钉子钉上了。他刚一揭那符,只是一阵风过去,面前出现了四个小精灵,而那小长虫就是龙王三太子。三太子说:"多谢你救命,咱们拜干兄弟吧!"五个一磕头,李小子成了大哥。三太子又说:"要想出去,非要等到明年二月二。我背着大哥,你们各人施展本领才行。"

来年二月二到了,正午一到,三太子背着李小子,一个劈雷就出了洞,其他三个也都相帮着跑了出来。到了原来的森林里,太子说:"我先把大哥请我家去玩玩,你们也回去吧!"其余的也说好,就各送李小子一道符,告诉他,有了事情一烧就来。三太子就领着他到龙宫去,半路上,对他说:"父亲给什么也不要,只要那桌子上的小葫芦。"在龙宫住了三个月,李小子非要走,龙王无论给他什么样的金银财定,他都不要,只要小葫芦。老龙王没法,只好送给他。

回去一见娘，娘俩高兴得要命，他就把事情的经过讲了一遍。之后，他就到皇宫去找皇姑。皇帝见了他，很惊奇，但也只好客气地招待他，他把金钗拿了出来，皇帝可就没有话说了。可是，有些奸臣就给皇帝出了个主意，弄上九乘轿来，让皇姑坐在九乘中的任何一乘，叫他抓，抓对了就让皇姑嫁给他；抓不对，就杀。

李小子发了愁，没办法就烧起符，去请大马蜂。大蜂来了，李小子就告诉他是怎么回事，它说："那好办，你看我那天落在哪乘，你就抓住哪乘别放。"

这天，要抓轿了，他仔细一看，那马蜂正落在第五乘轿上，他就一把抓住了。皇帝没有办法，可是奸臣又替皇帝出了个主意：弄上一斗二升谷撒在地上，他能拾起来，就让皇姑嫁给他；拾不起来，就杀。

李小子又没了法，就只好烧起符，把大蚂蚁请了来。到了那天，刚撒到地上，不一会就拾满了斗。皇帝实在无法难倒他了，就只好让皇姑嫁给了他。

这天，皇帝请他喝酒，李小子一高兴就说："我的酒比你的更好。"说罢，拿出他的葫芦一叫，果然香喷喷的酒出来了。为了助酒兴，李小子还又叫了十二个美女来又喝又舞，把个皇帝馋得要命。皇帝说："把这东西送给我吧。"李小子不好不答应，只得闷闷地回了家。没办法就又烧起了符，把个老鼠请来了。李小子把这件事告诉了老鼠精后，它说："这好办。"晚上，老鼠精就到了皇宫。这时皇帝正在喝酒，手里还抱着那个葫芦，老鼠过去，咬他的脚，他低头想看，不小心，那葫芦就一下子滚到了地上老鼠咬着葫芦就跑。皇帝赶紧叫人找，拆了大殿，又拆西厢房找了半天，连个影也没了。皇帝一气，就说："绝不招他驸马。"

老鼠精把葫芦送给了李小子，他又向那葫芦要了几亩地种着。娘俩和皇姑在一起，小日子过得倒满好。后来，龙王也把小葫芦拿去了。

小净和龙女①

有一家人家,原本家里很富。后来,因为当家的不务正业,吃喝嫖赌,一气把家业丢净了,他死了以后,撇下母子两人,搬到园屋里去住。以后,日子越来越穷,连园屋也卖了,只好搬到山顶上的石屋里安家。别看穷了,儿子小净可一直没有断了上学,②他娘天天勤劳作息,纺点线赚钱来供给他。

一天,小净上学回家对他娘说:"你辛苦了这样大,我也大了,不能再让你供我上学,我不念书了。"他娘千劝万劝,仍然不答应。第二天就拿着一个破筐子,一条破口袋,要到外面讨饭。他娘说:"孩子,咱是大家子出身,出去要饭让人笑话,怎么能喊出个'老娘'来?"小净说:"近处知道咱,我走出二八十里的还能有认得的?"说完他就走了。几天以后回来,要了满满一筐子红粮食,一布袋白粮食,母子二人吃了几天。

一天,小净上山打柴,想想家里这样贫寒,娘年纪大了,何日是个头?越想越恼,抽抽泣泣哭起来,越哭越痛,一下放了声,大声嚎啕起来。正哭着,山顶轰的一声裂开了,从里面骨骨碌碌滚出一块石头来。小净止住哭,抱起石头就往家跑。到了家里,马上告诉他娘说得了宝贝来了,他娘一看是块石头,哪里相信是宝?就只把石头压在纺花车上。可是到了晚上一去纺花,屋里就明光光的,不点灯。

第二天,小净拿碗去打油,走到油坊窗户底下,听到油坊掌柜的在对一个人说:"我听说小净夜来从山上得了一个宝物,③这种

---

① 吊桥第四生产队的一个年轻人讲,贫农出身。
② 小净:记录者假设名。
③ 夜来:昨天。

宝贝用处大了,用三根麻线胡乱缠在上头扔进海里,海水就会煮干了。你去给我买了来吧!"小净一听,也忘了打油回头就往家走。到了家里,问他娘要了三根麻线,胡乱缠在石头上,抱着跑到东海边上,一下把石头扔进海里去,海水熟沸了,一刹工夫就把海水煮干了。

这时,从海底里走出一个拄拐棒的白胡子老汉来,对着小净说:"行行好吧!你快把俺一家人都干杀了,你想要什么我给你什么!"这个老汉就是东海龙王。小净说:"不要别的,给我粮食就行。"龙王说:"这个容易,今黑夜一阵大雨过去,你就有粮食了。"小净抱着石头回去了。这天黑夜,一阵雷雨过去,只听见半山腰吱吱呀呀小车响,明天早上开门出来看,哎哟,半山窝里都堆满了粮食。这一年正是荒年,小净把粮食卖出去,得了一屋铜元。

他娘对他说:"这可不愁吃了,你爹在时,给你在那边一个庄上订了一门亲,你该要媳妇了。"可是小净不愿意,后来说:"你想要个做饭的,明日我去要。"第二天他又抱着石头到东海边扔进去,水干了后,老汉又跑了出来。小净说:"我想要个做饭的。"老汉点手领他到了海底,指着两盒鲜花问:"你愿意要哪盒?"小净拿起一盒就走,老汉嘱咐他说:"今夜还有大风大雨,雷响得更厉害,这个时候有人进去要草和席,你千万别做声,等天晴了再说。"

小净抱花回去。这天黑夜果然又下起大雨来,雷轰轰地响。一个大雷滚过去以后,门吱呀一声开了,进来了奇绝的大闺女,她要草,没有作声,要席也没人理。等天晴了,小净和他娘才把她招呼过来,这就是那盆花变的,是龙王的闺女。

这县的县官听说这件事以后,就坐着轿去看。小净出来迎到屋里,县官一见龙女就起了歹心,非要说她进府不可。龙女说:"进府是行,可是得有一个条件:十天以后,你出一百条牛,我也出一百条牛,你的牛能斗过我的牛,我就进府。"县官一想:"他一家贫穷人家哪里有这一百条牛,一定是我赢。"于是答应了。

这十天里头,县官到各处买又肥又大的牛,可是龙女一直没有动静。到了九天上,龙女到海府下只牵上一条牛来,这牛瘦得三根筋挑着个头,简直不像样,一走一瘸。到了次日,县官在一个集上扎起两个大台子来,打着锣鼓把牛送来了,来看斗牛的人上千上万。

到了正午,龙女和小净也牵着自己的牛来了,县官看见那瘦牛不觉想笑,小净和龙女把牛放下,走到台上看。县官的许多大牛走到瘦牛身边来闻,瘦牛一动也不动,等到要斗了,龙女就对天吹了一口气,瘦牛一下肥大起来,一刹那长得比十个牛还大,这个牛跑到那边牛群里抵起来,那些牛招架不住,跑的跑,窜的窜,把来看的人也吓得四散逃命,活像来了个国民党。(话讲者大笑)

县官这一着输了,恼羞成怒,就坐上轿,领着人去抢龙女。围住山头以后,又围着龙女才盖的新楼挖壕,县官在一旁喊着让小兵们攻。小兵们一边喊,一边顺着梯子往上爬,龙女坐在楼上稳风不动。快爬到楼窗里,一阵风来,那些小兵都被吹掉下来,死的死,伤的伤,县官也吹眯眼,见势不好,掉回头来跑了。

卖豆腐的人①

山西洪桐县地方的人不做善事,都不长好心眼。这件事叫天上的玉皇大帝得知,刷下圣旨,差老菩萨下凡私访。

老菩萨变化一个四、五十岁年纪的老要饭婆,头上爬满虱子,

---

① 讲述者:吊桥文教委员韩老大爷,年五十,革命家庭的主人,曾参加过抗日战争。

拄着拐棒到了洪桐县。到了一家去要饭,一个老婆婆说:"本来是应该打发你的,可是俺的狗还没喂,得留着那三个馍喂狗。"又来到一家,一个年轻媳妇说:"这几天连阴,小孩屎布都不干,俺的几张饼还要留着给孩子当屎布。"

老菩萨一看,事情果然不假,就慢慢走到城南去。走到一家卖豆腐家讨饭,一个老妈妈走出来说:"你这位大嫂嫂头上的虱子那么多了,衣裳也脏了,快进来用热浆洗洗吧!"洗完后就留她住在这里。晚上,出去卖豆腐的儿子回来了,问他娘这是哪来的一位大娘,知道是个穷的乞丐,对她也相当尊敬。

老菩萨在这母子家里住到第七天上,问老妈妈要了几个高粱楷的节,给出去卖豆腐的儿子做了只小船,把船没进水里,就一下长大了;提出来,又变不了。老妈妈很奇怪,问是何道理,老菩萨才说了真话,告诉她:"你这块地方的人不好,上天要淹这里,我给你这只船,等见到庙门前的一对石狮子红了眼,炉坑里出了水,就赶紧把东西拿到船上,看见人千万别救,生灵不救。"老妈妈感谢得了不得,非留她再住几天,老菩萨一指门外说:"你儿子来了。"老妈妈一回头的工夫,只听"刷"的一声,老菩萨一阵清风不见了。

儿子回来,老妈妈把这件事告诉了他。自此以后,每天出去卖豆腐,经过庙门前,他都仔细看看石狮子是不是红了眼,村里人见他天天这样看,知道他是在看狮子是不红眼,就找了些红土来摸上。下午卖豆腐回来,一见狮子眼红了,扯腿就跑,抹红土的人过去一看,石狮子眼比刚才可红多了,眼看就要出血,心里也害怕,一溜烟跑了。

挑豆腐担子家走,他娘迎着他喊:"快一点,炉坑里出水了。"等把船拿出来,把东西都搬上,水已经大了,他母子俩坐着船飘下去。飘到一个龙王庙,就爬上去,搬上东西。才坐下,就看见远远来了一个像狗样的东西,把它捞上来后,就钻到锅底下去,这是个蚂蚁精;又飘来一个黑物,把它捞上来,也爬到锅下去,这是个土蜂精;第三个细细的,这是个长虫精,捞上来后也钻到锅底下去;最后来了个像小人狗一样的东西,这是个老鼠精,把它捞上来之后,也钻到锅底下去。

呆了半天,飘来了一个人,儿子想救,他娘赶紧说:"菩萨嘱咐咱,千万不能救人。"那人来到跟前,看看怪可怜人,也就把他救上来。上来后让他吃饭,还拜了干兄弟。救上来的这人为兄,卖豆腐的为弟。干哥哥看见那只宝船,就说:"咱把这船献给朝廷,一定有重赏,你和咱娘在这等着,我到北京去献。"母子二人没说什么,这干哥一人划船去了。

干哥哥到了北京,把船献上,就得了个进士。干兄弟听说,星夜赶到北京去投奔。到门上一传达,干哥就把他下了狱。这天黑夜,干兄弟正在哭,一个黑孩子来到他面前,问他为啥哭,他回答说:"我这是来投靠干哥的,他把我下了狱,舍得老娘在家饿着。"黑孩说:"你不必哭,我去拿东西给你吃。"说完,就不见了。不一会,他又来了,拿来很多点心,说:"这个时候你娘也在吃,不必挂念。"放下点心,又不见了。这就是他救下的老鼠精。

第二天,干哥送来掺和着的一斗豆子,要他一夜之间把芝麻拣出来,拣不完就斩。他又哭开了。黑夜来了一个穿青的小媳妇,问他哭什么,他把事情说了,小媳妇说:"不用愁,我有法子。"说完,地上出来许许多多小蚂蚁,一刹工夫就把芝麻从豆子堆里拉出来。这样,他干哥就没法杀他。这小媳妇就是他救下的蚂蚁精。

又一天黑夜,来了一个浑身白的俏皮的小媳妇,对他说:"明日皇姑逛花园,去折一枝我变成的很好看的桃花,她摔一跤后就长卧不起,什么医生也不能治,那时皇上一定贴告示寻医,你可请狱卒替你揭了告示,到皇宫医病。"又把治病的方法详细对他说了,就一晃身不见了。

第二天,他问狱卒,皇上是否贴出告示。狱卒说,已经贴出多时了,告示上说,谁能治好皇姑的病,给他做媳妇。他请狱卒代他拉了,就被召到皇宫里去。

来到金銮殿上参见了皇上,就开始治病。他让人找一条红绒线结在皇姑手上,把线拉到金銮殿上来试脉,试了多时,回头对皇上说:"这病好治,药也便宜。"抬头指着殿上的一个蜂窝说:"把这物件拿下,砸碎,用水调和喝下,病立时痊愈。"皇上照办了,到了下午,皇姑就好了。

干哥听说这件事,慌忙到皇宫奏了一本,说给皇姑治好病的是个犯人,不能与皇姑结亲。现在宫里有无数妃子,可用轿抬七十九个来,把皇姑混在里面,让他来挑,挑不着就算输了。皇上同意了,就告诉他明日到皇宫去挑。

这可又愁坏了干兄弟,黑夜对着蜡烛叹气。这时进来一个人对他说:"你不用愁,明日你去挑的时候,见那一乘轿的顶上飞着一帮土蜂,你就挑那一乘。"这人就是他救的那个土蜂精。

第二天,他来到皇宫,只见八十抬大轿摆在那里,上哪里挑呢?他仰着头在中间走,走到南边,忽然看见最边上的一乘轿顶上,飞着密密疏疏的一窝土蜂,他跑过去拉着轿杆说:"就是这一乘。"揭开一看,果然不假,正是皇姑。皇上再也没法反悔,就让皇姑给他做了媳妇。之后,皇姑把干哥参了一本,皇上就把他撤职查办,永不录用。干兄弟却过起太平日子来。

花母鸡

有一个小伙子十七、八了,他只有一个老娘,穷得只能天天打点鱼养活他母亲。

这天他清早就去了,打了一头午也没打着。扔下网去,没有;

再扔下去,也没有。第三下子却打上来一个小木盒,别看那丁点的东西却沉得要命,真把他气得了不得,这半天才打上这么个玩艺儿。他狠劲地往地上一摔,正触着盒子上的锁,"咔"的一声就开了。一股子清烟冒过去,盒子里什么也没有。没有办法,还得再下网。打来打去,只弄上一条鱼,再也打不着,没办法,只好到镇上去。正好碰上好几家大家主请客,都想争这条鱼,一个鱼倒卖了个好大价,恰好够他母子一天的花费。

晚上,小伙子刚躺下,就见一个很俊的年轻人走着屋里,对他作了个揖说:"今天多亏你打开小盒子救了我的命。我想领你到我家看看,我父亲也想见见你呐。"说着拉起他就走。到了大海边,小伙子头里领着,那海水就像活的一样都往两旁跑,中间闪出一条大道,不一会,就看见一个金翅金麟的闪着光的大宫殿。年轻人领进他去,这时他才知道这个人就是白天他救了的龙王三太子。

龙王很客气地招待他,还摆上酒席来款待他,说:"你救了我儿子的命,我没什么报答你,我这里你看好什么就给你什么。"就领他到一个屋子里,白花花的都是银子,他想这些东西也不能当饭吃,就摇了摇头;又领他到一个屋子,黄灿灿的都是金子,他想这东西也不能填饱了肚子,也不要;又领他到一个屋子里面,都是些五光十色,长相都好像树一样的珊瑚。他笑了笑,这些东西弄了家去更没用。又领他一个屋子,里面是亮晶晶的珠子,光闪闪地都能透过人影子的玻璃,闪得连眼都睁不开。他想:这些东西也不能用,也不要。这下可把老龙王难坏了。

出来,院子里忽然人影一闪,却原来是些花母鸡。他想,这倒不错,拿回去可以下蛋给娘吃,就说:"我就要只鸡吧。"龙王一听,心跳了一下,不吱声。三太子在旁边笑起来了,就说:"爸爸,给他吧。不,我也回不来呀。就给他吧。"龙王原先也说出了口,什么也给。没办法,龙王就只得答应了。

小伙子就挑了一个漂亮的花母鸡,他抱起来,谢过老龙王,小学生送他出来,只见四周都是海水,小学生推了他一下,他一惊,忽然醒了。天刚亮,他一想梦里的事,赶紧下来一看那只花母鸡就蹲在灶火门口。他推醒了娘,抱过花母鸡,就一五一十地讲了,娘俩都很高兴。

这鸡真怪,一天叫三次,每次都下个蛋,娘俩喜得要命。这天,娘就对孩子说:"你看,你天天打鱼,咱娘俩就凑合着饿不死。这个鸡能下,也只能煮煮吃。多会咱也能吃上顿馍馍,就着鸡蛋做的菜,哎!"小伙子说:"别光急呀,娘!我能往后多打点,咱们就吃上他一顿好的。"

晌午,儿子回来了,一掀锅,白馒头,还有鸡蛋炒的菜。娘俩都愣住了,都说不出话,于是,都饱吃了一顿。晚上又照样来了一下。一连就是好几天,娘说吃包子就有包子,说吃饺子就有饺子。娘俩奇怪得了不得。儿子想了想,就把娘叫出来叽咕了一下,娘点了点头。

第二天一大早,娘就咕噜着:"今天孩子一定挺累,最好吃顿热水热汤的面条。"小伙子也说:"娘,我走啦。"把渔网抗着到邻家放好,就回头轻轻地躲在门后,娘也爬在后窗上看。天快晌了,鸡窝里"扑啦"一声,钻出那个花母鸡,一摇身变了一个苗苗条条、香香喷喷的俊姑娘。那小伙子一个高就蹦出来,把姑娘抱了个紧紧地,一脚就把那堆鸡皮踢进了锅下,姑娘要抢也来不及了,就红着脸说:"看把你急的,早晚还不是你的!"娘也跑进来,眼笑成一条缝拉着姑娘直端详。小伙子和她成了夫妻。

打这以后,邻家都知道小伙子有了个俊媳妇,又勤快又能干,没有事谁都愿到他家来站上一会。这事被城里的狗县官知道了,他一听见美女,就像狗见了尿一样,抓耳挠腮得饭都吃不下,赶忙叫他的师爷想办法。师爷把那蒜头鼻子一缩,眨了眨兔子眼,就问这家人家是干什么的。打听清楚了,道:"有了。"就和县官咬了一会耳朵。

第二天,小伙子家来了个衙役,说:"你整天打鱼也不给官家上税,应该把你关进牢里。咱家是太爷宽宏大量,爱民如子,那你就受罚吧。限你三天期预备好红马、黄马、黑马、绿马、白马、蓝马各十匹,不的话就把你老婆顶上。三天后县太爷就亲自来领人。"小伙子一听,要他老婆知道糟了,一面哭,一面对老婆说:"完啦!你预备预备走吧。"他老婆道:"这点事还用大惊小怪?来吧,咱们马上预备马。"就叫小伙子填满了一锅水,把它烧开,她就把面捏成六十个小马,十匹用红布盖上,十匹用白布盖上,其余的就照颜色盖上布,就在锅里蒸熟了。弄到街门树旁,姑娘吹上一口气,只见红、黄、蓝、黑、白、绿马各十匹,又跳又叫。

第三天一大早县太爷就来了,后面还跟了一乘轿,预备抬美女的。到了一看六十匹马,小伙站在旁边笑嘻嘻的。县太爷就是一愣,大概是眼花了,那些马他看看就好像木雕的一样。他又高兴了,就过去揪揪马尾巴,哪知那马"咕噜"一个臭屁放出来,接着就喷出了一股臭粪,正好喷了县官一脸,接着一蹄子蹬出云,正好踢进轿子里。慌的那些衙役抬起头来就往回跑,县太爷一躺就是一个月。他不泄气,还想整整小伙子,那个师父又给他想了个妙法。

衙役来到小伙子家说:"臭虫、虱子、跳蚤,一样一口袋,三天要。"小伙子一听又哭了:"你快预备预备走吧!"姑娘只笑道:"屁大点事。"一天过去了,二天过去了,姑娘还像没有事似的。第三天傍晚,姑娘叫小伙子去借来一口袋麸子,一口袋高粱谷,一口袋糠,姑娘用口一吹,麸子变臭虫,高粱壳变成了跳蚤,糠变成了虱子。

县太爷相信这一下子他可预备不成,也顾不得痛,就坐着轿来了。一看又预备好了,小伙子站在旁边笑嘻嘻的,县太爷就叫一个衙役过去看看。那衙役过来看看,破口袋缝里露出来了些糠,他赶紧回报:"老爷,口袋都破了是些糠。"县老爷一听,糠!一面念嘟着糠,一面就走下来,叫衙役:"给我打开来。"真倒霉,刚巧他揭的正是跳蚤,一下子都跳出来,黑乎乎一片顺着袖口就钻到县太爷身上。县太爷连滚带爬地回到城里,眼皮上都咬起来一些大红疙瘩。这下可把县太爷气疯了,说:"抢!"就坐着轿子来,正好小伙子和他老婆、娘在家吃面条呢,姑娘倒了点汤,县太爷刚走到半道,天一阴,大雨就像飘浮的一样,把县太爷连人带轿冲进河里;姑娘又丢了根面条,天飘起鹅毛大雪,县太爷就给冻死在河里。

以后听说小伙子还打鱼,恐怕还生了一个儿子。究竟他俩活了多少岁,我也不知道。

穷老汉和妖精

有一个穷老汉只有三个闺女,老汉天天上山打柴来养活这三个闺女。

这天,他上山去砍柴,不小心把手指头给砍着了,他就"哎哟"了一声,正好这山上一个妖精也叫"哎哟",在这经过,老汉这一"哎哟"倒把他喊来了。老汉一看是妖精就吓了个半死,一句话也说不出来。妖精冲着老汉就喊:"好呀,老想你,无缘无故把我给喊了来,我早知道你有三个女儿。明天快把你大女儿送了来,不哇,你就别想活!"一阵风就不见了。老汉就哭着回来了,把这事一说,三个闺女也放声大哭。最后大闺女说:"哭也没用,爹你不用愁,我去。"

第二天,老汉把大闺女领上山。一阵风妖精把她弄到洞里,丢给她一根人腿,说:"我出去一趟,回来你就把他吃了。"这大闺女看着根活人腿,愁得没法,看看屋角有个大缸,就把人腿放在里面。妖精回来问她,她说吃了。妖精在屋里一翻翻出来了,一下子就把大闺女卡死了。

第二天，妖精又到老汉砍柴的地方说："你大闺女不听我的话，叫我给卡死了，再把你二闺女送来，不，你就别想活！"回家爷三个又哭了一场，二闺女说："不用愁，还是我去吧。"老汉把二闺女带到山上，妖精一阵风把她领到洞里，把一块人身子丢给她，把对大闺女说的话照样说了一遍就走了。二闺女看看这块人身子，吓得身上的肉都颤颤，这怎么能吃，看看屋角有个破箱子，她就丢在里面。妖精回来问她，她也说吃了。妖精一下子翻出来，又把二闺女给卡死了。

第二天，妖精又到山上找着了砍柴的老汉："你二闺女不听话，叫我给卡死了，快把三闺女送来，不，你也别想活！"这下把老汉伤心透了，走回来一说，两个又都哭得像个泪人儿似的。三闺女就说："爹爹，二个姐姐都叫他弄死了，我不去，它当不了还弄死咱俩。你放心等着，我有方法治它。"

妖精把三闺女带到洞里，这回给她一个人头，也照对她二个姐姐的话说了一遍，就走了。三闺女想了想，噢，有了！就找了些草，把人头烧成了灰，用块布拴在肚子前，把地上弄得一干二净。妖精回来问她，她也说吃了。妖精满洞里翻，什么也没找到。这下妖精可高兴了，因为吃了这东西，三闺女可以变成妖精婆了。妖精手舞足蹈地打了酒来，两人就喝起来，三闺女乘空就问起它的忌讳，它说："它就怕落叶杨树的叶子，放在口里就死了。"乘着酒兴，妖精还高兴地掏出一个小瓶子："这是一瓶还阳水，什么病一点就好，死人一点就活。"三闺女说："拿来我给你放着吧，揣在身上多不方便，你拿来我给你放着吧。"妖精高兴地递给了她。三闺女就接着左一杯右一杯地灌它，一气把它灌醉了；出去找了一大把落叶杨来了，往它嘴里一塞，眼看着不活了。

三闺女就赶快往两个姐姐身上洒上点还阳水，两个都活了，姐妹三人高兴地直流泪。三个人把妖精洞用火烧了，就回了家。

老汉在家想闺女想得把眼都哭瞎了，再连上饥饿，眼看着要死了,三闺女把老爹爹用还阳水救过来。一家子那个高兴劲不用提了。

老汉还照常打柴,四口家过得蛮好。

穷　人

不知在哪一年,也不知在哪一朝代,有这样一家穷人。快到过年了,家里还没有什么吃,两口子直叹气。腊月二十九这天晚上,他找了把破腰刀磨起来,他老婆拉着他直不放:"你可不能去当强盗,咱不能杀人啊!"他男人说:"管他妈杀人不杀人,只要肚子饱就可以,这年头你不杀他他杀你!"

到了三十了,这样日子不是集也是集,人当然多,虽腰里还没有几个钱,他就找了个墓田,正好也靠着道口,只要有人在这走他就能得点东西。可是等了一下午也没有人。快黑天,他爬在墓田里的树上正打盹呢,忽然一阵风,墓田里就出现了一群老虎、狼、狐狸和豹,都围住了石供桌。狐狸说:"来点东西吃吃吧!"老虎就拿出一个金丝葫芦说:"好宝,给我来一桌酒席。"果不然石供桌上就搬好了酒。狼一面吃一面说:"你们有什么好耳闻没有?"豹说:"李家庄的人天天还到十几里外去挑水,唉,他们就是太旱。"狐狸说:"他们村那个庙后东墙角,量出一百步挖下上两锹就有水,常年不干。"老虎说:"听说皇上的闺女病了。叫他们去治吧,一辈子也治不好,除非东城楼上那棵两叶草,吃下就好。"忽然天上咔嚓的一声就是一个雷,这群家伙慌得拔腿就跑,老虎一跑把葫芦也跑掉了。

这人在树上什么都听到了,先下来捡起葫芦,看看石桌上都是酒肉，先饱吃了一顿，然后用包袱把肉包起来，就拿了回来。他老婆一见，说："可了不得了，哪抢来的？"他男人说："你不用管，你先吃点，往后不光是这样的，还要吃更好的。不信明天早晨咱就来一顿包子。"第二天早晨，他老婆半信半疑的，果不然来了一下，他老婆美得要命，他也就把事情一五一十地讲了。然后说："我可要去办事，要娶了皇帝的女儿你可别埋怨。"他老婆说："只怕你没那本事。"

第二天，他就到了李家庄，正碰上一大帮人去挑水，他说："我是来看亲戚的，走得渴了，给点水喝吧。"那帮人说："喝水，你得拿钱。""给钱，给钱我还喝你们的？我自己找个地方两镢头就挖出水来。"那帮人说："得啦，别吹牛！我们找这些年还没找着呢。"他就说："你们不信咱就弄给你看看，保证误不了你们做晌饭。"许多人都围着他，他们就领他到庙那里。他请人只拿一张锨来，在庙东角假装溜达，就量好一百步，就蹲下来休息。大家着急，他说："我说了就是真的，天还早呐。"又停了一会，大家等燥了，他说："到了时候啦！你们把水桶预备好。"他就在早量好的那个地方，果不然两镢头那水就窜着高暴出来，水是又清又甜。全村的人都跑出来看，都说他是活菩萨，全村人要出钱来供养他一辈子。这时，这家也来争他，那家也来争他，他只住了十几天，就到皇城里来了。

到了皇城，果不然大家都传传嚷嚷说皇姑生了病，谁治好还招女婿。他就到贴皇榜的地方把皇榜揭了。看皇榜的一看来这么个乡把佬，就大喊："你想不要命了吗？"他不慌不忙地说："这不是皇榜吗？我能治病，当然揭。"看榜的官员只好给他通报。皇帝赶紧下旨请，一上殿，大臣和皇帝一看这个穷姿势，就有八分不相信，可是人家既揭皇榜，所以皇帝还是照礼招待他，那些官家有名的大夫也来凑热闹，想看笑话呢。

吃了饭，皇帝就叫他看病，他说："我这医生怪，不休息三天扎古不好病。"皇帝没法，只好等着；那些坏大臣也等着，是调侃等着，不如意就杀。那好心眼的大臣就对他说："你不治快逃走了吧,治不成还要掉脑袋。"他谢谢他们。

　　第二天,就叫兵跟着,逛了逛城外,随手掏了些草,到东城楼随手也就把那棵两叶草弄了来。

　　三天过去了,第四天他就看病了。人家看病的要把把脉,他不会,他就假装地坐在旁的屋里,用一根红线一直牵到皇姑的屋子里,拴在皇姑的手脖子上,他就拉着这一头,闭上眼睛假装想了一会,说："知道了,保证三天治好。"就摘下叶草的一个叶捣成泥,放上糖用无根水冲好了叫人给皇姑喝下去。当时皇姑就觉心清气爽想吃饭。第二天他就再把那个叶也捣成泥,用糖再加上无根水冲好,皇姑吃了当天就好转了。第三天草茎也捣碎了皇姑喝下去,就像没有生过病一样,完全好了。

　　那些官大夫天天跟在后面看笑话呢,结果治好了,他们恐怕他得皇帝的宠来夺他们的位置,就直在皇帝面前说他是个坏人,是个会妖术的人,那些坏大臣也在皇帝面前说他的坏话,结果治好了病,不但不招女婿还给赶了出来。临走他哈哈大笑,对这些坏官大夫和坏大臣说："你们都是熊蛋包。"

　　他还和老婆两人过得挺好,也不像原先那样穷,可也不太富。

画上的姑娘

　　从前有娘两个,儿子名叫柱子,家里挺穷。到了年下时,人家都准备过年了,他们却什么没有。他娘给了他十吊钱,叫他上集去买红萝卜回来过年。

　　他到了集上,看见一个老头在卖画,那画上画着一个美丽的姑娘。他很喜欢那张画,一问,刚好十吊钱,就忘了买红萝卜的事了,就买了画。

　　回到家里,他娘也没吱声,饿着肚子睡了。晚上,他就把画挂在墙上,上了炕。愁得翻来覆过去也睡不着,忽然听见那画"刺啦啦"地响,他害怕了,赶紧起来点上灯,一看,原来是那画上的姑娘下来了。他又惊又喜,不知道怎么才好。只听那姑娘问道:"你愁啥?"他说:"没有东西吃,怎么能不愁呢?"姑娘道:"不要紧,明天你到集上去买点线,我织绢你去卖。"

　　第二天,柱子上集买了些线,晚上姑娘就织了很多绢子,柱子拿到集上去卖了,换回一些钱来过了年。以后他们的生活就慢慢好过了,柱子暗中也和姑娘成了亲。

　　有一天,柱子上山去砍柴,他家里来了个化缘的道士,他娘给他米、面都不要,说:"我只要那张画。"他娘很舍不得,那道士说:"快拿来给我,不然你儿子会被画害死的。"他娘想到画上会无缘无故地下来个姑娘,确有些奇怪,经道士这么一说就害怕了,便决定把画给道士。在她拿时,只听那画上的姑娘轻轻地对她说:"要是柱子回来想我,你告诉他,让他到西面去找我。"道士拿画,转身便不见了。

　　柱子回来,发现画没有了,便问他娘,当他知道画给一个道士拿走了时,就得病了。眼看快要死了,他娘急得没法,忽然想起了姑娘的那句话,就连忙告诉柱子。柱子一听,乐开了,病就马上好了,决定要去找那姑娘。他娘给他一些钱,他就走了。

　　一连走了好几天,钱都花完了,但他还是一心往前去找那姑娘。他走进一个山沟时,又干渴、又饥困。忽然发现那里有一个小泽,他很欢喜,走近一看,见仅有几口水可喝,可是里头有一条小鱼,喝了水那条小鱼就会干死。他想了想,掏出手巾用水浸湿了,包起了小鱼,然后喝了剩下的一口水。出了山沟,看见一条既宽又深的大河,就把小鱼放在大河里,自己却没法渡过这条河去。正愁得没法时,忽然有人叫"柱子",回头一看,见是一个黑汉,那黑汉一声不吭递给他一条木棍,他知道了黑汉的意思,就附在木棍上渡过河去了。回头看时,黑汉早不见了,只有一条小鱼自由自在地游着。

他上岸继续走着,到了一个庙前,实在已经走不动了,就打算住下。进庙,老道叫他在空房里睡觉,吩咐他千万别提火照。老道一走,他摸着壁上有一块纸,掀开一看是一个窗户,打开窗户一看,是一个美丽的花园,还有一座楼。向楼上看去,见到上面有一个姑娘,仔细看时,正是画上的姑娘!他高兴极了,正想喊,姑娘连忙摆手叫他别声张,便慢慢地下来,对柱子说:"老道已睡着了,趁这机会咱俩快逃走吧,你拉着我的衣服闭着眼,我叫你睁眼时你才可以睁眼。"柱子就闭上眼睛,拉住了姑娘的衣服,走了。

老道得知后,就追上来了,吆喝声像打雷一样。姑娘叫他别害怕,柱子应了,只听道士的声音越来越远,知道是被他们拉下了。一会工夫到家了,姑娘说:"柱子,睁眼吧!"柱子一睁眼,见到了笑嘻嘻迎接着他们的母亲。母子二人太高兴了,当下就决定让柱子与姑娘成了亲,他们快乐地生活着。

洪山后洞

有这样一个传说,在洪山后洞有一个种瓜的老头,名叫孟老三,因为他年纪大了,人们也就不叫他的名字,都直接叫他孟老头。他在山下种着二亩瓜地,结得瓜又甜、又大、又香,人们从很远很远的地方都到他这里来买瓜。孟老头白天就忙着照顾来的顾客,晚上很谨慎地守着这块瓜地。

一个西瓜甜瓜正大的季节,当夜深人静了,一个穿着灰色衣服的年轻妇女,来到瓜棚下。

"大爷还有瓜没?"这个妇女问。

"有,要什么瓜?"

"要甜瓜。"这个女人妖里妖气地说。

当这个老头摘瓜的时候,他老远看着这个女人在偷吃瓜棚下的瓜。等孟老头摘瓜来了,她拿了瓜便走,说:"一块给你钱吧,大爷。"就这样,每天是这样。日久天长了,孟老头就怀疑起来,为什么她老是在深更半夜地来呢,她说话也不像个人样啊,走路呢,也不像。

这天,这个妖魔的女人又来了,她又说,这个老头说:"等一会儿,我抽袋烟。"这个妖女人怕看出她的毛脚来,便说:"快着吧,俺家有小孩等着呢。"孟老头说:"我摘的有个硬瓜,你先尝一下吧。"并且说:"我拿着,吃得好吃给你。"这个老头早就把枪喂好了,刚一放到嘴里,"砰"的一枪把她打死了,一溜火光走了。

这个老头顺着这溜火光就找去了,在洪山后洞有一个洞,上面有一块石头盖着,一个死死的大灰老鼠在那里躺着。这还是一个大老鼠精呢!孟老头就把它拖到家里去了,用了它的皮做了一身衣裳,肉拿去上瓜了。

三件宝贝①

从前,有一个人,名字叫孟三。这个人五十来岁年纪,出了一

---

① 1956年7月29日,完于罗村。

辈力,受了一辈子苦,他除了给地主扛活,就是给地主扛活。他有三个儿子,大儿子、二儿子都大了,能自己独立为生,只有小三还小,刚十岁多,要依靠父亲。

孟老三有一天出坎去锄高粱,晚上回来得迟了些,老远就看到地头上有一个发光亮的东西,但走近一看,什么也没有。他感到很奇怪,他就拿起镢来掘起来,三镢两镢就掘出一个旧水壶,壶虽然旧了,但并没有什么坏的地方,孟老三就高兴地拿到家去了。

有一天,孟老三出坡到山东去锄地瓜,他刚要锄,见一把砍扇子在他的脚下放着,仔细看去,发出一种耀眼的金光来。他想:"这一定也是一件宝贝。"他就高高兴兴地又拿到家去了。

有一天,孟老三砍高粱,听到地头上在"呀呀"地响,到近一看,是一件蓑衣,但什么也不响了。他很奇怪,他想:"这一定是一个宝贝。"他就又高高兴兴地把它拿到家去了。

从得到这三件宝贝,孟老三很高兴。这一天,孟老三得了重病,因为给地主劳动像牛马一样,一得病就没起来,也没说多少话,只是到死的那一天,他三个儿子在他跟前问他:"爹,你还有什么话可说吗?"孟老三"哼"了一下,呜呜咽咽地说:"把……把那……三件宝……贝,一……儿一件。"话刚说完,便咽气了。

孟老三死了以后,三个儿子就分家了。在分家的这一天,按照旧风俗,当然要请上他舅和邻居,把这三件宝贝拿出来分。因为孟老三是一个穷汉,除了这三件宝贝,别的东西几乎什么也没有。他舅说:"把这个蓑衣给老大,把这个扇子给老二,小三就要这个水壶。"兄弟三人就这样分家了。

自从兄弟三人分家以后,老大、老二过得很好,老三却越过越不及哥哥,虽然十七八了,但还不能很好地劳动,吃不上穿不上。

这一天他去河边割草,路过地主家,他看见地主的女儿,趴在窗上正出神眺望。小三看了,多么羡慕她啊!他恨不能一下子跑去给她说句知心话。他虽然这样想,这哪能这么容易呢?!地主的女儿住的是高楼大厦,穿的是绫罗绸缎;小三呢,穿的是补丁落补丁,住的是一个小草棚。但有一件,小三长得还怪漂亮的,地主的女儿看到这样一个漂亮的小伙子,心上也怪难受。她也是个多情的姑娘,一看到小三,她就目不转动地望着他。两人就好像熟识了一样,老望老望,不肯离去。

小三回到家以后,心中像长了一块病,老想着这个姑娘。这一天,向他嫂子说了说,他嫂子早就看透了他的心了,就嘲笑他说:"你甭癞蛤蟆想吃天鹅肉——妄想了。"小三一听怪气的,这一天老早就睡了。

醒来以后,他想:"我还分一把水壶呢。"就去到了床底下拿那把破水壶。他一拿,布袋的一个铜子掉在了里边,他拿出来还有一个,拿出来还有一个,连着拿了一大堆,他想:那街上买块银元来放里边这么多好啊!他把一块银元放在里面,拿了一块还有一块。这次,他可有办法了,他就找那个卖针的王大娘去说亲。

他给王大娘一说,王大娘都把他当作傻子一样看待,说:"咱们都是穷户人家,人家是深门大院,你怎得给人家结亲?去吧,难道你连这个就不知道!"小三忙说:"别慌,大娘,我给你一百两银子。"说着就拿了出来。王大娘一想,老帮助小三这门亲了,可也好。

再说楼上姑娘却日夜想念那个小伙子,但总不能出头,这个心事除了丫鬟知道是谁也不会道破的。因为有一个恶狠的地主,封建家法很严,二门却不能到,不能和男子说话。丫鬟就生一门道,说:"让那个卖针线的来说说吧!"姑娘说:"那怎么说得?"丫鬟说:"我说呀。"

王大娘接受了小三这个礼物,答应了这个要求以后,就挎着竹篮,把小三扮成个姑娘上楼了。

到了楼上,姑娘正在愁呢,一看大娘来此,心中好高兴啊!丫鬟早就把这个事情告诉了王大娘。王大娘三言两语就说了出来:"这就是那个小三呀。"楼上姑娘虽然一心愿和他结为夫妇,但心里总有些害怕,怕恶霸爹知道了。这时王大娘使了个脱身针出去了。小三说："不要怕，我一心愿和你在一起。咱有一件宝。"说着便拿了出来，取出了许多钱。姑娘一听，也说出了真心话："我很愿意呀，就恨家规很严。你一会就走吧。不然你就难逃了。"太阳西下了，小三赶快就逃了出来，可是这个水壶却被姑娘藏了起来。

小三回到家，唉声叹气地正愁间，忽然想起了二哥不是还有把破扇子吗？就到了他二哥家："二嫂，你分的那把破扇子呢？"他二嫂说："在抽屉里，那个还有什么用？"他到了抽屉里便拿了出来，他放上一块手巾却看不见了，说："这很奇怪。"于是就把它放在布袋里。

他到邻家借把菜刀，拿起就走，往常都是有人招呼，这次却没人理他，他都真高兴极了。他拿着这把扇子就上楼了。到了楼上，姑娘正倒上一杯水想喝，小三拿过去喝了口，姑娘很是奇怪，就"噢"地叫了一声，愣住了。小三把扇子一下子放在桌子上，姑娘看见他了，脸色立刻红起来说："还是你呀。"两人正亲热，外面一声敲门声，是她姑子来了。忙把小三藏到床底下，把扇子锁到柜里，等她姑子到外边去的时候，她赶快叫小三走了。

小三回到家，又气又高兴，气的是这个财主，高兴的是这位姑娘还有爱他的心。他想大哥还有把蓑衣。

他又到了大哥家，大嫂正在洗衣，他说："大嫂，你分的那个蓑衣呢？"他大嫂说："在牛棚，就早坏了。"小三把它找了出来。他说："站在这个上面到姑娘楼上去不好呢！"话刚说完，听到了"呼呼"的声音，一会就把他带到了。姑娘正在绣花，一见来了这位年轻的小伙子，心里早就心动了。小三说："我这是宝贝。"姑娘说："我试试。"小三不肯给她，怕再被她锁起来，就说："咱俩站在上面。"姑娘刚站上，小三说："到东海边大山上。"话刚说完，"呼"的一声就到了。

落在一个荒凉的大山上，满山遍野是绿的、草红的花，熟透了的果子，真是好极了，还有潺潺的泉水声。小三爱这位姑娘，他去摘果子给她吃。当他去摘果子的时候，姑娘说了声"回家"，一忽儿便飞回家去了。

只剩下小三在这个大山上,他真的害怕极了。有狼群,有大蛇,有野猪。他一路上遇到狼就打狼,遇到大蛇就打蛇;他饿了就摘果子吃。这一次刚吃下一个果子,在头上就生出一只大角来,他简直不像人样;又吃了另棵树上的果子,头上的角却没有了。他就摘了两棵树上的果子带着走,三天三夜才走出这个大山,九九八十一天才走到家。

到家后,他又找到了王大娘,让他给姑娘送这颗果子吃。王大娘把果子拿到姑娘那里,说:"这是我特地给你买来的,你吃吧!"姑娘吃了,不久就生出大角来,也长了一身毛。照镜子一看,简直不像人样。立刻传给财主,但请了许多先生也没办法,于是就贴出布告说:"谁看好这病,给他做妻也好,要钱也好,决不改词。"

传到小三耳中了,他就去了。财主一看,来了这么个穷汉,就说:"你就会看病?"他说:"我保证看好就是了。"他拿出一棵红果子,姑娘一看,和他吃的那两只一样,不敢吃,怕再生出两只角来。姑娘见没人了,只有他俩,便问:"你怎的也来了?"小三说:"你来我就不能来?你吃了这个就好。"说着便吃下去了,姑娘又变成了原来的样子,也没角没毛了,也不瘦黄了。财主一看女儿好了,一看小三很穷,想要抗赖,小三却把财主训斥一顿:"你说什么来!"说得财主一句话说不上来,眼巴巴地看着姑娘跟着小三走了。从此以后,两人成了对好夫妇。

木鱼与仙草

从前,有兄弟二个,穷得连饭都吃不上,每天上山打柴时,只剩一些生豆炒一下作干粮。

有一天,两人上山去打柴。一只乌鸦停在一棵大树上点着头叫唤:"喳喳,石头底下有点啥!"弟弟一听,就对哥哥说:"咱们掀开石头看看。"哥哥反对道:"石头底下哪会有啥,你不要看了。"弟弟却不管哥哥的阻拦,就搬开大树底下的石头,发现有一个洞口,向下看时,底下还有屋。弟弟连忙招呼哥哥来看,一不小心,弟弟掉进洞里去了。哥哥急得哭开了,但又没有法子,只好很悲伤地回家去了。

再说弟弟掉进洞去,却没有跌伤,他跑进了那间屋子,见屋子的梁是石头做的。他正在看时,忽然起了一阵狂风,进来了一群老虎。弟弟害怕极了,马上爬上了石梁。那群老虎进了屋就坐下来,一个敲了一下从身上摸出来的木鱼,说:"要酒要菜。"马上桌子上摆满了酒菜,他们边吃边谈说:"前村有个大姑娘病倒了,她家很有钱,请遍了医生都治不好,现在她们已出告示说:'谁治好闺女的病,谁就是她的女婿。'可惜,我们不是人,要是是人就有一个很漂亮的媳妇了。我们的门口有一棵仙草,她见了,病就好了。"弟弟在上面听了这话,非常高兴。又见老虎吃得怪舒畅,忘了害怕,就掏出布袋,摸些炒豆子吃。豆子很硬,他一用力,"咔嚓"一声,老虎从来没有听见过这种声音,都吓跑了。弟弟见老虎走远了,就连忙下来,拿了老虎忘了带走的木鱼,又到门口拔了那棵仙草,敲了一下木鱼,说:"要个梯子。"梯子就来了,他踏着梯子,出了洞口。

弟弟赶紧到了前庄那个人家,把墙上贴着的告示撕去了。可那家人嫌他穿得破烂,不让他进去,他就说:"你们光看衣衫,到底要治病不?"他进去了,见那闺女,他把那棵草拿出放在闺女身上,说也奇怪,那闺女的病马上就好了。他爹爹又惊又喜,却不想答应亲事,怕闺女跟了穷小子不体面,但那闺女却非常坚决,非要跟他走不可。于是两个人就回到家里,他哥哥看了欢喜极了。

从此他们的生活更好了。

（七）关于蒲松龄的传说

清朝著名的文学家、《聊斋志异》的作者蒲松龄先生（1640——1715），号柳泉居士，是山东淄川蒲家庄人。现在的蒲家庄是一个离洪山煤矿不远的小村落，姓蒲的人占绝对多数，他们是蒲松龄的后代，对蒲松龄十分敬重，老少皆呼之曰"蒲老祖"。庄内有翻新的"蒲松龄故居"，他的部分手稿还存在一位老人家里，不愿轻易拿出。

关于蒲松龄的传说，流传范围相当广，并且都是口传的，几乎是妇孺皆知。这些传说可分为两大类：一类是带有神话色彩的，如"打败狐仙"就是，在这个传说里，体现了蒲松龄反抗恶势力的斗争精神；一类是不带神话色彩的，为"狗骨头""鲤鱼大闹滚水滩"都是，蒲松龄的反强暴、反抗压迫精神以及他的机智诙谐的性格，在这类传说中得到了表现。

这些传说都甚短小，有很大一部分是记录了一些蒲松龄生活上的琐事，但这正说明了当地人民对这位文学家是如何敬仰，直到二百多年后的今天，他仍然活在人民的心里。

打败狐仙[①]

蒲松龄是不相信鬼神的，他还写很多文章骂"鬼神"。就这

---

① 张杰整理。

样,他就得罪狐仙了。

一天,他真的被狐仙架去了。狐仙把他弄在一个森林里准备谋害他。他就向狐仙请求说:"你们想谋害我,这我早就知道,我也并不怕,但是我的父母和老师教养我这么多年,在我临死的时候,得叫我走出百步让我向父母、老师拜三拜,可以吗?"狐仙说:"莫说放你百步,三百步也没有关系。"于是就把他放了。趁这个机会,蒲松龄就用了个□□把狐仙打死,他就跑了。

蒲松龄一气跑到莲花山。在那里他见了刘伯温。刘伯温非常惊讶,问他为何来到这里。他就一五一十和他说了。刘就马上招待他喝酒吃饭,问他是愿意留在这里呢,还是愿意回家?他就说愿意回家。

酒饭罢,刘叫他坐在一束秫秸上闭上眼睛。他只觉得像腾云驾雾一样,忽听得刘说了声:"睁眼!"他回头看时,刘伯温早已没了影子。再仔细一看,原来他已回到了自己的家乡——蒲家庄南外门了。再看秫秸,秫秸上写着一行字:"送老蒲十万八千里。"

狗骨头①

蒲松龄的一个朋友在京里做很大的官。一天,朋友的生日到了,京里来了很多贵官大人、王子皇孙给他祝寿,穿的都是绫罗绸缎,摇摇摆摆,大有昂然自得之感。蒲松龄也去了,穿的是老蓝布

---

① 丁志堃整理。

褂子,坐在席上简直是黄豆锅里按上个黑豆,只好一句话不说,呆呆地坐在那里。

席间,一个年轻的王子皇孙见他不说话,便逗趣地说:"聊斋先生①,你不是会讲故事吗?讲过故事俺听吧!"蒲松龄赶紧推辞说:"岂敢!岂敢!乡下佬还会讲故事!""快讲吧!快讲吧!"接着乱嚷了起来。蒲松龄见推辞不过便讲了。他说:"那一年我去南方游玩,走进一家铺子,想买双象牙筷子。掌柜的拿出很多来,一封一封的都用绫罗绸缎包着,我打开一看,都是些狗骨头。我说:掌柜的你还有没有?掌柜的就又拿了一双来,是用老蓝布包着的,我急忙打开一看,啊!这真是象牙筷子!"

不出头的老牛②

一天,蒲松龄在家无聊,想出去找过朋友玩玩,于是穿上蓝布大褂,骑上小毛驴去了。无奈朋友是个势利眼,不肯轻易接待人,把门的进去通报了之后,朋友听说来人穿得很破烂,骑着小毛驴,于是便不想接待。

把门的出来说:"主人不在家,改日再来吧!"蒲松龄说:"您有笔墨砚瓦吗?借来一用,留下个字。"他用笔在迎壁墙上写了个"午"字,回头便走。把门的赶快进去报告。主人说:"快去请回他来,这是蒲家庄里老蒲来了。他骂咱了,亏得咱没出头,一出头就

---

① 蒲松龄因《聊斋》一书而得名。
② 丁志堃整理。

成了老'牛'了!"结果他真的考中了。

考廪生的故事

蒲松龄先生曾多次考廪生都没有中,在他七十二岁这一年,他又去投考,别人就劝他:"算了吧,这么大年纪啦,还考什么,即使是考也是考不上。"他说:"这次我一定能考上,我到了考中的时候啦!"

考秀才的故事

蒲松龄先生会考过几次秀才,但都没有中。这一次他考中了,主考大人找他谈话。主考大人说:"过去你作的文章考官们都看不懂,这次若不是我看卷子,你还是考不上。"

关于刘氏的传说

蒲松龄的妻子刘氏,很厉害,人们都很怕她,她的园子里种了许多桃李,谁若偷去她的桃李,她就咒骂,偷的人就会手疼。

下马台和下驴台

蒲松龄先生经常自己骑着小毛驴到蒲家庄附近的村子里去玩。一次他来到了车家庄,车家庄有个大地主有钱有势,他为了使来往客人方便一些,就在街上修了许多上马台和下马台。这次蒲先生从这里路过,地主就拦住问他:"从这个村里路过为什么不下驴?太没礼了。"蒲先生说:"我只看见你修了许多上马台和下马台,却没有看见下驴台,你叫我怎么能下驴呢?"

鲤鱼大闹滚水滩①

有一次,蒲松龄去看姐姐。姐姐包饺子招待他,饺子下在锅里,滚沸的水把饺子弄得翻上覆下,姐姐有事出去了,不知怎的,小外甥把妈妈的套鞋放进锅去了。蒲松龄下来一看,见锅里一只红套鞋也随着饺子翻上覆下,于是一句话没说便悄悄地走了。

姐姐回来,见了这情形知道不好了,弟弟回去又要写她了,便三步并作两步跑回娘家去。一走进弟弟的书房,就看见弟弟把刚写好的文章放进护册底下去。"快走吧!回去吃饺子!"姐姐急促地说。"不吃啦!鲤鱼大闹滚水滩了,还吃什么饺子!"弟弟很风趣地回答。姐姐趁弟弟不注意,把护册底下的文章抽出来一看,题目就是"鲤鱼大闹滚水滩",便赶快撕掉了。

---

① 丁志堃整理。

红绣鞋大闹滚汤锅[1]

这一篇短小的故事,流传在蒲留仙的家乡[2]。据说,一天早晨,留仙的嫂子正做着饭,她的几个孩子在身旁胡打乱闹,把她气急了,拿起火铲子就赶他们。她的最小的孩子刚刚五岁,正一声不响地躲在门后玩一只绣花鞋,见娘生了气,吓得把绣鞋一扔,也跟着哥哥跑起来。俗语说"无巧不成书",红绣鞋落到了锅里,高高兴兴地翻起跟头来。恰好,留仙过来玩,见着这个奇迹,便匆匆忙忙地回了家。她的嫂子忙过来问:"兄弟有啥急事,怎么到了那边也不坐坐又回来呢?"留仙微笑着说:"我是回来写红绣鞋大闹滚汤锅的。"她嫂子还莫名其妙呢!

不祭土地

蒲留仙与尚书王渔洋的感情很好,常在一起闲谈游玩。古人都是穿大褂的,蒲与王在游玩时为了行路方便,经常将大褂脱下来挟着走。

一天,他们边走边谈到村头土地庙前时,王说:"我们先把大褂放在土地庙上,回头再拿吧。"说着,他们就一齐将大褂放在土地庙上,向围子门外走去。才走几步,蒲留仙一回头,看见他的大褂掉在地上,王渔洋的却好好地放在上边,他转回身来,将大

---

[1] 王先木口述,唐功武整理。1956年8月10日。
[2] 蒲留仙:蒲柳泉。

褂拾起来,又放在土地庙上,看放稳了,才转身走了。可是刚走几步,扭头一看,他的大褂又掉在地上,他第二次回来,拾起大褂放在土地庙上,心想:我这次可要看看它为什么掉下来。就将王渔洋也叫回来,站在一边看着,见他的大褂又慢慢地擦下来了,他生气地拾起大褂来,想道:"噢!原来是土地看不起我,认为我的官小,连这样一点小事都不给我方便。"他一声不响地叫着王渔洋挟着大褂走了。

从此,蒲留仙再也不信土地了,他家死了人也不再到土地庙去祭了,一直到后来蒲留仙的子孙,他的一家也是不信土地的。

蒲松龄与尚书和侍郎

淄川有一个蒲松龄,博学多才。

桓台县有一个兵部侍郎,一个兵部尚书,他二位听说蒲松龄是大才,就给他一信叫他前去谈谈。蒲松龄慷慨地应承了,说三日以后去。

到期后果然去了,由于衣着平凡,兵部侍郎瞧不起他,把他请进去后说:"先生大名,如雷贯耳,想与一谈。"蒲松龄说:"好。"二位就置酒席款待。正在吃饭间,二位说:"你作一诗我们听听。"他就以他看到的一块二指宽、三寸长的铁板作为题材道:"三寸铜铁没有金,能供巧将打城战,一头冲上丹凤眼,光认衣衫不认人。"这二位一听,更可气,就越发瞧不起蒲松龄了。

正在酒席间,从桌子上滑下了一块骨头,桌下引来一条狗,蒲松龄就问:"那是个什么?"他们就说:"是只狗。"蒲松龄说:"哦,原来是狗,我当是个狼。"二位就问:"狗是怎么说?狼怎么讲?"他答道:"狗尾巴是尚书①,尾巴下垂,定是狼。"②比着这一犬就骂着他二位。蒲松龄吃完了饭,告别二位,扬长而去,而尚书与侍郎两人并无答复上什么话来。

"往上竖""必是狼"③

　　蒲松龄被两个朋友请去喝酒,两个朋友都做官,一个是王尚书,一个是毕侍郎。正喝着酒,来了一条狗,毕侍郎说:"狗尾巴是往上竖。"蒲松龄一听知道是骂王尚书,便接上去说:"话有分解,鸭子有离水毛,狗尾巴往上竖,狼尾巴耷拉着——必是狼。"④两位朋友相视无以答。

---

① 谐音"尚书"。
② 谐音"侍郎"。
③ 丁志堃整理。
④ 必是狼:谐音,"毕侍郎"。